WILDIS STRENG

Die letzte Kurve

BLUT IM BENZIN Ein idyllischer Frühlingstag lockt die Biker der Motorradfreunde Hohenlohe auf die Straßen. Richard Wengert ahnt nicht, dass die Tour nach Langenburg zum Ostermarkt seine letzte sein wird. In einer Kurve verliert er die Kontrolle über sein Motorrad und prallt gegen einen Luxemburger Bratbirnenbaum, der ihm das Genick bricht. Schnell kommen Zweifel auf, ob es sich wirklich um einen Unfall gehandelt hat, denn der hinzugerufene Polizist bemerkt einen seltsamen Geruch, der aus dem Helm des Toten aufsteigt. Das hohenlohisch-westfälische Ermittlerduo Lisa Luft und Heiko Wüst nimmt die Ermittlungen auf. Bald wird klar, dass Richard Wengert kein Kind von Traurigkeit war. Sowohl in seinem direkten Umfeld als auch unter den Bikern hat er sich einige Feinde gemacht, die ihm nach dem Leben hätten trachten können. Auch einige Mitglieder der »Tarantel«, einer berüchtigten Crailsheimer Motorradgang, waren nicht gut auf ihn zu sprechen. Und jeder weiß, dass man sich mit der »Tarantel« besser nicht anlegen sollte …

Wildis Streng ist in Crailsheim geboren und aufgewachsen. Nach dem Abitur studierte sie in Karlsruhe Germanistik und Malerei. Seit 2006 arbeitet sie als Gymnasiallehrerin. Nach längerem Aufenthalt im Badischen lebt sie heute wieder in ihrer Heimat und unterrichtet in Crailsheim Deutsch und Bildende Kunst. In ihrer Freizeit widmet sich die überzeugte Hohenloherin der Malerei, der Fotografie und dem Schreiben. Aus ihrer Feder stammen bereits zehn Kriminalromane rund um das sympathische hohenlohisch-westfälische Ermittlerduo Lisa Luft und Heiko Wüst.
Mehr Informationen zur Autorin unter: www.wildisstreng.de

WILDIS STRENG

Die letzte Kurve

KRIMINALROMAN

GMEINER

Personen und Handlung sind frei erfunden.
Ähnlichkeiten mit lebenden oder toten Personen
sind rein zufällig und nicht beabsichtigt.

Immer informiert

Spannung pur – mit unserem Newsletter informieren wir Sie
regelmäßig über Wissenswertes aus unserer Bücherwelt.

Gefällt mir!

Facebook: @Gmeiner.Verlag
Instagram: @gmeinerverlag
Twitter: @GmeinerVerlag

Besuchen Sie uns im Internet:
www.gmeiner-verlag.de

Im Ehnried 5, 88605 Meßkirch
Telefon 07575/2095-0
info@gmeiner-verlag.de

5. Auflage 2023

Lektorat: Daniel Abt
Herstellung: Mirjam Hecht
Umschlaggestaltung: U.O.R.G. Lutz Eberle, Stuttgart
unter Verwendung eines Fotos von: © christels / Pixabay
und © PRILL / shutterstock.com
Druck: Custom Printing Warschau
Printed in Poland
ISBN 978-3-8392-2704-6

Für Anke.
Danke, dass Du meine Freundin bist!

PROLOG

Ein knallblauer Himmel spannte sich über die majestätische Kulisse des Haller Marktplatzes. Gut, streng genommen müsste man »des Schwäbisch Haller Marktplatzes« sagen, aber das Wort »schwäbisch« wird hier in Hohenlohe nicht gern gehört. Also verzichtet der Hohenloher meistens auf das »Schwäbisch«, es weiß ja sowieso jeder sofort, dass die Stadt in Süddeutschland gemeint ist. Jedenfalls war wunderschönes Wetter an diesem Sonntag kurz vor Ostern, und der Marktplatz, auf dem normalerweise keine Fahrzeuge erlaubt sind, war zugestellt mit Motorrädern. Denn heute fand der Motorradgottesdienst vor der Michaelskirche statt, jenem majestätischen Bauwerk, auf dessen Freitreppe alljährlich die Freilichtspiele aufgeführt werden. Allerdings wurden die 72 Stufen heute nicht von gut trainierten Schauspielern bevölkert, sondern von einigen Männern in Uniform und einem im Talar. Pfarrer Frieder Vogt aus Gammesfeld, der Sohn des berühmten Bankiers der kleinsten Bank Deutschlands, war es, der von der improvisierten Kanzel auf den unteren Stufen der Treppe die Motorradfahrer und – wie er betonte, auch die Motorradfahrerinnen – gemahnte, öfters mal in den Rückspiegel zu sehen, nach dem Nächsten. Der Wind bauschte sein schwarzes Gewand, als der Pfarrer mahnend einen Finger hob und mit deutlichem hohenlohischen Einschlag erklärte, dass nur Gott allein sich legitimerweise nicht an den vorgeschriebenen Sicherheitsabstand halte, denn er verlange von uns Menschen geradezu rücksichtslos, Rücksicht zu nehmen, und komme uns dabei gefährlich nahe. Bereits vorher hatte der Polizeimeister Werner in seinem Grußwort von den Verkehrstoten in Hohenlohe berichtet und gemeint, dass das wirklich kein schöner Anblick sei, niemals. Und dass das schon auch belastend sei für ihn und seine Kollegen. Die etwa 200 Motorradfahrerinnen und Motorradfahrer saßen mit andächtig gefalteten Händen auf den Sitzen ihrer Maschinen oder standen daneben und lauschten den weisen Worten. Sie alle gaben dem Herrn Pfarrer und dem Polizeimeister natürlich ganz recht, innerlich. Und trotzdem wussten alle, dass es auch dieses Jahr wieder irgendeinen von ihnen erwischen würde. Nur konnte niemand ahnen, wie schnell das geschehen sollte.

Friedlich lag der Burgbergwald im mittäglichen Sonnenlicht da. Das Grün sprosste eifrig, der Frühling war in vollem Gange. Das Surren der neuen Windkraftanlage, die die Hohenloher spaltete, war hier, an einer der tiefsten, dunkelsten Waldstellen, nicht zu hören. Fernab des Weges streifte das Sonnenlicht eher spärlich den Boden, drang nur ab und zu durch die dichten Wipfel des Hohenloher Mischwaldes. Feuchtigkeit stieg vom Grund auf, hier und da lagen noch Tautropfen auf den

Anemonen und dem wuchernden grünen Buschwerk. Die Erde roch würzig und war von einem tiefen, satten Braun. Irgendein Vogel rief, aber das irritierte den kleinen rostroten Waldbewohner mit dem buschigen Schwanz und den Pinselohren nicht. Das Eichhörnchen war längst aus seiner Winterruhe erwacht, huschte geschäftig über den Waldboden, stets auf der Suche nach Insekten und Nüssen vom Vorjahr. Immer weiter sprang es, fand ab und zu Beute, blieb in Bewegung. Dann entdeckte es unter einer Kiefer etwas, was es noch niemals zuvor gesehen hatte. Einen Pilz. Allerdings hatte er eine seltsame Form. Unten hatte der Pilz einen glatten, hellen Stiel. Aber sein Hut war dunkler, geformt wie ein Badeschwamm, unregelmäßig, mit großen Kratern, die an erstarrte Lava denken ließen. Das Eichhörnchen kam näher, vorsichtig, tastete sich heran. Schnupperte. Noch einmal. Schließlich stieß es ein kurzes missbilligendes Pfeifen aus, drehte sich um und sprang in die entgegengesetzte Richtung davon.

Christine Wengert kochte, und das tat sie wirklich, wirklich gern. Und sie war stolz darauf, dass man ihr das Hobby nicht ansah – sie achtete penibel auf ihre Figur und trieb Sport. Ihr war wichtig, gut auszusehen, hübsch zu sein. Und das nicht nur wegen Richard, nein, sie wollte mit sich selbst zufrieden sein. Ab und zu gab es trotzdem Kalorienbomben, so wie heute die selbstgemachten Serviettenknödel mit Rahmpilzen. Christine betrachtete den Korb mit den frischen Pilzen, die sie gesammelt hatte, und sog den erdig-würzigen Waldduft ein, die sie verströmten. Sie ging gern in den Wald zum Pilze sammeln, und sie kannte sich echt gut aus. Deshalb konnte sie einen Champignon von einem Knollenblätterpilz und einen Parasol vom giftigen Riesenschirmling unterscheiden. Und genau deshalb waren ihre Hände jetzt, als sie die Pilze vorsichtig mit der Bürste säuberte, ganz ruhig. Man durfte sie nicht abwaschen, denn auf diese Weise büßten sie auf jeden Fall Geschmack ein, und das wollte man ja nicht. Ganz ruhig war Christine, weil sie sich nicht im Mindesten fürchtete, weil sie keine Angst hatte, einen Fehler zu machen. Die Ausbeute war heute besonders groß und vielfältig gewesen, ihr langer Waldspaziergang hatte sich gelohnt. Sorgfältig bürstete sie einen Pilz nach dem anderen ab, Maipilze, Morcheln, Stockschwämmchen und viele mehr. Dann schnitt sie sie mit einem scharfen Messer in Scheiben, um sie anschließend in einer Pfanne mit zerlassener guter Butter anzubraten und schließlich zu einem würzigen Pilzgericht für sich und ihren Mann zu verarbeiten.

OSTERMONTAG

Kriminalkommissarin Lisa Luft blätterte in der Samstagsausgabe des »Hohenloher Tagblatts«. Sie und ihr Kollege Heiko Wüst hatten sich inzwischen gut eingelebt in dem kleinen Einfamilienhäuschen in Tiefenbach bei Crailsheim mit schönem Garten, das sie zur Miete bewohnten. Heiko biss in sein Erdbeermarmeladenbrot – in Hohenlohe »Breschdlingsxälzbrood« genannt.

»In Langenburg ist Ostermarkt«, erklärte Lisa und nahm einen Schluck aus der Kaffeetasse, während sie sich eine Strähne ihres langen blonden Haares aus dem Gesicht strich.

Garfield, ihre rotgetigerte Katze, sprang auf ihren Schoß, richtete sich schnurrend dort ein und taxierte Heiko mit einem bösen Blick. Gedankenverloren streichelte Lisa die zuckenden Katzenohren. Sita, Heikos Rauhaardackel, bettelte winselnd um ein Stück Xälzbrood. Im Gehege in einer Ecke des Raumes scharrte Alfred, der Deutsche Riesenschecke, den sie bei ihrem ersten gemeinsamen Fall vom Sohn des Mordopfers bekommen hatten, energisch in der Einstreu. Er war heute schon ausgiebig gestreichelt worden, dabei legte er die eleganten nachtschwarzen Ohren immer eng an und duckte sich, um möglichst lang zu sein und viel

Streichelfläche abzugeben. Inzwischen hatten Lisa und Heiko einige Mordfälle zusammen gelöst, und die Westfälin Lisa hatte die Hohenloher kennen und lieben gelernt – vor allem Heiko, mit dem sie seit zwei Jahren zusammenwohnte. »Und, was meinst du?«, hakte sie nach.

Heiko, der immer noch kaute, ließ sein charakteristisches »Hm« vernehmen, ein Laut, der je nach Intonation wirklich alles ausdrücken konnte. Inzwischen war Lisa recht geübt im Verstehen der tatsächlichen Bedeutung dieser Lautäußerung, und dieses »Hm« klang wenig begeistert.

»Ach, Bärchen, da ist es doch immer schön in Langenburg! Denk doch nur mal an die Gartentage!«, erklärte Lisa nun mit einem kleinen Lächeln.

Heiko seufzte schwer. »Für Frauen vielleicht. Da kann man ja so gut einkaufen!« Heiko dachte mit Schaudern an seine Muswiesen-Erlebnisse, wo Lisa ihn zu stundenlangen Shopping-Exzessen gezwungen hatte. Anschließend hatte man tütenweise Zeugs mit heimgeschleift, das kein Mensch brauchte – die Krönung war eine Schaufel gewesen, die doppelt nutzlos war, weil jemand in ihr Blatt ein bezauberndes Gartenmotiv gelasert hatte und sie zudem völlig verrostet war. Das hässliche Ding steckte seit der letzten Muswiese in ihrem Beet und rostete fröhlich weiter vor sich hin. Witzigerweise fiel ihm gerade das Lied des Hohenloher Mundartsängers Kurt Klawitter ein, in dem er die Qualen der Männer während der »Langenburger Gartentage« besang. Wie überaus passend!

»Wir müssen ja nichts kaufen!«, schlug Lisa vor, aber alles, was sie Heiko damit entlockte, war ein missbilligendes Schnauben. Ihr Zugeständnis war ganz einfach unglaubwürdig.

»Ach komm schon, Bärchen.«

Heiko aß den letzten Bissen seines Brotes, nicht ohne zuvor ein Stück in Sitas begeistert klappendes Hundemaul zu werfen. Er streichelte den glücklich kauenden Hund, dann gab er sich geschlagen: »Wenn es sein muss.«

»Oder willst du lieber nach Bartenstein? Da ist auch Ostermarkt.«

Heikos Miene hellte sich auf. »Ja, da ist Flohmarkt, das finde ich viel besser!«

»Also gut, dann gehen wir nach Bartenstein«, zeigte sich Lisa kompromissbereit.

»Bardastoa«, korrigierte Heiko.

»Ja. Bahrtastooh.«

Und keiner der beiden hätte gedacht, dass sie an diesem Tag letztendlich doch in Langenburg landen würden.

Während Lisa und Heiko nach einer Weile auf der Landstraße durch Rot am See, Blaufelden und dann weiter in Richtung Schrozberg unterwegs waren, cruiste eine Gruppe Motorradfahrer, die zu den MFHC – den Motorradfreunden Hohenlohe-Crailsheim – gehörten, gerade auf der schmalen Landstraße, die sich an der Jagst entlangschlängelte. Sie ließen es ruhig angehen, keiner raste. Viel zu groß war die Euphorie über das wunderschöne Wetter, zu überwältigend die Landschaft. Sattgelb leuchtete der Löwenzahn auf den Uferwiesen, die Zweige der Weiden strahlten in grellem Hellgrün. Sie passierten Obstbaumwiesen, in Hohenlohe »Boomaländle« genannt. Einige der knorrigen Baumbestände trugen nur zartgrüne Blätter, andere hingegen waren von Blüten überzogen wie von federleichten großen Schneekristallen. Einzelne dieser Blütenblätter regneten dann und wann auf die Motorradfahrer herab. Allerdings spürten sie die zarten Berührungen nicht, denn sie alle trugen Schutzkleidung, einige stylische Lederkluft, je nach Philosophie. Sie passierten die kleine Wirtschaft in Elpershofen, bogen rechts ab in Richtung Hürden und dann weiter nach Großforst, wo sie sich kein bisschen über die auf der angrenzenden Weide umherstolzierenden Strauße und die weidenden Lamas wunderten – die »Jagsttalranch« war einer ihrer beliebten Treffpunkte, und auch heute machten sie hier eine Pause, um einen Kaffee zu trinken und hervorragende Straußeneiwaffeln zu verzehren.

»Unglaublich, jetzt wohne ich seit vier Jahren in Hohenlohe, aber hier war ich noch nie«, stellte Lisa fest, als sie dem BMW M3 entstieg, den Heiko entgegen aller Bedenken ihres Chefs Schorsch auch als Dienstwagen nutzte.

Sita hüpfte begeistert aus dem Wagen, auch der Rauhaardackel schien sich über das schöne Wetter zu freuen. Heiko hatte das Auto an einer Straße geparkt, die zwar offiziell eine Landstraße war, auf der jedoch keine zwei

Fahrzeuge aneinander vorbeikämen – beide mussten bei einer Begegnung auf das Bankett der von Obstbäumen gesäumten Straße ausweichen. Sie ließen die Scheunen eines Hofs links liegen und wanderten die Straße entlang, bis sie nach etwa 200 Metern zum Ortseingang gelangten. Leute kamen ihnen entgegen, die bereits auf dem Rückweg waren und die die typische Flohmarktbeute trugen – alte Bilder, Kleinmöbel, Lampen, Gruscht aller Art.

»Wir waren schon ewig nicht mehr auf einem Flohmarkt«, fiel Heiko ein, als er seine Hand in Lisas schob. Es fühlte sich gut an, er war gern mit ihr zusammen. Und erst neulich hatte seine Mutter ihn wieder gefragt, wann er seine Lisa, diese Traumfrau, denn endlich heiraten würde. Aber Heiko war der Meinung, dass man das gar nicht unbedingt musste. Er liebte sie, und sie liebte ihn. Und zusammen mit den Tieren waren sie doch bereits jetzt eine kleine Familie. Das reichte vollkommen aus, dazu brauchte es keinen solchen Romantikkram. Und Lisa selbst verlor kein Wort darüber, deshalb nahm er an … Verdammt, jetzt hatte er nicht aufgepasst, und Lisa hatte ihn zu einem Tisch mit Schmuck gezogen, den sie ausgiebig studierte. Heiko wechselte einen Blick mit Sita, die dem Graffel wohl ebenso wenig abgewinnen konnte wie er.

Lisas blaue Augen streiften hingegen die Art-Déco-Broschen. »Hübsch«, fand sie und langte nach einer, die ungefähr die Farbe ihrer blonden Haare hatte. »Was soll die denn kosten?«, fragte sie den Mann hinter dem Tapeziertisch. Dem Verkäufer fehlten vorne zwei Zähne und trotz der relativen Wärme trug er einen blauroten Fleecepulli mit Rollkragen. Seine grauen Haarsträhnen wackelten, als er antwortete. »Für Sie, meine Hübsche, nur einen Zehner!«

Lisa schenkte dem Mann ein Lächeln und bot an: »Für einen Achter nehme ich sie mit!«

Der Mann grinste. »Aber nur, weil Sie es sind!«

Nach einer knappen Stunde war die Gruppe der Motorradfreunde Hohenlohe-Crailsheim wieder aufgesessen und folgte der Straße weiter, passierte die »Mosesmühle«, ein hervorragendes Restaurant an der kleinen Jagstinsel in Bächlingen, und bog endlich in die Serpentinenstraße ein, die der legendäre Walter Röhrl bei den »Langenburg Classics« einst unzählige Male in atemberaubender Geschwindigkeit bezwungen hatte. Endlich gelangten sie nach Langenburg, wo sie zu ihrer Verwunderung alle einen Parkplatz vor dem Schloss des Fürsten Philipp bekamen. Philipp zu Hohenlohe-Langenburg war nun, da Meghan ihr erstes Kind bekommen hatte, nur noch auf Platz 190 in der englischen Thronfolge – das bedeutete, dass man 189 Leute umbringen müsste, damit ein Hohenloher den englischen Thron besteigen könnte. Das wäre womöglich vernünftig, denn Hohenloher waren einfach vernünftige Leute. Allerdings dachte Richard Wengert nicht im Geringsten daran, irgendjemanden umzubringen; im Gegenteil, er freute sich einfach über den schönen Tag mit seiner Motorradtruppe und mit seiner Frau, und auch darüber, dass die Susi mit ihrer langen schwarzen Mähne heute mal wieder besonders scharf aussah. Für einen Moment dachte er daran, wie ihn diese Mähne neulich gekitzelt hatte, als sie sich mit ihrem gertenschlanken Körper auf ihm gewunden hatte. Dann schob er seine Hand in die von Christine.

In der Zwischenzeit wanderten Lisa und Heiko durch den Flohmarkt in der Bartensteiner Hauptstraße und erreichten endlich das Schloss.

»Das ist schon faszinierend, dass hier in jedem Dörflein ein Schloss steht, einfach so«, wunderte sich Lisa, als sie neben Heiko vor dem gelben Barockgebäude stand. »Da würde ich auch gern wohnen«, setzte sie hinzu und warf einen sehnsüchtigen Blick auf den opulenten Bau.

»Und dann würdest du gern so Prinzessinnenkleider anziehen wie alle kleinen Mädchen, oder?«, grinste Heiko und zupfte neckisch an einer von Lisas blonden Haarsträhnen.

»Aber natürlich!«, versicherte Lisa grinsend. »Das würde ja absolut dazugehören! Und du könntest dann so ein Königskostüm aus blauem Samt mit weißen Hermelin-Puffärmeln anziehen, eine Krone tragen und auf einem weißen Pferd herumreiten.«

»So weit kommt's noch!«, wiegelte Heiko ab.

»Des Schloss können Sie fai mieten«, meldete sich plötzlich jemand neben ihnen.

Lisa entdeckte einen älteren Mann mit Spazierstock und Hut, der sie anerkennend musterte. »Ach, tatsächlich?«, vergewisserte sie sich, und Heiko runzelte die

Stirn. So ein Quatsch, sie hatten doch ein schönes Häuschen in Tiefenbach, das war vollkommen ausreichend!

»Der Fürst Maximilian von Hohenlohe-Bartenstein vermietet eine der Wohnungen«, informierte der Mann weiter und deutete mit seinem Stock unbestimmt in Richtung des Schlosses. »Also ii briiechds etz net, weil ii wouhn ja in Bardastaa. Aber wenn mer etz net in Bardastaa wouhnt, noa wär des also eine Möglichkeit, dass mer amole in am echta Schloss wouhna kennt, und noch derzua in Bardastaa!«

»Sousou!«, machte Heiko.

»Das könnten wir direkt mal machen, meinst du nicht, Bärchen?«, fragte Lisa. »Also, ich fände das cool!«

Der Motorradclub, der soeben über die Jagsttalstraße nach Langenburg gefahren war, erlebte derweil ein ganz ähnliches Szenario. Während Richard und Manfred sowie die vier Jungen Timo, Simon, Max und Jan sich etwas zurückfallen ließen, umschwirrten die Damen wie Kolibris auf der Suche nach Nektar die Stände, an denen Körbe, allerlei Osterkitsch, von guatemaltekischen Bauern handgenähte Taschen, von nepalesischen Strickerinnen handgestrickte Pullover und von hohenlohischen Bienen gesammelter Honig angeboten wurden. Auch Bernulf Schlauch hatte einen Stand mit seinem selbstgemachten Holundersekt und seinem berühmten Hutzellikör, den sie leider nicht probieren konnten, da sie ja noch fahren mussten. Einzig Susi interessierte sich wenig für die Auslegeware, sondern positionierte sich vor hübschen Locations wie dem schön dekorierten Osterbrunnen, um ein Duckface zu ziehen und ein heißes Foto für ihre 5.478 Instagram-Follower zu schießen.

Max Wengert, der genau wie sein Vater ein begeisterter Biker war, ließ Susanne die ganze Zeit über nicht aus den Augen. Vor fünf Jahren hatten sie einmal was miteinander gehabt, damals, sie waren ja fast noch Kinder gewesen. Und die Susi war sich ihrer Schönheit, ihrer Anziehungskraft, die sie auf die Männer ausübte, noch gar nicht bewusst gewesen. Sie hatte die lange Mähne meistens zu einem Pferdeschwanz gebunden und war in Schlabberpullis herumgelaufen. Jetzt aber, jetzt wusste sie, wie schön sie war. Längst hatte sie ihren Augenaufschlag perfektioniert, die nachlässige Geste ihrer Hand, mit der sie sich scheinbar zufällig falsch gefallene Haarsträhnen aus dem Gesicht strich. Das abschätzige Schürzen der vollen Lippen, wenn sie nachdachte. Ach, wie es gewesen war, diese Lippen zu küssen, damals, vor fünf Jahren! Weich und samtig waren diese Lippen. Wunderschön! Heute waren sie Freunde, das war okay. Ging schon. Außerdem hatte sie ja einen neuen Freund, und mit dem wollte sich Max nun wirklich nicht anlegen.

Auch Jan, der eine quasi selbstgebastelte Kutte trug, weil er fand, dass zu einem Motorradclub eine Kutte gehörte, hätte sich niemals mit Susis neuem Freund angelegt, obwohl er die Susi wirklich extrem scharf fand. Außerdem war er ja mit Lydia zusammen, der schönen, aber ein bisschen braven Lydia. Die studierte in Leipzig und war nur einmal im Monat da. Sie war ein Rohdiamant, durchaus, sie konnte ein bisschen geschliffen werden bei Bedarf, er musste sie nur dazu kriegen, den Motorradführerschein zu machen, dann könnte sie der Susi das Wasser reichen, beinahe jedenfalls.

Die beiden Jungs beobachteten nicht nur Susi. Ihre Blicke folgten auch argwöhnisch jeder Bewegung von Timo, der als Einziger im Club eine ältere Moto Guzzi fuhr. Denn Timo war es, der gerade mal wieder die Susi zum Lachen brachte, mit einer hingeworfenen Bemerkung aus seinem von einem Hipster-Bart umrundeten Mund. Die geschleimte Frisur darüber passte zum Look, genau wie die genietete Lederjacke. Er war die Sorte Mann, bei der man sich fragte, ob der Betreffende nicht vielleicht doch schwul war – womöglich, ohne es selbst zu wissen. Jedenfalls ärgerte es die anderen beiden, dass die Susi jetzt ein Selfie mit dem Hipster schoss, wahrscheinlich für ihren Instagram-Account. Obwohl sie sich das Posten in dem Fall eventuell verkneifen würde, denn das würde garantiert ihr Kerl sehen, und vor dem hatten sie, wenn sie ehrlich waren, alle ein bisschen Schiss. Der war nämlich …

»Wie wär's mit einem Kuchen?«, schlug Manfred plötzlich vor.

»Ich liebe Wibele-Torte!«, stimmte Ulrike, seine Frau, zu.

Wenige Minuten später ergatterte die Gruppe einen Platz auf der begehrten Sonnenveranda des Café Bauer, von der aus man eine überwältigende Aussicht ins Tal Richtung Bächlingen hatte. Diejenigen von den MFHC, deren Bikes nicht über ein Case verfügten, hatten ihre Helme an der Garderobe gelassen, und alle genossen die wärmenden Strahlen der Sonne, denen man hier voll ausgesetzt war. Und noch ein bisschen später hatten sich alle ein Stück dieser leckeren Torte bestellt, für die das Café Bauer berühmt war, knusperten Wibele dazu und tranken Kaffee.

Christine beobachtete die Susi. Die schöne, tolle Susi, hinter der sie alle her schmachteten. Die Susi. Die blöde Schlampe, die alle Männer verrückt machte. Dabei war sie liiert, man munkelte, mit einem von den ganz Großen. Aber das genügte der schönen Susi nicht, sie brauchte mehr. Christine bezweifelte, dass sie die Heerschar der älteren sabbernden Kerle, die sie beständig angierten, tatsächlich ranließ. Und natürlich war ihr nicht entgangen, wie Richard dieses Weib mit Blicken verschlang. Ungeniert anstierte, auch in ihrer Gegenwart, das war ihm scheißegal. Oder er hielt sie für zu blöd, es zu bemerken. Beides war gleich beschissen. Ein Lachen perlte von den sinnlichen Lippen der schönen Susi, weil der bedauernswerte junge Schönling Timo, der ihr hoffnungslos verfallen war, wohl irgendeinen dümmlichen Witz gemacht hatte. Und das, obwohl der auch eine Freundin hatte, eine ganz nette. Die Susi konnte sie alle haben, anders als sie, Christine. Sie sah zwar auch nicht schlecht aus und war eigentlich ganz zufrieden mit sich. Aber an die schöne Susi kam sie nicht heran, denn die war einfach eine Sexbombe. Und das war okay, es gab solche Frauen und würde sie immer geben. Aber wenn die einmal ihren Richard anfassen würde, dann gnade ihr Gott.

Lisa und Heiko schlenderten unterdessen weiter Hand in Hand durch das sonnenbeschienene, frühlingshafte Bartenstein, und Sita wartete ebenso geduldig wie Heiko, wenn Lisa irgendeinen Krempel anschauen oder kaufen wollte. Irgendwann fand Heiko auch mal was, einige Fossilien aus dem Jagsttal, Hohenloher Muschelkalk und roten Jaspis für seine Mineraliensammlung im Büro. Und schließlich beschlossen sie, eine Pause zu machen und einen Kuchen zu essen.

Die Gruppe der MFHC hatte fast zwei Stunden lang die Aussicht über das Jagsttal Richtung Bächlingen genossen, im Westen lag das Fürstenschloss und im Osten das Mawell, »Mayer's Wellness«, wo die Hohenloher in einem Wellness-Park entspannen konnten. Es war traumhaftes Wetter, und man beschloss, gemeinsam weiterzufahren, in Richtung Braunsbach.

Richard nahm seinen Helm von der Hutablage, genau wie einige andere. Kurze Zeit später hatten sie wieder den Parkplatz zwischen dem Automuseum und dem Hohenloher Kunstverein erreicht. Richard Wengert strich sich eine Strähne seines lockigen mittelbraunen Haares zurück, setzte seinen Helm auf und wunderte sich nur kurz über den etwas seltsamen Geruch. Wirklich ekelhaft, er würde mal wieder ein Reinigungsspray anwenden müssen.

Zwei Minuten später saßen alle auf, er warf Christine einen letzten freundlichen Blick zu, den sie nickend erwiderte. Dann schielte Richard noch einmal verstohlen zur schönen Susi, die soeben ihre lange vorhangartige Wallemähne unter ihrem rabenschwarzen Helm zu bändigen versuchte. Sie sah ebenfalls zu ihm her, erlaubte sich ein kleines, vielleicht etwas spöttisches Lächeln und zwinkerte ihm zu, was Christine Gott sei Dank vollkommen entging. Wie ihr sowieso das meiste entging, aber so war das nun mal nach 20 Jahren Ehe. Richard nagte an seiner Unterlippe, seine Zungenspitze schoss kurz hervor, ach Gott, die Susi war ja so heiß!

Und dann starteten sie, drehten das Gas hoch, und wie immer war es ein erhebendes Gefühl, im Pulk Motorrad zu fahren, als Gruppe, welche die Leute zwar nicht fürchteten, wohl aber ein klein bisschen respektierten. Sie schwenkten nacheinander mit eleganten fließenden Bewegungen nach rechts in die kleine Steige in Richtung Bächlingen ein, über die sie auch gekommen waren, denn die Strecke war einfach wunderschön. Alle hatten sie unterschiedliche Maschinen, es war alles dabei – Allrounder, Tourer, Chopper, Enduros. Ein paar Meter, die mit einiger Steigung nach unten verliefen.

Plötzlich fühlte Richard auf seinem grellblauen Tourer Übelkeit in sich aufsteigen. Er wunderte sich – das konnte doch nicht sein, er hatte nicht mehr spucken müssen, seit er sich vor zehn Jahren auf dieser blöden Kreuzfahrt das Norovirus eingefangen hatte. Irritiert runzelte er die Stirn unter seinem hellblauen Helm mit dem silberfarbenen Blitz, spürte, wie ihm die Wibele-Torte wieder hochkam, die war aber doch gut gewesen? Krampfhaft bemühte er sich, trotz seines aufsteigenden Brechreizes die Lenkstange ruhig zu halten beziehungsweise im richtigen Winkel zu den Kurven der unerbittlichen Serpentinen. Die Strecke erforderte höchste Konzentration, und da würde er …

Richards Sicht trübte sich, er bekam Herzrasen, der Schweiß brach ihm unvermittelt aus und rann salzig in seine Augen. Gleichzeitig sprudelte ein Schwall Erbrochenes in seinen Helm. Wengerts Organismus pumpte Unmengen Adrenalin in seinen Körper, in sein explodierendes Herz, das bei dem rasenden Tempo kaum mehr mitzuhalten vermochte. Nach ein paar Sekunden kapitulierte es, setzte einfach aus, erst einen Schlag, dann einige weitere. Er schaffte es noch, korrekt auf die S-Kurve zuzusteuern, aber dann fuhr er einfach geradeaus weiter. Das Motorrad bäumte sich an dem kleinen Hang auf, schanzte augenblicklich nach oben, schleuderte Richard Wengert vom Sitz, und das Letzte, was er in seinem Leben wahrnahm, waren ein blühender Obstbaum und der wolkenlose Hohenloher Himmel, bevor er sich beim Aufprall am Baumstamm das Genick brach.

Sebastian Werner war einer der Polizisten, die zum Unfallort gerufen worden waren. Wie es der Zufall wollte, handelte es sich um ebenjenen Polizisten, der eine Woche zuvor beim Motorradgottesdienst vor der Haller Michaelskirche zur Vorsicht im Verkehr gemahnt hatte, denn ein jeder Verkehrstoter war eine schwere Belastung für ihn und die Kollegen, auch psychisch. Und natürlich war ihm bewusst, dass das müßig war, dass die Leute fuhren, wie sie wollten. Und dass sie nicht wirklich damit rechneten, dass ihnen etwas passieren könnte. Weil die schweren Unfälle ja immer nur den anderen passierten. Obwohl es bisher seines Wissens keinen einzigen Biker-Gottesdienst gegeben hatte, bei dem die Gläubigen ein Jahr später noch in derselben Besetzung gewesen waren. Irgendeinen erwischte es halt immer.

Sebastian Werner seufzte schwer, er hätte es wirklich begrüßt, wenn es dieses Jahr noch ein klein wenig gedauert hätte. Nun gut, immerhin hatten er und seine Kollegin es hier wohl leicht, die Sache war eindeutig: Kontrollverlust in der Kurve. Das Übliche, vor allem, wenn die Kerle getrunken hatten. Vorbei an den vollkommen schockierten Bikern, die wie Ölgötzen am Wegrand neben ihren Maschinen standen, ging Werner die paar Schritte über die blühende Wiese auf die Leiche zu. Eine hemmungslos schluchzende Frau beugte sich über den grotesk verrenkten Leichnam und ein junger Mann kniete ebenso fassungslos daneben. Der Polizist murmelte beruhigend auf die Frau ein, als wäre sie ein scheues Pferd, und bat sie, ihn einen Blick auf den Toten werfen zu lassen. Er winkte zwei der Sanitäter herbei, der eine fasste die Frau mit sanfter Gewalt am Arm, der andere kümmerte sich um den jungen Mann, und die beiden wurden in Richtung des Krankenwagens geführt. Sebastian Werner wandte sich wieder der Leiche zu, schnupperte, zog die schmale Nase kraus und wunderte sich. Er beschloss, dass es wohl doch besser wäre, den Staatsanwalt anzurufen. Und der meinte, dass sich das schon so anhören würde, als solle man da mal die Kripo und die Spurensicherung hinschicken, nur so zur Sicherheit.

Sita, Lisa und Heiko waren bei einer Heidelbeer-Sahne-Torte und einer Limonade der Eico-Quelle aus Wallhausen sowie einer Schale Wasser für den Hund vor dem schön geschmückten Brunnen auf dem Dorfplatz in Bartenstein auf einer Bierbank gesessen, als der Anruf sie erreicht hatte. Der Kollege hatte einigermaßen schockiert geklungen, es handelte sich wohl um einen Motorradunfall, bei dem er sich über die Umstände wunderte. Genaueres hatte er am Telefon nicht verlauten lassen, sondern nur darum gebeten, dass sie so schnell wie möglich herkämen. Eigentlich war es Glück gewesen, dass der Anruf Heiko überhaupt erreicht hatte, denn in Bartenstein gab es nicht immer Netz, Internet konnte man jedenfalls vergessen. Heiko beendete das Gespräch, seufzte verdrossen wegen des verdorbenen Feiertags, stopfte sich mit einigem Bedauern den letzten Bissen Torte in den Mund und spülte mit Kaffee nach. Lisa hatte ihren Kuchen schon gegessen, und wenige Minuten später waren sie auf dem Weg über Riedbach, wo sich das »Franken Bräu« befand, und das fußballbegeisterte Billingsbach und dann weiter nach Bächlingen.

Inzwischen hatten die Kollegen die Bächlinger Straße abgesperrt, und Heiko manövrierte den M3 um die Barriere herum die Straße hinauf zur dritten Kurve. Hier war eine Gruppe von Bikern versammelt, die mit ihren überwiegend schwarzen Anzügen auf den ersten Blick wirkten wie eine Kolonne riesiger Ameisen. Heiko parkte den Wagen am Wegrand, und die Kommissare stiegen aus. Den Hund ließen sie zähneknirschend im Auto, und Heiko musste beruhigend auf Sita einreden, damit sie es sich im Fußraum bequem machte. Ein Krankenwagen stand mitten auf der Straße, Sanitäter in der üblichen weiß-roten Kluft eilten zwischen den Mitgliedern der Gruppe umher. Heikos Blick schweifte nach links oben in Richtung Langenburg, und er bemerkte zahlreiche Schaulustige, die sich an der östlichsten Ecke der Veranda des Café Bauer versammelt hatten und von dort aus auf das Geschehen hinunterstarrten, als sei dies eine Opernaufführung und das Langenburger Traditionscafé der obere Rang. Allerdings war die Menschenmenge von hier aus nur als undefinierbarer Pulk zu erkennen, Langenburg war einfach zu weit weg. Heiko fluchte innerlich, weil er von hier unten nichts gegen die Gaffer unternehmen konnte, allerdings gab es gerade auch Wichtigeres.

»Das ist doch der Kollege«, meinte Lisa und deutete auf einen blonden Hünen mit den feingeschnittenen Gesichtszügen, der soeben seine Mütze in den Händen drehte, um sie neu aufzusetzen.

»Hallo, Herr Werner«, grüßte Heiko, wobei er sich mit dem Siezen ein bisschen schwertat. Immerhin war er etwas älter als der Kollege, und in Hohenlohe duzten sich sowieso fast alle. Im Pressler musste man während der Muswiese sogar eine Runde Schnaps zahlen, wenn man es wagte, sein Gegenüber zu siezen. »Wüst und Luft von der Kriminalpolizei«, stellte er sich und Lisa vor.

»Ach ja«, sagte der Kollege und erklärte dann: »Ich bin der Sebastian.«

Heiko atmete auf, das würde die Sache vereinfachen.

»Heiko und Lisa«, informierte Lisa, während der Kollege sie zur Leiche führte.

»Wieso rufst du denn da uns an?«, wunderte sich Heiko. »Ist das kein normaler Motorradunfall?«

Sebastian schürzte die Lippen. »Natürlich sieht das erst einmal so aus.«

Sie waren bei der Leiche angekommen, einem gut trainierten Mann Anfang 50 im Lederdress, der wie eine verrenkte Puppe neben einem blühenden Obstbaum zum Liegen gekommen war. Das Genick war gebrochen, das war deutlich zu sehen, obwohl er den hellblauen Helm mit dem silberfarbenen stilisierten Blitz noch trug, denn der Kopf war auf unnatürliche Weise nach hinten überstreckt.

»Genickbruch, oder?«, fragte Lisa.

Unbemerkt war Uwe von hinten an sie herangetreten, er trug einen weißen Overall der Spurensicherung. Die Haller waren noch nicht anwesend, sie würden aber sicherlich gleich kommen. Zu Mordfällen wurden nämlich auch immer Kollegen der Haller Spurensicherung hinzugezogen, quasi zur Verstärkung.

»Hallo, Lisa, hallo, Heiko«, grüßte er und schloss zu ihnen auf.

»Ach, dr Kolleech«, grüßte Heiko zurück. »Was sagst du denn dazu?«

»Natürlich hat der einen Genickbruch. Aber das ist noch nicht alles.«

»Sondern?«, fragte Lisa nach, während Heiko innerlich die Augen verdrehte. Er hasste es, wenn Uwe sich derartig bitten ließ. Allerdings legte Lisa immer eine stoische Geduld an den Tag, wenn es darum ging, Informationen aus dem Crailsheimer Spurensicherer herauszukitzeln. Geduld – eine Eigenschaft, die Heiko als echtem Hohenloher definitiv fehlte.

Uwes haarloser Kopf mit dem kleinen Bärtchen und den dunklen Augen ruckte in die Richtung von Sebastian Werner. »Dem Kollegen ist was Komisches aufgefallen«, führte er weiter aus.

Werner nickte. »Ja, und zwar ist da viel Erbrochenes.«

Nun beugten sich die beiden Crailsheimer Kommissare über die Leiche, und tatsächlich, aus dem Visier des Helms sickerte eine arg unappetitliche grünliche Brühe mit nicht näher definierbaren Brocken. »Kann das nicht sein, dass der brechen musste, weil er so schockiert war, dass er neben rausfährt?«, schlug Heiko vor.

Uwe schüttelte den Kopf. »Es ist verdammt komisch, dass er es nicht geschafft hat, rechts ranzufahren. Normalerweise kann man das Brechen ja kurz zurückhalten.«

»Auch, wenn man betrunken ist?«

»Nach Aussagen der Mitfahrer hatte er nur Kaffee und Limonade intus. Er sei diesbezüglich sehr pedantisch gewesen.«

»Hm.« Lisas Blick blieb an einem bläulichen Schmetterling hängen, der sich neben der Leiche aus dem Gras erhob und in den wattewolkigen Himmel aufstieg.

»Also, mir war es jedenfalls ein bisschen suspekt«, meinte Werner, »und lieber einmal zu oft die Kripo geholt als einmal zu wenig. Denn immerhin könnte der ja auch vergiftet worden sein, wer weiß?«

»Das ist eine Vermutung«, stellte Heiko fest. »Nicht mehr.«

Uwe nickte. »Ja. Aber du wirst mir ja zustimmen, dass man da lieber eine Obduktion macht. Für den Fall der Fälle. Und fasst den Kerl bloß nicht an!«

Zur gleichen Zeit schoss »Ridewithflitzi« einige Fotos für seinen Instagram-Account. Er hatte die Dachterrasse des Café Bauer kaum betreten, als ihm sofort die Menschenmenge aufgefallen war, die den Unfall beobachtete. Und sogleich hatte er ein paar Leute ausgefragt, einfach, weil es ihn interessierte. Anscheinend hatte es ein bisschen gedauert, bis die Leute es kapiert hatten, denn es war sozusagen ein »leiser« Unfall gewesen. Quasi ein leiser Knall. Markus erwischte sich dabei, wie er den Unfall irgendwie cool fand, wie er ihm ein wohliges Gruseln verursachte. Wie in einem Horrorfilm, den man selbst erlebte, in dem man der Protagonist war. Er hatte der Versuchung widerstanden, ein paar Fotos zu knipsen, obwohl die Kamera seines

Handys verdammt gut war, sie war ja sein Arbeitsgerät. Er hatte bereits jetzt über 11.000 Follower, was für die hiesige Gegend gar nicht schlecht war. All seine Posts taggte er mit so vielen Hashtags, wie ihm einfielen, das war heutzutage das Wichtigste, um Aufmerksamkeit zu erzielen. Er bekam schon Anfragen von Firmen, die wollten, dass er ihre Produkte promotete. Aber für seinen Geschmack waren immer noch zu viele schwarze Schafe dabei, bei denen er die Sachen erst mal kaufen sollte, und das war ja nun nicht Sinn der Sache. Er wollte ein Star werden, *der* Influencer im Bereich Motorcycling. Und er würde es schaffen, da war er sich ganz sicher. Auch, wenn es genügend Hater gab, die ihn mobbten, weil sie neidisch waren oder weil sie ihn einfach lächerlich fanden. Die würden sich noch umgucken, wenn er Millionen scheffeln würde. Okay, Millionen waren wohl tatsächlich nicht ganz realistisch. Hunderttausende schon. Immerhin war er keine Frau, wie die scharfe »Biker-Suzy«, die er früher am Tag beim Rumlaufen entdeckt hatte und die er vom Instagram kannte.

Markus Unger zückte sein Handy, richtete die coole Lederjacke und machte ein Selfie in Richtung Bächlingen, um Minuten später zu posten: *Saugeiler Tag heute in #Langenburg, wo ich mit dem #Bike unterwegs bin.* Gewohnheitsmäßig fügte er noch circa 20 andere Hashtags hinzu wie *#motorcycle*, *#motolifestyle*, *#bikersofinstagram*, *#superbikes*, *#2wheelslovers*, *#bikers*, *#bikewars*, *#motorcyclelife*, *#featureme*, *#motorradliebe*, *#hohenlohe* oder *#nakedbikes*. Er dachte kurz nach, bevor er ergänzte: *#unfall #ostermontag #bächlingen #crash #todesopfer #verkehrstote #verkehrssicherheit #unfälle #wasistpassiert #todesfall.* Denn das würde sicherlich ein paar Follower mehr bringen.

Der zierliche, etwas durchgeistigt wirkende Sanitäter hatte den Kommissaren schlichtweg verboten, sich mit der Frau und dem Sohn des Opfers zu unterhalten, die beide auf Pritschen im Krankenwagen saßen. Die seien definitiv nicht in der Lage dazu, den Kommissaren Rede und Antwort zu stehen. Heiko sah zu der eigentlich hübschen Frau mit der blonden Kurzhaarfrisur hin, die jetzt arg verheult wirkte, und zu dem jungen, ebenso blonden Mann um die 20, dessen Gesicht absolut ausdruckslos war. Sebastians Partnerin stand dabei und kümmerte sich um die Versorgung der vollkommen schockierten Angehörigen.

»Tja, da kann man wohl nichts machen«, stellte Lisa fest.

»Ist ja auch wirklich verständlich.« Heiko nickte und zückte seine Kippenschachtel.

Ausnahmsweise protestierte Lisa einmal nicht, als er sich mit fahrigen Fingern eine anzündete. In letzter Zeit nervte sie ihn sehr mit dem Aufhören. Aber auf den Schreck einer Leiche hin war es wohl durchaus legitim, eine zu rauchen. Er schloss die Augen, sog tief den Rauch in seine Lungen ein, der brannte gut.

»Reden wir mit den anderen?«, schlug Lisa vor.

Heiko zog noch einmal an der Kippe, nickte und schnippte sie in den Graben, der in entgegengesetzter

Richtung zur Leiche lag, um Uwes Spurensicherungs-Zorn nicht auf sich zu ziehen.

Sie erreichten nach wenigen Schritten den Pulk Menschen, die ihre Helme abgenommen hatten und augenblicklich verstummten, als die Kommissare zu ihnen traten. Es handelte sich um sechs Biker aller Altersklassen. Zwei davon waren Frauen, die eine Ende 50, die andere etwas über 20 und ausnehmend hübsch.

Heiko räusperte sich, was eigentlich gar nicht nötig gewesen wäre, denn alle sechs sahen zu ihm hin. »Wüst und Luft von der Kriminalpolizei«, begann er.

Allgemeines Nicken.

Er fuhr fort: »Sie sind mit dem Mann in der Kolonne hier runtergefahren?«

Wieder allgemeines Nicken.

»Wer war denn direkt hinter ihm?«, schaltete sich Lisa ein.

Ein junger Kerl etwa Mitte 20 hob die Hand. Er trug das aschblonde Haar lang und hatte es mit einem Gummi im Nacken zu einem dünnen Pferdeschwanz gebunden. Seine stämmige, etwas untersetzte Figur steckte in einer Lederhose mit Nieten und einer ledernen Kutte mit diversen Aufnähern. Heiko konnte eine Spinne erkennen. Er straffte sich, als Heiko das Wort an ihn richtete. »Wie heißen Sie denn?«

»Bullinger, Jan.«

»Also, Herr Bullinger, ist Ihnen irgendwas aufgefallen?«

Der Mann zuckte die Achseln und meinte mit einer Stimme, die eigentlich zu hoch für ihn schien: »Komisch geschwankt hat er schon die ganze Zeit. Aber ich dachte, der macht das mit Absicht.«

»Wieso das denn?«, wunderte sich Lisa.

»Na ja, ab und zu so ein kleiner Schwenk ist doch was Schönes«, meldete sich ein zweiter Biker zu Wort, ebenfalls ein Jüngerer, der allerdings einen supergepflegten Hipster-Vollbart und zu einer schwungvollen Welle gegeltes Haupthaar zum nietenbesetzten Lederdress trug und einen chromglänzenden Helm unter den Arm geklemmt hatte.

»Und Ihr Name ist?«, wollte Lisa wissen und lächelte dem jungen Mann freundlich zu, etwas *zu* freundlich für Heikos Geschmack.

»Timo Laukenmann«, informierte der gutaussehende Biker.

»Sie haben das auch gesehen?«, vergewisserte sich Heiko.

Laukenmann nickte. »Ich war hinter dem Jan. Und ich hab mir auch nichts dabei gedacht.«

»Wo waren Sie denn vor dem Unglück?«, fragte Heiko weiter.

Nun war es der Älteste in der Runde, der antwortete. Ein weißer Schnurrbart und längeres, ebenso helles Haupthaar umrahmten sein Gesicht. Seine stechend blauen Augen verliehen ihm eine Aura von Terence Hill. Allerdings passte die stattliche Figur nicht dazu. Er hatte seinen recht voluminösen Leib in einen orange-anthrazitfarbenen Kevlaranzug gezwängt. Vom Modernsten, Feinsten und Teuersten, wusste Heiko. »Ich bin der Vorsitzende von den MFHC, der Manfred Hofmeister. Und das ist meine Frau Ulrike, und hier mein Sohn Simon.« Er wies auf die Frau neben sich, die in seinem Alter war und das mittelbraune Haar zu einem kurzen Pferdeschwanz zusammengefasst hatte. Sie trug den gleichen Anzug wie er, natürlich die Damenversion. Auch sie war etwas üppiger. Und auf den dunkelhaarigen, eher unscheinbaren, hageren und großen jungen Mann, dessen Anzug noch teurer aussah als der seines Vaters und der darüber noch eine Weste trug. Das Ganze sah ein bisschen so aus wie eine moderne Ritterrüstung, fand Lisa. »Das hier war unsere Feiertagsausfahrt, und wir waren auf dem Ostermarkt in Langenburg. Genauer gesagt, als Letztes waren wir im Café Bauer.«

»Ach. Und dort haben Sie auch was gegessen?«, erkundigte sich Lisa.

»Ja. Alle das Gleiche. Eine hervorragende Wibele-Torte.«

»Wibe-was?«, hakte Lisa nach.

Heiko grinste. Das war Hohenloher Spezialwissen. Und er war sicher, dass er Lisa schon mal von den Wibele erzählt hatte, offenbar hatte sie es vergessen. »Se Wibele are se trädischonel Biskwit of Hohenlohe Country«, wisperte er und fügte hinzu: »Erklär ich dir später.«

Lisa nickte, jetzt war wohl kaum der richtige Zeitpunkt für derlei Ausführungen. »Jedenfalls haben Sie alle das Gleiche gegessen?«

»Ja, warum?«, fragte Manfred Hofmeister zurück.

»Nur so«, antwortete Heiko frech, das brauchte Hofmeister nicht zu wissen, das würde noch früh genug herauskommen. Gleichzeitig verwarf er seine Idee von der Lebensmittelvergiftung, denn niemand aus der Truppe hatte spucken müssen. »Schlecht ist auch niemandem von Ihnen?«, setzte er nach, um allerletzte Zweifel auszuräumen.

Kollektives Kopfschütteln.

»Ach, und vorher waren wir noch auf der ›Jagsttalranch‹ in Großforst«, fügte Hofmeister hinzu. Heiko nickte und machte sich gedanklich Notizen.

»Jetzt kennen wir alle außer Ihnen!«, richtete Lisa das Wort endlich an die geradezu ätherische Schönheit mit den langen schwarzen Haaren im knallroten Lederanzug, die sich soeben mit einem silbernen Feuerzeug eine dünne Zigarette anzündete.

»Susanne Schneider heiß ich«, stellte sich die Frau vor und zog an der Kippe, blies mit einer ruckenden Bewegung des Kopfes Rauch aus und sah Lisa aus grünen Augen herausfordernd an.

Heiko räusperte sich und beendete damit den direkten Blickkontakt zwischen den beiden Damen. »Sie dachten also, dass der ein bisschen hin- und herschwenkt mit der Maschine, um Spaß zu haben.«

Wieder nickten alle.

»Zumindest die, die hinter ihm gefahren sind. Wir waren ja vor ihm und haben gar nichts mitgekriegt, genau wie die Susi und seine Familie«, präzisierte Manfred.

Heiko brummte, das machte Sinn. »Aber den Unfall haben Sie alle mitbekommen«, vermutete er.

»Der war nicht zu überhören, ja.«

»Richard ist plötzlich geradeaus weitergefahren und über den Hang geschanzt, dann vom Moped gefallen und in hohem Bogen gegen den Baum geknallt«, erklärte Jan.

»Den Luxemburger Bratbirnenbaum«, präzisierte Timo. »Mit so was kenn ich mich aus.«

»Aha«, machte Heiko und sah zu dem betreffenden Obstbaum, den er mit seinem Halbwissen gerade noch als Birnbaum und eben nicht als Apfelbaum identifiziert hätte.

Sie wussten noch nicht definitiv, ob es sich um Mord handelte. Deswegen war es jetzt auch müßig, die Leute allzu genau auszuquetschen, vielleicht sogar kontraproduktiv, falls der Mörder sich unter ihnen befinden sollte. Falls!, denn Heiko zweifelte ja immer noch, ob der Kerl nicht einfach erbrochen hatte, vielleicht doch besoffen, und dann einfach weggetreten war. Vielleicht hatte er Drogen intus gehabt, von denen die anderen nichts wussten. Eine Medikamentenunverträglichkeit wäre ebenso möglich. »Die Kollegen haben Ihre Daten aufgenommen?«, vermutete Heiko. Und Manfred, der Anführer, der Leader of the Gang, nickte. »Mir sinn sowieso alle bei den MFHC.«

Nachdem sich Lisa und Heiko eine weitere Abfuhr bei den Sanitätern abgeholt hatten – die Ehefrau und der Sohn hätten beide einen schweren Schock –, beschlossen sie, nach Langenburg hochzufahren. So wie die Sache aussah, konnte man hier sowieso nicht von einem Tatort sprechen, selbst dann nicht, wenn es sich tatsächlich um Mord handeln sollte. *Wenn* es sich um einen

Mord handeln würde, wäre die ganze Sache unglaublich kompliziert.

»Schauen wir am besten mal ins Café Bauer, wenn die da als Letztes waren. Vielleicht ist ja jemandem was aufgefallen. Und außerdem will ich mal den blöden Gaffern Bescheid geben«, verkündete Heiko.

»Die sind doch längst weg, bis wir da sind!«, glaubte Lisa.

Heiko schnaubte. »Die Hartnäckigen bleiben, bis alles rum ist. Und da oben haben die ja einen Logenplatz.«

Sie waren schon gemeinsam in Langenburg gewesen, natürlich, denn Lisa wohnte jetzt seit vier Jahren in Hohenlohe. Trotzdem war es von Crailsheim aus nicht gerade ein ständiger Zielort. Sie hatten einmal das Schloss besichtigt, das wohl eines der wenigen war, die einen offiziellen Hundefriedhof am Fuße ihrer Mauern hatten. Dort parkte Heiko den M3, was nur deshalb möglich war, weil sich am späten Nachmittag die Besucher des Ostermarktes nach und nach gelichtet hatten. Diesmal durfte Sita wieder mit, zum ersten Mal war sie bei einer Ermittlung dabei, und schwanzwedelnd rannte der Dackel voraus. Zahlreiche Menschen kamen ihnen entgegen, die alles Mögliche mit sich schleppten – Heiko kam sich fast wie auf der Muswies vor. Da hatte es auch schon einen Todesfall gegeben, er erlebte sozusagen ein doppeltes Déjà-vu. Sie passierten den Kunstverein und überquerten die Straße in Richtung Altstadt. Heiko zog Lisa von all den Ständen fort, mit der Begründung, dass sie zu tun hätten. Ein angenehmer Nebeneffekt ihrer Ermittlung war natürlich, dass er gleich in den Genuss eines Kaffees und der hervorragenden Wibele-Torte des Café Bauer kommen würde.

Lisa und Heiko erkletterten die teppichbelegten Stufen des Langenburger Traditionscafés. Das andere, das Café Dürr, stand dem »Bauer« in nichts nach. Allerdings mussten sie nun im »Bauer« ermitteln. Und sie würden die wunderschöne Aussicht genießen können, denn die Dachterrasse im »Bauer« bot einen fantastischen Blick über das gesamte Jagsttal in Richtungen Bächlingen, von den Hohenlohern nur »Bächli« genannt. Und tatsächlich hatten sie Glück. Nachdem sie das etwas antiquiert, aber überaus stilvoll in Rosatönen eingerichtete Café, das von schweren, alten Art-Déco-Messinglampen illuminiert wurde, durchquert hatten und hinaus auf die lichtdurchflutete Terrasse getreten waren, standen soeben zwei ältere Damen an der Wand auf, und Lisa und Heiko konnten den Tisch in Beschlag nehmen.

Die Bedienung, eine junge blonde Dame mit kessem Pferdeschwanz und sehr schlanker Figur, räumte eilfertig die beiden Eiscafébecher weg und wischte den Tisch ab, um ihnen anschließend mit aufforderndem Lächeln zwei Speisekarten hinzulegen. Nachdem sie sich bedankt hatten, fixierte Heiko die Tische direkt an der Brüstung, wo sich die Leute mit etwas zu trinken und dem einen oder anderen Tortenstück so postiert hatten, dass sie einen hervorragenden Blick auf das Tal hatten. Nach wie vor saßen die Menschen am kleinen Erker, der über den Rest des Geländes ragte, dichter gedrängt als auf dem Rest der Veranda. Nicht alle gafften offensiv, aber kaum einer linste nicht alle paar Sekunden verstohlen hinüber, um zu sehen, ob es neue Entwicklungen gab und vielleicht endlich die Leiche abtransportiert wurde, denn das wäre eine willkommene Abwechslung im manchmal so tristen hohenlohischen Alltag.

»Und hier haben die also – wie heißt das noch mal – Wibele-Torte gegessen?«, fragte Lisa.

»Ja, Wibele sind das Langenburger Nationalgebäck – allräddi entschoid bei Her Mädschesty Kwiin Victoria«, erläuterte Heiko.

»Und wieso redest du jetzt auf einmal Englisch?«, wunderte sich Lisa.

»Weil es da eine ganz kultige Rede von 1961 gibt, in der der Langenburger Bürgermeister der frisch inthronisierten Queen Elisabeth Wibele schenkt. Dabei konnte der arme Mann gar kein Englisch, und die Queen hat's vor Lachen fast verrissen.«

»Echt? Das müssen wir mal anschauen. Gibt's das online?«

»Klar, man muss nur ›Queen‹ und ›Langenburg‹ eingeben, dann findet man's.«

»Soso.«

»Ja, und Prinz Philipp soll anschließend gesagt haben: ›Hätte er Deutsch gesprochen, dann hätte ich ihn verstanden.‹ Dabei hat der Bürgermeister die Rede extra vom Schuhleerer übersetzen lassen und das Ablesen mehrfach geübt.«

»Von wem?«

»Vom Englischlehrer. In Hohenlohe ›Schullehrer‹ genannt. Hört sich aber meistens eher wie ›Schuhleerer‹ an.«

»Aha.« Lisa grinste und wunderte sich dann: »Und was macht die Queen in Langenburg?«

»Ich glaube, Philipp ist der Bruder von Fürst Krafts … Mutter?«

»Kraft?«

»Der Vater des jetzigen Fürsten.«

»Ach so.«

»A reechder Mou!«

»Wer?«

»Der Fürst. Fürst Philipp.«

»Ach so. Na, dann essen wir doch mal so eine Wibele-Torte, oder?«, schlug Lisa vor und visierte die Bedienung an, die augenblicklich mit einem gezückten Tablet erschien und mit leicht hochgezogenen, perfekt gezupften Augenbrauen nach ihren Wünschen fragte. Lisa und Heiko bestellten die Wibele-Torte, Heiko einen Kaffee dazu und Lisa einen Latte macchiato.

»Und, was denkst du? War es Mord?«, wollte Lisa wissen und riss Heiko, der wieder sinnierend in Richtung Tal geschaut hatte, damit aus seinen Gedanken. Der hohenlohische Kommissar zuckte die Achseln und fuhr sich mit der großen Hand durchs Haar, das ehemals beinah schwarz gewesen war, nun aber deutlich von grauen Stellen durchzogen wurde – immerhin gingen sie beide inzwischen auf die 40 zu.

»Rein vom Bauchgefühl her, meinst du?«

»Ja. Nur so.«

»Dann … inzwischen … irgendwie ja. Ich weiß nicht, warum. Ist nicht das Naheliegendste, aber könnte sein.«

»Wir werden sehen«, meinte Lisa und folgte mit Blicken der Bedienung, die erst an einem anderen Tisch einen Kaffee abstellte und anschließend zu ihnen kam und die Tortenstücke und Getränke lieferte. »Das sieht ja toll aus«, fand Lisa und betrachtete begeistert die cremefarbene Köstlichkeit mit den knusprigen Wibele als Krönung. Zwei kakaodunkle Böden mit einer Schokolade-Wibele-Creme dazwischen, darüber ein heller Bisquit, alles mit mehreren Schichten Sahnecreme, Schokosoße, Sahne und natürlich Wibele als Topping. Über Kalorien sollte sie da nicht nachdenken, wollte sie kein schlechtes Gewissen bekommen. Sie hatte ein paar Kilo zugenommen, seit sie hierhergezogen war. Aber sie ging immer noch als schlank durch und gefiel sich.

»Sie, entschuldigen Sie bitte«, bremste Heiko die Bedienung aus, die schon wieder den Rückzug antreten wollte.

»Ja?«, erwiderte die Dame, bemüht freundlich – sie war offenbar im Stress.

»Vor ungefähr zwei Stunden war hier eine Gruppe Biker«, begann Heiko.

Die Dame tat gar nicht erst so, als wüsste sie nicht, was Heiko meinte. »Ist einer von denen da unten verunglückt?«, fragte sie zurück, flüsternd und irgendwie ehrlich schockiert.

Heiko nickte. »Ja.«

»Und welcher?«

»Ein Mann um die 50.«

»Mit Schnurrbart?«

»Nein, ohne. Erinnern Sie sich?«

Die Bedienung dachte kurz nach und meinte dann: »Ja. Aber der mit Schnurrbart hat mehr Trinkgeld gegeben.«

Heiko biss sich auf die Lippen, um sich sein innerliches Grinsen nicht anmerken zu lassen. So wurde man von Servicefachkräften in Erinnerung behalten.

»Sie glauben gar nicht, wie viel Gewese manche um zehn Cent machen!«, erläuterte die Bedienung, die offenbar seinen Gedankengang erraten hatte. »Da freut man sich eben über ein anständiges Trinkgeld.«

»Hm«, machte Heiko. »Können Sie sich sonst noch an was erinnern, bei der Gruppe?«

»Eine ausnehmend Hübsche war dabei. Hat wie ein Model ausgesehen.«

»Ach, tatsächlich?«, wunderte sich Lisa, obwohl Heiko sofort klar war, dass damit Susanne Schneider gemeint sein musste.

»Ja, und die vier jüngeren Kerle haben die die ganze Zeit zu unterhalten versucht, aber die hat meistens auf ihrem Handy rumgedrückt und zwischendurch so ziemlich allen heiße Blicke zugeworfen.«

»Wirklich allen? Auch dem mit dem wenigen Trinkgeld?«

»Wenig war es ja nicht«, relativierte die Servicefachkraft. »Nur *weniger.*«

»Ach so, ja«, erinnerte sich Heiko. »Jedenfalls – dem auch?«

Die junge Frau zuckte die Achseln, bevor sie antwortete: »So genau hab ich das nicht mitgekriegt. Aber die anderen beiden Damen waren, glaub ich, nicht so gut auf die zu sprechen. Die haben sich nur miteinander unterhalten.«

Wie ungewöhnlich!, dachte Lisa sarkastisch. Kein Wunder, wenn man eine solche Erscheinung im Motorradclub hatte. Da war die Konkurrenz ja uneinholbar. Die Kommissare begannen nebenbei, ihre Torte zu essen und den Kaffee zu trinken, alles schmeckte ganz wunderbar.

»Wir müssten auch noch die Gäste befragen«, erklärte Heiko der jungen Frau, die jetzt etwas unschlüssig ihr Tablet in den Händen drehte.

»Da muss ich die Geschäftsleitung fragen«, meinte sie unbestimmt.

»Das müssen Sie nicht«, widersprach Heiko, »wir befragen die Herrschaften so oder so. Aber wir versprechen, diskret vorzugehen.«

Die Bedienung stieß Luft durch die gespitzten Lippen aus, war offenbar etwas ratlos, drehte weiter das Tablet. Dann wurde sie an einen anderen Tisch gerufen und verschwand beflissenen Schrittes.

»Unglaublich, was die in so kurzer Zeit über diese Motorradler rausgekriegt hat«, fand Lisa und betrachtete ein Wibele, um die eine Hälfte abzubeißen und den vanilligen Zuckerschaum zu genießen. Die andere Hälfte landete in Sitas Maul.

»Manche haben halt eine gute Beobachtungsgabe«, erklärte Heiko und nahm einen Schluck aus seiner Tasse.

»Und wie sollen wir jetzt weiter vorgehen? Denkst du, die Familie ist heute Abend ansprechbar?«, überlegte Lisa.

»Das können wir probieren. Der Uwe wird ja seine Ergebnisse nicht vor morgen haben.«

»Wenn der Kerl wirklich vergiftet worden ist, dann ist das da unten auch kein Tatort«, machte Lisa weiter.

»Dann haben wir ein Problem«, seufzte Heiko. »Aber das wäre nicht unser erster komplizierter Fall. Denk mal an den Klingler, der lag ja schon zwei Wochen im Holzboden.«

»Ja, das war nicht schön«, stimmte Lisa zu und dachte voller Schaudern an den damaligen Leichenfund zurück.

Später befragten sie noch die Gäste, vor allem die Gaffer, die sämtlich ahnungslos taten, aber niemand konnte etwas Brauchbares zum Fall beitragen.

Es war Nacht am Degenbachsee, einem kleinen See bei Alexandersreut in der Nähe von Weipertshofen. Der silberne Mond spiegelte sich im Wasser, und der See wäre recht ruhig und friedlich dagelegen, hätte hier nicht ein weiteres Motorradtreffen stattgefunden. Hier ging es allerdings nicht so gediegen zu wie in Langenburg, keines der Mitglieder der »Tarantel« wäre dazu zu bewegen gewesen, auf den dortigen Ostermarkt zu gurken und dort Kaffee und Kuchen in sich hineinzustopfen, bevor man brav und gutbürgerlich wieder nach Hause fuhr, um nach dem Sandmännchen oder vielleicht noch der Tagesschau artig ins Bett zu gehen. »Kaffeefahrt« nannten sie verächtlich das, was manche Vereine in der

Gegend veranstalteten, hochgradig lächerlich war das. Nein, die »Tarantel« war ein richtiger Motorradclub, nicht so ein Pussy-Verein wie die MFHC, das fanden die Mitglieder zumindest. Im Gegensatz zu den MFHC hatten die »Taranteln« eine Kutte, wie es sich gehörte. Eine lederne, echte, mit einem Tarantelaufnäher. Taranteln waren gefährliche Tiere, unberechenbar, und das passte. Es war noch zu kalt zum Baden, aber einige hatten trotzdem ihre Shirts ausgezogen und wärmten die noch winterlich blasse Haut mit mal mehr und mal weniger Haaren am Feuer, das sie gemacht hatten. Die normalen Leute hatten sich längst vom See verzogen. Überhaupt wurde der Degenbachsee um diese Jahreszeit höchstens von ein paar Verrückten besucht, die die Freibadöffnung nicht abwarten konnten und unbedingt in der freien Natur schwimmen mussten.

Sven Kochs alter Gewerbeschullehrer, dem sie beim Betreten des Geländes begegnet waren, war einer von diesen Spinnern. Sven hatte ihn eigentlich immer ganz gut leiden können. Er hatte ihn vergleichsweise nett gegrüßt, und der Herr Streng hatte den Gruß freundlich erwidert. Allerdings würde der alte Lehrer nicht gutheißen, was Sven alles trieb. Damit konnte Sven aber leben, denn er hatte ein gutes Leben.

Er sah wieder auf die Uhr, die Susi hatte noch kommen wollen. Die hirnlosen Schlampen, die Heinz mitgebracht hatte und die Alex schon mehrfach zum Aufstöhnen gebracht hatten, begannen, ihm auf die Nerven zu gehen. Er hatte es übertrieben gefunden, dass Heinz den Damen Shirts mit dem Aufdruck »Property of Tarantel

Hohenlohe« gemacht hatte, welche die sogar brav trugen. Seine Susi war da ein ganz anderes Kaliber. Die war nicht nur schön. Auch, wenn er es niemals zugegeben hätte: Es reizte ihn, wenn Frauen selbstständig dachten. Und die Susi würde sich niemals so ein Shirt anziehen, denn sie sah sich nicht als sein Besitz, auch, wenn er das schon irgendwie gut gefunden hätte, es wäre einfach. Und natürlich ließ er in seinen Beziehungen niemals einen Zweifel daran, dass er der Chef war, ganz klar. Auch und vor allem im Bett. Aber die Susi forderte ihn heraus, die ließ sich nicht alles gefallen. Das war gar nicht schlecht. Anders als den vielen anderen zuvor hatte er ihr auch noch nie eine geklebt, er mochte sie einfach viel zu sehr.

»Svennnn!«, grölte Florian, einer, der noch nicht allzu lange dabei war, sich aber ganz gut machte, vor allem im Verticken von Sachen auch gar nicht schlecht war.

»Hey!«, meinte der »Tarantel«-Boss und fuhr sich durch den perfekt getrimmten Bart, bevor sie beide vom guten Crailsheimer Engel-Export tranken, das hier neben dem ebenso guten Riedbacher Franken Bräu in mehreren Kästen bereitstand.

»Kommt die Susi heut nicht?«, lallte er, und Sven konnte ein gieriges Leuchten in seinen Augen sehen.

Sein Blick verfinsterte sich, und er packte den verdutzten Florian am Shirt, um ihn nah zu sich heranzuziehen, extrem nah. »Du läsch die Finger von ihr, gell!«, drohte er und sah den rotblonden Mann schlucken. Er schubste ihn ein klein wenig nach hinten, mit gerade so viel Energie, dass der Angetrunkene sich noch fangen konnte.

»Aber, Sven, wo denksch du nou!«, grinste er. Als er seine Kutte wieder gerichtet und einen weiteren Schluck aus der Bierflasche genommen hatte, fügte er hinzu: »Nur gugga!«

Sven sah ihn für eine Sekunde ernst an, schließlich grinste er und prostete ihm zu. »Gugga deffsch du, soulang du moochsch! Aber net noulanga!«

Aus den Augenwinkeln nahm er eine Bewegung wahr, sie war katzenartig, und kurz war er irritiert, aber dann erschien sie ihm allzu vertraut. So bewegte sich nur eine. »Susi, meine Wildkatze!«, grüßte er sie auf Hochdeutsch. »Da bist du ja endlich, Baby! Wir haben grade von dir gesprochen.«

Die Angesprochene legte ihren Helm auf einem größeren Stein ab. Sie trug ihre rote Lederkluft, und das machte ihn heiß, wahnsinnig heiß. Er würde sie nachher richtig rannehmen, von hinten, und sie dabei an den langen Haaren ziehen, denn das turnte sie richtig an.

»Hey, Boss«, grüßte sie ihn mit einem Augenzwinkern. Er wusste, dass sie das hochgradig ironisch meinte, doch das schnallten die meisten seiner Jungs gar nicht, und sie tat ihm den Gefallen, um seine Position zu stärken. Er war der Anführer, bei ihm liefen die Fäden zusammen, bei ihm …

Sie drückte ihm einen Kuss auf den Mund, warm und feucht, und ihr Haar fiel wie ein Vorhang um sein Gesicht. »Hast du mich vermisst?«, fragte sie mit ihrer rauen, leicht kehligen Stimme.

»Kaum«, meinte er mit gespielter Ablehnung. »Du bist heute fremdgegangen«, tadelte er und gab ihr einen

Klaps auf den kleinen, runden, festen Po. Das mochte sie, auch im Bett.

Susi schenkte ihm einen Augenaufschlag. »Hast du schon das mit dem Richard mitgekriegt?«, erkundigte sie sich und nahm mit kleinem huldvollem Nicken eine Bierflasche an, die Florian ihr hinhielt.

»Wer ist Richard?«, fragte Sven zurück und legte seine große Hand auf ihren runden Arsch. Dann brachte er seinen Mund ganz nah an ihr Ohr und leckte mit seiner Zunge ihr Ohrläppchen. »Ist das dein Neuer? Du weißt doch, wenn du mich jemals bescheißt, Baby, dann bring ich euch beide um.«

Susi lachte glockenhell. »Lass den Scheiß, Sven«, mahnte sie und trat einen Schritt zurück. »Das ist nicht witzig. Der ist tot.«

»Der Wengerts Ritschie?«, riet Sven, und Susi nickte. »Scheiße«, fluchte er. »Was ist denn passiert?«

»Unfall, bei Bächlingen.«

»Warst du dabei?« Weiber vertrugen so was nicht gut, das wusste er. Aber seine Susi war vergleichsweise hart im Nehmen.

»Ich bin vor ihm gefahren«, antwortete seine Freundin.

»So, dann hat er dir ja die ganze Zeit auf den Arsch schauen können, du kleine Schlampe!« Wieder ein Klaps auf den Po, diesmal ein stärkerer Protestschrei von Susi.

»Sven! Das ist echt nicht witzig.«

Der »Tarantel«-Boss leckte sich die Lippen. Da hatte Susi ganz recht, die Sache war überhaupt nicht witzig. Und vor den Toten musste man ein klein bisschen Respekt haben, selbst er, der sonst vor nichts und niemandem Respekt hatte. »Hey!«, brüllte er, und als er bemerkte, dass er das allgemeine Grölen nicht übertönt hatte, versuchte er es noch mal lauter: »Hey!«

Schlagartig verstummte alles, selbst die Vögel und die paar ersten Sommergrillen, es waren nur noch ein leises Plätschern vom See her und das Prasseln der Flammen ihres Lagerfeuers zu hören.

»Schweigeminute für Richard Wengert, der heute nach Walhalla eingezogen ist«, forderte Sven seine Getreuen auf.

Alle gehorchten, senkten die Köpfe, so lange, wie er es wollte, das war klar.

Nach ungefähr 30 Sekunden befahl er: »So, und jetzt feiern wir weiter.« Jemand, der seiner Susi so ungeniert auf den Arsch stierte, wie es der Ritschie immer getan hatte, der verdiente nicht mehr als eine halbe Schweigeminute, auch als Toter nicht. Und hätte er noch gelebt, hätte er eher eins in die Fresse oder einen ordentlichen Leberhaken verdient.

Das hohenlohisch-westfälische Ermittlerteam stand um dieselbe Zeit vor einem Reihenendhaus im Sauerbrunnen, einem der zentralen Crailsheimer Stadtteile. Der akkurat gepflegte Vorgarten strahlte gutbürgerlichen Charme aus, ebenso wie ein metallenes Türschild mit dem Namen der Familie Wengert und die Fußmatte, die mit einem Hollywood-Boulevard-Stern verziert war und ebenfalls den Familiennamen trug.

Ein dezentes Surren ertönte, als Heiko die mit Computer beschriftete Klingel drückte.

Die Gegensprechanlage klackte, und ein leises »Ja?« erklang.

»Wüst und Luft von der Kriminalpolizei«, meldete Heiko und bückte sich dabei ungeschickt hinab.

Als Antwort surrte der Türöffner, und die schwere weiße Haustür schwang auf.

Lisa und Heiko betraten die helle Wohnung, die überwiegend in Weiß und Chrom eingerichtet war. Im Flur erwartete sie mit verschränkten Armen Max, der Sohn des vermeintlichen Mordopfers. Er trug einen dunkelblauen Jogginganzug und wirkte angemessen verstört, aber gleichzeitig so aufmerksam, dass Heiko sofort wusste, dass er mit ihm würde reden können.

»Nochmals unsere Anteilnahme«, begann Lisa, die so etwas deutlich besser konnte als Heiko. Sie reichte Max die Hand, der sich aus seiner starren Haltung löste und ihren Händedruck kräftig erwiderte.

»Von mir auch«, beeilte sich Heiko und fügte hinzu: »Ist denn Ihre Mutter auch da? Und ist sie jetzt in der Lage, mit uns zu reden?«

Max nickte und führte die Kommissare ins Wohnzimmer. Das Erste, was einem in diesem Raum auffiel, war ein riesiges Aquarium mit fünf seltsamen, grimmig dreinblickenden und relativ großen Fischen, die von blauem Licht angestrahlt wurden. Wenige Pflanzen wuchsen im Becken, das von Moorkienwurzeln und einigen flachen Steinen dominiert wurde.

»Sind das …«, begann Heiko.

»... Piranhas, ja. Ein Hobby meines Vaters«, vollendete Max.

»Die gucken aber böse«, stellte Lisa fest.

»Ich würde da auch nicht unbedingt den Finger reinhalten. Obwohl eigentlich nur was passieren dürfte, wenn man blutet«, erklärte der Sohn des mutmaßlichen Mordopfers.

»Ritschie hat die Piranhas geliebt«, tönte es vom Sofa, wo die Frau des Toten saß, vor sich ein Glas Wein. Sie stand auf und zwang sich zu einem Lächeln. »Die hatten sogar Namen, aber mir fällt partout nicht ein, welche. Ich überlege schon die ganze Zeit.«

»Ich weiß es«, half der Sohn nach. »Sylvester, Arnold, Vin, Jason und Bruce. Eigentlich waren es sieben, aber Chuck ist an Altersschwäche gestorben und Steven war eines Morgens einfach nicht mehr da.«

Heiko biss sich auf die Lippen, um nicht laut loszulachen. Dass ausgerechnet Chuck Norris an Altersschwäche gestorben war, musste definitiv ein Fehler in der Matrix sein. Steven Seagal war in seinen Augen hingegen mit Abstand der schlechteste dieser Schauspieler, kein Wunder, dass die anderen ihn nicht duldeten. Und gerade jetzt guckten die Piranhas wie Actionstars, die, ohne mit der Wimper zu zucken, kaltblütig morden würden, wenn es nötig wäre.

»Ihr Vater war Filmfan?«, vermutete Lisa.

»Leidenschaftlich. Er hat eine umfangreiche DVD- und VHS-Sammlung. Noch alte Schule, nix mit Pay-TV.«

»Wieso seid ihr denn hier?«, erkundigte sich Christine

Wengert endlich. »Es war doch ein Unfall, ein schrecklicher, tragischer Unfall?«

Lisa drückte auch der frischgebackenen Witwe ihre Anteilnahme aus, bevor sie korrigierte: »Das wissen wir noch nicht sicher. Wir müssen die Obduktion abwarten.«

Es war besser, zu diesem Zeitpunkt noch etwas vage zu bleiben. Denn im Extremfall waren die Ehefrau und der Sohn ebenso verdächtig wie alle anderen, die beim Ausflug dabei gewesen waren.

»Reine Routine«, versicherte Heiko mit einem Lächeln.

»Ach so«, meinte die Frau und ließ sich mit etwas mattem Blick zurück in den Sessel fallen.

»Für alle Eventualitäten wäre es auf jeden Fall wichtig zu wissen, wer mit Ihrem Mann ein Problem gehabt hat. Beziehungsweise mit Ihrem Vater«, erklärte Heiko.

Max stieß ein Schnauben aus, das wohl Ahnungslosigkeit suggerieren sollte.

»Es gibt keinen Menschen auf der Welt, der noch nie mit irgendjemandem Streit hatte«, behauptete Lisa. »Auch der Verstorbene nicht, mit Verlaub. Denken Sie also bitte gut nach, alles könnte hilfreich sein.«

Die beiden sahen sich auf eine Art an, dass Heiko sofort wusste, dass es sich um eine stumme Absprache handelte. »Ich nehme an, Ihnen ist gerade etwas eingefallen? Ihnen beiden?«

Drei der Piranhas waren zur linken Ecke des Aquariums geschwommen und schienen die Szene genau zu beobachten.

Christine räusperte sich und meinte unbestimmt: »Nun, mein Mann hat durchaus polarisiert.«

»Können Sie das konkretisieren?«, bat Lisa und lächelte der Frau aufmunternd zu.

Es war Max, der weitersprach. »Der Manfred ist meinem Vatter neulich mal an den Karren gefahren, weil er sich von ihm verarscht gefühlt hat.«

»Inwiefern?«, hakte Heiko nach.

»Ich weiß es gar nicht genau, es ging wohl um den Papagei.«

»Um was?«

»Den Papagei. Das war ein Motorrad, das der Manfred selbst lackiert hatte. Ihr erinnert euch vielleicht an diesen Flickenteppich-Polo aus den 90ern? Wo jedes Blechstück in einer anderen Knallfarbe lackiert war?«

»Dunkel«, gab Heiko zu, und die hintersten Windungen seines Hirns ließen tatsächlich ein Bild dieser Geschmacksverirrung vor seinem inneren Auge entstehen.

»So ein Motorrad hatte der Manfred, und da war irgendwas, was ihm nicht gepasst hat. Ich kann aber nicht sagen, was genau. Weißt du da mehr?« Die Frage war an seine Mutter gewandt, die aber den Kopf schüttelte.

Heiko bemerkte, dass sie inzwischen von vier Piranhas beobachtet wurden. Er fragte sich, wie man die Viecher wohl unterscheiden konnte.

»Da müsstet ihr den Manfred fragen«, riet Max Wengert und fuhr sich durch das blonde Haar, das er von seiner Mutter geerbt hatte.

Auch der letzte Piranha stierte sie nun durch das Glas an. Es war, als fänden die Fische das Gespräch spannend.

»Und dann war da noch dieses latente Gefrotzel«, ergänzte Max nach einem sanften, nachgerade zärtlichen Lächeln in Richtung der Haustiere seines Vaters.

»Von wem?«, erkundigte sich Heiko.

»Nein, *er* hat gefrotzelt. Das konnte er gut.«

»Und wen denn?«

Max leckte sich die Lippen und zuckte die Achseln. »Och. Mal den einen, mal den anderen. Den Simon, den Sohn vom Manfred, weil er so ein pedantischer Sicherheitsheini ist. Den Jan, weil er ein Möchtegern-Rocker ist. Den Timo, weil er ein Schönling ist. Und so weiter und so fort.«

»Nun gut«, meinte Heiko und dachte bei sich, dass das nicht unbedingt Mordmotive waren. »Hatte er sich auf irgendjemanden besonders eingeschossen?«

Max tauschte erneut einen Blick mit seiner Mutter, die erneut die Achseln zuckte. »Nicht wirklich«, befand er. »Aber wer weiß, den einen oder anderen hat das vielleicht mehr geärgert, als er zugegeben hat.«

»Möglich«, glaubte Lisa und fuhr mit einer etwas heikleren Frage fort. »Entschuldigen Sie, Frau Wengert, dass ich das frage, aber«, die Actionstar-Piranhas waren jetzt vollzählig und so nah an der Scheibe, als wollten sie sich durchbeißen, »war Ihre Ehe in Ordnung?«

Christine errötete und senkte den Kopf, nickte dann aber. »Schon okay, das müsst ihr ja fragen. Ich denke, wir hatten eine ganz normale Ehe. Nicht besonders gut, aber auch nicht schlecht. Normal eben.«

Heiko beobachtete Max. Die Miene des jungen Mannes blieb absolut neutral – irgendwie seltsam. »Und was hat Ihr Mann denn gearbeitet?«, fragte Heiko weiter.

»Sein Onkel hat eine Kfz-Werkstatt. Da war er Meister. Mit dem Onkel hat er sich aber immer gut verstanden«, informierte die Frau. Die Fische wandten sich nacheinander scheinbar enttäuscht ab, und nur einer, womöglich Sylvester, harrte noch aus.

Obwohl es schon neun gewesen war, hatten die Kommissare nach dem Besuch bei Familie Wengert noch beim MFHC-Vorsitzenden in Altenmünster geklingelt. Allerdings war niemand zu Hause gewesen, und da keine Gefahr im Verzug war, hatten die beiden ihre Befragung auf morgen verschoben. Mit etwas Glück wüssten sie dann schon mehr, wenn die Ulmer Gerichtsmedizin, wo die Hohenloher Leichen immer hinkamen, die Obduktionsergebnisse lieferte.

Jan Bullinger ärgerte sich, er ärgerte sich sogar sehr. Er sollte nicht hier sein, nicht hier in seiner kleinen Wohnung in einem Block in den Riedwiesen in Altenmünster. Er gehörte hier nicht hin, nicht heute Abend. Saumäßig gerne wäre er woanders. Obwohl das vielleicht pietätlos wäre, an einem solchen Tag. Er musste zugeben, dass ihn das schon ein bisschen mitgenommen hatte, dieser Unfall, auch, wenn der Richard ein blödes Arschloch gewesen war, ein Angeber vor dem Herrn. Trotzdem, ein solches Ende wünschte man niemandem. Wie er so verdreht dagelegen hatte, wie eine Marionette, deren

Schnüre irgendeiner abgeschnitten hatte. Aber gut, es war nun einmal so. Und tot war tot. Er hingegen, Jan Bullinger, lebte noch, und er wäre heute gerne wirklich woanders gewesen, zehn Kilometer weiter südöstlich, am Degenbachsee, um genau zu sein, beim Treffen der »Tarantel«.

Jan stand im Schlafzimmer vor dem Spiegel. Er war kein Narzisst, ganz bestimmt nicht, und ihm war durchaus bewusst, dass er nicht der Schönste war. Nicht so schön wie der Timo zumindest. Aber das wollte er auch gar nicht sein. Vielmehr wollte er respektiert werden. Ein bisschen cool wirken. Vielleicht könnten die Leute ein klein wenig Angst vor ihm haben, manche zumindest, das würde überhaupt nicht schaden. Und dann wäre er vielleicht auch mal für die »Taranteln« interessant, die ihn bisher immer hatten abblitzen lassen.

Grübelnd betrachtete er das Patch auf seiner Kutte, dessen Bedeutung sich nur Eingeweihten erschloss. Er hoffte, irgendwann einmal als *Prospect*, als Probemitglied, akzeptiert zu werden. Bisher sah er sich als *Supporter*, als einen Unterstützer, der sich danach sehnte, der »Tarantel« beizutreten. Natürlich war er nicht auf offiziellen Wegen an das Patch gekommen, also hatte er seine Oma gebeten, es mit ihrer Hightech-Nähmaschine für ihn zu sticken. Seine Oma hatte ihm alles eingescannt, es von der Maschine sticken lassen und dann die einzelnen Teile auf die Kutte genäht. Oben stand als Top Rocker »Taranteln Hohenlohe«, darunter prangte neben dem »MC« für »Motorcycle Club« eine stilisierte und äußerst gefährlich aussehende Spinne. Das Clublogo, das sogenannte Colour, wie Jan wusste, denn er kannte sich aus. Unterhalb davon prangten die Buchstaben »T.F.F.T.« – »Tarantel forever, forever Tarantel«. Unten, am Bottom Rocker, stand »Sacrum Hohenlohe«. Und zwischen den beiden Worten war eine kleine Raute mit »1 %« angebracht, deren Bedeutung sich wiederum nur Insidern erschloss. Zunächst konnte man ein Prozent für den Inbegriff der Unzulänglichkeit halten. Aber in Wahrheit war es ein Ritterschlag. Der Begriff hatte eine Geschichte: Als nämlich im amerikanischen Hollister im Jahr 1947 ein Bikertreffen ziemlich aus dem Ruder gelaufen war und die Biker sich auf ganzer Linie danebenbenommen hatten, bezeichnete der Amerikanische Motoradfahrerverband 99 Prozent aller Motoradfahrer als friedliebende und gesetzestreue Bürger. Das übrige eine Prozent galt demnach als das Gegenteil. Gewissenlose Schläger und Verbrecher. Die »Bad Guys« sozusagen, und er, Jan, war ein böser Junge.

Er drehte sich wieder um, zog seine Kutte mit einer energischen Bewegung enger um seinen massigen Körper und fuhr sich durchs Haar. Das hatte cool ausgesehen! Er ließ seine Hand nachgerade unauffällig zu seiner hinteren Hosentasche gleiten. Eine echte »Tarantel« hatte ein Taschenmesser. Gut, jeder echte Kerl hatte ein Taschenmesser, in Hohenlohe sowieso. Aber nicht so eines. Er zückte mit einiger Schnelligkeit ein chromglänzendes Butterflymesser und genoss das Geräusch, das entstand, wenn man es aufklappte. Er war gut darin, nicht mal eine halbe Sekunde brauchte er dafür. Viermal machte es »klack«, *klack klack klack klack*, dann war die kleine Waffe einsatzbereit. Er hielt sich das Messer dicht vors Gesicht, drehte die Klinge nach vorn, so wie es neulich der Seagals Steven in einem seiner Filme gemacht hatte. Saucool hatte das ausgesehen. Und Jan Bullinger fand, dass er dem Seagals Steven im Moment gar nicht so unähnlich war, zumindest so von der Attitüde her.

Susanne Schneider war heute nicht mit zu Sven nach Hause gegangen, ihr war nicht danach gewesen, nach einer Nacht mit ihm, der sehr fordernd sein konnte und dem Ritschies Tod offensichtlich einigermaßen egal war. Sie musste für sich sein, nur heute, nur dieses eine Mal. Nach einem solchen Tag und nach dem Abend am Degenbachsee. Sie hatte sich splitternackt ausgezogen, war in ihr Bett gekrochen und war nahezu sofort in einen tiefen, zunächst traumlosen Schlaf gefallen. Später in der Nacht träumte sie dann doch. Von seinen warmen sehnigen Händen, die ihren Körper gierig berührten. Von seinem Blick, der Bewunderung zeigte, als sie sich auf ihm wand. Und sie genoss es ebenfalls – denn er machte gut, was er da tat, es war schön mit ihm, und sie wölbte ihm ihren Unterleib entgegen. Er streichelte ihr Haar andächtig, küsste sie hingebungsvoll, ach Gott, er betete sie an! Und zusammen bewegten sie sich so lange, bis die Wellen der Lust über ihnen zusammenschlugen und sie entkräftet liegen blieben.

Mit einem kleinen Schrei erwachte Susanne und brauchte eine Sekunde, um festzustellen, dass sie daheim war und nicht in jener kleinen Pension im Westen Hohenlohes. Sie blinzelte, und eine Träne rann ihr über die Wange, als sie gewahr wurde, dass es nie wieder so sein würde, dass seine kundigen Hände sie nie wieder streicheln würden, nie wieder *irgendeine* Frau streicheln würden, nicht einmal seine eigene. Susanne hob ihre schmale Hand, um die Träne wegzuwischen, und zog die Nase hoch. Schlimm, durchaus tragisch. Aber unbestreitbar hatte das Ganze auch seine guten Seiten.

DIENSTAG

Am Dienstagmorgen schlugen Lisa und Heiko als Erstes bei Uwe auf. Uwes Reich war im ersten Stock des Polizeireviers Crailsheim, und hier herrschte er wie ein König. Während seine Besucher mit hölzernen Hockern vorliebnehmen mussten, thronte er in seinem ledernen Arbeitssessel, fast wie Schorsch, der Chef der Kripo, der auf seinem hochmodernen Stuhl vor dem hochmodernen Rechner saß und die meiste Zeit Solitär zockte. Uwe nutzte seinen Sessel neben der Arbeit, die er wirklich gut machte, meistens zum Trinken von unsäglich süßem Automatenkaffee. Trotz mehrmaliger Anläufe des Personalrats hatten sie es noch nicht geschafft, das alte Ding durch eine modernere Maschine zu ersetzen. Aber die Brühe hatte auch etwas Authentisches, Ursprüngliches.

Als Lisa und Heiko das Büro betraten, saß Uwe also auf seinem Thron und trank Kaffee. Ergeben ließen sich die Kommissare nach einem Gruß auf den Holzhockern nieder.

»Und? Gibt es schon was?«, erkundigte sich Heiko ungeduldig.

Uwe schnalzte mit der Zunge, trank einen Schluck und verdrehte die Augen. »So schnell geht das nicht.

Ungefähr heute Mittag ist mit Ergebnissen zu rechen. Aber die Ulmer haben schon gesagt, dass ich die Klamotten von dem Kerl nicht so arg anfassen soll.« Uwe wies auf den Helm und das blausilberne Motorraddress, die beide in Folie verpackt auf der Ablage lagen.

»Wegen des Erbrochenen?«, vermutete Heiko.

Uwe senkte die Lider, während er Kaffee trank, ein Synonym für »Nein«. »Anscheinend war da schon irgendwas Böses im Spiel. Sie wissen nur noch nicht genau, was.«

»Hm«, machte Heiko, »gar keine Ahnung?«

Uwe fuhr sich über die rasierte Glatze und stellte seinen Becher neben dem Helm ab. »Sie vermuten ein Nervengift.«

Heikos Augen weiteten sich. »Wie bitte? Ein Nervengift? In Hohenlohe?«

Uwe zuckte die Achseln, und mehr war aus ihm nicht herauszukriegen, er vertröstete sie unerbittlich auf den Nachmittag.

Lisa und Heiko hatten beschlossen, dass es am sinnvollsten sei, erst einmal mit Manfred Hofmeister zu reden. Das hohenlohisch-westfälische Ermittlerteam betrat erneut das Grundstück in Altenmünster, das zu einem typischen 50er-Jahre-Einfamilienhaus gehörte. Es war von einer gepflegten Buchsbaumhecke umgeben, die so hoch war, dass Neugierigen der Einblick verwehrt blieb. Die Kommissare stiegen ein paar Stufen hoch, die von einem kleinen Dächlein überspannt waren und seitlich zum Hauseingang führten. Gerade hob Heiko die Hand, um zu klingeln, als die Tür von alleine aufging, und Manfred Hofmeister fixierte sie mit einem leichten Kopfnicken.

»Ich hab euch schon gesehen«, erklärte er. »War ja klar, dass ihr kommt.«

»Hm«, machte Heiko und meinte es irgendwie unbestimmt.

»Ihr habt Glück, dass ich schon Rentner bin, sonst wär ich um die Zeit kaum dahamm. Kommt rei«, lud Hofmeister ein und trat beiseite, ein flokatibelegter Flur mit altem Omabüfett kam zum Vorschein. Er führte sie hindurch ins Wohnzimmer, einen kleinen, gemütlichen Raum mit eher niedriger Decke, wie man sie früher gehabt hatte. »Deff ii eich was oubieda?«, erkundigte sich der Vorsitzende des MFHC beflissen.

»Grood hobb ii froocha wella«, ließ sich seine Frau von der Tür her vernehmen. Ulrike, wenn Heiko sich richtig erinnerte. »An Kaffee?«, schlug die Frau vor.

»Ein Kaffee wäre vielleicht wirklich gut«, meinte Lisa mit einem Lächeln. Eventuell ließe sich in gemütlicher Atmosphäre noch etwas mehr aus den Leuten herausholen.

Fünf Minuten später saßen alle auf einer beigefarbenen Sofagarnitur um den niedrigen, mit scheckigen Kacheln befliesten Couchtisch und tranken aus einem 80er-Jahre-Teeservice Kaffee. Auf einem Spitzendeckchen in der Mitte dominierte eine dieser goldfarbenen, verglasten Tischuhren, in der sich unentwegt und hektisch ein knubbeliges Pendel drehte, den Tisch. Gegenüber stand eine Schrankwand mit einem nicht dazu passenden, modernen Flachbildfernseher. Es schien sich bis auf den Fernseher um einen wahrhaft authentischen Retro-Haushalt zu handeln.

»Ich frage mich, was die Kripo mit dem Fall zu tun hat«, erkundigte sich Hofmeister. »Das war doch ein Unfall? Oder etwa nicht?«

Die Kommissare wechselten einen Blick. »Wahrscheinlich«, antwortete Lisa schließlich nüchtern.

»Dann ist Ihr Besuch reine Routine?«

»Reine Routine«, bekräftigte Heiko. »Wir waren bei der Familie Wengert«, begann der Kommissar schließlich die Befragung.

»Sou«, machte Manfred Hofmeister und blickte gespannt und gleichermaßen freundlich drein. »Und?«

»Die haben was von einem Papagei erzählt«, sprach Heiko weiter und beobachtete mit einiger Genugtuung, wie das Lächeln auf Hofmeisters Gesicht erstarb und er sich nervös mit der Hand durch die Haare fuhr.

»Etz verzehl's, Manfred, die finden das sowieso raus. Und du hast ja nichts zu verbergen«, ermutigte ihn seine Frau.

Der Mann seufzte und begann: »Wir Biker schrauben ja gern. Und pimpen gern.«

»Aha.«

»Ja, und ich hatte da eine Liebhaberei, ich hab eine 125er so lackiert wie diesen Polo in den 90ern. Und das Ding hatte schnell den Spitznamen ›Papagei‹ weg und wurde quasi legendär.«

»Sie sind damit rumgefahren?«, hakte Lisa nach, wahrscheinlich, weil sie den Gedanken witzig fand, dass ein ehrwürdiger älterer Herr mit Bauchansatz ernst guckend auf so einem quietschbunten Gefährt saß.

»Selten. Das war, wie gesagt, eher eine Liebhaberei.«

»Und dann kam ja der Ritschie«, schaltete sich seine Frau ein, und Hofmeister sandte ihr einen Blick zu, der sie dazu brachte zu verstummen und die Retro-Tasse an ihre Lippen zu führen.

»Der Ritschie wollte meinen Papagei haben, für eine Tante, die das Teil saucool fand, hat er gesagt.«

»Und dann?« Lisa lächelte dem Mann auffordernd zu.

»Ich hab's ihm verkauft, weit unter Wert, weil er so rumgejammert hat, wie arm die Tante sei und so.«

»Hat aber nicht gestimmt?«, vermutete Heiko.

Hofmeister seufzte tief und trank Kaffee, bevor er antwortete. »Zwei Wochen später habe ich über den Buschfunk erfahren, dass er gar keine Biker-Tante hat, sondern das Ding online für das Doppelte vertickt hat.«

»Nicht schön«, fand Heiko und fragte sich, ob das ein Mordmotiv wäre.

»Gar nicht schön«, bestätigte Manfred. »Ich hab ihn dann natürlich zur Rede gestellt und er hat nur dumm gelacht und gemeint, dass es so eben laufen würde. Das war nicht okay von ihm.«

»Aber bevor ihr jetzt meinen Mann verdächtigt, schaut euch lieber mal dem Ritschie seine Weibergeschichten an«, wechselte Ulrike abrupt das Thema.

Heiko hob die Hand. »Moment noch. Sie hätten ihn anzeigen können.«

Hofmeister winkte ab. »Das mit dem Geld war mir egal. Ich hab mein Auskommen. Mir ging's um die Enttäuschung, um das Menschliche.«

»Kann ich verstehen«, stimmte Lisa zu und nestelte nachdenklich an dem gehäkelten Spitzendeckchen herum, das in der Mitte des Couchtischs unter der Uhr lag. »Und was war das jetzt für eine Geschichte mit den … Damen?«

Ulrike schnaubte. »Der Ritschie war schon immer hinter allem her, was nicht bei drei auf den Bäumen war.«

»Wissen Sie da auch was Konkretes?«, forschte Heiko weiter.

Die Frau hob mahnend den Finger. »Konkret nicht. Aber ich hab's der Tine schon immer gesagt, schon immer!«

»Christine Wengert?«, vergewisserte sich Heiko.

Ulrike Hofmeister nickte heftig. »Sie wollte aber nichts davon hören und hat ihm jede seiner Ausreden geglaubt.« Wieder trank sie mit beiden Händen aus der Kaffeetasse. »Nix gwiieß waaß mer awwer net«, fügte sie hinzu.

»Dann zurück zu gestern. Ist Ihnen denn irgendwas aufgefallen?«, forschte Heiko weiter und lehnte sich in die knarzende Couch zurück.

Hofmeister schien sich zu entspannen. »Also, mir ist wie schon gesagt nichts aufgefallen. Der ist einfach geradeaus weitergefahren und vom Moped geplumpst.«

»Vielleicht Selbstmord?«, schlug Ulrike im Flüsterton vor.

Manfred lachte. »Der doch nicht. Der fand sich viel zu toll.«

In diesem Moment klingelte Heikos Handy. Es war Uwe, der vermeldete, dass die Ulmer fertig seien. Und dass es vollkommen abstruse Neuigkeiten gebe.

Eine halbe Stunde später saßen Lisa und Heiko wieder auf den Holzhockern in Uwes Reich, und nur Heikos deutlich gerunzelte Stirn hielt den Spurensicherer davon ab, ein großes Gewese um die Verkündigung des Obduktionsergebnisses zu machen.

»Die haben den Kerl auf alle möglichen Giftstoffe getestet, das volle Programm, und das war der Durchbruch«, begann Uwe und legte die passende Akte auf die Arbeitsplatte.

»Also doch Nervengift?«, vermutete Lisa.

»Nicht ganz«, korrigierte der Spurensicherer und holte aus: »Wir hatten ja eh schon den Verdacht auf Vergiftung.«

Heiko dachte an das seltsam grünliche Erbrochene und war gottfroh, dass er die Leiche nicht weiter angefasst hatte. Nicht auszudenken, wenn er …

»Und die haben ihn jetzt auf Nervengifte untersucht, auf Arsen, auf Selen, Zyanid, Rizin, Botulinumtoxin …«

»Was issn des?«, wollte Heiko wissen.

»Das kann in altem Fleisch entstehen, in Wurstdosen zum Beispiel.«

»Hm. Aber das war es nicht«, glaubte der Kommissar.

Uwe grinste und schüttelte den Kopf. »Auf Schlangengifte, sogar auf Curare …«

»Auf was?«, hakte Heiko nach.

»Froschgift, vom Pfeilgiftfrosch. Wobei die Viecher in Hohenlohe eher selten vorkommen, sondern eher im südamerikanischen Regenwald. Die gibt es in allen Farben und die sind wirklich hübsch, so blaue gibt es auch …«

»Aha«, machte Heiko und seufzte schwer. Uwe würde wohl nie damit herausrücken.

»Ja, und was war es denn nun?«, erkundigte sich endlich Lisa mit bewundernswerter Geduld.

»Dann irgendwann sind sie auf das einheimische Zeugs gekommen« fuhr Uwe unbeirrt fort.

»Und was ist das einheimische Zeugs?«, verlangte Heiko zu wissen, nun schon deutlich verärgert.

»Gyromitrin«, lautete die lapidare Antwort, und Uwe drehte sich wortlos zu seinem Rechner und googelte irgendwas.

»Hm.« Heiko dachte bei sich, dass er damit genauso viel oder wenig anfangen konnte.

Uwe rief die Ergebnisse auf, klickte auf »Bilder«, und es kam ein unsagbar hässlicher Pilz zum Vorschein, mit einem beigefarbenen Stiel und einem Hut, dessen bräunliche, verschlungene Strukturen an Gewürm oder Eingeweide erinnerten. »Gestatten, die Frühlingslorchel. Enthält Unmengen Gyromitrin. Und sollte nicht mit der Frühlings*morchel* verwechselt werden.«

»Nur ein Buchstabe Unterschied«, stellte Heiko lakonisch fest.

»Ein fataler Unterschied. Der Unterschied zwischen Genuss und Tod.«

»Und Richard Wengert hat Frühlingslorchel gegessen?«, wunderte sich Heiko. »Wie geht das denn?« Der Pilz war dermaßen hässlich, dass alleine der Anblick jeden vernünftigen Menschen vom Verzehr abhalten müsste. Obwohl, wenn Heiko da an die Schlachtplatte auf der Muswiese dachte, also, Ästhetik ging anders, aber das war ja so was Gutes!

Uwe fuhr sich über die Glatze, bevor er antwortete: »Das ist ja das Komische. Im Magen haben die Kollegen keine Pilzreste gefunden.«

»Also kein Versehen beim Pilzesammeln, sondern Mord?«, stellte Lisa fest.

Uwe nickte heftig. »Davon könnt ihr ausgehen.«

Heiko räusperte sich und stellte beiläufig fest, dass die Motorradkluft und der Helm des Mordopfers von der Arbeitsplatte verschwunden waren. »Irgendeine Idee, wie das Gift in den Körper gelangt sein könnte?«

»Normalerweise hat Gyromitrin eine Latenzzeit von mehreren Stunden.«

»Latenzzeit?«, fragte Lisa nach.

»Die Zeitspanne von der Einnahme des Giftes bis zu dem Moment, wo es zu wirken anfängt«, erklärte Uwe.

»Ou«, machte Heiko, »dann haben wir aber ein echtes Problem.«

»Wenn der das nicht gegessen hat, dann muss es ihm irgendwie verabreicht worden sein. Weiß man schon, wie?«, bohrte Lisa weiter.

Uwe schüttelte den Kopf. »Ich hab die Klamotten und den Helm mal nach Stuttgart ins Kriminaltechnische Labor geschickt, wegen Schweiß und so weiter. Die sind dran, ich würde mich melden, sobald die mehr wissen.«

»Aber immerhin können wir jetzt schon mal nach Leuten suchen, die sich mit Pilzen auskennen«, resümierte Heiko, und Uwe nickte. Das wäre sicherlich ganz vernünftig.

Susi knöpfte sich den obersten Knopf des Kittels wieder zu, denn der war aufgegangen – sicherlich sehr zum Bedauern der Patienten, deren Zimmer sie gleich betreten würde. Sie hatte heute Spätschicht im Krankenhaus. Ihr langes schwarzes Haar hatte sie mit mehreren Klammern zu einem Dutt gebändigt, denn hier im Klinikum Crailsheim wurde Hygiene groß geschrieben. Keime, Bakterien und Pilze aller Art waren heutzutage eine ernsthafte Bedrohung für die Kranken, die harmloseste Operation konnte lebensbedrohlich werden, wenn sich der Patient irgendwas Komisches einfing. Und wenn Ärzte und Schwestern nicht aufpassten. Sie hatte sich gründlich die Hände desinfiziert, und nun schob sie den enormen Wagen mit dem Mittagessen ins Zimmer der beiden älteren Herren, von denen einer wegen einer gebrochenen Schulter und der andere wegen einem Oberschenkelhalsbruch behandelt wurden.

»Ah, von sou am schääna Maadle gricht mer geera a Essa serviert«, begann der Dickere im rechten Bett.

Susi grinste und nickte grüßend. »Was gibt's en heit? Ebbes Gscheits hoffentlich?«, fuhr der andere fort.

Susi zuckte die Achseln, sie hatte keine Ahnung, und es war ihr egal, was den Herren vorgesetzt wurde. Aber sie würde freundlich bleiben, denn das war ihr Job. »Sie, ich weiß es gar nicht, aber ich schau mal für Sie nach!«

Sie lupfte mit scheinbar gespannter Miene den tuppeartigen Deckel vom ersten Tablett und lüftete im Fernsehwerbungstonfall das Geheimnis: »Linsen und Vollkornspätzle ohne Saiten für den Herrn Schickner«, sie schaute unter das andere Tablett, »und Gemüsesuppe mit Julienne-Streifen an einer Scheibe Vollkorntoast für den Herrn Hartmann. Tja, beide Schonkost, tut mir leid!«

Enttäuschtes Grummeln aus den Betten.

»Was sinnen Schuhlien-Streifen?«, fragte Hartmann. »Is des wenigschdens a Fleisch?«

»Leider nein, Herr Hartmann, vielmehr Karotten«, bedauerte Susi und unterdrückte ein Grinsen.

Ein angeekelter Laut kam aus dem Bett. »Was! Gelwe Riawa! Des fressa doch d Hoosa!«

»Des wor bestimmt mei Fraa, die bleed Blunza«, murrte Schickner seinerseits, und Hartmann meinte: »Sie, Fräulein, des ess ii aber net freiwillich. Doa müssda sie mi scho ans Bett noubinda und zwangsernähra.«

Susi lächelte dünn. »Ans Bett binden kann ich Sie schon, aber dann würde ich eher meinen Freund schicken, der Sie zwangsernährt. Der fährt übrigens Harley Davidson.«

Hartmanns Augen weiteten sich. »Sou!«, machte er, Schickner grinste nur.

»Sou a Dreckskarra. Des hewwa doch bloß Ami.«

Susi hielt inne, zwang sich aber wieder zu einem Lächeln. Der alte Sack konnte froh sein, dass Sven das nicht gehört hatte, denn sonst würde sich sein Aufenthalt im Krankenhaus deutlich verlängern.

»Also, wie sollen wir vorgehen?«, sinnierte Heiko, als sie zusammen in ihrem Büro saßen. Lisas Seite der Fensterbank war mit Orchideen vollgestellt, während Heiko auf seiner Seite Mineralien und Halbedelsteine hortete. Aus einem mitgebrachten Tütlein legte er seine Beute aus Bartenstein dazu, einen Stein nach dem anderen. Dann betrachtete er eine Amethystdruse und stellte sie nachdenklich vor sich auf dem Schreibtisch ab.

»Wir können ja schlecht die Ehefrau fragen, ob sie ihrem Mann ein Giftpilz-Risotto gekocht hat«, gab Lisa zu bedenken.

»Er hat das Gift nicht gegessen«, erinnerte Heiko.

»Schon, wir können aber genauso wenig fragen, ob sie ihm das Gift anderweitig verabreicht hat.«

»Hm«, machte Heiko und legte einen absolut perfekten silbern spiegelnden Pyritwürfel neben die Druse.

Lisa zupfte nachdenklich eine trockene Blüte von einer Phalaenopsis. »Wir brauchen wirklich mehr Infos«, klagte sie. »Vorher sind Ermittlungen schwierig.«

Heiko stimmte zu. »Aber hier untätig rumhocken bringt uns auch nicht weiter – gehen wir doch mal in die Werkstatt, wo er gearbeitet hat!«

»Gute Idee«, fand Lisa, »das Umfeld des Opfers durchleuchten müssen wir ja sowieso. Und da gehört der Arbeitsplatz doch absolut dazu!«

Timo Laukenmann ließ seinen Blick wohlwollend über die Kinderschar streifen, die im Außenbereich seines Kindergartens spielte. Ja, es war *sein* Kindergarten, denn er war der Leiter. Nach seinem Studium der Sozialpädagogik war alles ganz schnell gegangen, er hatte die Stelle hier in Crailsheim beim Kindergarten »Sonnenstrahl« gekriegt. Und er hatte sich gefreut darüber, es war ein schöner Erfolg, und gleichzeitig konnten er und seine Freundin schon in relativ jungen Jahren zusammenziehen. Es war prima, dass er ein Auge auf sie haben konnte, denn es ging ihr nicht so gut.

Die Kinder waren fröhlich, unbeschwert. Als Kind hatte man keine Probleme, keine echten jedenfalls. Was für ein schönes Leben! Und keines dieser Kinder hatte seines Wissens schon einen Unfall miterlebt, so wie er gestern. Der arme Ritschie! Timo grinste verhalten. Na, so arm war der nun wieder nicht, der hatte es faustdick hinter den Ohren gehabt. Aber egal, vorbei war vorbei. Jedenfalls hatte der Unfall schon krass ausgesehen, er war ja hinter dem Ritschie gefahren. Wie es ihn runtergehauen hatte und wie er durch die Luft gesegelt war, fast wie in Zeitlupe. Als ob in dem Moment schon klar gewesen sei, dass sein Leben dort enden würde, an der Bächlinger Steige. Und sicher war es noch mal vor seinen Augen abgelaufen, die guten, aber genauso die schlechten Sachen. Niemand war perfekt, niemand tat nur Gutes, auch Timo nicht. Er bemühte sich meistens, er war durchaus religiös, dachte sich was bei dieser Kirchensache, ging relativ regelmäßig in den Gottesdienst, das war auch gut für Cordi. Die Rufe der beiden Erzieherinnen, die unter ihm arbeiteten, ertönten und die Kinder strömten wie eine Herde Schafe in das Gebäude zurück.

Zwanzig Minuten später standen Lisa und Heiko vor der Werkstatt, in der das Mordopfer gearbeitet hatte – »Wengert Mobile« unweit von Ingersheim. Sie betraten den bungalowartigen, recht weitläufigen Bau in einem kleinen Industriegebiet. Sofort schlug ihnen der werkstatttypische Geruch nach Öl und Metall entgegen. Über mehreren Gruben parkten Autos, von unten wurden sie entsprechend beleuchtet, da an ihnen eifrig gewerkelt wurde.

»Grüß Gott«, ließ sich endlich ein älterer Herr vernehmen, etwa Ende 60. Er steckte in einem Blaumann und kam mit freundlichem Gesichtsausdruck auf die beiden zu. »Wo is denn der Karra?«, fragte er Heiko.

»Wie bitte?«, hakte Lisa nach.

Der Mann sah irritiert zu ihr hin, so, als könne er es nicht glauben, dass Frauen sich für Autos interessierten, dass sie überhaupt den Mund aufmachten, wenn es um dieses Thema ging. »Wo Ihr Fahrzeug steht, um das es geht«, präzisierte er. Sehr langsam und deutlich.

»Wir sind nicht zum Reparieren da«, versetzte Heiko und hielt dem Mann seinen Ausweis unter die Nase. »Wüst und Luft von der Kriminalpolizei. Sind Sie hier der Chef?«

Der Mann kratzte sich am Kopf. »Ihr seid wegen dem Unfall da?«, vermutete er. »Der arme Junge!«

»Sind Sie sein Onkel?«, fragte Lisa und hielt dem Mann, der zögerlich nickte, die Hand hin. »Unsere Anteilnahme.«

»Walter Wengert mein Name. Dankschee«, meinte der Mann lakonisch. »Schlimm. So sollte man nicht sterben. Genickbruch, fertig.«

»Wie kommen Sie denn auf Genickbruch?«, erkundigte sich Lisa.

»Ja, was war das denn sonst?«, wunderte sich der Werkstattchef.

Lisa und Heiko sprachen sich stumm ab und entschlossen sich, die Karten auf den Tisch zu legen. Irgendwo mussten sie ja anfangen! »Er wurde vergiftet. Mit einem Pilzgift«, erklärte Heiko.

Die Augen des Werkstattleiters weiteten sich. »Die Christel ist Pilzsammlerin. Leidenschaftlich!«, entfuhr es ihm.

»Seine Frau?«, vermutete Heiko und dachte sich, dass es eine glückliche Fügung war, dass sie nicht erst mit ihr geredet hatten.

»Die hat das vor ein paar Jahren angefangen. Sie ist seither ganz begeistert und rennt andauernd in den Wald zum Pilzesammeln«, erzählte der Werkstattbesitzer weiter.

»Sou«, machte Heiko. Das machte die Dame durchaus verdächtig, wäre schön, wenn es so einfach wäre. *Wenn.*

»Und die hat öfters Pilzgerichte gekocht«, vermutete Lisa weiter.

»Ja, grad ist ja auch Saison. Ich hab neulich erst mitgegessen – glauben Sie denn, ich …« Er verstummte und erbleichte sichtlich.

»Das hätten Sie schon gemerkt, Herr Wengert«, versetzte Heiko und unterdrückte ein Grinsen. »Der betreffende Pilz ist hochgiftig.«

»Fällt Ihnen noch jemand ein, der gerne … Pilze sammelt?«, forschte Lisa weiter.

Im Hintergrund ertönte ein zischendes Geräusch, Funken sprühten wie bei einem Feuerwerk. Einer der Mitarbeiter machte offenbar gerade eine Schweißnaht.

»Nein. Fällt mir niemand ein.«

»Wissen Sie denn, ob Ihr Neffe mit jemandem konkret Streit hatte?« Heiko senkte die Stimme. »Hier in der Firma vielleicht?«

Wengert schüttelte den Kopf. »Keine Ahnung. Aber, also, ich mag die Christel ja gern, aber …«

»Aber?«

»Ich könnte mir schon vorstellen, dass ihr sein Geflirte mit anderen Mädels ganz schon auf die Nerven gegangen ist.«

»Er hatte eine Affäre?«, vermutete Lisa.

Wengert hob die Schultern. »Keine Ahnung«, meinte er.

»Okay. Wenn Ihnen was einfällt, rufen Sie uns gerne jederzeit an«, erwiderte Heiko und reichte dem Mann seine Karte.

Manfred Hofmeister war froh gewesen, als die Kommissare gegangen waren, denn so was konnte er gar nicht leiden. Er hatte sie rundheraus angelogen, denn die Sache mit dem Papagei war ihm nicht egal gewesen, im Gegenteil. Der Ritschie war bei ihm von da an untendurch gewesen, denn der war ein schlechter Mensch gewesen. Schade war es also nicht um den, dachte Manfred bei sich, als er nun so sein Ratbike betrachtete.

Natürlich war der Papagei nicht sein einziges Projekt gewesen, aber jedes seiner Projekte lag ihm am Herzen. So wie jetzt das Ratbike. Ulrike fand das Ding furchtbar, aber ihm gefiel es, und das war das Wichtigste.

Es handelte sich um einen Chopper, ein richtig wuchtiges Teil. Ursprünglich war das Moped mal eine Gummikuh gewesen, eine ältere BMW R. Aber vom ursprünglichen Moped war nicht mehr viel übrig. Manfred hatte den Ledersitz durch einen modifizierten Reitersattel ersetzt, aus Leder, mit braunweißer Kuhfellumrandung, vom hiesigen Schuhmacher gestaltet. Statt einem schnöden Case trug das Ratbike ein blitzblank sandgestrahltes 5-Liter-Bierfässchen vom Engel, das er sich von einem Kumpel besorgt hatte. Er selbst bevorzugte den hauseigenen Saft von seinen eigenen Apfelbäumen, den er in Schnelldorf im »Safthäusle« pressen ließ. Ab und zu schmeckte ihm auch ein leckeres Johannschorle.

Das improvisierte Case war das Einzige, das an diesem Bike blinken sollte, als Nächstes würde ein satter Rostton auf allen Verkleidungsteilen hinzukommen. Zu diesem Zweck hatte er bereits am Ostersonntag alles angeschliffen, Manfred mochte es, wenn er lästige Vorarbeiten nicht am selben Tag erledigen musste wie die eigentliche Arbeit. Ebenso hatte er bereits die Rostgrundierung aufgetragen, denn das machte auch keinen Spaß. Die enthielt kleinste Metallpartikel. Was jetzt kam, war das Coole an der Sache. Er trug den Aktivator auf, der diese saugeile Patina erzeugte, die seinem Ratbike den letzten Schliff verleihen würde.

Fast meditativ war das. Manfred arbeitete gründlich und konzentriert.

Als er fertig war, griff er nach einem Fotoalbum, in dem einige der Touren des MFHC seit 1983 bis heute verewigt waren. Neben unzähligen Sonntagsfahrten hatte es einige Schwarzpulver und Eisenarsch-Touren sowie Bildersuchfahrten gegeben. Ein Schwarzpulver wäre doch mal wieder schön, dachte Manfred bei sich und nahm einen Schluck Saft. Dabei mussten die Teilnehmer der Schwarzpulver-Rallye Städte anfahren, deren Anfangsbuchstaben das Wort »Schwarzpulver« bildeten. Damit niemand bescheißen konnte, musste man sich bei den örtlichen Polizeistationen einen Stempel holen. Und derjenige, der in der vorgegebenen Zeit die Bedingungen erfüllte und am meisten Kilometer zusammenkriegte, war der Sieger. Er, Manfred, hatte mehr als eine dieser Rallyes gewonnen. Meistens gewannen da die älteren, die waren einfach erfahrener und hatten Ahnung von ihren Bikes. Nicht so wie die neumodischen Emporkömmlinge, die Möchtegern-Rocker-Vereine. Beim MFHC hatten alle Ahnung vom Schrauben, denen langte es nicht, sich die neueste Harley zuzulegen.

Der Vorsitzende blätterte weiter im Album, auf dem noch einige Seiten leer waren, erinnerte sich an die eine oder andere Ausfahrt, auch aus jüngerer Zeit, und fand es schön zuzusehen, wie sich langsam der Rost auf der Verkleidung des Ratbikes entwickelte. Dazu trank er ab und zu einen Schluck Apfelsaft.

Nach Ablauf der Zeit betrachtete er sein Werk, trug

den Fixierer auf und fand es vollkommen. Und das Beste war: Dieses coole Teil würde der Ritschie nicht in die Finger kriegen.

Wieder lag der Burgbergwald friedlich da. Ein Regenschauer hatte den Boden befeuchtet, von dem jetzt ein schwerer, würziger Duft nach Walderde aufstieg. Einzelne Sonnenstrahlen brachen durch die Wolken und malten abstrakte Muster auf den Boden. Das Eichhörnchen hatte während des Schauers ein paar Regentropfen abgekriegt und schüttelte sich unwillig, putzte sich mit den possierlichen Pfötchen. Dann blickte es wieder um sich, huschte weiter über den Waldboden, auf der Suche nach Essbarem, versuchte, sich daran zu erinnern, wo es im Herbst die Nüsse vergraben hatte. Es schleckte ein paar Regentropfen von einem sattgrünen Blatt, das heruntergefallen war. Köstlich! Das Eichhörnchen huschte weiter, und weil es für Nagetierverhältnisse ein relativ großes Gehirn hatte, erinnerte es sich tatsächlich, dass es hier unter der Kiefer, neulich etwas Seltsames entdeckt hatte. Diesen fremdartigen Pilz, an dem es geschnuppert hatte. Der dann doch nicht so lecker gerochen hatte. Aber jetzt erübrigte sich eine erneute Entscheidung für oder gegen den Happen, denn der Pilz war gar nicht mehr da. Eigentlich ganz erleichtert zog das Eichhörnchen weiter seine Bahnen durch den Hohenloher Wald.

Auf dem Rückweg zum Revier klingelte Heikos Telefon, und Uwe erwartete sie bereits vor ihrem Büro, als sie das Gebäude betraten. Er hob eine Akte und verkündete: »Neuigkeiten!«

Heiko vermutete, dass es spektakuläre Neuigkeiten sein mussten, wenn Uwe sich sogar aus seinem Reich im ersten Stock zu ihnen nach unten bequemte. Der Kommissar wies knapp auf den Besucherstuhl, der allerdings deutlich bequemer war als die Holzhocker, die Uwe ihnen immer anbot, und ließ sich seinerseits auf seinen Bürostuhl nieder, Lisa tat dasselbe. Uwe räusperte sich, wohl wegen der ihm ungewohnten Situation.

»Also?«, forschte Heiko und zog eine seiner relativ buschigen, fast schwarzen Augenbrauen hoch.

»Das Gift war im Helm«, rückte Uwe endlich heraus.

»Im Helm?«, wunderte sich Lisa. »Wie geht das denn?«

»Die Schwaben haben eine ölige Substanz gefunden, die mit frisch geriebener Frühlingslorchel versetzt war. Mit Unmengen Frühlingslorchel, um genau zu sein. Die analysieren noch weiter dran rum, aber wissen schon einiges. Aufgrund der relativen Hitze im Helm ist das Zeug direkt in seine Atemluft gelangt und hat das Erbrechen und einen Schock ausgelöst.«

»Nicht gut, wenn man grad Moped fährt«, beurteilte Heiko.

»Gar nicht gut«, stimmte Uwe zu.

»Und das geht so schnell?«, zweifelte Lisa.

»Wie gesagt, normalerweise beträgt die Latenzzeit vier bis zehn Stunden. Aber das gilt nur für die orale Einnahme, und dann kommt es auch auf die Dosis an. Bei geringen Mengen schädigt der Pilz einfach Tage und Wochen später Leber und Nieren, sonst nichts. Bei höheren Mengen besteht Lebensgefahr.«

»Und der hat das quasi inhaliert?«, versuchte Heiko zu verstehen.

»Es gibt Fälle, wo Leute, die die Lorcheln gebraten haben, allein von dem aufsteigenden Dampf tot umgefallen sind«, informierte Uwe.

»Krass!«, fand Heiko. »Das ist ja echt ein Teufelszeug!«

»Das ist es. Hinterhältig ohne Ende. Ein typisch weibliches Mordinstrument.«

»Hey!«, beschwerte sich Lisa, und die Männer zwinkerten sich zu.

»Jedenfalls war das Zeug im Helm, unterhalb des Visiers, direkt auf Nasenhöhe. Gut, dass ihr den Helm nicht angefasst habt.«

»Es muss also irgendjemand das Öl in den Helm … gekippt haben? Oder reingerieben oder so?«

»Also, reinreiben würde ich das nicht«, gab Uwe zu bedenken. »Das kann definitiv dumm laufen. Und ich hätte auch ein paar Latexhandschuhe dabei, wenn ich damit hantiere.«

»Die sind in jedem gut sortierten Erste-Hilfe-Kasten«, war sich Heiko bewusst.

»Oder man nimmt Putzhandschuhe. Da es ihn erst auf der Heimfahrt erwischt hat, muss es oben in Langenburg passiert sein. Das Zeug hat verdammt schnell gewirkt.«

Heiko seufzte. »Jetzt müssen wir doch noch mal mit der Familie reden. Vielleicht haben wir ja Glück und die Frau bricht unter Tränen zusammen und gesteht«, hoffte Heiko.

Lisa zuckte die Achseln. »Ich bezweifle, dass es so einfach sein wird.«

»Ridewithflitzi« checkte erneut seinen Instagram-Account. Es waren 43 Follower dazugekommen. Nicht schlecht für drei Tage, aber auch nicht bahnbrechend. Er würde noch mehr Hashtags verwenden müssen. Dafür hatte er mehrere Nachrichtenanfragen von irgendwelchen Mädels, ein paar waren ganz hübsch, aber es waren auch immer welche dabei, die er nicht mal mit der Kneifzange anfassen würde. Den Hübschen antwortete er, bei den anderen klickte er gnadenlos auf »Ignorieren«.

Er scrollte nach unten, besonders ärgerlich waren die Posts der Hater, wie der von dem Kerl mit dem blauen Blitzhelm. *Was bist du denn für ein Milchbubi?*, hatte der unter eines seiner Lieblingsbilder geschrieben, das ihn in seinem Lederdress vor seiner Yamaha YZF R125 zeigte, inmitten eines Buchenhains. *Der Reiskocher passt absolut zu dir, Kleiner!*, stand da noch, und zu Markus' Entsetzen hatten 13 Leute den Kommentar geliked.

Was für ein Arschloch! Er klickte auf das Profil und hatte endlich ein Gesicht zu dem Kerl. Da war er, der blaue Helm, und der Typ Anfang 50, ein alter Mann mit zotteligem mittelbraunem Haar, grinste dämlich auf dem Foto. Und darunter stand: *Ruhe in Frieden, Richard Wengert. Schlimm, was in Langenburg passiert ist. Wir werden dich vermissen.*

Markus brauchte ein paar Sekunden, um zu kapieren, was er da vor sich hatte. Dann stahl sich ein breites Lächeln auf seine Lippen. Das war perfekt! Er öffnete wieder seinen Post vom Ostermontag, klickte auf »Bearbeiten« und fügte noch hinzu: *#richardw. #richardwengert #richard #wengert #crailsheim #tödlicherunfall #unfall #unfallursache*. Das würde garantiert noch ein paar Follower mehr bringen!

Christine Wengert putzte wieder Pilze, diesmal hatten sie Maipilze und Stockschwämmchen gefunden. »Es ist gut, dass du dich ablenkst«, hatte Ulrike gesagt und sie genötigt rauszugehen, nicht daheim rumzuhocken, mit all den Erinnerungen an Richard. Mit dem Bett, das sie am Ostermontagmorgen nicht mehr gemacht hatte, weil sie so spät dran gewesen waren. Und das sie auch seither nicht gemacht hatte, weil da noch sein Abdruck im Kissen war, sein Duft auf der Bettwäsche. Ulrike hatte den Kopf geschüttelt, als sie es ihr gezeigt hatte, und sie mit in den Wald genommen. Und nun, zur Mittagszeit, putzte sie die Pilze mit der Bürste. Es waren vertraute Handbewegungen, die sie tatsächlich beruhigten.

Ulrike legte ihr eine Hand auf die Schulter, sie war eine gute Freundin. Max hatte es zu Hause nicht mehr ausgehalten und hatte verkündet, heute zur Arbeit zu gehen. Und sie hatte ihn verstanden. Es war gut, dass Ulrike da war, dass sie nicht alleine war.

Christine gab Butter in die schmiedeeiserne Pfanne und wartete, bis sie brodelnd und goldgelb schäumte. Dann kippte sie die gesäuberten Pilze dazu und schob sie mit einem Holzkochlöffel hin und her. Sofort stieg der charakteristische Duft auf, den sie so liebte, der ihr so vertraut war.

»Wenn du magst, können wir auch mal eine Ausfahrt mit den ›Wunderweibern‹ machen«, schlug Ulrike plötzlich vor, und Christine hatte Mühe, nicht die Augen zu verdrehen. Feminismus war ja im Grunde eine gute Sache, aber manche der Damen, die jene Nur-Frauen-Motorrad-Gang bildeten, waren doch arg seltsam.

»Vielleicht«, meinte sie verhalten.

»Natürlich nur, wenn du willst«, erwiderte Ulrike und fügte hinzu: »Ich mach das mit den Eiern.« Sie fuhrwerkte an den Schränken herum – sie wusste ja, wo alles war – und schlug kurze Zeit später sechs Eier in einer Schüssel auf.

Gerade als Christine mit Salz und Pfeffer würzte, mehr brauchte es nicht, klingelte es. Und das passte gar nicht, denn die Waldpilze waren perfekt, die Eier mussten *jetzt, genau jetzt,* drauf.

Christine stöhnte. »Kannst du bitte mal aufmachen, Ulrike?«

Ihre Freundin stellte die Eierschüssel neben ihr ab, und Christine kippte die dottergelbe Masse in die Pfanne. Erneut stieg eine wohlriechende Duftwolke auf, und Christine benutzte wieder den hölzernen Löffel, um das Ei, das augenblicklich zu stocken begann, in dem gusseisernen Kochgeschirr hin- und herzuschieben. Als sie sich umdrehte, stand Ulrike mit den beiden Kommissaren in der Tür.

»Hallo, Frau Wengert«, grüßte Heiko und schnupperte. Gut roch das, was da in der Pfanne war, sehr gut. Und das, obwohl kein Fleisch dabei war, soweit er sehen konnte! »Na, was kochen Sie denn?«

»Waldpilze mit Rührei«, lautete die verdutzte Antwort.

»Hm!«, war Heikos Reaktion.

»Möchtet ihr mitessen?«, bot Christine Wengert an und wies auf den Inhalt der Pfanne.

»Danke, nein, wir haben schon gegessen«, log Lisa, und Heiko war ihr dankbar. Das fehlte noch, dass er sich an irgendeinem Pilz vergiftete. Überhaupt, vergiftet werden war wirklich ein böser Tod.

Die Witwe zuckte die Achseln und verteilte das Rührei auf zwei bereitstehende Teller. »Es stört euch nicht, wenn wir nebenher essen?«, hoffte sie. »Das muss ganz frisch sein.«

»Kein Problem«, lächelte Lisa, und die Frau wies auf den ausladenden Küchentisch, an dem vier Stühle standen und um den sich alle setzten – Ulrike Hofmeister und Christine Wengert mit je einem Teller des dampfenden Pilzgerichts vor sich. Trotz des leckeren Dufts setzte Heiko sich nur zögernd, denn Uwes Aussage waberte ihm durch den Kopf, dass manche schon vom aufsteigenden Dampf tot umgefallen seien. Aber die beiden Damen saßen putzmunter und erwartungsvoll vor ihren Tellern.

»Sie kochen öfters Pilze?«, begann Heiko.

Frau Wengert hatte bereits den ersten Bissen gegessen und nickte mit vollem Mund. »Ich hab vor ein paar Jahren mal eine Führung bei der Volkshochschule gemacht. Da habe ich Feuer gefangen. Das Pilzesammeln kann man mit einem wunderschönen Waldspaziergang verbinden. Und gerade ist Hochsaison.«

»Tatsächlich!«, tönte es von Lisa.

»Nun, wir wollen Sie nicht hinters Licht führen, Frau Wengert«, fuhr Heiko fort, dem das Katz-und-Maus-Spiel zu umständlich war. »Bitte erschrecken Sie jetzt nicht, aber Ihr Mann wurde tatsächlich ermordet. Genauer gesagt: vergiftet.«

Christine Wengert legte langsam die Gabel weg und wischte sich den Mund mit einer gelben Serviette ab. »Vergiftet? Womit?«, fragte sie konsterniert und sah Heiko vollkommen entgeistert an.

»Mit einem Pilz«, erklärte Heiko und ruckte mit dem Kopf in Richtung des Tellers.

»Haben Sie uns vielleicht etwas zu sagen, Frau Wengert?«, meinte Lisa vorsichtig.

»Wie bitte?«

Ulrike Hofmeister legte ihrer Freundin beschwichtigend die Hand auf den Arm. »Du sagst nichts mehr ohne Anwalt, Tine«, beschloss sie und stierte die Kommissare feindselig an. »Wie können Sie so was denken!«, zischte sie. »Die Tine hat ihren Mann geliebt.«

»Mit welchem Pilz wurde er denn vergiftet?«, fragte die Frau des Ermordeten tonlos.

»Mit der Frühlingslorchel.«

»Aber die Morchel ist doch nicht giftig, die schmeckt …«

»Nein«, unterbrach Lisa, »nicht *Morchel. Lorchel.*

Kann man aber auch leicht verwechseln, die sehen sich sehr ähnlich.«

»Ach so«, meinte die Frau einigermaßen hilflos. »Wie schaut die noch mal aus?«, fragte sie Ulrike Hofmeister, die sich offenbar auch mit Pilzen auskannte.

Die schüttelte den Kopf. »Keine Ahnung.«

Hässlich, dachte Heiko bei sich, abgrundtief hässlich. »Er wurde jedenfalls mit diesem Gift getötet«, drängte er weiter.

»Wir haben in letzter Zeit gar nicht so viele Pilze gegessen, und schon gar keine Morcheln und morchelähnliche«, gab die Frau zu bedenken.

»Er hat die Pilze auch nicht gegessen, sondern eingeatmet«, präzisierte Heiko.

»Wie bitte? Eingeatmet? Wie geht 'n des?«, wunderte sich Ulrike Hofmeister, und Heiko erläuterte den Tathergang in wenigen Sätzen, um zu resümieren: »Irgendjemand muss also das Öl mit dem Gift in den Helm gekippt haben, zu irgendeiner Zeit, als der Helm unbeobachtet war.«

»Sie waren ja auch dabei, Frau Hofmeister. Erinnern Sie sich noch, wie das am Montag genau war?«, forschte Lisa.

Beide Damen stießen pfeifende Laute aus, die Ahnungslosigkeit suggerieren sollten. Gleichzeitig nahm Christine Wengert ihre Gabel wieder auf und aß weiter.

»Wie haben Sie denn den Tag verbracht, so nacheinander?«, half Heiko.

»Also, wir sind gegen 11.00 Uhr hier los«, begann die

Witwe zwischen den Bissen. »Dann sind wir zum Treffpunkt gefahren, dem Parkplatz an der Jagst.«

»Wo genau?«

»Da beim Roten Buck. Wo's zum Blumi hintergeht.«

»Blumi?«, wunderte sich Lisa.

»Zum ›Peanuts‹. Oder zum neuen Tierheim. Wo früher die Zigeuner geparkt haben.«

»Du meinst Sinti und Roma«, verbesserte Hofmeister, und Frau Wengert verdrehte die Augen.

»Und da hatten alle ihre Helme noch bei sich?«, vergewisserte sich Heiko, der natürlich wusste, welchen Platz die Frau meinte.

Die Witwe nickte.

»Ja, und dann sind wir über Tiefenbach nach Kirchberg, anschließend über Diembot, Seibotaberch und Liebesdorf wieder runter an die Jagst, und dann haben wir an der ›Jagsttalranch‹ Station gemacht.«

»Wo?«

»An der ›Jagsttalranch‹. Wo die Alpakas sind und die Strauße.«

»Lamas«, verbesserte Ulrike.

»Genau«, stimmte Christine Wengert zu und schaufelte wieder Rührei.

»Und danach?«, fragte Heiko.

»Sind wir nach Langenburg weitergefahren, über Bächli, und haben dort auf dem Parkplatz vor dem Automuseum geparkt.«

»Vor dem Schloss«, präzisierte die Freundin der Witwe.

»Und dann sind Sie ins Café Bauer? Ohne Pause?«

»Ja, na ja, wir sind über den Ostermarkt gelaufen, aber haben nur geschaut und uns nicht groß aufgehalten.«

»Und wo hatte Ihr Mann da seinen Helm?«, führte Heiko die Befragung fort.

»Unter den Arm geklemmt«, vermutete Christine Wengert und ließ einen weiteren Bissen Pilzrührei in ihrem Mund verschwinden. »Oder, Ulrike?«

»Ich denke, ja. Er hat an seinem Motorrad kein Case, deshalb nimmt er den Helm immer mit. Entschuldigung, *nahm*.«

»Und im Café Bauer hat Ihr Mann den Helm wo deponiert?«

Christine Wengert kapitulierte. »Also, da hab ich nun wirklich nicht drauf geachtet. Am Tisch war er nicht, wo hätte er ihn da hinlegen sollen? Wir haben ja grade selbst mit Glück genügend Stühle bekommen, da war kein Platz für die Helme.«

Heiko sparte sich eine Nachfrage, ob Richard Wengert vielleicht den Helm an der Garderobe abgelegt hatte, denn er wollte die Zeugin – Verdächtige? – nicht beeinflussen.

»Und nach dem Café Bauer?«, erkundigte sich Lisa.

»Sind wir direkt abgefahren. Wir wollten noch weiter nach Orlach, Braunsbach und durchs Kochertal.«

»Und in der Steige ist es dann passiert«, wusste Heiko.

Christine Wengert nickte, stand auf und räumte ihren leeren Teller in die Spülmaschine, was einiges Scheppern verursachte.

»Ihnen ist nichts aufgefallen an dem Helm? Oder

dass jemand den Richard angerempelt hätte?«, forschte Heiko weiter, die Frage war an beide Damen gerichtet.

Beide schüttelten simultan die Köpfe.

»Wenn Ihnen noch was einfällt, dann melden Sie sich bitte bei uns, okay?«, bat Heiko und reichte Ulrike Hofmeister ein Kärtchen.

»Und was machen wir jetzt?«, fragte Heiko, als sie wieder draußen waren. Lisa betrachtete einen Spatz, der auf dem Gartenweg saß und sie ihrerseits neugierig beäugte.

»Womöglich wurde das Gift im Café Bauer in den Helm geschüttet«, stellte sie fest.

»Oder schon in Großforst.«

»Wäre es ihm dann nicht früher schlecht gewesen?«, hielt Lisa dagegen. »Denk an die Latenzzeit. Und dass das irgendwie alles ein bisschen vage ist.«

»Stimmt, wahrscheinlicher ist das ›Bauer‹.«

»Und dann haben wir ein echtes Problem. Denn das könnte echt jeder gewesen sein.«

Simon Hofmeister ging seiner Arbeit nach, und das machte er wie immer sehr gewissenhaft. Er war Finanzbeamter, und da war es seine Aufgabe, danach zu schauen, dass alles seine Ordnung hatte. Er mochte es, wenn alles in geordneten Bahnen verlief, den Regeln folgte. In seinem Büro schrieb er soeben Erinnerungen an die Bürgerinnen und Bürger Crailsheims, dass sie ihre Steuererklärungen rechtzeitig abzugeben hätten. Es waren Formbriefe, die er schrieb, und er setzte nur

Namen und Steuernummern ein, druckte sie aus und machte sie fertig für die Post. Ihm war vollkommen unbegreiflich, wie man etwas so Wichtiges vernachlässigen konnte. Seine eigene Steuererklärung hatte er schon Ende Januar eingereicht und die nicht unbeträchtliche Rückzahlung bereits erhalten. Er war Fachmann und wusste natürlich, was er alles absetzen konnte.

Sein Beruf war ein Bürojob, und deshalb war das Motorradfahren ein guter Ausgleich. Es war schön, durch die Landschaft zu düsen, natürlich immer im Rahmen der Geschwindigkeitsbeschränkung. Simon Hofmeister war stolz darauf, keinen einzigen Punkt in Flensburg zu haben und erst einmal in seinem 30-jährigen Dasein geblitzt worden zu sein, und das nur mit zehn Stundenkilometern zu viel, und auch nur, weil seine damalige Freundin kurz zuvor mit ihm Schluss gemacht hatte. Was heißt, seine *damalige* Freundin – genau genommen hatte er nur eine Freundin gehabt. Die Richtige würde schon noch kommen, eine, die einen ehrlichen, ordentlichen Mann suchte. Nicht so einen wie den Ritschie, der ein Hallodri gewesen war. Wie der mit der Susi geflirtet hatte – das war gegenüber der Christine nicht okay gewesen, denn Christine war wirklich eine tolle Frau. Simon konnte sich vorstellen, mal mit ihr auszugehen, jetzt, wo der Alte weg war.

Sogar bei seiner Mutter hatte der Ritschie es einmal probiert, aber die hatte ihn knallhart abblitzen lassen – natürlich, sie war ja auch anständig. Hatte ihnen anschließend kopfschüttelnd beim Abendessen erzählt, dass der Ritschie sie zu einem Trip zum Molle nach

Forchtenberg eingeladen hatte. Und dass sie das der Christine nicht sagen würde, das würde ihr nur unnötig wehtun. Und überhaupt – hätte der Ritschie Kevlarbekleidung getragen und einen Helm mit Nackenpolster und Airbag, dann wäre er jetzt mit einiger Wahrscheinlichkeit noch unter den Lebenden. Hatte er aber nicht. Er hingegen, Simon Hofmeister, legte großen Wert auf Sicherheit. So hatte er sich die laut ADAC-Testbericht sicherste Enduro gekauft, die aktuell auf dem Markt war. Und zwar eine neue, wer konnte schon wissen, was eventuelle Vorbesitzer damit angestellt hatten. Hinzu kam, dass gebrauchte Maschinen absolut unhygienisch waren. Allerdings – eine Enduro musste es sein, solche Oschis wie sein Vater wollte er nicht fahren. Er fuhr umsichtig, hielt sich an alle Verkehrsregeln und raste nicht. Außerdem erhöhte er die Sicherheit an anderen Stellen, so hatte *er* zum Beispiel einen Airbag-Helm mit Nackenschutzsystem und trug über dem Kevlaranzug eine Airbag-Weste. Die würde ihn im Ernstfall in Sekundenbruchteilen zu einem Michelin-Männchen aufpumpen, und er wäre rundum geschützt. Sicherer konnte man nicht fahren, da war er überzeugt. Aber den Leuten war Sicherheit egal, sie lebten in den Tag hinein, und dann ging es ihnen eben wie Richard Wengert. So wie ihnen auch die Steuererklärung nicht wichtig war, zumindest nicht wichtig genug. Mit einem energischen Mausklick gab Simon Hofmeister den Druckbefehl und druckte 51 Erinnerungsschreiben für die Crailsheimer Bürgerinnen und Bürger aus.

Das hohenlohisch-westfälische Ermittlerteam hatte beschlossen, erst einmal nach Langenburg ins Café Bauer zu fahren, war es doch schlichtweg am wahrscheinlichsten, dass der Mörder dort zugeschlagen hatte. Heiko beschleunigte den M3 auf der Landstraße zwischen Ilshofen und Langenburg. Die Strecke war zwar bei Weitem nicht die reizvollste, aber die schnellste. Nach einigem Gekurve über Hörlebach, Obersteinach und Nesselbach kamen die beiden endlich in Langenburg an, wo Heiko seinen BMW in einer Seitenstraße parkte. Zehn Minuten später stiegen die Kommissare die teppichbelegten Treppenstufen des Café Bauer hinauf. Da heute Werktag war, hielt sich der Andrang in Grenzen, mehrheitlich Rentner tummelten sich an den Tischen des Cafés. Heiko bewunderte die Torten in der Auslage, eine sah leckerer aus als die andere.

»Grüß Gott«, grüßte die Bedienung, eine Frau mittleren Alters, schlank, dezent geschminkt und mit flottem schwarzem Kurzhaarschnitt. Sie begann, ihnen die Torten zu erklären, wobei ihnen das Wasser im Mund zusammenlief.

Es fiel Heiko schwer, die Dame zu unterbrechen. Endlich hob er die Hand, um ihr Einhalt zu gebieten. »Sagen Sie mal, wo legen denn hier die Motorradfahrer ihren Helm hin?«

Die Dame stutzte. »Aber ihr habt doch gar keine Helme?«

»Wir ermitteln in einem Mordfall«, erläuterte Lisa und schenkte der Frau ihr schönstes Lächeln.

»Mord!«, wiederholte die Dame und hob die Hände vors Gesicht. »Was!«

»Ja. Und zwar gab es da am Ostermontag doch diesen Unfall, Sie erinnern sich?«

»Die Kollegen haben es erzählt«, meinte die Frau, nahm von einer Bedienung einen Zettel entgegen und lud zwei Stücke Wibeletorte und eine Himbeer-Sahne-Torte auf entsprechende Teller.

»Und einmal Schwarzwälder-Kirsch«, bestellte die Bedienung, die Heiko freundlich zulächelte, etwas *zu* freundlich für Lisas Geschmack.

Sie wischte sich mit der Hand durch ihr blondes Haar und sandte der Dame einen warnenden Augenaufschlag, was die sofort dazu brachte, sich ihre Schwarzwälder Kirsch und die anderen Torten zu schnappen und damit zu verschwinden.

»Und das war ein Mord? Wie geht das denn?«

»Der Mann wurde vergiftet«, informierte Heiko, »und es muss mit einiger Wahrscheinlichkeit hier im Café passiert sein. Deshalb müssen wir wissen, wo sein Helm lag.«

Die Dame nickte eifrig, traute sich aber offenbar nicht, weiter nachzufragen, sondern drehte die Tortenplatten reflexartig so, dass die Gäste die Schnittkanten und damit das Innenleben der hervorragenden Backwaren sehen konnten. »Wir bitten unsere Biker-Gäste immer, die Helme hier oben auf der Garderobe abzulegen«, erklärte sie endlich und eilte beflissen hinter der Theke hervor, um Heiko und Lisa zum Garderobenständer zu führen, der gleich neben dem Treppenaufgang stand.

Es war ein Ständer aus Messingrohr, wie man sie in den 50er-Jahren gehabt hatte. Er wirkte zwar antiquiert, passte aber ganz hervorragend zur insgesamt sehr stilvollen Einrichtung des Cafés.

»Hier oben haben wir die Hutablage«, meinte die Dame und zeigte auf das entsprechende Brett. »Und da liegen meistens die Helme drauf.«

»Tragen denn so viele Biker ihre Helme mit sich rum?«, wunderte sich Lisa.

Heiko antwortete: »Nicht alle Bikes haben ein Case. Die ganz schnittigen eben nicht. Und dann bleibt ja nichts anderes übrig.«

Die Bedienung nickte, weil sie wohl glaubte, dass es von ihr erwartet wurde.

Lisa drehte sich um. »Und gegenüber ist die Toilette«, stellte sie seufzend fest, »das heißt Publikumsverkehr ohne Ende.«

»Und hier ist auch noch unser Museum«, ergänzte die Frau und führte die beiden um eine kleine Glasausbuchtung wenige Treppenstufen höher.

»Museum?«, hakte Lisa nach.

»Das Wibele-Museum.«

Interessiert betrachteten Lisa und Heiko die drei großen Tische mit Glaskästen, die Zeitungsausschnitte, Wibele in allen Variationen, Wibele-Formen und alte Dokumente enthielten. Auch die Wände waren entsprechend bestückt, groß prangte die jugendstilhafte Meisterurkunde an der Wand neben Fotos von … Prince Charles und Camilla im Café Bauer?

»War der Charles bei euch?«, wunderte sich Lisa.

»Ja, das ist doch Verwandtschaft vom Fürst, die kommen ab und zu mal. Und der Charles ist ein heimlicher Hobby-Landwirt, der interessiert sich für so Öko-Landwirtschaft, wie sie hier in der Gegend läuft.«

»Aha«, machte Lisa.

»Und dort lag also an diesem Tag der Helm unseres Mordopfers«, wechselte Heiko sinnend das Thema und fixierte von der erhöhten Position aus die Garderobe, als könnte sie ihm irgendetwas erzählen.

»Mit einiger Wahrscheinlichkeit ja«, lautete die Antwort der Bedienung.

»Also ist jeder verdächtig, der mal kurz auf dem Klo war«, fuhr Heiko seufzend fort.

»Oder das Wibele-Museum angeschaut hat«, vollendete Lisa.

»Sie entschuldigen mich«, meinte die Bedienung und verschwand nach unten, nachdem Heiko sie mit einem dankenden Wink entlassen hatte.

»Oder«, er hob den Zeigefinger, »generell jeder, der sich an diesem Tag hier aufgehalten hat. Es muss nicht zwingend jemand von der Gruppe gewesen sein.«

Lisa nickte.

»Wäre gut, wenn wir mehr über das Opfer wüssten. Vielleicht ein Motiv.«

»Weißt du, was sinnvoll wäre? Wenn wir alle, die an dem Tag dabei waren, mal auf einem Haufen hätten. Dann könnten wir rekonstruieren, wer alles mal kurz nicht am Tisch war.«

»Hm«, machte Heiko und zückte sein Handy, um Johnny, den fränkischen Kollegen mit kamerunischen

Wurzeln, anzurufen und ihn darum zu bitten, eine solche Vernehmung zu arrangieren, idealerweise für morgen früh auf dem Revier.

Jan Bullinger hatte sich heute krankgemeldet. Er fühle sich nicht gut, hatte er der Sekretärin mitgeteilt, und das war nicht einmal gelogen. Die Sache mit dem Ritschie ging ihm schon irgendwie nach, das musste er zugeben. Auch wenn es ihm zunächst gelungen war, das Ganze zu verdrängen, einigermaßen. Heute Nacht hatte er allerdings schlecht geträumt, sehr schlecht. Es war Zeit, auf andere Gedanken zu kommen, und so hatte er sich entschieden, es heute zu tun. Es war mutig, und es war endgültig. Es ließ sich nicht rückgängig machen, zumindest nicht ohne Weiteres. Es erforderte eine Menge Courage. Und die hatte er, der Bullingers Jan. Er stand vor dem Tattoostudio und rückte den Haargummi seines Pferdeschwanzes zurecht. Er würde es tun. Ohne längeres Nachdenken öffnete er die Ladentür und trat zum Tresen, zog nach einer viertelstündigen Beratung eines freundlichen jungen Mannes, dem man seinen Beruf ansah – er war praktisch seine eigene Werbetafel –, den Zettel mit dem Ausdruck aus der Tasche und legte ihn auf den Tresen. Das wollte er haben, die Tarantel. Denn die war gefährlich. So wie er. Und eine weitere Viertelstunde später saß er im Tätowierstuhl und biss die Zähne zusammen, weil die Nadel des Tätowierers schon verdammt piekste, und heulen wollte er ja nicht.

»Jetzt schauen wir uns auf dem Rückweg diese andere Location an, wo die Biker waren«, schlug Lisa vor.

Heiko schürzte die Lippen. Soeben lenkte er den M3 an der Unfallstelle vorbei. »Meinst du, dass das Sinn macht? Denk an die Latenzzeit. Und daran, dass es echt schnell gegangen ist.«

»Trotzdem!«, beharrte Lisa. »Vielleicht ist den Betreibern ja irgendwas aufgefallen.«

Heiko ergab sich, schaden konnte es nicht. Er bog unten in Bächlingen bei der »Mosesmühle« links ab und folgte dem Weg, der parallel zur Jagst verlief, der Hürdener Straße, die nach wenigen Hundert Metern tatsächlich durch »Hürden« führte, ein Weiler, der aus lediglich ein paar Häusern bestand und nur auf wenigen Karten überhaupt verzeichnet war.

»Das ist ja schön hier«, fand Lisa. »Ich finde, Hohenlohe sollte viel mehr touristisch erschlossen werden.«

»Bloß nicht!«, widersprach Heiko. »Nachher kommen hier noch Schwaben her und wollen Wochenendurlaub machen. Das wäre furchtbar!«

Lisa schnalzte mit der Zunge und verdrehte die Augen.

Die nächste Ortschaft war Großforst, wo sich relativ nah am Ortseingang eine Weide befand.

»Sind das diese … Lamas?«, vermutete Lisa und deutete auf die etwas wunderlich aussehenden Tiere auf der Wiese, die wie langbeinige und langhalsige Schafe mit spitzen Ohren aussahen.

»Soweit ich weiß, ja«, bestätigte Heiko.

»Niedlich«, fand Lisa, »so was wäre doch auch was für unseren Garten!«

Nun war es Heiko, der die Augen verdrehte, als er den M3 auf dem Parkplatz unterhalb der »Jagsttalranch« parkte.

»Schau mal, da gibt es eine Straußen-Osterei-Ausstellung«, freute sich Lisa und deutete entzückt auf ein Schild, das vor einer Scheune stand.

Heiko runzelte die Stirn. »Dafür sind wir aber nicht hier, Lisa. Wir sind …«

»… fünf Minuten!«, beschloss Lisa und war schon wiegenden Schrittes unterwegs zur Ausstellung, den seufzenden Heiko im Schlepptau.

Die Tür zur Scheuer stand offen, und drinnen befanden sich auf groben Brettern, die auf Vintage-Mauerblöcken lagen, mindestens 200 riesige Eier.

»Ostern ist doch rum«, maulte Heiko.

Lisa winkte ab und betrachtete die Exponate, vorsichtig darauf bedacht, nichts zu berühren. »Sind die aber toll!«, fand sie und bewunderte die liebevoll gestalteten Straußeneier, die in unterschiedlichen Techniken bemalt waren.

»Ja. Und so nützlich!«, fand Heiko, was ihm einen weiteren tadelnden Blick von Lisa einbrachte.

»Du hast wirklich gar keinen Sinn für Ästhetik«, schalt sie.

»Grüß Gott«, kam es plötzlich von der Tür her. »Kommen Sie zurecht?«

Die Kommissare wandten sich um und entdeckten eine kleine zierliche Frau, die hier ganz offensichtlich zuständig war.

»Das ist wirklich eine wunderschöne Ausstellung«,

lobte Lisa. Dann fuhr sie mit einem Seitenblick auf Heiko fort: »Sind die Eier denn verkäuflich?«

Die Frau nickte. »Die meisten, ja.«

»Was kostet denn das dahinten mit der Katze? Sie müssen nämlich wissen, ich bin Katzenfan.«

Die Frau schritt zum Exponat und meinte schließlich: »50 Euro. Ist das okay?«

Heiko sog scharf Luft ein, doch Lisa nickte begeistert. »Aber natürlich. Können Sie das einpacken?«

Die Frau nickte und förderte von irgendwoher einen Karton zutage, der in der Größe genau passte.

»Aber eigentlich sind wir wegen was anderem da«, warf Heiko endlich ein.

Die Frau hielt kurz inne, musterte die beiden, legte das gewünschte Ei in den Karton, den sie verschloss, bevor sie ihn Lisa mit einem Lächeln hinhielt und dafür den Fünfziger entgegennahm.

»Ja? Wegen was denn?«

»Wir sind die ermittelnden Beamten in einem Mordfall. Wüst und Luft«, stellte Heiko vor.

Die braunen Augen der Frau weiteten sich. »Mord?«

»Ja. Und zwar am Ostermontag, da war hier eine Gruppe Biker.«

»Können Sie mit hochkommen? Ich muss ein bisschen was im Café erledigen«, bat die Frau.

Lisa und Heiko folgten ihr, vorbei an Deko aus toten Bäumen und – wie konnte es anders sein – Straußeneiern. Es gab Windräder aus Eierschalen, Pflanzschalen mit Straußeneiern und weiteres unnötiges Zeug, wie Heiko fand. Aber Lisa war vollkommen entzückt, und

Heiko hoffte inständig, dass sie nicht noch mehr kaufen würde. Endlich führte die Frau sie auf ein kleines Gartengrundstück mit blühenden Obstbäumen, wo hölzerne Tischchen und metallene Stühle standen.

»Wunderschön hier«, fand Lisa, und Heiko brummte diesmal zustimmend.

»Vielleicht möchten Sie was zum Essen und zum Trinken? Eine Straußeneiwaffel zum Beispiel?«, bot die Frau an.

»Später«, beschloss Heiko, *dafür* opferte er gern fünf Minuten. Aber erst die Arbeit, dann das Vergnügen.

Die Frau nickte freundlich und begann, Vasen mit frischen Wiesenblumensträußen auf den Tischen zu verteilen.

»Also, am Ostermontag war eine Biker-Gruppe bei euch«, nahm Heiko den Faden von vorhin wieder auf.

»Am Ostermontag waren *viele* Biker-Gruppen bei uns«, korrigierte die Frau.

»Ja. Aber vielleicht können Sie versuchen, sich an diese eine zu erinnern. Es waren sechs Männer und drei Frauen. Eine so Mitte 20, die anderen beiden um die 50.«

Die Frau dachte nach, es wirkte angestrengt. »So eine schneewittchenartige war dabei, oder? An die kann ich mich ganz gut erinnern, die ist ja schon eine Erscheinung. Da hab ich zu meinem Mann gesagt, dass die doch mal bei ›Germany's Next Topmodel‹ mitmachen könnte. Da würde die sicher gewinnen.«

»Ja genau, die waren das. Und ist Ihnen bei dieser Truppe irgendwas aufgefallen?«, forschte Heiko weiter.

»Na ja, also, die beiden älteren Frauen haben die jüngere komplett links liegen gelassen, die hat die ganze Zeit auf dem Handy rumgedrückt. Nur ein paar von den Kerlen haben sich ab und zu mit ihr unterhalten.«

»Irgendeiner besonders viel?«

»Puh, ihr fragt Sachen, ja, vielleicht so ein älterer ohne Bart mit zotteligen hellbraunen Haaren, ganz attraktiv eigentlich.«

»Können Sie sich erinnern, wo die Helme lagen?«

»Wie bitte?«

»Die Helme! Die Motorradhelme.«

»Ach so. Nun, die meisten hatten sie wohl in ihrem Case. Aber das kann ich nicht beschwören, da war ja so viel los.«

»Streit hat es keinen gegeben?«, fragte Lisa weiter.

Die Frau zuckte die Achseln. »Außer dem latenten Gezicke der beiden Damen ist mir da nichts Konkretes aufgefallen.«

»Wenn Ihnen noch was einfällt, melden Sie sich gerne jederzeit«, ermunterte Heiko und reichte der Frau ein Kärtchen.

»Aber natürlich. Wollt ihr jetzt eine Waffel?«

Heiko nickte sofort, so viel Zeit musste sein.

Und so machten sie eine kleine Pause mit den leckeren Straußeneiwaffeln im schönen blühenden Bauerngärtlein der »Jagsttalranch«. Auf dem Heimweg entdeckten sie sogar die Strauße auf einer Weide rechts der Straße, als sie über Elpershofen, Leofels und Ruppertshofen zurück nach Crailsheim fuhren. Auf dem Revier machten sie ein bisschen Aktenarbeit und ließen es dann für heute sein, in der Hoffnung, dass das morgige Treffen mit den Mitgliedern der MFHC weitere Erkenntnisse bringen würde.

Manfred Hofmeister hatte sich am späten Nachmittag auf seine Goldwing gesetzt. Er liebte diese Honda GL 1800, vor allem, seit er sie ein bisschen gepimpt hatte. Ihm war bewusst, dass viele das als albern empfinden würden, denn die Honda mit dem goldenen Metallic-Lack glitzerte eigentlich schon genug. Aber Manfred Hofmeister sah das als eine Art Hobby, als Liebhaberei. Und so war es nicht nur das Glitzern, mit dem der schwere Tourer im spätnachmittäglichen Licht die Aufmerksamkeit aller Passanten auf sich zog. Sondern vielmehr waren es auch noch die LED-Lichtleisten, die der Chef der MFHC an allen Konturen angebracht hatte. Heute hatte er sich für ein tiefes Violett entschieden, das einen tollen Kontrast zur Lackfarbe bildete. Man konnte die Lichtfarbe ganz leicht durch eine kleine Fernbedienung einstellen. Farbwechsel waren auch möglich. Eine Spielerei, aber es machte einfach Spaß. Bei den Kindern seines Neffen war er mit der LED-Goldwing an Weihnachten als Nikolaus erschienen, allein der Blick der kleinen Jungs war den Umbau wert gewesen.

In gemütlichem Tempo war Manfred mit seiner »Einbauküche«, wie böse Zungen die Goldwing nannten, abends auf den Hohenloher Landstraßen unterwegs. Von Crailsheim aus war er über Ilshofen nach Künzelsau gefahren, von dort aus hatte er die Straße entlang des Kochers genommen – Ingelfingen, Criesbach, Niedernhall, Weißbach – und endlich war er nach Forchtenberg eingefahren. Manfred Hofmeister lenkte die schwere glitzernde Maschine durch die kleine Stadt und parkte schließlich direkt am Kocher vor »Winklers Weinstube«.

Sinnend betrachtete er das Gebäude, das bis zum ersten Stock gemauert war, obenauf schloss sich ein Fachwerk an. Unten, wusste Manfred, gab es einen Gewölbekeller mit einem großen Extratisch, an dem Molle beflissen seine Gäste platzierte, wenn oben alles voll war. Manfred war gern beim Molle, denn es war gemütlich – und weit genug weg von zu Hause, um eine kleine Auszeit vom Alltag darzustellen – aber nicht *zu* weit.

In der Weinstube traf er sich mit der alten Hohenloher Riege – mit Bernulf Schlauch und einigen anderen, gemeinsam bildeten sie einen losen Stammtisch. Wenn man da war, war man da, und wenn nicht, dann eben nicht. Es handelte sich um einen von jenen Stammtischen, bei denen Weiber nichts verloren hatten, ab und zu ging es deftig zu und es wurden Witze aus der unteren Schublade erzählt. Aber man konnte auch wunderbar philosophieren mit den Jungs, denn die hatten definitiv was drauf. Einzig und allein die Sigi, die Frau vom Molle, war geduldet, denn die schaffte schließlich fleißig und schmiss gemcinsam mit dem Leader der Mundartband »Annaweech« den ganzen Laden. Der Molle war nicht nur Sänger und passionierter Hohenloher, sondern auch noch Weinbauer und Wirt.

Heute war wieder einer dieser Tage, an denen Manfred Hofmeister nach Abschalten zumute war. Die ganze Sache mit dem Ritschie hatte ihn mehr mitgenommen, als er geglaubt hatte. Hatte schon krass ausgesehen, wie es den da in der Kurve zerlegt hatte. So was wollte er jedenfalls nicht noch mal erleben. Manfred betrat das Gebäude, erklomm die Treppe und stieß die Tür zur Weinstube auf. Sofort schlug ihm gemütliche Wärme entgegen. Es roch nach Sigis patentiertem Hähnchen und nach den Maultaschen auf Sauerkraut, die Manfred immer bestellte. Und nach dem tollen Wein, den der Molle servierte. Manfred sah sich suchend um, der Weinstuben-Wirt saß gerade mit einem Grauhaarigen zusammen, der eine üppige Blondine dabeihatte.

Er blickte zum Stammtisch, der wie alle Tische aus Eiche war und an dem man direkt vor dem unverputzten Fachwerk unter kupfernen Lampen saß. Dort hockte immerhin schon der Schlauchen Bernulf mit einem Viertele Wein vor sich, und der Blick aus seinen klugen kleinen Augen schweifte ebenso umher wie Manfreds. Er strich sich durch den vollen ergrauten Bart und über das längere lockige Haupthaar, entdeckte den Biker und winkte ihn zu sich. Es dauerte nicht lange, und auch der Molle höchstpersönlich setzte sich dazu. An diesem Abend am Stammtisch erfuhr Manfred etwas, von dem er glaubte, dass es besser wäre, wenn er es den Kommissaren erzählen würde.

Die Frau mit den langen roten Haaren, die sie zu einem hohen Pferdeschwanz gebunden hatte, stöckelte eine Landstraße in der Nähe der A 6 entlang. Trotz der relativen Kälte trug sie nur eine kurze Jeans und ein bauchfreies Top, das ihr glitzerndes Nabelpiercing stilvoll in

Szene setzte. Von ihrer rechten Schulter schlackerte ein kunstledernes Handtäschchen, welches das Nötigste enthielt. Ihr Ziel kam in Sicht, die kleine Bucht, vielmehr der dahinter liegende Lkw-Parkplatz. Sie hoffte inständig, dass heute ein paar Ordentliche da waren, die sich ab und zu duschten. Obwohl sie mit den Jahren hart im Nehmen geworden war. Sie machte das hier schon eine ganze Weile.

Die Frau bog in den Parkplatz ein und taxierte die parkenden Lkw. Ihr in grellem Pink geschminkter Mund verzog sich zu einem Grinsen. Herbert war da, ein alter, aber gutmütiger Sack, quasi ein Stammkunde, der immer mehr bezahlte, als sie forderte. Sie hatte den Verdacht, dass Herbert ein klein bisschen verliebt in sie war und die krude Vorstellung hatte, dass sie ihn eines Tages heiraten würde. Nur, dass sie nicht Julia Roberts und er alles andere als Richard Gere war. Eines Tages, wenn sie genügend Geld beisammen hätte, würde Jenny, wie sie sich hierzulande nannte, ganz neu anfangen, irgendwo anders, in einer großen Stadt. Und dann würde sie sich den Mann selber aussuchen, den sie heiraten würde und mit dem sie Kinder kriegen wollte. Und sie würde sie alle haben können, denn im Bett war sie richtig gut. Professionell sozusagen. Jenny strich sich das Shirt glatt und stöckelte mit ihren knallroten Lackheels klappernd auf Herberts Lkw zu.

Während Manfred einen Männerabend machte, hatte Ulrike sich zu einem Mädelsabend ins »Schächtele« verabredet. Nachdem die kleine Bar mitten in Crailsheim gegenüber von der 7180-Bar in den letzten Jahren mehrfach den Betreiber gewechselt hatte, hielt sich das jetzige Konzept, das »Schächtele«, schon seit einigen Jahren relativ stabil. Die Kneipe hatte eine lange Theke und konnte per LED in verschiedenen Farben illuminiert werden. Heute war der Grundton ein warmes Rot. Die Damen saßen um einen der niedrigeren Tische, etwas abseits, wo sie sich besser unterhalten konnten.

Ulrike hatte das Gefühl gehabt, dass Christine heute für sich sein wollte, und deshalb hatte sie gar nicht erst gefragt, ob sie mitkommen wolle. Sie brauchte ihre Ruhe, und zwar ohne Leute, die sie ununterbrochen betüddelten. Und das respektierte Ulrike, denn das Band zwischen ihnen war so stark, dass es das aushielt. Das Band zwischen den Mädels am Tisch war ebenso stark, und zwei von ihnen gehörten auch zu den »Wunderweibern«, einer reinen Frauen-Biker-Gruppe, mit denen Ulrike ab und zu auf Spritztour ging.

»Jedenfalls vertritt die Ines die Theorie, dass Frauen die Gesellschaft leiten sollten«, erzählte Katja gerade.

»Wie?«, hakte Isabell nach.

»Das Ganze nennt sich ›Matriarchat‹. Männer sollen mehr oder weniger nur dafür da sein, die Frauen bei Gefahr zu beschützen, ihnen Kinder zu machen und Nahrung zu beschaffen.«

»Aber das ist doch so«, warf Ulrike kichernd ein, »das ist alles, wofür sie da sind, im Idealfall.«

Alle kicherten.

»So ein Quatsch«, fand Jasmin und trank Prosecco.

»Und dann sollen die Kerle vor Ehrfurcht erstarren, weil wir Frauen die Leben Gebenden sind?«

»Und eine Gebärmutter haben, ganz genau«, fügte Katja hinzu.

Jasmin schnaubte. »Na ja, jeder, wie er mag.«

Barbara wiegte den Kopf. »Genau genommen ist der Gedanke nicht schlecht, dass die Kerle ein bisschen Respekt vor uns haben sollten.«

Ulrike orderte beim umhereilenden Wirt noch einen Aperol Spritz.

»Na, aber das treibt doch bei der etwas komische Blüten«, erzählte Katja weiter, »weil nicht nur finden die, dass Frauen über die Männer herrschen sollten –«

»Was ja prinzipiell eine tolle Idee ist!«, warf Isabell ein.

Alle kicherten erneut, aber Katja winkte ab. »Ernsthaft jetzt. Die setzen sich einmal im Monat in selbstgebaute Menstruationshütten und besinnen sich ganz auf ihre Weiblichkeit.«

Jasmin konnte es nicht fassen. »Echt? So viel Zeit muss man erst mal haben!«

»Ja, gschafft wird da natürlich nix«, vermutete Barbara.

»Nein, im Gegenteil, man ist in dieser Zeit so nah wie selten am Universum«, erklärte Katja in belehrendem Tonfall weiter.

»Aha«, machte Barbara.

»Aber wisst ihr was, die Männer sind schon Schweine, so generell«, meinte Ulrike und betrachtete sinnend ihren tief orangeroten Aperol, den der Kellner soeben vor ihr abstellte.

»Aha? So allgemein, oder willst du uns was erzählen?«, forschte Jasmin, und eine einzelne gezupfte Augenbraue wanderte in dem hübschen Gesicht nach oben.

Ulrike nahm einen Schluck von ihrem Getränk, genoss die bittere Süße. Die Farbe schimmerte warm im Licht der Kerze, die sich in einem einfachen Trinkglas auf dem Tisch befand. »Aber ihr dürft es nicht weitererzählen«, meinte sie wispernd, blickte sich um, wer am Nebentisch saß. Niemand Bekanntes, trotzdem beugte sie sich noch weiter vor.

»Mir verbaatscha nix«, versprach Barbara, und alle rückten näher zusammen.

»Der Ritschie, der Mann von der Tine.«

»Der gestern den tödlichen Unfall hatte?«, hakte Isabell nach und trank Cola, denn sie war die Fahrerin.

»Ja, genau der.«

»Was ist mit dem?«

»Ich bin mir relativ sicher, dass der die Tine beschissen hat.«

Empörtes Schnauben der Damen am Tisch, Gläser wurden gehoben und daran genippt.

»Wie kommst du denn darauf?«, erkundigte sich Isabell.

»Keine Ahnung. Bauchgefühl.«

»Das wär eine Sauerei, die Tine ist so eine Liebe, Süße.«

Ulrike nickte heftig. »Gell, das finde ich auch.«

»Gut, dass er tot ist«, meinte plötzlich Barbara.

»Also, Babsi!«, tadelte Isabell. »Das sagt man nicht!«

Ulrike wiegte den Kopf. »Ich finde, sie hat recht. Was braucht der die bescheißen?«

»In einer matrimonalen Welt stünde auf so was ganz sicher die Todesstrafe«, feixte Katja.

Alle kicherten. »Auf das Matriarchat«, skandierte Ulrike und hob ihren Aperol, und alle anderen stießen mit ihr an.

Eine dunkelblaue Harley brauste eine Hohenloher Landstraße entlang, hier konnte Florian so richtig aufdrehen. Er hatte einen Kredit für das chromglänzende Gefährt aufnehmen müssen, den er die nächsten fünf Jahre abstottern würde, aber das war es definitiv wert. Sven wusste nichts davon, der würde das sicherlich uncool finden. Wobei das eines der wenigen Dinge war, die Sven nicht wusste und die ihn womöglich auch nicht wirklich interessierten. Sonst entging dem Chef allerdings nicht viel, und das war nicht ungefährlich. Florian drehte das Gas hoch und spürte das Vibrieren des Motors unter sich. Ein geiles Gefühl, er duckte sich tiefer in den Sitz. Viel mehr als 140 gab die Strecke nicht her, denn er musste ja gleich wieder in den Parkplatz einbiegen, wo er bei seiner abendlichen Runde von der schwer seufzenden Jenny Svens Anteil abholte.

Max Wengert fütterte die Fische. Und es machte Spaß, viel mehr, als langweilige kleine Guppys oder Neons zu füttern. Piranhas hatten Stil, und jetzt, wo sein Vater nicht mehr war, würde er die Pflege der Tiere übernehmen, er wusste genau, was zu tun war. Das Fleisch hatte er vorhin aus dem Tiefkühler geholt, es war bereits in kleine Würfel geschnitten. Die Piranhas liebten es, wenn es noch kühl war, denn dann tanzte es beim Fressen auf der Wasseroberfläche, fast so, als würde es zu einem lebenden, zuckenden Wesen gehören.

Anders als seine Mutter kannte Max alle Fische beim Namen, konnte sie sogar auseinanderhalten. Arnold hatte einen roten Punkt auf der Nase, während Sylvester einen komplett silberfarbenen Schwanz hatte. Jedes der Tiere hatte sein individuelles Kennzeichen, aber seine Mutter hatte sich nie besonders dafür interessiert. Vielleicht war so was Männersache, dachte Max, als er den Aquariumdeckel öffnete und alle fünf erwartungsvoll angeschwommen kamen und die Wasseroberfläche fixierten. Frauen hielten sich Kaninchen, Katzen und derlei Viecher. Meerschweinchen. Ratten im Extremfall. Keine Piranhas.

Behutsam ließ er den ersten Fleischwürfel hineingleiten und sah zu, wie Vin, Bruce und Sylvester sich sofort darauf stürzten, unbarmherzig mit ihren kleinen süßen spitzen Zähnchen daran nagten, sodass das Wasser zu brodeln begann, als würde es kochen. Max grinste und ließ diesmal an zwei Stellen Fleisch ins Wasser fallen, damit alle etwas abbekamen und kein Streit entbrannte, schließlich waren die Tiere wertvoll, sie waren von seinem Vater und würden nicht zu ersetzen sein.

Eigentlich sollte er mal wieder diesen unsäglichen Piranha-Film anschauen, den mit dem amerikanischen Wasserpark. Er liebte diese trashigen, grottenschlechten Horrorfilme der 90er ebenso wie sein Vater. Max Wengert warf den Rest der Fleischwürfel ins Becken, beachtete die Actionstars nicht weiter, die sich darum balgten, und ging zum VHS- und DVD-Regal seines Vaters, um den entsprechenden Film herauszusuchen und ihn sich in seinem Zimmer anzusehen.

MITTWOCH

Tatsächlich waren sie alle gekommen. Heiko hatte nichts anderes erwartet, denn eine Vorladung von der Polizei hatte vorzugehen. Sie hatten die Biker in einen der größeren Besucherräume bugsiert, in dem ein ovaler Tisch mit ausreichend vielen Stühlen stand.

»Moorcha«, grüßte Heiko alle Anwesenden und erntete verschiedene Grußformeln als Antwort, manche, wie die schöne Susi, die bis eben noch auf ihrem Smartphone herumgetippt hatte, schwiegen auch einfach. »Danke, dass ihr alle gekommen seid. Vielleicht finden wir so mehr über den Mord heraus.«

»Sou, isses jetz also doch ein Mord«, schloss Manfred Hofmeister.

»Leider müssen wir davon ausgehen, ja«, antwortete Lisa und beobachtete dabei Max und Christine Wengert. Die Witwe tastete nach der Hand ihres Sohnes und drückte sie.

»Des is awwer schlimm«, fand Ulrike Hofmeister und suchte die Aufmerksamkeit ihrer Freundin, um ihr aufmunternd zuzunicken. »Ja, wie …«

Heiko hob die Hand, um der Dame Einhalt zu gebieten. Die Vernehmung durfte nicht zum Tratschtreff verkommen, er musste unbedingt das Ruder in der Hand behalten. »Wir haben jedenfalls Grund zu der Annahme, dass Richard Wengert durch ein Pilzgift zu Tode kam«, fuhr er fort und beobachtete die Anwesenden. Keiner verzog eine Miene, außer Erstaunen war nichts zu erkennen.

»Ein Pilzgift?«, vergewisserte sich Susanne Schneider. »Ja, welches denn?«

»Das wissen wir noch nicht genau«, log Heiko.

Es war besser, die Leute mit so wenigen Infos wie nötig zu füttern. Denn immerhin konnte der Mörder dabei sein. Oder die Mörderin, was laut Statistik bei Vergiftungen sogar wahrscheinlicher war. »Weiterhin nehmen wir an, dass das Gift im Café Bauer in Langenburg in den Helm gelangt ist«, führte Heiko weiter aus.

Allgemeines Aufseufzen.

»Also, von uns, von den MFHC, war das keiner«, behauptete endlich Manfred Hofmeister, der sich als Vereinsvorsitzender offenbar auch als Sprecher der Gruppe fühlte.

Lisa schenkte dem Mann ihr schönstes Lächeln. »Das glaube ich Ihnen, dass Sie das glauben, Herr Hofmeister. Aber wir müssten es schon ein bisschen genauer wissen. Deshalb möchten wir Sie bitten, mal zu überlegen, wer von Ihnen denn mal weg war vom Tisch. Auf der Toilette oder in diesem Museum, im Wibele-Museum oder wie das heißt. Oder vielleicht hat ja auch jemand von Ihnen etwas beobachtet? Dass sich jemand an Herrn Wengerts Helm zu schaffen gemacht hat?«

Nun wechselten alle Anwesenden unsichere Blicke.

»Sie denken doch nicht, dass wir uns jetzt gegenseitig

verdächtigen?«, meinte endlich Timo Laukenmann, der Hipster. »Wir sind alle Freunde. Und so was machen Freunde nicht.«

»Die Susi war mal weg«, meldete sich plötzlich Ulrike zu Wort und stierte die schwarzhaarige Schönheit giftig an. »Und ich hab mich schon gefragt, was du so lange auf dem Klo machst«, fügte sie noch hinzu.

Christine nickte langsam.

Susanne Schneider warf die Mähne zurück, bevor sie antwortete: »Ein paar Selfies hab ich gemacht, denn auf dem Klo ist das Licht super. Für meine zahlreichen männlichen Fans. Und vorher habe ich das gemacht, was dir auch mal ganz gut täte: mich ein bisschen um mich selbst gekümmert. Den Lippenstift nachgezogen, den Lidstrich, Haare gekämmt, solche Sachen. Dinge, die deinen bürgerlich-bäuerlichen Horizont deutlich übersteigen.«

Ulrike schnaubte, das war ja ungeheuerlich.

Susi beugte sich vor und fügte hinzu: »Kann ja nicht jede wie eine Vogelscheuche rumre…«

»Frau Schneider!«, unterbrach Lisa tadelnd, und Manfred Hofmeister knurrte: »Weiber!«, während Susanne Schneider die Arme über dem voluminösen Busen verschränkte und sich darauf verlegte, ihren Hass nonverbal durch giftiges Glotzen auszudrücken, was man ihr in dieser Intensität gar nicht zugetraut hätte.

»Die Ulrike war auch auf dem Klo«, stellte Jan nach einigem Nachsinnen fest.

»Ja, mit der Christine zusammen. Wir mussten was besprechen.«

»Ach, was denn? Den Mord planen oder was?«, mischte sich Susanne Schneider ein. »Da sehen Sie's, Herr Kommissar!«

»Bitte, meine Herrschaften!« Heiko hob beschwichtigend die Hände. »Ich bitte Sie! Das hilft uns nicht weiter.«

»Das hilft generell nicht weiter, wir waren alle mal auf dem Klo«, relativierte Timo Laukenmann.

»Ist ja vollkommen normal, nach zwei Stunden Kaffeetrinken«, fügte Manfred hinzu.

»Ich nicht«, behauptete Simon Hofmeister.

Heiko seufzte. »Überlegen Sie bitte genau: Hat jemand gesehen, dass der Helm angefasst wurde? Vielleicht beim Toilettengang? Oder hat jemand Richard Wengert angerempelt, als ihr durch Langenburg gelaufen seid?« Das war zwar reichlich unwahrscheinlich, aber immerhin eine Chance.

Kurzes Nachdenken, dann allgemeines Kopfschütteln.

Heiko seufzte, so machte das keinen Sinn. Selbst wenn jemand etwas gesehen hatte, würde er oder sie das nicht in dieser Runde preisgeben. Außer vielleicht Ulrike Hofmeister, die ganz offensichtlich ein Problem mit Susanne Schneider hatte. Warum, lag auf der Hand. Selbst Heiko war klar, dass die junge Schönheit viel Angriffsfläche für Stutenbissigkeit bot. Seufzend verteilten die Kommissare Visitenkarten an diejenigen, die noch keine hatten, mit der dringenden Bitte, sich *sofort* zu melden, falls ihnen etwas einfiele.

Manfred Hofmeister war etwas unschlüssig stehen geblieben, nachdem sich die anderen erhoben hatten, und betrachtete nachdenklich den kleinen Baum, der vor dem Fenster stand und in dem mehrere Spatzen saßen.

»Kommsch du, Manne?«, erkundigte sich seine Frau.

Er brauchte eine Sekunde, bis er zu ihr hinsah und meinte: »Gleich, Ulrike. Kannsch schon mal raus.«

»Sie möchten uns noch etwas sagen, Herr Hofmeister?«, verstand Lisa und nickte Heiko zu, der hinter Ulrike Hofmeister, die sich im Schneckentempo aus dem Raum bewegte, die Tür schloss.

Der Chef der MFHC nickte bedächtig und setzte sich erneut auf den Stuhl, auf dem er gerade gesessen hatte. Lisa und Heiko nahmen ebenfalls wieder ihre Plätze ein, das schien dem Mann Sicherheit zu geben. »Ich weiß nicht, ob das wichtig ist«, meinte er nach etwas Abwarten und zwirbelte nachdenklich eine seiner Bartspitzen.

»Was denn?«, hakte Heiko nach, erhielt aber von Lisa einen unauffälligen Puffer. Man musste den Mann jetzt wohl einfach reden lassen.

Manfred sog scharf die Luft ein und erzählte: »Ich war gestern beim Molle in Forchtenberg.«

»Wo?«, vergewisserte sich Lisa.

»Bei Frank Winkler«, erklärte Heiko.

»Du kennst den?«, wunderte sich Lisa.

»Das ist der Sänger von ›Annaweech‹. Der hat eine Kneipe.«

»Eine Weinstube«, verbesserte Hofmeister und hob mahnend den Zeigefinger.

»Richtig. Eine Weinstube.«

»Und?«, ermunterte Lisa zum Weiterreden.

»Und da hat der Molle mich gefragt, ob denn der Ritschie nicht mehr mit seinera zsamm sei.«

»Ach!«, entfuhr es Heiko und er beugte sich vor. Jetzt wurde es interessant.

»Der wusste noch gar nicht, dass der Wengert verunglückt ist, und dann musste ich das ihm erst mal erzählen. Das war scheiße.«

»Nicht schön«, stimmte Lisa zu.

»Ja, und dann hab ich den Molle gefragt, wie er da drauf kommt.«

»Und was hat er gesagt?«

»Na ja, er hat gemeint, der Ritschie sei neulich mit einer jungen Blondine dagewesen und die hätten sogar ein Zimmer für die Nacht gehabt.«

»Wissen Sie, um wen es sich gehandelt hat?«, fragte Heiko hoffnungsvoll weiter.

Manfred schüttelte den Kopf. »Der Molle hat es grad erzählen wollen, dann hat ihn jemand zum Zahlen weggerufen. Und später hat der Bernulf Witze erzählt, da haben wir nicht mehr so dran gedacht.«

»Der Bernulf Schlauch«, wusste Heiko wieder.

Lisa verdrehte lachend die Augen. »Den kennst du etwa auch?«

»Klar, der Bruder vom Schlauchen Rezzo.«

»Von den Grünen?«, vermutete Lisa.

Heiko nickte. »Der und der Fischers Joschka sind Hohenloher«, erklärte er. »Und der Bernulf ist eben nicht in die Politik, sondern macht Hollersekt und brennt Schnaps.«

»Was ist denn Holler?«, fragte Lisa nach.

»Holunderblüten«, kam es wie aus der Pistole geschossen von den beiden Männern.

»Jedenfalls, Sie haben ihn also nicht weiter ausfragen können«, vermutete Heiko.

»Nein, leider nicht. Da müsstet ihr ihn selber fragen.«

»Den Herrn Winkler?«, vermutete Lisa.

»Den Molle, genau.«

»Aber heute hat er geschlossen«, wusste Heiko. »Heute ist Mittwoch.«

»Richtig, mittwochs sind immer die ›Annaweech‹-Konzerte.«

»Wir rufen mal an«, beschloss der Kommissar.

Allerdings riefen Lisa und Heiko vergeblich von ihrem Büro aus bei der Nummer an, die ihnen Johnny kurze Zeit später genannt hatte. Niemand ging ran, also schauten Lisa und Heiko auf der »Annaweech«-Homepage nach, wo die Band heute Abend einen Auftritt haben würde. Sie fanden heraus, dass ein Konzert beim »Fundis« in Saurach stattfand. Das wäre wohl die beste Gelegenheit, um den Molle an diesem Tag persönlich zu erwischen, falls sie ihn vorher nicht erreichen sollten. Plötzlich klingelte das Telefon, und Uwe vermeldete, dass es Neuigkeiten gebe und dass sie umgehend raufkommen sollten.

Uwe tat so, als hätte er sie gar nicht bemerkt, und legte die Akte erst weg, als Heiko sich genervt räusperte. »Ihr habt uns rufen lassen, Sire?«, erlaubte sich der Kommissar und hoffte, dass Uwe den Hinweis verstehen würde.

Der Spurensicherer grinste tatsächlich und lehnte sich in seinen Thron zurück.

»Die Schwaben wissen jetzt, welches Öl als Basis für das Gift verwendet wurde«, rückte er endlich heraus.

»Und welches?«, fragte Lisa nach, mit stoischem Lächeln und einer Engelsgeduld, für die Heiko sie bewunderte.

»Es handelt sich um Arganöl«, informierte Uwe endlich.

»Um was?«

»Marokkanisches Arganöl«, wiederholte Lisa und nahm damit Uwe, der wieder den Mund geöffnet hatte, den Wind aus den Segeln. »Gut für Haare und Haut. Und cholesterinsenkend.«

»Ganz genau«, bekräftigte Uwe.

»Und woher weißt du das?«, erkundigte sich Heiko an Lisa gewandt.

»Das war vor zwei Jahren *das* kosmetische In-Öl – ich glaube, es kam vor Kokosöl und Macadamiaöl, aber nach kaltgepresstem Olivenöl und auf jeden Fall nach Jojobaöl.«

»Das kann sein«, stimmte Uwe nachdenklich zu. »Jedenfalls ist das Interessante daran, dass das verwendete Öl nicht den deutschen Kosmetikstandards entspricht. Es muss also in Marokko gekauft worden sein, aus dem Urlaub mitgebracht, irgendwas in der Art. Habt ihr einen Marokkaner unter den Verdächtigen? Das wäre natürlich am einfachsten.«

»Leider nicht«, bedauerte Heiko. »Wir suchen also jemanden, der in Marokko einkaufen war.«

»Oder marokkanische Freunde hat. Vielleicht. Man kriegt das Zeug sicher auch im Internet, das müsstet ihr mal recherchieren.«

Die Kommissare verbrachten eine gute Stunde damit, im Internet nach Bezugsmöglichkeiten für marokkanisches Arganöl zu suchen. Erst einmal wurden sie bei hochpreisigen Kosmetika und in Reformhäusern fündig, dann führte die Suche sie weiter zu Plattformen wie eBay, wo anscheinend auch kleine private Anbieter das Arganöl des Familienunternehmens aus der Heimat zum Verkauf anboten – sie suchten quasi die Nadel im Heuhaufen.

»Wirklich lecker, das Zeug«, erzählte Lisa nach einer Weile. »Du weißt ja, dass ich mal mit einem Marokkaner liiert war?«

Heiko brummte bärenartig, sie hatte das mal erwähnt.

»Und die essen das zum Frühstück mit Brot.«

»Ölbrot?«, wunderte sich Heiko. Da waren ihm ein saftiges Schinkenbrot oder Spiegeleier mit Speck doch lieber. Notfalls auch ein Xälzbrot.

Lisa lachte. »Eigentlich heißt die Pampe ›Amlou‹. Das sind gemahlene Mandeln mit Honig und Arganöl. *Sehr* gehaltvoll, aber auch wahnsinnig lecker! Wenn du magst, können wir ja mal ein Glas bestellen«, meinte sie und klickte demonstrativ auf einen »Bestellen«-Button.

»Nicht nötig«, wiegelte Heiko ab und nahm Lisa die Maus aus der Hand, um das Fenster zu schließen. So weit käme es noch, dass er Ölbrot zum Frühstück essen würde.

Lisa seufzte. »Weißt du, was wir noch machen könnten?«

»Was denn?«

»Wir könnten mal die Clix-Mix-Profile von den Bikern anschauen. Vielleicht war jemand in Marokko im Urlaub. Oder hat marokkanische Freunde.«

»Die Idee ist gut«, fand Heiko und rief die Community auf, um sich kurze Zeit später mit seinem Namen »Heiko76CR« einzuloggen.

»Erst die Ehefrau«, schlug Lisa vor und fand auch tatsächlich ihr Profil. Allerdings war es eher unspektakulär. Familienfotos, ein Frühstück mit Ulrike Hofmeister, ansonsten nichts Auffälliges, auch in den Freundeslisten nicht. Ebenso wenig beim Sohn und bei Ulrike Hofmeister, die nicht allzu viel von sich preisgaben – Simon Hofmeister hatte gar kein Profil, und das seines Vaters, des Chefs der MFHC, war auf ›privat‹ gestellt. Sehr präsent und öffentlich sichtbar war dagegen Susanne Schneider, die 6.423 Freunde hatte, überwiegend männliche, und ein sexy Bild nach dem anderen postete.

»Duckface«, murmelte Lisa.

»Was? Entengesicht?«, wiederholte Heiko verständnislos.

»Die zieht auf allen Bildern eine Schnute hin. Soll sexy wirken.«

»Ach so. Schau mal, hier ist eins im Krankenschwesterkittel. Schaut aus wie die eine von ›Army of Lovers‹.«

»Die eine Affäre mit dem schwedischen König hatte?«

Heiko zuckte die Achseln. »Weiß doch ich nicht. Ich kann mich nur an das Video erinnern, das damals auf

MTV rauf- und runterlief, mit diesen drei seltsamen Schweden, wie hieß das Lied noch?«

»Obsession«, half Lisa nach, die in den 90ern nachmittageweise auf dem Sofa gesessen und die »MTV Top 20« angeschaut hatte. »Ja, sie hat eine gewisse Ähnlichkeit«, sinnierte sie und vergrößerte das Bild. »Sie ist aber nicht ganz so vulgär wie das Original.«

Heiko grinste. Soso, nicht ganz so, aber schon vulgär war die schöne Susi. Oder einfach nur schön?

»Kennt sie sich mit Pilzvergiftungen aus, wenn sie Krankenschwester ist?«, sinnierte Lisa.

Heiko stieß pfeifend die Luft aus. »Nicht unbedingt. Oder?«

»Könnten wir mal im Hinterkopf behalten«, beschloss Lisa und suchte nach Timo Laukenmann, der »Stadt Crailsheim« als Arbeitsplatz angab. Er postete Werbung für ein Kindergartenfest, da arbeitete er womöglich. Aber keine Urlaube in Marokko, ebenso wenig bei Jan Bullinger, der dafür Bilder von seinem letzten Malle-Trip gepostet hatte, auf denen freie Oberkörper und Sangria-Eimer jeweils eine tragende Rolle spielten. Und keine der Personen, die sie überprüft hatten, hatte marokkanische Freunde oder irgendeine anders geartete Verbindung zum Maghreb-Staat.

»Sind das alle?«, überlegte Heiko laut.

»Alle, die dabei waren, ja. Wie gesagt, Manfred und Simon Hofmeister haben wir nicht.«

»Der Manfred hätte den Kerl aber eher runtergezogen und ihm eine geknallt, wenn der ein Problem mit ihm gehabt hätte«, schätzte Heiko.

»Hatte er doch«, erinnerte Lisa, »den Papagei.«

»Ja. Aber Giftmorde sind eher was für Frauen«, behauptete Heiko kategorisch.

»Sei doch nicht immer so sexistisch!«, beschwerte sich Lisa. »Ich finde das unmöglich!«

»Aber es ist statistisch bewiesen, dass …«

Lisa schnalzte mit der Zunge. »Na und? Das kann wirklich jeder gewesen sein.«

Heiko schluckte. »Der Mörder hat wohl gehofft, dass die Sache als Unfall durchgeht. Und er kommt an Pilze dran und kennt sich mit ihnen aus. Und er hat marokkanisches Arganöl.«

»Da wissen wir doch schon einiges«, fand Lisa. »Es lässt sich bestimmt was draus machen. Interessant wäre auf jeden Fall, wen dieser Malle mit dem Mordopfer zusammen gesehen hat.«

»Du meinst Molle?«

»Ja genau, Molle. Vielleicht sollten wir da noch mal anrufen? Wenn wir Glück haben, geht er jetzt ran.«

Heiko nickte und wählte die Nummer, aber es meldete sich eine Frauenstimme, die Sigrid, die erklärte, dass der Frank noch unterwegs sei, sein Handy vergessen hätte, aber in etwa zwei Stunden im »Fundis« aufschlagen würde, denn die müssten ja schließlich noch aufbauen vor dem Auftritt.

»Ach, da schau mal«, meinte Lisa, als Heiko das Telefonat beendet hatte, und wies auf einen Post in Heikos Timeline.

»Hm?«, gab er von sich.

»Da haben die Kollegen aus Aalen was über den

Unfall gepostet.« Lisa klickte auf den Beitrag. »Oh, Wahnsinn«, stieß sie hervor.

Heiko starrte wieder angestrengt auf den Bildschirm. »Was denn?«

»52 weinende Emojis, 5 Herzchen und 11 wütende Emojis.«

»Aha«, machte Heiko und konnte nichts damit anfangen. Als Polizist und Hohenloher hatte er Besseres zu tun, als ununterbrochen irgendwas im Clix-Mix zu kommentieren.

»Und die Kommentare erst!«, meinte Lisa und scrollte nach unten.

»Was issn RIP?«, wunderte sich Heiko.

»Rest in Peace – Ruhe in Frieden«, übersetzte Lisa.

»Ach sou. Und wieso schreiben die das auf Englisch?«

»Scheint grad in zu sein«, glaubte Lisa und deutete auf allein acht Beiträge untereinander, die alle »RIP« lauteten.

»So ein Quatsch«, schimpfte Heiko, »blöde Anglizismen.«

»Aber die posten auch anderes Zeug, schau mal«, fuhr Lisa fort und las vor: »›Wenn die scheiß Biker auch immer im Vollsuff fahren müssen!‹, ›Gut, dass er keine anderen mit umgebracht hat!‹, ›Wahrscheinlich bekifft gefahren!‹, ›Vielleicht hat er während der Fahrt aufs Handy geglotzt. Ich hab neulich erst wieder einen gesehen in der Stadt. Polizei Aalen, könnt ihr da nicht mal besser kontrollieren?! Also ich fahre nie mit Handy am Steuer!‹«

»Und haben die Kollegen geantwortet?«

Lisa klickte auf »Antwort zeigen« und entdeckte einen höflichen Hinweis der Kollegen, dass man über die Unfallursache nichts sagen könne und dass sie ständig Kontrollen im fließenden Verkehr durchführen würden, und ja, auch mit Zivilfahrzeugen.

»Scroll mal weiter«, forderte Heiko, und Lisa tat ihm den Gefallen.

»›Weis jemand, wer das war?‹ Mit S.«, las sie weiter vor. »›War eş Suizid?‹, ›Vielleicht hat er sich umgebracht?‹, ›RIP, RIP, RIP, RIP…‹«

»Also nein«, fand Heiko, »das mit der Suizidvermutung ist ja unterste Schublade.«

»Das meiste davon ist unterste Schublade«, ergänzte Lisa und hielt inne. »Hier ist was Interessantes: ›Um den isses gwieß net schad.‹«

»Ach! Von wem ist das?«

»Von einem ›Flitzi‹, wer immer das sein soll.«

»Den merken wir uns«, beschloss Heiko.

Timo Laukenmann hatte heute früher Feierabend gemacht, ab und zu war das drin, auch als Leiter. Und er hatte sich erlaubt, seiner Freundin nichts davon zu sagen. Manchmal brauchte er das, seine Ruhe. Einfach weg, raus aus allem. Dann stieg er in seine Lederklamotten und fuhr los, irgendwohin. Nicht wahllos, meistens an heilige Orte. Das mussten nicht unbedingt Kirchen sein, obwohl er schon in schönen Kirchen gewesen war. Beispielsweise gab es in Gaggstatt eine Jugendstilkirche, die phänomenal war. An diesen

Orten konnte er sehr gut nachdenken, zu sich selbst finden, etwas runterkommen. Er betete manchmal dort, denn er dachte sich etwas bei seiner Religion, auch, wenn er nicht immer ein guter Mensch war, in der Vergangenheit nicht gewesen war. Aber es ging nicht immer darum, manchmal genügte es ihm, einfach die Energie zu spüren, welche die heiligen Orte ausstrahlten. Je älter sie waren, desto stärker wirkten sie auf ihn, war es doch erwiesen, dass verschiedene Völker über die Jahrhunderte immer an denselben Stellen ihre Kultstätten errichtet hatten. Das faszinierte ihn, und der Ort, zu dem er heute mit seiner Moto Guzzi unterwegs war, war sehr alt.

Er war über Maulach und Ilshofen nach Morstein und Dünsbach gefahren, von dort weiter nach Nesselbach und dann nach Bächlingen. Von da hätte er die Strecke nehmen können, die sie neulich gefahren waren, wo der Ritschie verunglückt war. Aber das wollte er nicht, und sein Ziel war ein anderes. Er folgte der Jagst, die heute im fahlen Licht grüngräulich und stumpf wirkte. Das passte zu seiner Stimmung und zu seinem Ziel. Das nächste Dorf war Unterregenbach, hier gab es eine uralte Krypta aus ottonischer Zeit. Christlich, und trotzdem war da noch etwas anderes, etwas, das älter war als jede Religion der Welt, und das schätzte er so an dieser heiligen Stätte.

Endlich hatte er die wenigen Abbiegungen durch das Dorf zurückgelegt und hielt vor dem alten Pfarrhaus, stellte seine silberne Moto Guzzi ab, seinen »Blitz«, wie er die Maschine liebevoll nannte.

Die Krypta war frei zugänglich, obwohl in dem Pfarrhaus ein Schaumweinfabrikant wohnte, dem er nachher einen kurzen Besuch abstatten würde. Zuerst aber stieg Timo Laukenmann die wenigen steinernen Stufen zur Krypta hinunter. Augenblicklich fühlte er sich, als wäre er in einer anderen Welt. Die Geräusche des Frühlings, Vogelgezwitscher und das Sirren erster Insekten in der Luft, waren vollkommen ausgeblendet. Es war totenstill. Und doch hatte diese Stille nichts Negatives, im Gegenteil, sie wirkte kontemplativ. Beruhigend. Er lehnte sich an eine der dicken Säulen und ließ den Raum auf sich wirken. Das kurze Knirschen seiner Lederbekleidung, als er sich bewegte, störte für einen Moment die absolute Stille, dann war es wieder ruhig. Er schaute geradeaus auf den behelfsmäßigen Altar, der trotz der sakralen Funktion des Raumes eindeutig deplatziert wirkte. Das hier war kein speziell christlicher Ort. Er gehörte allen, allen Geisteshaltungen und Menschen jeder Orientierung. Timo Laukenmann war überzeugt, dass absolut jeder diesem Ort etwas würde abgewinnen können, wenn er ihn nur auf sich wirken ließe. Das Licht flutete vom schmalen Fenster hinter dem Altar herein, es war göttliches Licht, davon war Timo überzeugt.

Er drehte sich um, wandte der Säule sein Gesicht zu, lehnte sich mit der Stirn gegen den kühlen Stein und schloss die Augen. Er dachte an nichts. Dann an sie, an Cordula, die es wirklich nicht leicht hatte. Er liebte sie trotzdem, und er würde sie niemals verlassen, nicht einmal für Susi. Er war stark, und er war in der Lage, Energie abzugeben, würde immer dazu in der

Lage sein. Er liebte ihre Seele. Die Seele, die schon so viel hatte erdulden müssen. Ihren Geist. Und ja, auch den feingliedrigen, zerbrechlichen Körper, der schon so viel hatte mitmachen müssen. Es waren Momente wie dieser, die ihm halfen, Kraft zu tanken, seine Batterien wieder aufzuladen. Negative Menschen auszublenden, wie der Ritschie einer gewesen war. Und wieder weitermachen zu können.

Timo Laukenmann verharrte in dieser Position eine ganze Weile, bis er die Treppe wieder emporstieg, ein Lächeln aufsetzte und den Laden von Hans-Jörg Wilhelm betrat, der sich im selben Haus befand, um dort einen der guten Hohenloher Schaumweine zu kaufen.

Der Parkplatz vor dem »Fundis« war noch leer, aber das würde sich in Kürze ändern. Denn nicht nur war die Wirtschaft sehr beliebt – ganz besonders der Biergarten –, sondern auch »Annaweech«-Konzerte generell. Die Hohenloher Mundartband bediente den Geschmack eines Publikums, das gerne Schlager und Country mochte, das hatten sie richtig gut drauf. Es gab auch Rap-Einlagen. Heiko hatte die Band schon ein-, zweimal gesehen, ansonsten waren hierzulande eher »Johkurt, Paulaner und Bearnd« oder Kurt Klawitter und seine »Mouschdpiloten« die Platzhirsche.

Heiko parkte den M3 recht nah bei der kleinen Eingangstür des älteren Bauernhauses, das die Wirtschaft bildete. Die Kommissare betraten das Haus gar nicht erst, sondern wandten sich gleich nach rechts, um durch das kleine graumetallene Türlein den Garten zu betreten, der heute gleichzeitig Konzertlocation war. Einige leidenschaftliche Fans hatten bereits die vordersten Plätze in der Nähe der Bühne besetzt. Hier saß man auf groben hölzernen Bänken an ebensolchen Tischen, die gemütlich wirkten. Schatten spendeten an den meisten Plätzen ausladende alte Birnen- und Apfelbäume, die herrlich weiß und rosa blühten und von denen gelegentlich Blütenblätter wie leichte, duftige Schneeflocken herabwehten.

Lisa und Heiko suchten sich einen Platz, um dann bei der herbeieilenden Bedienung, einer etwas ernst dreinblickenden Dame mittleren Alters mit Brille und halblangem mittelblondem Haar, ein alkoholfreies Bier für Heiko und einen Zitronensprudel für Lisa zu bestellen. Aus dem Augenwinkel beobachteten die Kommissare die fünf Bandmitglieder, die eifrig irgendwelche Verstärker und Kabel schleppten und einstöpselten.

»Das da ist der Molle«, erklärte Heiko und zeigte auf einen nicht allzu großen, nett aussehenden Mann mit weißem Haar und Brille, der soeben ein Mikrofon auf ein Stativ steckte.

»Okay«, meinte Lisa, »sollen wir gleich hin?«

Heiko winkte ab. »Lass ihn noch kurz, die sind grad beschäftigt.«

In diesem Moment brachte die Bedienung die Getränke, für Heiko das Bier und für Lisa die Sprudelflasche.

»Hohenloher Zitrone«, las Lisa und grinste, während sie sich einschenkte. »Von den sonnigen Zitronenhainen Hohenlohes oder was?«

Heiko nickte mit gespieltem Ernst und behauptete: »Gleich hinter Wallhausen liegen die.«

»Soso.«

»Blootz?«, fragte die Bedienung, als wäre es selbstverständlich.

»Wie bitte?«, fragte Lisa zurück.

Die Bedienung räusperte sich und achtete darauf, langsam und deutlich zu sprechen. Und Hochdeutsch. »Möchten Sie einen Blootz?«

»Ach, ist das das mit den Griahwah?«, fragte Lisa zurück.

Heiko grinste und trank Bier. »Mit Griawa machen sie den Blootz in der ›Eiche‹ in Mainkling, der ist auch gut. Aber eurer ist mit Speck, gell?«

Die Bedienung warb: »Wirklich guad, mer kou absolut nix soocha!«

»Na, dann nehmen wir einen Bloohts«, beschloss Lisa, die jetzt tatsächlich Hunger verspürte.

Die Bedienung notierte fahrig etwas auf ihrem Notizblöcklein und klappte es mit Schwung wieder zu. Molle machte inzwischen den Soundcheck, ein schmälerer Mann mit Bart klimperte ein paar Akkorde auf einer Gitarre.

»Jetzt sollten wir aber doch mal hin«, fand Lisa und erhob sich, um auf Molle zuzulaufen.

Heiko seufzte, ließ sein Bier stehen und folgte seiner Freundin und Kollegin. Ein großer hellbrauner Hund mit Schlappohren kreuzte mit federndem Gang ihren Weg, er schien hier zu wohnen.

Molle bemerkte sie relativ schnell, und ein breites Grinsen legte sich auf sein Gesicht, vor allem, als er Lisa entdeckte. »Grüß Gott«, sagte er, und Heiko und Lisa grüßten zurück. »Kou ii eich helfa?«, fragte er anschließend, nicht unfreundlich und hauptsächlich an Lisa gewandt.

»Wüst und Luft von der Kriminalpolizei«, stellte Heiko vor.

»Ou, Bollizei«, machte Molle, »welld ihr mii verhafta?«

Heiko schüttelte den Kopf. »Wir sind hier im Mordfall Wengert.«

»Wengert … Wengert …«, überlegte Molle, dann fiel es ihm ein: »Ach, der Ritschie! Ja, schlimm, schlimm! Neulich war er erst noch bei mir in Forchtenberg.«

Heiko nickte. »Das ist uns zu Ohren gekommen, ja. Und da hätten wir mal ein, zwei Fragen an Sie.«

Molle fuhr sich mit der Hand durch die kurzen Haare, offenbar war er nun doch etwas nervös. »Wenn ii helfa kou«, meinte er schließlich lakonisch und schenkte Lisa einen Augenaufschlag, der ein klein bisschen flirty wirkte.

»Sie haben ja dem Hofmeisters Manfred erzählt, der Richard Wengert hätte bei euch übernachtet?«

»Sooch du«, forderte Molle, »ii haaß Molle.«

Heiko grinste und korrigierte: »Also. Du und bei dir. Und?«

Molle wandte kurz die Augen zum Himmel, als würde er nachdenken. »Ja, tatsächlich, und doa hobb ii mi gfroochd, ob der nimmi mit seinera Tine zsamm ist. Aber doa secht mer ja nix, des gätt oon ja nix ou.«

»Aha«, machte Lisa, war aber einigermaßen stolz drauf, das meiste verstanden zu haben. »Und er war bei euch in der Weinstube? Und hat mit der Dame übernachtet?«

Molle nickte und wechselte zu leidlichem Hochdeutsch. »Die hatten ein Doppelzimmer für die Nacht. Bar bezahlt.«

»Wie hat die Dame denn ausgesehen?«, fragte Heiko nach und verschwieg absichtlich, dass Hofmeister von einer Blondine geredet hatte.

»Die war ein Gerät!«, entfuhr es dem Molle, und seine Augen nahmen einen träumerischen Ausdruck an. »Also, fir mii wär des nix, ii bin ja glicklich verheiert, aber gugga deff mer ja«, relativierte er sofort.

Heiko nickte ernst. »Und?«

»Wie Schneewittchen! Lange schwarze Hoar, a schees Maadle.«

Heiko runzelte die Stirn, wohl doch keine Blondine! Er zückte sein Handy und rief das Clix-Mix-Profil von Susanne Schneider auf. »Die da?«, erkundigte er sich und hielt dem Sänger das Handy unter die Nase.

Molle zückte umständlich eine Brille aus einer Tasche seiner Stall-Latzhose, wohl seine Berufskleidung, und setzte sie auf die relativ kleine Nase. Angestrengt guckte er auf Heikos Handy, bevor er nickte. »Genau die wor's«, bestätigte er. »A ganz a Schääni!«

»Und Sie, äh, du bist sicher, dass die auf dem Zimmer waren, über Nacht?«, vergewisserte sich Lisa.

»Ganz sicher«, bekräftigte Molle noch einmal. »Und

die haben auch schon in der Wirtschaft die ganze Zeit gefüßelt, unter dem Tisch.«

»Hm«, machte Heiko und fragte sich, woher der Molle das wohl wusste, schob es dann aber auf die allgemein gute Beobachtungsgabe eines jeden Wirtes. »War denn noch jemand dabei an diesem Abend? Oder ist jemand mit denen zusammengesessen?«, fragte er weiter.

Molle schüttelte den Kopf. »Ii missad etz aa widder amol, wenn des reechd is«, meinte er entschuldigend mit einem spitzbübischen Lächeln, und Heiko entließ ihn mit einem Nicken.

Max Wengert surfte ein bisschen, er brauchte definitiv Ablenkung. Heute hatte er geschwänzt, aber morgen würde er wieder zur Arbeit gehen, weil er es zu Hause nicht mehr aushielt. Seine Mutter würde nicht alleine sein, sie wollte morgen früh mit Ulrike in den Wald zum Pilzesammeln, also war das okay. Er musste mal wieder was anderes denken als *Tod.* Und normaler Arbeitsalltag war dafür ideal. Er fand seinen Job okay, nur, dass es ab und zu langweilig war, weil er in der Versicherung so gutbürgerlich tun musste. Er hasste den Anzug, den er tragen musste, und klebte seine Haare nur widerwillig zu der Gelfrisur, die dort alle hatten. Dort war er ein anderer Max als privat, es blieb ihm nichts übrig, und seine Alten hatten ihn dazu gezwungen, diesen Versicherungsscheiß zu lernen.

Max seufzte, das, was er jetzt vorhatte, war schon lange überfällig. Denn der Stoff war ihm ausgegangen. Nicht, dass es sich um Haschisch handeln würde, das war ihm viel zu schnöde. Haschisch hatte keinen Stil. Vielmehr bevorzugte er Pilze, genauer gesagt den Kubanischen Kahlkopf, *Psylocybe cubensis*. Und dazu musste er nicht einmal ins Darknet, nein – ein holländischer Onlineshop war absolut ausreichend. Der Zoll scherte sich kaum darum, und selbst wenn mal ein Paket dort hängen blieb, wie es bisher erst ein einziges Mal passiert war, würde er einfach behaupten, er hätte nichts bestellt und wisse von nichts – denn dann waren die Beamten absolut machtlos. Max Wengert klickte sich wie gewohnt zum Shop durch, legte 25 Gramm seiner Lieblingspilze in den Warenkorb, wählte »Expressversand« und bezahlte problemlos mit Paypal. Danach schloss er das Fenster, löschte den Cache und den Browserverlauf, in solchen Dingen war er absolut sorgfältig.

Lisa und Heiko beschlossen, einfach noch sitzen zu bleiben. Der Tag war sowieso gelaufen, und sie konnten ja Susanne Schneider nicht einfach so konfrontieren. Sie bräuchten einen Schlachtplan. Inzwischen war der Biergarten fast zur Gänze gefüllt, nur wenige Tische, unter anderem der von Lisa und Heiko, waren noch nicht voll besetzt.

»Wäre interessant zu wissen, ob die Frau Wengert von der Affäre gewusst hat«, sinnierte Lisa.

Heiko nickte, während er aus dem Augenwinkel der Bedienung folgte, die ein riesiges Brett mit Blootz balancierte und tatsächlich auf ihren Tisch zusteuerte.

»Is doa noch frei?«, fragte es von der anderen Seite, sodass Heiko seine Aufmerksamkeit auf die drei älteren Pärchen richten musste, die gefragt hatten. Verdammt, dass nur ja die Bedienung nicht abhaute, er hatte wirklich Hunger! Er nickte also so schnell und so freundlich wie möglich, rutschte durch und stellte mit einem erleichterten Blick in die andere Richtung fest, dass die Bedienung am Tisch angekommen war.

»Sie wollta an Blootz, gell?«, meinte sie und lächelte. »Wenn Sie auf Ihrem Bierdeckel Strichle machen, wie viele Stückle Sie nehmen.«

Denn kousch doalassa, dachte Heiko, als er das schmackhafte Hohenloher Backwerk betrachtete, aber Lisa wählte bereits mit spitzen Fingern zwei Stücke aus, und so blieb Heiko nichts anderes übrig, als sich auch welche zu nehmen. Drei. Weise hatte er drei der größeren Stücke gewählt, denn die fielen ein bisschen unterschiedlich aus. »Sie dürfen nachher gern noch mal vorbeikommen, für Nachschlag«, erklärte er.

Lisa hatte bereits einen Kuli gezückt und entsprechende Striche auf ihren Bierdeckeln gemacht. Die Bedienung eilte weiter zum nächsten Tisch, und während Heiko in den herzhaften Blootz biss, haute der »Boudsch«, Peter Botsch, der Gitarrist von »Annaweech«, zum ersten Mal in die Saiten, und Molle begann zu singen. Bei den Hymnen »Hohenloher Land« und »Spatza mit Soß« sangen alle mit. Lisa fand »Mister Cool« besonders schön, eine eingängige Hommage auf Alexander Gerst, die es auf Hohenlohisch, auf Deutsch und sogar auf Englisch gab. Allerdings wurde heute nur Hohenlohisch gesungen, alles andere wäre ja a Schand. Heiko hingegen gefiel »Nouni« am besten, wo es vor allem darum ging, was alles »noch nicht« sei. Und so wurde es ein schöner Abend mit hohenlohischer Musik bei leckerem Blootz unter blühenden Obstbäumen.

Jan Bullinger zupfte am einen Ende der Folie, die um seinen Oberarm gewickelt war, und linste darunter. Er war saumäßig stolz auf sein neues Tattoo, es sagte was aus. Und er glaubte, die Kraft und die Stärke zu fühlen, die es ihm verlieh, totemmäßig. Der Tätowierer hatte das verdammt gut gemacht. Bei vielen Tattoos stimmten die Proportionen nicht, aber die Tarantel sah wirklich super aus. Er drehte sich vor dem Spiegel so, dass das neue Schmuckstück besonders gut zu erkennen war. Das würde den Weibern gefallen! Jan Bullinger hatte allerdings keine Ahnung, dass der Tätowierer ein kurzes Telefonat geführt hatte, nachdem er das Studio verlassen hatte. Ein Telefonat, das Jan noch zum Verhängnis werden würde.

Als Lisa und Heiko nach Hause kamen, ging Heiko erst einmal eine große Runde mit Sita spazieren. Der Hund war zu viel allein, wenn sie einen Mordfall hatten, tagsüber schaute die ältere Nachbarin nach ihm, und die Frau mochte Sita ausgesprochen gern. Der Rauhaardackel schien die Dame ebenso als Oma anerkannt zu haben und verbrachte die Tage, an denen Heiko und Lisa so viel arbeiten mussten, manchmal auch ganz bei ihr. Bei Mordfällen war nämlich so viel los, dass sich weder Lisa noch Heiko für eine längere Mittagspause mit dem älteren Tier abseilen konnten, das Heiko einst aus dem Crailsheimer Tierheim geholt hatte.

Nach einer guten Dreiviertelstunde betrat Heiko wieder das kleine Einfamilienhaus in der alten Tiefenbacher Siedlung.

»Dann gehen wir morgen also mal zur schönen Susi?«, schlug Lisa vor, nachdem sie ihm ein Küsschen auf die stachelige Wange gedrückt hatte. »Rasier dich mal wieder«, forderte sie und ging wiegenden Schrittes voran ins Schlafzimmer.

Es war ein langer Tag gewesen. Heiko strich sich nachdenklich übers Kinn, ja, womöglich sollte er das, aber er hasste Rasieren. Schon öfters hatte er über einen Vollbart nachgedacht, aber Lisa hatte eine Augenbraue hochgezogen und gemeint, dass er dann wie der Räuber Hotzenplotz aussehen würde und dass das gar nicht ginge. Heiko seufzte, legte die Leine weg und fütterte den Hund, um sich kurze Zeit später zu Lisa ins Bett zu gesellen. Die blöde Katze hatte es sich bereits auf Lisas Füßen bequem gemacht und funkelte ihn wie gewohnt hasserfüllt an.

»Wenn die Ehefrau von ihrem Mann und der Susi gewusst hat, dann hat die das ultimative Motiv«, überlegte er laut.

»Und sie kennt sich mit Pilzen aus«, ergänzte Lisa und kuschelte sich an ihren Freund, der gedankenverloren den Arm um sie legte und eine ihrer losen blonden Haarsträhnen zwirbelte.

»Das passt doch alles sehr gut«, fand Heiko und küsste Lisa auf den Mund.

Lisa ließ es geschehen, erwiderte den Kuss und wiegte dann den Kopf. »Ein bisschen zu gut für meinen Geschmack.«

»Wie meinst du das?«

»Es könnte sein, dass jemand den Verdacht auf die Witwe lenken will. Und sie ist sicher nicht die Einzige in Hohenlohe, die sich mit Pilzen auskennt.«

»Lass uns morgen weiterreden, ja? Ich meine, über den Fall«, schlug Heiko grinsend vor und ließ seine Hand unter die Bettdecke gleiten.

Jan Bullinger war aufgeregt. Es war so weit, sie hatten ihn bemerkt! Er würde sich hochdienen müssen, das stand fest. Und er war bereit dazu. Er wusste, was es bedeutete, ein *Member* zu werden. Aber ihm war auch klar, dass es so ziemlich das Coolste war, was es hierzulande gab.

Komm heut um Mitternacht an den Degenbachsee. Und bring deine Kutte mit, hatte in der SMS gestanden, die von einer unbekannten Nummer gekommen war. Als er versucht hatte zurückzuschreiben, war *Nachricht nicht gesendet* angezeigt worden. Und als er die Nummer endlich gegoogelt hatte, war er auf einen Online-SMS-Dienst gestoßen. Sehr mysteriös, aber das passte ja. Die »Tarantel« war geheimnisvoll. Und er, Jan Bullinger, würde bald dazugehören, sehr bald.

Er fröstelte und sah auf die Uhr, es war schon viertel eins. Der Degenbachsee lag ruhig da, ein halber Mond spiegelte sich in der glatten Oberfläche. Immer noch war niemand zu sehen, sie wollten ihn doch nicht etwa testen? Oder schlimmer: verarschen?

Endlich bewegte sich etwas hinten bei den Büschen, und er hörte einen lockenden Laut, ein leises »Hey«, kehlig geflüstert. Jan hatte sich nicht getäuscht. Er zog seine Kutte mit einem Ruck enger um sich, richtete den Haargummi, der sein blondes Haar wie immer zu einem Zopf zusammenfasste, und ging auf die Stelle zu, wo die Geräusche hergekommen waren. Aber er kam nicht so weit, denn ein Schlag landete in seinem Gesicht und streckte ihn zu Boden. Mühsam rappelte er sich wieder hoch, schüttelte ein paarmal den Kopf, um wieder klarer zu werden. Er schaffte es nicht. Von hinten wurde er an seinem Pferdeschwanz gepackt. Instinktiv griff er danach, da wurden seine Arme mit einem eisernen Griff von hinten umschlossen, unerbittlich.

»Halt ihn fest«, befahl eine … Frauenstimme?

Der, der ihn hielt, war offenbar ein Kerl, zumindest war er so groß und kräftig, dass Jan das annahm. Nur, sehen konnte er ihn nicht.

»Bring ihn zum Feuer«, befahl die Stimme, und endlich trat die Dame vor ihn, und er konnte sie ansehen, immer noch blinzelnd, halb betäubt vom unerwarteten Schlag. »Wir machen jetzt ein kleines Feuerchen, gell«, informierte sie und tätschelte ihm die Wange.

Jan konnte nur nicken.

Die unnatürlich hellblauen Augen unter den kurzen borstigen schwarzen Haaren leuchteten auf, ein unheilvolles Grinsen erschien auf dem Mund, der zu breit schien für das schmale Gesicht. »Der Präsident ist leider verhindert«, erklärte die Frau, »aber wir zwei können das auch erledigen. Wir sollen dir sozusagen ein paar Dinge ausrichten. Ich bin nämlich der *Sergeant at Arms*«, sie deutete auf den entsprechenden Aufnäher auf der rechten Vorderseite ihrer Kutte, die der seinen nicht unähnlich war, »und für solche Sachen quasi zuständig. Und der Kollege hier ist der *Secretary*, der«, sie grinste böse, »verwaltet die Mitgliedsanträge.«

»Aha«, machte Jan und schluckte wieder. Stolpernd kam er vorwärts, weil ihn der Mann hinter ihm rücksichtslos nach vorn schob. Beinah wäre er gestürzt. Die beiden bugsierten ihn um die Ecke, und Jan entdeckte ein kleines Lagerfeuer, das zuvor hinter Büschen verborgen gewesen war. »Was ist …«, begann er.

»Keine Fragen!«, herrschte ihn der *Sergeant* an. »Du machst jetzt genau, was wir dir sagen, und sonst gar nichts!«

Der Kerl packte ihn wieder.

Jan schluckte erneut und nickte, während die Frau, die nach der Statur und ihren Muskeln nach zu urteilen auch gut als Kerl hätte durchgehen können, in aller Seelenruhe ein langes Klappmesser zückte und öffnete. »Du hast da eine schöne Kutte, Bullinger«, begann sie endlich und ging um ihn herum.

Jan versuchte ein Lächeln, war das ein Kompliment?

»Aber was ist das für ein Patch? Kommt mir irgendwie bekannt vor«, meinte sie endlich, und Jan spürte ein Pieksen, sie hatte das Messer an einer bestimmten Stelle seiner ledernen Kutte angesetzt, die sein Ein und Alles war. »Das ist doch eine Spinne, mein Lieber«, sagte sie im Tonfall einer Lehrerin. »Was genau ist das denn für eine Spinne, Herr Bullinger?«, fuhr sie dann fort.

Jan räusperte sich, bevor er krächzend hervorbrachte: »Eine Tarantel.«

»Wie bitte, was?«, vergewisserte sich die Frau, trat vor ihn und hielt sich theatralisch die Hand ans Ohr, in dem mindestens 20 Ohrringe steckten, die im Licht des Feuers metallisch aufblitzten.

»Eine Tarantel«, wiederholte Jan und versuchte, sich zu strecken, was unmöglich war, weil der Mann hinter ihm ihn eisern festhielt.

»Sehr richtig«, lobte die Frau und lächelte falsch. »Bist du eine ›Tarantel‹, Jan?«, fragte sie und begann, mit dem Messer zu spielen. Sie war sehr geschickt.

»Noch nicht«, gab Jan zu.

Böses Lachen aus seinem Rücken, in das nun auch die Frau einstimmte. »Soso, noch nicht. Und wie kommst du darauf, dass du jemals eine ›Tarantel‹ sein könntest?«

»Ich wäre es halt gern«, antwortete Jan. »Ich würde wirklich gern bei euch mitmachen. Als *Prospect*.«

Nun lachte die Frau wieder auf und musterte ihn abschätzig. »Wir sind keine Schulhofbande, Kleiner. Bei uns kann man nicht *mitmachen*.«

»Aber ich …«, wollte Jan sich verteidigen, aber er kam nicht weit, weil sie ihm das Messer an die Kehle setzte und ihm so nahe kam, dass er ihren Atem riechen konnte, der nach Zigarettenrauch stank.

Sie hob die Hand, und ihre Mimik wurde noch härter: »Maximal könntest du dich als *Supporter* sehen, und das kannst du nicht sein, denn die ›Taranteln‹ haben keine Supporter, auch keine *Hangarounds*. Und wir suchen uns unsere *Prospects* selber aus.«

»Aber ich …«

»Du ziehst jetzt zuallererst mal deine Kutte aus. Denn die ist ein Plagiat. Und Plagiate werden vernichtet.«

Jan erstarrte. Nein, nicht seine Kutte! Er liebte diese Kutte, sie war ihm wichtig! Und wie sollte er ihr Verschwinden seiner Oma erklären? Der weibliche *Sergeant* verstärkte den Druck des Messers ein klein bisschen, und ihm blieb nichts anderes übrig, als zu gehorchen. Der Kerl in seinem Rücken lockerte seinen Griff, trat dann vor ihn und zückte eine silberfarbene Schere, es handelte sich um einen hageren, drahtigen Blonden.

»Du wirst dieses Plagiat in kleine Streifen schneiden und verbrennen«, forderte die Frau und öffnete seine erstarrten Finger, in die ihm der *Secretary* die Schere hineinlegte. »Und wir schauen dabei zu.«

Jan Bullinger spürte, wie ihm die Tränen in die Augen stiegen, so war das nicht geplant gewesen. Er hatte sich so gefreut, dass er endlich aufgenommen werden würde. »Bitte!«, flehte er, und tatsächlich rann eine Träne seine Wange hinunter und tropfte auf die Kutte, die er inzwischen ausgezogen hatte. »Bitte nicht. Ich mache alles für euch.«

»So läuft das nicht. Und hör auf zu flennen«, herrschte ihn die Frau an und richtete das Messer auf ihn. »Wage es nicht abzuhauen. Er hat eine Knarre«, verkündete sie und zeigte auf ihren Begleiter, der sehr ernst dreinsah.

Es dauerte letztlich keine zehn Minuten, bis Jan Bullinger seine geliebte Kutte in Streifen geschnitten hatte.

»Lecker«, meinte der Sergeant und hielt einen der Streifen hoch, als wären sie frische Nudeln, die nun gekocht werden sollten. »Und jetzt schmeiß das Ganze ins Feuer«, forderte sie, und Jan gehorchte.

Schnell stieg ein Geruch auf nach verbrannter Haut, nach Leder; und nicht nur der Geruch trieb Jan Bullinger endgültig die Tränen in die Augen. »War es das?«, meinte er dann bockig, mühsam um Fassung ringend.

Die Frau ließ ein schmatzendes Geräusch vernehmen. Auf ihr Zeichen hin trat der Blonde wieder blitzschnell zu ihm und drehte ihm die nackten Arme auf den Rücken. »Nicht ganz«, meinte die Frau lakonisch und trat gewandt neben ihn. Spielerisch zupfte sie an der Folie, die sein Tattoo bedeckte.

Jan schluckte, sie würde doch nicht etwa …

»Was ist denn da drunter?« Sie entfernte die Folie mit einem raschen Schnitt und tat erstaunt, als sie letztlich die Tarantel entdeckte. »Oh! Ein weiteres Plagiat«, stellte sie fest und lachte böse auf, bevor sie wieder ihr Messer zückte.

Jan kämpfte gegen den Griff an, aber voller Entsetzen hörte er Handschellen klicken, die seine Hände auf dem Rücken fixierten.

»Die ›Taranteln‹ dulden keine Plagiate, Jan«, erklärte die Frau und ließ die Messerspitze auf seiner Haut kreisen. »Und du hast ja gerade gelernt, was wir damit machen.«

Jan hörte sich hemmungslos aufschluchzen, er hasste sich dafür, aber er konnte einfach nicht anders. Sie verstärkte den Druck und verursachte einen Kratzer, auf dem sich sofort ein Blutrinnsal bildete. »Bitte nicht!«, bettelte er.

»Scht«, mahnte die Frau und ließ ihre Zungenspitze hervorschnellen. »Wir müssen das Plagiat entfernen. Tut nur ein bisschen weh! Und geht relativ schnell.«

Jan schrie auf, erhielt als Antwort aber nur einen Hieb von dem Blonden, der ihm die Luft aus den Lungen trieb.

Endlich nahm die Frau ihr Messer vors Gesicht, legte die Klinge nachdenklich an ihre Lippen und meinte: »Es gäbe da aber noch eine Möglichkeit, quasi eine Chance, deinen Fehler zu korrigieren.«

»Alles, ich tue alles«, wimmerte Jan.

Die Frau nickte und tätschelte ihm die Wange. »Gut, Jan. Du machst, sagen wir morgen, einen Termin im Studio. Und lässt dir irgendwas Hübsches drüber tätowieren. So, wie ich dich jetzt kennengelernt habe, würde ich dir zu einem rosa Einhorn raten. Würde ganz gut passen. Versprichst du mir das, Jan?«

Jan beeilte sich zu nicken, damit sie das Messer bei sich behielt.

Wieder tätschelte sie seine Wange. »Oder eine Rose oder einen total süßen Kolibri. Mir scheißegal. Jedenfalls keine Tarantel, denn du bist keine und wirst nie eine sein. Haben wir uns verstanden?«

Noch einmal nickte Jan.

»Dann sag es, Jan«, forderte sie und leckte zu Jans Entsetzen das Blut von ihrem Messer, mit einer sehr langen, sehr fleischigen gepiercten Zunge.

Jan nickte erneut.

»Sag es!«, herrschte sie ihn an.

»Ich habe verstanden«, presste Jan hervor.

Die Frau nickte und tätschelte ihm ein letztes Mal die Wange. Der Blonde nahm ihm die Handschellen ab und streckte ihn mit einem letzten Schlag neben dem Lagerfeuer zu Boden, bevor sie ihn in der ansonsten kalten Aprilnacht einfach liegen ließen.

DONNERSTAG

Simon Hofmeister war mal wieder auf dem Hockenheimring zum Sicherheitstraining. Es war ihm wichtig, das alle paar Monate zu machen, und er tat es konzentriert. Denn seine Enduro bedeutete durchaus ein kleines Risiko, war nicht so schwer wie ein Chopper, ein Tourer oder ein Allrounder. Der Vorteil war, dass er die Maschine sehr fein handlen konnte, sie tat, was er wollte, und das zuverlässig. Nach dem Training drehte er immer noch ein paar Runden auf dem Ring, in einem Tempo, das vernünftig war, quasi um das Gelernte zu festigen. Simon drehte das Gas hoch und fühlte sich sicher, sehr sicher. Immerhin trug er auch seinen Kevlaranzug sowie die Airbag-Weste und den Airbag-Helm. Das Training war gut und sinnvoll. Mit elegantem Schwung passierte er die S-Kurve und fuhr weiter auf die Zielgerade. Aber was war denn jetzt los?

Seine Enduro schien die Führung zu übernehmen, verselbstständigte sich. Es war, als würde eine unsichtbare Hand am Lenker reißen, ihn in unkontrollierten Zuckungen hin- und herschubsen. Sein Bike folgte jedem der Befehle genau, nur, dass es nicht seine Befehle waren. Entsetzt stellte Simon Hofmeister fest, dass das Motorrad offenbar beschlossen hatte, in der folgenden Rechtskurve einfach geradeaus weiterzufahren. Er hielt sich gut fest, war froh um seine Sicherheitsweste und den Helm. Aber als er an sich hinunterblickte, sah er, dass er gar nichts mehr trug, dass er absolut nackt war, ausgeliefert. Der Fahrtwind peitschte ihm ins Gesicht, er trug auch keinen Helm. Eine Schrecksekunde lang sah er die Bande, gegen die er unweigerlich prallen würde, die ihm womöglich das Genick brechen würde, genau wie dem Richard. Und wie in Zeitlupe kam der Frontalzusammenstoß, aber den spürte Simon Hofmeister schon nicht mehr, denn in diesem Moment klingelte sein Wecker, und er erwachte mit einem für ihn völlig untypischen Schrei aus seinem Traum.

Susanne Schneider war Krankenschwester im Klinikum Crailsheim, wie sie schnell herausgefunden hatten. An der Pforte des Klinikums, das früher einfach schnöde »Kreiskrankenhaus« geheißen hatte, hatten die Kommissare unkompliziert erfahren, auf welcher Station die Dame arbeitete. Mit dem Aufzug fuhren sie in den entsprechenden Stock und entdeckten die junge Frau, die sich gerade auf dem Gang an einem Wagen zu schaffen machte, sofort.

»Frau Schneider?«, begann Heiko.

Die Schönheit richtete sich auf und strich sich über die Haare, die sie zu einem straffen, voluminösen Dutt gesteckt hatte. »Wie kann ich Ihnen helfen?«, erwiderte sie, schaffte es dann aber, die Gesichter der Ermittler richtig zuzuordnen. »Ach, die Kommissare.«

Heiko nickte. »Können wir irgendwohin gehen, wo wir uns unterhalten können?«

Frau Schneider blickte sich um und winkte eine Kollegin herbei, die nach kurzem Gespräch für sie einsprang. »Kommen Sie mit«, forderte sie auf und führte Lisa und Heiko in eine Art Aufenthaltsraum, der offenbar den Schwestern vorbehalten war.

Eine kleine Kaffeeküche war rechter Hand, und links befand sich ein einfacher, funktionaler Tisch, an dem sich die Krankenschwester, die tatsächlich aus dem Musikvideo der »Army of Lovers« entsprungen zu sein schien, mit übergeschlagenen Beinen elegant niederließ. Es fehlte nur der knallrote Schmollmund, der bei der Arbeit im Krankenhaus aber sicher nicht erwünscht war.

»Kaffee?«, bot die Pflegerin an, Lisa und Heiko winkten ab. »Ihr habt aber nichts dagegen, wenn ich mir einen nehme?«, meinte sie, erhob sich, ohne eine Antwort abzuwarten, und goss sich Kaffee aus der antiquiert wirkenden Filterkaffeekanne in eine Tasse aus dem Hängeschrank. Ohne Zucker oder Milch hinzuzugeben, setzte sie sich wieder auf den Stuhl und nippte an dem Heißgetränk. »Also? Wie kann ich euch helfen?«

Heiko räusperte sich, er konnte einfach nicht anders, als die Frau schön zu finden, unglaublich schön. Er hoffte inständig, dass Lisa nicht bemerken würde, wie nervös sie ihn machte. Sie war ja so schön, so unglaublich schön! »Kennen Sie ›Winklers Weinstube‹ in Forchtenberg?«, fragte er betont seriös.

Die Tasse, die bereits auf dem Weg zum sinnlichen Mund gewesen war, schwebte für einen kurzen Moment in der Luft, bevor sie wieder auf dem Tisch abgestellt wurde. »Ja, kenn ich«, lautete die knappe Antwort, und die modelhafte Krankenschwester verschränkte die Arme über dem voluminösen Busen, der eigentlich zu groß für ihre Figur war.

Lisa fragte sich unwillkürlich, ob alles echt war oder ob vielleicht nachgeholfen wurde. Die Connections hätte sie sicherlich. »Möchten Sie uns denn selber was zu dieser Gaststätte erzählen?«

Susanne Schneider schüttelte leicht den Kopf, es wirkte bockig, und widmete sich ihrem rechten Zeigefingernagel, von dem ein Stück knallroter Nagellack abgesplittert war. »Verdammt«, entfuhr es ihr, und Lisa war nicht ganz sicher, ob wegen des Nagels oder wegen der Weinstube. Endlich meinte die Krankenschwester entnervt: »Wie habt ihr das denn herausgefunden?«

Heiko grinste und zuckte die Achseln. Das brauchte sie nicht zu wissen. »Uns wurde zugetragen, dass Sie dort ein Zimmer hatten.«

»Ja, das stimmt. Der Ritschie hat mich eingeladen. Aber es war nur das eine Mal.«

»Sie hatten keine dauerhafte Affäre?«, vergewisserte sich Heiko.

Die Schönheit schüttelte den Kopf. »Nein. Auch, wenn der Ritschie das gerne gewollt hätte.«

»Sie waren also nicht in heißer Liebe zu ihm entbrannt?«, bohrte Lisa.

Die Gefragte schnaubte und öffnete den Mund, schloss ihn aber wieder, als eine weitere Krankenschwester die Küche betrat und sich sehr langsam einen Kaffee nahm. Nach einem Augenblick bemerkte die Kollegin, dass sie definitiv nicht willkommen war, und verließ den Raum wieder mit abschätzigen Blicken. »Der war so dermaßen hinter mir her, das hat mir gefallen. Ich habe ihn sozusagen erhört.«

»Machen Sie das öfters? Männer … erhören?«, forschte Lisa weiter.

Susanne Schneiders grüne Augen verengten sich zu schmalen Schlitzen, katzenartig. »Sie wollen mich fragen, ob ich eine Schlampe bin, Frau Kommissarin?«

Lisa räusperte sich und hob die Hände. »So habe ich das nicht gemeint. Ich dachte nur …«

»Eigentlich habe ich einen Freund.«

»Und wusste der, dass …«

»Nein«, sagte Schneider schnell, »und ich wäre auch extrem dankbar, wenn das so bleiben würde.«

»Wie heißt denn Ihr Freund?«, erkundigte sich Heiko.

Sie zuckte nur die Achseln. »Vergessen«, meinte sie und grinste.

»Hören Sie, Frau Schneider«, erklärte Heiko, »so einfach ist die Sache nicht. Und wir finden es ja doch raus.«

Die junge Frau nahm wieder einen Schluck Kaffee und drehte die Tasse eine Weile in den Händen, bevor sie fortfuhr. »Er darf es auf keinen Fall erfahren. Das wäre gar nicht gut.« Sie stand auf, trat zum Fenster und kippte es, um eine Weile in der hereinströmenden frischen Luft stehen zu bleiben. »Sven«, sagte sie schließlich mit dem Rücken zu den Kommissaren.

»Sven wer?«

»Sven Koch«, präzisierte sie.

Heiko sog scharf die Luft ein.

»*Der* Sven Koch?«, hakte er nach. »Der Chef der …«

»… genau der. Vom Motorradclub.«

Lisa runzelte fragend die Stirn, Heiko bedeutete ihr unauffällig, dass er ihr später alles erklären würde. »Und Sie sind sich sicher, dass er nichts davon mitbekommen hat? Von Ihrem … Ausrutscher?«

»Nein«, war sich die Schöne sicher, während sie sich wieder zu ihnen an den Tisch setzte.

»Aber wenn wir es herausgefunden haben?«, gab Lisa zu bedenken. »Was, wenn er es doch gewusst hat?«

Dann würde sie hier nicht sitzen, dachte Heiko, bei all dem, was er über den Kerl wusste.

»Er weiß es nicht«, wiederholte Susanne Schneider und leckte sich die vollen Lippen, bevor sie wieder einen Schluck aus der Kaffeetasse nahm.

»Und Sie?«, fragte Lisa. »Sie wollten wirklich nicht mehr vom Mordopfer?«

»Ich bin in meinem ganzen Leben noch nie einem Mann hinterhergerannt. Das habe ich definitiv nicht nötig«, versetzte die junge Frau und musterte Lisa abschätzig.

»Hm«, warf Heiko ein, das glaubte er auch, dass der die Kerle in Scharen nachliefen. »Waren Sie denn jemals in Marokko? Oder jemand, den Sie kennen?«

»Vor zehn Jahren war ich einmal in Ägypten, aber da geh ich nie wieder hin. 200 Kamele hat so ein Irrer für mich geboten, und der hat das nur halb im Spaß gesagt, da bin ich mir ganz sicher. Außerdem gebärde ich mich im Urlaub gern ein bisschen freizügiger, als das in muslimischen Ländern üblich ist.«

»Soso«, machte Lisa und konnte sich die schöne Susi lebhaft in einem knappen Bikini, oben ohne oder am FKK-Strand vorstellen.

»Ich bin sowieso eher der Bali-Hawaii-Malediven-Typ.«

»Als Krankenschwester?«, wunderte sich Heiko. »Sind Sie denn aus reichem Elternhaus?«

Susanne Schneider grinste. »Ich hab da noch nie was bezahlt, Herr Kommissar. Ich bin immer mit einem Gentleman unterwegs.«

Als sie das Krankenhaus verließen, meinte Heiko: »Wenn wir jetzt zur trauernden Witwe fahren und sie fragen, ob sie von der Affäre gewusst hat, ist das irgendwie kontraproduktiv, findest du nicht?«

Lisa nickte heftig. »Auf jeden Fall. Sie hätte genügend Zeit, alle Beweismittel verschwinden zu lassen. Wir brauchen gleich einen Durchsuchungsbeschluss.«

»Das sehe ich auch so«, stimmte Heiko zu und wählte die Nummer des Staatsanwalts.

Eine gute Stunde später fuhren mehrere Fahrzeuge vor dem kleinen Einfamilienhaus vor. Die Streifenbeamten, die Lisa und Heiko dabeihatten, hatten auf Blaulicht und Sirene verzichtet – man musste es ja nicht übertreiben, die Sache war sowieso schwierig. Als die Ermittler dem M3 entstiegen, stellten sie fest, wie sich die Gardinen der benachbarten Häuser rundherum bewegten. Ein älterer Herr in Cordhose und Strickweste kam sogar heraus und fragte unverblümt, ob sie's doch gewesen sei. Heiko schickte den Mann mit einem grimmigen Blick aus seinen sehr dunklen Augen wieder ins Haus. Den Kommissaren entging, dass sich kurz darauf auch sein Vorhang zur Seite bewegte, weil sie da nämlich schon vor der Tür standen.

Christine Wengert klappte die Kinnlade herunter, als sie den Aufmarsch vor ihrer Haustür entdeckte.

»Was ist denn jetzt los?«, entfuhr es ihr.

Heiko schluckte und hielt der Dame den Durchsuchungsbeschluss unter die Nase. »Frau Wengert, wir müssten uns mal bei Ihnen umsehen.«

Die Witwe, die heute einen grauen Jogginganzug trug und irgendwie derangiert wirkte, nahm fassungslos das Papier, um es zu studieren, und trat dann beiseite, um den vier Beamten in Uniform und den beiden Kriminalkommissaren Einlass zu gewähren. Die Beamten verteilten sich im Haus.

»Ich hab aber nicht aufgeräumt«, entschuldigte sich die Frau konsterniert, um eine Sekunde später die Achseln zu zucken. Sie führte Lisa und Heiko ins Wohnzimmer zu den Actionpiranhas und ließ sich einfach auf die Couch fallen, die Hände vors Gesicht geschlagen. »Erklären Sie mir bitte, was das soll?«

Heiko fürchtete, sie würde überschnappen, und sah Hilfe suchend zu Lisa.

Die setzte sich neben Christine Wengert. »Möchten Sie jemanden anrufen?«

Die Augen der Witwe weiteten sich. »Sie meinen einen Anwalt? Brauche ich denn einen?«

Lisa zuckte die Achseln.

Die Frau setzte sich auf, straffte sich und schaffte es tatsächlich, so etwas wie Würde auszustrahlen, trotz Jogginganzug und zerzausten Haaren. »Hören Sie, egal was Sie mir erzählen, ich werde keinen Anwalt brauchen, weil ich unschuldig bin. Und jetzt wäre ich Ihnen sehr dankbar, wenn Sie mir erklären würden, was hier überhaupt los ist.«

Heiko seufzte und setzte sich ihr gegenüber. »Wie war denn Ihre Ehe so, Frau Wengert?«

Die Verdächtige runzelte die Stirn. »Wie ist das gemeint?«

Heiko sandte Lisa einen flehenden Blick.

Lisa sprang ihm bei und fuhr fort: »Ihr Mann hatte eine Affäre, Frau Wengert. Zumindest war es ein Seitensprung.«

Die Frau lachte gekünstelt auf. »Das kann nicht sein.«

Lisa senkte die Lider, um sie wieder zu öffnen, eine bekräftigende Geste.

»Wer?«

»Es ist womöglich besser, wenn Sie das nicht wissen«, schaltete sich Heiko ein.

»Und es war nur einmal«, fügte Lisa hinzu.

»Also hatte die Ulrike doch recht«, murmelte Christine.

»Frau Hofmeister? Was hat die denn gesagt?«, wollte Heiko wissen.

Christine Wengert winkte ab. »Ach, nichts Konkretes. Sie meinte nur, dass der Ritschie ein Hallodri sei. Ein Lump, wie er im Buche steht. Und hinter allem her sei, was nicht bei Drei auf den Bäumen ist.«

»Hm«, machte Heiko und glaubte der Frau kein Wort. Es entstand eine Pause, in der zwei Beamte in die Küche ausschwärmten.

»Ich habe ihr nicht geglaubt«, fügte die Witwe hinzu und setzte sich ein Stück aufrechter hin. »Wer ist es denn?«, forderte sie erneut zu wissen.

Heiko schüttelte den Kopf. »Aus ermittlungstaktischen Gründen können wir Ihnen das leider nicht sagen, Frau Wengert.«

»Dann eben nicht«, konstatierte die Frau des Opfers. »Und jetzt wüsste ich gern, wonach die grünen Männchen hier suchen.«

»Wir sind seit Neuestem blau, Frau Wengert«, korrigierte Lisa, biss sich aber sofort auf die Lippen, als sie erkannte, dass die Verdächtige das gar nicht lustig fand, natürlich nicht.

»Ihr Mann wurde vergiftet, mit einer Frühlingslorchel«, erinnerte Heiko.

»Das weiß ich schon«, gab die Frau zurück. »Und jetzt sucht ihr Lorcheln oder was?«

Lisa schüttelte den Kopf. »Zur Giftherstellung wurde ein spezielles Öl verwendet.«

»Ach, und das sucht ihr? Bei mir?«

»Im ganzen Haus, Frau Wengert«, präzisierte Heiko.

Die Frau schnaubte und zog ihren Hoodie enger um sich. »Und was für ein Öl soll das sein?«

»Arganöl«, informierte Lisa.

»Arwas?«

»Arganöl. Aus Marokko.«

»Fund!«, gellte es plötzlich aus den Tiefen der Wohnung, und keine zehn Sekunden später stand ein Kollege im Zimmer mit einem Fläschchen in einer Tüte.

»So ein Öl, um genau zu sein, Frau Wengert«, erlaubte sich Heiko und fügte hinzu: »Ich glaube, jetzt brauchen Sie doch einen Anwalt.«

Sie nahmen Christine Wengert vorläufig fest und verließen mit ihr das Haus.

Als sie den Gartenweg entlanggingen, erschallte von der anderen Straßenseite ein triumphales »Hobb ii's doch gwisst!«.

Heiko suchte mit Blicken die Quelle der Bemerkung und entdeckte den Strickwestenträger, den sie vorher ins Haus geschickt hatten.

»Alle Weiwer sinn beesardich!«, polterte er weiter. »Doa wird mer sogor noch umbroochd, wenn derra ebbes net basst.«

Heiko überlegte für einen Moment, ob er den Mann maßregeln oder befragen sollte, entschied sich aber dafür, ihn einfach zu ignorieren. Die Wahrscheinlichkeit, dass er sachdienliche Hinweise hatte, war äußerst gering.

»Ii waaß scho, warum ii nimmi verheiert bin«, bellte der Mann weiter und entlockte Heiko nun doch ein Grinsen. »Awwer doa is mer ja aa selwer schuld, wemmer sich unter sou a Regierung begibt. Des dud oafach net guad. Und am Schluss bringa s' dii noa ins Groob.«

Heiko biss sich auf die Lippen, um nicht loszulachen, während sie die mutmaßliche Mörderin, die die Tirade ihres Nachbarn kommentarlos hingenommen hatte, in den Streifenwagen bugsierten.

Als die Witwe saß, kommentierte sie: »Den dürft ihr nicht ernst nehmen. Seine Frau hat sich scheiden lassen.«

Die wird schon wissen, warum, dachte sich Lisa, während Heiko den Mann durchaus verstehen konnte. Deswegen heiratete er nicht. Heiraten war ungut, obwohl er sich das mit Lisa schon einmal vorstellen konnte, in ferner Zukunft. Dass seine Mutter nicht verstand, dass er der Traumfrau nicht endlich einen Antrag machte, und dass sie gerne Enkel hätte, das war nicht sein Problem.

Eigentlich war Simon Hofmeister zuverlässig in seiner Arbeit. Und normalerweise tat er solche Dinge nicht, die er jetzt gerade tat. Er hatte Pause, aber genau genommen war die Pause seit zwei Minuten vorbei und das hier war sein Dienstrechner. Da machte man so was nicht. Da war es auch vollkommen egal, dass alle anderen das ab und zu genauso machten. Es war eigentlich gar nicht sein Stil, während der Arbeit im Clix-Mix unterwegs zu sein. *Christine Wengert*, hatte er eingegeben, er selbst hatte ein Profil, das seine Identität nicht preisgab. Er war lieber anonym unterwegs, aus Gründen des Datenschutzes. Sein Profilbild war ein Motorradhelm – aber nicht sein eigener. Und er hatte einen anderen Namen, einen, der sich nur Leuten mit Hirn erschließen würde.

Er klickte sich durch Christines Fotos. Sie war älter, ja, aber sie war schön. Auf den zweiten Blick, nicht so wie die schlampige Susi, die alle um den Verstand brachte. Alle *anderen*, um genau zu sein. Denn er fiel auf so was nicht herein, das war ihm zu profan. In Christine Wengert vermutete Simon eine stille Größe, ähnlich, wie sie ihm selbst innewohnte. Ein Schweben über den Dingen. Sie würden gut zusammenpassen, fand Simon. Sehr gut, Altersunterschied hin oder her, und Kinder wollte er sowieso keine, die waren laut, stanken, sabberten und nervten eh bloß rum. Er klickte auf »kommentieren« und schrieb unter ein Bild, das sie lachend und mit gelösten Haaren zeigte: *Traumfrau! Wenn du Lust auf ein Date hast, PN.* Er überlegte eine Sekunde, bevor er die Eingabetaste drückte. Dann machte er es einfach. Klick. Online. Die Uhr verriet ihm, dass er schon vier Minuten lang keine Pause mehr hatte. Simon Hofmeister dachte nach. Er rang sich dazu durch, die Nachrichten-Funktion aufzurufen. Und er schrieb Christine Wengert, dass sie ihn gerne mal kontaktieren könne, jetzt, wo sie doch wieder Single sei.

Sie hatten die beleidigt wirkende Witwe in die Untersuchungszelle verbracht und das fragliche Öl, das sie in ihrem Badezimmer gefunden hatten, bei Uwe abgegeben. Der hatte sofort festgestellt, dass er für einen solchen Test gar nicht ausgerüstet war, und hatte einen Kollegen mit dem Fläschchen nach Stuttgart ins Kriminaltechnische Labor geschickt.

»Wenn sich herausstellt, dass das Öl dasselbe ist«, begann Lisa, als sie einander im Büro gegenübersaßen und am Automatenkaffee nippten, den sie beide dringend brauchten, »dann kommt aber auch noch Max Wengert infrage.«

»Findest du? Die Witwe ist doch die Pilzexpertin.«

»Google hilft«, gab Lisa zu bedenken.

»Aber mal im Ernst, dieses Gyromitrin ist so dermaßen speziell, da kommt man doch nicht beim Googeln nach ›Giftmord‹ drauf.«

Lisa nickte nachdenklich. »Vielleicht hast du recht. Die Mörderin oder der Mörder muss schon ein Pilzexperte sein.«

»Oder zumindest Halbwissen haben«, relativierte Heiko. »Wie kommt man denn hierzulande an Halbwissen?«

»Über Pilze?«, fragte Lisa nach und wandte sich ihrem Rechner zu. *Pilzkurs Crailsheim* gab sie ein, und prompt lieferte die Suchmaschine ein Ergebnis. »Pilzkundliche Wanderung an der VHS«, las sie vor und klickte auf den Link.

»An der Volkshochschule?«, wunderte sich Heiko.

»Die nächste pilzkundliche Wanderung ist heute um 16.00 Uhr«, verlas Lisa. »So ein Zufall!«

»Und?«

»Und sie ist hoffnungslos ausgebucht«, erklärte Lisa, nachdem sie das rote Quadrat neben der Veranstaltung richtig interpretiert hatte.

»Wir können doch eigentlich kurz mal zur VHS«, schlug Heiko vor. »Ist ja grad um die Ecke.«

Die Kommissare gingen sofort los und tranken im Laufen den letzten Schluck Kaffee. Die paar Schritte zur Volkshochschule führten sie entlang des

Spitalparks, dort vorbei, wo früher die ziegelrote Musikschule gestanden hatte. In deren ehrwürdigen Zimmern hatte Heiko als Kind ein kurzes Keyboard-Intermezzo gehabt, das sich nach einem Dreivierteljahr wegen chronischer Faulheit von alleine erledigt hatte. Auf der linken Seite befand sich das Crailsheimer »Stadtmuseum im Spital«, rechts davon standen die beiden Kastanien, für deren Erhalt sich vor einiger Zeit eine Crailsheimer Bürgerinitiative starkgemacht hatte. »Rettet die Kastanien« hatte damals Tausende Unterschriften gesammelt und den Stadtrat umgestimmt, was üblicherweise ein komplexes Unterfangen war. Aber wenn die Hohenloher etwas wollten, dann bekamen sie es auch. Denn Sturheit ist eine Grundeigenschaft des Hohenlohers. Die Kommissare liefen aber gar nicht so weit, sondern nahmen vorher den kleinen gepflasterten Weg, der direkt zum VHS-Gebäude führte.

Sie betraten den Bau durch die schwere massive Holztür und bestiegen die helle Holztreppe, die ins Obergeschoss führte; dort befand sich die Verwaltung. Die Tür zum Büro stand offen, allerdings war die Dame bereits mit jemandem im Gespräch, also setzten sich Lisa und Heiko in das kleine, gelb gestrichene Wartezimmer mit Getränkeautomat und Sitzgruppe. Auf dem Tisch stand ein schöner Narzissenstrauß.

Lisa nahm den Volkshochschulkatalog zur Hand, um darin zu blättern. »Was es da nicht alles gibt!«, wunderte sie sich und las vor: »Orientalischer Tanz.«

Heiko schnaubte. So ein Schwachsinn. Tanzen war unnötig. Der Hohenloher tanzte nur, um zu flirten, und nur am Anfang der Beziehung oder wenn es gar nicht anders ging.

»Oder hier: Zumba«, machte Lisa weiter.

»Was issn des?«

»Tänzerische Gymnastik«, erklärte sie. »Da bewegt man sich zu lateinamerikanischen Rhythmen.«

Heiko stöhnte noch lauter, zu präsent war das Trauma aus dem Salsatanzkurs, zu dem Lisa ihn gezwungen hatte und der ihm sogar noch einen Aufbaukurs eingebracht hatte. »Gibt's auch was für Kerle?«, beschwerte er sich.

Lisa blätterte weiter. »Hier, Sparte Nähen und Klöppeln.«

»Nähen und was?«

»Nein, jetzt ohne Quatsch: ›Workshop Schmieden – Tolle Sachen selbst gemacht‹ in … Wo ist das? Heinkenbusch?«

»Hoongabuusch«, korrigierte Heiko grinsend. »Hinter Mauli – Maulach!«

»Das wäre doch was für dich, mein Bärchen«, fand Lisa.

Heiko brummte bärenartig, wie er es oft tat, wenn sie ihn so nannte.

»Und hier ist auch die ›Pilzkundliche Wanderung‹«, informierte Lisa und las vor: »Bei der Exkursion werden die Pilze von einem Sachverständigen der Deutschen Gesellschaft für Mykologie bestimmt. Die typischen Merkmale einiger häufiger Speisepilze und die

Unterschiede zu ihren giftigen Doppelgängern werden erläutert.«

»Aha«, machte Heiko, und fand es diesmal tatsächlich interessant.

In diesem Moment trat eine üppige Blondine um die 40 mit einer Verabschiedung aus dem Büro. »Dann viel Spaß beim orientalischen Tanz«, rief ihr die Dame hinterher, und die Frau mit den langen blonden Haaren nickte den Kommissaren grüßend zu, bevor sie mit wiegenden Schritten zur Treppe ging.

»Wie kann ich euch helfen?«, erkundigte sich die VHS-Angestellte, die mittleren Alters war und eine halblange rötlich-hellbraune Frisur mit Pony trug. Mit einer einladenden Handbewegung bat sie die Kommissare herein.

Lisa und Heiko traten an den hellen Tresen, der recht hoch war. Der große Raum war mit mehreren Schreibtischen ausgestattet. An den Wänden standen Regale voller bunter Ordner. Geradeaus bot ein Fenster einen kontemplativen Blick auf Fachwerk, was optisch einen seltsamen Kontrast zu den beiden Kopierern bildete, die auch im Blickfeld standen. Ein Teil des Fachwerks schien auch in diesem Gebäude vorhanden zu sein, davon zeugte eine mächtige rohe Balkenkonstruktion mitten im Gang.

»Ihr interessiert euch für einen Kurs?«

»Prinzipiell ja«, meinte Lisa und ging im Geiste noch mal die Kurse durch, die sie Heiko vorgeschlagen hatte.

»Aber in erster Linie sind wir dienstlich hier«, fuhr Heiko schnell dazwischen. Nicht, dass Lisa noch auf dumme Gedanken käme.

»Aha«, machte die Frau.

»Wir sind von der Kriminalpolizei, Wüst und Luft.«

Eine Augenbraue wanderte nach oben. »Ou, hab ich was ausgefressen?« Die Frau zwinkerte verschmitzt.

»Wir bräuchten eine Info über Kursteilnehmer.«

Die Dame schürzte die Lippen. »Das fällt leider unter den Datenschutz, tut mir leid.«

»Ist das Ihr Ernst?«, wunderte sich Heiko.

Die Frau nickte. »Ja. Die Datenschutzgrundverordnung. Ich komme in Teufels Küche, wenn ich da unautorisiert was rausgebe. Um was geht es denn überhaupt?«

Heiko und Lisa erklärten in wenigen Worten, warum sie gern eine Liste der Teilnehmer an den vergangenen »Pilzkundlichen Wanderungen« hätten.

Die Dame nickte verständnisvoll und erklärte, dass es diese Wanderungen seit fünf Jahren gebe und dass sie alle Namen gespeichert hätten. Dann fügte sie hinzu: »Ich brauche einen richterlichen Beschluss. Den kriegen Sie doch sicherlich schnell?«

Heiko seufzte, verdammte Bürokratie, und zückte sein Handy. Tatsächlich ratterte kurze Zeit später das Fax und spuckte das Dokument aus, das die VHS-Mitarbeiterin ermächtigte, besagte Listen herauszugeben, was sie umgehend tat.

Lisa und Heiko hatten eigentlich schnell aufs Revier zurückkehren und sich direkt in ihr Büro zurückziehen wollen, waren dann aber unterwegs hängen geblieben. Im Spitalpark hatten sie die großen Holzliegen entdeckt, die zu einladend waren, um einfach daran vorbeizuhasten. An den hohen Bäumen des Parks bewegten sich sanft die Blätter im Wind. Auf dem Boden, der ein bisschen was von einem Waldboden hatte, erstreckten sich kleine gelbe, weiße und blaue Blümchen, deren Namen sie nicht kannten. Und in den Bäumen zwitscherten die Vögel, froh darüber, dass der lange Winter endgültig vorbei war. Heiko hatte die Idee gut gefunden, die Listen auf der Liege durchzusehen. Und so legten sich die beiden auf eine der wellenförmigen Holzkonstruktionen, und Heiko zückte einen Kugelschreiber, um sich Auffälligkeiten zu notieren. Er seufzte, als ihm klar wurde, dass ganz schön viele Namen auf der Liste standen.

»Suchen wir doch erst mal nach den Motorradfreunden und nach ihren Familienmitgliedern«, schlug Lisa vor. Heiko nickte und reichte Lisa ungefähr die Hälfte der Blätter. Nach einigen Minuten des Studierens meldete sich Lisa. »Die Frau Wengert hat einen solchen Kurs besucht, und zwar zusammen mit Ulrike Hofmeister.«

»Na, das ist ja nicht sonderlich überraschend«, gab Heiko zu bedenken. »Immerhin sind die zwei recht gut befreundet.«

»Da hast du recht. Das bedeutet aber, dass Ulrike Hofmeister auch weiß, was eine Frühlingslorchel ist. Und dafür haben sich beide verdächtig dumm gestellt, als wir sie neulich daheim besucht haben, findest du nicht?«

»Schon«, gab Heiko zu. »Allerdings – wann war der Kurs? Die Wahrscheinlichkeit, dass man sich da alles merken kann, ist gering.«

»Das stimmt auch wieder«, gab Lisa zu, »zumal es gängigere Giftzwillinge gibt, zum Beispiel den Wiesenchampignon und den Knollenblätterpilz.«

»Hm«, machte Heiko, mit so was kannte er sich gar nicht aus.

Sie fuhren fort, die Listen zu studieren, und fanden keine weiteren Namen, bei denen es irgendwie geklingelt hätte. Irgendwann hatten sie die Listen weggelegt und einfach in den Himmel geschaut, die laue Frühlingsluft genossen, und Heiko hatte den Arm um Lisa gelegt und sie ganz nah zu sich herangezogen. Man musste schließlich auch mal Pause machen.

Nach einer weiteren Viertelstunde waren sie artig aufs Revier zurückgekehrt, hatten auf den Anruf von Uwe gewartet und so lange ein bisschen die Akten studiert. Eine Stunde später rief der Kollege aus Stuttgart an und erklärte, dass das gefundene Öl zwar Arganöl sei, allerdings nicht identisch mit dem aus dem Helm. Heiko seufzte, damit fingen sie wieder fast bei null an.

Ihnen blieb nichts übrig, als die verdächtige Witwe sofort freizulassen. Allerdings verfrachteten sie Christine Wengert vorher noch ins Verhörzimmer. Frau Brucker, die alles mit ihrem in die Jahre gekommenen Laptop gewissenhaft protokollierte, saß dabei und linste wie gewohnt über den Rand ihrer Brille, wobei sie immer ein klein bisschen tadelnd aussah. Frau Wengert trug immer noch ihren grauen Jogginganzug, hatte sich aber offenbar die Frisur neu gerichtet und sah ordentlicher aus.

»Ihr müsst mich freilassen, dachte ich?«

Heiko stimmte zu. »Das ist richtig, Frau Wengert. Das bedeutet aber nicht, dass Sie nicht mehr verdächtig sind.«

Die Frau lehnte sich zurück und verschränkte die Arme vor der Brust. »Habt ihr mal darüber nachgedacht, wie das für mich ist? Mein Ritschie ist tot, und jetzt werde ich auch noch beschuldigt, ihn umgebracht zu haben? Ja, habt ihr denn gar keinen Anstand?«

Lisa relativierte: »Frau Wengert, Sie werden doch sicherlich verstehen, dass wir in alle Richtungen ermitteln müssen. Zumal Sie sich auch noch mit Pilzen auskennen.«

Die Frau starrte Lisa eine Weile konsterniert und ohne den Hauch eines höflichen Lächelns an und gab zu bedenken: »Na, da bin ich aber sicher nicht die Einzige in Hohenlohe.«

»Richtig«, stimmte Heiko zu. »Die Frau Hofmeister kennt sich nämlich auch ganz gut mit Pilzen aus, nicht wahr?«

Christine Wengert schob die Unterlippe vor und senkte die Lider.

»Wissen Sie, was uns neulich schon gewundert hat?«, fragte Heiko unbeirrt weiter.

Die Frau tat, als hätte sie ihn nicht gehört, was durch eine irritierte Unterbrechung des Laptoptastenklackens von Frau Brucker noch deutlicher wurde. »Als Sie bei sich zu Hause dieses Pilzrührei gegessen haben, das hat wirklich gut gerochen, da muss ich Ihnen ein Kompliment machen.« Heiko wartete ab, ob vielleicht jetzt eine Reaktion kam, vergeblich. »Da haben sie beide total ahnungslos getan, als es um die Frühlingslorchel ging. Dabei ist laut Volkshochschulprogramm die Unterscheidung von Speise- und Giftpilzen ein Bestandteil der ›Pilzkundlichen Wanderung‹, an der sie beide teilgenommen haben.«

Die immer noch Verdächtige verdrehte die Augen und schnaubte unwillig. »Sie glauben doch nicht etwa, dass ich mir jeden Scheiß gemerkt habe, den der da erzählt hat?«

»Wäre sinnvoll, oder etwa nicht?«, hielt Heiko dagegen.

»Es gibt für die Unterscheidung eine App, die super funktioniert«, behauptete Christine Wengert.

»Hm«, machte Heiko. »Jedenfalls: Können Sie sich vielleicht vorstellen, ob die Frau Hofmeister ein Motiv haben könnte?«

Erneut schnaubte die Witwe. »Das ist nicht euer Ernst, oder?«

Heiko sandte der Frau einen warnenden Blick aus seinen dunklen Augen. »Ich scherze nie.«

»So ein Quatsch«, entfuhr es der Frau. »Die Ulrike ist in Ordnung. Und weder sie noch ich haben meinen Mann auf dem Gewissen.«

Viel mehr war aus der Dame nicht herauszukriegen, und irgendwann bat Heiko einen Streifenbeamten, sie nach Hause zu fahren. Für eine Hausdurchsuchung bei den Hofmeisters reichte die Faktenlage nicht aus.

»Und jetzt?«, wollte Heiko von Lisa wissen, als sie wieder allein in ihrem Büro saßen. Heiko wendete einen Bergkristall in den Händen, von dem die Esoteriker glaubten, dass er Klarheit bringen würde, und Lisa drehte eine Phalaenopsis mit grünen Blüten so, dass diese besser zur Geltung kamen. Er sah auf die Uhr. »Jetzt ist es drei. Um vier ist diese Pilzführung?«

»Die ›Pilzkundliche Wanderung‹, ja.«

»Lass uns da hingehen und den Kerl ein wenig ausfragen. Vielleicht fällt dem ja noch was ein.«

»Gute Idee«, stimmte Lisa zu.

Als sie losgingen, war die Sonne verschwunden. Es war kein schöner strahlender Frühlingstag mehr, der Himmel war bedeckt. Hellgraue Wolken zogen in geringer Höhe umher. Die beiden Kommissare waren mit ihren leichten Jacken passend angezogen. Der M3 war bereits auf der Landstraße hinter Onolzheim, wo sie während des Hammeltanzes ihren letzten Mordfall gelöst hatten. Sie passierten den Parkplatz mit dem »Hexenstäffele« und bogen vor Banzenweiler rechts ab, um dann den kleinen Ort Fichtenhaus zu durchfahren, der wirklich winzig war. Danach folgte ihr Zielort, Oberspeltach, und schließlich bogen sie mitten in dem ebenfalls kleinen Dorf rechts ab zum Burgbergwald.

Auf dem Parkplatz hatte sich bereits eine größere Gruppe Menschen um einen Mann älteren Semesters mit ergrautem Haupthaar unter der Kappe und relativ buschigen Augenbrauen versammelt, der eine Art Einführungsrede hielt.

»… bitte net millsäckweis die Pilz ausm Wald rausdroocha«, instruierte der Mann soeben, bei dem es sich laut VHS-Info um einen Herrn Müller handelte. Als er Lisa und Heiko entdeckte, machte er eine Pause.

»Wir würden gern noch mitlaufen«, bat Lisa entwaffnend lächelnd und sparte sich ein »Wir sind von der Polizei«, das wäre im Anschluss an die Führung wesentlich sinnvoller. Sie fürchtete, dass der Mann das nicht erlauben würde, immerhin waren sie in Deutschland und der Kurs war ausgebucht, aber er zuckte nur die Achseln und reichte ihnen ein Klemmbrett mit Kuli und einer Liste, in die sie sich eintragen sollten.

»Weil mer hat aa aweng Respekt vor demm, was mir vom Wald gricha, meini Herrschafta«, nahm er den Faden von vorhin wieder auf.

Allgemeines ernsthaftes und folgsames Nicken.

»Deshalb, falls ihr net grood in arra Betriebskantina schafft, noa dud's a glooner Greewa aa.«

»Was tut es dann auch?«, wisperte Lisa Heiko zu, die ansonsten alles verstanden hatte.

»Ein kleiner Korb«, übersetzte er.

»Ach so.«

»Und jetz gämmer oofach amole los, a Messerle hat jeder?«

Alle nickten, und der Pilzkundliche Führer stapfte ohne weitere Instruktionen voraus in den Wald und die Führungswilligen hinterher.

»Und oons sooch ii eich«, meinte der Mann und drehte sich so plötzlich um wie Tim der Zauberer, der die Ritter der Kokosnuss vor dem Killerkaninchen warnte. »Irchendwelchi scheiß bleedi Äpps kennt er grood vergessa! Ihr hebbt Aacha im Koupf – glotzt die Pilz genau ou, riecha von mir aus, und noa wissd er, ob der gifdich is odder net. Weil doa kou mer sterwa, wenn mer an falscha verwischt.«

Wieder kollektives folgsames Nicken, der Mann war einigermaßen Ehrfurcht gebietend.

»Was für ein exzentrischer Auftritt«, wisperte Lisa Heiko zu und hoffte gleichzeitig, dass der Pilzkundliche Führer das nicht gehört hatte.

»Das macht der womöglich extra«, glaubte Heiko. »Du hast ja gesehen – ein Vergiftungstod ist wirklich nicht so toll.«

Lisa stimmte zu. Und danach war sie still, denn der Wald übte eine besondere Wirkung auf die Gruppe von fast 30 Menschen aus. Die hohen Bäume, durch die nur diffuses Streulicht brach, wirkten altehrwürdig. Vom Waldboden stieg ein würziger Duft nach Erde auf. Hier und da kringelte sich hellgrünes Farn fast hüfthoch. Und je leiser und andächtiger sie wurden, desto sensibler wurden sie alle für die Geräusche des Waldes. Für diese Kathedrale der Natur. Gute zehn Minuten waren sie schon durch den Wald gelaufen, relativ quer, aber der Pilzkundliche Führer hatte ihnen den Weg gewiesen. Endlich blieb er stehen und zeigte auf eine Buche, zu deren Füßen einige morsche Äste lagen. Und darauf das, weswegen sie alle hier waren: Pilze!

»Sou«, begann der Pilzexperte, »des doa hanna is also des Stockschwämmchen.« Er zückte sein Messer und schnitt eines ab, um es dann demonstrativ wie ein Lehrer vor der Klasse hochzuhalten. »*Kuehneromyces mutabilis*«, referierte er weiter. »Schmeckt briima, vor allem in dr Supp. Hauptsächlich nimmt mer doa die Hiatlich. Und den Pilz findet mer an Laubbeim. Wenn mer den an Nadelbeim findet, noa könnte des aa der Nadelholzhäubling sein. Und denn sollt mer sich net ind Supp doona, weil des dud gwieß net gut.«

»Und wie genau stirbt man dann?«, meldete sich ein recht junger Mann um die 18 zu Wort.

Müller suchte mit Blicken den Fragesteller und meinte: »Sterwa dud mer doa nur, wenn mer vill davou isst. Aber«, er wechselte zu Hochdeutsch, wohl weil es medizinisch wurde, »man kriegt Erbrechen, Durchfall und Blutdruckabfall. Und mittelfristig Leberschaden.«

Zu ihrer aller Überraschung rannte plötzlich ein Eichhörnchen durch die Szenerie, und der kleine Geselle zog kurz die Aufmerksamkeit der ganzen Gruppe auf sich. Vor allem die Damen stießen Laute des Entzückens aus, das war aber auch niedlich! Dann wandten alle ihre Aufmerksamkeit wieder dem jungen Mann zu, der die Frage gestellt hatte.

Der wirkte beinah enttäuscht, nickte aber schließlich. »Hatten Sie denn schon mal eine Pilzvergiftung?«, fragte er weiter.

Müller schüttelte den Kopf. »Ii net«, meinte er und tippte sich gegen die Stirn, »weil ii schalt beim Sammla mei Hiira ou.«

In den folgenden eineinhalb Stunden lernte die Volkshochschulkursgruppe genau das: Hirn anschalten. Und so wurde ihnen beigebracht, wie man den echten Pfifferling vom falschen unterschied, den Steinpilz vom Gallenröhrling, den Schopftintling vom Grauen Faltentintling, den Violetten Rötelritterling vom Lila Dickfuß und die Nebelkappe vom Riesenrötling und so weiter und so fort. Auch wenn viele Pilze noch gar keine Saison hatten, wurden sie eingehend beschrieben, und ab und zu gab es ein frühes Exemplar zu betrachten, etwa vom Rötelritterling. Und bei jedem Giftpilz erkundigte sich der junge Mann, wie genau man am Ende starb, beziehungsweise ob man tödlich vergiftet wurde, wenn man davon aß. Am Ende der Führung, als sie wieder am Parkplatz angekommen waren, teilte der Pilzkundliche Führer ein mehrseitiges geheftetes Handout aus, das er »Arweitsblatt« nannte, und ermahnte sie zum Abschied, das immer dabeizuhaben, wenn sie sammelten, und sich keinesfalls auf »sou an bleeda neimodischa Äpp-Gruschd« zu verlassen.

Als sich die Gruppe merklich gelichtet hatte und auch die überambitioniertesten Fragesteller zufrieden gewesen waren, näherten sich endlich Lisa und Heiko dem Pilzexperten, der sie mit einem stoischen Lächeln erwartete. Es schien sich um einen geduldigen Hohenloher zu handeln, eine Rarität.

»Sou, wellt ihr aa noch ebbes wissa?«, begrüßte er sie und nickte freundlich.

»Ja, Wüst und Luft von der Kriminalpolizei«, stellte Heiko vor.

Eine buschige Augenbraue seines Gesprächspartners wanderte nach oben. »Ou!«, machte er. »Ja, wie kou ii eich helfa?«

»Wir ermitteln in einem Mordfall, in dem jemand durch einen Pilz umgekommen ist.«

Der Mund des Mannes klappte auf. »Des is awwer schlimm.«

Heiko nickte energisch. »Und zwar handelt es sich um die Frühlingslorchel.«

»Die ist weg«, erklärte der Mann sofort, wohl wegen Lisa ins Hochdeutsche wechselnd.

Lisa runzelte die Stirn. »Wie bitte?«

»Es gab tatsächlich eine Frühlingslorchel hier im Burgbergwald. Ich hätte sie bei der Führung gezeigt, wenn sie noch da gewesen wäre. Aber sie war weg.«

»Und wann haben Sie die Lorchel zuletzt gesehen?«, erkundigte sich Heiko.

Der Mann blickte gen Himmel, als müsse er nachdenken. Dann erklärte er: »Am Samstag hab ich meinen Führungsvorbereitungsspaziergang gemacht.«

»Ihren was?«

»Den Führungsvorbereitungsspaziergang. Bei dem ich schaue, was ich den Leuten so zeigen kann bei der Pilzkundlichen Wanderung.«

»Aha«, tönte Heiko und vermutete weiter: »Und da war die Lorchel noch da?«

Müller nickte. »Ja, aber die muss keiner geklaut haben. Es kann jemand draufgetreten sein, ein Wildschwein kann sie geschnappt haben –«

»Das hätte dem Wildschwein womöglich nicht gutgetan, oder?«, unterbrach Heiko.

»Die Tiere sind ja nicht blöd, die spucken das schnell wieder aus. Die Menschen hingegen …«

»Können Sie uns die Stelle mal zeigen, an der die Lorchel war?«, bat Lisa.

Als Reaktion wanderten beide Augenbrauen nach oben, als der Mann auf die Uhr sah. »Muss das heute sein? Meine Lebensgefährtin wartet auf mich, dass ich die Pilze mitbringe …« Er deutete auf seinen »gloona Greewa«, der neben ihm auf dem Boden stand und bis zum Rand mit appetitlich und sämtlich ungiftig aussehenden Pizen gefüllt war.

»Sie würden uns damit sehr weiterhelfen.«

Der Pilzkundliche Führer seufzte und drückte mit einer nachlässigen Bewegung auf den Funkschlüssel, um die Pilze in den Kofferraum seines Mercedes zu räumen, bevor er wieder vor ihnen her in den Wald stapfte. »Es ist nicht weit«, erklärte er nach einer Weile. »Eigentlich ist es da, wo wir dem Eichhörnchen begegnet sind. Vielleicht ist das ja euer Mörder?«

Heiko grinste, gut möglich, die Viecher waren ihm schon immer extrem verschlagen vorgekommen.

»Hat sich denn jemand explizit nach der Lorchel erkundigt bei Ihren letzten Führungen?«, fragte Lisa im Rücken des Mannes.

Der schüttelte im Gehen den Kopf. »Nicht direkt nach der Lorchel, nein. Aber so einen wie den jungen Kerle von grad haben wir eigentlich immer dabei.«

»Sie meinen den, der sich nach den verschiedenen Vergiftungsarten erkundigt hat?«

Müller blieb stehen, drehte sich um und nickte. »So Sensationsgeile. So Horror-Freaks. Das läuft denen rein, je krasser, desto besser.«

»Und da ist keiner besonders aufgefallen? Der vielleicht so getan hat, als würde er nur aus Spaß nachfragen?«

Nach kurzem Nachdenken schüttelte der Mann den

Kopf. »Fällt mir jetzt niemand direkt ein.« Er drehte sich wieder um und stapfte weiter, bis er endlich an der Stelle stehen blieb, an der sie vorhin schon Station gemacht hatten, und etwa drei Meter entfernt auf den Boden zeigte. »Dahinten ist der Untergrund etwas sandig. Dort standen immer ein, zwei Lorcheln. So richtig etabliert haben die sich hier aber nicht, weil wir hier ja eher anderen Boden haben.«

»Bitte nicht zu nah hingehen«, forderte Heiko. Der Mann nickte und näherte sich so vorsichtig, als wäre der Waldboden vermint. Dann zeigte er aus ungefähr einem Meter Entfernung auf eine Stelle, die heller war als die Umgebung.

»Sieht aber nicht so aus, als hätten sich hier Wildschweine zu schaffen gemacht«, fand Heiko und sah sich um.

Müller schüttelte zustimmend den Kopf. »Aber das kann alle möglichen Gründe haben, dass der Pilz nicht mehr da ist.«

»Wissen Sie noch von mehr Orten, wo es Lorcheln gibt?«

Der Pilzexperte stieß Luft aus und blickte wieder sinnend nach oben. »Hm, mir fällt jetzt konkret nichts ein. Der Pilz ist selten, er kommt eher in Osteuropa vor. In Polen hat es da mal eine schlimme Vergiftungsserie gegeben.«

»Aber hier eher weniger«, schloss Lisa. »Also?«

»Ich weiß nicht wo, aber es gibt den Pilz mit hoher Wahrscheinlichkeit noch irgendwo anders in den Hohenloher Wäldern.«

»Und am Samstag war dieser hier noch da, ja?«, vergewisserte sich Heiko.

»Richtig.«

Sie riefen Uwe an und schickten ihm ihre Koordinaten. Hier im Burgbergwald gab es kaum Internet, sie mussten ihre GPS-App benutzen und ihm per MMS einen Screenshot mit den Koordinaten schicken.

Uwe erschien nach einer guten halben Stunde und verdrehte angemessen die Augen, als sie ihm auseinandersetzten, was sie von ihm wollten. »Das sage ich euch jetzt schon, dass ihr das vergessen könnt«, meinte er.

»Du wirst es trotzdem versuchen, nicht wahr?«, hoffte Lisa und sah Uwe strahlend an.

Uwe brummte und nickte, bevor er mit seinem Köfferlein auf die leere Stelle zuging.

Als die Kommissare Hand in Hand durch den Burgbergwald zurückgingen, riss die Wolkendecke unvermittelt auf und die Sonne brach durch die Zweige.

»Schon schön, euer Hohenlohe«, fand Lisa.

»*Unser* Hohenlohe«, verbesserte Heiko und drückte seiner Freundin einen Kuss auf die Wange.

»Die Witwe ist für mich nicht aus dem Schneider, auch, wenn das Öl das Falsche war«, sinnierte Lisa und betrachtete ein Farnbüschel, das wirklich *sehr* hellgrün war.

»Ja, aber zunächst mal schon«, widersprach Heiko. »Konkret haben wir nichts in der Hand.«

Lisa streckte die Hand aus und streifte eines der kringeligen Farnblätter. Die Berührung war sanft und zart.

»Auf jeden Fall ist der Freund von dieser Krankenschwester noch ein Kandidat«, machte Lisa weiter.

»Von der schönen Susi?«

Lisa schnalzte mit der Zunge. »Na, dass *du* die schön findest, war ja wohl klar!«

Heiko grinste. »Du weißt doch, dass du für mich die Schönste bist.«

»Das sagst du aber nie. Andere Männer sagen das auch mal ab und zu.«

»Wer denn?«

»Was soll das denn heißen? Glaubst du mir etwa nicht?«

Heiko lächelte, diesmal unsicher. Ja, natürlich glaubte er das. Aber wie sollte er da jetzt rauskommen? »Doch«, gab er also zu und fügte schnell ein »natürlich!« hinzu, als er Lisas gerunzelte Stirn sah.

»Ihr stoffeligen Hohenloher, ihr«, schimpfte Lisa. »Ab und zu könntest du schon mal ein Kompliment machen und nicht nur von der schönen Susi träumen.«

»Ich träume doch gar nicht von …«, begann Heiko, wurde aber von einer barschen Handbewegung unterbrochen. »Themawechsel, bitte!«

Der Kommissar verstummte und nutzte die Pause, um sich eine Zigarette anzuzünden.

»Diesen Sven Koch sollten wir auch anschauen.«

Heiko zog noch einmal an der Kippe und lachte dann auf.

»Was ist daran so witzig?«, wollte Lisa wissen.

»Lisa, Sven Koch ist der Präsident der ›Tarantel‹. Der bricht dir alle Knochen, aber er raspelt keine Pilze klein und vermischt sie mit nativem marokkanischem Arganöl.«

»Was ist denn die ›Tarantel‹?«, fragte Lisa nach.

Heiko holte tief Luft, bevor er erklärte. »Eigentlich ist die ›Tarantel‹ bloß eine Legende. Natürlich wissen wir in Polizeikreisen, dass sie existiert. Ein Motorradclub, aber kein gewöhnlicher.«

»Sondern?«

»Nun, die haben ein paar kriminelle Sachen laufen. Drogen, Prostitution, Diebstahl. Von irgendwas muss der Sven ja den Bali-Urlaub mit der … Susi bezahlen.«

»Ach, tatsächlich.«

»Ja. Alles krasses Zeug, und hier und da wird mal einer verhauen. Mord gehört meines Wissens allerdings eher nicht zum Repertoire. Sven Koch reibt doch keine Pilze, ich bitte dich!«

»Mit dieser Pilzgeschichte kann man ganz leicht den Verdacht auf die Witwe lenken«, gab Lisa zu bedenken, »denn, dass die Pilze sammelt, war ja nicht schwer rauszufinden. Es könnte durchaus sein, dass jemand der Witwe den Mord in die Schuhe schieben will. Und dass er eine entsprechend untypische Mordart anwendet.«

Heiko schürzte die Lippen, schüttelte dann aber den Kopf. »Du kennst Sven Koch nicht.«

»Aber du?«

Heiko nickte. »Ja. Von früher. Wir waren zusammen in der Grundschule. In der A-Klasse.«

»Niedlich«, fand Lisa und streichelte ihrem Freund über das grauschwarze Haar. »Wir sollten ihm trotzdem mal einen Besuch abstatten.«

Heiko zuckte die Achseln. »Von mir aus. Aber wir sagen ihm nichts von Richard und Susi.«

»Nein, das wäre vermutlich keine gute Idee«, stimmte Lisa zu.

Kurze Zeit später parkte Heiko den M3 vor einem Einfamilienhaus in Helmshofen, einem Dorf hinter Satteldorf bei Triftshausen. Das Haus war groß, wie es oft der Fall war, sobald man die Stadt und die eingemeindeten Dörfer verließ. Denn dort waren die Häuser in der Ortsmitte oft aus den 50ern und deshalb nicht so riesig. Und in die Neubaugebiete an den Ortsrändern quetschte man möglichst viele Grundstücke. In Ortschaften wie Helmshofen waren die Grundstücke billig, Platz war reichlich vorhanden. Und so gab es dort die eine oder andere luxuriös anmutende Villa, die man in einem solchen Dörflein gar nicht vermutet hätte.

Sven Kochs Haus war weiß getüncht, im großen Garten plätscherte ein künstlicher Bach dahin. Eine Doppelgarage ließ auf einen größeren Fuhrpark schließen, und eine überdachte Terrasse mit gemauertem Grill lud zum Verweilen ein. Und das Häuschen im Garten war eine Sauna, wie Heiko sofort erkannte, und nicht etwa ein Geräteschuppen. »Sehr geschmackvoll«, fand auch Lisa, als sie die kugelförmigen Buchsbäume und die knospenden Rosensträucher entdeckte. Nur der amerikanisch anmutende Pickup, der in der Einfahrt stand, wirkte mit der geairbrushten Tarantel etwas deplatziert.

Sie schritten den gepflasterten Weg bis zur Haustür ab, und als sie die Klingel betätigten, erklang ein volltönender Gong, außerdem Hundegebell, das sich anhörte, als würde es nicht grade von einem Chihuahua kommen. Es dauerte nicht lang, bis Sven Koch die Tür öffnete. Er trug ein kurzes, akkurat gestutztes Kinnbärtchen und eine rasierte Glatze. Seine wachen braunen Augen musterten die unverhofften Besucher. Svens Beine steckten in einer schwarzen Lederhose, ein Longsleeve mit dem in gotischen Lettern gedruckten Schriftzug *Hardcore for life* vervollständigte das Outfit. Hinter ihm erschien ein riesenhaftes, komplett schwarzes Vieh, das Heiko als Dobermann identifizierte. Neugierig und ungefähr auf Svens Hüfthöhe streckte der Hund seinen Kopf den Besuchern entgegen, seine Augen funkelten misstrauisch, als ein dumpfes Grollen ertönte. Sven legte dem Tier eine große Hand auf den Kopf und das Geräusch verstummte augenblicklich. Koch taxierte weiter die Besucher, dann hellte sich seine Miene auf. »Der Heiko!«, stieß er dann aus und klopfte dem Kommissar kameradschaftlich auf die Schulter. »Mensch, du bist ja ganz grau geworden!«

»Noch nicht ganz«, verteidigte sich Heiko intuitiv und verkniff sich die Bemerkung, dass sein Gegenüber ja dafür gar keine Haare mehr hatte.

»Bisch noch bei da Bulla?«

Heiko nickte und räusperte sich, um die Oberhand wiederzugewinnen. »Wir wollten dich in einem Mordfall befragen, Sven.«

Svens Augen weiteten sich. »Mord? Mich? Ii hobb nix gmacht.«

»Können wir reinkommen?«, fragte Heiko und sah sich um. Solche Sachen besprachen sich schlecht zwischen Tür und Angel.

Sven zog die Tür vollends auf. »Klar«, meinte er und entschuldigte sich: »Ii hobb awwer net uffgroomt.«

Die Kommissare zögerten, als der Hund erneut kurz und bedrohlich knurrte.

»Aus! Platz!«, kommandierte Sven, und folgsam verzog sich das Tier.

Tatsächlich war die Wohnung picobello sauber und sehr geschmackvoll eingerichtet. Sven führte sie ins Wohnzimmer, wo in einer Ecke der Hund auf einem stylischen schwarzen Kunstlederhundebett saß, nun anscheinend vollkommen entspannt. Die Einrichtung war interessant, über einem schwarzen Echtledersofa hing ein altertümlicher Harley-Davidson-Spiegel. Auf dem chromglänzenden Couchtisch, dessen Beine offenbar aus mehreren Federgabeln bestanden, war eine kostbar wirkende Motorradminiatur positioniert. Der Rest des Zimmers wurde von zwei ledernen Sesseln dominiert, die mit silbernen Nieten verziert waren, und einem gegen den Rest der Einrichtung eher biederen Esstisch. An der Stirnseite über einem Sessel hing in protzigem Goldrahmen der Kupferstich eines alten Mannes, auf dessen Schultern zwei Raben saßen.

»Bist du jetzt so religiös geworden, dass du dir den lieben Gott ins Wohnzimmer hängst?«, erlaubte sich Heiko zu frotzeln.

Sven fixierte kurz das Bild, dann Heiko, bemühte sich aber weiterhin um eine freundliche Miene. »Das ist Odin mit Hugin und Munin, den Raben, die ihm Informationen zutragen«, erklärte er lapidar auf Hochdeutsch. »Der Göttervater. Ich glaube, dass ich einmal nach Walhalla einziehen werde, wenn alles gut läuft.«

»Aha«, machte Heiko und war froh, dass er evangelisch war.

»Wieso sind eigentlich keine Frauen in Walhalla?«, schaltete sich plötzlich Lisa ein.

Heiko verdrehte innerlich die Augen. Eine pseudofeministische Diskussion mit dem ›Tarantel‹-Chef versprach wenig Ertrag.

Sven sah Lisa mit einem Lächeln an, das man einem Kind schenken würde, wenn man ihm etwas erklären wollte. »Aber sie sind doch in Walhalla, liebe Frau Luft. Sie sind Walküren. Sehr schöne Frauen, so, wie Sie eine sind.«

Lisa schüttelte den Kopf. »Das schon, aber sie sind nur ein Accessoire. Sie können nicht aktiv in den Himmel kommen, oder?«

Sven wirkte verstimmt, offenbar fand er den Vergleich definitiv unpassend.

»Walhalla wäre auch nichts für Frauen. Da wird bloß den ganzen Tag gesoffen und Party gemacht. Und der Hund heißt übrigens auch Mjöllnir. Als kleine Hommage.«

»Du bist aber nicht Thor, oder?«, fragte Heiko mit einem Augenzwinkern. Seit er als Jugendlicher Holbeins »Midgard« gelesen hatte, wusste er, dass Mjöllnir der Hammer des germanischen Donnergottes Thor war.

»Nein«, grinste Sven und pfiff nach dem Tier, das

sich gehorsam an seine Seite begab und die Ohren herunterklappte, sodass Sven ihm huldvoll eine Hand aufs Hundehaupt legen konnte.

»Schön hast du's hier«, wechselte Heiko wenig elegant das Thema. »Was schaffsch du noch mal?«

»Ich bin arbeitssuchend«, kam es wie aus der Pistole geschossen, und Sven musste selbst darüber schmunzeln. »Und ich hatte eine reiche Erbtante – in Australien.«

»Aha«, gab Heiko zu verstehen und fragte sich, ob das irgendjemand irgendwann einmal geglaubt hatte.

»Wollt ihr was trinken? Ich hab eine saugute italienische Espressomaschine.«

Lisa wollte den Kopf schütteln, aber Heiko nickte begeistert, ein Espresso wäre jetzt tatsächlich nicht schlecht.

Sven verschwand in die Küche, verfolgt von Mjöllnirs Blicken, es surrte und krachte, und kurz darauf kam er mit einem Tablett zurück, auf dem drei Espressotassen standen, in denen ölig ein so kleiner und starker Espresso stand, wie Heiko ihn selten zuvor gesehen hatte. Er stellte je eine vor Lisa und Heiko ab und setzte sich mit seiner auf den ledernen Nietensessel.

»Die Tassen sind ja mit Harley-Davidson-Logo«, entdeckte Lisa. »Wirklich hübsch! Sie sind wohl ein Fan?«

Sven kippte den Espresso in einem Zug, ohne Zucker hinzuzufügen oder zu fragen, ob jemand welchen haben wollte, und behielt ihn eine Weile im Mund. Dann schluckte er und lächelte entwaffnend. »Das kann man so sagen, Frau Kommissarin, ja.«

»Aber jetzt mal zum Fall«, mahnte Heiko, und Sven

lümmelte sich tiefer in den Sessel, anstatt sich etwa aufrechter hinzusetzen; der Hund hatte sich entspannt neben ihn gelegt. »Hast du vom Tod von Richard Wengert gehört?«

»Schlimm, ganz schlimm. Ein Unfall, hat die Susi gesagt.«

»Die Susi Schneider ist deine Freundin, gell?«

»Verlobte«, verbesserte Sven. »Die beste Frau, die ich jemals hatte, und die behalte ich auch.«

Lisa hatte bereits den Mund geöffnet, aber Heiko bedeutete ihr, es gut sein zu lassen, für weitere feministische Diskussionen war definitiv keine Zeit.

»Hast du den Wengert denn gekannt?«

Sven fuhr sich über die rasierte Glatze. »Och du, wie man sich halt so kennt unter Bikern.«

»Aber er war doch in einer anderen … Gang, nicht wahr?«, warf Lisa ein.

»Das stimmt, der war bei den MFHC«, stimmte Sven zu und konnte nicht umhin hinzuzufügen: »Auch ›Kaffeefahrt-Verein‹ genannt.«

»Wieso das denn?«, erkundigte sich Heiko.

»Weißt du, was Motorradfahren ausmacht?«, fragte Sven zurück.

»Ich bin eher Gelegenheitsfahrer«, gab Heiko zu.

»Es ist ein Lebensgefühl, Heiko, eine Philosophie.«

»Hm.«

»Ja. Und nimm zum Beispiel mich: Ich bin ein mehrfacher Eisenarsch.«

»Ein was?«, wunderte sich Lisa, die fest davon überzeugt war, sich verhört zu haben.

»Ein Iron Butt«, wusste Heiko.

Sven machte eine lobende Handbewegung wie ein Lehrer in der Schule, was sehr gönnerhaft wirkte.

»Man muss an einem Tag 1.000 Kilometer fahren, mindestens. Und das ohne Autobahn«, erklärte Heiko. »In 18 Stunden.«

Lisa verdrehte innerlich die Augen. Wer wollte denn so was!

»Und das hast du mehrfach gemacht?«, vergewisserte sich Heiko.

Sven Koch nickte, als wäre ihm dafür der Einzug nach Walhalla sicher. »Und von diesen Pussys vom MFHC könnte das keiner, nicht ein einziger«, behauptete er und setzte sich aufrechter hin. »Die machen das nämlich so, dass sie ein bisschen spazieren fahren und dann Kaffee trinken oder fressen gehen, wie so Rentner.«

»Hm«, machte Heiko wieder und verschwieg dabei, dass es bei den MFHClern auch diverse Eisenärsche gab und dass er auch schon von einigen Schwarzpulver-Fahrten gehört hatte, denn das würde Svens Weltbild womöglich ins Wanken bringen oder gar seine Männlichkeit antasten. »Und in welchem Verein bist du eigentlich?«, erkundigte er sich stattdessen scheinheilig. Denn dass Sven Koch der »Tarantel«-Chef war, war definitiv schon rum.

Sven grinste entwaffnend. »Wir sind die HMF, die ›Hohenloher Motorradfreunde‹.«

»Und die anderen sind die Motorradfreunde Hohenlohe-Crailsheim?«, vergewisserte sich der Kommissar.

»Ganz genau richtig«, stimmte Sven zu und führte

weiter aus: »Das ist ein bisschen wie die Volksfront von Judäa und die Judäische Volksfront.«

Heiko musste sich bemühen, weiterhin ernst zu gucken, der Kerl war schon sauwitzig.

»Wobei die eine Volksfront sozusagen kämpft und die andere nur essen geht«, fügte Sven Koch noch hinzu.

»Die ›Taranteln‹ sagen dir nichts?«, fiel Heiko endlich mit der Tür ins Haus.

Sven machte ein ahnungsloses und unschuldiges Gesicht. »Nie gehört«, behauptete er.

»Das sind so Krabbeltiere. Solche wie die auf deinem Auto draußen. Da ist zufällig so ein Vieh drauf.«

»Tatsächlich!«, machte Sven und fuhr sich erneut über die Kopfhaut. »Das ist nur das Trossfahrzeug der HMF. Für liegengebliebene Motorräder, sperrige Gegenstände und Frauen.«

Soso, für Frauen und andere sperrige Gegenstände, dachte Lisa bei sich, biss sich aber auf die Lippen, als Heiko ihr einen ernsten Blick zuwarf.

»Und die Spinne ist nur dazu da, meine latente Arachnophobie zu überwinden.«

»Arachnowas?«

»Angst vor Spinnen.«

Heiko konnte nicht anders, jetzt musste er breit grinsen.

»Und den Herrn Wengert haben Sie also flüchtig gekannt. Kennen Sie sich denn mit Pilzen aus?«, wechselte Lisa das Thema.

»Wie bitte, was?«

»Mit Pilzen«, beharrte Lisa.

»Sehe ich denn aus wie Rotkäppchen?«

»Net grood«, fand Heiko. »Man hört allerdings, dass der Ritschie so einige Leute verprellt hat. Und dass der ein Weiberheld war. Die Susi ist doch auch beim MFHC, nicht wahr?«, erklärte er weiter und beschloss, vorsichtig zu sein. Er wollte nicht riskieren, dass Susi ein blaues Auge oder Schlimmeres kassieren würde.

»Ja, und der Kerl hat ihr tatsächlich ein paarmal auf den Arsch geschaut. Hat Glück gehabt, dass er mir in letzter Zeit nicht untergekommen ist, dem hätte ich gründlich die Fresse poliert.«

»Hast du aber nicht, oder? Und ihn auch nicht vergiftet?«

»Natürlich nicht, wo denkst du hin, Heiko. In diesem Fall bin ich wirklich so eine Art Rotkäppchen.« Dazu schaute er sehr treuherzig drein.

»Du warst auch sicherlich nicht am Ostermontag in Langenburg, oder?«, forschte Heiko weiter.

»Nein. Ich hatte was zu tun.«

»Aber die Susi war in Langenburg dabei? Komisch, oder? Am Feiertag ohne deine Freundin.«

Sven erstarrte, sein Blick wurde prüfend. »Hatte die was mit dem, Heiko? Wenn das so ist, dann musst du mir das sagen, und zwar jetzt sofort.«

Heiko bemühte sich um ein Pokerface. »Hinter deiner Susi sind sicherlich viele her, Sven, das kannst du dir ja wohl denken. Aber ich bin überzeugt, dass die treu ist wie Gold. Unsere Ermittlungen gehen jedenfalls in andere Richtungen.«

Sven fixierte ihn für einige Sekunden, aber Heiko hielt

seinem Blick so lange stand, bis er, scheinbar zufrieden, nickte. »Du willst sicherlich wissen, wo ich war, oder?«

»Kann nicht schaden, Sven«, gab Heiko zu.

»Obwohl ich gar kein Motiv habe?«

»Schadet nie.«

Sven angelte seinen Geldbeutel von einem gläsernen Beistelltischchen, das in unmittelbarer Reichweite seines Throns an der Wand stand. »Ich habe den Ostermontag für eine weitere Eisenarsch-Challenge genutzt. Die entsprechenden Tankbelege habe ich hier«, erklärte Sven und legte den Kommissaren mehrere Quittungen hin.

Heiko studierte die Rechnungen, die von Dänemark nach Hause führten, und nickte endlich. »Danke, Sven. Dir fällt nicht zufällig noch jemand ein, der mit dem Richard ein Problem gehabt haben könnte?«

Nach kurzem Nachdenken schüttelte der »Tarantel«-Chef den Kopf. »Leider nicht, Herr Kommissar, auch, wenn ich euch wirklich, wirklich gern helfen würde.«

Heiko grinste. »Davon bin ich überzeugt.«

Als die Kommissare gegangen waren, schnappte sich Sven Koch sein Handy. Er runzelte die Stirn und kraulte nachdenklich Mjöllnir am Bauch, der sich vor ihm hingeworfen hatte. Da war doch was im Busch, die kamen nicht einfach so auf ihn! Er suchte eine Nummer heraus und rief an. »Gell, Alex, die Sach is gloffa?«, fiel er gleich mit der Tür ins Haus.

»War gut«, erklärte Alex, und Sven beendete das Gespräch grußlos.

»Sven könnte auch die Susi geschickt haben, um den Ritschie zu vergiften«, sinnierte Lisa, als sie wieder draußen waren.

Heiko schnaubte. »Jetzt komm! Das glaubst du doch nicht wirklich! Der Sven poliert einem die Fresse oder lässt sie polieren, aber wie schon gesagt: Der schnibbelt keine Pilze und löst sie in marokkanischem Arganöl.«

»Denk daran, dass sie einen Sündenbock brauchen!«, erinnerte Lisa. »Zum Beispiel die Pilze sammelnde Witwe.«

Heiko winkte ab. »Das ist viel zu kompliziert«, fand er.

»Also, dann …«, machte Lisa weiter und verstummte, weil sie glaubte, einer Halluzination zu erliegen. Denn vor ihnen auf der Straße zog soeben ein junger Mann mit drei … Ziegen vorbei. Eine der Ziegen, eine weißbraune mit langen geschweiften Hörnern, zog eine kleine Kutsche. Die anderen beiden trotteten ergeben an einer Leine neben dem Mann her.

»Fein, Bline«, lobte er soeben und zog ein Leckerli aus der Tasche, um es den Tieren hinzuhalten, als wären sie Hunde.

»Sind das Ziegen?«, fragte Lisa überflüssigerweise, während Heiko die Augen verdrehte, seine Freundin war schon ein Stadtkind.

Aber der junge Mann nickte freundlich. »Das sind Bline, Brownie und Susi«, stellte er vor und zückte eine Visitenkarte aus der hinteren Hosentasche. »Wenn Sie mal eine Show brauchen, wir machen auch Kindergeburtstage. Grad kommen wir vom Satteldorfer Kindergarten.«

»Aha«, machte Lisa, und Heiko unterdrückte ein Grinsen, weil die Ziege genauso hieß wie die schöne Freundin des »Tarantel«-Bosses.

»Und was machen Sie so mit Bline, Brownie und …«, fragte Lisa nach.

»… mit Susi?«

»Ja genau.«

Der junge Mann ließ als Antwort die beiden Leinen los, positionierte sich vor einer der Ziegen und gab ein Kommando, woraufhin diese Männchen machte. Die andere kniete sich auf sein Geheiß mit den Vorderhufen hin, während die Hufe der ersten klackernd wieder auf dem Asphalt landeten.

»Sehr süß«, fand Lisa und streichelte vorsichtig eine der Ziegen. »Wäre so eine Ziege nicht was für unseren Garten, Heiko?«

Heiko schüttelte den Kopf. »Eher nicht.«

»Aber wenn wir jemals Kinder haben, dann werden wir euch buchen, zum Kindergeburtstag, versprochen!«, gelobte Lisa, und der Mann verabschiedete sich mit freundlichem Nicken und reichte ihnen die Visitenkarte.

»Und jetzt?«, dachte Heiko laut nach, während sie den drei Ziegen und dem jungen Mann hinterherblickten.

»Vielleicht hat ja Uwe was rausgekriegt«, schlug Lisa vor, griff nach ihrem Handy und rief den Spurensicherer an. Allerdings legte sie nach einer Minute desillusioniert wieder auf, denn Uwe hatte gemeint, dass er im

Wald absolut keinen Krümel gefunden hatte und dass man das getrost vergessen könne.

Etwas ratlos beschlossen die Kommissare, für heute Feierabend zu machen. Sie hatten beide das Gefühl, dass sie alles einmal sacken lassen mussten, vielleicht über die ganze Sache schlafen.

Unterdessen saßen Jan Bullinger, Max Wengert und Timo Laukenmann im »Down Under«, der coolen Kneipe in der Nähe des Volksfestplatzes in Crailsheim, die auch für Biker ein beliebter Treffpunkt war. Ganz früher war das »Down Under« die »Eiche« gewesen, der gotische, erhabene Schriftzug im selben Hellblau, in dem das Gebäude gestrichen war, zeugte noch davon. In den 90ern war die Künstlerkneipe »Miró« drin gewesen, dann wieder die »Eiche«, und jetzt hieß die Location »Down Under«.

Simon ließen sie bei ihren Treffen gern außen vor, ebenso wie Timos Freundin und generell alle Weiber. Simon war irgendwie spießig, das empfanden alle so. Und er vertrug die Luft in der Raucherkneipe nicht. Ab und zu nahmen sie ihn mit, damit sie kein schlechtes Gewissen haben mussten. Aber ohne ihn und die Weiber ging es lustiger zu, derber, härter. Und gerade hatten sie alle etwas Ablenkung nötig, Jan wegen der Degenbachseesache, Timo wegen der Sache daheim und Max wegen seines Vaters.

Auch die Musik passte dazu, aus den Lautsprechern dröhnte »AC/DC« in einer Lautstärke, dass man zumindest etwas lauter reden musste, wenn man sich unterhalten wollte. Vielleicht sogar schreien, je nach Lied. Auf dem Bildschirm über der Theke lief das jeweils passende Musikvideo, und die Wände zierten Vitrinen aus Glas und Holz, in denen zahllose CDs und Schallplatten ausgestellt waren, viele davon ebenfalls von »AC/DC«. Überhaupt warb die Bar damit, die »größte ›AC/DC‹-Ausstellung in Crailsheim« zu haben – wobei es sicherlich auch die einzige war.

»Wie geht es dir, Max?«, forschte Timo, während Klaus, der Wirt mit den hellblauen Augen und dem »AC/DC«-Shirt, drei weitere Whiskeys vor ihnen abstellte.

»Scheiße«, bekannte Max.

»Willst du darüber reden?«, fragte Timo und kam sich ein klein bisschen wie auf der Arbeit vor, wenn er mit Dreijährigen pseudoempathische Gespräche über Streitigkeiten um einen Wachsmalstift führte.

Max schüttelte den Kopf, sein Blick blieb kurz an den Goldenen Schallplatten hinter der Theke hängen, die original von »AC/DC« waren. »Nee, sorry. Meine Mutter heult mir schon genug die Ohren voll.«

Jan nickte mitfühlend.

»Hast du ein neues Tattoo?«, wechselte Timo das Thema und deutete auf die Folie auf Jans Oberarm.

Jan zögerte, es würde noch eine Sitzung brauchen, um aus der Tarantel letztendlich einen Totenschädel zu machen. Nix mit Einhorn und Kolibri, das wäre ja noch schöner! »Ist noch nicht fertig«, verkündete er lapidar und trank einen Schluck des guten Whiskeys. Die Bar war für ihre große Auswahl an Hochprozentigem berühmt.

»Zeigsch dann mal, wenn's so weit is!«, meinte Timo neugierig.

Jan nickte wieder. Zähneknirschend war er für das Cover-Up zum selben Tätowierer gegangen, in der Hoffnung, dass die Änderung auf diese Weise bei den ›Taranteln‹ bestätigt werden würde. Denn die Wahrscheinlichkeit war hoch, dass der Kerl, der die Tarantel gestochen hatte, ihn bei dem Clubchef verpetzt hatte. Arschloch blödes, Jan hatte sein Bestes gegeben, ihn während der Sitzung hasserfüllt anzustieren. Aber es hatte wirklich verdammt wehgetan, und er hatte meistens genug damit zu tun gehabt, einfach nur die Zähne zusammenzubeißen.

»Aber wisst ihr, was heute los war?«, begann Max und rückte auf dem hellen Holzstuhl näher zu seinen Kumpanen hin.

»Was denn?«, fragte Jan nach und versuchte, gespannt zu klingen. Alle Themen waren besser als sein neues Tattoo.

»Die Bullen haben meine Mutter heut total schalou gemacht.«

»Was war los?«

»Na ja, ich bin heimgekommen, und da war die total aufgelöst und hat mir heulend erzählt, dass die Polizei vermutet, dass mein Vatter eine Affäre hatte. Und dass sie ihn mit irgendeinem Pilz vergiftet hätte. Und sie haben sie sogar verhaftet, stellt euch vor! Der Verdacht hat sich dann allerdings Gott sei Dank zerschlagen.«

Timo erlaubte sich ein Schnauben, und Jan pfiff durch die Zähne.

»Krass mit deiner Mutter«, fand er.

»Aber hey, was deinen Vater angeht: Welche Überraschung«, schaltete sich Timo ein, »soll ich mal raten, mit wem?«

Max schaute vor sich hin und nahm einen Schluck Bier, bevor er Timo mit undeutbarer Miene fixierte. »Du glaubst das? Ich glaub das nicht. Mein Vatter war anständig. Der hätte nie …«

»… Hast du mal gesehen, wie der die Susi immer angestiert hat?«, unterbrach Timo.

Max schüttelte heftig den Kopf. »Alle stieren die Susi an«, wich er aus.

»Ja. Aber bei ihm hat sie zurückgeschaut«, behauptete Timo. »Oh, sorry, das muss für dich jetzt doppelt scheiße sein, ihr wart doch mal zusammen, die Susi und du, oder?«

Max trank wieder einen Schluck Bier. »Das ist schon lange her.«

»Sag mal, du willst aber damit nicht sagen, dass der Max ein Motiv hat, oder?«, erkundigte sich Jan halb im Scherz.

»Quatsch. Wir sind doch nicht beim ›Tatort‹«, meinte Timo tadelnd.

»Obwohl«, grinste Jan, »bist du nicht … Pilzexperte?« Er boxte Max kameradschaftlich gegen den Oberarm.

»Ha, ha, das ist überhaupt nicht witzig«, beschwerte sich Max, und Jan entschuldigte sich tatsächlich murmelnd, er fürchtete, sein Kumpel würde gleich losheulen.

»Außerdem ist der Max Experte für ganz andere Pilze, gell?«, fuhr Timo mit erhobenem Zeigefinger fort.

Max nickte. »Besser als so Chemiescheiß«, fand er.

»Rauschgift, ohne mich!«, skandierte Timo so leise wie möglich und nahm damit grinsend auf den Slogan aus den 80ern Bezug.

»Die Pilze sind ein Naturprodukt. Und sie machen gar nix«, behauptete Max. »Man ist topfit am nächsten Tag. Und alles wird so schön bunt. Die Welt ist grau genug, findet ihr nicht?« Max nahm sich ein Salzstängele und knabberte nachdenklich daran. Hier in der Raucherkneipe durften keine warmen Speisen serviert werden, aber zu Knabbern gab es immer reichlich, dafür sorgte Klaus. »Und außerdem wird man happy«, machte Max weiter. »Und vergisst allen Scheiß um einen herum.«

»Dass der Vater die Exfreundin vögelt?«, frotzelte Jan, wünschte sich aber sofort, er hätte das nicht gesagt.

Murmelnd entschuldigte er sich dafür.

»Schon okay«, meinte Max gnädig, trank noch einen Schluck und hoffte inständig, dass seine Lieferung heute angekommen wäre.

Es war Nacht, und Jan Bullinger lag in seinem Bett. Er war ziemlich betrunken, konnte aber verdammt noch mal nicht schlafen. Sein Tattoo schmerzte, und er erhob sich ächzend, um in seiner Arzneischublade nach einer Schmerztablette zu kramen. Er drückte zwei Tabletten aus dem Blister, verdrängte den Gedanken daran, dass man sie eigentlich nicht auf Alkohol einnehmen durfte, und spülte die Dinger mit etwas abgestandenem Sprudel aus der Flasche neben seinem Bett runter.

Stöhnend legte er sich wieder hin. Sein Schädel brummte, alles begann, sich zu drehen, aber wenigstens wurde der Schmerz dumpfer, tauber. Dann, als er fast weggedämmert war, piepste plötzlich sein Handy. Er tastete danach, die Nummer war unbekannt, eine SMS. *Gut gemacht, Jan! Ein Totenkopf passt doch wunderbar zu dir. So ein harter Kerl, wie du bist! ;-)*

Na toll. Jan pfefferte das Handy auf den Nachttisch. Und er schluckte. Verdammtes Pack! Andererseits: Vielleicht war das alles nur ein Test. Vielleicht wollten sie sehen, ob er loyal war, auch, wenn er eine kleine Abreibung bekommen hatte. War das Ganze eine Art Initiationsritus? Er war natürlich vorgeprescht mit der Kutte und dem Tattoo, keine Frage, er hätte das wissen müssen. Vielleicht würden sie ihn belohnen, wenn er eine kleine Info rüberwachsen lassen würde. Und wer weiß, womöglich würden sie ihn doch noch aufnehmen, eines Tages. Kurz zweifelte Jan, ob er das wirklich machen sollte, denn irgendwie war das schon scheiße. Aber erstens musste man Opfer bringen, und zweitens war das hundertprozentig wieder eine Internet-Fake-Telefonnummer, und die Nachricht würde sowieso im Off landen. Er tippte auf »antworten« und schrieb: *Falls es euch interessiert: Es gehen Gerüchte um, dass die Susi was mit dem Wengerts Ritschie hatte.* Ohne sich selbst die Gelegenheit zu geben, weiter darüber nachzudenken, drückte er schnell auf »senden«, fiel auf das Kissen zurück und schlief seinen Rausch aus.

Auch Christine Wengert lag mit ihrem Handy im Bett. Sie scrollte sich durch ihre Bildergalerie, durch die vielen Erinnerungen, die sie mit Richard hatte. Sie hatten so viel zusammen erlebt. Sie konnte dankbar sein. Dankbar für die gemeinsame Zeit. Dass sie nun abrupt geendet hatte, war schlimm, und auch die Art, wie Richard hatte sterben müssen. Aber das, was er gemacht hatte, dass er sie beschissen hatte, das war definitiv nicht okay gewesen. Nicht, dass er es verdient hätte, keinesfalls.

Christine streichelte eines seiner Bilder, er lachte, es war vom letzten Urlaub. Die Sonne hatte seine Haut gebräunt, das eigentlich dunkle Haar heller werden lassen. Er lag auf einer Liege am Meer, einen seiner sehnigen Arme entspannt um den Kopf gelegt. Da waren sie glücklich gewesen, an diesem Tag, ja, das war ab und zu passiert. Und welche Beziehung war schon perfekt? Die allermeisten Leute spielten doch nur was vor. Da hatte sie es mit Richard ganz gut getroffen, eigentlich. Abgesehen von der Beschiss-Sache.

Sie scrollte weiter, und die Bilder begannen, vor ihren Augen zu verschwimmen. Als wären sie ein Film, der Film ihres Lebens, dem sie nicht folgen konnte, weil er zu schnell ablief, zu ungeordnet. Sie schüttelte den Kopf, wischte die Tränen ab und ging ins Internet, loggte sich in ihr Clix-Mix-Profil ein. Lange, lange war sie nicht mehr online gewesen – und sie entdeckte, dass jemand einen Beitrag in ihrer Chronik gepostet hatte, den Polizeibericht vom Unfall. Ihr stockte der Atem, als sie die nüchternen Worte las, die von Richards Tod berichteten. Tränen stiegen wieder in ihr auf, bahnten sich ihren Weg, und sie wischte sie zornig weg, als sie die Kommentare unter dem Beitrag las: Der Ritschie habe nicht aufgepasst, sei besoffen gefahren, es sei gut, dass er niemand Unschuldigen in den Tod gerissen habe, bestimmt habe er sich umgebracht und derlei Zeug. Wütend klickte sie auf »kommentieren«, stockte dann allerdings. Was sollte sie dazu schon sagen? Sie änderte ihre Meinung und löschte den Beitrag einfach aus ihrem Profil. Mehrfach atmete sie tief durch und scrollte weiter nach unten, entdeckte schließlich, dass in der oberen Leiste das Nachrichten-Symbol blinkte. Eine Freundin kondolierte ihr, eigentlich ganz nett. Die neugierige Nachbarin erkundigte sich, ob man schon wisse, wann die Beerdigung sei, weil sie würden da gerne kommen. Und herzliche Anteilnahme. Drei Leute, die einfach *RIP* geschrieben hatten – aha. Und eine Nachricht von einer Person, die sie nicht kannte. Von »Kyrene«.

Nachdenklich klickte sie darauf, das Profilbild war ein Motorradhelm. *Hallo, schöne Frau. Hab gehört, dass du wieder Single bist. Wenn du magst, dann treffen wir uns mal. Ich finde dich schon lange gut – du hast einfach Stil!* Christine schnappte nach Luft. Das war ja unterste Schublade! Und es hörte sich seltsam an, da war so ein Unterton, den sie zuerst nicht fassen konnte. Er kannte sie. Wer war er?

Sie klickte auf das Profilbild, ein Helm, ein nichtssagendes Produktbild. Das Profil war auf privat gestellt, sie hatte keine Chance, *irgendwas* rauszufinden. Christine schnaubte. Na toll, das konnte sie leiden!

Stalken ohne Hemmungen und selber lieber anonym bleiben wollen. Sie dachte kurz darüber nach, ob sie jemanden kannte, der einen solchen Helm hatte. Aber ihr fiel niemand ein, es war wohl auch einfach irgendein Helm. Ihr Finger war auf dem Weg, die Nachricht einfach zu löschen und den Nutzer zu blockieren. Dann hielt sie inne. Vielleicht würde sich die Polizei für den Kerl interessieren? Christine machte einen Screenshot von der Nachricht. Sie würde gleich morgen früh bei den Kommissaren anrufen. Die Witwe legte das Handy wieder auf den Nachttisch und fiel in die Kissen zurück, als sie hörte, wie das Schloss der Haustür knackte.

Ihr Blick wanderte zur Uhr – es war halb zwei. Nun gut, der Junge war erwachsen, es war seine Sache, und womöglich war ein bisschen Sauferei mit den Kumpels manchmal gar nicht schlecht. Gerade in dieser Situation. Sie hörte Schritte im Flur, dann ein zaghaftes Klopfen an ihrer Zimmertür.

»Mama?«

»Ja?«, antwortete sie, und die Tür schwang auf.

Max stand da, und nicht zum ersten Mal fiel ihr auf, wie ähnlich er seinem Vater war. »Ich hab gesehen, dass bei dir noch Licht brennt«, meinte er fast entschuldigend.

»Ist okay, Max«, beruhigte Christine. »Geht's dir so weit gut?«

Max nickte. »Und dir? Ich meine …«

Christine nickte schnell. »Ja. Mach dir keine Sorgen. Schon okay.«

Max fixierte seine Mutter, schien sie kurz zu taxieren. »Ist ein Päckchen für mich gekommen, Mama?«, fragte er weiter.

Christine dachte kurz nach, dann nickte sie. »Eins aus Holland. Steht draußen auf dem Büfett. Hast du wieder was bestellt?«

»Ein Motorradteil«, antwortete Max, wünschte seiner Mutter eine gute Nacht und zog schnell die Tür ins Schloss.

FREITAG

Als Lisa und Heiko am nächsten Morgen ihr Büro betreten wollten, wurden sie bereits erwartet. Vor der Tür lehnte Christine Wengert an der Wand, ganz in Schwarz gekleidet.

»Frau Wengert«, begrüßte Lisa die Witwe. »Haben Sie Informationen für uns?«

Die Frau stellte sich aufrecht hin und nickte, während Heiko die Tür aufschloss und ihr den Besucherstuhl zuwies, der vor ihrem gemeinsamen großen Schreibtisch stand. Gewohnheitsmäßig schaltete er seinen Rechner an.

»Also, Frau Wengert«, nahm Lisa den Faden wieder auf und sah die Frau freundlich an, die sich inzwischen etwas umständlich auf dem Stuhl platziert hatte.

»Ich hab gestern im Bett noch ein bisschen mit dem Handy herumgespielt«, erklärte die Witwe und suchte in ihrer Handtasche, um eine Sekunde später das Mobiltelefon auf die Tischplatte vor sich zu legen. »Und da war ich mal wieder auf meinem Clix-Mix-Profil.«

»Aha«, meinte Heiko.

»Ja, und da ist mir eine Nachricht aufgefallen, schauen Sie mal selber«, fuhr sie fort, tippte auf dem Gerät herum und hielt es Heiko hin. »Von einem ›Kyrene‹«, meinte sie.

»Der Simon!«, schoss Lisa hervor.

Frau Wengert stutzte. »Wie bitte?«

»Simon von Kyrene. Eine biblische Figur aus der Passionsgeschichte. Er hat das Kreuz Jesu getragen.«

»Woher weißt du denn so was?«, wunderte sich Heiko.

Lisa zuckte die Achseln. »Das ist doch Allgemeinbildung.«

»Hm«, brummte Heiko und las die Nachricht laut vor: »›Hallo, schöne Frau. Hab gehört, dass du wieder Single bist. Wenn du magst, dann treffen wir uns mal. Ich finde dich schon lange gut – du hast einfach Stil!‹«

Die Witwe nickte eifrig. »Ich bin zwar kein Profiler oder so, aber für mich hört sich das irgendwie krass an. Stalkermäßig. Findet ihr nicht?«

Lisa nickte langsam. »Ja, da könnten Sie recht haben.«

»Und das ist vielleicht etwas weit hergeholt, aber – wenn der was von mir will, wer immer das ist – könnte er nicht auch was mit dem Mord zu tun haben?«

Heiko wiegte den Kopf. Sehr weit hergeholt, tatsächlich. Allerdings – wer konnte wissen, wozu so Irre in der Lage waren? »Kennen Sie denn jemanden mit Namen Kyrene?«, fragte er.

Christine Wengert schüttelte den Kopf. »Nein. Aber jetzt, wo Ihre Kollegin das gesagt hat, einen Simon kenne ich sehr wohl.«

»Sie meinen den Sohn von Manfred Hofmeister?«, vermutete Heiko.

»Genau den.«

»Hatten Sie denn schon mal das Gefühl, dass der hinter Ihnen her ist?«, forschte Lisa.

Christine schnaubte: »Ich bin doch viel zu alt für den! Der ist Ende 20.«

»Es soll auch Liebespaare geben, bei denen das Alter egal ist. Denken Sie bloß an den Französischen Präsidenten und seine Frau«, gab Heiko zu bedenken und beeilte sich hinzuzufügen: »Obwohl Sie ja *so* alt nicht sind.«

»Na ja, ein komischer Kauz war der Simon schon immer. Der ist so … undeutbar. Blutleer irgendwie. Dem traut man gar keine Gefühle zu.«

»Dazu würde das recht anonyme Profil passen, auch das Pseudonym«, fand Lisa. »Solche Leute trauen sich oft im Real Life nicht, ihre Emotionen auszudrücken, online aber schon.«

»Wo trauen die sich das nicht?«, hakte Heiko nach.

»Im Real Life. Im wahren Leben.«

»Noa sooch's doch«, murrte Heiko und verfluchte die Anglizismen.

»Ich kenne den kaum«, fuhr Christine fort. »Der ist eher mit dem Max zusammen. Aber auch bei den Jungs passt er nicht so recht dazu.«

»Kennen Sie noch weitere Simons?«

»Keinen, der Motorrad fährt.«

»Dann sollten wir uns den jungen Mann mal ein bisschen genauer anschauen, findest du nicht?«, beschloss Heiko an Lisa gewandt.

Max Wengert hatte sich heute freigenommen, und er hatte den Chef knallhart angelogen. Er sei von Trauer übermannt, hatte er ihm erklärt. Natürlich trauerte er um seinen Vater. Aber er war schwierig gewesen. Max war sich, anders als seine Mutter, inzwischen sicher, dass Richard seine Frau beschissen hatte. Und ein paar andere Sachen hatte er auch verbockt. Ihm, Max, war er nie ein richtiger Vater gewesen. Viel zu selten hatte er ihn unterstützt. Viel öfter hatte er ihm Steine in den Weg gelegt, sich über seinen eigenen Sohn lustig gemacht. Aber das war jetzt vorbei.

Der eigentliche Grund, warum Max hatte freihaben wollen, war jedenfalls ein ganz anderer: Das Päckchen war da!

Er trug die passende Portion bei sich im Rucksack, dazu zwei Flaschen Wasser. Er hatte heute noch nichts gegessen und war zu Fuß unterwegs, alles andere wäre schlichtweg Selbstmord gewesen. Er war mit dem Bus in die Stadt gefahren und dann über den Karlsberg zum Kreckelberg hochgelaufen. Nicht zur Villa, denn die war ein beliebter Treffpunkt. *Zu* beliebt für das, was er vorhatte. Sein Ziel lag vielmehr ein Stück daneben, auf einer kleinen Wiese, die eine hervorragende Aussicht über die Stadt bot, aber von Passanten nicht sofort einsehbar war. Perfekt für seine Zwecke. Max mochte die Stadt und das, was vor seinen Augen mit ihr passieren würde. Er breitete seine Decke aus und legte sich darauf. Trank noch einen Schluck Wasser. Zerkaute dann 2 Gramm *Psilocybe cubensis*. Ein vertrauter Geschmack legte sich auf seine Zunge. Und er wartete ab.

Die junge Dame stand brav am Empfang an. Sie wollte um jeden Preis vermeiden, groß aufzufallen, denn das wäre ihrer Sache abträglich. Anstatt ihrer üblichen Kluft trug sie deshalb ein graues Schlabbershirt zur Bluejeans. Die Borsten hatte sie mit etwas Gel zu einer flotten Kurzhaarfrisur geklebt, außerdem einen Lipgloss aufgetragen, der etwas von ihren zahlreichen Ohrringen ablenkte.

Vor ihr in der Reihe stand eine Oma und kaute dem Typen am Infoschalter mit ihrer halben Lebensgeschichte ein Ohr ab. Der Mann blieb geduldig und verbarg geschickt, dass er ziemlich genervt war. Endlich, nach einer gefühlten Stunde, hatte die Alte ihre Info gekriegt und sie war an der Reihe.

Sie schenkte dem Mann ihr freundlichstes Lächeln. »Grüß Gott, ich bin eine Freundin von der Susi, Susi Schneider. Die arbeitet doch hier?«

Der Mann, ein Mittfünfziger mit Vollbart, tippte kurz auf der Tastatur seines Rechners herum und nickte dann.

»Und auf welcher Station noch mal? Ich müsste ganz kurz was mit ihr besprechen, dauert nicht lang.«

Der Mann erwiderte endlich ihr Grinsen, das ihr langsam einen Muskelkrampf verursachte. »Erster Stock, Station zwei«, informierte er und winkte den jungen Kerl mit dem Gipsbein heran, der sich hinter ihr angestellt hatte.

Simon Hofmeister arbeitete auf dem Crailsheimer Finanzamt, wie sie schnell herausgefunden hatten. Die Kommissare betraten den mittlerweile altehrwürdigen Bau, vor dem eine überlebensgroße Frauenskulptur die

Besucher willkommen hieß, die selten freiwillig erschienen. Lisa und Heiko sahen sofort die Stühle rechts, die für die Wartenden gedacht waren und auf denen bereits eine bunte Mischung von Menschen Platz genommen hatte. Argwöhnisch wurden die Neuankömmlinge gemustert, dass die sich nur ja nicht vordrängelten!

Die Kommissare grüßten freundlich, entschuldigten sich murmelnd und gingen tatsächlich unter dem protestierenden Schnauben von gleich mehreren Wartenden zu einem Schalter, an dem eine junge brünette Dame gerade auf ihrem Rechner herumtippte.

»Können Sie bitte warten, bis Sie aufgerufen werden? Des geht fai so net«, meldete sich plötzlich eine ältere Dame neben ihnen. »Sie hamm sich fai vordrängelt«, beschwerte sie sich. »Ich bin jetzt dran!« Entschlossen schob sie sich mit einer Eleganz, die man ihr aufgrund ihrer Körperfülle gar nicht zugetraut hätte, an Heiko vorbei und stellte ihre beige Damenhandtasche auf dem Besucherstuhl ab. »Ii wart nämlich scho eewich und drei Deech!«

»Sie sind beide noch nicht dran«, schlichtete die junge Dame und verkniff sich ein Grinsen.

»Wir brauchen nur kurz eine Info«, beschwichtigte Heiko.

»Des soochas alle«, schimpfte die Ältere. »Ii brauch aa blooß kurz a Info.«

Heiko verdrehte die Augen und reichte der Finanzbeamtin endlich seinen Polizeiausweis. »Wir müssten mit Ihrem Kollegen sprechen. Simon Hofmeister.«

»Ach so, das ist natürlich etwas anderes«, beeilte sich

die brünette Angestellte zu versichern und schickte sie auf das entsprechende Zimmer.

Während sich die ältere Dame auf einen Wink der jungen Finanzbeamtin nun doch schon ächzend auf dem Besucherstuhl niederließ und die Damenhandtasche unter ihrem Hintern hervorzerrte, erklommen die Ermittler die Treppe in den ersten Stock und klopften Sekunden später an eine der Zimmertüren, die links und rechts von dem Gang abgingen.

»Herein«, hörten sie postwendend, und die Kommissare betraten den Raum.

Simon Hofmeister sah ihnen entgegen, mit gefalteten Händen, als habe er sie erwartet. Sein Schreibtisch war ein Ausbund an Ordnung. In einem ledernen Becher steckten einige Stifte, die sämtlich stilvoll wirkten, es war kein einziger Plastikkugelschreiber dabei, schon gar keiner mit Aufdruck. Außerdem ein durchsichtiges Lineal sowie ein Geodreieck und mehrere perfekt gespitzte Bleistifte. Papiere lagen ordentlich sortiert in maschinell beschrifteten Ablagefächern. Und die linke Wand wurde von einem Regal dominiert, in dem ungefähr 100 Wolken-Ordner eine perfekte Front bildeten. Ein weiteres Regal war mit Büchern vollgestopft, und diese waren … farblich sortiert? Konnte das wirklich sein?

»Sie sind aber ordentlich«, entfuhr es Heiko und er deutete auf die Bücher.

Simon erlaubte sich ein kleines Lächeln, das seine Augen nicht erreichte. »Es muss alles seine Ordnung haben«, meinte er, und als Heiko einigermaßen verständnislos nickte, erklärte er weiter: »Ich habe eine leichte Form von Asperger.«

»Von was?«, fragte Heiko zurück.

»Eine Form von Autismus. Bei mir ist das allerdings kaum wahrnehmbar, äußert sich zum Beispiel darin, dass ich sehr ordentlich bin und alle meine Aufgaben überaus gründlich erledige. Zudem bin ich Jungfrau. Ich meine, als Sternzeichen.«

»Und die sind ja auch sehr ordentlich, die Jungfrauen, nicht wahr?«, ergänzte Lisa.

»Sehr, Frau Luft.«

»Sie kennen unsere Namen noch?«, wunderte sich Lisa.

»Natürlich. Ich vergesse niemals etwas.«

»Okay.« Der Kerl war Heiko definitiv unheimlich.

»Also. Wie kann ich Ihnen helfen?«, wollte der junge Mann wissen und lehnte sich in seinem Drehstuhl zurück, eine Geste, die etwas sehr Gönnerhaftes an sich hatte.

»Sagt Ihnen ein ›Kyrene‹ was?«, begann Heiko.

Nun verschwand das falsche Lächeln aus dem eher reizlosen Gesicht, wie der hohenlohische Kommissar befriedigt feststellte. »Aber wie haben Sie …«, wollte der Verdächtige wissen und blinzelte gleich darauf mehrfach, weil ihm bewusst wurde, dass er sich soeben verraten hatte.

»Autisten sich nicht gut im Leugnen, nicht wahr, Herr Hofmeister?«, schätzte Lisa und zwinkerte dem Mann zu.

Der Finanzbeamte senkte den Kopf und erklärte: »Ich hätte mich ihr schon noch offenbart. Ich wollte nur erst mal vorfühlen.«

»Sie empfinden etwas für Frau Wengert?«, forschte Lisa nach.

Der junge Mann nickte. »Schon länger, ja. Aber sie war verheiratet. Und da dachte ich mir, jetzt, wo sie wieder Single ist, da schreibe ich ihr mal.«

»Single?«, echote Heiko ungläubig. »Na, hören Sie mal, die Frau ist kein Single, sondern trauernde Witwe.«

Simon zuckte die Achseln. »Faktisch ist das absolut dasselbe. Sie hat keinen Mann und ist zu haben.«

In Heikos Hirn arbeitete es, dann glaubte er, die krude Logik zu verstehen. »Das ist etwas, was Sie, sagen wir, verdächtig macht.«

Der junge Mann verschränkte die Arme und lehnte sich zurück. »Das kann ich nachvollziehen. Aber ich bin es nicht gewesen. Ich habe in meinem ganzen Leben noch kein einziges Gesetz gebrochen.«

»Nicht mal gekifft?«, wunderte sich Heiko, und der Finanzbeamte schüttelte den Kopf. »Nicht mal das, und ich hoffe doch, Sie auch nicht, Herr Kommissar?«

Heiko schluckte. »Natürlich nicht«, log er.

»Es geht hier auch nicht um uns«, erinnerte Lisa streng.

»Ihr Mann wurde doch mit einer in Arganöl gelösten Frühlingslorchel getötet«, stellte der junge Hofmeister fest.

»Woher haben Sie das denn?«

»Von meiner Mutter. Frauen reden ja so viel«

»Stimmt«, bestätigte Heiko, was ihm einen extrem bösen Blick von Lisa eintrug. »Und religiös sind Sie auch?«

»Wie kommen Sie denn darauf?«

»Weil Sie sich ›Kyrene‹ nennen. Der Kreuzträger. Oder hat das einen tieferen Sinn?«

Der Finanzbeamte schüttelte den Kopf. »Das ist einfach der bekannteste Simon, außer dem ganz naheliegenden Petrus. Ich bin Atheist, ein komplett rationaler Mensch.«

»Aha.«

»Gleichzeitig ist es ein Bildungstest.«

»Inwiefern das denn?«, hakte Lisa nach.

»Leute, die ein bisschen was wissen, werden durch den Namen unschwer auf ›Simon‹ kommen.«

Heiko verschwieg tunlichst, dass Christine keine Ahnung gehabt hatte, um wen es sich handeln könnte, auch Hofmeister selbst schien dieser Gedanke nicht zu kommen. »Sie können uns lang erzählen, dass Sie ein vollkommen integerer Mensch sind, Herr Hofmeister«, schloss der Kommissar die leidliche Diskussion. »Verdächtig sind Sie trotzdem.«

Hofmeister grinste erneut falsch und beugte sich etwas vor, um zu versichern: »Das bin ich nicht. Ich bin der Einzige aus der Truppe, der sich nicht von dem Tisch entfernt hat. Der nicht auf der Toilette war und auch nicht im Wibele-Museum, denn was da steht, kann ich schon auswendig.«

»Sie waren so lange nicht vom Tisch weg?«

»War ich nicht«, versicherte Simon. »Da können Sie alle anderen fragen. Auch, wenn ich bezweifle, dass sich noch allzu viele daran erinnern werden – die Gehirne normaler Menschen sind ja so unzulänglich.«

Heiko fand den Kerl ganz schön arrogant, aber das Seltsame war: Er glaubte ihm irgendwie. Der Mann schien nicht nur die Selbstsicherheit und Korrektheit in Person zu sein, sondern auch ehrlich. »Wir werden das nachprüfen, Herr Hofmeister. Und bis dahin verlassen Sie bitte die Stadt nicht.«

»In Ordnung, Herr Kriminalkommissar.«

»Ridewithflitzi« hatte sich eine S-Kurve hinter Gerabronn in der Nähe von Bügenstegen für sein Foto ausgesucht. Wenn seine Eltern wüssten, was er plante, würden sie es definitiv nicht gutheißen. Aber hier war wenig Verkehr zu erwarten, denn die Straße hörte in Bügenstegen einfach auf, als wäre es das Ende der Welt. Das ideale Setting für das, was er vorhatte. Es musste perfekt sein. Sein Kumpel war kein schlechter Fotograf, obwohl in der Regel mehrere Anläufe nötig waren, bis sie das im Kasten hatten, was er sich vorstellte. Und er hatte ganz genaue Vorstellungen. Ein *Hanging Off* hatte er im Kopf, und er war ziemlich gut darin, seit er einen Kurs auf dem Hockenheimring belegt hatte. Es war die Königsdisziplin des Bikens. Und es war das Bestreben eines jeden Bikers, die Straße zu fühlen, Kontakt mit ihr zu haben, eins mit ihr zu werden.

»Ridewithflitzi« schloss das Visier seines rabenschwarzen Helms, auf dessen Seite gelbrote Flammen züngelten. Es handelte sich um ein Geburtstagsgeschenk seines Opas Siegfried, der es bei einem hiesigen Airbrush-Künstler für ihn bestellt hatte. Der Helm war ein Unikat und sein Markenzeichen. Dann drehte er das

Gas hoch, man brauchte Tempo für das Manöver. Kurz schloss er die Augen, bevor er losbrauste. Die Anlaufstrecke war kurz. Der Tacho zeigte 60, 70, 80, 90 Stundenkilometer, kurz vor der Kurve bremste er minimal ab und legte sich hinein, tief, neigte das Motorrad nach rechts, berührte mit den Slide Pads, in Hohenlohe »Knischleifer« genannt, den Boden, spürte den Abrieb, den die Straße verursachte. Das sanfte Vibrieren in seinem Körper. Das Einswerden mit der Straße. Perfekt. Zufrieden sah »Ridewithflitzi«, wie sein Kumpel die Kamera hob, um das Foto zu schießen, das er bereits vor seinem inneren Auge hatte. Das würde Likes und Follower ohne Ende bringen!

Als Max Wengert die Augen wieder öffnete, war der Himmel bunt. Nicht nur ein bisschen, sondern schreiend bunt. Und er wusste, dass es begonnen hatte. Wohlig lächelnd setzte er sich auf, wie sehr hatte er das vermisst! Und wie lange war es her, seit sein Vater ihm die Pilze weggeschmissen hatte, in einem Anfall von Erziehungswahn, obwohl er kein kleiner Junge mehr war. Max wischte den Gedanken an seinen Vater beiseite, an den wollte er jetzt nicht denken, das konnte beim Trippen dumm laufen. Stattdessen blickte er auf Crailsheim hinab, seine Heimatstadt, die er wirklich mochte. So, wie sie sich ihm in diesem Moment präsentierte, mochte er sie noch viel mehr. Denn die Stadt war lebendig, bewegte sich. Die Gebäude änderten schlagartig ihre Höhe, wuchsen in den Himmel hinauf. Staunend sah er zu, wie das Jagstbrückenhochhaus höher und höher wurde, als wäre es der Turm zu Babel, als könne man daran zur Sonne hochklettern, die heute bei dem diesigen Wetter ja nicht zu sehen war – vielmehr: die *eigentlich* nicht zu sehen war. Wenn Max genauer darüber nachdachte, dann wusste er auch gar nicht, ob es die Sonne war, was er da am Himmel sah. Es konnte auch ein anderer Planet sein oder sogar mehrere davon. Ja, dahinten war wohl tatsächlich der Saturn, den erkannte er, denn der hatte einen Ring – mehrere bunte Ringe, die sich jetzt konzentrisch ausbreiteten und sich über die Stadt legten, einer davon, ein orangefarbener, war sogar so riesig, dass er über das Jagstbrückenhochhaus passte. Beeindruckend! Außerdem wuchs Crailsheim. Straßen suchten sich wie züngelnde Schlangen ihren Weg durch die Landschaft, mäanderten über Felder und durch Wälder. Überall dort, wo die Straßen sich ihren Weg bahnten, flammten bunte Feuer auf, als schiene sich die Landschaft darüber zu freuen. Max folgte einem besonders agilen Straßenstrang, hatte den Kopf gewandt. Legte sich endlich wieder auf den Rücken, schloss kurz die Augen, um sie gleich wieder zu öffnen. Neue Szenerie, diesmal war Crailsheim am Himmel. Es *war* der Himmel. Er erkannte einzelne Straßenzüge, die Realschule am Karlsberg, seine alte Schule. Hübsch war das, fand er, und er lachte dröhnend, obwohl die Stadt jetzt auf ihn zustürzte, als wolle sie ihn erschlagen.

Im selben Moment ging Alexandra Koch im Klinikum Crailsheim einen Gang entlang. In ihrem Schritt lag etwas Lässiges, Gleichgültiges. Aber sie fühlte etwas anderes, als sie ihre Schwägerin in spe vor einem Wagen mit Essen entdeckte, das Hinterteil keck nach oben gereckt und den Rücken gebeugt. »Susi!«, flötete sie etwas lauter, als es für Krankenhausflure üblich war.

Die Krankenschwester kam hoch und drehte sich irritiert um, anscheinend konnte sie die Stimme nicht zuordnen. Was kein Wunder war, denn erstens war das nicht Alex' normale Tonlage und zweitens hatten sie nicht allzu viel miteinander zu tun. Kurz stand ihr das Erstaunen ins Gesicht geschrieben, aber es fehlte das Entsetzen, wie Alex etwas enttäuscht feststellte. Nun, das würde noch kommen. Die schöne Susi verschränkte die Arme vor dem gewaltigen Busen und sah ihr aufrecht entgegen. Obwohl sie der *Sergeant at Arms* war, und die Krankenschwester bloß ein normales *Member*, im besten Falle, eigentlich nur *Property*.

»Alex!«, tönte Susi endlich und wagte es sogar, ihr grinsend zuzuzwinkern.

Inzwischen war Alex Koch nahe herangekommen und meinte honigsüß: »Magst du mal kurz mit mir nach draußen kommen? Eine rauchen?«

»Ich rauche doch gar nicht«, entgegnete Susi.

»Dann halt für einen Beste-Freundinnen-Babbel-Tratsch-Klatsch-Baatsch«, insistierte Alexandra, und anscheinend gelang es ihr, so viel Drohung in ihren Blick zu legen, dass Susanne drei Minuten später mit ihr unterwegs nach unten war.

Sie stellten sich vor dem einstigen Klinikeingang in die Raucherecke, die recht hübsch gestaltet war, mit

Blumen und einem kleinen Kiesweg. Alexandra zündete sich eine Kippe an.

»Also, Alex. Was willst du?«, meinte Susi hörbar genervt.

Sven Kochs Schwester ließ sich Zeit mit der Antwort, zog an der Kippe, ließ sie aufglühen, sog Rauch ein, blies ihn aus. Normalerweise verfehlte das seine Wirkung nicht, doch Susi war eine harte Nuss. Sie musterte die Freundin ihres Bruders. War die wirklich so abgebrüht? Verärgert schnippte der weibliche *Sergeant* die Kippe in die Beete und begann: »Du bist bei uns *Member*, Susi. Und das verlangt absolute Loyalität gegenüber allen Mitgliedern, das weißt du.«

Susanne verzog keine Miene, zuckte bloß die Achseln. »Ja, und?«

»Auch und vor allem gegenüber unserem Präsidenten. Meinem Bruder und deinem … Freund.«

Susi runzelte zum ersten Mal die Stirn, war offenbar irritiert.

»Obwohl ich nicht kapiere, was er an dir findet, für mich bist du nur eine in der langen Reihe von gewöhnlichen Schlampen, die er eine nach der anderen hat. Aber irgendwie scheint er dich zu mögen.«

»Ich mag ihn auch«, beeilte sich Susi zu versichern.

Alexandra lächelte und wiegte den Kopf. »Man hört da so Verschiedenes. Denk immer dran: Genau genommen, süße Susi, bist du sein *Property*. Und viele wären gern in deiner Position. Allein neulich beim Degenbachseetreffen haben sich wieder drei an ihn rangeschmissen, als du noch nicht da warst.«

Susanne Schneider stieß einen schnaubenden Laut aus. »Ich bin nicht sein *Property*«, widersprach sie. »Und ich bin auch keine von diesen Bitches.«

»Weißt du, Susi, ich konnte dich noch nie leiden, aber bis vor Kurzem dachte ich das auch. Dass dir was an ihm liegt und so, dass du loyal bist. Und dass du ihn niemals bescheißen würdest. Deshalb habe ich eure Liaison geduldet, und glaub mir, ich hätte genug Einfluss, um der Sache ein Ende zu bereiten.«

Susi verlegte sich aufs Schweigen und starrte ihr Gegenüber nur finster an.

»Denn wir haben zwar keinen Vize, aber faktisch bin das ich, meine Süße.«

»Ja, okay. War nett, mit dir zu plaudern, und ich bewundere dich wirklich und ehrlich, vor allem im Zuge der Emanzipation, aber jetzt muss ich …«

»Du gehst nirgendwo hin, bevor du dir nicht angehört hast, was ich zu sagen habe«, zischte Alex und fasste Susanne so grob am Arm, dass die tatsächlich stehen blieb. Dann zündete sie sich fahrig eine weitere Zigarette an und meinte: »Es gehen da so Gerüchte rum.«

»Was denn für Gerüchte?«

»Dass du was mit dem Wengert hattest.«

Susi erstarrte. »So, gehen die rum, ja?« Es klang, als wolle sie Zeit gewinnen.

»Ich sag dir ganz ehrlich, Susi. Mir ist egal, was war. Der Sven mag dich, und deshalb werde ich ihm nichts erzählen. Normalerweise gehört dir eins in die angemalte Fresse, mindestens. Aber ich bin bereit, Gnade vor Recht ergehen zu lassen. Vorerst. Wenn du nett zu mir bist, und wenn das nie wieder vorkommt.«

»Wie muss ich denn nett zu dir sein?«, flüsterte Susi und wirkte endlich schockiert.

Alex genoss den Moment, rauchte drei Züge, bevor sie antwortete. »Da fällt mir schon was ein, irgendwann. Aber denk dran: Du bist sein *Property*. Du gehörst ihm. Sonst niemandem. Und du solltest dankbar dafür sein.«

Susi nickte konsterniert. In ihrem Blick lag blankes Entsetzen.

Eberhard Wagner hatte schwer geflucht, als er die E-Mail bekommen hatte, in der stand, dass die Großsporthallen *und* die Kistenwiesenhalle, in Crailsheim nur »Kiwi« genannt, in den Osterferien renoviert werden würden und deshalb an diesem Freitag für die Jugend-Turngruppe leider nicht zugänglich seien. Da er kein Freund von so neumodischem Zeugs wie Messengern war – er benutzte sein Handy ausschließlich zum Telefonieren –, hatte er die jungen Leute direkt vor Ort damit überrascht, dass es heute mal statt des üblichen Trainings einen Dauerlauf zur Villa hoch geben würde. Das schadete denen sowieso nicht, manche wurden immer fauler, je älter sie wurden. Und bei so einem guten alten Dauerlauf kam man ganz schön ins Schwitzen. Und die meisten waren ja immerhin freiwillig dabei – gut, ein paar waren auch von ihren Eltern schon vor Jahren zwangsangemeldet worden und wurden halt irgendwie mitgeschleift. Aber es gab auch diejenigen, die die ganze Sache wirklich ernst nahmen.

»Nicht schlapp machen, dahinten«, forderte Wagner. Er selbst fürchtete keineswegs, dass ihm die Puste ausging, trotz seines durchaus schon fortgeschrittenen Alters war seine Kondition die eines 20-Jährigen. Jahrelanges Training eben, ach was: jahrzehntelanges! Die 14 Jugendlichen, die hinter ihm herschnauften, hatten schon vor längerer Zeit aufgehört zu protestieren, und hatten wohl beschlossen, ihre Luft lieber zu sparen, um mithalten zu können. Dabei war heute ein herrlicher Tag für so was, bedeckt, aber keineswegs kühl. Und die Landschaft erst! Die Streuobstwiesen um sie herum standen in voller Blüte. Und alles, was grünte, war so grün, wie man es sich nur vorstellen konnte. Die Vögel …

»Herr Wagner!«, tönte es plötzlich von hinten, abrupt wurde sein Gedankengang unterbrochen.

Wagner verdrehte die Augen, das war typisch. »Auf, Maadle! Hopp, hopp!«, spornte er an, ohne sich umzudrehen.

»Herr Wagner, es ist aber wichtig!«, beharrte das Mädchen, und er drehte sich um und erkannte Anna als Sprecherin, die Tochter eines Allgemeinmediziners. Er blieb stehen und fragte: »Was iss 'n los, Anna?«

Das Mädchen deutete auf eine Wiese und erklärte: »Da hinten liegt einer. Und der sieht irgendwie so aus, als täte es ihm grad nicht gut gehen.«

Wagner runzelte die Stirn und sah in die Richtung, in die Anna gewiesen hatte. Die Kleine hatte recht. Der Kerl sah tatsächlich nicht gut aus. Er zückte sein altmodisches Handy und rief die Polizei.

»Also hat der ooni zu mir gsocht, waasch scho, der im gräana Kittel«, erzählte Schickner.

»Nooh, wenn moonsch 'n?«, hakte Hartmann nach und starrte der schönen Susi auf den Po, weil die sich gerade am Bett seines Zimmerkameraden tief nach unten beugte, um etwas aufzuheben.

»Ha doa, der Chefeischläferer, wie haaßt der, Fräulein?«

»Sie meinen den Anästhesisten?«, vermutete Susanne matt.

»Ja genau, denn, und der hat noa gsocht, ii soll etz an ebbes schääs denka.«

»Und noa hasch du an unser Krankaschweschder denkt?«, vermutete Hartmann und sandte Susanne einen schmachtenden Blick, den sie gänzlich ignorierte.

»Nooh, ii hobb gsocht, dass des schwierich is, wenn um mii rum lauter grääni Männla mit Seecha und Hämmer stänna.«

Hartmann lachte. »Doa hasch reechd ghett.«

»Ihre Operation ist doch aber gut verlaufen, Herr Schickner, jetzt seien Sie doch mal zufrieden«, schaltete sich Susanne ein.

»Ja, und doa bin ii froh, denn sunsch wära Sie nimmi mei Krankaschweschder.«

Susanne brachte ein mattes Lächeln zustande und fügte in Gedanken hinzu: Und du könntest mir nicht mehr so ungeniert sonst wo hinstarren, du alter, notgeiler Sack. Wenn der Sven das wüsste, ach, der Sven! Sie musste schauen, dass sie hier rauskam, sie musste mit Sven reden. Das ging so nicht.

»Sie, Fräulein, is alles in Ordnung?«, meinte Hartmann, der wohl ihr Unwohlsein bemerkt hatte.

Susanne blinzelte und wurde gewahr, dass sie sich apathisch an sein Bettgestänge geklammert hatte.

»Soll ii ebber klingla?«, bot er an.

Nun schenkte Susanne Schneider dem Mann ein echtes Lächeln, das war nett von ihm. »Nicht nötig. Es geht schon wieder«, versicherte sie.

»Sie schaffa zviel«, konstatierte Schickner. »Andersch wie mei Alte, des bleedi Reff. Aber Sie: fleißig *und* schee!«

Die Krankenschwester beendete so schnell wie möglich die Arbeiten in dem Zimmer, trat mit einem nachlässigen Gruß hinaus auf den Gang und lehnte sich gegen die kühle Wand. Innerlich tobte sie immer noch. Verdammte Arschlöcher, was fiel denen ein! Sie hatten ihr versprochen, diskret vorzugehen. Da sah man's wieder, die Polizei, dein Freund und Helfer. Aber sie würde nichts sagen – obwohl! Sie kämpfte mit sich. Es wäre unloyal, extrem unloyal. Aber das Entsetzen hatte sie gepackt, die nackte Angst. Und die war es letztendlich, die sie dazu trieb, die Nummer des Kommissars zu wählen.

Lisa und Heiko waren auf dem Rückweg vom Finanzamt und soeben auf Höhe der Feuerwache, wo sich Heiko genüsslich eine Zigarette anzündete, als sein Handy klingelte.

»Wüst?«, meldete er sich auf den unbekannten Anrufer.

»Herr Wüst!«, hörte er, und es wirkte gespielt freundlich. »Hier Schneider. Susanne Schneider.«

»Wie kann ich Ihnen helfen, Frau Schneider?«, meinte Heiko und stellte das Gespräch auf »laut«, damit Lisa mithören konnte.

Unfrohes Lachen am anderen Ende der Leitung. »So, wie es aussieht, haben Sie mir schon geholfen, Herr Wüst.«

»Wie meinen Sie das?«, fragte Heiko.

»Woher sonst sollten diese Leute was von meinem Ausrutscher wissen?«

»Welche Leute meinen Sie denn genau, Frau Schneider?«, hakte Heiko nach.

»Das tut absolut nichts zur Sache«, versetzte Susanne. »Ich hatte mich auf eure Diskretion verlassen, das war wohl ein Fehler.«

»Also, Frau Schneider, mit Verlaub: Wir haben das auch rausgekriegt, also können Sie getrost davon ausgehen, dass durchaus einige Leute was mitbekommen haben. Das ist bei solchen Sachen immer so. Wir haben Ihrem Freund nichts davon erzählt. Wenn Sie es genau wissen wollen: Ich habe ihm ins Gesicht gelogen.«

Schweigen am anderen Ende der Leitung, offenbar dachte die schöne Krankenschwester über die neue Information nach. »Aber wenn Sie nicht …«

»Wurden Sie bedroht, Frau Schneider?«, schaltete sich Lisa ein. »Weil, wenn das so ist, dann können wir Ihnen helfen.«

Wieder ein gekünsteltes Lachen. »Ich wurde nicht bedroht, Frau Luft. Und nein, das können Sie nicht.

Das *könnten* Sie nicht, wenn es so wäre. Ich löse meine Probleme allein.«

»Melden Sie sich, wenn Sie Hilfe brauchen, Frau Schneider«, beharrte Lisa.

»Das mache ich«, versprach die Frau und legte auf.

Der Kommissar konnte nicht sehen, dass sie als Nächstes die Nummer ihres Freundes wählte, ihres »wilden Löwen«, wie sie ihn nannte. Denn Susanne Schneider hatte einen Entschluss gefasst.

Etwas ratlos kamen Lisa und Heiko auf dem Revier an. Pro forma würden sie das Alibi von Simon Hofmeister überprüfen. Die Kommissare betraten das Polizeigebäude und machten sich auf den Weg zu ihrem Büro, als plötzlich ein Schrei ertönte.

»Verdammte Raptoren!«, brüllte jemand, und als sie hinsahen, war es ein junger Mann, der sich mit Händen und Füßen gegen zwei deutlich größere Kollegen aus dem Streifendienst wehrte, die ihn nur schwerlich bändigen konnten. »Ich weiß, dass ihr im Rudel jagt!« Dann wurde seine Stimme hoch, schrill, und er jammerte: »Ausweiden wollt ihr mich, und dann lebendig fressen, ihr Monster, die Gedärme zuerst, weil sie so lecker lila sind!«

Heiko biss sich auf die Lippen, um nicht loszulachen, und stupste Lisa von der Seite an, als er erkannte: »Das ist doch der Sohn vom Mordopfer!«

Lisa sah genauer hin, der junge Mann wirkte derangiert. »Ich hab einen gelben T-Rex als Freund, der macht euch platt, verdammte blaue Raptoren-Brut!«, brüllte der Junge.

Mit drei Schritten war das Ermittlerteam bei den beiden Kollegen. »Ist das der Wengerts Max?«, erkundigte sich Heiko nach einem grüßenden Nicken.

Der Kollege zuckte die Achseln. »Einen Ausweis hatte er nicht dabei. Aber dafür das hier.«

Er hielt ein leeres Cellophan-Tütchen hoch, in dem noch einige bräunliche Krümel lagen.

»Haschisch?«, fragte Lisa.

Der Kollege schüttelte den Kopf. »Psylos. Pilze. Der Kerl kommt jetzt erst mal in die Ausnüchterung und ein Arzt sieht ihn sich an.«

»Hilf mir, Brachiosaurus!«, flehte der Sohn des Mordopfers und versuchte verzweifelt strampelnd, zu Heiko zu gelangen.

Der Kommissar trat instinktiv einen Schritt zurück, das war ihm definitiv nicht geheuer, und ließ die drei endlich passieren, die sich zuvor nochmals bei Heiko nach dem mutmaßlichen Namen des Delinquenten erkundigt hatten.

»Brachiosaurus?«, wiederholte Lisa kichernd. »Vielleicht solltest du doch mal ein bisschen abnehmen, mein Bärchen!«

Heiko sandte seiner Freundin einen finsteren Blick, zog das Bäuchlein ein, brummte bärenartig und hielt ihr die Bürotür auf.

Susanne Schneider hatte Unwohlsein vorgeschützt, und die Chefin hatte sie mit einem wohlwollenden Lächeln entlassen. Es war nicht einmal gelogen – in ihr arbeitete es, sie war vollkommen verstört. Entsetzt darüber, dass

Alex' Drohung Derartiges in ihr auslösen konnte, und auch irgendwie wütend. Sie hasste es, die Kontrolle zu verlieren, das durfte nicht sein. Schon gar nicht konnte sie zulassen, dass dieses hässliche, stinkende Mannweib über sie triumphierte. Sie musste mit Sven reden, würde ihn ein bisschen beruhigen. In einer knackigen Jeans und einem knappen Shirt wartete die schöne Schwester vor dem Krankenhaus.

Zehn Minuten zu spät brauste die Maschine heran, man hörte sie, bevor man sie sah. Die Harley Fat Boy in Mattschwarz. Svens »Zivilmaschine«, seine Präsidentenmaschine sah anders aus, aber mit der fiel er im fließenden Verkehr zu sehr auf. Dabei handelte es sich nämlich um einen Eigenbau aus einem *Rolling Chassis* und einem Harley-Twin-Cam-Motor mit 360er-Hinterreifen. Viel zu auffällig für die Stadt.

Sven, der in stylische schwarze Lederklamotten gewandet war, brachte das Motorrad nur Zentimeter vor ihr zum Stehen und nahm den Helm ab. »Bock auf einen schnellen Trip, Mylady?«, meinte er, und sie trat zu ihm, um ihn zu küssen, leidenschaftlich, er sollte ja nichts merken. Er war ein guter Küsser, wild und einnehmend.

»Aber ja doch, mein Löwe.«

Ein Grinsen legte sich auf seine Züge, er liebte es, wenn sie ihn so nannte. Obwohl ihm nicht ganz klar war, wie sie darauf kam, denn statt einer Mähne trug er ja Glatze. Er war zu dem Schluss gekommen, dass sie damit also auf seine unbändige Wildheit und seine männliche Kraft und Stärke anspielen musste, und das gefiel ihm nur noch mehr.

»Wo fahren wir hin?«, fragte sie und ging mit wiegenden Schritten zu ihrem eigenen Motorrad. Sven hielt nichts von einem Sozius oder einer Sissybar, jener Konstruktion, die als Lehne für die Partnerin fungierte. So was war heutzutage uncool, und Susi ließ es ihm durchgehen, sie wollte ja seine Autorität nicht untergraben. Sowieso hatte sie ihr eigenes Moped, eine Honda CB 500, an der er ihr ein bisschen rumgeschraubt hatte, damit sie etwas schneller lief. Sie ging zu ihrem Case, öffnete es und zog an Ort und Stelle den Kevlaranzug über ihre anderen Klamotten.

»Ich dachte, mal wieder nach Steinehaig, wenn du magst«, antwortete der Löwe.

Susanne lächelte, die Strecke war wunderschön. Mit ihren tollen Kurven und der landschaftlichen Schönheit war sie für die hiesigen Biker das, was für den Stuttgarter Raum die »Löwensteiner Platte« war. »Das machen wir«, beschloss sie und bestieg ihr Bike.

Sekunden später wummerten zwei Motoren, und kurz nachdem sie das Crailsheimer Polizeirevier passiert hatten, gaben sie richtig Gas.

»Ridewithflitzi« checkte seinen Instagram-Account. Er hatte unglaubliche 143 Follower mehr, und das seit gestern! Viele Likes und Kommentare für das *Hanging Off*. Aber auch einige Kommentare unter dem belanglosen Selfie, das er auf der Dachterrasse des Café Bauer geschossen hatte. Einige hatten sogar darunter gepostet: *Warst du dabei?!* oder *Was ist denn genau passiert?*, *Wie hat er ausgesehen?*, *Konntest du Fotos machen? Poste mal!* Markus Unger schürzte die Lippen. Dachte nach. Dann schrieb er darunter: *Schade ist es auf jeden Fall nicht um den.*

Susi und Sven waren über Jagstheim, Oberspeltach und Stetten weitergefahren nach Gründelhardt, von da aus kurvten sie über kleine Landstraßen nach Brunzenberg, Spaichbühl und endlich nach Steinehaig. Sie durchfuhren das kleine schmucke Dorf, das mit 487 Metern über dem Meeresspiegel eines der höchsten in der Umgebung war. Nach dem Ort bogen sie in einen der kleinen Waldwege ein, die sie schon oft befahren hatten. Weiter und weiter fuhren sie, zu ihrem Platz, der geheim war und den sonst niemand kannte. Es war nicht die Art von Location, zu der Sven seine »Taranteln« geführt hätte. Die kleine sonnige Waldlichtung war etwas nur für Susi und ihn.

Sie stellten die Bikes ab, und Susi stieg von ihrer Honda, die sehr gut zu ihr passte, wie Sven ihr bestätigt hatte. Sie stand vor ihm, lächelnd, und der »Tarantel«-Chef setzte seine Freundin mit zwei Händen auf den Sitz, positionierte sich vor ihr und schlang seine starken Arme um ihre Schultern. Kuschelte sich an sie.

Susanne lehnte sich an ihn, erwiderte seine Umarmung. Er war stark, und er war ein richtiger Kerl. Sie liebte ihn, das war ihr vorhin während ihres Gesprächs mit Alex wieder klar geworden. Noch einmal dachte sie kurz nach, ob es gut war, was sie vorhatte. Es barg ein Risiko, natürlich. Aber es führte kein Weg daran vorbei. Sie befreite sich mit sanfter Gewalt aus seinem Griff und blickte ihm direkt in die Augen.

»Mein Löwe, ich muss dir was sagen«, hauchte sie und fasste nach seiner Hand, mit der er zart ihre Wange gestreichelt hatte, um einen Kuss darauf zu drücken.

»Was denn, meine Löwin?«

Susanne senkte den Kopf und meinte dann tonlos: »Mir ist da was passiert, und ich will nicht, dass du es von fremden Leuten erfährst.«

Sein freundlicher Ausdruck erstarb, seine dunklen, fast schwarzen Augen wurden ernst. »Was ist los, Susanne?«

»Ich habe dich beschissen, Sven, einmal.« Sie beobachtete ihn, dachte kurz darüber nach, ob er sie schlagen würde. Als sie seine Mimik studierte, wusste sie, dass das nicht passieren würde. Im Gegenteil, er wirkte … traurig. Enttäuscht. Entsetzt.

»Wer?«, wisperte er mit belegter Stimme.

Er würde doch nicht weinen? Nun war sie es, die ihn streichelte, und es tat ihr unendlich leid, dass sie ihm so wehtat. »Der Ritschie«, flüsterte sie heiser und spürte die Tränen in sich aufsteigen. Susanne senkte den Kopf und fügte hinzu: »Es war nur einmal.«

Sven fixierte sie und strich ihr über den Kopf, wie einem Kind, das man trösten musste. Dann fasste er schlagartig ihr Haar mit seiner großen Hand und bog ihren Kopf in den Nacken. »Du machst das nie wieder, ja, Löwin?« Er klang drohend, aber in seinem Ausdruck lag viel mehr, vor allem Verletzlichkeit.

Die Tränen brachen aus ihr heraus, nicht, weil er ihr wehtat, sondern weil es sie rührte, wie traurig er war. Wie er vergeblich versuchte, die Contenance zu wahren, immer noch der Präsident der »Taranteln« zu sein. Und nicht der Mensch, den sie trotz all seiner Unzulänglichkeiten und all der Scheiße, die er tagtäglich baute, abgöttisch liebte. »Ich will das auch nicht mehr«, versicherte sie und fühlte, dass das echt war und keine Berechnung, dieses Mal nicht. Sie war vollkommen ehrlich und gleichzeitig unendlich erleichtert, dass sie es gesagt hatte, dass es raus war. Dass Alexandra keine Macht mehr über sie hatte. »Du verzeihst mir?«, hoffte sie, und ihre Stimme klang erneut heiser.

Er schluckte, langsam, sie sah es an seinem Adamsapfel. Dann leckte er sich über die Lippen, seine Augen wurden groß, eindringlich. »Du. Machst. Das. Nie. Wieder. Verstanden?«

Susi nickte und Sven hob den Zeigefinger vor ihr Gesicht, so nah, dass sie seinen Fingernagel genauestens studieren konnte. »Denn sonst«, ergänzte er nach kurzem Nachdenken, »sonst bringe ich ihn um.«

Susanne lachte unfroh. »Du meinst wohl mich?«

»Nein, Susi. Ich könnte dich nicht umbringen. Aber ihn. Und du dürftest zuschauen.« Er nahm den Finger runter, jetzt war sie es, die ausgiebig schluckte.

»Du würdest …«, begann sie, jedoch wurde sie von seinem fordernden Kuss unterbrochen.

Er hielt wieder ihr Haar, bog zum zweiten Mal ihren Kopf in den Nacken, seine Zungenspitze fuhr gierig an ihrem Hals entlang. Sekunden später waren seine Hände überall, und noch ein bisschen später lagen sie wenige Meter neben der Harley auf der Wiese, splitterfasernackt, und besiegelten ihre gefestigte Liebe, bevor sie zurück nach Helmshofen fuhren und es sich dort ein bisschen gemütlich machten.

Schnell war klar gewesen, dass es sich tatsächlich um Max Wengert handelte und dass er tatsächlich Pilze eingeschmissen hatte, der Kollege hatte richtiggelegen. Der Arzt schätzte, dass der Mann noch etwa zwei Stunden brauchte, um wieder vollständig klar zu werden.

»Schon interessant, dass der Pilze nimmt«, meinte Lisa sinnend, als sie im Büro saßen und Automatenkaffee schlürften.

»Das heißt nicht, dass er sich mit Pilzen generell auskennt, Lisa«, widersprach Heiko.

Lisa wiegte den Kopf und trank Kaffee. Sie mochte ihn schwarz. Das fand Heiko sexy. Ungemein konsequent.

»Ich finde, wir sollten uns den mal genauer anschauen.«

»Momentan geht das sowieso nicht«, meinte Heiko und schlürfte seinerseits einen Schluck von der Brühe mit viel Milch und Zucker.

»Ich mache mir Sorgen um Susanne Schneider«, fuhr Lisa fort. »Ich bin mir sicher, dass sie bedroht wurde. Vielleicht von ihrem Freund, diesem Sven.«

»Das muss nicht er gewesen sein. Wenn das anderweitig schon rum ist, dann gibt es viele Leute, die sich ihm loyal verbunden fühlen.«

»Würden sie es dann nicht ihm persönlich stecken?«, überlegte Lisa laut.

»Keine Ahnung. Da gibt es wohl alle Varianten, wie bei allem, was zwischenmenschlich ist.«

In diesem Moment rauschte Christine Wengert heran, und sie wirkte deutlich aufgebrachter als bei ihrer eigenen Verhaftung gestern. Lisa und Heiko begegneten ihr auf dem Flur, als sie gerade eine Akte zurücklegen wollten.

»Wo ist Max?«, fragte sie grußlos und fügte hinzu: »Und der hat *was* gemacht?«

»Es geht ihm gut, Frau Wengert. Und laut Aussage des Arztes hat er das auch nicht zum ersten Mal gemacht.«

»Was *gemacht*? Ich wurde angerufen, er sei bewusstseinsgetrübt aufgefunden worden. Ist er besoffen? Um diese Zeit? Der wollte doch mit einem Kumpel wandern gehen …«

Lisa blickte sich um, ob kein Unbefugter zuhörte, und meinte dann etwas leiser: »Ihr Sohn hat Pilze konsumiert.«

»Was für Pilze denn?«

»Halluzinogene Pilze. Er hat die Kollegen für Raptoren gehalten. Für Dinosaurier. Sie verstehen?« Lisa verschwieg tunlichst, dass der Junge Heiko einen Brachiosaurus genannt hatte, das hätte ihrem Freund nicht gefallen.

Christine Wengert brauchte eine Sekunde, um zu begreifen. Schließlich dämmerte es ihr. »Ach!« Es vergingen weitere Augenblicke, in denen mehrere Streifenkollegen an ihnen vorbeihasteten, offenbar gab es einen Einsatz. »Ach!«, sagte die Witwe noch einmal und sog scharf Luft ein, um hinzuzufügen: »Und jetzt ist der Max verdächtig oder was? Ihr spinnt ja!«

»Zugegebenermaßen finden wir es schon ganz interessant, dass sich Ihr Sohn recht gut mit Pilzen auskennt«, bekannte Lisa.

»Der bringt doch nicht seinen Vatter um. Und schon gar nicht so!«

»Hatte er denn ein Problem mit seinem Vater, Frau Wengert? Wäre es denkbar?«

Die Frau schnaubte. »Sie glauben doch nicht ernsthaft, dass ich Ihnen helfe, meinen Sohn festzunageln?«

»Aber wenn er Ihren Mann auf dem Gewissen hätte?«, gab Heiko zu bedenken.

»Hat er nicht«, behauptete Christine. »Und, um Ihre Frage zu beantworten: selbst dann nicht. Ich bin seine Mutter.«

»Wie können Sie so sicher sein, dass er es nicht war, Frau Wengert?«

»Ich weiß es einfach. Der Max ist ein guter Junge.«

»Von den Pilzen wussten Sie aber auch nichts«, sinnierte Heiko laut.

»Er war es nicht. Und ich weiß nicht, wer es war. Ich nicht, er nicht. Und es ist euer Job, herauszufinden, wer es getan hat. Lasst uns endlich in Ruhe.«

Lisa zuckte die Achseln und wandte sich ab, Heiko tat es ihr gleich.

»Den Timo«, fiel der Witwe dann ein, »den Timo hat er mal öffentlich als Schwuchtel bezeichnet. Das hat den arg geärgert.«

»Welchen Timo? Laukenmann?«, vermutete Heiko.

»Ja. Genau den. Weil der doch immer so geschleckt rumläuft. Und da hat der Ritschie ihn immer ein bisschen arg gefrotzelt. Schaut euch vielleicht den mal an.«

Durch den Hinweis auf Laukenmann ließen sich die Kommissare natürlich nicht von ihrem Verdächtigen abbringen, sie wollten und mussten Max Wengert befragen. Sie nutzten die Zwangspause, bis er wieder bei Sinnen war, um ein bisschen herumzutelefonieren, und tatsächlich bestätigten die Mitglieder des MFHC, die sie erwischten, Simon Hofmeisters Alibi.

Den Kommissaren war klar, dass die Sachlage nicht für eine Verhaftung Wengerts ausreichen würde. Da es sich nicht um ein offizielles Verhörgespräch handelte, war Frau Brucker diesmal nicht anwesend.

»So, Herr Wengert, sind Sie wieder ein bisschen runtergekommen, ja?«, begann Heiko grinsend, als sie den Raum betraten, in dem der arg derangiert wirkende Mann mit vor der Brust verschränkten Armen hockte.

Max schob schmollend die Unterlippe vor und wirkte wie ein kleiner Junge.

»Sie sind auch davon abgekommen, meinen Kollegen einen Brachiosaurus zu nennen?«, frotzelte Lisa und zwinkerte ihm zu.

Heiko sandte ihr einen missbilligenden Blick, das untergrub seine Autorität!

»Lassen Sie das. Es ist nicht so witzig, wenn man sich nach dem Trip auf dem Polizeirevier wiederfindet«, rügte Max Wengert und wirkte dabei auf einmal sehr vernünftig.

»Sie kennen sich mit dem Zeug aus, Herr Wengert?« Heiko wurde ernst.

»Besser, als irgendeinen Chemie-Scheiß einzuschmeißen!«, gab Wengert zurück.

»Noch besser ist es, gar keine Drogen zu nehmen. Denn alle Drogen wirken auf die Persönlichkeit«, gab Heiko zu bedenken.

Der Mann zuckte die Achseln. »Psylos machen einen kommunikativer. Was kann daran schlecht sein?«

Heiko verdrehte innerlich die Augen. Er war mit dem Slogan »Rauschgift – ohne mich!« aufgewachsen und hatte den entsprechenden Aufkleber der Polizei mit der Marionette mit den durchgeschnittenen Fäden über seinem Bett an der Wand kleben gehabt. Natürlich hatte er später seine Erfahrungen gemacht – aber immerhin mit schlechtem Gewissen und in dem Bewusstsein, dass man das eigentlich nicht macht, und es letztlich auch wieder bleiben lassen. Dieses Unrechtsbewusstsein vermisste er gänzlich bei dem jungen Mann.

»Da stellt sich uns natürlich die Frage, ob Sie sich vielleicht auch mit anderen Pilzen auskennen, Herr Wengert«, stieß Lisa an.

Jetzt schnaubte der Psylo-Experte. »Sehe ich so aus, als wäre ich Hobbykoch? Nervig genug, dass meine Mutter ununterbrochen Pilze sammeln geht und einem dann immer so Zeug vorsetzt. Statt mal ein ordentliches Stück Fleisch zu braten.«

»Sie kennen sich aus?«, wiederholte Heiko die Frage, etwas eindringlicher. Obwohl er den Jungen in diesem Punkt durchaus verstehen konnte.

»Nein. Tue ich nicht. Ich kenne mich nur mit Psylos aus. Fliegenpilz. Der kubanische Kahlkopf. All so Zeug. Und was anderes interessiert mich nicht.«

»Wie war denn Ihr Verhältnis zu Ihrem Vater, Herr Wengert?«, fragte Lisa weiter.

»Wussten Sie, dass er Ihre Mutter betrügt? Hat er Sie vielleicht auch schlecht behandelt? Ihr Vater war ja eher ein cooler Typ, der die anderen oft runtergemacht hat, oder nicht?«

Jetzt nickte Max Wengert heftig. »Ja, hat er. Das hat ihm Spaß gemacht. Da hat er sich selber besser gefühlt.«

»Schwierig, oder?«, bohrte Heiko weiter.

Max nickte. »Nicht immer einfach, ja«, gab er zu. »Aber ich war nicht sein Hauptzielobjekt.«

»Wer denn sonst?«, erkundigte sich Lisa.

»Och. Viele! Zum einen der Jan, den hat er immer als Möchtegern-Rocker abgestempelt. Und den Timo hat er als geschleckten Schönling bezeichnet, der womöglich schwul ist und es noch nicht weiß.«

Das hatten sie schon mal gehört. »Vor Leuten?«, fragte Heiko nach.

»Da kannte der nix. Da standen die Betreffenden immer daneben.«

»Noch jemand?«

»Den Simon, weil der so ein verklemmter Sicherheitsheini ist.«

»Simon Hofmeister ist Autist«, gab Lisa zu bedenken.

»Auwas?«

»Autist. Er ist ein ganz Korrekter, der sich unglaublich gerne an Regeln hält und immer brav ist.«

»Na dann.«

»Und Timo Laukenmann? Wie hat der reagiert?«, wollte Lisa wissen.

»Der Timo ist eigentlich eine coole Socke. Wobei ich mir nicht sicher bin, ob der nicht wirklich schwul ist, so, wie der rumrennt. Aber seine Freundin hat er ja schon lang, und mit der hat er's auch nicht leicht, die hat Depressionen.«

»Tragisch!«, fand Lisa.

»Ja, die war auch schon mal in Weinsberg. Womöglich ist er nur aus Mitleid mit ihr zusammen, der könnte auch andere haben.«

»Die schöne Susi?«, riet Heiko.

Max Wengert erzählte nicht ohne Stolz: »Ich hatte sie mal, vor fünf Jahren.«

»*Sie* waren mit Susi zusammen?«, wunderte sich Heiko.

»Hätten Sie mir nicht zugetraut, was?«, beschwerte sich Max in einem solch entrüsteten Tonfall, dass Heiko beschwichtigend die Hände hob.

»Sou hobb ii des doch gor net gmoont«, relativierte er.

»Wir waren eineinhalb Jahre zusammen. Und dann hat die Susi gemerkt, wie schön sie ist. Wie sie auf Männer wirkt, und zwar auf fast alle. Sie ist dann zur Hyper-Super-Tussi mutiert.«

»Und hat was mit Sven Koch angefangen, dem Chef der ›Tarantel‹«, führte Lisa weiter aus.

»Und mit Ihrem Vater auch. Wussten Sie das, Herr Wengert?«, warf Heiko unvermittelt ein, um Max' Reaktion zu beobachten.

Dessen Mimik entgleiste völlig, Überraschung, Verwunderung, Bestürzung. Max Wengert hatte nichts von dieser Eskapade seines Vaters gewusst, so viel war sicher. »Weiß das meine Mutter?«, fragte er zurück, und Heiko schüttelte augenblicklich den Kopf.

»Wenn es nach uns geht, muss sie das auch nicht erfahren. Das würde das Ganze unnötig verkomplizieren. Okay?«

Max Wengert schluckte. »Okay. Kann ich jetzt gehen?«

»Sie sind immer noch verdächtig, Herr Wengert.«

»Wieso, Sie haben doch bei uns daheim nix gefunden. Schon alles durchsucht, hat Mama erzählt. Und bloß, weil ich ein paar Pilze eingeschmissen habe und mein Vater was mit meiner Uralt-Ex hatte – bisschen dünn, findet ihr nicht?«

»Verlassen Sie Crailsheim nicht, Herr Wengert«, forderte Lisa. »Wir melden uns.«

Max Wengert erhob sich. »Sie denken, ich lasse meine Mutter im Stich? Keine Sorge, so ein Arschloch bin ich nicht.«

Jan Bullinger rang mit sich. Er wusste nicht, ob es richtig und gut war, was er vorhatte. Andererseits: Zeugte so etwas nicht von unbedingter Loyalität zum Präsidenten? Bewies er damit nicht, dass er ihm treu ergeben war? Inzwischen war er davon überzeugt, dass all das ein Test gewesen war. Die furchtbare Nacht am Degenbachsee. Der Verlust seiner Kutte. Das Tattoo, das inzwischen einen Schädel zeigte, in dessen Augenhöhlen Rosen steckten. Eine Prüfung, ob er es wirklich wollte, ob er würdig war. Ob er sich von derlei Dingen einschüchtern ließ. Denn nur Männer, die keine waren, ließen sich einschüchtern, abbringen von ihrem Entschluss, den sie einmal gefasst hatten. Vom Entschluss, eine »Tarantel« zu werden.

Jan lenkte seine Harley durch das vorabendliche Satteldorf nach Helmshofen. Endlich kam er am Haus von Sven Koch an. Er wusste, wo der Präsident wohnte, auch er hatte seine Kontakte. Jan Bullinger saß von seiner smaragdgrünen Maschine ab, zog den Helm aus und rückte sein Haargummi zurecht.

Das also war das Anwesen des Präsis. Hübsch hatte er es, gutbürgerlich! Es wäre schön, jemanden wie ihn als Präsidenten zu haben. Vielleicht sogar als Freund. Ehrfürchtig beschritt er den Gartenweg und kam endlich mit klopfendem Herzen vor der Haustür an. Klingelte. Hörte dumpfes Gebell. Wartete. Lauschte dem Rauschen in seinen Ohren. Gleich würde er ihm gegenüberstehen – ihm! – und nicht seinen Lakaien. Er würde mit ihm sprechen können, ganz direkt, von Mann zu Mann, und dann …

Die Tür schwang auf, und Sven Koch stand im Rahmen, ohne Hund, die Brauen zusammengezogen, der Blick seiner dunklen Augen war unergründlich. »Ja?«, meinte er grußlos.

»Ich, äh«, begann Jan und zwang sich, sein Inneres zu sortieren. »Ich bin ein Freund.«

Svens Miene wurde verständnislos. »Hä? Was bist du?«

»Bullinger, Jan«, stellte sich Jan vor und streckte dem »Tarantel«-Chef die Hand hin.

»Freut mich für dich«, lautete die lapidare Antwort, die ausgestreckte Hand wurde komplett ignoriert. »Von wem bist du denn ein Freund?«, fügte Koch spöttisch hinzu und wollte sich abwenden.

»Halt!«, rief Jan, räusperte sich und leckte sich die Lippen, als der Präsident sich wieder herdrehte.

»Was?«

»Ich wollte dich warnen.«

»Wovor?«, schoss Sven Koch hervor.

»Deine Freundin. Die Susanne. Sie ist dir nicht treu. Sie ist eine Schlampe.«

Sven Koch machte einen Schritt vor die Tür, sah sich um und bedeutete ihm mit dem Kopf einzutreten.

Jan freute sich, er hatte sein Ziel erreicht, der Rockerchef wollte wohl …

Blitzschnell drehte sich Sven Koch um und packte ihn mit solcher Vehemenz am Kragen, dass ihm fast die Luft wegblieb. Dann zog er ihn so dicht zu sich her, dass Jan seinen mentholigen Atem riechen konnte, das perfekte Weiß seiner Zähne sah. »Hör zu, du Made«, zischte Koch, »die Susi geht dich nichts an.«

»Aber es stimmt wirklich …«, probierte Jan, jedoch schnalzte der Chef missbilligend mit der Zunge.

»Magst du mich mal bitte ausreden lassen, du Milchbubi, ja?«

Jan schwieg, schluckte schwer.

»So, noch einmal zum Mitschreiben. Die. Susi. Geht. Dich. Nichts. An. Verstanden?«

Jan Bullinger nickte, er hatte das Gefühl, dass er demnächst vom Boden abheben würde, mit solcher Kraft hielt Sven ihn gepackt.

»Und wenn ich irgendeinen Mucks darüber von irgendjemandem höre, dann schlage ich dich so kaputt, dass du nie wieder Motorrad fährst, sondern im Sitzen zwei große Räder unter dir hast, und zwar ganztägig. Hast du mich verstanden?« Seine Stimme war leise und noch bedrohlicher geworden, seine Mimik hasserfüllt.

Jan richtete sich die Jacke, als Sven ihn wieder abstellte und erneut fixierte. »Aber ich wollte doch ein *Prospect* werden«, meinte er und ärgerte sich im selben Augenblick darüber, dass es flehend klang.

Nun lachte Sven Koch böse. »Ach, du bist das! Ich dachte, meine Schwester hätte dir meine Antwort schon ausgerichtet?«

»Das war deine Schwester?«

»Der *Sergeant at Arms*, ja. Und damit du's glaubst, jetzt noch mal von mir, ganz offiziell: Die Antwort ist nein. Und Verräter brauchen wir sowieso keine.« Damit schubste er ihn nach draußen und ließ vor ihm die Tür ins Schloss krachen.

Die Kommissare beschlossen, sich mit Timo Laukenmann zu befassen. Sicher war sicher. Schnell hatten sie den Städtischen Kindergarten ausfindig gemacht, in dem der Hipster arbeitete. Als sie sich bei der zuständigen Dame nach seiner Adresse erkundigten, erklärte diese ihnen, dass der Chef gerade mit einiger Wahrscheinlichkeit im Café Frank anzutreffen war, wo er mit einer Kollegin ein Mitarbeitergespräch führen wollte. Das Café Frank hieß heutzutage »Baier's Café Frank« und war geschmackvoll eingerichtet. Zwar gab es Selbstbedienung, aber die Atmosphäre war trotzdem die eines modernen, gemütlichen Cafés.

An einem der Tische entdeckten Lisa und Heiko nach kurzer Suche Timo Laukenmann, der allerdings allein war und im Hohenloher Tagblatt blätterte. Er legte die Zeitung überrascht weg, als er die Kommissare auf sich zukommen sah. »Wollt ihr zu mir?«, erkundigte er sich und strich sich durch den gepflegten Vollbart.

»Ja, Herr Laukenmann, wir hätten da ein paar Fragen«, erklärte Heiko, und der Kindergartenleiter wies gönnerhaft auf die beiden Stühle, die an dem kleinen, runden Tischchen standen, das er sich ausgesucht hatte. Wortlos nahmen Lisa und Heiko Platz.

»Wie Sie wissen, ermitteln wir gerade im Mordfall Wengert«, erklärte Heiko, und Laukenmann nickte ernst.

»Schlimme Sache, der arme Mann. Ich habe schon viel für ihn gebetet.«

»Sie sind religiös?«, wunderte sich Lisa, das hätte sie nicht gedacht.

»Ja. Überrascht Sie das?«

Lisa zuckte die Achseln.

»Deswegen sind wir aber nicht hier«, wechselte Heiko das Thema, »sondern wegen gewisser Äußerungen, die das Mordopfer Ihnen gegenüber und über Sie getätigt hat.«

Der Verdächtige runzelte die Stirn. »Was denn für Äußerungen?«

Lisa blickte um sich und rückte etwas näher zu dem Mann, bevor sie raunte: »Der Herr Wengert hätte verbreitet, Sie seien homosexuell?«

Timo Laukenmann starrte sie für einen kurzen Moment konsterniert an, bevor er in schallendes Gelächter ausbrach. »Ja, und? Der hat alle dumm vollgelabert, da hat jeder mal sein Fett weggekriegt. Außerdem: Erstens bin ich nicht schwul, und zweitens wäre das heutzutage doch kaum ein Problem. In Crailsheim gibt es diverse schwule Pärchen, die honorige und angesehene Mitbürger sind.«

»Wenn Sie Urlaub in einem arabischen Land machen möchten, wäre das schon ein Problem. Waren Sie denn mal in so einem Land? Zum Beispiel in Marokko?«

Heiko beobachtete ihn genau, und Laukenmann leckte sich nachdenklich die Lippen.

»Ihre Assoziationskette erschließt sich mir zwar nicht ganz, Herr Kommissar. Aber, um Ihre Frage zu beantworten: Nein, ich war noch nie in Marokko. Und, um Ihrer womöglich nächsten Frage zuvorzukommen: Nein, ich kenne mich auch nicht mit Pilzen aus. Anders als die komplette Familie Wengert und diverse andere Leute.«

Der Kommissar fixierte den jungen Mann, der in diesem Moment den Rest aus seiner Kaffeetasse hinunterkippte. Schließlich erhoben sich die Ermittler und verabschiedeten sich.

Jan Bullinger war wütend. So wütend wie selten zuvor in seinem Leben. Er hatte es sich mit einem Bier daheim auf der Couch bequem gemacht. Neulich Nacht am Degenbachsee war er auch wütend gewesen, furchtbar. Gedemütigt. Aber da hatte er noch die leise Hoffnung gehabt, dass das alles dazugehörte zum Ritual. Dass er da eben durchmüsse. Er trank einen Schluck und stellte die Flasche krachend wieder auf dem klebrigen Couchtisch ab. Jetzt war auch diese Hoffnung dahin. Verdammte Bagage, an allem war sicherlich nur dieses Weib schuld. Diese Trulla vom Degenbachsee, der er am liebsten die Fresse polieren würde. Wenn sie nur keine Frau wäre! Obwohl sie nicht wirklich in die Kategorie »Frau« fiel. Die war ein Kerl.

Er betrachtete einen eingetrockneten Fleck Pizzasoße, der auf seinem Sofa klebte, und begann, ihn mit dem Fingernagel zu bearbeiten. Krümelnd wurde der rote Fleck heller, verschwand aber nicht. Scheißegal.

Ein aggressiver Kerl war die, gepaart mit der Durchtriebenheit und dem Hang zu bösartigen Intrigen einer Frau. Welch fatale Mischung! Er hasste sie. Die hatte sicher dem Sven eine Menge Scheiße erzählt, womöglich, dass er am Degenbachsee geflennt hatte, dabei stimmte das überhaupt nicht! Er hätte da super hingepasst, er war die geborene »Tarantel«! Aber nun gut, auch der Sven hatte sich anders entschieden, hatte sich von dieser Hexe bequatschen lassen.

Jan nahm noch einen Schluck Bier und grübelte weiter, das war eigentlich nicht seine Art. Das machte man nicht als Rocker. Andererseits: Der Sven hatte ihn als

Verräter tituliert, und das nur, weil er ihm hatte helfen wollen, weil er ihn vor der schönen Susi hatte warnen wollen, der falschen Schlange. Womöglich hatte die ihn auch entsprechend eingelullt. Sven Koch war offenbar schwach, ließ sich von *Frauen* beeinflussen. Jans Mund verzog sich zu einem verächtlichen Grinsen. Er würde es dieser Bagage zeigen, wenn schon nicht dem Präsidenten – vor dem hatte er immer noch einen Hauch von Respekt –, dann dieser schwarzhaarigen Hexe, die ihn neulich verprügelt hatte. Ein klein bisschen kam er sich vor wie Dan Saxon in »Made of Steel«. Er suchte nach seinem Handy und fand es schließlich in der Sofaritze zwischen einigen Kekskrümeln. Er wählte die 110, steckte dem Mann, der ihn zunächst ermahnte, dass er diese Nummer nur im Notfall anrufen solle, ein paar Infos und machte sich auf den Weg zum wöchentlichen Stammtisch der MFHC. Währenddessen ließ der diensthabende Beamte Lisa und Heiko sofort die neue Information zukommen, die sie in diesem verzwickten Mordfall hoffentlich weiterbringen würde.

Die Motorradfreunde Hohenlohe-Crailsheim trafen sich heute beim Schirle in Gerbertshofen zum Haxenessen. Jeden Freitag war der Stammtisch in einer anderen Gaststätte in der näheren oder weiteren Umgebung, auf diese Weise kamen sie zu diversen kulinarischen Erlebnissen. Die jeweilige Gaststätte stellte Manfred Hofmeister jede Woche zuverlässig auf die Homepage der MFHC. Der »Doppeladler« war nichts für Veganer, aber Veganer gab es bei ihnen sowieso nicht, da waren alle vernünftig und aßen Fleisch. Manfred Hofmeister hatte den großen Holztisch links der Tür in dem rustikalen Raum reserviert. Die Tischdecken waren rot-weiß-kariert, ebenso wie die Polster auf den Holzbänken und -stühlen, an den Wänden hingen kunstvoll bemalte Schießscheiben. Wie immer war es gerammelt voll.

Seit dem Treffen auf dem Revier war es das erste Mal, dass sie zusammentrafen. Sie saßen in dem Wirtshaus und warteten auf ihre Schweinshaxen – zumindest die Männer – manche von den Frauen aßen nur einen Gemischten Salat, dabei war der »Doppeladler« berühmt für seine Haxen. Ferner war der »Adler« bekannt für seine zahllosen Sorten selbstgebrannten Schnaps. Es gab Klassiker von den hiesigen Streuobstwiesen – wobei der Wirt Herr Schirle jederzeit darüber Auskunft geben konnte, von welchem seiner Bäume die Schnapsflasche stammte, die man gerade konsumierte. Zudem gehörten exotische Sorten zum Angebot, wie zum Beispiel »Grüne Walnuss« oder »Blutwurz«. Etwas Besonderes war der Schlehenschnaps, für einen Liter davon mussten die Schirles geraume Zeit durch die Schlehdornen kriechen und kamen entsprechend zerkratzt zurück. Deshalb musste er besonders gewissenhaft und andächtig getrunken werden, wollte man es sich nicht mit dem Wirt verscherzen.

Und einen solchen edlen Schlehenschnaps hatte Manfred jetzt für alle bestellt, als Ehrenrunde für den Ritschie. Ulrike neben ihm nahm Christines Hand, und Max senkte andächtig den Blick, als Manfred sich erhob, um einen Trinkspruch auf seinen Vereinskameraden auszusprechen. »Auf dich, Ritschie!«, dröhnte er, »Aa, wenn du aa deine Fehler ghett hasch, awwer im Grunde worsch du a reechder Mou, a sehr reechder. Brooschd, Ritschie!«

Zustimmendes Murmeln, alle hatten sich erhoben und kippten den Schnaps andächtig.

»Und ii hobb denkt, zu Ehren vom Ritschie macha mir demnächst amol widder a Schwarzbulver«, fuhr Manfred fort.

»Au ja«, stimmte Jan zu, »des is a guade Idee.«

Auch die anderen murmelten zustimmend.

»Vielleicht am Pfingstwochenende, is des reechd?«

Wieder zustimmendes Murmeln, es war also ausgemacht.

Die Bedienung brachte den Salat, in Hohenlohe »Salood« genannt. In diesem Moment ging die Tür auf, was ungewöhnlich war, denn eigentlich wussten alle, dass man freitags um diese Zeit keinen Platz mehr im »Adler« bekam und dass man maximal vor dem Lokal warten konnte, bis jemand ging. Deshalb schauten alle etwas irritiert, als Lisa und Heiko eintraten.

Es roch nach knuspriger Schweinshaxe, welche die Leute am Tisch rechts von der Tür vor sich stehen hatten, das fiel Heiko sofort auf. Lecker! Er sah sich um und entdeckte schnell den Stammtisch der Motorradfreunde. Mit wenigen Schritten waren sie bei den Bikern und grüßten artig. Sofort rutschten Manfred und Ulrike etwas zusammen, um Platz auf der Bank zu machen, aber Heiko schüttelte nur den Kopf, zeigte auf Jan Bullinger und bedeutete ihm mitzukommen. Timo neben ihm verzog keine Miene, er schien ihr nachmittägliches Treffen bereits verdrängt zu haben.

Jan schluckte, trank noch etwas Bier, rückte sein Haargummi zurecht und erhob sich, um den Kommissaren zu folgen.

Als sie draußen waren, schloss Heiko die Tür zur Gaststube hinter ihnen, schließlich mussten nicht alle mitbekommen, was sie zu besprechen hatten.

»Sie haben sich heute bei den Kollegen gemeldet, Herr Bullinger?«, eröffnete Heiko das Gespräch und studierte beiläufig die zahlreichen Urkunden, die an den Wänden hingen und die der Schirle für seine guten Schnäpse erhalten hatte.

Bullinger zog seine neu aussehende Lederweste fester um sich und drückte die Schultern durch, um endlich zu nicken.

»Wegen einer aggressiven Bikerin?«, half Lisa nach.

»Ja, der *Sergeant at Arms* von den ›Taranteln‹«, informierte Bullinger.

»Sie meinen von den Hohenloher Motorradfreunden?«

Bullinger starrte ihn an, als sei er nicht ganz dicht. »Von was?«

»Von den Hohenloher Motorradfreunden. Wo Sven Koch der Präsident ist.«

»Genau. Die … Motorradfreunde.«

»Ja, und da sei Ihnen eine Dame an den Karren gefahren?«

Bullinger nickte erneut und rückte schon wieder sein Haargummi zurecht. »Sie hat mich bedroht«, beklagte er sich, und Heiko musste an sich halten, um ernst zu bleiben.

»Eine Frau?«, vergewisserte er sich, und vor seinem inneren Auge erschien dieser coole Rocker, der von einer Dame bedroht wurde.

Bullinger schnaubte. »Pah! Das ist doch keine Frau! Voll des Mannweib! Und der Sven schickt die, um Leuten eine Abreibung zu verpassen. Irgendein anderer war auch noch dabei, um ihr zu helfen, ich weiß aber den Namen nicht, so ein Schmaler, Blonder. Ich war absolut hilflos, leider, sonst hätte ich ihr eins …«

»Sie würden doch sicherlich keine Frauen schlagen, Herr Bullinger«, unterbrach Lisa seinen Redeschwall.

Er starrte sie finster aus hellgrünen kleinen Augen an. »Frauen nicht. Aber so was schon.«

»Und wieso gehen Sie damit nicht zur Polizei und erstatten Anzeige? Wieso sollen wir von der Mordkommission das wissen?«, erkundigte sich Heiko.

»Weil es sein könnte, dass die auch was mit dem Mord zu tun hat«, erklärte Bullinger.

»Wie kommen Sie denn darauf?«, wunderte sich Lisa.

»Die wusste hundertprozentig, dass die Susi dem Sven neben naus ist.«

»Neben was?«, fragte Lisa zurück.

»Dass sie ihn betrogen hat, mit dem Ritschie.«

»Ach so.«

»Ja. Und die sieht sich als Lakei von ihrem Bruder, und da kann es durchaus sein, dass sie beschlossen hat, dass der bestraft wird.«

»Dass er sozusagen hingerichtet wird? Zur Strafe für sein Vergehen, meinen Sie?«, überlegte Lisa.

»Ganz genau. Ihr habt ja keine Ahnung, wie das ist mit dem Ehrenkodex bei den Bikern. Einen Präsi bescheißt man nicht. Und man vögelt auch nicht seine Freundin. Nicht ungestraft, zumindest.«

»Sven Koch hat aber ein Alibi«, erinnerte Lisa.

»Der Sven war das auch nicht. Denn der Sven ist im Grunde anständig, ganz bestimmt. Der ist ein cooler Typ. Wenn, dann war das die durchgeknallte Alte. Und zwar ganz alleine.«

Als er geendet hatte, ging die Tür auf, und Manfred stand da mit zwei Schnapsgläschen. »Sou, etz stärkt ihr eich amol, ihr zwaa. Uff da Ritschie.«

»Is des Biiraschnaps?«, fragte Heiko zurück und streckte die Hand aus.

»Heiko, wir sind doch im Dienst!«, tadelte Lisa.

»Von oom Schnaps fällt mer net um«, relativierte Hofmeister.

»Was ist das? Bierschnaps?«, fragte Lisa und griff sich ergeben das Gläslein, das der MFHC-Chef ihr auffordernd hinhielt. Manchmal musste man den Dienst Dienst sein lassen, für ein paar Sekunden, zumindest hier in Hohenlohe, das hatte sie gelernt.

»Des is koa Biiraschnaps. Sou Stroaßagroowabiira hat der Schirle eh net, sondern nur vom Feinschda. Des is a Schlehaschnaps.«

Lisa hatte nur wenig verstanden, nippte aber gehorsam am Brand, der wirklich, wirklich gut war. Und gemeinsam tranken sie auf den Ritschie, weihevoll, bevor sie sich wieder auf den Weg machten – was Heiko sehr bedauerte, denn insgeheim hatte er auf eine der leckeren Haxen gehofft.

Sie waren natürlich zu dem Schluss gekommen, dass es Sinn machen würde, der fraglichen »Alten« schnellstmöglich einen Besuch abzustatten. Und tatsächlich trafen sie die Dame bei ihr zu Hause in Rudolfsberg an. Vor dem Haus, in dem es augenscheinlich mehrere Wohnungen gab, stand eine große Harley in Anthrazit, die einer »Tarantel« absolut würdig war. Ansonsten war das Haus unscheinbar, das obere Klingelschild, auf das in nachlässiger Schrift mit einem blauen Kugelschreiber »Alexandra Koch« gekritzelt war, offenbarte, dass die junge Frau hier wohl nur zur Miete wohnte, sonst hätte sie sicherlich das Parterre für sich beansprucht. Die Kohle hatte also der Sven, mutmaßte Heiko.

Die Klingel schrillte altmodisch, und eine Minute später öffnete sich die Tür und gab den Blick frei auf die Frau, die mit ihrer schwarzen, etwas struppigen Bürstenfrisur tatsächlich eher androgyn erschien. Auf ihrem schmalen, aber grob geschnittenen Gesicht mit den sehr vollen Lippen zeichnete sich Verwunderung ab, als Lisa und Heiko ihr die Dienstausweise unter die Nase hielten und sie darum baten, kurz hereinkommen zu dürfen. Achselzuckend geleitete sie die Kommissare die knarzende hölzerne Treppe in den zweiten Stock hinauf vor eine hellgraue Wohnungstür aus Resopal.

Die Einrichtung der kleinen Studiowohnung unter dem Dach war vom Feinsten. Ein schönes weißes Ledersofa mit passendem Sessel dominierte den Wohnbereich, darüber prangte eine nahezu lebensgroße Leinwand, die Alexandra auf ihrer Harley zeigte, im schwarzen Lederdress und in cooler Pose. In einer Ecke des Raumes stand ein hölzerner Esstisch mit alter Platte im Used-Look und einer einzelnen Schale mit hellgrünen Äpfeln darauf, die irgendwie sauer aussahen. Und hinter einem Paravent war das Bett zu vermuten, der Bereich erschien direkt gemütlich, obwohl er nicht einsehbar war.

»Schön haben Sie's hier, Frau Koch«, lobte Lisa.

Alexandra Koch zuckte die Achseln und fuhr sich durch die Bürstenfrisur. »Danke«, meinte sie und versuchte ein Lächeln, während sie auf das Sofa wies, wo sich Lisa und Heiko niederließen. Sie selbst blieb stehen. »Wie kann ich euch denn helfen?«

Den Kommissaren war klar, dass sie vorsichtig vorgehen mussten. Sonst würde irgendjemand eins auf den Deckel bekommen. Jan Bullinger zum Beispiel. »Wir ermitteln gerade im Mordfall Wengert«, erzählte Heiko.

Gespielte Ahnungslosigkeit zeichnete sich auf dem Gesicht seines Gegenübers ab. »Wengert? Kenne ich …«

»Frau Koch, bitte. Lassen Sie das Theater«, tadelte Heiko. »Dann geht das hier schneller.«

Die Schwester des »Tarantel«-Präsidenten schürzte die Lippen und nickte knapp. »Also gut. Nur verstehe ich nicht, was ihr von mir wollt.«

»Welchen Rang haben Sie denn, Frau Koch?«

Wieder Ahnungslosigkeit, wieder ein Achselzucken. »Was meinen Sie? Ich bin Einzelhandelskauffrau im EBERL.«

»Sie sind *Sergeant at Arms* beim … wie heißt das noch offiziell – bei den Hohenloher Motorradfreunden?«, half Heiko nach.

Alexandra Koch lachte auf. »Ach, das meint ihr. Das ist ja nur Quatsch. Ich bin für die Sicherheit und die Disziplin im Club zuständig. Waffen haben wir aber keine.«

»Hm«, machte Heiko und sah die Dame streng an, weil sie ihm ins Gesicht log. »Der *Sergeant at Arms* ist auch für kleinere Konflikte zuständig«, referierte er. »Dafür, *Member* einzunorden, die sich nicht ganz regelkonform verhalten. Die vielleicht sogar Verrat begehen. Oder auch Fremde, die sich ungebührlich einmischen.«

»Wie wer denn?«, stellte sich die Bikerin weiterhin ahnungslos und lief quer durch die Studiowohnung, um sich ein Glas Leitungswasser aus der Küchenzeile zu holen, die in einer Ecke der Wohnung untergebracht war. »Wollt ihr auch?«

Heiko schüttelte den Kopf und beobachtete die drahtige, aber muskulöse Frau, die nun nachdenklich an dem Wasser nippte. »Wie zum Beispiel der Richard Wengert, der mal was mit der Freundin von eurem Präsidenten hatte. Mit Ihrer Schwägerin in spe, um genau zu sein. Mit Susanne Schneider.«

Sie nahm noch einen Schluck Wasser und sagte nach einer Sekunde nachdenklichen Schweigens: »Wie kommt ihr denn darauf?«

»Die beiden wurden gesehen«, behauptete Lisa wahrheitsgemäß. Auf diese Weise mussten sie nichts von Jan Bullinger und auch nichts von Susis Anruf bei der Polizei erzählen. Allerdings funktionierte diese Taktik nicht, denn Alexandra Koch fixierte sie wie eine Schlange, die ein Kaninchen anvisiert und kurz vor dem Zuschnappen war. Heiko konnte sich vorstellen, dass diese Frau furchteinflößend wirken konnte. Ihn ließ die Dame allerdings gänzlich unbeeindruckt.

»Von wem?«, beharrte der weibliche *Sergeant*.

Heiko dachte kurz nach und befand, dass es besser wäre, ihre Behauptung zu belegen. »Wir haben den Wirt gefunden, bei dem die beiden übernachtet haben. Nach einem Hinweis aus der Biker-Szene. Übrigens nicht von den ›Taranteln‹, ich meine den Hohenloher Motorradfreunden.«

Nach einem kurzen Moment des Innehaltens nickte die Frau. »Und was hat das mit mir zu tun?«

»Wir fragen uns, ob der Herr Koch vielleicht davon gewusst hat. Oder Sie, Frau Koch. Und ob der Herr Koch Sie eventuell geschickt hat, um dem Ritschie eins auszuwischen. Oder ihn gleich in seine letzte Kurve zu schicken.«

Alexandra grinste. »Die letzte Kurve! Wie melodramatisch!«

»Jedenfalls würde uns interessieren, ob Sie damit irgendetwas zu tun haben? Ich könnte mir vorstellen, dass Sie sehr wütend waren, als Sie herausgefunden haben, dass der Präsident von seiner Freundin beschissen wird. Und dass der böse Verführer der Wengerts Ritschie war.«

Die Verdächtige stellte ihr Glas auf die blitzsaubere Arbeitsplatte und stieß sich ab, um sich wieder zu den beiden Kommissaren zu gesellen und sich anschließend elegant wie eine Königin auf dem weißen Sessel niederzulassen.

»Falsch«, korrigierte sie, »der Ritschie hat die nicht verführt. Die Susi ist eine dumme Schlampe, die reihenweise Typen verrückt macht, anstatt dankbar zu sein, dass ein Mann wie mein Bruder sie liebt. Und er scheint sie wirklich zu lieben, denn sonst wäre er nicht mehr mit ihr zusammen. Soweit ich weiß, hat der dumme Kerl ihr nämlich verziehen. Obwohl Verrat eigentlich nicht grade zu den Idealen unseres Clubs gehört.«

»Ja, aber womöglich hat doch der Richard auch irgendeinen … Ehrenkodex gebrochen?«, vermutete Heiko.

»Ich hätte ihm tatsächlich was gehustet, wenn ich das gewusst hätte, da haben Sie ganz recht, Herr Kommissar. Ihn ins Gebet genommen und ihm gesagt, dass er die Finger von der Susi lassen soll. Aber ich wusste das gar nicht. Bis gestern.«

»Wie bitte?«

»Ja.« Sie zückte ein Handy aus ihrer knallengen Jeans und scrollte ein bisschen, bis sie ihnen die SMS einer nicht abgespeicherten Nummer zeigen konnte. »Hier!«, meinte sie, und Heiko gab vor, die SMS lange zu betrachten, tat aber dabei sein Möglichstes, um sich die betreffende Handynummer zu merken.

»Das ist kein Alibi, Frau Koch«, gab Heiko zu bedenken und fragte weiter: »Waren Sie jemals in Marokko?«

Die Frau lachte gespielt auf. »Keine zehn Pferde bringen mich zu den Arabern. Es sind eh schon zu viele hier, das langt vollkommen.«

»Also, Frau Koch, bitte!«, tadelte Lisa, aber die Frau winkte ab. Auf eine Weise, die Lisa zeigte, dass jede Diskussion absolut fruchtlos wäre.

Entsprechend selbstverständlich fuhr Alexandra Koch fort: »Ich war das jedenfalls nicht. Und ich war an dem Montag gar nicht in Langenburg.«

»Woher wissen Sie denn, dass das in Langenburg passiert ist?«

»Ich bitte Sie, Herr Kommissar. Wir sind in Hohenlohe. Ich war auf dem Konzert der ›Lieben Tanten‹ in Heilbronn und bin da schon nachmittags mit der Harley hingefahren.« Sie erhob sich, ging zur Garderobe und kramte einen Geldbeutel heraus, um den Kommissaren Sekunden später ein Konzertticket und eine Tankquittung zu zeigen, die ihr Alibi bestätigten.

Susanne Schneider kuschelte sich in die schwarze Satinbettwäsche bei Sven zu Hause. Sie war gern dort, und sie war froh, dass er ihr verziehen hatte. Heute hatte sie wieder einmal gemerkt, dass sie ihn wirklich liebte. Dass er ihr wichtig war. Er war so anders, als die meisten Leute meinten. Natürlich war er kein guter Junge, kein braver Kerl, das war klar. Ein lieber Bub wäre auch nichts für sie. Sie brauchte einen, der sie herausforderte. Einen echten Kerl. So, wie auch Sven keine Tussi brauchen konnte, die alles machte, was er sagte, und das eigene Hirn weitestgehend ausschaltete.

Er bewegte sich im Schlaf. Wenn er schlief, hatte er doch etwas von einem kleinen Jungen. Lieb und süß, harmlos. Und der Tag war schön gewesen, der Ausflug mit ihm nach Steinehaig, und dass sie sich anschließend geliebt hatten im grünen Gras. Und er hatte ihr gesagt, was ihm wichtig war, und das war okay so. Sie würde ihn nie wieder verletzen. Wenn sie es täte, würde Sven den Kerl umbringen. Und das traute sie ihm tatsächlich zu. Was hatte er gesagt? Er würde ihn umbringen, und sie müsste dabei zuschauen. So, wie der Ritschie gestorben war, fuhr es ihr durch den Kopf. Er war umgebracht worden und sie hatte dabei zugeschaut. Schlagartig setzte sich Susanne im Bett auf. Zog das Laken enger um sich. Obwohl es warm war im Schlafzimmer, obwohl bis vor einer halben Stunde noch mehrere Kerzen gebrannt hatten, fröstelte sie plötzlich. Konnte das sein? Konnte es sein, dass Sven seine Drohung bereits wahr gemacht hatte? Dass er irgendwie davon erfahren hatte, von Ritschie und ihr, und dass er dafür gesorgt hatte, dass der Richard vom Moped fiel und sich das Genick brach? Damit er nie wieder mit ihr in die Kiste würde gehen können? Sie musterte Sven, den Chef der »Taranteln«, ihren Freund. Und auf einmal kam er ihr gar nicht mehr so harmlos vor. Hatte er nicht einen grausamen Zug um den Mund? Dieser Blick aus seinen fast schwarzen Augen, war der nicht nur prüfend, sondern auch verschlagen? Hasserfüllt? Hatte er beschlossen, sich an Ritschie zu rächen, ihn mit dem Tod zu bestrafen, und sie gleich mit, indem sie das Ganze mitansehen musste? Sie legte sich wieder hin, zog die Decke enger um sich, kuschelte sich an ihn, strich mit ihrer schmalen Hand über seine breiten Schultern. Sie liebte die Stelle zwischen seinem Nacken und den Schultern, an der ein einzelner Muskel breit hervortrat. Das war unglaublich männlich und machte sie an. Sie schmiegte sich an, drückte ihm einen Kuss auf die Stelle. Und Susanne spürte, dass sie ihn so sehr liebte, dass es ihr egal wäre, scheißegal. Sie würde zu ihm halten, immer, selbst wenn er ein Mörder wäre, selbst wenn er den Ritschie bestraft hätte. Denn er war ihr Löwe, und sie seine Löwin. Und das würde für immer so bleiben.

»Du hast dir die Nummer gemerkt?«, vermutete Lisa, als Heiko und sie wieder auf der Straße standen.

Heiko grinste und zückte sein Handy. »Aber natürlich!«, meinte er, tippte bereits die betreffenden Zahlen in sein Handy und stellte auf »laut«. Die Nummer war zumindest nicht eingespeichert, nach kurzem Klingeln meldete sich lallend der Bullingers Jan, der heute wohl schon einiges intus hatte. Heiko legte auf.

»Interessant«, fand Lisa, und Heiko nickte.

»Ja, lass uns da morgen mal drüber nachdenken. Für heute reicht's, jetzt gehen wir nach Hause.«

SAMSTAG

Lisa und Heiko besuchten heute als Erstes Jan Bullinger, der in Altenmünster in einem Block wohnte. Es war irrelevant, dass Samstag war, während Ermittlungen in einem Mordfall gab es schlichtweg kein Wochenende.

Man konnte von außen sehen, dass Bullinger hier wohnte, denn auf einem der schräg zum Gebäude markierten Parkplätze stand eine smaragdgrüne Harley Davidson. Sie klingelten am Panel an der braunen metallenen Haustür. Dabei stellten sie fest, dass ganze acht Parteien allein im vorderen Block wohnten, ungewöhnlich viel für Hohenloher Verhältnisse. Nach geraumer Zeit meldete sich eine krächzende Stimme, Jan war wohl gerade erst aufgestanden. Der Türöffner surrte, und die Kommissare stiegen ein Treppenhaus aus den 70er-Jahren bis in den zweiten Stock empor. An einem Haken vor der Tür hing ein Schild mit der gemalten Aufschrift *Kehrwoche*, das Jan Bullinger soeben fluchend abmontierte.

»Scheiß Kehrwoch«, murmelte er und fixierte die Polizisten: »Ich hab aber nicht aufgeräumt. Kann ich doch nicht wissen, dass die Bullen samstagmorgens bei mir aufschlagen.«

»Sie meinen, die Polizei«, korrigierte Lisa milde lächelnd, und Jan Bullinger antwortete mit mürrischem Grummeln.

Er trug eine Jeans und dazu ein schwarzes Shirt mit dem Logo irgendeiner Hardcore-Band. Das strähnige blonde Haar war zu dem gewohnten dünnen Pferdeschwanz gebunden. Und an seinem Oberarm prangte ein großer Folienverband.

»Schlägerei gehabt?«, vermutete Heiko und zeigte auf den Arm.

Jan schüttelte den Kopf und führte sie in ein Wohnzimmer, das von einer klebrig aussehenden dunkelbraunen Cordcouch dominiert wurde. Gegenüber stand ein moderner riesiger Fernseher auf einem schwarzen Beistelltischchen. Die weinroten Vorhänge an den großen Fenstern waren zugezogen und sahen aus, als hingen sie schon seit den 70ern hier, ebenso wie der gelblich-weiße Flokati, der den Boden unter dem Couchtisch bedeckte.

»Also«, sagte Jan und räumte zwei Bierflaschen vom Couchtisch, »wollt ihr vielleicht was trinken?«

»Nein danke«, beschied Lisa und setzte sich gemeinsam mit Heiko seufzend auf das wenig einladend aussehende Sofa.

»Wie kann ich euch helfen?«, fragte Jan Bullinger weiter.

»Sie haben uns ja da gestern quasi einen Tipp gegeben«, fuhr Heiko fort.

»Tipp würde ich das jetzt nicht unbedingt nennen. Ich hab vielmehr ein bisschen mit euch geplaudert«, korrigierte der junge Mann.

Heiko zuckte die Achseln, in seinen Augen war das dasselbe. »Und wir haben die Dame gestern Abend noch aufgesucht und sie tatsächlich auch zu Hause angetroffen.«

Bullinger grinste unfroh. »Welche *Dame*?«, feixte er.

»Immerhin hatten Sie ziemlich Angst vor ihr, Herr Bullinger«, erlaubte sich Lisa einzuwerfen, aber Heiko sandte ihr einen warnenden Blick. »Verständlicherweise natürlich«, setzte sie hinzu und senkte den Kopf. »Wir haben jedenfalls herausgefunden, dass Sie es waren, der Alexandra Koch den Tipp mit Susanne Schneider gegeben hat.«

»Welchen Tipp mit der schönen Susi?«

»Na, dass Susanne Schneider und der Richard Wengert mal was miteinander hatten.«

Der Mann leckte sich die trockenen Lippen, schien nachzudenken. »Und wenn das so wäre?«, hielt er dagegen. »Wäre das schlimm?«

»Was haben Sie denn damit bezweckt, Herr Bullinger?«, forschte Lisa. »Wollten Sie damit einen Streit auslösen zwischen Frau Schneider und Sven Koch? Sind Sie vielleicht verliebt in sie und wollten sie ganz für sich haben? Haben Sie vielleicht sogar den Richard Wengert gehasst, weil der randurfte und Sie nicht?«

Bullinger schnaubte. »Also wirklich, das ist ja lächerlich.«

»Eifersucht ist ein ganz hervorragendes Mordmotiv, Herr Bullinger«, erklärte Lisa.

»Ich will aber nix von der Susi. Zum Anschauen ist die ja toll, aber ansonsten nicht mein Fall. Und außerdem ist die *Property* vom Präsi, die fasst man nicht an.«

»Die ist *was*?«, hakte Lisa nach, in der Hoffnung, sich verhört zu haben.

Jan Bullinger schluckte, nun war er es, der den Kopf senkte, weil Lisa ihn dermaßen vehement und streng fixierte. »*Property*«, wiederholte er etwas leiser.

»Sie ist sein *Besitz*?«, übersetzte Lisa und sah fassungslos zu Heiko.

»Ich glaube nicht, dass die Frau Schneider der *Besitz* von *irgendjemandem* ist«, relativierte Heiko, und Lisa nickte zustimmend.

»Das wäre ja noch schöner!«

»Es gibt durchaus auch Wei… äh, Frauen, denen das gefällt. Und die das mitmachen.«

»Kann ich mir nicht vorstellen«, meinte Lisa.

»Doch«, schaltete sich Heiko ein, »das stimmt wirklich. Es gibt Westen mit dem Aufdruck ›Property of‹ und dem Namen des Clubs. Und genügend Frauen, die so was anziehen, voller Stolz.«

Lisa schüttelte verständnislos den Kopf. »Na ja.«

»Jedenfalls«, drängte Heiko weiter. »Was war denn Ihr Motiv für das Petz… äh, die Information?«

»Ich wollte dem Präsi gegenüber loyal sein.«

»Sind Sie denn überhaupt Mitglied bei den Hohenloher Motorradfreunden?«

Jan Bullingers ovales Gesicht drückte völlige Ahnungslosigkeit aus. »Bei wem?«

»Bei der ›Tarantel‹«, half Heiko grinsend weiter.

»Ach so, die ›Tarantel‹ ist ja nur eine Legende. Ich habe Sie akustisch nicht verstanden. Ja, ich wäre ganz gerne bei den Hohenloher Motorradfreunden. Und wie schon gesagt, ich wollte dem Präsi gegenüber loyal sein.«

»Wenn Sie ihm gegenüber so loyal sind«, fuhr Lisa fort, »dann wäre es doch denkbar, dass Sie den Kerl bestrafen, der ihm quasi Hörner aufgesetzt hat? Ihn hinrichten vielleicht? Kennen Sie sich denn mit Pilzen aus, Herr Bullinger?«

Der junge Biker schluckte wieder, dann aber straffte er sich, und ein kleines Lächeln umspielte die relativ wulstigen Lippen. »Etwas dünn, eure Verdächtigung, meint ihr nicht? Beweise habt ihr auch keine.«

»Waren Sie jemals in Marokko?«, erkundigte sich Lisa.

Bullinger schnaubte. »Bei den Kameltreibern?«

»In Marokko gibt es nur Dromedare, Herr Bullinger«, korrigierte Lisa.

»Na dann. Bestimmt nicht. Ich fliege jedes Jahr nach Malle in Urlaub. Da kann man sich super entspannen. Und dann noch ein, zwei Motorradtrips über die Alpen nach Italien, mehr brauche ich nicht zum Abschalten.«

Die Kommissare erhoben sich, Jan Bullinger hatte recht – er war nicht wirklich verdächtig.

»Wenn ihr von der Logik ausgeht«, fügte er plötzlich hinzu, als er sie in Richtung Ausgang geleitete, »dann wäre übrigens die Hofmeisters Ulrike auch verdächtig. Denn die hat sich immer als Beschützerin von der lieben Christine gesehen.«

»Aha«, machte Heiko und betrachtete die hölzerne Garderobe, an der seltsamerweise keine Lederkutte hing.

»Und der Markus, den müsst ihr dann auch verdächtigen.«

Heiko blieb stehen. »Wer ist denn der Markus?«, fragte er zurück, der Name war ja komplett neu.

»Markus Unger. Ein Bekannter von mir. Der hat beim Horst gearbeitet«, informierte Jan.

»Bei welchem Horst?«, fragte Lisa nach.

»Bei ›Horsts Biker Shop‹«, antworteten Heiko und Jan simultan.

»Ja genau. Und der Wengert hat wohl irgendwie dafür gesorgt, dass der Junge rausgeschmissen wurde. Er hat auch einen Instagram-Account, in dem es ums Biken geht, lächerlich so was.«

»Und der hat beim Horst gearbeitet?«

»Ja, dann nicht mehr, so genau weiß ich das nicht, da müsstet ihr den Horst selber fragen.«

Ulrike Hofmeister war heute früh im Wald gewesen, um Pilze zu sammeln. Und es war wunderbar gewesen, kalt und frisch, aber der Frühling war da. Die Anemonen sprossten auf den Lichtungen, überzogen den Waldboden mit weißen und gelben Tupfen. Wunderschön war es im Wald. Und es gab leckere Pilze, absolut, und heute würde sie für sich, Manne und Simon Serviettenknödel mit Pilzrahmsauce kochen.

Vorsichtig breitete Ulrike ihre Funde auf einem sauberen Geschirrtuch aus und benutzte eine Bürste, um sie vom groben Walddreck zu reinigen. Dann sortierte sie die Pilze, hauptsächlich waren es Stockschwämmchen, Maipilze und Morcheln. Noch ein Stockschwämmchen, ein Maipilz, noch eine Morchel. Halt! Das war keine Morchel! Sie hielt inne und betrachtete den Fund genauer. Ulrike Hofmeister nahm eine von den Morcheln zur Hand und hielt sie zum Vergleich daneben. Der Hut war dunkler als bei den anderen. Der fragwürdige Pilz war nicht so schön strukturiert wie die Morchel, sein Hut hatte eher etwas von Gedärm oder Hirnwindungen.

Ulrike legte die Pilze zurück auf das Tuch und wischte sich die Hände an der Hose ab, bevor sie nach ihrem Smartphone griff und die Pilzsammel-App aufrief. *Speisemorchel und Frühlingslorchel*, fand sie. Ungläubig betrachtete sie den braunen hässlichen Pilz vor sich. *Hut nicht wabenförmig gekammert und dunkler. Furchig-runzeliger Stiel.* Kein Zweifel, vor ihr lag tatsächlich eine Frühlingslorchel. Eine von der Sorte, die dem Ritschie das Leben gekostet hatte. *Tödlich giftig!!!*, stand als Warnung neben dem Foto der Lorchel, in Hellrot, daneben ein Totenkopf mit gekreuzten Knochen. Ulrike schluckte und legte das Smartphone weg. Sie betrachtete die Pilze vor sich, packte dann endlich das Küchentuch und warf es samt allen Pilzen in den Mülleimer. Im Kühlschrank war noch etwas Hackfleisch, wusste sie, dann würde es eben *Baschda Schudda* geben. Erneut wischte sie ihre Hände an der Hose ab, um im Bad zu verschwinden und sich lange, lange mit sehr heißem Wasser die Hände zu waschen.

Nach einem Blick auf die Uhr hatten Lisa und Heiko festgestellt, dass es gerade noch rechtzeitig war, um es zu Horst in den »Biker-Shop« zu schaffen. Sie parkten den Wagen am Volksfestplatz und gingen die paar Meter in Richtung Schwanensee. Der Laden wirkte von außen eher unspektakulär, ein einfaches schwarz-weißes Schild verwies auf »Horsts Biker Shop«. Davor standen allerdings eine Moto Guzzi, eine Honda und eine Goldwing. Also im Biker-Slang eine »Moto kaputti«, ein »Reiskocher« und eine »Einbauküche«. Natürlich jeweils aus der Perspektive derjenigen Biker, die auf andere Marken schworen.

Lisa und Heiko betraten den Laden, der näher betrachtet gar nicht so klein war. Auf der rechten Seite lagen auf Regalbrettern Helme in allen Variationen, schwarze einfache, aber auch quietschbunte und grell neonfarbene. Gegenüber war ein kleinerer Raum zu sehen, in dem diverse Lederkutten hingen. Und geradeaus stand ein Tresen, hinter dem Horst über sein Geschäft wachte. Er war eine beeindruckende Erscheinung. Ein Biker, wie er im Buche stand, nur ohne Vollbart. Freundlich begrüßte er die Neuankömmlinge und bot sofort seine Hilfe an. Lisa und Heiko traten zum Tresen, und Heiko stellte sie beide vor.

»Oh, Polizei«, meinte Horst und grinste entwaffnend. »Ich hab alle Strafzettel bezahlt. Beziehungsweise kriege ich eigentlich gar keine, weil ich immer anständig fahre.«

Heiko nahm einen hessischen Einschlag in seiner Intonation wahr.

»Wir sind in einem Mordfall hier«, informierte Lisa.

Nun weiteten sich die braunen Augen. »Mord! Wer

wurde denn ermordet? Und was, bitte, hab ich damit zu tun?«

»Wir ermitteln im Fall Richard Wengert«, erklärte Heiko.

»Aber das mit dem Ritschie war doch ein Unfall«, widersprach Horst, um gleich darauf hinzuzufügen: »Oder etwa nicht?«

»Nein, kein Unfall. Deshalb ermitteln wir«, meinte Heiko lakonisch.

»Ja, also ich war's nicht«, beteuerte Horst und zapfte sich einen Kaffee aus einer Maschine, die griffbereit neben der Theke stand. »Auch einen?«, fragte er, die beiden Kommissare schüttelten den Kopf. Horst führte die Tasse zum Mund und wartete ab.

»Es geht um einen Ihrer Mitarbeiter, das heißt, um einen früheren Mitarbeiter.«

»Um den Markus«, war Horst sofort klar. »Ja, das war schade, ist eigentlich ein guter Junge.«

»Was war da genau mit Markus Unger?«, erkundigte sich Lisa.

»Der Markus hat hier bei mir im Laden ausgeholfen, und das mit dem Biken ist auch wirklich voll sein Ding. Der kennt sich gut aus, der ist fit. Guter Junge.«

»Aber?«

»Na, wisst ihr, der hat von mir ja schon 30 Prozent Mitarbeiterrabatt gekriegt, wenn er was gekauft hat. Und das ist nett von mir, ich muss das nicht machen.«

»Das ist in Ordnung«, stimmte Heiko zu. »Und dann?«

»Also, der Ritschie hat ihn mal beim Klauen beobachtet. Nix Krasses, nur ein Paar Slide Pads. Aber das muss halt nicht sein, und so was erschüttert das Vertrauen.«

»Das ist klar.«

Horst nickte. »Gell. Und zwar so sehr, dass ich den Jungen leider entlassen musste. Und das hat ihn, glaube ich, ziemlich getroffen. Er hat alle Register gezogen, sogar einen Entschuldigungsbrief geschrieben und all so Zeug. Aber bei mir war der Ofen aus, da bin ich hart geblieben.«

Heiko wiegte den Kopf. »Hm«, gab er von sich und überlegte, wie er das finden sollte. Letztendlich kam er zu dem Schluss, dass Horst recht hatte. Klauen war scheiße, besonders, wenn man in einem Laden arbeitete. Horst schien in Ordnung zu sein und den Jungen gemocht zu haben.

»Das hat ihn auch deshalb schwer getroffen, weil er dieses Internetdings macht und jetzt nicht mehr so einfach an das neueste Zeug rankommt. Ich hab ihm da ab und zu mal was ausgeliehen, damit er damit angeben konnte. Aber die Slide Pads konnte ich nicht ausleihen, die schleifen sich ja runter.«

»Was macht man denn damit?«, wollte Lisa wissen.

»Die nimmt man fürs *Hanging Off*.«

»Für was?«

»Fürs *Hanging Off*. Wenn man sich so tief in die Kurve legt, dass das Knie den Boden berührt.«

»Und das geht?«, wunderte sich Lisa. »Fällt man da nicht runter?«

»Nicht, wenn man geübt ist«, belehrte Horst. »Und das schaut verdammt gut aus auf Fotos. Er hat dafür immer viele – wie hieß das – Laihks?«

»Likes«, korrigierte Lisa.

Horst verdrehte die Augen. »Genau. Viele Likes hat er gekriegt, was immer das bringen soll. Aber er war da ganz scharf drauf. Und Fohlouer.«

»Follower?«, riet Lisa.

Horst schnalzte mit den Fingern seiner rechten Hand und trank wieder Kaffee. »Genau.«

»Markus Unger hat mitgekriegt, dass der Herr Wengert ihn verpfiffen hat?«

Horst nickte. »Ich war kurz drüben bei den Kutten im anderen Raum, da hat der Junge die Gelegenheit genutzt und den Ritschie wohl übersehen dabei, und der hat sofort ein riesen Geschrei gemacht.«

»Und Sie haben ihn dann rausgeschmissen, den Markus.«

»Nachdem ich das Ganze überprüft hatte, ja. Und zwar augenblicklich. Denn, wie gesagt, so was geht einfach nicht.«

»Da haben Sie recht.«

Ein Kunde betrat den Laden, mit einer Lederweste über dem Arm und einem Tütlein mit diversen Aufnähern in der Hand strebte er auf den Tresen zu.

»Das war es dann eigentlich auch schon«, resümierte Heiko. »Hätten Sie uns vielleicht noch die Adresse des Jungen? Damit würden Sie uns Zeit und Arbeit sparen. Und wissen Sie vielleicht, wie er in den sozialen Netzwerken heißt?«

Markus Unger wohnte noch bei seinen Eltern, wie die Kommissare feststellten, als sie das Klingelschild des Einfamilienhauses in den Hirtenwiesen studierten. Unterwegs hatte Lisa sich das besagte Instagram-Profil angesehen und es ziemlich interessant gefunden. In dem relativ neuen Stadtteil Crailsheims, der auf dem Gelände der ehemaligen Ami-Kaserne, den »McKee-Barracks« lag, gab es viele neu gebaute Häuser. Die Wohnungen in den alten Kasernengebäuden waren modernisiert und verkauft oder vermietet worden. Insgesamt wohnte es sich nicht schlecht in den Hirtenwiesen, immerhin hatte man das Lise-Meitner-Gymnasium, die Realschule zur Flügelau und diverse Supermärkte vor der Haustür. Was Heiko sehr missfiel, waren jedoch die vielen Steingärten, die der »Crailsheimer Stadtbiene«, deren Honig sogar vermarktet wurde, gar nicht gefallen dürften. Jenseits des Naturschutzes fand er die steinernen Vorgärten ganz einfach grottenhässlich. Die Kommissare standen vor einem weiß gestrichenen Haus, dessen von einem Stahlzaun eingerahmtes Gärtchen eigentlich ganz hübsch war, Narzissen sprossen dort, ein junger Forsythienstrauch stand in voller Blüte, daneben Weidenkätzchen. Heiko hatte bereits die Klingel betätigt, Sekunden später schwang die Haustür auf, und ein junger Mann mit Brille und relativ moderner Kurzhaarfrisur kam zum Vorschein.

»Ja?«, fragte er, ganz offensichtlich bereit, die Tür gleich wieder zu schließen, falls sie ihm irgendetwas verkaufen oder ihn missionieren wollten.

»Wüst und Luft von der Kriminalpolizei«, stellte Heiko sie vor und stellte zur Sicherheit den Fuß unauffällig in die Tür.

»Polizei?«, fragte der junge Mann, dem sämtliche Gesichtszüge entgleisten. »Was wollt ihr denn von mir?«

»Dürfen wir kurz hereinkommen, Herr Unger?«, bat Lisa mit bedeutungsvollen Blicken in Richtung der Nachbarhäuser.

Der junge Mann sah sich um, wohl um zu prüfen, ob jemand von den Nachbarn schon etwas mitbekommen hatte. Dann winkte er die Kommissare hinein.

Der Boden war mit beigem Laminat belegt und das Haus war auch sonst der Inbegriff der modernen Kleinbürgerlichkeit. Eine helle Garderobe in Kiefer und Stahl dominierte den Flur, geradeaus ging es ins Wohnzimmer, das mit einer Wohnwand voller Deko, Büchern und einem Fernseher, einem hellblauen Teppich mit Karomuster und einer hellgrauen Couchgarnitur eingerichtet war. In einer Ecke befand sich ein Esstisch aus hellem Holz, die Organzavorhänge an den Fenstern waren ebenfalls hellblau, wie das Organzatuch auf dem Esstisch, das Heiko gedanklich als »Lappen« bezeichnete.

»Setzt euch«, lud der Junge ein und wies auf den Esstisch. Auf dem Organzatuch stand eine blaue Vase mit einem leuchtenden Strauß Narzissen.

Schön, fand Lisa, sie müsste daheim auch mal wieder ein bisschen umdekorieren. »Also, Herr Unger, weswegen wir hier sind …«

Das Social-Media-Talent schluckte, was wegen seines relativ großen Adamsapfels gut zu sehen war. »Ja?«, krächzte er.

»Es geht um den Herrn Wengert«, meinte Heiko, stützte die Hände auf und beugte sich über den Tisch, um etwas eindringlicher zu wirken.

Lisa neben ihm zückte ihr Smartphone und tippte darauf herum.

»Um wen?«, fragte der Junge nach, aber man konnte sehen, dass er sehr wohl wusste, wer das war.

Lisa seufzte und hielt ihm ihr Smartphone vor die Nase. »Um den«, informierte sie lakonisch, »Richard W. Richard Wengert. Unfallopfer.«

Wieder schluckte der Junge, der eigentlich gar nicht schlecht aussah. Womöglich war er beliebt bei den Mädels in seinem Alter.

»Hab einfach bloß den Namen aufgeschnappt«, behauptete er.

»Und Sie haben sich gedacht, dass das bestimmt Follower bringt, nicht wahr, Herr ›Ridewithflitzi‹? Wie wichtig sind Ihnen denn Ihre Follower, Herr Unger? Solche Insider-Infos über einen Mord – das ist schon was, oder? Und die hat man dann, wenn man dabei war oder sogar der Mörder selbst ist, nicht wahr?«

Die grünen Augen des Jungen weiteten sich, und das Entsetzen war echt, als er aufsprang und rief: »Wie bitte? Ich soll den umgebracht haben? Aber ich kenne den doch überhaupt nicht!«

»Setzen Sie sich, Herr Unger, sonst führen wir das Ganze auf dem Revier fort, denn verdächtig sind Sie auf jeden Fall«, befahl Heiko, und es hatte so einschüchternd geklungen, dass der junge Mann Folge leistete und sich knurrend wieder hinsetzte.

»Ich kannte den gar nicht«, behauptete er wieder.

»Da sagt der Horst was anderes«, widersprach Heiko und beobachtete die Reaktion des Jungen.

Er wirkte tatsächlich ertappt und seufzte. »Gut, ich kannte ihn«, gab er zu.

»Er hat Sie auf Instagram gemobbt, nicht wahr?«, bohrte Lisa weiter und hielt ihm den Kommentar von dem Account mit dem hellblauen Blitzhelm unter die Nase. »Und hier, auf dem Profil von Richard Wengert. ›Schade ist es auf jeden Fall nicht um den‹? Und im Clix-Mix auch, nicht wahr? Das waren doch auch Sie? ›Flitzi‹?«

Unger blinzelte mehrfach, dann verdrehte er die Augen. »Ja, gut. Ich kannte ihn, und er war ein Arschloch.«

»Das Gefrotzel im Internet ist natürlich blöd. Aber ich würde sagen, an der anderen Sache waren Sie definitiv selber schuld«, gab Heiko zu bedenken und setzte dazu einen strengen Blick auf.

»Klar war ich da selber schuld«, meinte der Junge sofort. »Aber ich habe mich entschuldigt, und es hat mir auch wirklich leidgetan. Der Horst war unerbittlich.«

»Hart, aber fair, würde ich sagen«, korrigierte Heiko.

Markus winkte ab. »Ist halt, wie es ist.«

»Jedenfalls hat Ihnen der Wengert den Zugang zu all den coolen Gadgets verbaut, die Ihnen sicher Follower bringen, oder etwa nicht?«, vermutete Heiko.

»Ich hab meine Follower«, korrigierte der junge Mann. »11.237. Und es werden täglich mehr.«

»Trotzdem hat Sie das geärgert«, fuhr Lisa fort

und schenkte dem Mann ein nettes, verständnisvolles Lächeln. Krass, dass der Junge den tagesaktuellen Stand seiner Follower wusste.

»Und wie wir Ihrem Post vom Ostermontag entnehmen können, waren Sie an besagtem Tag auch vor Ort. Und nicht nur in Langenburg, sondern auch im Café Bauer«, erklärte Heiko.

Jetzt nickte der junge Mann heftig. »Das stimmt. Aber erstens war ich mit meinen Eltern da. Und zweitens bin ich erst im ›Bauer‹ gewesen, als der Herr Wengert schon wieder weg war. Ich hab nur das Gegaffe nach dem Unfall mitgekriegt.«

»Das ist leicht zu behaupten«, widersprach Heiko.

»Gar nicht«, hielt Markus dagegen.

»Wir haben erst eine Schlossführung gemacht und waren dann noch im Automuseum.«

»Da können Sie sich locker mal abgeseilt haben«, gab Lisa zu bedenken.

»Habe ich aber nicht. Ich war die ganze Zeit da. Da können Sie alle fragen, meine Eltern zum Beispiel.«

Heiko schnaubte. »Dass Ihre Eltern Sie nicht hinhängen, dürfte ja wohl klar sein.«

»Aber die, die Führung gemacht hat, so 'ne Frau, und die, die im Museum an der Kasse gesessen hat. Und hier, ein Foto von mir mit Walter Röhrl!« Der Junge zückte sein Smartphone aus der hinteren Hosentasche und hielt es Heiko hin.

»*Der* Walter Röhrl? Der war in Langenburg? Ist das normalerweise nicht nur bei ›Langenburg Classics‹? Und auch da war er schon länger nicht mehr.« Verwundert griff Heiko nach dem Smartphone und sah tatsächlich den Jungen neben der Rennlegende stehen, die einst Michael Schumacher »verseecht«, das heißt besiegt, hatte. In voller Rennanzugmontur, im Museum … »Das ist doch ein Pappaufsteller«, erkannte Heiko endlich und ärgerte sich sofort über seine Begriffsstutzigkeit, die dem Jungen ein freches Grinsen entlockte.

»Ach was«, meinte Markus und forderte: »Und jetzt, wo Sie das kapiert haben, Herr Kommissar, gehen Sie mal auf ›Bilddaten‹.«

Heiko legte das Smartphone weg und beugte sich erneut über den Tisch. »Horch amol, Bua, wenn du moonsch, dass du sou mit mir schwätza musch, noa zeich ii dr amole, wo dr Bartl da Mouschd hollt!«

Augenblicklich senkte Unger den Kopf und murmelte ein »Sorry«.

Heiko nickte bedeutungsschwer und nahm das Smartphone auf, um tatsächlich die Bilddaten zu checken. »Montag, 12.24 Uhr«, las er vor.

Die Kommissare stimmten dem Jungen stumm zu, es reichte wohl nicht für eine Verhaftung.

»Kennen Sie sich denn mit Pilzen aus, Herr Unger?«, fuhr Lisa mit der Befragung fort.

»Wie? Nein, ich nehme keine Drogen«, lautete die schnelle Antwort, und Heiko stellte grinsend fest, dass der junge Mann offenbar Pilze zunächst mit Drogenkonsum assoziierte.

»Verlassen Sie die Stadt nicht, bis wir Ihr Alibi überprüft haben, Herr Unger«, wies Heiko ihn an, bevor sie sich erhoben und zur Tür gingen.

Heiko beauftragte Johnny, das Alibi des Instagram-Nachwuchsstars zu überprüfen, und zwei Stunden später war der Junge aus dem Schneider. Die Führerin erinnerte sich sogar sehr gut an den jungen Mann, weil der ununterbrochen auf seinem Handy herumgedrückt habe und sie sich maßlos darüber geärgert habe. Die Angestellte im Museum habe ihn darauf aufmerksam machen müssen, dass das Fotografieren von einigen Ausstellungsstücken nicht gestattet sei, und das, obwohl an dem betreffenden Exponat groß ein Schild gestanden habe. Und letztlich erinnerte sich die Bedienung aus dem Café Bauer genau daran, dass »Ridewithflitzi«, dem ihre Schwester im Instagram folgt und den sie deshalb um ein Autogramm gebeten habe, erst nach dem Unfall im Café aufgetaucht war.

Ziemlich desillusioniert verließen die Kommissare das Polizeirevier. Heiko sah entnervt auf sein Smartphone – es war nach vier.

»Was machen wir jetzt?«, fragte Lisa, seine Gedanken erratend. »Die Ulrike Hofmeister? Vielleicht sollten wir uns die noch mal genauer anschauen?«

Heiko schürzte die Lippen. »Die ist nicht wirklich verdächtig«, gab er zu bedenken. »Außerdem ist es Samstagnachmittag. Am besten, wir schlafen mal über die Sache und denken morgen noch mal alles neu.«

Lisa zuckte die Achseln, die Idee war vielleicht nicht die schlechteste, immerhin gab es keine heißen Spuren, die zu erkalten drohten.

»Ich lade dich heut Abend mal zum Essen ein«, bot Heiko an.

»Ach, Bärchen, das musst du doch nicht«, wiegelte Lisa ab und streichelte sein kurzes Haar. »Aber nur, wenn du dich vorher rasierst«, fügte sie hinzu und strich tadelnd über die kratzigen Stoppeln, die in seinem Gesicht wucherten.

»Wenn es nicht anders geht«, seufzte Heiko und grinste entwaffnend.

»Also. Wo willst du hin zum Essen?«

»Lass dich überraschen«, meinte der Kommissar. »Es wird so eine Art Hohenloher Sterneküche.«

Max Wengert langweilte sich. Der Arzt hatte ihn für eine Woche krankgeschrieben, er sei arbeitsunfähig. Gut, heute war sowieso Samstag, aber das war der Anfang einer sehr langen pilzfreien Woche, denn als er nach Hause gekommen war, hatte seine Mutter ein Riesentheater gemacht und seine Psylos vor seinen Augen im Klo runtergespült. Gott sei Dank stand auf dem Attest *Grippaler Infekt* und nicht die Wahrheit, das würde ihn sonst womöglich den Job kosten. Obwohl er an einem Punkt in seinem Leben angelangt war, wo ihm das eigentlich egal war. Alles war egal, sein Leben war ziemlich scheiße. Präziser: Nicht *sein* Leben war scheiße, sondern *das* Leben. Was passierte denn schon? Man wurde geboren, ging in die Schule, arbeitete, um Geld zu verdienen und sich ernähren zu können, versuchte, eine Frau zu finden – er hatte die Susi gehabt, und sie hatte sich gegen ihn entschieden und sogar mit seinem Vater gevögelt – mit dem eigenen Vater! Der könnte auch ihr Vater sein, beinahe, obwohl sie drei Jahre älter war als Max. Irgendwann fiel man tot um, so wie der Alte, es war wohl sogar besser, wenn das früher passierte. Der einzige Lichtblick war, dass die Welt ab und zu ein klein bisschen bunt war. Bunt wurde sie durch die Psylos, quietschbunt, schreiend bunt, lebenswert. Die Realität erschien ihm grau, tot. Als hätte alles keinen Sinn.

Sein Finger glitt über die Filmsammlung seines Vaters, der Fingernagel verursachte klackernde Geräusche. Er brauchte Aufmunterung, dringend. Gab es da nicht diesen Film über den Sinn des Lebens von Monty Python? ›The Meaning of Life‹? Max verzog seinen Mund zu einem freudlosen Grinsen. Das wäre doch genau das Richtige jetzt, quasi auf ironischer Basis. Die Sammlung war perfekt alphabetisch sortiert. Er fand den Film rasch. Zog die Hülle heraus. Öffnete sie. Stutzte. Denn darin befand sich nicht der »Sinn des Lebens«, sondern vielmehr »Terminator 1«.

Max nagte nachdenklich an seiner Unterlippe und spielte mit dem Gedanken, einfach den Roboterfilm anzuschauen. Aber irgendwie hatte er sich auf den »Sinn des Lebens« gefreut. Womöglich hatte sein Vater die Filme einfach verwechselt? Er suchte nach der Terminator-1-Hülle, tatsächlich hatte sein Vater alle fünf Teile der Filmreihe. Als er sie aufklappte, fand er zu seiner Überraschung eine gebrannte DVD. Das war gar nicht die Art seines Vaters, normalerweise hatte er Raubkopien verachtet. Max entnahm die DVD der Hülle, trug sie zum Player und schob sie achselzuckend in das Gerät, während er den Fernseher anschaltete.

Lisa hatte sich ein dunkelblaues Kleid angezogen, das ihre Formen ganz wunderbar unterstrich. Heiko fand ihre Figur hinreißend, und nicht nur er, das war ihm schon klar. Und er machte ihr zu selten Komplimente, viel zu selten, das war auch klar. Aber er war eben ein Hohenloher, da war das normal. Das konnte man ihm nicht wirklich verdenken. »Du siehst, äh, gut aus«, hatte er also trotzdem herausgebracht, einfach, weil sie heute *besonders* gut aussah. Geschminkt war sie auch irgendwie, wie genau, konnte er allerdings nicht sagen. Lisa hatte sich etwas verschämt eine blonde offene Haarsträhne hinters Ohr gestrichen. Dann hatte Heiko ihr die Autotür aufgehalten – er selbst trug heute auch mal ein Hemd – und sie waren losgefahren, über Gründelhardt, Spaichbühl und Schneckenweiler, wo es einen kleinen Hofladen gab. Heiko verriet nicht, wohin er fuhr, da konnte sie fragen, so viel sie wollte. Schließlich ergab sich Lisa in ihr Schicksal und sie plauderten ein bisschen. Aber nicht über den Fall, denn beide hatten das Gefühl, dass sie eine Pause davon brauchten. Eine Auszeit. Endlich passierte der M3 das Ortsschild von Eschenau, und nach kurzer Fahrt durchs Dorf parkte Heiko den Wagen vor dem »Gasthaus Rose«, das von außen wie ein normaler Landgasthof wirkte.

»Nett«, fand Lisa, als sie ausgestiegen waren, gleichzeitig klang es etwas enttäuscht. Jetzt hatte sie sich so hübsch gemacht, und er brachte sie in eine Dorfwirtschaft?

Heiko grinste geheimnisvoll. »Wart's ab!«, riet er und ging vor ihr die kleine Treppe hoch, die zum Restaurant führte.

Als die Tür aufschwang und sie auch die innere Glastür durchschritten hatten, wurde der Blick auf einen mittelgroßen Raum frei, dessen Wände zwischen dem Fachwerk in warmem Cremeton gestrichen waren. An den Wänden hingen Rosen in allen Variationen, gezeichnete, gemalte und Fotografien. Einige Tische waren bereits belegt, Heiko sah sich suchend im Raum um. Eine eher kleine Frau mit grauen kurzen Haaren und Brille begrüßte sie und lotste sie zu einem Tisch, den Heiko ganz offensichtlich für sie reserviert hatte.

Wie aufmerksam, dachte sich Lisa, und wie süß! »Das ist ja schön hier«, erklärte sie und ließ zu, dass Heiko ihr den Mantel abnahm, um ihn an der Garderobe neben der Toilette aufzuhängen.

Die beiden setzten sich und wurden sofort von der Bedienung, wohl die Hausherrin, mit Speisekarten versorgt.

»Tolle Sachen«, stellte Lisa fest und orderte kurze Zeit später einen »hausgemachten roten Mohn-Secco« sowie eine Flasche Wasser, Heiko hingegen wählte einen Hohenloher Wein, obwohl Lisa ihm sehr zum »Waidmannstrunk aus Fichtenspitzen mit trockenem Riesling« riet. Er wolle keine Tannenzweige im Glas, begründete er seine Ablehnung. »Sie stellen das wirklich alles selbst her?«, wunderte sich Lisa, als sie bei der Frau bestellten.

»Nicht alles«, relativierte die Dame. »Aber es ist alles selbstgemacht. Und wir haben unsere Quellen.«

»Wahnsinn«, fand Lisa, und als die Getränke kamen, orderten die beiden »von Hand gesammelten Eschenauer Wildkräutersalat in Birnen-Balsamico-Kürbiskernöl-Olivenöl-Vinaigrette mit gerösteten Kürbiskernen und hausgebackener Dinkelfoccacia« für Lisa und »Eschenauer Wildterrine mit Chutney aus Oberösterreicher Weinbirne an mariniertem Scharbockskraut und Feldsalat, dazu hausgebackenes Dinkelbaguette« für Heiko.

»So eine Auszeit ist doch mal gut«, meinte Heiko, während die Wirtin die Gläser vor ihnen abstellte.

Lisa gab ihm recht und prostete ihrem Freund zu. »Und heute reden wir mal nicht über den Fall«, beschloss sie und nahm Heikos Hand, diese enorm große Hand mit den riesigen Fingernägeln.

Heiko schluckte und hoffte, dass sie jetzt keinen Heiratsantrag erwartete, denn heiraten war definitiv ungut. Offenbar war seine Befürchtung unbegründet, denn sie tätschelte seine Hand ein letztes Mal und zog ihre wieder zurück, dabei lächelte sie.

Noch immer studierten sie die Speisekarte, auf der Sachen standen, die sich unglaublich lecker anhörten.

»Gefüllte Hohenloher Kalbsbrust auf Morchelrahmsoße mit handgeschabten Dinkeleierspätzle«, las Heiko.

»Hört sich interessant an«, fand Lisa.

»Ja, aber Morcheln?«, zweifelte er. »Nicht, dass da Lorcheln dabei sind.«

Lisa grinste. »Wir wollten nicht über den Fall reden!«, erinnerte sie.

»Gut, aber ich nehme den ›langzeit-geschmorten Sulzdorfer Zeburinderbraten in Biersoße mit Lorettekartoffeln und buntem Salat‹«, beschloss Heiko.

»Sicher eine gute Wahl«, fand Lisa und entschied sich mutig für die Kalbsbrust auf der Morchelsoße, nicht ohne vorher über die vegane Morchel-Variante, die »Rotkorn-Kräuter-Knödel auf Rahmsoße mit frischen Morcheln« nachzudenken und entsetzte Blicke von Heiko dafür zu ernten.

Lisa entschuldigte sich, um kurz zur Toilette zu gehen. Auf dem Hinweg kam sie an einem kleinen Tischchen vorbei, auf dem sich die Produkte des Hauses türmten und wo einige Prospekte auslagen. Einige davon nahm sie an sich, als sie wieder zum Tisch zurückkehrte.

»Wirklich super, was die machen«, fand sie und blätterte in den Broschüren. »Hier ist eine mit Kochkursen«, erklärte sie und reichte Heiko das Faltblatt.

Der Kommissar zwang sich zu einem dünnen Lächeln. Kochen! Na prima. So weit käme es noch, dass er einen Kochkurs machte.

Lisa nahm ihm bereits das Papier wieder ab, verdrehte liebevoll tadelnd die Augen und blätterte selbst darin. Plötzlich stutzte sie und reichte das Blatt mit einem »Schau mal!« an Heiko zurück.

»Was denn?«, fragte Heiko und studierte die Angebote. »Kräuterspaziergang mit Kochkurs«, stand da.

»Naturexkursion mit Kochkurs«. Und dann: »Pilzexkursion mit Kochkurs und Menü«. Heiko las vor: »›Nach einer theoretischen Einführung mit Messer und Sammelkorb unter Anleitung von einem geprüften Pilzexperten Pilze sammeln, bestimmen und verlesen. Danach in der Rose-Küche ein Pilzmenü zubereiten und genießen.‹«

In diesem Moment stellte die Wirtin den Gruß aus der Küche vor ihnen ab, Waller-Wurzelgemüse-Salat mit schwarzem Knoblauch und Rucola, dazu Dinkelbaguette.

»Entschuldigen Sie, dieser Pilz-Kochkurs«, begann Lisa.

»Ist leider ausgebucht«, wiegelte die Frau sofort ab, fügte aber freundlich hinzu: »Aber es gibt noch zwei im Herbst.«

»Das meinte ich nicht«, erklärte Lisa und fuhr fort: »Wir sind von der Polizei und ermitteln in einem Mordfall, in dem jemand durch Pilzgift zu Tode gekommen ist.«

Die hellgrauen Augen der Frau weiteten sich. »Ach! Von welchem Pilz denn?«

»Von der Frühlingslorchel«, erklärte Heiko.

Die Wirtin nickte heftig. »Ja, ja, die sollte man keinesfalls mit der Frühlings*morchel* verwechseln.«

»Jedenfalls«, fuhr Heiko fort, »haben Sie da Listen, wer bei den Kochkursen mitgemacht hat?«

Die Frau dachte angestrengt nach, das war deutlich zu sehen. »Schon. Aber ich weiß nicht, ob ich das so einfach rumzeigen darf. Datenschutzgrundverordnung und so.«

»Wir sind die Polizei, Frau …«

»Andruschkewitsch.«

»Frau Andruschkewitsch«, vollendete Lisa.

Die Frau zuckte die Achseln. »Ich hab die Liste auf dem Rechner in der Wohnung und kann erst heute in der Nacht draufschauen, wenn wir hier fertig sind. So um eins. Reicht das?«

Die Kommissare nickten, auf ein paar Stunden käme es sicherlich nicht an.

»Ist eh nur ein verzweifelter Versuch«, beschloss Heiko das Gespräch, bevor sie sich dem leckeren Küchengruß widmeten.

Max Wengert hatte die DVD eingelegt. Und er konnte nicht glauben, was da lief. Es war nicht der »Sinn des Lebens« und auch nicht »Terminator 1«. Es war ein selbstgedrehter Film mit dem Titel »Aufgebockt«. Einer, der so schlecht war, dass es einem die Schlappen auszog. Max fragte sich, warum sein Vater so was besessen hatte, ob der das wirklich nötig gehabt hatte. Gut, alle Männer schauten sich so Zeug an, aber doch eher online, zwischendurch, schnell. Man hatte davon doch keine DVDs, überlegte Max und betrachtete sinnend die stark geschminkte Blondine, die sich jetzt in der Sporthalle mit gespreizten Beinen über den Bock legte, mit nichts als feuerroten Highheels und einem ebenso roten BH bekleidet. Text gab es in dem Film keinen, es handelte sich um keines dieser Filmchen, die den Versuch unternahmen, eine Handlung zu haben. Stattdessen lief im Hintergrund schwülstiger Jazz, irgendwas mit Saxophon, sicherlich GEMA-frei. Die Kamera filmte die Blondine von vorn, ihr stark geschminktes Gesicht, ihren lüsternen Ausdruck. Und dann sah man von hinten einen Mann herankommen, der nur einen schwarzen Lederslip anhatte. Verdammt knapp war dieser Slip und – ach! Max Wengert tastete nach der Fernbedienung und stoppte das Bild. Den kannte er doch! War das möglich? Er ließ den Schmuddelfilm weiterlaufen und fand sich bestätigt, als die Kamera schlussendlich auf das Gesicht des Mannes zoomte, das nicht lange darauf in völliger Ekstase verzerrt war. Kein Zweifel. Das war er! Unglaublich! Max stoppte die DVD und entnahm sie dem Player, das musste er sich nicht weiter geben. Noch einmal betrachtete er die runde silberne Scheibe. Sie war unbeschriftet, so gar nicht die Art seines Vaters, der es sehr gerne ordentlich gehabt hatte. Hatte er die DVD hier versteckt? Und was in aller Welt hatte er damit gemacht? Kopfschüttelnd öffnete Wengert die Hülle, legte den Datenträger hinein und stellte alles zurück an seinen Platz, bevor er sich schlafen legte.

Zwei Stunden später lagen Lisa und Heiko in Tiefenbach im Bett. Das Essen war phänomenal gut gewesen, und da Lisa noch lebte, schien es sich bei den Pilzen tatsächlich um Morcheln gehandelt zu haben. Zum Nachtisch hatte Heiko »Hefebiereis mit frittierten Teigtaschen an Vanille-Sahne-Soße« verzehrt und Lisa »Schlüsselblumenkrapfen an Vanille-Sahne-Soße mit hausgemachtem Hufflattichblüteneis«. Lisa hatte sich gefragt, warum sie dort nicht viel früher hingegangen waren. Nach diesem willkommenen Ausbruch aus dem Alltagstrott dachten die beiden nicht mehr an den Fall, und um ein Uhr, als Frau Andruschkewitsch die Nachricht aus ihrem trauten Heim in Eschenau schickte, schliefen die Kommissare bereits.

Inzwischen sah Max Wengert zu seiner großen Verwunderung seinen Vater auf einer Wiese mit blühenden Obstbäumen stehen. Eigentlich ein schönes Bild, aber er wusste instinktiv, dass etwas nicht stimmte, dass da etwas faul war. Und in derselben Sekunde fiel ihm ein, was es war – Totenstille. Kein Lüftchen regte sich, kein Vogel zwitscherte, kein Insekt zirpte. Es war still. Sein Vater schien es ebenfalls zu bemerken, wandte sich ihm zu, lächelte schief, hob die Hand zum Gruß, allerdings verunsichert, und blickte zu Boden.

Max' Mund öffnete sich zu einem stummen Schrei, es wollte kein Laut herauskommen, offenbar war er in einer lautlosen, stummen Welt. Der Boden vibrierte plötzlich, ebenfalls lautlos, und stumm schreiend musste Max zusehen, wie sich Schlangenleiber aus dem Boden wanden, erst drei, dann zehn, dann Dutzende, und sich um die Beine und den Körper seines ebenso stumm schreienden Vaters wickelten, ihn bissen und würgten. Max konnte nicht zu ihm, war wie festgewachsen am Boden. Als er irritiert nach unten schaute, entdeckte er eine platte Nase, böse gelbliche Schlangenaugen, auch an ihm wuchsen sie hoch, würden ihn ersticken, töten, ihm würde dasselbe passieren wie seinem Vater.

Mit einem lauten Schrei erwachte Max Wengert in seinem Bett zu Hause im Sauerbrunnen. Und er brauchte einige Zeit, um zu bemerken, dass das nur ein böser Traum gewesen war. Ein Blick auf die Uhr verriet ihm, dass es 3.00 Uhr war. Schweißgebadet fiel er auf sein Kissen zurück. So was sollte man nicht träumen, er nicht, niemand. Verdammte Horrorfilme. Verdammte Pilztrips, vielleicht kamen die Träume daher? Ihm war klar, dass er jetzt nicht würde einschlafen können, nicht sofort jedenfalls. Er konnte ebenso gut aufstehen und irgendwas machen, denn morgen war Sonntag. Nur mit einem Bademantel bekleidet tappte er eine Minute später durch die nächtliche Wohnung und blieb endlich vor dem DVD-Regal seines Vaters stehen. Ein Film war immer gut. Lenkte sicherlich ab. Und plötzlich erinnerte er sich wieder an vorhin, an dieses Filmchen, das er gesehen hatte. Und Max Wengert fragte sich, ob er das eigentlich nicht den Kommissaren sagen müsste.

SONNTAG

Am nächsten Morgen saßen Lisa und Heiko mit ihren Tieren am Frühstückstisch. Sie liebten dieses sonntägliche Ritual, und bei der Gelegenheit lasen sie die Samstagsausgabe des »Hohenloher Tagblatt«, gestern waren sie ja nicht dazu gekommen.

»Bald sind wieder die Maifeste«, freute sich Lisa. »Hilfst du denn in diesem Jahr wieder beim Maibaumholen?«

Heiko brummte zustimmend. »Hab's dem Andi, dem Thomas und dem Martin schon gesagt.«

Lisa nickte anerkennend, während Heiko ein Stück Xälzbrot in Sitas Maul warf.

Heiko blätterte gerade seinen Teil der Lokalzeitung um, als sein Handy klingelte.

»Unbekannte Nummer«, murmelte er mit Stirnrunzeln und nahm das Gespräch an, um es sofort auf »laut« zu stellen, damit Lisa mithören konnte.

»Hallo, Herr Wüst, hier Wengert«, tönte eine männliche Stimme aus dem Gerät, und für eine Sekunde glaubte Heiko an einen Anruf aus dem Jenseits, bis ihm klar wurde, dass es sich bei dem Anrufer um Max handeln musste. Obwohl – bei ihren Fortschritten in dem Fall wäre ein Anruf des verärgerten Mordopfers aus dem Jenseits nicht einmal so abwegig gewesen.

»Herr Wengert! Geht es Ihnen wieder besser?«

»Jaja. Ich hoffe, es ist okay, dass ich um diese Zeit störe, am heiligen Sonntag und so?«

»Kein Problem«, versicherte Heiko.

»Ich hab gestern ein paar DVDs angeschaut. Und da ist mir ein komischer Film in die Hände gefallen.«

»Was denn für einer genau?«

Max räusperte sich umständlich, bevor er weiterredete, während Lisa nachdenklich Garfield streichelte, der auf ihren Schoß gehüpft war und Heiko von dort aus gewohnt hasserfüllt anstierte.

»Normalerweise hat mein Vater ja so Klassiker, wissen Sie, viel Action, alte Comedy, Thriller und so.«

»Deswegen die Piranha-Namen.«

»Ganz genau. Aber dieser Film war ein selbstgebrannter, und er war auch nicht in der passenden Hülle. Es war so ein … Filmchen. ›Aufgebockt‹, hieß der Film, und es spielten einige Sportgeräte eine entscheidende Rolle.«

»Ja, und?«, ermunterte Heiko den Anrufer zum Weiterreden.

»Und den einen, der da mitgespielt hat, kenne ich ganz gut. Und jetzt frage ich mich, warum mein Vater so einen Film in der falschen Hülle aufbewahrt, was er damit bezweckt hat. Und woher er den Film überhaupt hatte.«

»Sie denken, dass Ihr Vater den entsprechenden Darsteller erpresst hat?«, vermutete Lisa und gab sich damit gleichzeitig als Mithörerin zu erkennen.

»Keine Ahnung, jedenfalls hab ich mir gedacht, ich

sag euch das. Da könntet ihr ja mal ein bisschen nachforschen.«

»Gute Idee. Können Sie uns den Film auf dem Revier vorbeibringen? Am besten jetzt sofort?«

»Ja klar. Aber ein Still daraus habe ich Ihnen grad schon als Whatsapp geschickt.«

»Aha, danke. Und dann bräuchten wir noch den Namen des jungen Mannes«, erinnerte Heiko.

»Ach so, ja, natürlich.«

Und dann rückte Max Wengert damit heraus, wer der Laiendarsteller in jenem Film gewesen war, und es konnte kein Zufall sein, dass derselbe Name auch auf der Liste stand, die Frau Andruschkewitsch heute Nacht um 1.03 Uhr an Heikos E-Mail-Adresse geschickt hatte.

Sven Koch schlug die Augen auf, blinzelte mehrfach. Die letzte Nacht war wild gewesen, ach, so wild! Er gab es ungern zu, aber die Löwin machte ihn manchmal fix und fertig. Sie war unersättlich, und er war 14 Jahre älter als sie, ging auf die 40 zu. Egal, er war stolz, dass er sie hatte. Dass sie sich hatten. Susi schlief noch, ihre wimpernbefransten Lider waren geschlossen. Die schönen Lippen ruhten entspannt aufeinander, nicht so wie gestern, als sie hemmungslos geknutscht hatten, währenddessen. Ihr Haar schien mit der schwarzen Satinbettwäsche zu verschmelzen, eine Einheit zu bilden. Schneewittchen, kam ihm in den Sinn, ach Gott, war sie schön! Er hob die Hand, um ihre Wange zu streicheln, eine Berührung, von der sie letztlich erwachte.

Verdammt, das hatte er nicht gewollt, aber sie war nicht böse, schenkte ihm ein Lächeln.

»Morgen, Löwe«, kam von ihr, etwas heiser, wie oft nach solchen Nächten.

Als Antwort nahm er sie in den Arm, küsste sie erneut, dachte noch einmal kurz nach, ob das, was er vorhatte, auch gut war, gut und richtig.

»Hey, du erdrückst mich!«, beschwerte sich Susanne lachend und befreite sich aus seinem starken Griff.

»Entschuldige, Löwin«, meinte er, inzwischen überzeugt. Es war absolut sinnvoll, und es musste sein. Der Präsident der »Taranteln« drehte sich um und öffnete die Nachttischschublade.

»Timo Laukenmann?«, wunderte sich Lisa, als sie den jungen Mann mit dem knappen Lederhöschen hinter der über dem Bock liegenden Blondine stehen sah, das bartlose Gesicht ekstatisch verzerrt. Es bestand kein Zweifel, dass es sich um Laukenmann handelte. »Ernsthaft? Der ist doch katholisch?«

»Na, das muss nichts heißen«, fand Heiko und rief das Clix-Mix-Profil des Kindergartenleiters auf. Der Laptop stand inzwischen auf dem Frühstückstisch. »Vielleicht haben wir was übersehen«, überlegte er, und Lisa kam neben ihn. Dazu musste die blöde Katze von ihrem Schoß herunter, wie Heiko mit einiger Genugtuung feststellte. Er scrollte nach unten, ein Foto von Laukenmann mit Moped, eines mit einem Eis in der Hand, noch diverse mit Moped, und dann eines mit seiner Freundin.

»Halt!«, befahl Lisa und kniff die Augen nachdenklich zusammen. »Die Tasche!«, entfuhr es ihr. »Wie?« Heiko konnte sich keinen Reim darauf machen.

Aufgeregt tippte Lisa auf den Bildschirm, der Finger hinterließ eine kurzzeitige Delle in der semiflexiblen Display-Haut. »Wie konnte ich das beim letzten Mal übersehen? Solche Taschen gibt es in Marokko. Die werden dort aus Leder hergestellt, und das silberne Ornament in der Mitte ist auch typisch. Es zeigt bei den Touareg meistens ein stammestypisches Symbol, das zur Identifizierung dient, weil …«

»Du bist sicher, dass die Tasche marokkanisch ist?«, vergewisserte sich Heiko.

»Ganz sicher! Ich hab ja auch so eine!«

Heiko zuckte die Achseln, er hatte keine Ahnung, was Lisa für Taschen hatte, und es war ihm auch ziemlich egal.

Lisa wechselte zu eBay, gab *Tasche Marokko* ein und klickte auf »suchen« – und tatsächlich, selbst Heiko, der von Handtaschen keine Ahnung hatte, konnte die Ähnlichkeit im Stil erkennen. »Ich finde, das reicht für einen Durchsuchungsbeschluss«, beschloss er und wählte die Nummer des diensthabenden Staatsanwalts.

Es war Sonntagmorgen, und immerhin bestand die Möglichkeit, dass die Leute nicht zu Hause waren, in der Kirche womöglich. Allerdings hatte Timo Laukenmann heute wohl das Ausschlafen vorgezogen, denn er öffnete ihnen einigermaßen verschlafen die Tür des Reihenendhauses am Rande von Roßfeld, das er laut Melderegister zusammen mit seiner Freundin bewohnte. Die Häuser, fünf an der Zahl, sahen absolut identisch aus, allerdings unterschieden sie sich in der Dekoration, die den Eingangsbereich schmückte. Von komplett dekolosen Bereichen bis hin zu völlig überladenen, mit Krempel geradezu vollgestopften war alles dabei. Vor Laukenmanns Haus befand sich eine mit Stiefmütterchen bepflanzte Schale, darin steckte ein großer, etwas debil grinsender schokobrauner Osterhase mit hellgrüner Schleife um den Hals.

Laukenmann war nur mit einer rotgestreiften Boxershorts und einem weißen Shirt bekleidet, der Bart war einigermaßen in Unordnung. Sofort erinnerte sich Heiko an das knappe Lederhöschen, das sich deutlich von der Boxershorts unterschied, und musste ein Grinsen unterdrücken. Der Verdächtige blinzelte mehrfach, versuchte ganz offenbar, sie einzuordnen. Dann weiteten sich seine Augen, als er die beiden uniformierten Beamten wahrnahm, welche die Besucher im Schlepptau hatten – einen für die Suche nach dem Öl, einen für Datenträger und eventuelle Erpresserschreiben. »Was …«, begann er.

»Wir müssten mal mit Ihnen reden, Herr Laukenmann. Es ist dringend«, unterbrach Heiko und hielt ihm den Durchsuchungsbeschluss vors Gesicht.

Fassungslos griff der junge Mann nach dem Papier und sah stumm zu, wie die vier Polizisten in sein Reich eindrangen.

»Könnt ihr mir vielleicht mal erklären, worum es hier geht?«, fragte er matt.

»Das besprechen wir drinnen, ist womöglich besser«, bestimmte Heiko.

Zur gleichen Zeit hatte Sven Koch in dem großen, schönen Haus in Helmshofen seiner Nachttischschublade zwei kleine Gegenstände entnommen. Noch einmal nachdenken. Ja, es war gut.

»Sven?«, fragte Susanne in seinem Rücken und kuschelte sich von hinten an ihn. »Alles okay?«

Er drehte sich wieder zu ihr um, barg die kleinen Gegenstände in seiner Faust. »Susanne Schneider«, sagte er.

Susi kicherte. »Was ist denn jetzt los?«

Sven schnalzte mit der Zunge, missbilligend, als würde er ein Kind tadeln. Dann besann er sich und legte den Finger auf die Lippen. »Scht«, machte er und begann von Neuem. »Susanne Schneider, willst du meine Frau werden?« Er öffnete die Faust, und Susanne entdeckte zwei One-Percenter-Ringe aus massivem Silber, einen großen und einen etwas zierlicheren.

Sie schlug die Hände vor den Mund und küsste ihn, lachte und sagte: »Ja«, während Sven Koch ihr den durchgeknalltesten Verlobungsring, den Hohenlohe je gesehen hatte, an den Finger steckte.

Eine Minute später saßen Lisa, Heiko und der Verdächtige um den Esstisch in einer modern wirkenden Küche. Es war anzunehmen, dass dieses Reihenhaus mehr gekostet hatte, als die relativ kleine Grundfläche vermuten ließ. Derartige Häuschen wurden am Reißbrett ganz nach dem Gusto der jeweiligen Kunden entworfen, die Ausstattung war daher oft hochwertig. So auch die beigefarbene Küchenzeile mit der marmornen Arbeitsplatte, die sich an der Frontseite der Küche entlangzog. Duftige lindgrüne Vorhänge waren kunstvoll drapiert, von der Decke hing eine enorme Grünlilie mit unglaublich vielen Jungpflanzen.

»Also, Herr Laukenmann«, begann Heiko, »zunächst einmal möchte ich Ihnen mitteilen, dass sich ein Geständnis vor der Überführung in einem Mordfall einigermaßen positiv auf das Strafmaß auswirkt.«

Laukenmann lachte unfroh auf und fuhr sich durch das längere dunkle Haar, das heute Morgen noch nicht zu der üblichen Welle gegelt war und etwas zottelig herunterhing. »Wie bitte? Wieso denn Geständnis? Ihr habt mich doch schon …«

»Es haben sich einige neue Erkenntnisse ergeben, Herr Laukenmann«, warf Lisa ein.

Der Mann schluckte. »Neue Erkenntnisse? Wie meint ihr das?«

»Sagt Ihnen der Filmtitel ›Aufgebockt‹ was?«, legte Lisa die Karten auf den Tisch.

Laukenmanns Mimik gefror.

»Wie … woher …«, stammelte er und senkte den Kopf. »Darauf bin ich nicht stolz«, erklärte er leise.

»Aber Sie waren jung und brauchten das Geld?«, versuchte Heiko, biss sich aber gleich auf die Lippen, das war ein dummer Spruch gewesen.

Wieder schluckte Laukenmann, er schien nachzudenken.

»Wissen Sie, wo das Video gefunden wurde?«, fuhr Lisa fort.

Laukenmanns rosafarbene Zunge blitzte hervor, verschwand wieder im Mund, bevor er langsam den Kopf schüttelte.

»Bei Herrn Wengert zu Hause«, informierte Heiko und beobachtete den Verdächtigen genau.

»Schatz?«, kam es plötzlich von der Tür her. Eine junge Frau stand da, klein und schmal, das dunkelbraune, mittellange Haar etwas strähnig. Sie knotete hastig einen blauweiß gestreiften Morgenmantel zu. »Wer sind denn diese Leute?«, fragte sie verwundert.

Heiko schalt sich innerlich, dass er nicht gefragt hatte, wo die Dame des Hauses sich gerade aufhielt, vor lauter Durchsuchungsbeschluss. Anfängerfehler!

Laukenmann hatte sich erhoben und ging auf seine Freundin zu, um ihr die Arme um die Schultern zu legen. »Sorry, dass wir dich geweckt haben, Liebling«, meinte er und drückte ihr von oben zärtlich einen Kuss aufs Haar.

»Setzen Sie sich wieder, bitte«, befahl Heiko, und Laukenmann gehorchte nach einigem Zögern.

»Hat der Herr Wengert Sie erpresst?«, forschte Lisa weiter. »Noch dazu kennen Sie sich ja ganz gut mit Pilzen aus, Herr Laukenmann.«

»Wie kommt ihr denn darauf?«, lautete die Gegenfrage.

»Sie haben am dritten April einen Kochkurs in der ›Rose‹ in Eschenau mitgemacht. Und jeder, der da dabei war, kann anschließend einen Champignon von einem

Knollenblätterpilz unterscheiden. Oder eine Frühlingsmorchel von einer Frühlingslorchel.«

»Schatz?«, ließ sich die junge Frau erneut vernehmen. »Die sollen gehen, es geht mir nicht gut, ich muss schlafen. Sag den Leuten, dass sie gehen sollen.«

»Geh wieder ins Bett, Cordula. Ich sorge dafür, dass sie verschwinden«, versprach Laukenmann und versuchte ein Lächeln.

»Versprichst du es?«, kam von der jungen Frau mit piepsiger Stimme, als wäre sie noch ein Kind.

»Aber ja.«

Die Frau nickte und verschwand.

»Und das ist Ihre Freundin, die eine marokkanische Handtasche hat, Herr Laukenmann. Sagten Sie nicht, Sie seien noch nie in Marokko gewesen? Denn bei der Tat wurde ein marokkanisches Öl verwendet.«

Laukenmann straffte sich. »Weiß doch ich nicht, was die für Handtaschen hat, ich war da echt noch nie. Und ja, den Kurs hab ich gemacht, aber einfach so, das beweist gar nichts. Und ich hab keine Ahnung, warum der Ritschie den Film hatte. Zufall womöglich, dass er ein notgeiler alter Sack war, ist ja bekannt. Ich …«

»Fund!«, kam es plötzlich aus den Tiefen der Wohnung, und der junge Mann verstummte augenblicklich.

»Herr Laukenmann? Ihre letzte Chance!«, mahnte Lisa und sah den jungen Mann, der ihr nicht unsympathisch war, eindringlich an. Irgendetwas an der Art, wie er soeben seine Freundin geküsst hatte, hatte sie eigentümlich berührt. Jemand, der so küsste, konnte nicht durch und durch schlecht sein.

Der Kollege erschien in der Tür, in der Hand eine Plastikflasche mit Klebeetikett. »›Huile d'argan‹ und irgendwelche arabischen Schnöksel«, las er vor, betrat die Küche und stellte das Fundstück mit der behandschuhten Hand auf die marmorne Arbeitsplatte, nachdem er es in eine Tüte verpackt hatte. Dann positionierte er sich selbst davor, als müsste er die Flasche bewachen.

Laukenmann hatte beim Anblick des Arganöls gezuckt, sackte richtiggehend in sich zusammen und faltete die Hände. »Also gut«, meinte er und schien noch kleiner zu werden. »Er hat mich erpresst. Und da bin ich auf die Idee gekommen, nach diesem Kochkurs, weil die Christine so verrückt nach Pilzen ist. Und weil man eher auf die gekommen wäre. Oder auf den Max, der kennt sich ja auch ganz gut mit Pilzen aus.«

»Nett«, fand Heiko.

Timo zuckte die Achseln. Es wirkte hilflos.

»Sie haben das also geplant?«, unterstellte Lisa.

Timo schüttelte heftig den Kopf. »Nein. Bei dem Kochkurs war ich wirklich aus Interesse. Und erst war es nur so ein Gedanke. Und dann hab ich neulich beim Spaziergang im Burgbergwald diesen Pilz entdeckt. Und ich dachte, dass das doch perfekt wäre. Dass es keinem auffallen würde, wenn es wie ein Unfall aussähe.«

»Und dann haben Sie den Plan gefasst, den Herrn Wengert umzubringen«, vermutete Heiko, und Laukenmann nickte.

»Wie haben Sie es denn angestellt?«

Der Mann seufzte. »Ich habe mir damals beim Spaziergang gemerkt, wo die Lorcheln waren, und ein bisschen im Internet recherchiert. Der Rest war leicht, ich hab sie mit einer Hornhautraspel kleingerieben und in irgendein Körperöl gekippt, das hier rumstand.«

»Das Arganöl«, wusste Heiko.

Laukenmann zuckte die Achseln. »Es war einfach irgendeines, keine Ahnung.«

»Und dann?«, bohrte Lisa weiter.

»Ich hatte das Fläschchen den ganzen Tag in der Tasche. Und im Café Bauer war so viel los, da hat keiner mitgekriegt, wie ich den Helm vom Brett genommen und ein bisschen behandelt habe.«

»Hm«, kommentierte Heiko, und eine Pause entstand.

»Er wollte den Film an meinen Arbeitgeber schicken, und an die Presse. HT, Bild-Zeitung, RTL, das ganze Programm«, erklärte Laukenmann endlich.

»Und das wäre nicht gut gewesen?«, vermutete Heiko.

»Das wäre verheerend gewesen. Ich hätte meinen Job verloren. Aber was noch schlimmer gewesen wäre …«

»Schatz?«, tönte es wieder von der Tür her, und diesmal klang die Stimme dunkler. »Ist das wahr?«, erkundigte sich die kleine Frau.

Timo Laukenmann wurde leichenblass, erhob sich langsam, der Kollege trat von hinten auf ihn zu und hielt ihn zurück.

Diese kurze Verzögerung genügte, um Lisa und Heiko abzulenken, und sie bemerkten nicht, dass die junge Frau wahllos in den Messerblock griff, der neben ihr auf der Anrichte stand.

»Ihr dürft ihn nicht mitnehmen, ich brauche ihn«, konstatierte sie tonlos, betrachtete kurz das Messer – es war eines dieser mittelgroßen Küchenmesser, die man zum Schneiden von Gemüse oder Obst benutzte. Mit Plastikgriff, aber perfekt scharf. Sie betrachtete das Messer sinnend, für eine Sekunde, in der alle absolut starr waren.

Lisa und Heiko waren viel zu perplex, um zu handeln. Dann entblößte sie das Handgelenk und hielt sich das Messer dorthin, wo die Hauptschlagader verlief.

»Cordi! Nein!«, schrie Timo und tobte gegen den Griff des Polizisten an, der allerdings eisenhart war.

Heiko erhob sich langsam und machte beschwichtigende Bewegungen mit der Hand. »Frau …«, begann er und suchte in seinem Hirn verzweifelt den Namen der jungen Frau.

»Sie heißt Cordula. Cordi!«, kam es wimmernd von hinten.

Cordula hatte inzwischen begonnen, leise vor sich hin zu summen, irgendein Kinderlied, und mit dem Messer tiefer in die Haut zu ritzen, quer verlaufende Schnitte, im rechten Winkel zu den Adern. Sie hinterließen tiefe rote Streifen.

»Tu das nicht, Cordi, bitte, bitte, nicht wieder! Verlass mich nicht! Bleib bei mir!«

Cordula schien absolut entrückt zu sein, als würde sie ihn gar nicht wahrnehmen, und schnitt weiter, arbeitete sich die Unterseite ihres Arms in Richtung Ellenbogen vor. Hellrot lief das Blut am Arm herab. Es musste wehtun, aber sie schien keinerlei Schmerzen zu empfinden, im Gegenteil, beinah zeichnete sich ein Lächeln auf ihrem seltsam abwesenden Gesicht ab.

»Ihr wollt ihn mir wegnehmen. Aber das geht nicht. Ich schaffe es nicht allein. Ich brauche ihn.« Sie hob den Kopf, fixierte sie, einen nach dem anderen. »Das dürft ihr nicht.« Dann drehte Cordula das Messer, es war klar, dass sie jetzt längs schneiden würde, tiefer. Sie ließ den Ärmel ihres Morgenmantels weiter zurückfallen, hob den Arm, als wäre sie eine Hohepriesterin irgendeines archaischen Stammes, die dabei war, sich für das Volk zu opfern. Wieder begann sie, leise zu summen, erneut ein Kinderlied, das alle kannten, trotzdem hätte keiner der Anwesenden in diesem Moment sagen können, um welches Lied es sich handelte. Lisa hatte sich erhoben und ging mit ausgebreiteten Armen auf die Frau zu.

»Cordula!«, beschwor sie leise. »Machen Sie das nicht!«

Die junge Frau schien kurz nachzudenken, hielt dann inne und richtete das Messer gegen sie und Heiko. »Raus! Geht! Lasst ihn in Ruhe! Er hat nichts getan!«

Timo schniefte, zog die Nase hoch. »Nein, Cordi, ich hab nichts getan. Und du und ich, wir werden jetzt hier rausgehen, ja? Wir werden immer zusammenbleiben. Hab keine Angst!«

Das Messer wanderte zurück zum weißrot gestreiften Handgelenk der jungen Frau, von dem das Blut in dicken Tropfen auf den weißen Küchenboden herabfiel. *Platsch, platsch, platsch.* Ein widerliches Geräusch, leise, todbringend. Es war schier unglaublich, wie entschlossen Cordula wirkte, trotz ihrer geringen Körpergröße und ihrer Zierlichkeit. Weder Lisa noch Heiko zweifelten daran, dass sie es ernst meinte. Sie würde es tun, das war klar.

»Ich stech zu«, drohte sie mit tieferer Stimme, als wäre sie von einem Dämon besessen, als wäre es gar nicht sie, die redete. »Es ist mein Ernst! Ihr lasst uns jetzt gehen!«

Heiko überlegte, tauschte einen Blick mit Lisa. Drehte sich dann zum Kollegen um, um ihm zuzunicken. In dieser Sekunde hörte er ein Aufstöhnen, Timo hatte sich losgerissen und hechtete nach vorn mit einem Schrei, der eher tierisch als menschlich war. Der Kindergärtner stürzte auf seine Freundin zu, um ihr zu helfen, um irgendwas zu tun, um sie zu retten. Er schien endlose zwei Sekunden später einigermaßen beruhigt, als er feststellte, dass der zweite Polizist, der inzwischen aus dem Arbeitszimmer zurückgekehrt war, Cordula nicht nur das Messer entwunden hatte, sondern sie auch festhielt, ihren Arm dabei nach oben zwang.

Heiko sprang auf und kickte das Messer beiseite, während Lisa den Messerblock außer Reichweite stellte. Die junge Frau tobte gegen den Griff an, zerrte vergeblich, brüllte enthemmt, versuchte, sich herauszuwinden, gab schließlich auf und brach weinend zusammen, fiel endlich Timo in die Arme, der Heiko mit einem flehenden Blick um Erlaubnis gebeten hatte. Und so stand das junge Paar eng umschlungen in der Küche der Wohnung, die eigentlich der Ort ihres Lebensglücks hätte werden sollen, und klammerte sich verzweifelt aneinander fest, in dem Bewusstsein, dass alles verloren war.

Zwei Stunden später saß Timo Laukenmann im Verhörzimmer des Reviers. Frau Brucker war anwesend, und die Laptoptasten klapperten leise und unauffällig, was sehr gut zur leisen und unauffälligen Persönlichkeit der Sekretärin passte. Außer Lisa, Heiko und dem mutmaßlichen Mörder war auch dessen Anwalt zugegen, ein ehrwürdiger älterer Herr mit öligem Dauergrinsen.

»Also, Herr Laukenmann«, nahm Heiko den Gesprächsfaden wieder auf. »Wir sind vorhin unterbrochen worden.«

»Geht es ihr gut?«, fragte Laukenmann, etwas anderes schien ihn nicht zu interessieren.

Lisa nickte und schenkte dem Mann ein beruhigendes Lächeln. »Sie wird gut versorgt.«

»Ihr steckt sie wieder nach Weinsberg, richtig?«, vermutete Laukenmann, und es klang verzweifelt.

»Bei derlei Vorgängen gibt es bestimmte Abläufe«, erklärte Heiko so sanft wie möglich. »Man muss die Leute ja schützen, im Notfall auch und vor allem vor sich selbst.«

Laukenmann nickte heftig. »Sehen Sie, Herr Wüst, und genau das hab ich mir auch gedacht.«

»Wie meinen Sie das?«, fragte Heiko zurück.

Der dringend Tatverdächtige fuhr sich durch die nun ordentlichere Frisur. »Die Cordi hat schon zwei Suizidversuche hinter sich, nach jeweils schweren Psychosen. Gott sei Dank wurde sie jedes Mal rechtzeitig gefunden. Jetzt wohnen wir seit vier Jahren in Roßfeld, ganz glücklich eigentlich.«

»Hm«, brachte Heiko hervor und forderte damit zum Weiterreden auf.

Der Mann holte eine zustimmende Geste bei seinem Anwalt ein, bevor er fortfuhr: »Was glauben Sie, was passiert wäre, wenn ich wegen dieser Porno-Sache meinen Job verloren hätte? Was die Leute gesagt hätten, die Presse? Und vor allem: Wie wäre es Cordula damit gegangen?«

»Na, na, Herr Laukenmann, ganz uneigennützig war Ihre Tat ja wohl nicht. Immerhin war es *Ihre* Existenz, die auf dem Spiel stand.«

»Schon«, gab Timo zu. »Aber haben Sie eine Ahnung, wie es ist, mit jemandem zusammenzuleben, der zu Psychosen neigt und in ständiger Gefahr schwebt, sich etwas anzutun? Wie immer und ständig dieses Damoklesschwert über einem schwebt?«

Heiko schüttelte leicht den Kopf, das Klacken der Tasten verstummte kurz, und Frau Brucker sah irritiert hoch, weil es nicht weiterging.

»Das ist sicher schlimm«, beendete Lisa endlich die Stille.

Laukenmann beugte sich weit über den Tisch und sagte mit heiserer Stimme: »Es ist die Hölle! Man ist dankbar für jeden Tag, der gut läuft. Man hofft, dass sie nicht vergessen hat, ihre Medikamente zu nehmen, dass sie sich keine neuen Verschwörungstheorien ausgedacht hat und dass sie einem immer noch vertraut. Denn man könnte ja auch ein Teil der Verschwörung sein, vor allem als Angehöriger.«

»Furchtbar.«

»Ja. Und der Ritschie hat mit seiner schnöden Geldgier dieses zerbrechliche Konstrukt, das unser Leben war, total aus dem Gleichgewicht gebracht. Er hat partout keine Ruhe gegeben, obwohl ich ihm schon 20.000 Euro gegeben hatte. Ich musste etwas tun.«

Erneut entstand eine Pause, und Heiko sah zu, wie der Zeiger an der vergitterten Uhr eine Minute weiter vorrückte.

»Verstehen Sie das?«, fragte Timo, und es wirkte, als sei ihm wirklich daran gelegen.

Heiko und Lisa blieben stumm, schließlich zuckte Heiko entschuldigend die Achseln.

MONTAG

Das hohenlohisch-westfälische Ermittlerteam hatte sich den Montag freigenommen. Das hätten sie sich redlich verdient, hatte Schorsch gemeint, nachdem der komplexe Fall aufgeklärt war. Und während Heiko mal wieder so richtig ausschlief, nutzte Lisa den Morgen, um ein bisschen zu dekorieren, denn ihr war irgendwie danach. Sie legte ein duftiges Organzatuch in Hellgrün in einer schwungvollen Schlangenlinie auf den Esstisch. Darauf platzierte sie eine ebenfalls hellgrüne Vase mit den frischen gelb-roten Tulpen, die sie im Garten gepflückt hatte. Daneben stellte sie eine kleine Schüssel, darin lag das Straußenei mit der Katze, die Garfield unglaublich ähnlich sah. Hübsch sah das aus, ganz zauberhaft. Eigentlich müsste sie Alfred dazusetzen, den Deutschen Riesenschecken, um das Osterensemble zu vervollständigen. Lisa schritt zum Gehege und streichelte das riesige Kaninchen, das begeistert die enormen Ohren anlegte und sich so lang wie möglich machte, um möglichst viele Streicheleinheiten abzubekommen. Nach geraumer Zeit erhob sie sich wieder und sah Heiko in der Tür stehen, nur mit Boxershorts bekleidet brummte er ein »Moorcha«.

»Guten Morgen, mein Bärchen.«

Er trat auf sie zu, umarmte sie und drückte ihr einen Kuss auf den Mund.

»Hast du gut geschlafen?«

»Hm. Du auch?«

»Ganz gut, ja.«

Heikos Blick wanderte zum Esstisch, seine Mimik wurde fragend. »Und warum liegt da jetzt ein Lappen auf dem Tisch? Und ein Ei, wo Ostern doch rum ist?«

»Hör auf zu maulen, Bärchen. Ich find's schön, und Garfield gefällt's auch! Alfred sowieso. Und Sita sicherlich auch, denn Sita ist auch eine Frau.«

Heiko verdrehte die Augen, grinste aber. »Wennd moonsch.« Er griff nach dem »Hohenloher Tagblatt«, das als einziger Nichtdekogegenstand, also als einzig nützlicher, auf dem Tisch lag, und sie setzten sich, um einen Kaffee zu trinken, den Lisa zubereitete.

»Am Freitag ist die Beerdigung vom Wengerts Richard«, informierte Heiko, als er in der Zeitung die Todesanzeigen studierte.

»Hm«, machte Lisa und trank im Gehen aus der Tasse, um die zweite vor Heiko abzustellen und sich neben ihn zu setzen. »Schlimm, das Ganze. Ich wollte es beim Verhör nicht so sagen, aber ich kann den Laukenmann verstehen. Das mit seiner Freundin muss sehr quälend für ihn sein.«

Heiko runzelte die Stirn. »Du nimmst ihm ab, dass das eine uneigennützige Aktion war?«

Lisa trank wieder einen Schluck. »Irgendwie ja.«

Heiko zuckte die Achseln. »Umbringen darf man halt keinen«, meinte er lakonisch.

»Ja, es gibt schon ziemlich krasse Typen«, hielt Lisa dagegen und ließ zu, dass Garfield auf ihren Schoß hüpfte, ein Geräusch, das Sita sofort dazu verleitete, aus dem gemütlichen Hundekörbchen im Schlafzimmer aufzustehen, herzuhechten und sich an Heikos Bein zu drücken.

Heiko streichelte den Hund und stimmte Lisa zu.

»Ach ja, hier hab ich noch was gemacht, zum Frühstück«, wechselte Lisa das Thema.

Sie ging in die Küche und holte einen Teller mit Weißbrotscheiben, die mit einer bräunlichen Pampe bestrichen waren.

Heikos Augen weiteten sich. »Das ist hoffentlich nicht dieser marokkanische Babb?«

Lisa verdrehte die Augen. »Jetzt probierst du's mal, du störrischer Hohenloher. Amlou auf Weißbrot.«

Sehr zögerlich und mit spitzen Fingern nahm Heiko eine der Brotscheiben und biss hinein. Es schmeckte nicht so schlecht, wie er erwartet hatte, nussig, nach Honig und auch irgendwie nach Marzipan. »Geht«, konstatierte er also.

»Du meinst, mehr kouh nix soohcha?«, riet Lisa.

Heiko nickte grinsend.

»Ich hab noch was für dich. Immerhin hast du mich vorgestern groß zum Essen eingeladen.« Sie reichte Heiko einen Umschlag, der auf der Kommode gelegen hatte.

»Was issn des?«, wunderte sich Heiko und stöhnte auf, als er das Logo der Volkshochschule auf dem Kuvert entdeckte. »Doch nicht etwa ein weiterer Tanzkurs?«, fürchtete er.

Lisa lächelte. »Mach einfach auf.«

Heiko öffnete den Brief und las vor: »›Schmiedekurs in Hoongabuusch‹. Des is cool. Danke, Lisa!« Er drückte ihr einen weiteren Kuss auf die Lippen, und gemeinsam frühstückten sie lange und ausgiebig mit Sita, Garfield und Alfred.

FREITAG

Es war einer dieser Frühlingstage, die hoffen ließen, dass das Wetter bald vollends ins Sommerliche umschwenken würde, und zwar trotz Regen. Die Straße vor dem Crailsheimer Hauptfriedhof glänzte nass und dunkel, aber sie war gesprenkelt von duftigen weißen und rosafarbenen Blütenblättern. Obwohl Wolken den Himmel bedeckten, war es ungewöhnlich warm. Aber noch ungewöhnlicher waren die Fahrzeuge, die vor dem Friedhof auf dem Parkplatz standen. Jan Bullinger entdeckte Mannes Ratbike, Susis Honda und Simons Enduro, aber das war nicht alles. Auch Svens Eigenbau stand nämlich da, seine Präsi-Maschine.

Jan verzog seinen Mund zu einem unfrohen Lächeln, das war okay. Dieses Kapitel war abgeschlossen. Er zog seine Kutte enger um sich, die ganz neu war, aus feinstem Leder, beim Horst gekauft. Seine Oma hatte ein neues Patch gestaltet, und es war wirklich, wirklich gut geworden. Unter dem Toprocker »MFHC« prangte ein gelber Horaff, das Symbol der Crailsheimer, auf dem wiederum der Eiloader in seiner fränkischen Tracht thronte. Darunter stand »Horaff forever«. Und Jan hatte es nicht lassen können, eine kleine One-Percenter-Raute links daneben zu platzieren, denn artig kam er sich immer noch nicht vor. Das neue Patch war genial, er hatte schon mit den anderen geredet, vor allem mit dem Manfred, und es sah so aus, als dürfte seine Oma mit ihrer Hightech-Stick-Nähmaschine demnächst in Serienproduktion gehen.

Am Friedhof standen Dutzende weiterer Motorräder, viele Biker wollten dem Ritschie die letzte Ehre erweisen. Dass der Timo fehlen würde, das war schon rum. Niemand wusste, warum er es getan hatte, aber das würde schon noch rauskommen.

Jan Bullinger betrat den Friedhof und schritt auf die Kapelle zu, die aus rötlichem Stein gemauert war und ein rotes Ziegeldach besaß. Sie sah irgendwie gotisch aus. Je näher er kam, desto deutlicher wurde, dass der Andrang groß sein würde, denn immer mehr Menschen strebten auf das Gebäude zu. Nach einem Blick durch die Tür stellte Jan fest, dass das Gotteshaus bis auf den letzten Sitzplatz besetzt war. Eine Mischung aus Neugierigen, Familie, Freunden, Kollegen und vielen, vielen Bikern, weswegen es unbestreitbar nach Leder roch.

Jan murmelte einen Gruß, rückte sein Haargummi zurecht und suchte sich einen Stehplatz an der Wand. Irgendjemand drückte ihm einen Trauerdruck in die Hand, vorne drauf prangte ein Bild vom Ritschie, er hatte schon recht gut ausgesehen. Als er das einfach gefaltete DIN-A4-Blatt durchsah, fand er so das Übliche. ›Näher, mein Gott, zu Dir‹, ›So nimm denn meine Hände‹, ein Psalm und Bibelverse.

Aber das, was auf der Rückseite stand, hätte Jan Bullinger beinah ein Schmunzeln entlockt, das er sich wegen der Situation natürlich verkniff. Es war ein Hinweis vom MFHC. Schwarz umrandet stand dort neben einem Clipart-Motorrad und einer Hand, die zum Biker-Gruß ausgestreckt war: *Liebe Trauernde, zum Gedenken an unseren Ritschie laden wir, die Motorradfreunde Hohenlohe-Crailsheim, alle, die mögen, zu einer ›Ritschie-Rallye‹ von Pfingstsamstag bis Pfingstmontag ein. Nähere Informationen dazu finden Sie auf unserer neu gestalteten Homepage.*

DANKSAGUNG

Liebe Leserinnen und Leser,

»Die letzte Kurve« ist nun schon der achte Band um das Ermittlerduo Lisa Luft und Heiko Wüst. Auch dieses Mal möchte ich mich bei verschiedenen Leuten für ihre Unterstützung bedanken.

Zunächst einmal danke an die Mitglieder der MFHC, der »Motorradfreunde Hohenlohe-Crailsheim«, dass ich über ihren Verein schreiben durfte. Der Vorstand Klaus Otterbach gab mir in Interviews wertvolle Einblicke in die Welt der Hohenloher Biker und hat das Buch auch Probe gelesen, um sachliche Fehler zu eliminieren. Pfarrer Frieder Vogt hat mir bei der Korrektur der Gottesdienst-Szene geholfen. Danke an die Leute vom »Café Bauer«, die sich freuen, im Buch vorzukommen, ebenso wie die Betreiber der »Jagsttalranch«. In diesem Zusammenhang sei erwähnt, dass sowohl die Wibele-Torte als auch die Straußeneiwaffeln einfach nur göttlich schmecken! Danke an Frank »Molle« Winkler von »Annaweech«, auch für die immer gute Verköstigung in »Winklers Weinstube« und »dankschee fir die Musich«. In diesem Kontext ist auch der »Fundis« zu erwähnen, das »Gasthaus Rößle« in Saurach, wirklich sehr zu empfehlen, ebenso wie das »Schächtele«, das »Baiers Café Frank« und das »Down Under« in Crailsheim; nicht zu vergessen der »Doppeladler« in Gerbertshofen! Danke ebenso an Familie Andruschkewitsch von der »Rose« in Eschenau für die Informationen und das stets sterneverdächtige Essen. Auch die Krypta in Unterregenbach ist ein ganz besonderer Ort, und die Getränke von Hans-Jörg Wilhelm sind hervorragend – übrigens auch die vom Schlauchen Bernulf, zum Beispiel das Holunderschorle und der Hutzelschnaps, den es an der Muswies immer gibt. Mein Biker-Wissen bezüglich Instagram habe ich von meinen Schülern Marco Ruhs und Tizian Ungerer, die beide sehr empfehlenswerte Blog-Profile haben – falls Sie ihnen folgen möchten, würden sie sich freuen – »derflexo« und »ridewithtizi«. Genauso empfehlenswert ist übrigens »goats.dressage« – der Ziegendompteur. Der Pilzsachverständige Karl-Heinz Johe gab mir wertvolle Informationen zu Giftpilzen. Natürlich erhebt mein Roman nicht den Anspruch, mykologisch-wissenschaftlich vollständig korrekt zu sein. Danke an Klaus Neeser, dass ich den Werbetext »seines« Kurses klauen durfte. Auch der VHS Crailsheim durfte ich einen Recherchebesuch abstatten. Danke an Horst von »Horsts Biker Shop« für das Interview und den guten Kaffee. Besonders bedanken muss ich mich auch bei Markus »Magge« Karle, der mir Einblick in die Hardcore-Biker-Szene gegeben hat und der mich zur Figur des »Sven Koch« inspiriert hat – in Wirklichkeit ist er natürlich ein ganz Lieber, und definitiv der coolste Biker Hohenlohes! Ich gelobe außerdem feierlich, noch nie etwas von der »Spinne« gehört zu haben. Probeleser und Korrektoren waren diesmal außer dem schon genannten Klaus Otterbach Rainer Zörlein, meine Mutter Sonja Streng und Magge Karle. Danke auch an Herrn Polizeirat Heiner, dass ich mich in Sachen Polizeiarbeit jederzeit an ihn wenden darf. Vielen Dank an meinen Lektor Daniel Abt für sein sehr aufmerksames und qualitätsvolles Lektorat und an das tolle Gmeiner-Verlagsteam ganz allgemein; ebenso Dank an Lutz Eberle für die Covergestaltung – ich finde es besonders gelungen und passend! Auch diesmal hat mich natürlich der echte Heiko wieder inspiriert, und, oh Wunder, er hat tatsächlich das Rauchen aufgegeben! Danke an alle anderen Hohenloher, die mich laufend zu neuen Figuren anregen, weil sie so sind, wie sie sind. Ich hoffe, ich habe niemanden vergessen, derjenige möge mir bitte nicht böse sein. Und in meiner Eigenschaft als Pädagogin: An alle, die sich jetzt inspiriert fühlen, mal »Psylos« auszuprobieren – macht es nicht, das kann echt dumm laufen. »Rauschgift ohne mich« ist ein guter Slogan, der schon seine Berechtigung hat. Und probiert kein Hanging-Off aus, das ist viel zu gefährlich! Vielen Dank an alle, die mich mögen, liebhaben oder mich sogar lieben, ich weiß das zu schätzen. Nochmals danke an Sie, die Leser, dass Sie das Buch gekauft und gelesen haben – ich hoffe, Sie haben die Lektüre genossen, und freue mich über ein Feedback. Und falls Sie nicht das Glück haben, im besten Landstrich der Welt zu wohnen – besuchen Sie uns doch einmal in Hohenlohe! Es lohnt sich wirklich, vor allem im Frühling und Sommer!

Ihre Wildis Streng

Die Kommissare Wüst und Luft ermitteln:

1. Fall: Ohrenzeugen
ISBN 978-3-8392-1191-5

2. Fall: Trauerweiden
ISBN 978-3-8392-1389-6

3. Fall: Fischerkönig
ISBN 978-3-8392-1542-5

4. Fall: Dorftheater
ISBN 978-3-8392-1758-0

5. Fall: Todesgleis
ISBN 978-3-8392-1956-0

6. Fall: Muswiese
ISBN 978-3-8392-2158-7

7. Fall: Hammeltanz
ISBN 978-3-8392-2315-4

8. Fall: Die letzte Kurve
ISBN 978-3-8392-2704-6

9. Fall: Bürgerwache
ISBN 978-3-8392-0006-3

10. Fall: Sichelhenket
ISBN 978-3-8392-0303-3

Mémo-fiches AS

Modules 1 à 8

Jacqueline GASSIER
Professeur de sciences et techniques médico-sociales

Elisabeth PERUZZA
Cadre de santé, formatrice en IFSI

ELSEVIER
MASSON

DANGER

LE PHOTOCOPILLAGE TUE LE LIVRE

ISBN : 978-2-294-71145-9

ELSEVIER MASSON SAS – 62, rue Camille-Desmoulins – 92442 Issy-les-Moulineaux Cedex

471145-(II)-10- Mis en page par Nord Compo
Imprimé en Italie par Legoprint en octobre 2011
Dépôt légal : juillet 2010

SOMMAIRE

Module 1
Accompagnement d'une personne dans les actes de la vie quotidienne

Module 2
État clinique d'une personne

Module 3
Soins

1. Pathologies
La prise en charge et la surveillance du patient

2. Gériatrie
La prise en charge du patient âgé et en fin de vie

Module 4
Ergonomie

Module 5
Relation-Communication

Module 6
Hygiène hospitalière

Module 7
Transmission des informations

Module 8
Organisation du travail

INTRODUCTION

Ce *Mémo-fiches* présente, sous forme de fiches, les savoirs théoriques que l'aide-soignant (AS) doit mettre en œuvre au quotidien dans son activité auprès des patients et de leur entourage.

C'est un outil de travail synthétique qui a pour objectif d'aider les élèves à retenir l'essentiel du cours et à s'exercer aux QROC et aux QCM en vue des évaluations.

Ce *Mémo-fiches* est rédigé sur le même plan que les chapitres du référentiel de formation, qui sont largement développés dans le livre de référence le *Guide AS*[1].

- *Module 1 : Accompagnement d'une personne dans les actes de la vie quotidienne*
- *Module 2 : État clinique d'une personne*
- *Module 3 : Soins*
- *Module 4 : Ergonomie*
- *Module 5 : Relation-Communication*
- *Module 6 : Hygiène hospitalière*
- *Module 7 : Transmission des informations*
- *Module 8 : Organisation du travail*

Chaque fiche expose un thème majeur du programme officiel. Elle est structurée en 4 parties :

La définition du thème exposé.

Les notions essentielles : il s'agit des savoirs théoriques que l'élève doit mémoriser afin de pouvoir les développer le jour de l'examen.

L'observation-réflexion : il s'agit des compétences que l'AS doit mettre en œuvre dans le cadre du thème développé.

La situation : il s'agit d'un cas concret illustrant le thème exposé et le rôle de l'AS. La situation est complétée d'une « remarque » qui aide le lecteur à analyser la situation.

Afin de permettre un entraînement ciblé et efficace, des QROC et des QCM (suivis de leurs corrigés) sont associés aux chapitres qui font l'objet d'une évaluation (chapitres 1, 2 et 6).

Clair, concis, très maniable et illustré, ce *Mémo-fiches* devrait répondre à l'attente des élèves en période de révisions.

---

1. *Guide AS (de l'aide-soignant)* de J. Gassier, E. Péruzza, K. Le Neurès, éditions Masson.

MODULE 1

Accompagnement d'une personne dans les actes de la vie quotidienne

1 LES CYCLES DE LA VIE HUMAINE

1 Définition

Les cycles de la vie humaine sont des *étapes essentielles* où des événements marquants ponctuent la vie personnelle, familiale et sociale de l'individu.

2 Notions

Citons 3 étapes importantes de la vie d'un individu.

A La grossesse, la maternité

Chez les femmes, l'expérience de la maternité est ressentie différemment selon les individualités. Notons quelques aspects du vécu de la femme à ce moment important de sa vie.

- Pour certaines femmes, l'enfant est souhaité pour donner *un sens à la vie* pour se prolonger, mais pour d'autres femmes, l'enfant peut être souhaité aussi pour combler un manque affectif, une solitude ou correspondre à une *norme sociale*. Le désir d'enfant est donc un souhait conscient ou inconscient.
- À l'annonce de la grossesse, certaines femmes peuvent avoir des réactions *ambivalentes*, c'est-à-dire qu'elles désirent l'enfant et, en même temps, appréhendent cet événement. Elles se demandent si elles vont être à la hauteur de la situation : pourront-elles être femme et mère après la naissance ? Comment leur couple va-t-il s'adapter à ce changement ? Etc.

B L'accouchement/La naissance d'un enfant

L'accouchement représente la rencontre entre « le bébé rêvé » et « le bébé réel ». C'est la période où la relation affective entre la mère et le bébé s'installe.

a. Les réactions de la mère à la naissance sont variables :

La plupart des mamans sont très heureuses et le manifestent. Quelques-unes éprouvent une mini-dépression appelée *baby blues* (ces mères méritent d'être entourées et rassurées).

b. Les réactions du père à la naissance sont variables

- La plupart des pères sont très heureux (le sentiment de paternité les épanouit pleinement).
- Certains pères appréhendent leur nouvelle responsabilité.

c. Les réactions de la fratrie à la naissance sont très variables

- La plupart sont très heureux d'avoir un nouveau compagnon de jeu.
- Certains se sentent menacés dans leur affectivité (peur d'être délaissés par les parents, jalousie à l'égard du nouveau venu...).

C La maladie incurable, la fin de vie

L'étape ultime de la vie : c'est la période qui précède la mort. La personne vit un état émotionnel important. C'est le moment des dernières pensées sur soi et sur la vie.

3 Observation-Réflexion (rôle de l'AS)

A En service de maternité

L'AS doit :

- rassurer et valoriser la maman ;
- la sécuriser, l'aider et la conseiller ;
- l'observer, observer ses réactions à l'égard du bébé ;
- signaler l'état psychologique de la maman et ses liens relationnels avec son enfant (les transmissions sont importantes).

B En service de gériatrie

Face à une personne en fin de vie, c'est toute une équipe qui met en place un projet d'accompagnement. L'AS veillera tout particulièrement à :

- être à l'écoute de la personne en fin de vie et pouvoir apporter une présence bienveillante et empathique ;
- apprendre à reconnaître la plainte (la douleur) et transmettre l'information, afin que la personne soit soulagée rapidement.

Situation

L'ÉTAT PARTICULIER DE MADAME A. (JEUNE MAMAN)

Vous travaillez en maternité, vous observez le comportement de madame A. avec son bébé. Elle le regarde, le touche, le prend dans ses bras... Elle a une capacité d'empathie qui lui permet de savoir ce dont son bébé a besoin. Cette sensibilité accrue est un *état particulier* observé après la naissance. Madame A. est sans cesse en éveil au moindre signal, elle va voir le bébé, elle anticipe tous ses besoins, elle évalue sans cesse la qualité des soins, le confort de l'environnement, elle a un sommeil léger et répond avant même que son enfant réclame, c'est ce que l'on appelle *la préoccupation maternelle primaire*[1].

Remarque

Cette situation illustre le comportement de certaines mamans dans les jours qui suivent la naissance de leur enfant. Leur sensibilité est accrue et le personnel de santé (qui est particulièrement sollicité) doit faire preuve de *compréhension*, d'*écoute* et de *bienveillance*. Il veillera à les rassurer, les aider, les informer.

1. Cet état a été décrit par Donald Woods Winnicott : « La préoccupation maternelle primaire » dans *De la pédiatrie à la psychanalyse,* éditions Payot.

2 LE DÉVELOPPEMENT PSYCHOSOCIAL

1 Définition

Le développement psychosocial est le développement de la personne sur le **plan psychologique** et sur le **plan social**. Il varie selon les périodes de la vie.

2 Notions

A Le développement affectif et social du jeune enfant

Dès la naissance, l'enfant possède différents outils de communication. Il les utilise progressivement dans ses échanges avec autrui. Citons :

- *le regard et le sourire* : l'enfant fixe du regard l'adulte qui s'occupe de lui et lui sourit. (la réponse de l'adulte stimule son développement) ;
- *les pleurs* : ils transmettent une information assez fruste concernant un « état de mal-être » (l'adulte doit y être attentif et y répondre adéquatement) ;
- *les expressions corporelles* : avant l'apparition du langage, les enfants utilisent certaines expressions corporelles : c'est le langage non-verbal. Exemples :
  - pour signifier un refus ou son chagrin, l'enfant détourne la tête, ferme la bouche, repousse ce qu'on lui tend avec la main, pleure,
  - pour signifier son acceptation, l'enfant tend les bras, ouvre une large bouche, sourit…

B Le développement affectif et social de l'enfant d'âge scolaire

Le vécu affectif et social de l'enfant se développe au sein de deux groupes :

- le *groupe familial* qui sécurise l'enfant et l'aide à épanouir sa personnalité, à prendre confiance en lui ;
- le *groupe social* qui l'aide à faire l'apprentissage de la vie sociale.

L'expérience avec ses copains poussera l'enfant à sortir de son égocentrisme à devenir *autonome*, à se *socialiser*.

C Les transformations de l'adolescence

L'adolescence se caractérise par des transformations importantes. En particulier les transformations physiques qui caractérisent la puberté, les transformations intellectuelles et surtout les transformations psychologiques qui concernent :

- *l'image du corps* : l'adolescent doit apprendre à s'aimer dans un « nouveau corps » ;
- *les pulsions sexuelles* : c'est le temps des premiers flirts, du premier baiser ;
- *le détachement des parents* : l'adolescent a besoin de revendiquer son indépendance ;
- *la recherche d'identité* (qui suis-je ?) : les jeunes rejettent les images parentales et recherchent de nouveaux modèles.

D Les événements de l'âge adulte

L'âge adulte est un état apparent de maturité affective. Parmi les événements affectifs et sociaux importants, citons à titre d'exemple : le *mariage* (parfois suivi du divorce), la *maternité* ou la *paternité*. Mais aussi les problèmes de l'*emploi*, du *chômage* et de la *retraite*.

E Les aspects de la vieillesse

Les aspects psychologiques de la vieillesse sont très différents selon les individus.

- *La dégradation de l'image de soi.*

La personne âgée voit son corps se dégrader (rides, cheveux blancs apparaissent). C'est le regard d'autrui qui va influencer son estime de soi.

- *Le désœuvrement au moment de la retraite.*

L'arrêt de l'activité professionnelle est un cap difficile à passer pour certaines personnes.

- *Les changements du cadre de vie.*

Modifier brutalement le cadre de vie d'une personne âgée est un élément très perturbateur, car le cadre de vie est un *repère affectif* sécurisant.

3 Observation-Réflexion (rôle de l'AS auprès de la personne âgée)

L'AS doit observer les comportements des personnes afin de pouvoir répondre à leurs besoins et leurs attentes. Dans le cadre de son travail, l'AS observera plus particulièrement la personne âgée. Celle-ci a parfois des *réactions exacerbées* avec une accentuation des traits de caractère. Ainsi constate-t-on des colères, des crises de jalousie et d'envie. Aussi le personnel soignant doit savoir qu'il s'expose à des réactions *d'hostilité* ou *d'agressivité* pas toujours exprimées directement : demandes répétitives, caractérielles ou hypocondriaques sont autant de moyens de lutter contre l'idée de la mort qui approche et qui suscite une *angoisse inconsciente.* C'est en effet accepter l'idée que cette lente dégradation l'amènera inéluctablement à la mort.
L'AS doit donc manifester beaucoup de *respect*, de *tolérance* et de *compréhension* bienveillante à son égard.

Situation

LES PROBLÈMES DU 3e ÂGE

José (79 ans) ne peut envisager le départ en maison de retraite alors qu'il vit seul et que sa santé est défaillante. Il dit qu'il est bien, qu'il n'a besoin de personne.
Ses enfants ne souhaitent pas perturber davantage l'état de santé de leur père et c'est avec leur mère qu'ils réfléchissent pour qu'une auxiliaire de vie puisse venir quotidiennement.
René (82 ans) avait une véritable passion pour la pêche et la nature. Résidant dans une maison de retraite et ne pouvant plus se déplacer, il s'est enfermé dans un mutisme complet. Il devient très agressif quand de vieux amis viennent le voir et l'appellent « le pêcheur » comme autrefois. Toute allusion à sa vie passée lui est insupportable par le manque douloureux que suscite en lui la résurgence de ces souvenirs.

...

Remarque

L'AS doit avoir une *capacité d'empathie* très développée pour s'occuper des personnes âgées et de tous les troubles qui sont associés à l'avancée en âge. Il doit comprendre leurs *peurs* (peur de la solitude, de la douleur, de la maladie, de l'abandon, de l'irréversible, peur de la mort inéluctable).
L'AS qui *comprend* le patient *supporte* mieux ses réactions (qui souvent sont insupportables pour les autres) et ainsi peut lui apporter une écoute et une aide précieuse dans l'*accompagnement* au quotidien, afin de lui apporter une certaine qualité de vie.

3 LES BESOINS FONDAMENTAUX DE LA PERSONNE

1 Définitions

- **Le besoin** est dû à un *manque* de quelque chose qu'il faut essayer de satisfaire.
- **Le besoin fondamental** correspond à une *nécessité vitale* pour la personne.

Les besoins varient selon *l'âge* et selon les *circonstances* (ex. : croissance, grossesse, allaitement, maladie, etc.).

2 Notions

Il y a **14 besoins fondamentaux**[1] décrits par Virginia Henderson. Ils n'ont aucune hiérarchie entre eux car ils sont tous importants et interactifs. Toutefois, les 4 premiers besoins (dits *besoins physiologiques*) sont prioritaires car vitaux.

A Respirer

Capacité d'une personne à maintenir un niveau d'échanges gazeux suffisant et une bonne oxygénation. C'est satisfaire *un besoin vital.*

B Boire et manger

Capacité d'une personne à pouvoir boire et manger, à mâcher et à déglutir. Mais aussi à avoir faim et absorber suffisamment de nutriments en fonction de l'activité. C'est satisfaire *un besoin vital.*

C Éliminer

Capacité d'une personne pour évacuer les déchets du fonctionnement de l'organisme par voie urinaire, intestinale, respiratoire, cutanée (transpiration) et les menstruations. C'est satisfaire *un besoin vital.*

---

1. Selon le modèle de Virginia Henderson (IDE, enseignante américaine), les besoins fondamentaux de l'être humain peuvent être classés selon une liste ordonnée que les professionnels de santé utilisent lors des soins d'une personne malade ou en bonne santé.

D Dormir et se reposer

Capacité d'une personne à dormir et à se sentir reposée. C'est permettre à l'organisme d'éliminer la fatigue physique et psychique et de se régénérer.
C'est satisfaire *un besoin vital.*

E Se mouvoir et maintenir une bonne posture

Capacité d'une personne de se déplacer avec ou sans aide-technique, c'est accomplir les activités de sa vie quotidienne avec des mouvements harmonieux.

F Se vêtir et se dévêtir

Capacité d'une personne de pouvoir s'habiller et se déshabiller, à adapter ses vêtements en fonction de l'activité, du climat et de ses goûts.

G Maintenir la température du corps dans les limites de la normale

C'est assurer une bonne thermorégulation permettant de conserver un état de santé et de bien-être en fonction de son environnement.

H Être propre et soigné, protéger ses téguments

Capacité d'une personne à assurer l'hygiène de son corps, son bien-être physique et psychique, c'est aussi valoriser son image de soi.

I Éviter les dangers

Capacité d'une personne à prévenir les risques de la vie courante, tant physiques que psychologiques et prendre les mesures nécessaires pour les éviter.

J Communiquer avec ses semblables

Capacité d'une personne à être comprise et comprendre les autres grâce à la parole et l'attitude (le verbal et le non-verbal). C'est s'insérer dans un groupe sociale.
C'est *un besoin vital.*

croyances

K Agir selon ses croissances et ses valeurs

Capacité d'une personne à connaître et promouvoir ses principes, ses croyances (religieuses ou spirituelles) et ses valeurs (être en accord avec soi-même).

L S'occuper en vue de se réaliser

Capacité d'une personne à trouvé des « moyens » pour se sentir utile, c'est assurer le développement de son potentiel personnel et intellectuel, tenir un rôle dans une organisation sociale.

M Se récréer, se divertir

Capacité d'une personne à se détendre, à se cultiver par des activités procurant du plaisir, de la détente.

N Apprendre

Capacité d'une personne à maintenir en éveil son activité intellectuelle et sa curiosité naturelle afin d'apprendre d'autrui ou d'un événement, d'évoluer, de s'adapter au changement.

3 Observation-Réflexion (rôle de l'AS)

L'AS doit être capable de discerner le *besoin fondamental perturbé* du patient, car le besoin perturbé révèle le manque, l'insatisfaction. Voir quelques exemples ci-après.

Les besoins fondamentaux perturbés chez le patient hospitalisé	Le rôle de l'AS auprès du patient
Respirer · Perturbation du rythme respiratoire (dyspnée, cyanose, polypnée, bradypnée) · Toux (sèche ou grasse)	L'AS peut : · mesurer la fréquence respiratoire (FR) ; · prendre le pouls ; · mettre le patient en position semi-assise ; · surveiller l'installation du patient ;
Boire et manger · Inflammation de la muqueuse buccale · Troubles de la déglutition	· faire un bain de bouche non-médicamenteuse (si indiqué) ; · évaluer la douleur ; · prévenir les fausses routes, respecter le rythme du patient ;

Éviter les dangers · Risque de chute · Transmission des maladies infectieuses et nosocomiales	· mettre en place des moyens de sécurité (ex. : barrières aux lits...) ; · respecter les règles d'hygiène de base (lavage des mains et frictions SHA, hygiène du matériel...) ;
Communiquer avec ses semblables Perturbations de la communication dues à : · des troubles des sens ; · une différence culturelle.	· rechercher une personne pouvant traduire dans la langue du patient ; · dépister les difficultés de communication ; · décoder le message envoyé.

Lors des transmissions, l'AS se gardera de formuler tout jugement de valeur relatif au(x) besoin(s) de la personne.

Situation

L'EMBOLIE PULMONAIRE DE JEAN

Jean, 75 ans, hospitalisé en urgence pour embolie pulmonaire (petit caillot de sang venant obstruer l'artère pulmonaire ou l'une de ses branches), souffre d'une gêne respiratoire importante. Le moindre petit geste engendre une toux pénible qui le limite dans ses mouvements. Il est en repos strict au lit pour éviter la migration d'autres emboles. Après un traitement anticoagulant, Jean a retrouvé une respiration normale et, de ce fait, son indépendance. Aujourd'hui, il peut se promener, faire ses courses et même partir en voyage.

Remarque

Nous voyons ici les interactions entre l'appareil circulatoire, l'appareil respiratoire et l'appareil locomoteur. *Le besoin de respirer* était perturbé et cela influençait *le besoin de se mouvoir*. On peut penser que, pour *le besoin de communiquer*, le patient devait être essoufflé, que *boire et manger* devait être difficile pour lui et que Jean avait aussi des difficultés importantes pour réaliser les soins d'hygiène répondant aux *besoins d'être propre et soigné* et que le *besoin de se récréer* n'était pas satisfait au cours de sa maladie.

4 LA DIMENSION SOCIOCULTURELLE DE LA PERSONNE

1 Définition

L'individu évolue au sein de 2 groupes : le groupe familial et le groupe social. Il est très imprégné de la culture de son groupe, il s'agit de la *dimension socioculturelle* de la personne.

2 Notions

A Le groupe familial

La famille est constituée d'un ensemble de personnes, unies par des liens biologiques et affectifs. Dans le langage courant, la famille est un ensemble de personnes liées par le sang, vivant ou non sous le même toit. La famille se structure à partir de 2 mécanismes : *l'alliance* et *la filiation.*

Il existe différents **types de familles**.

- *La famille nucléaire* : c'est une famille composée de 2 parents et des enfants non mariés.
- *La famille monoparentale* : elle est formée d'un adulte avec un ou plusieurs enfants de moins de 25 ans.
- *La famille recomposée* : elle regroupe l'un des conjoints avec son (ou ses) enfant(s) et les enfants nés des précédentes unions du couple.

La famille assume plusieurs **fonctions**.

- *La reproduction* : elle permet d'assurer sa descendance.
- *La socialisation* : elle apprend aux enfants les règles du « vivre en société ».
- *La protection* : elle vise à entretenir correctement les enfants (loger, nourrir…).
- *La transmission du patrimoine* : elle permet de transmettre ce qu'elle a gagné par son travail à sa descendance.

B Le groupe social

a. Le groupe de référence

Prenons un exemple : l'enfant se « réfère » dans un premier temps à sa famille. Il va adopter son mode de vie, sa langue, sa culture (culture alimentaire, vestimentaire...). Pour l'enfant, on parle d'adulte référent.
Plus tard, le jeune se construit en imitant ou en s'opposant à ses proches.

b. Le groupe d'appartenance

L'individu adopte, en principe, les valeurs en usage dans son propre groupe social (ex. : sa culture, sa religion, ses valeurs...).

c. L'organisation du groupe

Le groupe se constitue dans le but d'atteindre un objectif. Son fonctionnement est basé sur la hiérarchie. Tout groupe recherche un chef qui organise et structure le groupe.
L'organisation du groupe se traduit par un ensemble de droits et de devoirs, de permis et d'interdits. Elle garantit les libertés de chacun.

C La socialisation de l'individu

La socialisation de l'individu se réalise par :
- *l'acquisition de connaissances.* Elle permet à l'individu de savoir se comporter dans la société (par exemple par la connaissance des lois) ;
- *la maîtrise de la communication.* Elle est indispensable à l'individu pour trouver sa place au sein de la société ;
- *les apprentissages sociaux (rôle social).* Chaque individu doit jouer un (ou plusieurs) rôle social et avoir des comportements conformes à ce(s) rôle(s). Exemple : une mère de famille qui travaille doit assumer à la fois un rôle de mère, de salariée, de collègue, et d'épouse.

D La culture de l'individu (acculturation)

L'individu a besoin d'intégrer la culture de son groupe social. La culture recouvre l'ensemble des habitudes sociales partagées par une collectivité humaine (des modes de pensée, des façons d'agir, des valeurs, des opinions, une religion, etc.).
- *L'influence culturelle du milieu social* joue un rôle capital dans le développement culturel de l'enfant. L'interaction doit être prise en compte. Plus le milieu sera riche en incitations à agir, plus le sujet pourra développer ses connaissances.
- *La dyssocialité (ou délinquance)* est une désadaptation culturelle qui peut être due à différents facteurs :
  – l'immaturité de la personnalité,

– les difficultés à s'identifier à un groupe,
– l'absence de relations sociales ou affectives satisfaisantes,
– l'absence d'éducation (d'où méconnaissance des valeurs, des normes du groupe).

E Les religions, les croyances, les valeurs

Les chrétiens, les juifs et les musulmans partagent de nombreuses valeurs. À titre d'exemples, citons :

- *les idéaux partagés :* fraternité humaine, tolérance, compassion, charité, respect d'autrui (ne pas tuer, ne pas voler) etc. ;
- *les pratiques condamnées :* l'euthanasie, la fécondation *in vitro* (FIV), la procréation médicalement assistée (PMA), le clonage, le génome et d'autres actes touchant le respect de la vie humaine.

3 Observation-Réflexion (rôle de l'AS)

L'AS est amené à soigner des patients de milieux socioculturels et de religions différentes. Il veillera donc à appréhender ces différences culturelles et à ne pas juger à travers son propre contexte culturel.
Pour mieux répondre à la demande d'un patient liée à sa religion, l'AS (en collaboration avec l'IDE) peut faire appel aux différentes aumôneries dans les hôpitaux ou contacter les responsables locaux des cultes ou leur représentant. Au moment du décès, l'AS doit respecter la foi de chaque patient et de sa famille et les rites qui s'y rattachent.

Situation

MADO, SIMONE ET TAHAR EN GÉRIATRIE

Mado est croyante (selon le terme employé par les membres de sa famille). Elle est catholique et dit suivre les préceptes de sa religion, aussi bien dans ses actions quotidiennes que dans ses traditions. Mado a demandé à l'AS dès son arrivée à l'hôpital où se trouvait la chapelle.
Simone se dit croyante, mais n'est pas pratiquante. Elle dit n'avoir pas le temps de suivre les offices avec Mado, mais informe l'AS qu'elle a enseigné à ses enfants le sens des valeurs humaines (la gentillesse, le pardon, la bonté, le respect d'autrui, la tolérance...).

...

Tahar pratique la religion musulmane. Dès son entrée à l'hôpital, il a demandé à Mme D. (cadre IDE) où se trouvait l'Est, afin de pouvoir faire ses prières quotidiennes.

Remarque

L'AS aura le devoir de respecter les valeurs et les croyances des patients et de prendre en compte les effets de l'observance religieuse à différents niveaux (repas, office...). Si un AS veut offrir des soins culturellement adaptés, il doit non seulement respecter les convictions personnelles du patient, mais aussi se demander comment il peut utiliser ces convictions pour que les soins aient une efficacité maximum et ainsi promouvoir une santé optimale.

5 L'AIDE À L'AUTONOMIE ET LE RESPECT DES DROITS DE LA PERSONNE

1 Définitions

- **L'autonomie** n'est pas synonyme d'indépendance mais représente la capacité à gérer des dépendances. Exemple : une personne paraplégique peut être dépendante pour des activités de la vie quotidienne, mais autonome dans la prise de ses décisions concernant sa santé, son travail…
- **La dépendance** apparaît lorsque la personne est dans l'incapacité partielle ou totale de subvenir seule à la satisfaction de ses besoins fondamentaux, selon son âge et son état de santé.
- **L'indépendance** est la capacité d'une personne à satisfaire ses besoins fondamentaux :
  - soit par des actions qu'elle réalise elle-même ;
  - soit par l'adoption d'un « mode de suppléance » (qui va lui octroyer son indépendance)[1]. Exemple : l'homme avec une canne (cette aide technique lui permet de satisfaire son besoin de se mouvoir).

2 Notions

A Les différentes formes d'autonomie

a. L'autonomie physique

La personne a des capacités lui permettant d'effectuer seule des actes physiques de la vie courante. Exemples : marcher, se déplacer, faire sa toilette.

1. Selon la théorie de Virginia Henderson.

b. L'autonomie psychique

La personne a des capacités cérébrales lui permettant de maîtriser des actes de la vie courante.
Exemple : être capable de faire telle ou telle action responsable (aller à la banque, au marché...).

c. L'autonomie sociale

La personne a des capacités lui permettant de maîtriser les actes de la vie sociale.
Exemple : entretenir des relations amicales, conjugales ou sociales.

d. L'autonomie juridique

La personne a des facultés mentales lui permettant d'être responsable de ses actes. Exemple : voter, signer un acte de vente ou d'achat.

B Les objectifs de l'aide à l'autonomie

Selon l'état de santé de la personne, l'objectif sera différent. Deux cas se présentent.

a. Maintenir l'autonomie résiduelle

L'objectif, dans ce cas, est d'aider la personne à retrouver une partie de son autonomie pour faciliter la vie, mais si la personne est impotente et grabataire, il est irréaliste d'envisager une restauration de l'autonomie de déplacement.

b. Restaurer l'autonomie perdue

L'objectif, dans ce cas, est d'aider la personne à retrouver l'autonomie perdue à cause d'une maladie ou d'un handicap, mais le choix d'une stratégie dépend de l'état du patient et du diagnostic médical.

C Le respect des droits de la personne privée d'autonomie

Quelle que soit la situation de la personne privée d'autonomie, l'aide-soignant doit respecter ses droits (protégés par la loi), c'est-à-dire respecter tout particulièrement :

- la **vie privée du patient**. Exemple : la confidentialité de ses déclarations, de son courrier, etc. ;
- les **goûts du patient**, sa **dignité** et sa **responsabilité** : celui-ci a le droit d'être informé de tout ce qui concerne son état de santé, de refuser certains soins médicaux le concernant et de désigner par écrit une personne de confiance.

3 Observation-Réflexion (rôle de l'AS)

L'AS doit :

- susciter la participation active du patient ;
- valoriser les efforts, les progrès du patient, l'encourager ;
- évaluer au quotidien le degré d'autonomie (cf. grille d'autonomie)[1] ;
- aider à faire, et non « faire à la place » de la personne (pour « gagner du temps » !) ;
- stimuler l'autonomie restante afin de pallier la dépendance, maintenir l'estime de soi ;
- laisser à la personne le temps d'agir elle-même.

L'AS doit respecter la charte de la personne âgée dépendante. Quatorze articles y sont développés (cf. livre de référence).

Situation

L'ÉVALUATION DU DEGRÉ D'AUTONOMIE DE MADAME G.

Madame G. est hospitalisée pour une fracture du col fémoral. La rééducation lui permet la marche avec un déambulateur, mais elle ne peut obtenir une autonomie totale du déplacement, car elle a très peur de retomber. Son état osseux et musculaire n'est pas bon et elle souffre de perte d'équilibre. L'équipe de soins évalue son degré d'autonomie sur « la cible » ci-après.

Remarque

Les progrès de madame G. sont sensibles au niveau de la *motricité*, ce qui a amélioré son autonomie au niveau de l'alimentation et de l'hygiène (l'aide est devenue partielle).

...

1. Pour évaluer l'autonomie de la personne, le soignant peut utiliser la grille AGGIR (grille d'évaluation officielle) (cf. ouvrage de référence).

En revanche, madame G. a toujours *des difficultés pour s'habiller*. *L'humeur reste médiocre*, ce qui peut en partie expliquer son peu de motivation, ses difficultés relationnelles et son découragement face aux activités.
En revanche, madame G. a un *bon sommeil*.
L'objectif de l'équipe pourra être de solliciter la motricité chez cette patiente, pour éviter qu'elle ne devienne impotente et aussi de stimuler l'humeur en lui proposant des activités, en valorisant l'autonomie acquise pendant la rééducation, en proposant des vêtements faciles à mettre.

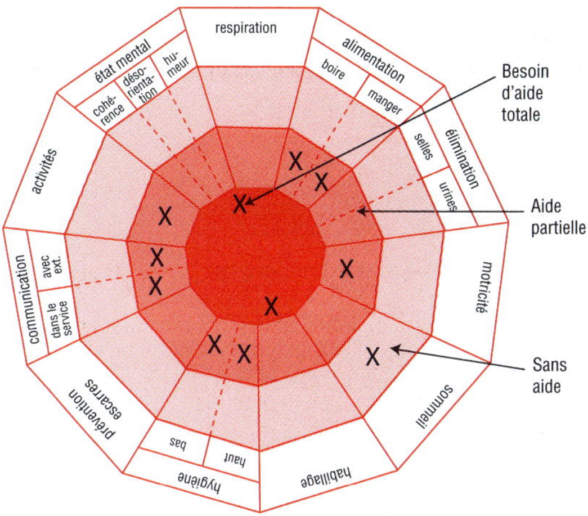

Figure 1 : Évaluation du degré d'autonomie de madame G. (un exemple de grille)

Il y a 3 niveaux de besoins (lisibles de la partie claire à la partie foncée).

- Certains besoins étant *satisfaits* (partie la plus claire de la grille : ne nécessitant pas d'aide), la personne est autonome. C'est ici le cas pour le sommeil.
- D'autres besoins étant *insatisfaits* (totalement ou partiellement). Il faut apporter une aide totale (partie foncée de la grille) ou partielle (partie plus claire).

Ici, madame G. a une aide totale pour l'habillage et une aide partielle pour le reste des activités.

NB : À la place des croix, on peut indiquer des lettres (SA, AP ou AT). On peut aussi tracer des traits reliés aux légendes indiquant les 3 formes d'aide.

6 LA SANTÉ PUBLIQUE ET LE SYSTÈME DE SANTÉ FRANÇAIS (SSF)

1 Définitions

- **La Santé publique** s'efforce de valoriser le capital santé d'une société. Le terme de santé publique évoque aussi bien les problèmes de santé d'une population que l'administration des services de santé.
- **Le système de santé français (SSF)** regroupe tous les moyens qui permettent de réaliser une politique de santé.

2 Notions

A Les objectifs de la Santé publique

La Santé publique a pour objectif[1] d'ajouter :

- *de la santé à la vie,* en diminuant la morbidité et la capacité ;
- *des années à la vie,* en allongeant l'espérance de vie ;
- *de la vie aux années,* en donnant aux individus les moyens d'obtenir un bien-être physique et psychologique.

B Les moyens de la Santé publique

La Santé publique utilise divers moyens, citons :

- *les indicateurs démographiques* : ils s'appuient sur la description d'une population ciblée (ex. : l'espérance de vie, la fécondité, la natalité, la pyramide des âges, etc.) ;
- *l'épidémiologie* : elle s'appuie sur l'état des risques (probabilité qu'un événement se produise dans un groupe de personnes) et les facteurs de risque.

C La politique de Santé publique

La promotion de la santé et la prévention sont les axes principaux de la politique de santé.

---

1. Objectifs définis selon l'OMS.

a. Les échelons de la prévention

- *La prévention primaire* : elle s'exerce avant l'apparition de la maladie en agissant sur les facteurs de risque. Exemples : la prévention *individuelle* (hygiène corporelle, activités physiques) ou *collective* (distribution d'eau potable, élimination des déchets, etc.).
- *La prévention secondaire* : elle tente de limiter le développement de la maladie grâce au dépistage précoce (dépister un cancer).
- *La prévention tertiaire* : elle vise à limiter les incapacités dues à la maladie et à éviter les récidives. Des mesures favorisent la rééducation et la réinsertion après la maladie.

b. L'éducation à la santé

L'éducation à la santé est une action destinée à améliorer l'hygiène de vie des personnes et donc leur état de santé. Elle utilise :

- des actions médiatiques (exemples : TV, radios, etc.). Un exemple : les messages diffusés à la radio et à la télévision pour se faire vacciner contre la grippe A (virus H1N1) ;
- des messages écrits (exemples : articles de journaux, tracts, affiche…).

D Les programmes d'actions prioritaires (PAP)

Le gouvernement est amené à prendre des mesures spécifiques de prophylaxie d'où les PAP.
Ils concernent :

a. La lutte contre l'alcoolisme

On distingue 2 types d'alcoolisme :

- *l'alcoolisme aigu* : c'est une consommation excessive mais occasionnelle d'alcool (état d'ivresse) ;
- *l'alcoolisme chronique* : c'est une consommation importante et régulière d'alcool, créant un état de dépendance et d'accoutumance.

Les effets de l'alcoolisme sur l'individu sont multiples et ses conséquences dramatiques (hospitalisation, crimes et délits, drames familiaux, etc.). Citons quelques exemples de la prévention[1] :

- interdire les boissons alcoolisées dans les entreprises ;
- dépister l'alcoolémie des conducteurs (0,5 g/L) ;
- interdire la publicité pour des produits alcoolisés à la télévision, dans les stades, etc.

1. Par souci de concision, nous ne pouvons citer ici que quelques mesures à titre d'exemples. Nous invitons les élèves (en raison de l'importance du sujet) à se reporter au livre de référence (le *Guide AS*) pour les mesures complémentaires.

b. La lutte contre le tabagisme

Les effets du tabac sur la santé sont multiples. Le tabagisme peut toucher divers appareils :
- *l'appareil circulatoire* (ex. : accidents cardiaques) ;
- *l'appareil digestif* (ex. : ulcères gastriques, cancers) ;
- *l'appareil respiratoire* (ex. : bronchites, cancers bronchiques).

Citons quelques exemples des mesures de la prévention[1], il s'agit de :
- lutter contre la publicité en faveur du tabac ;
- interdire l'usage du tabac dans les lieux publics[2] (gares, aéroports, restaurants, bars).

c. La lutte contre l'usage de drogues

Le terme de drogue est réservé aux toxiques *illicites*. Tabacs et alcools sont des *drogues licites*[3]. On retrouve des points communs chez les toxicomanes. Il s'agit de personnalités fragiles, confrontées à un milieu familial problématique ou à des traumatismes affectifs ou sociaux. Les effets sur la santé sont très divers. Citons[1] : les troubles psychiatriques conduisant au suicide, les accidents, agressions, etc. La prévention des toxicomanies nécessite des mesures internationales pour limiter la circulation de stupéfiants en France. Pour inciter les toxicomanes à se faire traiter, ils bénéficient de l'anonymat et de la gratuité des soins.

d. La lutte contre les accidents

- **Prévention des accidents de la route**

Citons quelques exemples[1] :
  - limiter la vitesse sur la route ;
  - limiter le taux d'alcoolémie au volant (0,5 g/L) ;
  - porter la ceinture de sécurité.

- **Prévention des accidents domestiques**

Citons quelques exemples[1] :
  - protéger les installations électriques ;
  - ranger les médicaments, les produits ménagers, les allumettes, etc. en lieu sûr ;
  - vérifier les normes de fabrication pour les jouets, etc.

- **Prévention des accidents du travail**

Citons quelques exemples[1] :
  - porter des protections à certains postes de travail (casques, gants, masques...) ;
  - améliorer les systèmes de sécurité.

---

1. Par souci de concision, nous ne pouvons citer ici que quelques mesures à titre d'exemples. Nous invitons les élèves (en raison de l'importance du sujet) à se reporter au livre de référence pour les mesures complémentaires.
2. La loi Évin, renforcé en 2007 et 2008.
3. Autorisées par la loi.

E L'organisation du système de santé français (SSF)

a. Organisation administrative

- *Au niveau de l'État* : le ministère de la Santé.
- *Au niveau de la région :* les DRASS (Direction régionale des affaires sanitaires et sociales).
- *Au niveau du département :* les DDASS (Direction départementale des affaires sanitaires et sociales) et les DVS (Direction de la vie sociale).

b. Organisation sanitaire

- *Les établissements sanitaires* : les établissements de santé publics (les CHR, les CHU) ou privés.
- *Les structures d'accueil psychiatrique* : l'Hôpital de jour, d'hospitalisation de jour (HDJ) ou les Centres médicaux psychologiques (CMP).
- *Les services de secours et soins d'urgence* : les Services d'aide médicale d'urgence (Samu) ou les Services mobiles d'urgence et de réanimation (Smur).

c. Organisation sociale (la Sécurité sociale)

- La loi rend *obligatoire* l'affiliation à la Sécurité sociale de tout travailleur résidant sur le territoire. Elle répartit les risques sociaux en *trois branches* :
  - la branche maladie, maternité, invalidité, décès ;
  - la branche vieillesse ;
  - la branche famille (prestations familiales).
- Sont dits *bénéficiaires* les personnes qui peuvent percevoir les prestations de la Sécurité sociale, à savoir l'assuré et ses ayants droits (le conjoint non salarié ou les enfants).

Les *cotisations* sont prises sur *les salaires* et complétées par la cotisation sociale payée par l'employeur.

- Le bénéficiaire de la Sécurité sociale peut obtenir 2 *catégories de prestations* :
  - *les prestations en nature.* Elles correspondent au remboursement des frais occasionnés par les soins de santé des assurés et leurs ayants droits en cas de maladie ou d'accident (avec la carte vitale, l'assuré ne paye plus que la part non remboursée par la Sécurité sociale) ;
  - *les prestations en espèces* (les indemnités). Elles sont destinées à compenser une perte de salaire occasionnée par la maladie. L'assuré social doit envoyer l'avis d'arrêt de travail dans les 48 h à la Sécurité sociale.

3 Observation-Réflexion (rôle de l'AS)

L'AS doit :

- éviter de culpabiliser ou de juger un patient atteint d'une addiction et l'amener à dialoguer ;
- souligner les effets positifs d'un sevrage (drogue, alcool ou tabac) ;
- proposer des compensations attrayantes (pratiquer un sport, par exemple) ;
- prévenir les accidents en veillant à respecter les règles d'hygiène et de sécurité ;
- conseiller les patients sur les différentes prestations auxquelles ils ont droit.

Situation

LE NUMÉRO D'IDENTIFICATION DE JEAN À LA SÉCURITÉ SOCIALE

Jean a signé son premier contrat de travail à la suite de sa réussite au DEAS. Le numéro d'identification de Jean à la Sécurité sociale est le suivant : 1.73.08.13.113.057.11

1 ou 2	73	08	13	113	057	11
Sexe : 1 pour les hommes 2 pour les femmes	Année de naissance	Mois de naissance	Département de naissance	Commune de naissance	N° d'Insee	Chiffre clé

Remarque

Cette situation nous apprend à lire un numéro d'identification à la Sécurité sociale. Les 4 premières cases nous apprennent ici que le sujet est *masculin*, et qu'il est né en *août 1973* à *Marseille* (département : 13). Les autres numéros sont administratifs et varient selon le lieu d'habitation.

7 LA DIMENSION DES SOINS ET L'ACCOMPAGNEMENT DU PATIENT

1 Définitions

Les soins sont les *actions* par lesquelles on conserve ou on rétablit la santé de quelqu'un. Il faut bien différencier le sens de ces deux expressions.

- **Prendre soin** : l'expression a deux aspects :
  – *un aspect technique* : par exemple, le soignant fait une toilette, aide au repas,
  – *un aspect relationnel :* par exemple, le soignant va informer, expliquer conseiller, éduquer le patient... ;
- **Soigner** :

C'est accomplir des actes professionnels (ou soins) dans la limite de ses compétences.

2 Notions

A Les dimensions des soins infirmiers

- La dimension *préventive* : il s'agit d'éviter les risques connus pour la santé (par exemple par la vaccination).
- La dimension *curative* : il s'agit d'éliminer le problème de santé à l'aide d'un traitement, de limiter les complications et les rechutes.
- La dimension *éducative* : il s'agit d'éduquer le patient à la santé afin qu'il puisse entretenir et (ou) restaurer son état de santé.
- La dimension *de réinsertion* : il s'agit d'aider le patient à se réinsérer dans la vie professionnelle.
- La dimension *palliative* : il s'agit de soulager la douleur, d'être à l'écoute du patient.

B Le rôle de l'accompagnant auprès du patient

L'aide-soignant qui accompagne le patient doit rechercher l'attitude qui lui paraît la plus appropriée, la plus adaptée pour la personne soignée et la bonne distance dans la relation. Il doit :

a. Faire prévaloir l'écoute

- Les *manifestations non verbales* de l'écoute sont :
  - *le contact visuel*, regarder l'autre, lui témoigner, par la présence de regard, toute l'importance que l'on attache à ce qu'il énonce, c'est lui manifester de l'attention,
  - *le langage corporel*, le toucher, les positions physiques communiquent de façon non verbale ce que nous vivons de l'intérieur,
  - *la voix*, l'intonation seront chaleureuses, témoignant de la disponibilité ;
- La *manifestation verbale* de l'écoute est la reformulation.

Le soignant va redire en d'autres termes et d'une manière plus concise ou plus explicite ce que le patient vient d'exprimer (par exemple, il peut dire : « si je vous ai bien compris, vous voulez que… »).

b. Comprendre les « attitudes de défense » du patient

Dans la relation *accompagnant-accompagné* (soignant – patient), lorsque l'on parle de « défense », il s'agit d'une partie du *moi* qui se défend contre une autre partie du moi qui pourrait l'amener à souffrir. Elles se traduisent par la régression (c'est le retour à des comportements du passé) ou par de l'agressivité envers le soignant.

C Le rôle de l'accompagnant auprès de la famille du patient

Pour remplir son rôle auprès de la famille du patient, l'AS veillera à :

a. Vivre une relation triangulaire équilibrée et harmonieuse

La famille a besoin d'informations régulières et d'explications. Il est important que le soignant soit à l'écoute des questions, des peurs, et donne, dans les limites de ses compétences, des réponses. L'AS réfléchit en équipe à la relation à instaurer avec la famille.

b. Éviter les confusions de rôle

Il est vrai que le patient a d'autres besoins que le soin, en particulier un intense besoin affectif. Mais les confusions de rôle sont des écueils à éviter. Le soignant « accompagnant » reste le soignant. La famille reste la famille. Chacun joue un *rôle complémentaire* auprès du patient.

c. Protéger le patient des « excès » familiaux et valoriser la famille

Parfois, la perception que la famille a de la douleur du patient est bien différente de celle que le patient ressent lui-même. Or, très souvent, c'est la famille qui prend la décision d'interpeller le soignant à ce propos. Celui-ci doit savoir gérer cette situation.

3 Observation-Réflexion (rôle de l'AS)

L'AS doit savoir *analyser* les difficultés de l'accompagnement. Il lui faut reconnaître ses limites et assumer son impuissance. La limite sert de protection, c'est *une mise à distance des sentiments.* Les soins à la personne en fin de vie exposent le soignant à la confrontation de ses limites humaines. La mort de l'autre bouleverse le quotidien du soignant. L'AS doit connaître les différents signes annonciateurs d'un excès de fatigue. Exemples : anxiété, irritabilité, etc.

Les réunions d'équipe pluridisciplinaire offrent aux soignants l'occasion de parler de leurs difficultés.

Situation

Marie (AS) pratique « l'humanitude »[1]

Marie (AS) s'occupe chaque jour de monsieur A. (90 ans) en fin de vie. Elle pratique *l'humanitude.* La méthode est basée sur le regard, la parole, le toucher et la verticalisation du patient. Par exemple, lors de la toilette de monsieur A., Marie :

- le regarde et lui parle pour le mettre en confiance ;
- l'installe confortablement et lui masse son épaule pour le détendre ;
- lui soulève doucement le bras ou la jambe (gestes lents, doux) en gardant le contact visuel et oral avec lui. Monsieur A. se sent bien ; il se détend, s'apaise. Il dit à sa fille que Marie « prend soin de lui ».

...

1. L'humanitude est un concept basé sur l'approche émotionnelle inventé en 1995 par Yves Gineste, spécialiste des soins aux personnes âgées, et sa femme Rosette Marescotti.

Remarque

L'AS doit avoir le désir de s'intéresser à l'humain dans sa globalité. Le soin est un moyen de traiter à la fois une maladie et une personne. *L'humanitude* permet à chaque homme de reconnaître les autres hommes comme des semblables. La philosophie de l'humanitude ancre le *prendre soin* dans une relation soignant-patient d'égalité et de confiance grâce à des gestes sûrs et doux réalisés au « rythme du patient ».

8 LES RÈGLES D'HSCR LORS DES SOINS ET L'ANALYSE D'UNE SITUATION DE SOINS

1 Définition

Les règles d'HSCR sont les règles *d'hygiène, de sécurité, de confort et de respect* du patient adoptées systématiquement lors des soins.

2 Notions

A Les règles d'HSCR lors des soins

a. L'hygiène des mains[1]

Le *lavage des mains* est la première mesure d'hygiène et de sécurité. Il se pratique :

- en début et en fin de service ;
- lors des activités quotidiennes ;
- lors des contacts avec des objets souillés de liquides biologiques (sang, urines, etc.).

b. La friction des mains avec la SHA[1]

Le lavage des mains peut être remplacé par une friction des mains avec une Solution hydro-alcoolique (SHA) *au début et à la fin des soins* du patient ou *entre deux patients.*

1. Recommandation de la SFHH (Société française d'hygiène hospitalière) de juin 2009 sur l'hygiène des mains.

c. L'intérêt de l'hygiène des mains

La main est le principal vecteur de transmission des micro-organismes responsables des infections nosocomiales en milieu de soins, d'où l'intérêt du respect des règles d'hygiène.

Figure 2 : Lavage simple des mains.

B Le respect du patient

Toute situation de soins est relationnelle et engendre des marques de respect envers le patient. Ceci nécessite un savoir-être chez le soignant qui n'est pas inné.
La politesse manifestée par le soignant à l'égard du patient et le fait de prendre de ses nouvelles le stimulent, l'aident à exprimer ses besoins et le conduisent plus facilement vers l'autonomie souhaitée.

C L'analyse d'une situation de soins

L'analyse d'une situation de soins a pour objectif de recueillir un ensemble d'informations sur la personne soignée afin de déterminer la cause de son problème est d'y apporter une solution. La méthodologie d'analyse d'une situation de soins comporte 4 phases.

a. Une phase descriptive

Le soignant utilise la méthode du QQQOCP. Cette formule (mnémotechnique) lui permet d'analyse la situation sous tous ses aspects (voir situation ci-après). C'est une méthode couramment utilisée dans la démarche de soins.

b. Une phase explicative

Cette phase a pour but d'apporter des éléments d'information à la situation que l'on s'apprête à analyser. Elle permet de se poser les bonnes questions pour trouver la cause du problème.

c. Une phase analytique

Cette phase a pour but d'énumérer l'ensemble des paramètres mis en jeu dans la situation et elle doit permettre d'apporter une solution au problème. Exemple : dans la situation d'une patiente insomniaque, le soignant doit confirmer (ou infirmer) une hypothèse : *elle dort mal à cause de...* et rechercher une solution à son problème.

d. Une phase de synthèse

Cette phase engendre une décision et fait l'objet d'un rapport (clair, précis de la situation) lors de la transmission.

3 Observation-Réflexion (rôle de l'AS)

L'analyse d'une situation a pour objectif de recueillir un ensemble d'informations en vue d'une action. L'AS va utiliser la méthode du QQQOCP et se poser les questions suivantes relatives au soin qu'elle doit pratiquer :

Q	De **quoi** s'agit-il ? (quelle est la procédure du soin ?)
Q	**Qui** est la personne concernée par le soin ?
Q	**Quand** dois-je intervenir ?
O	**Où** dois-je intervenir ?
C	**Comment** procéder ? Quels moyens dois-je mettre en œuvre pour ce soin ? (moyens matériels, humains...)
P	**Pourquoi** ce soin ? (quel est l'objectif ?)

NB : Dans l'utilisation de cette méthode, le *pourquoi* doit se placer à plusieurs niveaux de la réflexion. Exemple : *quand* dois-je intervenir ? (Pourquoi ?). *Où* dois-je intervenir ? (Pourquoi ?). *Quel* matériel choisir ? (Pourquoi ?) Et surtout : *pourquoi ce soin ?* (à placer dès le début de sa réflexion).

Situation

Marie (AS) respecte les règles d'HSCR en vue du soin de Monsieur D.

Marie (AS) doit effectuer la toilette de monsieur D. (personne dépendante, âgée de 90 ans). Dans le respect des *règles d'hygiène*, Marie veille à se *frictionner les mains* avec la SHA dès le début des soins. Marie a les ongles courts, sans vernis, sans bijoux, sans montre aux poignets ni bracelet. Elle porte une sur-blouse sur sa tenue professionnelle.

Elle veille tout particulièrement à *respecter* monsieur D. : elle lui annonce préalablement le soin, l'installe confortablement dans le lit, s'informe auprès de lui sur la température de la chambre, de l'eau prévue pour la toilette et sur sa préférence pour le début du soin (le visage ? ou le bas du corps ?). Lors du soin, Marie a des gestes doux qui sécurisent monsieur D.

Remarque

La toilette est *un soin relationnel* qui revêt une grande importance pour la personne âgée.

À cette occasion, le soignant doit respecter les règles élémentaires d'HSCR (hygiène, sécurité, confort et respect du patient), mais surtout faire preuve *d'humanitude* (cf. page 31).

9 LES RÈGLES D'HYGIÈNE ALIMENTAIRE ET DE LA DISTRIBUTION DES REPAS

1 Définition

Les règles d'hygiène alimentaire concernent :

- **l'hygiène du personnel** (exemples : vaccins, vêtements du personnel de cuisine) ;
- **l'hygiène des locaux** (exemples : lavage du sol, nettoyage des locaux de cuisine) ;
- **l'hygiène des équipements** (exemples : lavage, désinfection des chariots en vue de la distribution des repas) ;
- **l'hygiène des secteurs et des circuits** (ex. : respect des règles spécifiques).

2 Notions

A Les règles d'hygiène pour la conservation des repas

Les aliments laissés à l'air ambiant s'altèrent rapidement à cause de l'activité microbienne. Le froid permet de conserver les aliments dans de bonnes conditions de salubrité. L'AS veillera à :

- ne ranger que des aliments propres dans le réfrigérateur et respecter les zones de froid ;
- respecter les temps de conservation des aliments ;
- ne jamais recongeler un produit décongelé et utiliser tout de suite un produit décongelé ;
- toujours lire les dates limites de conservation sur les produits.

B Les règles d'équilibre alimentaire des repas

a. L'équilibre alimentaire de la journée

L'alimentation doit apporter sur 24 h des aliments de chaque groupe afin de varier au maximum les apports. Chaque groupe alimentaire comporte des nutriments indispensables à la santé (ex. : le groupe du lait et des produits laitiers apporte des éléments minéraux : calcium et phosphore, utiles pour les os et la croissance chez l'enfant).

b. L'équilibre alimentaire du repas

Pour être équilibrés, le dîner et le déjeuner doivent absolument comporter :

- une crudité ;
- un produit laitier ;
- un plat protidique ;
- des légumes cuits (en alternance avec des féculents) ;
- de l'eau (indispensables à l'organisme) et du pain.

C Les règles d'hygiène lors de la distribution des repas aux patients

L'AS veillera à :

- assurer l'hygiène du matériel et à respecter l'hygiène de la distribution des plats ;
- observer les réactions du patient (dégoût, soif, régurgitations...) ;
- mettre de l'eau à portée de sa main (le solliciter pour qu'il boive) ;
- prévenir les « fausses routes » (en évitant, par exemple, de trop remplir la bouche) ;
- faire les transmissions (repas accepté, refusé, rejeté, etc.).

3 Observation-Réflexion (rôle de l'AS)

L'analyse d'une situation a pour objectif de recueillir un ensemble d'informations en vue d'une action. L'AS va utiliser la méthode du QQQOCP (qui, quand, quoi, où, comment, pourquoi).

Q	À **Qui** donner à manger ? (quel repas pour quel patient ?)
Q	**Quand** donner à manger ? (heure du repas)
Q	**Que** donner à manger ? (composition du repas ?)
O	**Où** donner à manger ? (au lit ? à table ?)
C	**Comment** donner à manger ? (matériel spécifique si handicapé)
P	**Pourquoi** donner à manger tel ou tel plat ? (régime ?).

NB : L'AS veillera à placer le *pourquoi* à différents niveaux de sa réflexion. Exemples : Pourquoi tel repas pour tel patient ? Pourquoi lui donner le repas au lit ? Pourquoi tel matériel ?

Situation

Marie (AS) sert le repas de midi à monsieur D. (service de gériatrie)

Marie fait le nécessaire pour respecter les habitudes alimentaires de monsieur D. Pour cela, elle veille à s'informer au préalable des goûts, des habitudes, du régime et de la culture du patient.

Pour lui faire accepter la préparation culinaire, elle s'assure aussi de :

- *l'hygiène de la préparation* (un plat protégé des microbes est le meilleur garant pour la santé) ;
- *la présentation attrayante* (un plat qui est bien présenté est mangé avec appétit) ;
- *la température adéquate des plats* est un acte de respect pour le patient.

Remarque

Pour que l'alimentation donne du plaisir à monsieur D. (à qui elle est destinée) et soit adaptée à son état dentaire (difficulté de mastication), l'AS veillera à lui proposer de l'aide pour couper certains mets (la viande en particulier).

Au moment du repas, l'AS a un rôle humain important à remplir, mettant en œuvre *le savoir* et *le savoir-être*, mais aussi la capacité d'adaptation à une situation de soin particulière et donc personnalisée.

10 LES CONDITIONS FAVORABLES AU SOMMEIL ET À L'ÉLIMINATION

1 Définition

Le sommeil et l'élimination sont **deux besoins vitaux** à satisfaire.
Les conditions favorables au sommeil et à l'élimination du patient nécessitent la mise en application des règles d'HSCR : d'*hygiène*, de *sécurité*, de *confort* et de *respect* du patient.

2 Notions

A Les conditions favorables au sommeil

L'AS veillera à :
- renouveler régulièrement les draps, les taies et éviter les plis ;
- faire régner le calme dans l'environnement de la personne ;
- atténuer la lumière (baisser les stores ou fermer les volets) ;
- ce que la température de la chambre soit agréable ;
- vérifier l'état du patient (c'est-à-dire le questionner, avant le repos de la nuit, sur ses besoins) ;
- prendre en compte ses besoins et satisfaire (par exemple, besoin de boire, de lire...) ;
- vérifier la présence des objets de première nécessité.

B Les conditions favorables à l'élimination

L'AS veillera à :
- répondre rapidement aux appels ;
- installer confortablement la personne pour l'élimination en position allongée ;
- stimuler l'autonomie de la personne et respecter sa pudeur ;

- respecter l'hygiène des manipulations et de l'entretien du matériel (bassin, urinal) ;
- installer confortablement la personne et la réinstaller confortablement ;
- lui proposer de se laver les mains et se laver les mains (ou les frictionner avec la SHA).

3 Observation-Réflexion (rôle de l'AS)

Certaines personnes incontinentes utilisent momentanément (parfois définitivement) des *changes à usage unique*. Ces changes (ou protections) permettent de diminuer la quantité de linge souillé (donc de vivre mieux l'incontinence) et améliorent le confort de la personne. Avant de proposer un change anatomique, l'AS doit (avec l'équipe de soins) :

- se demander si la personne en a réellement besoin (lui demander son avis) ;
- retenir que l'usage du change ne règle pas le problème de l'incontinence, il le rend seulement supportable ;
- solliciter la personne pour aller régulièrement aux toilettes et ne pas la faire attendre lorsqu'elle demande à y aller.

Situation

Delphine (80 ans) a besoin d'une protection

Chaque jour après la toilette, Marie (AS) propose à Delphine une protection anatomique. C'est à cette condition que Delphine retrouve son confort et son autonomie. Malgré ses difficultés motrices, Delphine va pouvoir se diriger sans crainte vers la salle d'activités pour participer au « club mémoire » et retrouver ses amies.

Remarque

Cette situation souligne l'importance de la protection anatomique qui favorise l'autonomie de la personne incontinente et lui permet de se mouvoir et de se récréer. Proposer une protection, c'est satisfaire les besoins fondamentaux du patient.
On voit ici que l'AS *propose* et *n'impose pas* cette protection à la patiente (dans cette situation, l'AS agit avec beaucoup de tact et de respect).

11 LES ACTIVITÉS DE STIMULATION ET DE MAINTIEN DU LIEN SOCIAL

1 Définition

Proposer des activités et stimuler le lien social de la personne, c'est répondre à ses besoins de *communiquer*, de se *recréer* et de *s'occuper* en vue de se réaliser.

2 Notions

L'AS encourage la personne âgée à participer aux activités et animations proposées par le service où il exerce ses fonctions, en tenant compte des capacités et des désirs de la personne.

A La préparation de la personne aux activités

L'AS réfléchira en équipe sur les choix à faire en matière d'activités et les priorités à déterminer. Il veillera à :

- parler des activités du jour à la personne, la laisser s'exprimer, l'écouter ;
- tenir compte de ses goûts et de ses habitudes ;
- lui permettre de poser des questions et y répondre avec précision ;
- faire une démonstration de l'activité pour la rassurer et pour l'inciter à participer.

B Le choix et préparation des activités

L'AS participe au choix et à la préparation des activités[1]. Prenons 3 exemples.

a. La lecture

L'AS veillera à :

- se procurer des magazines attrayants, des journaux... ;
- faire choisir les lectures aux participants (respecter leurs goûts) ;
- faire la lecture à voix haute, inciter les patients à faire eux-mêmes la lecture (cette activité a du succès, car elle suscite des échanges).

b. Les activités manuelles

L'AS veillera à :

- associer l'activité à la préparation d'une fête (Noël, Pâques...) ;
- faire choisir les modèles (accessibles à tous) ;
- regrouper le matériel à la portée des participants ;
- au confort de l'environnement (lumière, température...) ;
- participer à l'activité, observer les personnes, répondre aux demandes.

c. Les rencontres avec les enfants ou les jeunes

L'AS veillera à susciter des rencontres entre personnes âgées et enfants en maison de retraite ou structures d'accueil de l'enfant et animer les rencontres (selon le règlement intérieur et avec l'accord de la directrice).

3 Observation-Réflexion (rôle de l'AS)

Lors des activités, l'AS veillera à privilégier les *règles d'HSCR*, à savoir :

- installer confortablement la personne ;
- créer une atmosphère gaie, chaleureuse (associer la musique aux activités) ;
- favoriser les contacts entre les personnes lors des activités ;
- expliquer à la personne les gestes à faire (surtout si elle risque d'avoir des difficultés) ;
- éviter de la mettre en situation d'échec ;
- être attentif à sa fatigue, l'aider à prendre du repos, ne pas l'obliger à poursuivre l'activité.

---

1. Cf. liste des nombreuses activités et rôle de l'AS pour chaque activité, dans le livre de référence (*Guide AS*).

Situation

ORGANISATION D'UNE ACTIVITÉ POUR PERSONNES ÂGÉES

Marie (élève AS) effectue un stage de fin d'année en maison de retraite. Elle sait que la connaissance du groupe de personnes s'obtient par un recueil d'informations. Marie doit préalablement déterminer (en se référant à ses connaissances théoriques et pratiques) les capacités des personnes âgées. Elle interroge le personnel pour savoir si les personnes âgées ont :

- *certaines habitudes*, c'est-à-dire si elles ont déjà pratiqué des activités organisées par un animateur (en préférant certaines heures ou lieux bien précis...) ;
- *certains traits de caractère*, c'est-à-dire si elles sont autonomes ou dépendantes, timides ou sociables, calmes ou agitées (et en particulier ce jour).

Marie doit vérifier aussi sa connaissance de l'activité, en imaginant mentalement son déroulement, du début à la fin.

Remarque

La connaissance de l'activité consiste à décrire et à préciser ses intérêts, ses objectifs et ses moyens.

Les intérêts de l'activité doivent être traduits en termes de bénéfices pour les personnes âgées sur les plans :

- *physiques et psychologiques* (ex. : l'activité stimule la dextérité manuelle le bien-être et le plaisir) ;
- *moteur ou sensoriel* (ex. : l'activité stimule les mouvements corporels, l'audition) ;
- *social* (ex. : l'activité stimule les échanges) ;
- *intellectuel* (ex. : l'activité stimule la réflexion, l'observation...) ;
- *artistique* (ex. : l'activité stimule la création, l'expression...).

Les objectifs de l'activité doivent être précisés. L'animateur doit se demander à quoi l'action doit aboutir.

Les moyens pour l'activité doivent être vérifiés. L'animateur s'assurera de la présence du matériel spécifique à l'activité (gros et petit matériel).

Contrôle des connaissances

QCM (Questions à choix multiples)

Cochez la (ou les) bonne(s) réponse(s) aux affirmations suivantes.

1. Les « cycles de la vie humaine » sont :
- **a.** des expériences positives de la vie
- **b.** des étapes importantes de la vie dans un ordre bien défini
- **c.** des situations qui se reproduisent régulièrement au cours de la vie

2. Le *baby blues*, c'est :
- **a.** la manifestation des pleurs du bébé à la naissance
- **b.** une mini-dépression de la mère après l'accouchement
- **c.** une cyanose du bébé après la naissance

3. La *préoccupation maternelle primaire est* :
- **a.** une capacité d'empathie de la mère pour le bébé
- **b.** un état obsessionnel pathologique de la mère
- **c.** un état de souffrance psychologique de la mère

4. Les *interactions* mère-nouveau-né sont :
- **a.** les échanges particuliers entre la mère et le bébé
- **b.** les manifestations d'une influence réciproque (signaux de l'attachement)
- **c.** les actes de soins (changes, bain...) donnés par la mère au bébé

5. Le *développement psychosocial* de l'individu, c'est :
- **a.** l'évolution culturelle de l'individu
- **b.** l'évolution comportementale de l'individu
- **c.** l'évolution affective et sociale de l'individu

6. L'*adolescence* regroupe des transformations d'ordre :
- **a.** psychologique
- **b.** intellectuel
- **c.** physique

7. Le *langage non-verbal* est :
- **a.** un langage sans l'usage du verbe
- **b.** la communication par les gestes et les mimiques
- **c.** le langage des signes pour les personnes muettes

8. Le *besoin fondamental*, c'est :
- **a.** une nécessité vitale
- **b.** un manque, une insatisfaction
- **c.** une envie impérieuse

9. Maintenir la température du corps, c'est :
a. assurer une bonne thermorégulation
b. lutter contre l'hypothermie
c. assurer le chauffage de l'environnement

10. Éviter les dangers, c'est :
a. se protéger physiquement
b. prévenir les risques de la vie courante

11. Une *famille nucléaire*, c'est :
a. une famille monoparentale
b. une famille composée de 2 parents et des enfants non mariés
c. une famille recomposée

12. Une *famille recomposée*, c'est :
a. une famille basée sur le PACS
b. une famille composée d'un couple parental du même sexe et des enfants de l'un des 2 partenaires
c. une famille avec les parents, les enfants et les grands-parents

13. Les fonctions de la famille sont :
a. d'assurer la reproduction
b. d'assurer la socialisation
c. d'assurer la réussite professionnelle

14. Le *groupe de référence*, c'est pour le jeune :
a. les personnes qui ont autorité sur lui (ex. : les éducateurs, professeurs...)
b. les personnes auxquelles il se réfère (ex. : la famille)
c. les copains (qu'il imite)

15. Le *groupe d'appartenance*, c'est pour le jeune :
a. le groupe social qu'il choisit d'intégrer à l'école ou au lycée
b. le groupe social auquel il appartient
c. les copains

16. *La socialisation* d'un individu, c'est :
a. l'intégration de l'individu dans le groupe scolaire
b. sa personnalité sociable, courtoise
c. l'intégration des apprentissages sociaux

17. La *délinquance*, c'est :
a. la dyssocialité de l'individu
b. l'absence de relations sociales
c. l'absence d'éducation

18. La religion des *chrétiens* est basée sur :
a. le Talmud
b. le Coran
c. le Nouveau Testament

19. On appelle *autonomie physique* d'une personne, sa capacité à :
a. effectuer des actes de la vie courante
b. être capable de faire telle ou telle action seule sans aide
c. avoir des facultés mentales lui permettant de décider de ses actions

20. La *prévention primaire* a pour but de :
a. éliminer les facteurs de risque
b. dépister une maladie
c. traiter la maladie

QROC (Questions à réponse ouverte et courte)

1. Expliquez l'expression : *respect des droits de la personne hospitalisée*. Citez un exemple.
2. Lors d'un entretien avec un patient, comment respecterez-vous *sa dignité* ? Citez 2 exemples.
3. Qu'appelle-t-on *respect de la vie privée* d'une personne hospitalisée ?
4. Définissez les termes suivants en regard du rôle de l'AS auprès du patient : *respect, pudeur, dignité, responsabilité.*
5. Dans le cadre de la *politique de santé,* définissez les 3 échelons de la prévention.
6. La santé publique utilise *les indicateurs démographiques* pour mieux connaître une population. Quels sont-ils ?
7. L'*épidémiologie* recherche la probabilité d'un événement. Expliquez ce que cela signifie.
8. L'*éducation à la santé* est une action essentiellement destinée à améliorer l'hygiène de vie des personnes. Quels moyens utilise-t-elle pour les toucher ? Citez quelques exemples.
9. L'*alcoolisme* a des effets néfastes sur la santé des individus. Citez 3 exemples.
10. Citez 5 mesures de *prévention contre l'alcoolisme* en France.
11. Citez 5 mesures de prévention contre *le tabagisme.*
12. Le *tabagisme* a des effets néfastes sur les appareils circulatoire et respiratoire. Citez une pathologie représentative pour chaque appareil.
13. L'*usage de drogues* a des effets néfastes sur le système nerveux. Citez quelques-uns de ces effets et de leurs conséquences.
14. De nombreuses mesures ont été prises pour limiter *les accidents de la route*. Citez 3 de ces mesures.

15. L'AS est souvent en contact avec les patients concernés par *les addictions* de toutes sortes. Citez 2 addictions et dites quelle attitude doit adopter l'AS auprès des patients.

16. Les *accidents domestiques* sont encore trop nombreux en France. Si vous travaillez au domicile d'une personne âgée, que lui conseilleriez-vous ? Quelles précautions prendriez-vous ?

17. *Définissez les termes suivants* : Drass, Ddass, Dus, PMI, CHR, CHU, Samu, Smur, HDJ, CMP.

18. Le *système de santé français (SSF)* est structuré à plusieurs niveaux (État, région, département). Citez le nom des organismes qui le représentent à ces niveaux-là.

19. La Sécurité sociale répartit *les risques sociaux* en 3 branches. Quelles sont-elles ?

20. Le *bénéficiaire* de la Sécurité sociale peut percevoir les prestations sociales. Qui peut être bénéficiaire ?

21. Votre *numéro de Sécurité sociale* commence par les chiffres suivants : *2.73.08*. Que signifient ces chiffres ?

22. Les soins ont plusieurs *dimensions*. Citez-en 3.

23. Dans la relation avec le patient, le soignant utilise l'écoute, ainsi qu'un langage verbal et non-verbal. Donnez quelques exemples.

24. Le patient a souvent *une attitude de défense*. Comment se traduit-elle ?

25. L'AS doit savoir *reconnaître ses limites* lors des soins. Comment analysez-vous cette recommandation qui lui est faite ?

26. L'*humanitude* est un nouveau concept du « prendre soin ». Comment pratiquer cette méthode ?

27. L'infection nosocomiale est souvent d'origine manuportée. Expliquez ces termes au moyen d'une définition et d'exemples.

28. L'analyse d'une situation de soins utilise *la méthode du QQQOCP*. Dites ce que recouvrent ces lettres et l'intérêt de cette méthode.

29. Parmi ces différents plats, prélevez-en 5 pour constituer *un repas équilibré* pour Julien (12 ans) et justifiez votre choix. Que faut-il ajouter pour parfaire l'équilibre de ce repas ?

Pâtes, riz, pommes de terre, radis, clémentines, pommes, yaourt, camembert, rôti de bœuf, jambon, tomates.

30. Vous organisez *une activité motrice* en maison de retraite, auprès de personnes âgées. Quelles informations recherchez-vous ?

CORRIGÉ

QCM

1. b ; **2.** b ; **3.** a ; **4.** b ; **5.** c ; **6.** a, b et c ; **7.** b ; **8.** a ; **9.** a ; **10.** b ; **11.** b ; **12.** b ; **13.** a et b ; **14.** b ; **15.** b ; **16.** c ; **17.** a ; **18.** c ; **19.** a et b ; **20.** a

QROC

Les réponses doivent ici être développées et argumentées. Vous les trouverez dans l'ouvrage (les questions posées respectant l'ordre des chapitres).

MODULE 2

État clinique d'une personne

Module 2

12 ÉVALUATION DE L'ÉTAT DE SANTÉ ET DE MALADIE

1 Définitions

- **La santé** est un état de complet bien-être physique, mental et social et ne consiste pas seulement en une absence de maladie ou d'infirmité[1] ;
- **La maladie** est une altération de l'état de santé qui se traduit par « un ensemble de ruptures d'ordre physique, mental et/ou social et se manifeste par des symptômes objectifs et subjectifs »[2].

2 Notions

A La notion de l'état de santé

La notion de santé est donc un état qui peut s'apprécier selon deux axes :

- **La santé bien-être :** la santé serait le résultat de la satisfaction de plusieurs besoins fondamentaux : besoins physiologiques, besoins psychologiques, besoins sociaux, culturels, intellectuels et besoins spirituels ;
- **La santé équilibre instable :** la santé est un état instable, précaire, car l'homme doit sans cesse s'adapter à un environnement qui évolue autour de lui et toute influence négative fait basculer l'état de santé vers celui de maladie.

B La notion de l'état de maladie

Divers facteurs peuvent concourir à modifier l'état de santé de la personne. Ils sont *endogènes* et/ou *exogènes.*

1. Définition de l'OMS : Organisation mondiale de la santé.
2. Définition du *Dictionnaire des soins infirmiers,* éditions Masson.

a. Facteurs endogènes

Citons pour exemples :
- la morphologie (taille, poids, etc.) ;
- le patrimoine génétique, les hormones, etc.

b. Facteurs exogènes

Citons pour exemples :
- le mode de vie (repos, activités, etc.) ;
- l'hygiène de vie (hygiène alimentaire, etc.) ;
- le milieu de vie (familial, social, etc.).

C La classification des maladies

On peut classer les maladies par *étiologie* (cause) ou *typologie* (caractéristiques) ou appareils concernés. Afin de pouvoir comparer la mortalité et la morbidité dans différents pays, il a été mis au point une Classification internationale des maladies (CIM) qui contient 22 chapitres, dont les 4 suivantes :
- maladies de l'appareil respiratoire ;
- maladies de la peau et des tissus sous-cutanés ;
- grossesse et accouchement ;
- malformation congénitale et anomalies chromosomiques.

3 Observation-Réflexion (rôle de l'AS)

La maladie évolue en plusieurs phases, selon un temps plus ou moins long. L'aide-soignant doit savoir observer le patient pour situer les phases du processus pathologique. À savoir :
- **La phase d'incubation** : les signes sont très discrets, ils passent parfois inaperçus (mais le malade est contagieux dans certaines infections).
- **La phase de début** : les premiers symptômes apparaissent et, souvent, ils permettent le diagnostic. (Ex. : la gorge est rouge pour une angine, dyspnée avant la crise d'asthme).
- **La phase d'état** : les symptômes atteignent leur maximum d'intensité (ex. : l'éruption s'étend à tout le corps pour une maladie éruptive, la fièvre est élevée, la fatigue intense).

- **La phase terminale** : à ce stade, le processus peut évoluer vers 4 dénouements : la *rémission* (la diminution des symptômes), la *guérison* (la disparition des symptômes), *la stabilisation* (la maladie n'évolue plus) ou le *décès*.

Situation

LÉO (STRESS) ET LÉA (ROUGEOLE)

Léo (48 ans) est un « acharné » du travail. Il ne compte plus ses heures supplémentaires. Il souffre de maux de tête importants et quotidiens, son médecin a noté une augmentation inhabituelle de sa tension artérielle et le met en observation à l'hôpital.

Léa (8 ans) a une hyperthermie à 38,5° sans autres symptômes. Le médecin appelé par les parents ne peut pas faire de diagnostic et prescrit un antipyrétique classique. Le lendemain, l'enfant a quelques boutons sur le visage et la gorge rouge. Le médecin revient à son chevet et diagnostique une rougeole.

Remarque

La *première situation* présente un patient qui souffre d'une affection psychosomatique à la suite d'un stress professionnel. Son médecin l'a bien compris et a demandé une hospitalisation.

La *seconde situation* présente une enfant atteinte seulement d'une hyperthermie. C'est le tout début de la maladie, l'apparition de l'éruption va permettre le diagnostic : gorge rouge et « papules » au visage (caractéristiques de la rougeole).

13 ÉVALUATION DE LA TAILLE ET DU POIDS

1 Définitions

- **L'évaluation du poids** constitue un élément important de la surveillance de l'état de santé.
- **L'évaluation de la courbe staturo-pondérale** est particulièrement importante chez le jeune enfant (staturo : taille, pondérale : poids). La maladie a souvent des retentissements préjudiciables sur le poids.

2 Notions

L'AS doit connaître les critères d'évaluation de la taille et du poids. Il doit pouvoir réaliser une courbe *staturo-pondérale* et signaler toute anomalie rapidement.

A Les critères d'évaluation de la taille et les repères

Les normes chez l'enfant sont les suivantes :

Taille[1]	Repères[2]
Nouveau-né : 50 cm	
Vers 6 mois : 73 cm	
Vers 1 an : 75 cm	TN + 25 cm
Vers 2 ans : 85 cm	
Vers 3 ans : 93 cm	
Vers 4 ans : 1 m	TN × 2

1. Chiffres arrondis pour faciliter la mémorisation des repères.
2. TN : taille de naissance.

B Les critères d'évaluation du poids et les repères

Les normes chez l'enfant sont les suivantes :

Poids[1]		Repères[1]
Poids naissance (PN) :	3 kg 250	
5 mois :	6 kg 500	(PN × 2)
8 mois :	8 kg	
12 mois :	10 kg	(PN × 3)
2 ans :	13 kg	(PN × 4)
4 ans :	17 kg	(PN × 5)

3 Observation-Réflexion (rôle de l'AS)

L'AS sera capable de :

- **évaluer la courbe staturo-pondérale de l'enfant.** Il devra observer l'allure générale de la courbe de poids (est-elle régulière ? A-t-elle des cassures ? Les résultats sont-ils dans la courbe moyenne selon l'âge ?) ;
- **respecter certains critères de sécurité** : ils sont déterminants pour la validité des chiffres ;
  - vérifier le moment habituel de la journée où la pesée s'effectue, afin d'éviter un écart physiologique de poids en rapport avec l'activité digestive (absorption d'un repas, l'élimination de selles) ;
  - peser toujours dans la même tenue et sur la même balance ;
- **identifier les anomalies** et les signaler rapidement à l'IDE.

- *Chez l'enfant*

La pesée est prise lors des consultations médicales ou à l'admission lors d'une hospitalisation afin d'établir un critère de référence. Tout état pathologique aura une incidence immédiate sur la croissance staturo-pondérale de l'enfant.

- *Chez l'adulte*

Il est rare qu'une maladie ait des effets sur la taille de l'adulte. En revanche, l'évaluation du poids de la personne est indispensable, en oncologie par exemple, car la maladie à des effets sur la courbe pondérale.

1. PN : poids de naissance.

Situation

Évaluation du poids de Sloana et de Jules

En tant qu'AS Marie doit évaluer :

- *le poids théorique de Sloana,* âgée de 2 mois, sachant qu'à la naissance elle pesait 3,250 kg ;
- *le poids théorique de Jules,* âgé de 7 mois, sachant qu'à la naissance il pesait 3 kilos.

Voici comment Marie va procéder :

Évaluation du poids de Sloana

Périodes	Calculs	Gain de poids (approximatif)	Donc	Le poids est de
De 0 à 10 jours	Perte de poids physiologique	0	À 10 jours	3.250 kg
De 10 jours à 1 mois	25 g x 20 jours	500 g	À 1 mois	3.750 kg
De 1 mois à 2 mois	25 g x 30 jours	750 g	À 2 mois	4.500 kg

Évaluation du poids de Jules

Partir du poids de 5 mois (PN x 2) = 6 kg et faire le calcul suivant :

- *de 5 à 6 mois :* 20 g x 30 jours = 600 g donc à 6 mois = 6.600 kg ;
- *de 6 à 7 mois :* 15 g x 30 jours = 450 g donc à 7 mois = 7.050 kg.

Lorsque l'enfant pèse 3 kg à la naissance, il est aisé de retenir qu'à **6** mois, il peut peser **6.600** kg et mesurer **66** *cm*, et qu'à **8** mois, il peut peser **8** kg.

L'AS veillera à assurer la sécurité de l'enfant lors de la pesée, à savoir :

- ne jamais laisser l'enfant seul sur la balance (risque de chute) ;
- utiliser un matériel adapté à l'âge de l'enfant (un pèse-bébé avant l'âge de la marche, un pèse-personne après).

...

Remarque

La surveillance de la croissance en poids de l'enfant constitue un des aspects de l'appréciation de son état de santé. Elle repose, de façon indissociable, sur une valeur prise à un moment donné (comparée aux valeurs précédemment enregistrées). Il est important de s'intéresser davantage à la régularité de la courbe qu'au poids effectif de l'enfant.

14 ÉVALUATION DE L'ASPECT DE LA PEAU ET DE LA FONCTION RESPIRATOIRE

1 Définitions

- **Évaluer l'aspect de la peau**, c'est évaluer la coloration, la chaleur, l'état de la peau et des muqueuses.
- **Évaluer la fonction respiratoire**, c'est apprécier les normes de cette fonction.

2 Notions

L'AS doit connaître les différents critères d'observation :

A Les critères d'observation de la peau

L'aspect de la peau et des muqueuses est un indicateur important de l'état de santé de la personne. On observera :

- *la couleur* : la peau est généralement rosée ;
- *la chaleur* : la peau est tiède ;
- *l'aspect* : la peau est intègre et sèche (sans sueur). Son élasticité varie selon l'âge.

B Les critères d'observation de la fonction respiratoire

La fréquence respiratoire (FR) est le nombre de mouvements respiratoires réalisés en une minute.

> ➤ Les *normes* : les normes de la fréquence respiratoire varient physiologiquement en fonction de l'âge. Exemple : celle de l'adulte est d'environ 16 à 20 mouvements par minute.

3 Observation-Réflexion (rôle de l'AS)

L'AS doit observer la personne pour identifier certaines *anomalies* et les signaler rapidement à l'IDE en vue de la prise en charge.

A L'identification des anomalies de la peau

Les modifications observables de la peau peuvent concerner :

- **la couleur** : exemples :
  - rouge : allergie, inflammation,
  - bleue : cyanose,
  - jaune : jaunisse ;
- **l'aspect** : exemples :
  - une rougeur localisée : érythème (avec ramollissement : escarre),
  - une collection de sang à l'intérieur d'un tissu : hématome,
  - une éruption : papule, vésicule, ou pustule (ex. : dans les maladies éruptives de l'enfance) ;
- **l'élasticité** : exemples :
  - la sécheresse cutanée : signe de déshydratation,
  - le gonflement : œdème ;
- **les muqueuses** : exemple :
  - l'écoulement : signe d'infection.

B L'identification des anomalies de la fonction respiratoire

a. Les anomalies de la fréquence respiratoire

Exemples :

- *L'apnée* est une interruption de la respiration (ou pause respiratoire).
- *La bradypnée* est un ralentissement de la fréquence respiratoire.
- *La dyspnée* est une gêne ou difficulté respiratoire.
- *La polypnée* est une accélération de la fréquence respiratoire.

b. Les signes accompagnateurs

Exemples :

- La toux.
- Le tirage (visible au niveau des ailes du nez).
- Le sifflement, le râle, etc.

Situation

MADAME A. (ŒDÈME) ET MADAME B. (DÉTRESSE RESPIRATOIRE)

En tant qu'AS, vous vous occupez de 2 patientes (madame A. et madame B.) hospitalisées.

Madame A : En enlevant les pantoufles de madame A. lors du coucher, vous constatez qu'elle a la marque de celles-ci et que ses doigts de pied sont gonflés. Vous prévenez l'IDE. Madame A. a des œdèmes (symptômes de rétention d'eau) liés à sa pathologie rénale.

Vous pesez madame A. régulièrement et vous constatez que la courbe pondérale est irrégulière selon l'augmentation ou la diminution des œdèmes.

Madame B : En entrant à 8 h dans la chambre de madame B. (78 ans) pour prendre de ses nouvelles, au début de votre service, vous la trouvez courbée sur son petit déjeuner (qu'elle n'a pas pris). Elle a le visage rouge, les traits tendus, sa respiration est bruyante (elle est essoufflée) et sa peau est moite.

Toutes ces *anomalies* doivent être transmises à l'IDE immédiatement (urgence). Lorsque le médecin arrive à son chevet, il diagnostique le début d'une *détresse respiratoire.*

...

Remarque

Les caractéristiques d'une détresse respiratoire sont nombreuses. Nous les avons illustrées sur la figure ci-après.

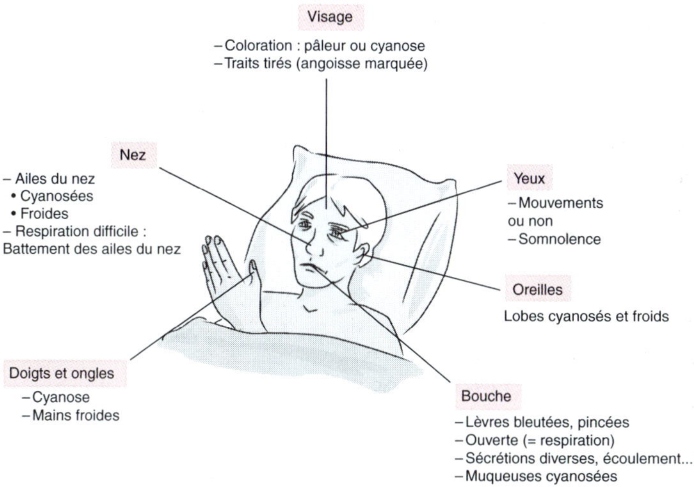

Figure 3 : Observation des signes d'une détresse respiratoire.

15 ÉVALUATION DE LA FONCTION CARDIO-VASCULAIRE

1 Définition

Évaluer la fonction cardio-vasculaire, c'est évaluer la fréquence cardiaque, le rythme cardiaque et mesurer la tension artérielle (TA).

2 Notions

L'AS doit connaître les différents critères d'évaluation de la fonction cardio-vasculaire.

A L'évaluation de la fréquence cardiaque (le pouls)

- *La fréquence cardiaque* s'apprécie par le nombre de pulsations perçues au niveau des artères. Le pouls est perçu en comprimant une artère sur un plan osseux (au niveau du poignet, on recherche l'artère radiale). La prise du pouls est un élément de diagnostic important.
- *Les normes* de la fréquence cardiaque varient physiologiquement en fonction de l'âge.

➤ *La norme* : chez l'adulte, elle est d'environ 60 à 80 pulsations par minute.

B L'évaluation du rythme cardiaque

Le rythme cardiaque se définit en fonction de la régularité des pulsations.

C L'évaluation de la tension artérielle

- La mesure de la pression artérielle (PA) s'effectue à l'aide d'un tensiomètre.
- La pression artérielle ou tension artérielle (TA) varie physiologiquement en fonction de l'âge.

➤ *La norme* : chez l'adulte jeune, la TA varie :
• entre 12 et 14 mmHg (pour la pression maximale),
• et entre 7 et 8 mmHg (pour la pression minimale).

3 Observation-Réflexion (rôle de l'AS)

L'AS participera à l'identification des anomalies en observant la personne et en prenant la pression artérielle et le pouls.

- *Exemples de signes d'alerte :*
  - pâleur, sueur, angoisse, agitation,
  - douleur thoracique brutale,
  - marbrure des extrémités, ongles bleutés ;
- *Exemples d'anomalies de la fréquence cardiaque :*
  - une fréquence cardiaque accélérée (plus de 100 pulsations/mn) (*tachycardie*),
  - une fréquence cardiaque ralentie (inférieure à 60 pulsations/mn) (*bradycardie*).

Situation

MONSIEUR X. : DÉTRESSE CARDIO-VASCULAIRE

Vous aidez l'IDE à installer dans son lit monsieur X. (70 ans) qui vient d'être opéré d'une hernie inguinale. Pendant que celle-ci s'occupe d'un autre opéré dans la chambre voisine, elle vous demande de prendre les constantes de monsieur X.

Vous observez le patient et vous remarquez qu'il est inquiet, qu'il s'agite, qu'il transpire et que ses extrémités (pieds et ongles) sont cyanosées. Vous allez chercher l'infirmière.

En prenant le pouls, vous constatez qu'il est rapide (120 battements par minute). Immédiatement, l'IDE va alerter le médecin du service, car tous ces signes sont précurseurs d'une détresse cardio-vasculaire.

...

Remarque

Rappelons ici les différents symptômes pouvant traduire une détresse cardio-vasculaire :

Au niveau du *système cardio-vasculaire* : pouls supérieurs à 100 battements par minute (il est petit, rapide et filant). Il traduit une tachycardie. Une chute de la tension artérielle y est souvent associée.

Au niveau du *visage et de la peau* : visage d'une pâleur intense, muqueuses et extrémités cyanosées, jambes marbrées.

Au niveau du *comportement* de la personne : sueurs importantes, nausées, vomissements, angoisse, souvent perte de connaissance.

Au niveau de la *respiration* : dyspnée et polypnée.

NB : la détresse cardio-vasculaire est une urgence vitale qui doit être traitée immédiatement.

16 ÉVALUATION DE LA FONCTION NEUROLOGIQUE ET DE LA THERMORÉGULATION

1 Définitions

- Évaluer la **fonction neurologique**, c'est évaluer le fonctionnement du système nerveux, en particulier l'état de conscience de la personne. La conscience est la capacité que possède l'individu à comprendre et à penser.
- Évaluer **la thermorégulation**, c'est mesurer la température du corps. On sait que la prise de la température et la surveillance de sa courbe permettent de :
  - apprécier l'état de santé de la personne ;
  - dépister une pathologie infectieuse et suivre son évolution ;
  - contrôler l'efficacité d'une thérapeutique.

2 Notions

A L'évaluation de l'état de conscience

La conscience et la vigilance nous permettent d'appréhender le monde extérieur. *L'évaluation de l'état de conscience* permet de repérer la transmission des messages sensitifs et cognitifs entre le cerveau et les organes. Son évaluation se fait au niveau des fonctions suivantes :

- la *fonction sensorielle* : la perception visuelle, auditive, tactile et en particulier la sensibilité douloureuse (réactions aux stimulations douloureuses) ;
- la *fonction motrice* : tonus musculaire, réflexes, réactions aux ordres moteurs ;
- la *fonction mentale* : capacité à répondre à des questions.

Parmi *les échelles d'évaluation de la conscience*, la plus utilisée est celle de Glasgow (voir extrait ci-après).

L'échelle de Glasgow (extraits)	L'observation du patient (rôle de l'AS)
Ouverture des yeux Spontanée Sur demande Nulle	Observer le mouvement des paupières, demander au patient d'ouvrir les yeux.
Réponse motrice Spontanée Douleur Fléchir un membre (la demande) Motricité nulle	Observer la réaction du patient lors de soins. Demander au patient s'il souffre et où. Évaluer le tonus musculaire. Évaluer l'absence de motricité.
Réponse verbale Adaptée Confuse Incompréhensible Nulle	Repérer les capacités d'orientation spatio-temporelle. Exemple : demander au patient de dire la date du jour, la saison, la ville où il habite, etc.

B L'évaluation de la température corporelle

La norme pour l'être humain est de 37° (plus ou moins 5/10). La température est relevée plusieurs fois par jour, à heures régulières et avec le même thermomètre, afin d'établir une *courbe thermique fiable.*

➤ *Les normes*
- enfant : 37° à 37,2° ;
- personne âgée : 36° à 36,5° (tendance à l'hypothermie) ;
- adulte : 36.5° à 37,4°.

3 Observation-Réflexion (rôle de l'AS)

L'AS veillera à identifier et à signaler :

A Des troubles de défaillance neurologique, exemples

- *La confusion mentale :* la personne a l'air perdu, le regard flou, le visage absent, figé et hébété, elle ne comprend pas ce qui lui arrive ou ce qu'on lui dit.
- *Les troubles du langage* (consécutif à une lésion cérébrale) : c'est une *aphasie.*
- *Les troubles de la sensibilité* (à type de fourmillement, engourdissement).

B Des signes d'anomalie thermique

- *L'hyperthermie* (température > 38°).
- *L'état fébrile* (température 37,5° et 38°).
- *L'hypothermie* (température inférieure à 36°).

C Des signes accompagnateurs de la fièvre

- Les *frissons* : il s'agit de tremblements accompagnant une sensation de froid chez une personne présentant une hyperthermie ou une hypothermie.
- La *sueur* : elle accompagne fréquemment l'hyperthermie.
- Les *convulsions* : elles accompagnent souvent l'hyperthermie chez le jeune enfant.

Situation

MADAME A. (DÉSORIENTÉE) ET MADAME B. (HYPERTHERMIE)

En tant qu'AS, vous rencontrez en entrant ce matin dans le service ces deux patientes.

Madame A (78 ans), qui erre en chemise de nuit dans le couloir et qui a l'air un peu perdu. Vous l'abordez pour lui demander ce qu'elle cherche : dans un langage hésitant et inquiet, elle vous répond « qu'elle doit aller chercher son mari car c'est le jour de Noël et ils doivent se rendre chez leurs enfants en banlieue parisienne ».

Madame B. (55 ans) a été opérée la veille d'un fibrome utérin. Lorsque vous entrez dans sa chambre, vous constatez qu'elle a le visage congestionné, les yeux larmoyants, qu'elle transpire et qu'elle est somnolente. Vous lui proposez de prendre sa température. Madame B. dit qu'elle souhaite une prise « axillaire ». Elle a 38,8 °C. Vous prévenez l'infirmière immédiatement.

...

Remarque

L'observation de la personne permet de repérer son état de *santé physique et mentale*.

Dans la première situation, madame A. manifeste une *désorientation spatio-temporelle* (DST) et des *troubles de la mémoire* (dont on ne connaît pas l'origine et qui doivent être signalés).

Dans la seconde situation, madame B. a une *hyperthermie* qui se révèle par l'observation du faciès (visage, yeux...) et du comportement. Il est donc important de prendre sa température. Cela permet dans ce cas précis d'apprécier l'évolution des *suites opératoires* (risque d'infection). La température peut se prendre à différents niveaux. Ici, la patiente demande une *prise axillaire* (au creux de l'aisselle), plus confortable pour elle.

17 ÉVALUATION DE LA FONCTION URINAIRE

1 Définitions

- Évaluer la **fonction urinaire**, c'est évaluer le fonctionnement des reins et observer leur produit organique : l'urine.
- **L'urine** contient des déchets solubles éliminés par l'organisme. Elle est évacuée par les voies urinaires sans effort et sans douleur.

2 Notions

A L'observation des urines

L'AS sera amené à observer les urines du patient. Il évaluera :

- **le volume** : c'est la quantité d'urines émises sur une période donnée. Elle est d'environ 1,5 l par jour. Elle s'évalue par la *diurèse*. La quantité quotidienne des urines est variable en fonction de l'âge, des apports hydriques de la personne, de la température et de la transpiration ;
- **la couleur** : jaune paille, clair, limpide, stérile à l'émission ;
- **l'odeur** : sans odeur caractéristique. Lors du contact avec l'air ambiant au bout de quelques minutes, elle dégage une odeur d'ammoniaque ;
- **la limpidité** : l'urine est limpide, parfois des flocons de mucus peuvent être présents.

> ➤ *Les normes*
> Établies sur 24, elles varient selon l'âge :
> • enfant : 500 à 1400 mL ;
> • adulte : 600 à 2000 mL.

B Le recueil des urines (la diurèse)

Effectuer la diurèse, c'est procéder au recueil non stérile des urines, sur une période et une durée déterminées, afin de mesurer le volume des urines émises et d'établir

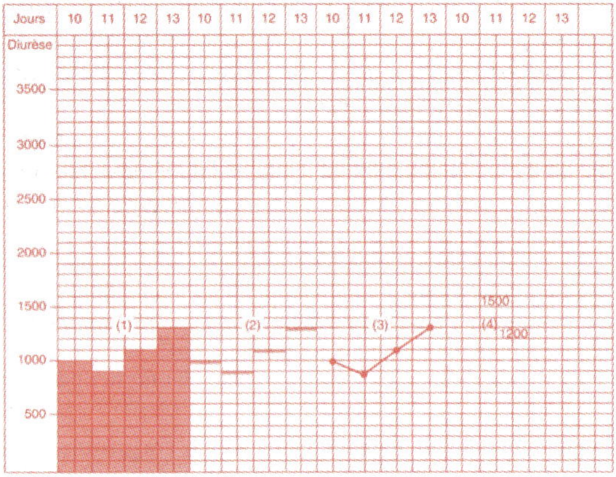

Figure 4 : L'inscription de la diurèse des 24 h sur la feuille de température.

une courbe de surveillance. Par exemple : effectuer une diurèse des 24 h pendant une semaine.

- *Évaluer la diurèse* est un élément important pour le diagnostic de certaines maladies, pour suivre leur évolution ainsi que l'efficacité du traitement entrepris.
- *La mise en route* d'une diurèse se fait à la demande du médecin.

Pour réaliser la diurèse, il faut un bocal gradué, étiqueté (nom, prénom du patient, heure de début de la diurèse).

3 Observation-Réflexion (rôle de l'AS)

L'AS doit mesurer la diurèse et savoir identifier les anomalies des urines afin de prévenir l'infirmière.

A Les anomalies des urines

- **Modification du volume**, exemples : *l'oligurie :* diminution du volume des urines au-dessous de 500 mL/24 h ; *la polyurie* : augmentation du volume des urines au-dessus de deux litres/24 h.

- **Modification de la couleur**, exemples : urines rougeâtres ou brunes traduisant la présence de sang.
- **Modification de l'odeur**, exemple : *acétonique* : odeur caractéristique du diabète (odeur dite de « pomme reinette »).
- **Modification de la limpidité**, exemple : présence de pus dans les urines.
- **Modification de l'excrétion**, exemples : mictions fréquentes en petites quantités (*pollakiurie*) ou mictions difficiles (*dysurie*) ou absence d'urines (*anurie*).

B La présence d'éléments anormaux

Les éléments anormaux à considérer sont principalement le sucre ou le sang. Pour la recherche, on peut pratiquer une analyse des urines.

Situation

MADEMOISELLE A. (RÉTENTION URINAIRE)

En arrivant dans le service à 14h30, vous prenez en charge mademoiselle A., opérée le matin d'une appendicite. Elle vous dit qu'elle ressent des douleurs aiguës au ventre et qu'elle sent sa vessie douloureuse. Vous vérifiez sa fiche de retour du bloc opératoire à 10 h 00. Vous constatez qu'elle n'a pas uriné après son opération (mictions postopératoires). Il est donc urgent d'avertir l'infirmière (ou le médecin). Un sondage sera pratiqué en urgence pour évacuer sa vessie. La patiente est soulagée.

Remarque

Mademoiselle A. a la vessie pleine, mais n'arrive pas à uriner. C'est une *rétention d'urines* ; sa vessie est dure, douloureuse, ronde comme un ballon appelé « globe vésical ». La vessie n'a pas retrouvé son fonctionnement habituel à la suite de l'anesthésie opératoire.
Le rôle de l'AS est d'alerter (*c'est une urgence vitale* pour la patiente).

18 ÉVALUATION DE LA FONCTION INTESTINALE

1 Définitions

- Évaluer la **fonction intestinale**, c'est évaluer le fonctionnement de l'intestin et observer son produit organique : les selles.
- **Les selles** contiennent les déchets solides de l'organisme. Elles sont évacuées par l'anus, sans effort et sans douleur.

2 Notions

L'AS sera capable de repérer les habitudes d'élimination de la personne, d'apprécier la fonction d'élimination de la personne (en notant la fréquence, le volume, la couleur et la consistance des selles) et d'effectuer des prélèvements de selles non stériles.

A L'observation des selles

Une *selle normale* doit être spontanée, moulée et de coloration brunâtre. Sa quantité est variable : elle est d'environ 80 à 200 grammes chez l'adulte.
Le *péristaltisme intestinal* est variable d'un individu à l'autre, la défécation varie donc en fonction de l'âge, de l'alimentation, de l'hydratation et de l'hygiène de vie.

➤ *Les normes*
- Enfant : 1 selle par jour environ ;
- adolescent et adulte : gestion des rythmes en fonction des conduites hygiéno-diététiques, généralement 1 selle par jour à 1 selle tous les 3 jours ;
- personne âgée : diminution physiologique du péristaltisme intestinal (tendance à la constipation).

B Le prélèvement non-stérile des selles

Un examen des selles ne nécessite pas un prélèvement aseptique ou stérile des selles. Par exemple, pour rechercher les parasites types oxyures (vers intestinaux recherchés surtout chez les enfants) : matériel pour le prélèvement de selles chez un enfant :

- *couche* (avec les selles) ;
- *flacon de laboratoire* (étiqueté au nom du patient et daté) pour recueillir les selles ;
- *spatule en bois* (pour les prélever), papier toilette et gants jetables (pour se protéger).

Une coproculture est la recherche bactériologique des selles. Ce prélèvement est stérile (il est pratiqué par l'infirmière ou la puéricultrice).

C La surveillance de l'élimination des selles et la transcription

Une feuille de surveillance des selles permet de suivre le rythme d'élimination de l'enfant.

Elle est le plus fréquemment utilisée chez l'enfant ou l'adulte ayant une pathologie intestinale et chez la personne âgée qui présente souvent des difficultés à éliminer régulièrement ses selles (constipation).

3 Observation-Réflexion (rôle de l'AS)

L'AS veillera à identifier et à signaler les anomalies observées. Exemples :

- *la fréquence des selles :* en cas de diarrhée, les selles sont trop liquides, trop fréquentes et en cas de constipation, les selles sont rares, dures et sèches. NB : le fécalome est une accumulation d'un volume important de matières fécales sèches et déshydratées au niveau du rectum. La personne se plaint d'une constipation tenace ;
- *la couleur des selles* : rouges, en présence de sang (rectorragie) ;
- *la consistance des selles* : glaireuses (présence de glaires transparentes) ou sèches (forme de boules dures).

Situation

La surveillance des selles de madame A.

Madame A. (61 ans) est hospitalisée en service de chirurgie à la suite d'une opération pour un cancer colorectal.
Les suites opératoires ont été difficiles. Madame A doit garder le lit. Elle est très fatiguée à la suite d'une hyperthermie importante et de douleurs postopératoires.
Aujourd'hui, le médecin a prescrit une *coproculture*. C'est l'infirmière qu'il l'a pratiquée ce matin. L'AS, en collaboration avec l'infirmière, doit remplir la feuille de surveillance des selles de madame A. L'absence ou la présence des selles sera notée sur un relevé appelé feuille de *surveillance des selles* (cf. ci-après).

Madame A., mois d'avril			
Lundi	Mardi	Mercredi	Jeudi
8 h = XX	7 h = 0	8 h = 0	9 h = X
14 h = 0	15 h = 0	16 h = 0	17 h = X
20 h = 0	20 h = 0	20 h = 0	20 h = 0

0 = absence de selles ; X = présence d'une selle ; XX = selles abondantes

Une feuille de surveillance des selles (à titre d'exemple)

Remarque

On remarque l'absence de selles de madame A. sur plusieurs jours. Le médecin devra diagnostiquer l'origine de cette constipation. On constate ici l'importance de la *fiabilité* de ces relevés, rédigés le plus souvent par l'aide-soignant.

19 ÉVALUATION DE LA DOULEUR

Module 2

1 Définitions

Il y a deux types de douleur :

- **la douleur aiguë** : elle est vive et bien localisée, c'est une manifestation temporaire d'un dysfonctionnement de l'organisme ;
- **la douleur chronique** : elle est plus diffuse, s'installe souvent lentement et se prolonge dans le temps (3 à 6 mois).

Il y a 3 types de modifications physiologiques liées à la douleur. Elles sont *organiques* (ex. : variation du pouls, du rythme respiratoire), *musculaires* (ex. : agitation, tremblements…), ou *émotionnelles* (ex. : anxiété, agressivité…).

2 Notions

L'observation de la douleur, et les moyens d'évaluation de la douleur, sont à adapter à la personne en souffrance, selon que la communication verbale est possible ou impossible. Toute observation, tout signe évoquant une présence ou une persistance de la douleur, doivent être immédiatement pris en compte afin que la prise en charge de la douleur soit effectuée rapidement.

A La méthodologie d'observation du comportement douloureux

L'observation du comportement douloureux demande beaucoup d'attention. Pour mieux comprendre la douleur, le soignant se questionne en utilisant **la méthode du QQQOCP.**

C'est une méthode mnémotechnique qui permet d'analyser la situation de façon efficace.

Q	Le qui ?	L'AS va rechercher des informations pour comprendre le patient : quel(le) est sa pathologie, son âge, son vécu ?
Q	Le quoi ?	L'AS va rechercher la description des manifestations douloureuses à l'aide des mots utilisés par le patient (la douleur qui « serre », « lance », « ronge », « déchire »).
Q	Le quand ?	L'AS recherchera les circonstances d'apparition et la fréquence de la douleur (si elle est continue ou fluctuante).
O	Le où ?	L'AS fera préciser la localisation, l'irradiation de la douleur.
C	Le comment ?	L'AS va observer les attitudes corporelles significatives de l'état douloureux au niveau du visage (ex. : grimaces, pâleur) ; au niveau de la position du corps : *position antalgique*. C'est une position en chien de fusil recherchée pour soulager la douleur.
P	Le pourquoi ?	L'AS tentera de comprendre la cause de la douleur.

B Les outils d'évaluation de la douleur

Diverses méthodes permettent d'évaluer l'intensité de la douleur.

- *L'échelle numérique* : elle permet, en déplaçant le curseur, de donner une note à la douleur : la note 0 est l'absence de douleur, la note 10 est la douleur maximale[1].
- *Les planches de visage* : elles sont surtout utilisées pour l'enfant qui doit choisir, au milieu d'une série de visages exprimant joie ou tristesse, ceux qui correspondent le mieux à ce qu'il ressent.
- *Les questionnaires de vocabulaire* : il s'agit de désigner les adjectifs qui correspondent le mieux à ce qu'évoque la douleur (ex. : qui tape, qui brûle, qui pince...). Ces questionnaires s'adressent aussi bien à l'adulte qu'à l'enfant.

La prise en charge de la douleur doit être une priorité dans toutes les situations de soins.

C Le plan national de lutte contre la douleur

Dans le cadre du plan national d'amélioration de la prise en charge de la douleur (2006-2010), 4 priorités ont été définies :

- améliorer la prise en charge des douleurs des personnes les plus vulnérables (enfants, handicapés, personnes âgées) ;
- améliorer la formation des professionnels de santé pour mieux prendre en compte la douleur des patients ;

1. Il y a d'autres échelles d'évaluation de la douleur. Citons l'échelle visuelle analogique (EVA) ou l'échelle verbale simple (EVS).

- améliorer les modalités de traitement (...) de la douleur ;
- structurer la filière de soins (...) des douleurs chroniques, dites rebelles.

NB : l'observation et le recueil d'informations auprès de la personne par l'aide-soignant sont essentiels pour la prise en charge de la douleur.

3 Observation-Réflexion (rôle de l'AS)

A L'AS doit savoir observer et identifier les modifications physiologiques liées à la douleur

- *Observer* la personne (position antalgique ? crispations du visage ? des membres ?) Prendre en considération ce qu'elle dit de *sa souffrance* et être attentif au non-dit.
- *Évaluer* la douleur en recherchant ses effets qualitatifs et quantitatifs.
- *Transmettre* les informations par écrit et oralement dans les meilleurs délais.

B Les signes de la douleur chez le jeune enfant

L'AS observera :

- les mimiques douloureuses au niveau du visage (plissement des lèvres, des yeux...) ;
- la motricité et l'excitabilité (agitation incessante, trémulation...) ;
- la crispation des doigts ;
- le regard (absent, lointain...).

Situation

LA DOULEUR DE ZOÉ

Zoé (4 ans) est hospitalisée en pédiatrie à la suite d'une néphrite. C'est une fillette douce et habituellement curieuse de tout, posant de nombreuses questions au personnel et toujours prête à s'amuser.

Aujourd'hui, son regard est lointain, elle ne veut pas se lever. Elle semble indifférente aux activités qu'on lui propose et refuse son petit déjeuner.

...

L'AS a observé qu'elle se tenait le ventre et qu'elle restait couchée en chien de fusil. Immédiatement, elle comprend que l'enfant souffre et elle alerte l'infirmière afin que sa douleur soit prise en charge.

Remarque

L'observation est la compétence numéro 1 de l'AS pour identifier la présence de la douleur et évaluer son *intensité* le cas échéant. Il est aujourd'hui inadmissible de laisser souffrir un patient (adulte ou enfant).

La douleur doit être reconnue et traitée. L'AS doit participer activement à l'évaluation de la douleur.

L'échelle d'évaluation EDIN est souvent utilisée chez le jeune enfant (cf. tableau ci-après).

Grille d'évaluation de la douleur chez le nourrisson (EDIN)[1].

Item	Score	Éléments d'observation[2]	Note
Visage	0 1 2 3	- visage détendu - grimaces passagères : sourcils froncés, lèvres pincées… - grimaces fréquentes, marquées ou prolongées - crispation permanente ou visage prostré, figé ou violacé	
Corps	0 1 2 3	- détendu - agitation transitoire, assez souvent calme - agitation fréquente, mais retour au calme possible - agitation permanente : crispation des extrémités et raideur des membres ou motricité très pauvre et limitée avec corps figé	

1. L'intensité de la douleur est évaluée de 0 à 3.
2. Extrait de la grille EDIN (la grille est présentée en totalité dans le *Guide AP*, éditions Masson.

20 ÉVALUATION DES BESOINS DE LA PERSONNE EN FIN DE VIE

1 Définition

Les besoins de la personne sont les **manques** à satisfaire. Le rôle du soignant est de les percevoir pour y répondre de façon efficace. Ces besoins se situent sur le plan de l'organisme, de la sécurité, de l'apparence, de la considération et de la spiritualité. Pour une personne en fin de vie, aux **besoins fondamentaux** s'ajoutent les **peurs fondamentales**.

2 Notions

A Les peurs fondamentales de la personne en fin de vie

Il y a différentes peurs (dites fondamentales) chez la personne mourante. Citons en 3 :

- la peur de l'inconnu ;
- la peur de la douleur ;
- la peur de l'isolement et de la solitude.

B Les besoins fondamentaux de la personne en fin de vie

La personne en fin de vie manifeste 5 besoins essentiels.

a. Les besoins physiques et physiologiques

Il s'agit des besoins de manger, dormir, boire, respirer. Ces besoins sont fondamentaux. Si l'un d'eux n'est pas satisfait, il envahit tout le champ de la conscience. L'AS doit satisfaire chez les personnes en fin de vie tous les besoins. En particulier les besoins de calme, d'hygiène, de confort.

b. Le besoin de sécurité

Ce besoin est fortement accentué chez la personne en fin de vie. L'AS doit lui apporter une présence régulière, l'écouter avec empathie et faire verbaliser les sentiments et les peurs.

c. Le besoin d'appartenance

C'est le besoin d'être aimé et d'avoir le sentiment d'exister pour le groupe familial et social.
Le besoin d'appartenance est exacerbé chez la personne mourante qui rencontre des difficultés de communication avec ses proches. L'AS fera le lien avec la famille aussi souvent que nécessaire.

d. Le besoin de considération

C'est le besoin d'estime, de reconnaissance. La personne mourante doit être traitée avec respect comme toute personne vivante, jusqu'à la fin.

e. Les besoins spirituels

La personne en fin de vie est à la recherche du sens qu'elle a donné à son existence. Elle a besoin de grandir moralement et se pose des questions sur le sens de la vie, de la mort, de la destinée après la mort. L'AS doit faire preuve d'empathie, de tolérance et de respect.

C Le processus de deuil chez la personne en fin de vie

Le deuil englobe tous les sentiments qui envahissent la personne à l'occasion d'une perte.
Le travail de deuil concerne aussi bien la personne qui va mourir que ceux qui subissent la disparition d'un être cher. Le docteur Kluber-Ross a souligné les différentes étapes du processus de deuil commun à tous les mourants (cf. tableau ci-après).

Les 5 étapes du processus de deuil chez la personne en fin de vie.

1	2	3	4	5
La négation : « non, pas moi ! »	La révolte et la colère : « pourquoi moi ? »	Le marchandage : « oui moi, mais peut-être... »	La dépression : « si j'avais su... »	La paix et l'acceptation : « oui : à mon tour ! »
La personne refuse d'admettre la situation. C'est trop dur pour elle.	La personne réagit au fait que ce soit à elle que cela arrive.	La personne accepte la réalité, mais essaie de gagner du temps.	La personne pleure, pense à ce qu'elle a fait ou pas fait, elle est triste.	Son heure est arrivée, la personne est résignée.

3 Observation-Réflexion (rôle de l'AS)

L'AS accompagne le mourant, ce qui implique de développer certaines capacités.

- **La capacité d'attention** : l'AS aura un rôle essentiel d'accompagnement en montrant sa disponibilité, sa présence.
- **La capacité d'écoute** : pour cela, il faut laisser la personne s'exprimer ; éviter les jugements de valeur.
- **La capacité d'empathie** : c'est pouvoir imaginer ce que vit l'autre, pouvoir se mettre à sa place pour mieux le comprendre sans s'identifier à lui. C'est être attentif à l'autre.
- **La capacité de patience** : les accompagnants les plus précieux sont ceux qui savent être patients et calmes.
- **La capacité d'aide** : le soignant doit être capable d'offrir une aide pratique pour répondre aux besoins de la personne et de sa famille.

Situation

LES DERNIERS INSTANTS DE MADAME A. (50 ANS) EN UNITÉ DE SOINS PALLIATIFS

Madame A. est admise en unité de soins palliatifs à la suite de la 2e récidive de son cancer du sein. Elle est très affaiblie et pleure beaucoup. Son mari vient la voir tous les 2 jours et le personnel assure en alternance une présence quasi continue dans sa chambre pour répondre à ses besoins et apaiser ses peurs.

Elle questionne beaucoup. Elle veut tout savoir sur son état, sur le traitement, sur les examens pratiqués et surtout sur le temps qui lui reste à vivre.

Certaines questions sont déstabilisantes pour le personnel et pour son entourage, mais ils tentent d'y répondre avec calme, en parlant « vrai », ce qui semble apaiser la patiente.

Madame A. est décédée le 8 mai au matin (deux semaines après son arrivée dans l'unité).

...

Remarque

Si l'on devait résumer par une formule mnémotechnique l'attitude à adopter par le personnel de soins auprès d'un mourant et de sa famille, on pourrait dire le mot « STEP ».

S = silence
T = tact
E = écoute
P = présence

Contrôle des connaissances

1re partie : anatomie physiologie du corps humain

Le corps humain, les organes

1. Sachant que le corps humain peut schématiquement se diviser en 2 parties, peut-on dire que :

	Vrai ?	Faux ?
a. Le cœur est dans l'abdomen	❑	❑
b. Les poumons sont dans le thorax	❑	❑
c. L'estomac est dans le thorax	❑	❑
d. L'intestin est dans l'abdomen	❑	❑
e. Le foie est dans le thorax	❑	❑

Cochez la (ou les) bonne(s) réponses.

2. La colonne vertébrale (ou rachis) comprend :
   a. Les côtes
   b. Les vertèbres
   c. Les omoplates
3. La ceinture scapulaire comprend :
   a. La clavicule
   b. Le sacrum
   c. Le sternum
4. Le membre inférieur comprend :
   a. L'humérus
   b. Le tibia
   c. Le péroné
5. Le membre supérieur comprend :
   a. L'humérus
   b. Le fémur
   c. Le radius
6. L'os est composé de :
   a. Os compact
   b. Moelle jaune
   c. Moelle rouge

7. Une personne qui a une cyphose a :
a. Les reins trop courbés
b. Le dos voûté
c. Une déviation latérale du rachis

8. Une personne qui a une scoliose a :
a. Les reins trop courbés
b. Le dos voûté
c. Une déviation latérale du rachis

9. Chez le nourrisson, la grande fontanelle :
a. Est située à l'arrière du crâne
b. Est une membrane en voie d'ossification
c. A la forme d'un rectangle

10. Si l'on compare l'anatomie des membres supérieurs et inférieurs :
a. La cuisse correspond au bras
b. La jambe correspond à l'avant-bras
c. Le coude correspond à la cheville

11. La croissance osseuse se produit :
a. En longueur par le cartilage de conjugaison
b. En épaisseur par le périoste

12. L'articulation du coude est une :
a. Articulation mobile
b. Articulation fixe
c. Articulation semi-mobile

13. L'articulation des vertèbres est une :
a. Articulation mobile
b. Articulation fixe
c. Articulation semi-mobile

14. Le muscle est un organe qui a la capacité de :
a. Flexion-extension
b. Fixation
c. Contraction

15. Le muscle tire sa force principalement des :
a. Protides
b. Glucides
c. Minéraux (ca-Ph)

16. L'os a besoin pour sa croissance de :
a. Protides
b. Glucides

c. Minéraux (ca-Ph)

17. Une piqûre produit sur le muscle :

a. Une excitation physique

b. Une excitation thermique

18. La contraction des muscles est :

a. Volontaire

b. Involontaire

19. Les exercices physiques produisent des crampes dues à :

a. L'accumulation d'acide lactique

b. Le manque d'oxygène

c. L'excès de calcium

20. L'étirement violent des tendons du muscle produit :

a. Une entorse

b. Une luxation

c. Un déboîtement de l'articulation

La peau et la fonction respiratoire

21. Chaque couche de la peau a des caractéristiques particulières. Reliez chaque couche à celle qui lui correspond le mieux :

Couches	Caractéristiques
a. Épiderme	**d.** Cellules graisseuses
b. Derme	**e.** Cellules mortes
c. Hypoderme	**f.** Fibres élastiques, vascularisation ++

22. Quelle fonction caractérise le mieux chaque couche de la peau :

a. Épiderme	**d.** Protège du froid
b. Derme	**e.** Souplesse, élasticité
c. Hypoderme	**f.** Protège des frottements

23. Les glandes sudoripares :

a. Sont des annexes de la peau

b. Sécrètent le sébum

c. Sécrètent la sueur

24. Le sang apporte à la peau l'oxygène et les éléments nutritifs dont elle a besoin. Lorsque la peau est cyanosée, elle :

a. Manque d'éléments nutritifs

b. Est mal oxygénée

c. Prend une couleur pâle ou bleutée

25. L'appareil respiratoire comprend divers organes dans un ordre bien précis. Remettez-les dans l'ordre (du haut vers le bas du corps) :

a. Bronches

b. Larynx

c. Fosses nasales

26. Les échanges gazeux entre l'air et le sang se produisent au niveau des alvéoles pulmonaires. À ce niveau :

a. De l'O_2 passe de l'air dans le sang

b. De l'O_2 passe du sang dans l'air

c. Du CO_2 passe de l'air dans le sang

d. Du CO_2 passe du sang dans l'air

27. L'oxyhémoglobine est l'association de :

a. O_2 + CO_2

b. O_2 + hémoglobine

c. CO_2 + hémoglobine

28. Lorsque l'hémoglobine du sang transporte les déchets rejetés par les cellules, quelle formule lui correspond le mieux :

a. Oxyhémoglobine

b. Carbhémoglobine

29. L'air inspiré et l'air expiré n'ont pas la même composition. Faites la bonne association :

a. Air respiré

b. Air expiré

Composants	a	b
Azote	80 %	80 %
O_2	20 %	12 %
CO_2	0 %	5 %
Eau	Variable	++

30. Le sang arrive aux cellules sous forme de :

a. Carbhémoglobine

b. Oxyhémoglobine

La fonction cardio-vasculaire

31. Le sang comprend des éléments solides (cellules) aux rôles bien spécifiques. Les granulocytes ont pour rôle de :

a. Transporter des éléments nutritifs

b. Assurer la défense de l'organisme (diapédèse)

c. Transporter les déchets

32. Le sang comprend un élément liquide (le plasma) au rôle bien spécifique. Le plasma a pour rôle de :
a. Transporter les éléments nutritifs
b. Transporter l'O_2
c. Transporter le CO_2

33. Grâce à la *phagocytose*, certaines cellules du sang ont la capacité de :
a. Sortir des vaisseaux sanguins pour se diriger vers les micro-organismes
b. Englober les micro-organismes
c. Éliminer les micro-organismes

34. Le cœur est composé de :

	Vrai	Faux
a. 2 veines pulmonaires	❑	❑
b. 1 artère pulmonaire	❑	❑
c. 4 ventricules	❑	❑
d. 2 oreillettes	❑	❑
e. 1 veine cave	❑	❑

35. On appelle diastole :
a. La fermeture des valvules
b. Le repos du cœur

36. On appelle grande circulation :
a. Le trajet cœur-organes-cœur
b. Le trajet cœur-poumons-cœur

37. Les veines pulmonaires apportent le sang :
a. Oxygéné des poumons au cœur
b. Chargé de CO_2 du cœur aux poumons

La fonction neurologique et la thermorégulation

38. On appelle méninges :
a. La substance blanche du système nerveux
b. 3 enveloppes de la moelle épinière
c. La substance grise du cerveau

39. On appelle arc réflexe :
a. La contraction volontaire d'un muscle
b. Le fait de retirer sa main lorsque l'on se brûle ou se pique
c. L'acte automatique par lequel le muscle répond à un excitant (mécanique, thermique ou chimique)

40. On appelle thermorégulation :
   a. La régulation automatique de la température du corps par le cerveau
   b. L'adaptation du corps au changement de température
   c. Le déclenchement de la fièvre en cas d'infection

Les reins et la fonction urinaire

41. L'uretère est un conduit situé :
   a. Au-dessus du rein
   b. Entre la vessie et le méat urinaire
   c. Entre le rein et la vessie
42. Le rein est un filtre qui arrête les substances suivantes afin qu'elles restent dans le sang et ne soient pas évacuées par l'urine :
   a. Les protides (albumine)
   b. Les éléments minéraux
   c. Les glucides
43. L'urine contient les substances suivantes :
   a. Les protides (albumine)
   b. Les éléments minéraux
   c. L'urée et l'acide urique
44. On appelle diabète une pathologie qui se traduit par un excès de :
   a. Albumine dans l'urine
   b. Glucides dans l'urine
   c. Glucides dans le sang

L'intestin et la fonction intestinale

45. L'intestin est un organe composite qui regroupe :
   a. Le foie
   b. Le côlon
   c. Le cæcum
46. L'absorption intestinale se situe au niveau :
   a. De la muqueuse gastrique
   b. Des villosités intestinales
   c. Des cellules du foie
47. L'absorption intestinale signifie :
   a. Le passage des éléments nutritifs de l'intestin vers le sang
   b. La liquéfaction des aliments au niveau de l'intestin
   c. L'absorption des aliments par les cellules de l'intestin

48. Lors de la déglutition, le mécanisme suivant est observé :
- **a.** La luette se relève (pour fermer les fosses nasales)
- **b.** La glotte et l'épiglotte se joignent (pour fermer la trachée)
- **c.** La glotte et l'épiglotte restent au repos

49. La digestion regroupe différents phénomènes attribués à différents organes. Associons les phénomènes aux organes correspondants :

Phénomènes	Organes
a. brassage	**e.** bouche
b. fermentation	**f.** rectum
c. mastication	**g.** intestin
d. évacuation	**h.** estomac

50. Le pancréas sécrète :
- **a.** Des hormones
- **b.** Un suc gastrique
- **c.** Du mucus

2e partie : évaluation des grandes fonctions du corps humain

51. Divers facteurs concourent à l'état de santé ; les facteurs dits *endogènes* sont :
- **a.** Le mode de vie (repos, activités...)
- **b.** La génétique, les hormones...
- **c.** L'hygiène de vie (alimentation...)

52. La maladie évolue en plusieurs phases avec des caractéristiques particulières :

	Vrai	Faux
a. L'incubation correspond à l'apparition des 1ers symptômes	❑	❑
b. La phase d'état correspond à la stabilisation de la maladie	❑	❑
c. La rémission correspond à la diminution des symptômes	❑	❑

53. La maladie psychosomatique est une pathologie :
- **a.** Sans symptômes physiques apparents
- **b.** Avec des symptômes physiques et psychiques
- **c.** Avec des symptômes imaginaires

54. Regroupez les maladies selon leur appartenance respective :

Maladies (exemples)	Classification
a. rougeole, rubéole	**e.** maladies mentales
b. bronchite	**f.** maladies génétiques
c. hémophilie, trisomie 21	**g.** maladies infectieuses
d. névrose, psychose	**h.** maladies respiratoires

55. Certains repères permettent d'évaluer le poids d'un enfant. Ainsi, on peut dire (qu'approximativement) l'enfant de :
a. 1 an double son poids de naissance
b. 5 mois triple son poids de naissance
c. 2 ans quadruple son poids de naissance

56. L'enfant de 1 an mesure environ :
a. 60 cm
b. 75 cm
c. 95 cm

57. De la naissance à 2 mois, l'enfant a une croissance pondérale journalière de l'ordre de :
a. 5 g
b. 15 g
c. 25 g

58. Chez l'enfant une maladie peut avoir des effets immédiats sur :
a. Le poids
b. La taille
c. le poids et la taille

59. La peau est un indicateur de bonne santé lorsqu'elle est :
a. De couleur rosée
b. Légèrement moite
c. De couleur bleutée

60. Les normes de la fréquence respiratoire sont (pour un adulte) :
a. 30 à 40 mouvements/min
b. 16 à 20 mouvements/min
c. 10 à 15 mouvements/min

61. Associez les anomalies de la peau à leurs définitions respectives :

Anomalies	Définitions
a. hématome	**f.** aspect bleuté de la peau
b. papule	**g.** gonflement à base de lymphe
c. cyanose	**h.** éruption contenant du pus
d. œdème	**i.** collection de sang
e. pustule	**j.** éruption rouge

62. Associez les anomalies de la respiration à leurs définitions respectives :

Anomalies	Définitions
a. apnée	**e.** difficulté respiratoire
b. bradypnée	**f.** arrêt respiratoire
c. polypnée	**g.** ralentissement respiratoire
d. dyspnée	**h.** augmentation de la fréquence respiratoire

63. La détresse respiratoire associe les signes suivants :

	Vrai	Faux
a. une éruption cutanée au visage	❑	❑
b. une respiration difficile	❑	❑
c. un visage rosé	❑	❑
d. des extrémités bleutées et froides	❑	❑
e. des traits tirés, un visage pâle	❑	❑

64. La fréquence cardiaque est évaluée par la prise du pouls. Les normes chez l'adulte sont de l'ordre de :

a. 90 à 100 pulsations/min
b. 60 à 80 pulsations/min
c. 40 à 60 pulsations/min

65. Associez les anomalies de la fonction cardio-vasculaire à leurs définitions respectives :

Anomalies	Définitions
a. tachycardie	**f.** insuffisance d'oxygénation du sang
b. brachycardie	**g.** arrêt du rythme cardiaque
c. arythmie	**h.** accélération du rythme cardiaque
d. cyanose	**i.** faiblesse des valvules du cœur
e. souffle systolique	**j.** ralentissement du rythme cardiaque

66. L'échelle de Glasgow permet d'évaluer l'état de conscience d'une personne. Les questions suivantes lui sont posées :

	Vrai	Faux
a. Quel jour sommes-nous ?	❑	❑
b. Est-ce le printemps ou l'hiver ?	❑	❑
c. Pouvez-vous diviser 35 par 3 ?	❑	❑
d. Pouvez-vous ouvrir les yeux ?	❑	❑
e. Pouvez-vous fléchir le bras ?	❑	❑

67. L'hypothermie signifie une température corporelle :
a. Élevée
b. Basse
c. Normale

68. La température corporelle est classée dans l'hyperthermie lorsqu'elle atteint :
a. 38°
b. 37°
c. 36°

69. Certains signes accompagnent une hyperthermie :
a. Les frissons
b. Les convulsions
c. L'obnubilation
d. Les sueurs

70. Associez les anomalies de la fonction neurologique à leurs définitions respectives :

Anomalies	Définitions
a. aphasie	**f.** paralysie de la moitié longitudinale du corps
b. hémiplégie	**g.** trouble de la sensibilité (fourmillement),
c. paralysie	**h.** paralysie du haut ou du bas du corps .
d. paresthésie	**i.** trouble du langage .
e. obnubilation	**j.** trouble de la conscience

71. Effectuer une diurèse, c'est :
a. Effectuer une analyse d'urine
b. Évaluer le volume des urines sur 24 h
c. prélever des urines pour un examen biologique

72. Associez les anomalies de la fonction urinaire à leurs définitions respectives :

Anomalies	Définitions
a. anurie	**f.** mictions incontrôlées
b. oligurie	**g.** absence d'urines
c. polyurie	**h.** diminution du volume urinaire
d. dysurie	**i.** augmentation du volume urinaire
e. incontinence	**j.** mictions difficiles

73. Parmi les éléments anormaux décelés par une analyse d'urines, on peut trouver :

a. Du sang (hématurie)

b. Des éléments minéraux

c. Du glucose (glycosurie)

74. Un prélèvement de selles destiné à une coproculture relève des compétences de :

a. L'AS

b. L'IDE

c. Des médecins biologistes

75. Associez les différentes anomalies de la fonction intestinale à leurs définitions respectives :

Anomalies	Définitions
a. diarrhée	**f.** volume trop important de selles
b. maelena	**g.** selles trop abondantes et liquides
c. constipation	**h.** présence de sang (rouge) dans les selles
d. rectorragie	**i.** selles rares et dures
e. fécalome	**j.** présence de sang digéré (noir)

76. Une douleur est dite chronique lorsqu'elle est :

a. Vive et bien localisée

b. Diffuse et d'installation lente et prolongée. (> 3 mois)

c. Temporaire, de courte durée (< 3 mois)

77. Une observation rationnelle du comportement douloureux peut utiliser une méthode mnémotechnique. Quelles sont les lettres qui la composent ?

78. Certains signes sont caractéristiques de la douleur chez l'enfant :

a. le plissement des lèvres, des yeux (mimiques)

b. le manque d'appétit

c. les pleurs lors des soins
d. la posture en chien de fusil
e. la crispation des doigts

79. Chez la personne en fin de vie, le soignant doit plus particulièrement satisfaire les besoins suivants :
a. Besoin de sécurité
b. Besoin de se recréer
c. Besoin de manger
d. Besoin de calme et de confort

80. Le processus de deuil englobe 5 étapes (selon E. Kübler-Ross). Remettez-les dans l'ordre chronologique :
a. La paix et l'acceptation *(oui : à mon tour !)*
b. Le marchandage *(oui moi, mais... peut être...)*
c. La dépression *(tristesse++)*
d. La révolte et la colère *(pourquoi moi ?)*
e. La négation *(non ! c'est impossible !)*

CORRIGÉ

1. Faux = a, c, d, e Vrai = b ; **2.** a, b ; **3.** a, c ; **4.** b, c ; **5.** a, c ; **6.** a, b, c ; **7.** b ; **8.** c ; **9.** b ; **10.** a, b ; **11.** a, b ; **12.** a ; **13.** c ; **14.** a, c ; **15.** b ; **16.** c ; **17.** a ; **18.** a, b ; **19.** a, b ; **20.** a ; **21.** a+e, b+f, c+d ; **22.** a+f, b+e, c+d ; **23** a, c ; **24.** b, c ; **25.** c, f, b, a, d, e ; **26.** a, d ; **27.** b ; **28.** b ; **29.** a ; **30.** b ; **31.** b ; **32.** a ; **33.** b, c ; **34.** Faux = a, c, e Vrai = b, d ; **35.** b ; **36.** a ; **37.** a ; **38.** b ; **39.** b, c ; **40.** a ; **41.** c ; **42.** a, c ; **43.** b, c ; **44.** b, c ; **45.** b, c ; **46.** b ; **47.** a ; **48.** a, b ; **49.** a+h, b+g, c+e, d+f ; **50.** a, b ; **51.** b ; **52.** a = faux, b = faux, c = vrai ; **53.** b ; **54.** a+g, b+h, c+f, d+e ; **55.** c ; **56.** b ; **57.** c ; **58.** a ; **59.** a ; **60.** b ; **61.** a+i, b+j, c+f, d+g, e+h ; **62.** a+f, b+g, c+h, d+e ; **63.** b, d, e ; **64.** b ; **65.** a+h, b+j, c+g, d+f, e+i ; **66.** a, b, d, e ; **67.** b ; **68.** a ; **69.** a+d ; **70.** a+i, b+f, c+h, d+g, e+j ; **71.** b ; **72.** a+g, b+h, c+i, d+j, e+f ; **73.** a, c ; **74.** b ; **75.** a+g, b+j, c+i, d+h, e+f ; **76.** b ; **77.** QQQOCP ; **78.** a, d, e ; **79.** a, d ; **80.** 1= e, 2 = d, 3 = b, 4 = c, 5 = a

MODULE 3

Soins

PARTIE 1 : PATHOLOGIES – LA PRISE EN CHARGE ET LA SURVEILLANCE DU PATIENT

Partie 1

Pathologies
La prise en charge
et la surveillance
du patient

21 L'ASTHME

1 Définition

L'asthme est une infection respiratoire caractérisée par une **inflammation des bronches et des bronchioles,** avec spasme des muscles lisses, œdème et hypersécrétion bronchique (sécrétion de mucus) (cf. figure 3). Ces phénomènes ont pour effet de rétrécir le calibre des bronches et d'entraîner une gêne respiratoire accompagnée de sifflements.

2 Notions

A Les causes

On distingue 4 types de facteurs à l'origine de l'asthme :

- *des facteurs allergiques :* des allergènes inhalés par la personne (acariens, pollens, poils d'animaux...) sont mis en cause ;
- *des facteurs génétiques :* l'origine héréditaire de l'asthme est fréquente ;
- *des facteurs environnementaux :* il s'agit principalement de la pollution atmosphérique, du tabagisme passif, et également de conditions d'habitat insalubre (humidité) qui favorisent le développement de la maladie ;
- *des facteurs psychosomatiques :* une émotion forte (avec stress) peut être responsable de l'installation de la maladie.

B Les principaux symptômes

La crise d'asthme se manifeste par un *syndrome obstructif* avec :

- une dyspnée expiratoire, sifflante d'apparition brutale ;
- la pâleur, les sueurs, l'angoisse ;
- une toux d'abord sèche, puis hypersécrétante ;
- une asthénie importante.

C Le traitement

Le traitement repose sur :
- la prise de broncho-dilatateurs (type Ventoline®) ;
- la désensibilisation (si la cause est allergique) ;
- l'éducation du patient, afin de lui permettre de participer au traitement et à la prévention (ex. : éviction des allergènes, règles d'hygiène de vie[1]...).

3 Observation-Réflexion (rôle de l'AS)

L'AS veillera à :
- mettre la personne en confiance, la rassurer pendant la crise (car elle est stressée) ;
- l'installer confortablement en position demi-assise ;
- apprécier son état de fatigue ;
- lui proposer les objets de 1re nécessité (verre d'eau, mouchoir...) ;
- assurer les soins d'hygiène, la surveillance ;
- évaluer les paramètres vitaux ;
- faire les transmissions.

Situation

La crise d'asthme de Maxence

Maxence (10 ans) a de l'asthme depuis sa petite enfance. Cette pathologie est d'origine *héréditaire*. Sa mère avait de l'asthme et sa sœur a de l'eczéma. Maxence est particulièrement allergique aux *acariens* (parasites minuscules véhiculés par les poussières de l'air) et aux *pollens* des arbres et des graminées.

De ce fait, ses parents veillent à lui offrir une *bonne hygiène de vie* : hygiène de l'habitat d'abord, en évitant les nids à parasites, les balayages à sec et éloignement de la campagne les jours de grand vent, surtout au printemps.

Malgré ces précautions, Maxence fait de nombreuses *crises d'asthme*. La crise est souvent d'apparition nocturne. L'enfant respire mal, il sent venir la crise (il en a *peur)*, il est angoissé, assis sur son lit, il appelle ses parents à l'aide.

...

1. Ex : pratiquer une activité sportive régulière ; préférer les climats secs et chauds, loin des polluants industriels ; soigner les foyers infectieux dentaire, ORL...

Remarque

Dans l'asthme, la *dyspnée* est caractéristique, l'enfant cherche de l'air, les muscles du cou se tendent, l'expiration est longue et bruyante, il est pâle et il transpire beaucoup. La crise se termine par une *quinte de toux productive* (crachats blanchâtres). Elle a duré 1h30. Notons que le médicament Ventoline® a souvent des effets bénéfiques sur la crise d'asthme.

22 LE DIABÈTE

1 Définition

Le diabète est une **maladie chronique** liée à un dérèglement ou une déficience du pancréas et qui se manifeste par un excès de glucide dans le sang (hyperglycémie).

2 Notions

A Les causes

On identifie 2 types de diabète aux causes différentes :

- le **diabète de type 1**, ou *diabète insulinodépendant (dit maigre)*. Dans ce diabète, le pancréas ne sécrète plus d'insuline ;
- Le **diabète de type 2** *ou diabète non insulinodépendant* (dit gras). Dans ce diabète, l'insuline est sécrétée, mais son action n'est plus efficace.

B Les principaux symptômes

Les symptômes évoluent différemment selon le type de diabète (cf. ci-après).

Diabète de type 1	Diabète de type 2
• Début brutal • L'hyperglycémie se manifeste par : - la soif - la fatigue - l'amaigrissement	• Début plus lent et insidieux • Atteinte des petits vaisseaux sanguins (risques pour les yeux, les reins, le système nerveux) • Atteinte des vaisseaux de gros calibres (risque d'athérosclérose et d'hypertension artérielle)

C Les complications

a. L'hypoglycémie

L'hypoglycémie correspond à une *chute rapide du taux de glucose dans le sang*. C'est une complication à court terme qu'il faut prévenir. Les signes d'alerte de l'hypoglycémie sont variables selon les individus. Ce sont surtout les tremblements, les sueurs, les sensations douloureuses de faim, la tachycardie, etc. (Notons qu'un *coma acidéocétosique* peut aggraver l'hypoglycémie, surtout dans les cas de diabète de type 1.)

b. Les autres complications (à plus long terme)

Parmi les organes le plus touchés, citons :

- les yeux (rétinopathie) ;
- les reins (néphropathie) ;
- les artères (athérosclérose, HTA, etc.) ;
- les nerfs, etc.

D Le traitement

Il est basé sur :

- la prise en charge thérapeutique de la personne ;
- des piqûres d'insuline pour le diabète de type 1 ;
- des hypoglycémiants oraux pour le diabète de type 2.

E La prise en charge diététique

Il s'agit de contrôler l'apport des sucres et de veiller à la régularité de l'alimentation pour éviter au patient les « trous » glucidiques.

3 Observation-Réflexion (rôle de l'AS)

A Le rôle de l'AS au quotidien

L'AS veillera à assurer et surveiller :

- les soins d'hygiène corporelle et l'*hygiène des pieds* de la personne très régulièrement et très méticuleusement[1] ;
- l'hygiène bucco-dentaire ;
- l'hygiène alimentaire (dans le respect des consignes).

L'AS effectuera les transmissions.

1. Bien sécher les pieds après le lavage, changer de chaussettes chaque jour, choisir des chaussures souples, entretenir les ongles, éviter les coupures et éraflures (source d'infection à risque). Ne pas marcher pieds nus.

B Le rôle de l'AS lors d'un malaise hypoglycémique

L'AS doit alerter l'infirmier d'urgence en cas de malaise, l'hypoglycémie peut être traitée par le patient lui-même qui absorbe tout de suite un sucre (dit absorption rapide).
En cas d'hypoglycémie avec perte de connaissance, il ne faut jamais donner de sucre par la bouche (risque de fausse route), mais perfuser du glucose.

C Le rôle de l'AS à la sortie du patient

L'AS participe à la *démarche éducative* avec l'IDE. Il conseillera au patient diabétique :
- d'éviter le stress, de se reposer ;
- de pratiquer une activité physique régulière et (s'il est fumeur) d'arrêter de fumer ;
- d'avoir une bonne hygiène corporelle et de surveiller particulièrement ses pieds (lui expliquer l'intérêt et les règles) ;
- de respecter les règles d'hygiène alimentaire ;
- d'avoir une bonne hygiène bucco-dentaire (pour éviter les gingivites et les caries).

Situation

LE DIABÈTE DE SOLÈNE

Solène est une personne de 60 ans chez qui l'on vient de diagnostiquer *un diabète de type 1 (insulinodépendant)*.
Solène a signalé à son médecin une *perte de poids* importante malgré un bon appétit et la prise de repas consistants. Elle lui a signalé aussi des *malaises* dont elle est victime, caractérisés par une grande *fatigue* et des *vertiges*. Ses proches remarquent chez elle tantôt une *pâleur* du visage, tantôt des accès de *rougeur*, accompagnés de *sueurs*.
Elle a constaté que ces anomalies se produisent à certains *moments-clés* de la journée : après les repas ou après un exercice physique.
Le médecin lui a expliqué que cela s'explique par les *variations de sa glycémie* (hyper ou hypoglycémie) liées à ces moments-clés.
Aujourd'hui, Solène est prise en charge et elle suit scrupuleusement le traitement prescrit par son médecin, basé sur l'administration régulière d'*insuline* (qui lui évite les malaises dont elle était victime) et sur une bonne hygiène alimentaire (voir ci-après).

...

Remarque

Des recommandations d'hygiène alimentaire sont formulées par l'Afssa[1] à l'ensemble des personnes atteintes de diabète. On peut les résumer ainsi :

- un apport en *protéines* raisonnable ;
- une limitation des *sucres simples* (50 g par jour) et une interdiction des sodas ;
- un apport *lipidique* restreint ;
- une *hydratation* abondante ;
- une limitation des *boissons alcoolisées*.

1. Afssa : Agence française de sécurité sanitaire des aliments.

23 LA MALADIE D'ALZHEIMER

1 Définition

C'est une **maladie neurologique** représentant la cause la plus fréquente des démences chez la personne âgée. On observe une dégénérescence lente des cellules nerveuses qui est irréversible.
Pour l'OMS, c'est une altération de la mémoire suffisamment marquée pour handicaper les activités de la vie de tous les jours. Apparue au moins depuis 6 mois et associée à un trouble d'au moins l'une des fonctions suivantes : le calcul, le langage, le jugement, l'altération de la pensée abstraite, les praxies (lorsqu'une personne ne peut plus faire les gestes), la gnosie (la personne n'est pas consciente de ses troubles) et les modifications de la personnalité.

2 Notions

A Les causes

La cause est encore mal élucidée. Toutefois, les recherches actuelles sur une *vaccination* (visant à immuniser le cerveau contre la maladie) sont très prometteuses.

B Les principaux symptômes

Les symptômes majeurs sont la perte de la mémoire et la désorientation spatio-temporelle.

a. La perte de mémoire

Elle évolue dans le temps en plusieurs stades et touche de nombreux domaines, citons :
- *l'oubli des personnes ;*
- *l'oubli des dates, des événements, des situations ;*
- *l'oubli des besoins fondamentaux* (boire, manger, dormir).

Cette perte de mémoire expose la personne à tous les dangers (ex. : oubli d'éteindre le gaz, etc.).

b. La désorientation spatio-temporelle

Elle ne sait plus ni l'heure, ni le jour, ni la saison, ni l'endroit où elle se trouve. La personne désorientée va jusqu'à se perdre dans sa propre rue (elle ne sait plus comment rentrer chez elle).

c. Le problème de langage

La maladie entraîne un problème de langage : son premier symptôme est le manque de mots (pertes de mots usuels, prendre un mot pour un autre). En début de maladie, la compréhension de l'écrit et ce qui est lu est maintenu, mais la personne a du mal à comprendre les paroles rapides, l'humour, puis elle aura tendance à répéter les derniers mots entendus, à chercher ses mots. Elle comprendra de moins en moins des conservations simples, le vocabulaire va s'appauvrir, elle s'exclut des conversations sociales, des réunions familiales. À un stade ultime, elle est en aphasie globale : elle s'exprime dans un jargon incompréhensible voire uniquement avec des cris ou des sons.

C Les complications

La maladie influe sur la capacité du patient à maintenir l'autonomie. Il ne peut plus assurer les gestes de la vie quotidienne et devient très dépendant.

D Le traitement

Le traitement repose surtout sur une prise en charge au quotidien en fonction de l'autonomie de la personne ; il s'agit de mettre en œuvre les aides nécessaires pour maintenir la personne au domicile en lui permettant de réaliser les gestes de la vie quotidienne, faute de quoi un placement en structure d'accueil est envisagé.

4 Observation-Réflexion (rôle de l'AS)

L'AS sera attentive à :

- assurer la surveillance et la sécurité de la personne (risque de fugue par désorientation) ;
- satisfaire les besoins fondamentaux de la personne avec beaucoup d'*attention* et de *respect* ;
- faciliter la communication (en utilisant des phrases simples, claires et en se plaçant face à elle) ;
- mettre en confiance la personne dans tous les actes de la vie quotidienne ;

- respecter des rituels afin de la « sécuriser » (ex. : poser les vêtements bien en vue avant l'habillage, tirer les rideaux avant le sommeil, etc.) ;
- Participer aux *ateliers thérapeutiques* à la demande de l'IDE (voir ci-après).

Situation

La désorientation de Lucile (76 ans)

Lucile (76 ans) a été une femme active, dynamique et très appréciée sur le plan professionnel (elle était comptable). Il y a 4 ans, on a diagnostiqué chez elle les symptômes de la maladie d'Alzheimer. Ils se sont progressivement amplifiés.

Aujourd'hui, Lucile est prise en charge en hôpital de jour. Elle a des difficultés accrues pour exécuter les tâches de la vie quotidienne et sa désorientation spatio-temporelle nécessite une surveillance pour lui éviter d'être exposée au danger.

Dans le cadre de la structure de soins, c'est Farah (AS) qui veille à satisfaire ses besoins dans le cadre des ateliers thérapeutiques.

Remarque

Les intérêts des *ateliers thérapeutiques*

L'AS participe aux ateliers thérapeutiques organisés dans la structure de soins. Ils sont mis en place pour stimuler les facultés intellectuelles restantes de la personne, afin de valoriser ce qu'elle peut encore faire : travail sur la mémoire et sur le maintien de l'autonomie dans la vie quotidienne, ateliers de cuisine, pâtisserie, gymnastique, esthétique...

Dans le cadre de ces ateliers, l'AS doit :

- veiller à garantir une ambiance conviviale et chaleureuse : instaurer une dynamique de groupe où chacun conserve son individualité et sa personnalité ;

observer les échanges, valoriser chacun et le solliciter pour intervenir.

24 LE SIDA

1 Définition

Le **sida (syndrome d'immunodéficience acquise)** est une maladie du système immunitaire qui évolue très progressivement.

2 Notions

A Les causes

Le *VIH* (Virus de l'immunodéficience humaine) est à l'origine du sida. Il est responsable d'une disparition progressive des défenses immunitaires du sujet.

Les voies de contaminations du VIH sont :

- *la voie sexuelle* ;
- *la voie sanguine* (échanges de seringues souillées) ;
- *la voie placentaire* (mère-fœtus).

B Les principaux symptômes

L'infection par le VIH évolue en deux phases.

a. La primo-infection

Elle peut donner des signes cliniques quelques semaines après le contact. Ces signes restent inaperçus dans 80 % des cas. Il s'agit d'un état *pseudo-grippal* avec fièvre modérée, ganglions, parfois légère éruption. Dès la *primo-infection,* le sujet est porteur du virus, donc *contaminant.*

b. La maladie déclarée (sida-maladie)

Les signes sont : l'*adénopathie,* les *infections opportunistes* (ex. : pulmonaires, digestives ; voir situation ci-après), puis des *maladies malignes* qui entraînent le décès en quelques années.

c. Les réactions du patient

Les attitudes réactionnelles du malade peuvent être : la dépression, l'adaptation ou l'acceptation de la maladie, le déni ou le refus, la réaction persécutive ou l'isolation.

3 Traitement

Le traitement du sida a deux objectifs :
- *limiter la multiplication du virus* en associant les antiviraux (c'est la *trithérapie)* ;
- *lutter contre les maladies opportunistes*, les tumeurs et la détérioration de l'état général (dues à la chute des défenses immunitaires).

4 Observation-Réflexion (rôle de l'AS)

L'AS (en collaboration avec l'IDE) doit :
- instaurer un climat de confiance avec la personne ;
- veiller à l'hygiène, à la sécurité et au confort de la personne ;
- apprécier les principaux paramètres viraux ;
- participer au dépistage et à la prévention des complications ;
- signaler et évaluer la douleur ;
- prévenir 2 graves conséquences du Sida[1] ;
- être à l'écoute, avoir de l'empathie, témoigner son soutien ;
- faire les transmissions.

Situation

PAUL (31 ANS) ATTEINT DU SIDA

Paul est un grand voyageur. Il dit qu'il a ramené le sida dans ses bagages, c'est une façon bien particulière de parler de ses voyages exotiques et des risques sexuels qu'il a pris auprès de la population non protégée et sans se protéger lui-même. Paul lutte aujourd'hui

...

1. Le *régression* (repli sur soi, comportement infantile...) et la *dépression* (tristesse, découragement...).

contre la maladie déclarée. Il est maigre (il a perdu 15 kg depuis le début de sa maladie) et il est la proie de divers troubles infectieux :

- des *infections respiratoires* à répétition, avec toux et dyspnée ;
- des *troubles de l'élimination* sous forme de diarrhées infectieuses fréquentes ;
- des *troubles cutanés* avec des lésions liées au prurit, des nodules infectieux ;
- des *troubles de mémoire, de l'agitation* (dus aux atteintes encéphaliques).

Remarque

L'IMPORTANCE DE LA PRÉVENTION

La prévention est le seul rempart contre la contamination.

Pour tenter de limiter l'ampleur de l'épidémie en l'absence de traitement définitif, un certain nombre de mesures ont été prises. Une large place doit être accordée à l'information de la population :

- une information sur le mode de transmission et les moyens de prévention (préservatif, seringues à usage unique...) ;
- des campagnes incitatives à l'utilisation du préservatif, l'installation de distributeurs dans les lycées... ;
- la mise à disposition d'un numéro vert : 0800 840 800 (Sida Info Service).

25 LE CANCER

1 Définition

Le cancer correspond à la **multiplication anarchique de certaines cellules anormales** donnant naissance à une tumeur maligne. La biopsie (prélèvement d'un fragment de tissu en vue d'un examen) permet de diagnostiquer le cancer.

2 Notions

A Les causes (les facteurs de risque)

La cause n'est pas clairement définie, mais les facteurs de risque sont bien identifiés. Citons les principaux :

a. Le tabac

Le tabac est la cause de cancer la plus importante à l'heure actuelle. Un lien indiscutable a été établi avec les cancers des poumons, de la sphère ORL, de la vessie et du pancréas.

b. L'alcool

La consommation d'alcool augmente l'effet du tabac.

c. Le rayonnement solaire

Les ultraviolets sont à l'origine de cancers cutanés.

d. La pollution atmosphérique

Ex. : benzène, produits chimiques (pesticides), etc.

e. La génétique

Notons aussi que le cancer a un contexte génétique. Exemples : certains cancers coliques, mammaires, endocriniens…

B Les principaux symptômes

On trouve quatre étapes principales dans la progression de la tumeur :
- la tumeur reste localisée à l'organe = *tumeur non infiltrante* (c'est le cancer primitif) ;
- la tumeur envahit les tissus voisins = *tumeur infiltrante* (à ce stade, il n'y a aucun symptôme apparent chez le patient) ;
- les cellules tumorales envahissent les ganglions (des *adénopathies*[1] apparaissent) ;
- les cellules tumorales ont infiltré les vaisseaux et disséminent le cancer à d'autres organes. C'est le départ des *métastases* (à ce stade, le patient est très fatigué, souvent amaigri et les symptômes du cancer apparaissent distinctement selon la localisation de celui-ci).

C Le traitement

Les principaux moyens thérapeutiques sont :
- **la chirurgie**. Il s'agit d'ôter la tumeur et parfois de pratiquer l'exérèse de l'organe (avec ou non un curage ganglionnaire). Ex. : hystérectomie pour l'utérus ;
- **la radiothérapie** : c'est une méthode de traitement utilisant les rayonnements ionisants ;
- **la chimiothérapie** : c'est un traitement médical qui s'attaque aux cellules tumorales. Son objectif est de les tuer et d'enrayer leur prolifération.

3 Observations-Réflexion (rôle de l'AS)

L'AS (en collaboration avec l'IDE) doit :
- assurer l'hygiène, le confort et la sécurité de la personne ;
- réaliser les soins qui visent à compenser un manque ou une diminution d'autonomie ;
- assurer son information et celle de son entourage avec respect et empathie ;
- surveiller l'efficacité du traitement, les réactions de la personne à la radiothérapie ;
- reconnaître, évaluer et signaler immédiatement la douleur ;
- faire les transmissions à l'IDE et à l'équipe.

1. Ganglions durs et douloureux (la lymphangite y est souvent associée).

Situation

Le cancer du sein de Claudine

Claudine (58 ans) vient d'être opérée d'un cancer du sein droit. Une *tumeur* importante a été découverte à la suite d'une *mammographie tardive. La biopsie* (prélèvement d'un fragment d'organe dans le but d'une analyse histologique avant l'opération) n'a pas été pratiquée pour gagner du temps et parce que la radio suffisait au diagnostic *de tumeur maligne*. Lors de l'ablation chirurgicale de la tumeur, le chirurgien a recherché le stade de progression des cellules cancéreuses. Ces cellules *(métastases)* ont pu migrer vers les *ganglions lymphatiques* (d'où le curetage effectué par le chirurgien au niveau des aisselles). D'autres ont pu atteindre certains organes du corps (en particulier poumons, foie, os...). Le médecin a donc prescrit à Claudine de nombreuses séances de *chimiothérapie* (cf. ci-après) associées à la *radiothérapie*.

Remarque

LA CHIMIOTHÉRAPIE : SON INTÉRÊT, SES RISQUES ET SES EFFETS SECONDAIRES

La chimiothérapie utilise des médicaments qui sont toxiques pour les cellules cancéreuses, en les empoisonnant et en les détruisant. Le traitement est le plus souvent administré par voie intraveineuse ou orale, sous forme de cure. Le patient vient en général en hôpital de jour pour recevoir sa cure de chimiothérapie. Celle-ci présente des risques.

Le risque majeur est la chute des globules blancs (avec un risque infectieux augmenté).

La chimiothérapie, en s'attaquant aux cellules cancéreuses et en bloquant leur production, atteint également d'autres cellules de l'organisme, en particulier celles de la moelle osseuse (qui permettent la production des globules du sang et des plaquettes et sont très précieuses pour notre organisme).

Elle présente des *effets secondaires*, liés aux effets hautement toxiques des médicaments. On peut observer principalement :

- *des troubles cutanés* : chute des cheveux (alopécie) ;
- *des troubles digestifs* : nausées, vomissements, sécheresse buccale, diarrhée, perte d'appetit... ;
- *une fatigue importante et un amaigrissement.*

26 L'INFARCTUS DU MYOCARDE

1 Définition

L'infarctus du myocarde est une **nécrose** d'une partie du muscle cardiaque (myocarde). C'est une urgence vitale.

2 Notions

A Les causes

La cause principale est *ischémique* : il s'agit d'une thrombose coronaire (90 % des infarctus), un caillot (thrombus) bouche l'artère coronaire (artère nourricière du cœur).

B Les principaux symptômes

Le signe clinique essentiel de l'infarctus est la *douleur thoracique rétro-sternale.*

a. La douleur

La douleur est caractéristique. Elle est :

- *brutale,* souvent déclenchée à l'effort ;
- *irradiante* dans le (ou les) bras ;
- *constrictive* (en étau) ;
- *intense* (en coup de couteau).

b. Les autres signes

- Sueurs, pâleur, dyspnée.
- Chute de la TA.
- Nausée, angoisse…

C Le traitement

La stratégie de prise en charge doit être très rapide (C'est vital). L'appel du Samu est indispensable dès l'apparition des premiers symptômes. La prise en charge thérapeutique est donc réalisée en deux temps par un traitement :

- de la phase aiguë (par thrombolyse) ;
- post-infarctus (à base de bêtabloquant et d'Aspirine®).

3 Observation-Réflexion (rôle de l'AS)

L'AS veillera à :

- subvenir aux différents besoins du patient et surtout le rassurer s'il est très angoissé ;
- surveiller le patient, l'écouter, le sécuriser, lui éviter tout effort, lui expliquer la nature des examens (ou traitements) et leur intérêt respectif ;
- aider l'IDE à la préparation du matériel pour les examens ;
- prévenir le risque d'escarre ;
- surveiller les paramètres vitaux ;
- faire les transmissions.

Situation

L'infarctus de Rémy

Rémy (55 ans), homme très actif, a été hospitalisé en urgence en service de réanimation. Il a ressenti une *douleur thoracique* violente qui l'a cloué au sol et il a perdu connaissance.

L'accident s'est déroulé pendant qu'il faisait son *jogging*, comme chaque dimanche. Un exercice auquel il était pourtant habitué depuis des années.

Les médecins du Samu (arrivés sur le lieu rapidement) ont pratiqué un *massage cardiaque*.

Un ECG[1] a permis de poser le diagnostic d'*infarctus du myocarde* dès l'arrivée à l'hôpital.

...

1. ECG : électrocardiogramme.

Rémy a quelques antécédents familiaux de pathologies cardiaques et il est fumeur. Ce sont deux *facteurs de risque* non négligeables.
La coronarographie (radio des artères coronaires) a montré une thrombose[1] de la plus grosse de ces artères, de ce fait, un *pontage aorto-coronarien* a été prescrit.

Remarque

LE PONTAGE AORTO-CORONARIEN

Il s'agit de réaliser un pont entre l'aorte et l'artère coronaire au-delà du rétrécissement. Ce court-circuit permet d'amener au muscle cardiaque du sang oxygéné au-delà du rétrécissement.
Un traitement médical vient le compléter à base d'*anticoagulants massifs par perfusion* (pour lutter contre le caillot existant). Un repos au lit est vivement recommandé.

1. Artère bouchée et rétrécie au niveau du thrombus.

27 L'ACCIDENT VASCULAIRE CÉRÉBRAL (AVC)

1 Définition

L'accident vasculaire cérébral (AVC) traduit un **trouble de l'irrigation du cerveau**.

2 Notions

A Les causes

L'AVC peut avoir 2 origines :

- *ischémique* : diminution de la vascularisation cérébrale (ischémie) ;
- *hémorragique* : rupture d'une artère cérébrale.

L'AVC est lié à des facteurs de risque qui se potentialisent entre eux. Citons l'hypertension, l'hérédité, l'obésité, le stress, la sédentarité, le diabète, l'alcoolisme, le tabagisme, l'hypercholestérolémie…

B Les principaux symptômes

- Généralement, le symptôme majeur de l'AVC est *la paralysie*. Il s'agit souvent d'une *hémiplégie* (paralysie de la moitié du corps).
- Cette paralysie peut s'accompagner d'autres troubles, citons :
  - *les troubles visuels* : le patient ne voit pas d'un côté de son champ visuel ;
  - *l'aphasie* : le patient ne trouve plus les mots pour parler ou articule mal.

C Le traitement

Le transfert en service spécialisé (unité neurovasculaire) permet une prise en charge du patient rapide et appropriée.

Le traitement a pour objectif essentiel de *réoxygéner* les zones du cerveau atteintes par l'AVC.

Une *rééducation* du patient est mise en œuvre pour stimuler l'appareil musculaire et faciliter la réinsertion.

3 Observation-Réflexion (rôle de l'AS)

L'AS doit :
- subvenir aux différents besoins du patient (en particulier le rassurer, car il est angoissé) ;
- lui permettre de s'exprimer (même s'il a des difficultés) et être à son écoute ;
- prévenir les positions vicieuses dues à la paralysie ;
- surveiller les paramètres vitaux ;
- prévenir les risques d'escarre ;
- faire les transmissions à l'IDE et à l'équipe.

Situation

L'AVC de Jean

Jean (60 ans) a été pris d'un malaise violent au cours de son travail. Une brusque nausée suivie de vomissements. Sa pâleur a inquiété son entourage. Le médecin appelé sur les lieux a constaté une tension artérielle élevée et a demandé une hospitalisation en vue d'autres examens. Arrivé à l'hôpital, Jean a constaté que son bras droit ne lui obéissait plus et qu'il parlait difficilement. Une hémiplégie droite a été diagnostiquée. Un *scanner cérébral* et une *artériographie cérébrale* ont été pratiqués rapidement pour confirmer le diagnostic et établir un pronostic vital.

Remarque

ATTITUDES PARTICULIÈRES D'UNE PERSONNE HÉMIPLÉGIQUE ET RÉPONSES DU SOIGNANT

Attitudes du patient	Réponses du soignant
1) Il n'a pas conscience de sa paralysie et de ses effets.	L'aider à en prendre conscience avec délicatesse et tact, progressivement. Rester positif.

...

Attitudes du patient	Réponses du soignant
2) Il refuse de voir son côté paralysé et tourne la tête du côté opposé, il est dans le *déni* et refuse de reconnaître sa maladie.	Transmettre le comportement du patient à l'IDE en vue d'une assistance psychologique, être souple et compréhensif.
3) Il exprime ses émotions, est agressif, irrité ou apathique, dit que sa vie est « fichue ». Il s'interroge sur son devenir.	Agir avec patience, être rassurant et éducatif, lui expliquer qu'une activité physique modérée (la marche, par exemple) et régulière peut être bénéfique.

Figure 5 : Signes de l'hémiplégie (paralysie flasque).

28 LES URGENCES

1 Définitions

On appelle « urgence » une situation où la vie de la victime, ou du patient, est en jeu (il est urgent d'agir). Il y a des :

- **urgences cardio-vasculaires** qui se traduisent par une détresse cardio-vasculaire, avec étatde choc ;
- **urgences respiratoires** qui se traduisent par une détresse respiratoire avec état de choc ;
- **urgences neurologiques** qui se manifestent par une crise d'épilepsie ;
- **urgences digestives** qui sont souvent accompagnées de vomissements graves.

2 Notions

Citons quatre catégories d'urgence et leurs principales caractéristiques.

A Les urgences cardio-vasculaires

Prenons pour exemples :

- l'infarctus du myocarde (décrit page suivante) ;
- la détresse cardio-vasculaire, entraînant l'état de choc.

➤ **Tableau clinique de l'état de choc**. L'état de choc révèle une insuffisance circulatoire qui provoque de graves perturbations hémodynamiques mettant en jeu le pronostic vital de la personne. On distingue cinq sortes différentes de choc[1] (en fonction du mécanisme de défaillance hémodynamique) associant les signes suivants :

- *signes cardio-vasculaires :* hypotension avec pouls filant, marbrure ou pâleur des téguments, sueurs, tachycardie ou bradypnée (en fonction de la cause) ;
- *signes neurologiques :* confusion, somnolence, agitation, stress ;
- *signes urinaires :* anurie ou baisse de la diurèse.

1. Cf. livre de référence : le *Guide AS*.

B Les urgences respiratoires

- Prenons pour exemple *l'insuffisance respiratoire aiguë.*

C'est une situation grave du fait de l'enjeu vital pour la personne. Elle peut être d'origine diverse : atteinte neurologique des centres respiratoires, atteinte traumatique du thorax (fractures costales), atteinte du muscle respiratoire (paralysie), atteinte pulmonaire (affections infectieuses du poumon).

- La détresse respiratoire entraîne *l'état de choc* (vu ci-dessus).

Ce syndrome de détresse respiratoire se retrouve principalement dans l'œdème aigu du poumon (OAP), l'embolie pulmonaire, le pneumothorax, la crise d'asthme aiguë.

C Les urgences neurologiques

Prenons l'exemple de *la crise d'épilepsie.* Elle traduit une activité excessive des neurones, provoquant des manifestations incontrôlables du corps.

La crise présente quatre phases :

- une phase *tonique* avec perte de connaissance du sujet et contracture généralisée ;
- une phase *clonique* avec convulsions ;
- une phase *résolutive* avec un coma hypotonique (la respiration est bruyante et accompagnée de râles) ;
- une phase de *retour à la conscience* avec perte d'urine.

Le sujet a le plus souvent tout oublié du déroulement de la crise.

D Les urgences digestives

Prenons un exemple : *l'occlusion.* C'est l'arrêt du transit intestinal, pouvant être d'origine mécanique (obstruction par un obstacle type tumeur, calcul) ou d'origine fonctionnelle (spasme, paralysie).

L'occlusion se traduit par :

- des douleurs abdominales ;
- des vomissements ;
- l'arrêt des émissions de gaz et de selles.

3 Observation-Réflexion (rôle de l'AS)

L'AS (en collaboration et sous la responsabilité de l'IDE) veillera à :

- participer à l'accueil de la personne (selon la situation) ;
- l'installer rapidement (avec respect), en veillant à son confort, son hygiène, sa sécurité ;

- participer à la surveillance des fonctions vitales (cf. chapitre 2) du patient et du matériel dont il est porteur ;
- organiser l'agencement de l'environnement, l'évacuation des déchets, du linge souillé, etc. ;
- assurer la sécurité des soins en respectant et en faisant respecter les mesures de précautions complémentaires d'hygiène ;
- faire les transmissions urgemment (dans le respect des règles du service).

Module 3

Situation

La crise d'épilepsie de Sonia

Sonia (61 ans) est convalescente d'une maladie neurologique. Son état s'améliore de jour en jour et elle a repris ses activités habituelles.
À l'occasion des courses du samedi après-midi, alors qu'elle marche à vive allure sur le trottoir, elle est prise *d'un malaise* et s'écroule. Son mari assiste désemparé à sa *crise d'épilepsie*. Il la voit se contracter, puis s'agiter, en proie à des *secousses saccadées* sur tout le corps. Elle respire difficilement et bruyamment, émettant un bruit sourd : *le râle*.
Lorsque les secours interviennent (Samu), Sonia retrouve son *état de conscience*. Son mari doit répondre aux questions des médecins, car Sonia ne se souvient de rien. Le Samu la transporte aussitôt à l'hôpital.

Remarque

Les soins mis en œuvre par l'AS en collaboration et sous la responsabilité de l'infirmier ont pour objectif :
- d'instaurer un climat de confiance avec la personne soignée et son entourage ;
- de participer à la prévention des accidents et des complications éventuelles, liées à l'état de la personne ;
- de participer à la démarche éducative et au projet de soins mis en œuvre par l'équipe soignante en vue de la réinsertion de la personne.

29 UNE PATHOLOGIE INFECTIEUSE : LA MÉNINGITE

1 Définition

La méningite est une **inflammation des méninges**.
Lorsqu'elle est localisée à l'ensemble de l'encéphale, c'est la *méningite cérébro-spinale*. Il s'agit d'une urgence médicale et thérapeutique.

2 Notions

A Les causes

- La méningite est souvent d'origine bactérienne. Les bactéries principalement en cause sont : *le méningocoque, le pneumocoque, le staphylocoque ou l'haemophilus influenzae*[1]. La méningite peut également avoir d'autres causes (virale, toxique ou autres…).
- Examen en vue du diagnostic : la PL (ponction lombaire).

La ponction lombaire est pratiquée afin de recueillir du liquide céphalo-rachidien (LCR) en vue d'une étude cytobactériologique et biochimique. Dans la méningite, ce dernier est souvent trouble, parfois franchement purulent.

B Les principaux symptômes

Tableau clinique d'un *syndrome méningé* :
- céphalées (violentes, diffuses, en casque) avec photophobie (intolérance à la lumière) ;
- vomissements en jet, nausées ;
- hyperthermie supérieure à 39,5°, frissons ;
- raideur de la nuque.

1. À l'origine le plus souvent des méningites chez le nourrisson.

C Le traitement

Il doit être instauré rapidement pour éviter des séquelles neurologiques, il repose sur *l'antibiothérapie* à forte dose, dans le cas de méningite bactérienne. En cas de méningite virale, le traitement repose sur les *antipyrétiques* et les *antalgiques*.

3 Observation-Réflexion (rôle de l'AS)

Des mesures rigoureuses d'hygiène sont mises en œuvre. L'AS (en collaboration avec l'IDE) veillera à :

- mettre en place un *isolement géographique* (chambre individuelle) ;
- regrouper les soins pour un même patient afin de limiter l'accès à la zone infectée ;
- prendre toutes les *précautions complémentaires d'hygiène* en fonction du mode de contamination : précautions contact ; précautions gouttelettes ; précautions air (respecter les protocoles, *cf.* Module 6) ;
- travailler avec rigueur et calme ;
- traiter le linge (éliminer rapidement le linge souillé, bien différencier les circuits...) ;
- traiter les déchets (tri sélectif) ;
- se laver régulièrement les mains et utiliser la SHA ;
- participer à la surveillance des fonctions vitales, alerter si besoin ;
- faire les transmissions à l'IDE et à l'équipe.

Situation

La méningite de Laura

Laura (8 mois) est une fillette qui a été victime d'une *méningite à haemophilus influenza*. Cette bactérie touche principalement les jeunes enfants. Sa mère a remarqué un changement brutal de son comportement : l'enfant souffrait et manifestait sa douleur par des attitudes particulières : *cris, agitation, membres repliés, poings serrés, lèvres pincées, nuque très raide, crainte de la lumière.*

Puis Laura a vomi (vomissement en jet de son biberon) tandis que sa température était montée presque à 39,2°.

Sa maman a appelé le médecin qui, en urgence, a demandé une hospitalisation de l'enfant. Dès le diagnostic posé, une prise en charge de la douleur a été mise en œuvre en même temps que le traitement à base d'antibiotiques.

...

Remarque

LA PRISE EN CHARGE DE LA DOULEUR

Tous les enfants ne réagissent pas de la même manière devant la douleur. Pour traiter la douleur, il faut d'abord l'évaluer[1]. L'identification de la douleur chez le nouveau-né et le nourrisson demande un œil averti et attentif. Certaines grilles (avec scores) aident l'observation des soignants. La prise en charge de la douleur doit être rapide et efficace. On ne doit plus accepter de laisser souffrir un patient.

1. Évaluation de la douleur, *cf.* Module 2.

30 LES PATHOLOGIES CHIRURGICALES

1 Définitions

La chirurgie est une technique médicale qui consiste à intervenir sur les tissus et organes en procédant à une incision suivie d'une suture. Citons quelques spécialités chirurgicales :

- **l'orthopédie et la traumatologie** concernent les interventions sur l'appareil locomoteur ;
- **la chirurgie viscérale** concerne les interventions sur les tissus mous abdominaux et pelviens ;
- **la chirurgie vasculaire** concerne les interventions sur les vaisseaux ;
- **la neurochirurgie** concerne les interventions sur le cerveau et le système nerveux ;
- **l'urologie** concerne les interventions sur l'appareil urinaire ;
- **la chirurgie cardiaque** concerne les interventions sur le cœur.

2 Notions

Nous développons quelques spécialités chirurgicales à titre d'exemples.

A L'orthopédie et la traumatologie

L'appareil locomoteur peut être soumis à des traumatismes atteignant l'appareil osseux ou les articulations.

a. Les fractures

Il y a :

- la **fracture simple** sans déplacement de l'os ;
- la **fracture compliquée** avec déplacement de l'os ;
- la **fracture ouverte** avec déplacement de l'os et déchirure des tissus.

Il existe deux sortes de traitement des fractures. Le *traitement orthopédique* qui comporte la réduction de la fracture (c'est le rétablissement anatomique des surfaces articulaires et de l'axe de l'os), l'immobilisation plâtrée et le *traitement chirurgical* qui comporte la réduction de la fracture par la chirurgie.

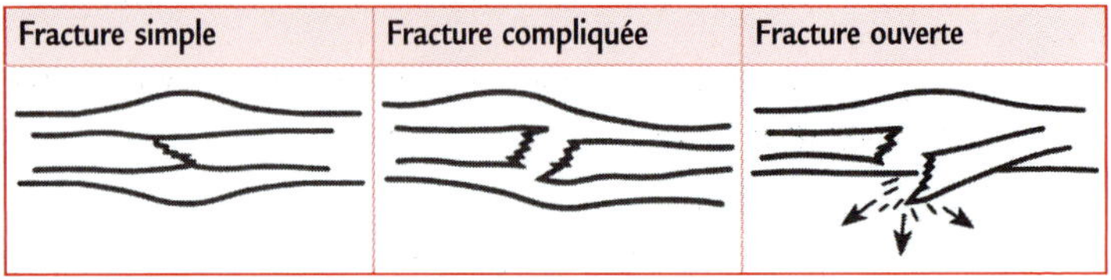

Figure 6 : Degré de gravité de la fracture.

b. Les entorses

Les entorses les plus fréquentes sont l'entorse du genou et de la cheville. On distingue deux types d'entorse :

- *l'entorse bénigne :* simple élongation des ligaments ;
- *l'entorse grave :* avec rupture des ligaments ou arrachement osseux (voir situation en fin de chapitre).

Le traitement de l'entorse repose sur :

- l'immobilisation (par des attelles spécifiques) et la lutte contre la douleur ;
- la rééducation active.

c. Les luxations

On appelle *luxation* la perte de contact permanent des surfaces articulaires, à la suite d'un traumatisme.

La luxation peut être *traumatique,* à la suite d'un impact violent ; les signes caractéristiques sont une *douleur vive* et *l'impotence fonctionnelle* du membre supérieur. La luxation traumatique la plus fréquente est la luxation de l'épaule chez l'adulte jeune. Le traitement consiste à pratiquer une réduction sous anesthésie et une immobilisation du membre.

B La chirurgie viscérale

La chirurgie viscérale est une branche de la chirurgie qui s'intéresse aux affections des organes.

a. Les pathologies abdominales

Certaines pathologies digestives sont principalement traitées par un acte chirurgical.

- *L'appendicite :* c'est l'inflammation aiguë de l'appendice favorisée par son obstruction. L'intervention chirurgicale consiste en son ablation : c'est l'appendicectomie.

- *La péritonite* : c'est l'inflammation du péritoine souvent liée à la perforation d'un organe surinfecté (appendicite).
- *L'occlusion intestinale* : c'est l'arrêt du transit intestinal dû à une strangulation ou à une obstruction.
- *Les cancers digestifs*, citons principalement les cancers de l'estomac, de l'œsophage, du côlon, du rectum.

b. Les pathologies gynécologiques

- *Le kyste de l'ovaire* : c'est une tumeur bénigne de l'ovaire (de taille et de consistance variables). Le traitement est toujours chirurgical par *laparotomie et kystectomie.*
- *La grossesse extra-utérine* (GEU) : c'est l'implantation de l'ovule fécondé en dehors de l'utérus, le plus souvent dans la trompe.

c. Les pathologies pulmonaires

La chirurgie est indiquée principalement pour traiter :
- le *pneumothorax* : c'est un épanchement gazeux dans la cavité thoracique. Il est soit d'origine inconnue, soit secondaire à une infection (complication) ;
- le *cancer bronchique* : il résulte du développement dans la muqueuse de cellules malignes.

d. Les pathologies cardiaques

La chirurgie cardiaque peut être indiquée pour traiter :
- les valvulopathies (troubles dans le remplissage des ventricules) ;
- les cardiopathies congénitales, etc.

3 Observation-Réflexion (rôle de l'AS)

Les soins sont mis en œuvre, en collaboration et sous la responsabilité de l'IDE. L'AS doit :
- assurer le confort et l'installation de la personne dans une position en rapport avec sa pathologie ;
- veiller à l'hygiène corporelle et alimentaire de la personne ;
- collaborer à l'appréciation des principaux paramètres vitaux ;
- participer à la préparation de l'intervention ;
- préparer la chambre pour le retour de la personne ;
- collaborer à la surveillance postopératoire (état clinique du patient, pansement, douleur, perfusion, prévention des complications du décubitus, etc.) ;
- faire les transmissions.

Situation

L'ENTORSE D'ÉMILIE

Émilie (17 ans) est une jeune fille très active. Elle fait tout vite. Elle ne marche pas, elle court ! En sortant d'une boutique, elle n'a pas vu le trottoir et elle s'est tordu violemment la cheville. Lorsqu'elle a voulu se relever, elle ne le pouvait plus tant *la douleur* était vive. Rapidement, une *tuméfaction* s'est manifestée dans la région de la malléole externe avec apparition d'une *ecchymose, d'un œdème et d'une chaleur intense.* Émilie transportée aux urgences, le diagnostic *d'entorse grave* de la cheville a été posé.

Remarque

Dans un premier temps, les soignants ont réduit la douleur au moyen de la glace, puis rapidement des antalgiques qui ont été donnés par voie orale en attendant l'*immobilisation*. L'entorse étant grave, le chirurgien devra immobiliser le membre avec un appareil plâtré, qui sera maintenu 5 à 6 semaines.

31 LES PATHOLOGIES PSYCHIATRIQUES

1 Définition

La psychiatrie a pour objet l'étude de la **santé mentale**. Une branche de la psychiatrie (la pédopsychiatrie) concerne plus particulièrement les troubles comportementaux des enfants et des adolescents.

2 Notions

A La névrose

La névrose se manifeste par différents symptômes :

- *l'anxiété* : c'est un état de tension psychologique lié à la peur d'un danger imprécis, avec somatisation ;
- *la phobie* : c'est la crainte angoissante d'*une situation* ayant un caractère non dangereux (ex. : l'agoraphobie qui est la peur de la foule) ou d'*un objet* (ex. : peur des chats, des araignées...) ;
- *l'obsession* : c'est une pensée qui apparaît de façon persistante et conditionne l'adoption de comportements répétitifs (ex. : les TOC du lavage des mains, du rangement...).

B La psychose

La psychose se manifeste par des troubles mentaux avec une désorganisation profonde de la personnalité et une altération du raisonnement. Le patient n'est pas conscient de la nature de son état (bien qu'il soit capable d'en souffrir).

La *symptomatologie* est caractérisée par :

- des *troubles* du comportement et de l'humeur ;
- des *délires* et parfois des *hallucinations*. Parmi les thèmes retrouvés dans les délires, citons :
  - *la persécution,* conviction délirante d'être victime de manipulation,
  - *la mégalomanie,* conviction délirante d'être puissant.

C La maladie maniaco-dépressive (MMD)

La MMD (ou trouble de l'humeur) a pour origine une perturbation neurophysiologique. Elle évolue par des accès cycliques. Le sujet peut faire successivement des accès dépressifs ou des accès maniaques (il est dit *bipolaire*) ou n'être que dépressif ou maniaque (il est dit *unipolaire*).

D La bouffée délirante aiguë (BDA)

À l'origine, on retrouve des atteintes du système nerveux ou des traumatismes psychiques. Cette maladie peut ne s'observer qu'une fois dans la vie, mais peut aussi se reproduire et évoluer vers la schizophrénie.

E La schizophrénie

À l'origine de cette pathologie, trois facteurs sont évoqués : génétique, biologique et psychologique (liés aux troubles de la petite enfance). Le sujet présente plus particulièrement :

- des bouffées délirantes aiguës (BDA) ;
- des troubles du comportement caractérisés par la *dissociation* de la personne.

F La psychose paranoïaque

La cause est mal connue ; il s'agit d'une perturbation neurophysiologique. Le sujet présente une *personnalité paranoïaque*. Elle est caractérisée par la mégalomanie (hypertrophie du moi) et par la *méfiance d'autrui*. Le sujet a un sentiment permanent de persécution : il se dit victime.

G La dépression

Elle se caractérise par un *état psychique de souffrance* marqué par la lassitude, la tristesse et/ou l'anxiété. Elle peut évoluer vers la mélancolie ou le suicide.

3 Observation-Réflexion (rôle de l'AS)

L'AS veillera à :

- assurer une surveillance vigilante ;
- assurer la sécurité physique du patient (éviction des objets tranchants ou coupants [ciseaux, rasoirs, etc.] fermeture des portes et fenêtres, etc.) ;
- donner au patient les repères lui permettant d'évoluer dans le service (horaires des repas, des soins, etc.) ;

- collaborer à l'appréciation des principaux paramètres vitaux ;
- adopter une communication permettant de renforcer l'estime du patient ;
- l'encourager à participer aux activités en groupe, lutter contre l'isolement, etc. ;
- adopter une attitude professionnelle devant les troubles du patient ;
- rester calme, sans attitude hostile face à l'agressivité du patient ;
- savoir demander de l'aide si une menace est perceptible ;
- faire les transmissions.

Situation

MADAME B. (PSYCHOSE PARANOÏAQUE)

Madame B. (57 ans) traverse une période difficile. Sa famille (souvent alertée par les voisins) relate au médecin les propos qu'elle tient régulièrement et qui indiquent la nature de sa pathologie. Madame B. se plaint du comportement de son ex-directeur (elle était comptable). Elle dit qu'il l'épie jour et nuit et que les voisins l'aident dans cette détestable mission d'intrusion et de dénonciation ! Elle dit aussi qu'il a fait installer des caméras invisibles dans sa salle de bain (de ce fait, elle ne se lave plus !) et elle crie vengeance à tous les complices potentiels dans la cage d'escalier de l'immeuble. Sa facture téléphonique atteint des sommets car elle appelle souvent ses proches pour raconter ses « ennuis ». En conséquence, sa famille a demandé une hospitalisation en milieu psychiatrique. Le diagnostic de *psychose paranoïaque* a été posé.

Remarque

Dans la *psychose paranoïaque*, le sujet ne doute jamais de lui (même si son jugement est faux). Il n'a pas de capacité d'autocritique ni d'auto-analyse. Même s'il est doué d'une grande intelligence, il est incapable de réaliser le ridicule des situations. Il se sent puissant, mais persécuté.

32 LA PRISE EN CHARGE DU PATIENT (rôle de l'AS)

1 Définition

La prise en charge d'un patient regroupe l'**accueil** de celui-ci en milieu hospitalier et tous les **soins** qui lui seront donnés en fonction de sa pathologie.

2 Notions

A La prise en charge d'un patient opéré

a. L'accueil du patient et de ses proches

L'accueil du patient et de sa famille se déroule en plusieurs temps. C'est un acte particulièrement important.

- *1er temps : les présentations individuelles*

L'AS doit :
  - se présenter en donnant son nom et sa fonction, son rôle dans le service ;
  - s'enquérir des besoins du patient et de ses proches ;
  - prendre en considération les besoins et les demandes ;
  - rassurer, sécuriser, faire le lien avec l'équipe.

- *2e temps : la présentation de la chambre*

L'AS doit :
  - présenter au patient les objets et/ou le matériel mis à sa disposition et expliquer leur fonctionnement ;
  - mettre à la disposition du patient les objets de 1re nécessité (télécommande, téléphone, sonnette) ;
  - proposer de l'aide au patient pour installer ses affaires personnelles ;
  - lui présenter ses voisins de lit, de chambre.

- *3e temps : la présentation du service et du planning*

L'AS présente au patient :
  - les différents membres du personnel et les locaux du service ;
  - le règlement du service et les horaires (repas, visites) ;
  - le planning de la journée.

Souvent, les personnes entrantes doivent subir systématiquement différents examens (labo, radio...). Il est conseillé de leur présenter le programme planifié dans la journée.

b. La préparation du patient en préopératoire

Il s'agit de mettre le patient dans les meilleures conditions possible pour l'intervention chirurgicale, de réduire son niveau d'anxiété et de prévenir le risque infectieux.
Il y a deux formes de préparation :

- *la préparation physique :* elle comporte une toilette corporelle et la préparation du champ opératoire (qui relève de la compétence infirmière) pour prévenir le risque infectieux. Selon le protocole du service, l'AS peut participer à la réalisation de la toilette et du shampoing (cf. procédure dans le *Guide AS*).
- *la présentation psychologique.* L'AS veillera à :
  - informer le patient sur les effets de la prémédication[1],
  - lui expliquer l'importance du jeûne total (6 h avant l'opération),
  - l'écouter, c'est-à-dire entendre ses craintes (sans les minimiser) et le sécuriser (en valorisant le savoir-faire des équipes de soins).

c. L'action auprès du patient opéré

Action à J0[2]

L'AS veillera à :

- aider l'infirmier à installer le patient dans son lit ;
- prendre les paramètres vitaux, évaluer la douleur ;
- installer le petit matériel (perfusion, poche à urines, redon...) ;
- couvrir l'opéré pour éviter qu'il n'ait froid ;
- humecter les lèvres de l'opéré (pour éviter de lui donner à boire) ;
- alerter en cas de nausées et vomissements.

Action à J+1[3]

L'AS veillera à :

- aider l'infirmier lors du « 1er lever »[4] ;
- surveiller les paramètres vitaux, évaluer la douleur et alerter si besoin ;
- répondre aux besoins d'hygiène, de confort, de sécurité et de calme du patient.

---

1. La prémédication consiste en une injection médicamenteuse prescrite par le médecin anesthésiste, qui prépare le futur opéré à l'anesthésie générale pour qu'elle soit plus efficace et mieux supportée.
2. J0 = jour de l'intervention chirurgicale.
3. J+1 = premier jour après l'intervention chirurgicale.
4. Voir la procédure dans le *Guide AS*.

Actions les jours suivants

L'AS veillera à :

- surveiller régulièrement et attentivement le patient ;
- répondre immédiatement à ses appels ;
- surveiller les paramètres vitaux ;
- noter la reprise du transit intestinal (gaz...) ;
- observer l'état du pansement (sang, liquide gastrique, urines...) ;
- aider le patient, selon son degré de dépendance (l'habiller, le déplacer, l'alimenter) ;
- prévenir les escarres ;
- proposer des moyens de distraction au patient, en fonction de son état de santé et de ses goûts (journaux, TV, radio...) ;
- faire les transmissions écrites et orales.

B La prise en charge d'un patient inconscient (coma ou perte de connaissance)

L'inconscience d'une personne peut avoir des natures diverses.

- *Le coma* est une altération de la conscience qui donne une incapacité totale de communication au patient. Celui-ci est placé en unité de réanimation sous ventilation assistée. Les soins à la personne dans le coma doivent permettre de conserver son intégrité physique et sa dignité[1].
- La *perte de connaissance* peut survenir chez un patient ayant eu une hypoglycémie, un malaise vagal, une crise convulsive, ou souffrant de narcolepsie. Le patient a une chute brutale de tension artérielle, et il s'endort.

C La prise en charge d'un patient décédé (soins *post-mortem*)

À l'hôpital, le corps du défunt est déposé (avant tout transfert) à la chambre mortuaire où il recevra les soins *post mortem*. Cependant, la famille peut avoir accès au corps avant son transfert en chambre mortuaire, l'équipe soignante doit donc veiller à rendre le corps présentable. Préparer la personne défunte, réaliser sa toilette, l'habiller de façon descente, est aussi un moyen de respecter les rites, les coutumes et les attentes de la famille endeuillée[1].

1. Voir procédure dans le *Guide AS*.

Situation

La prise en charge de Fatiha en service de chirurgie

Fatiha (33 ans) est hospitalisée en service de chirurgie orthopédique à la suite d'une fracture. Elle est accueillie par l'AS (Marion) et l'IDE qui, ensemble, lui présentent le service, le personnel et l'introduisent dans sa chambre. Ensuite, Marion reste seule auprès de Fatiha.

Elle lui explique le règlement du service (les horaires des repas, des visites) et elle répond à toutes les questions pratiques posées par Fatiha.

Puis Marion énonce à Fatiha le protocole de la préparation à l'opération. Celui-ci est basé sur des règles d'hygiène corporelle et sur le jeûne (dont il faut expliquer l'intérêt).

Fatiha est ainsi partie sereine sur la table d'opération.

À son réveil, elle a retrouvé Marion, qui l'a à nouveau prise en charge, aidant l'infirmier aux premiers soins prévus à J0.

À J+1, Fatiha a pu se lever pour aller du lit au fauteuil, aidée par l'IDE et l'AS, et les jours suivants son état s'est amélioré rapidement.

Remarque

Le rôle de l'AS, les jours suivants une intervention chirurgicale, est de continuer à observer l'état de la personne et d'alerter l'IDE en cas de signes anormaux (phlébite en particulier). C'est aussi d'aider la personne dans les actes de la vie quotidienne qu'elle ne peut pas encore satisfaire de façon autonome (se doucher, aller aux toilettes, faire quelques pas dans le couloir, s'habiller, se distraire...), répondant ainsi à ses besoins fondamentaux.

33 LA SURVEILLANCE DU PATIENT

1 Définition

Surveiller une personne, c'est **veiller avec attention** sur elle. C'est l'observer avec vigilance afin que tout se passe bien pour elle.

2 Notions

A La surveillance d'un patient immobilisé (plâtre, attelle, traction...)

- *La traction* continue (ou *l'extension)* se fait grâce à la pose d'une broche transosseuse ou d'un système de bandes collées sur la peau, solidaires d'un étrier en traction par des poulies et des poids.
- *Le port d'un plâtre ou d'une traction* entraîne la dépendance du patient pour les actes de la vie ordinaire. L'observation, la surveillance et l'aide à apporter au patient sont donc primordiales.

a. Les indications et objectifs

Le plâtre ou la traction est prescrit en cas de fracture, entorse ou chirurgie réparatrice.

Le port d'un plâtre ou d'une traction a pour but de maintenir une bonne posture le temps de la fabrication d'un cal osseux et de favoriser la cicatrisation.

b. Les critères de surveillance du patient (rôle de l'AS)

La surveillance portera à la fois sur le matériel d'immobilisation et sur le patient, sa peau en particulier. (cf. tableau ci-après).

Critères de surveillance de la peau d'un patient porteur d'un plâtre (dans les 48 h).

	Normale	Anormale
Température de la peau	Chaude	Froide
Coloration de la peau	Rosée	Pâle ou violacée
Sensibilité de la peau	Sensible	Insensible ou hypersensible
Aspect de la peau	Sans œdème, sans phlyctène	Avec œdème, avec phlyctène

➤ **Remarque**
Le réveil d'un patient plâtré sous anesthésie nécessite une surveillance particulière : le patient peut surestimer ses possibilités et risque de chuter. La surveillance se fera en collaboration avec l'IDE.

B La surveillance d'un patient en assistance respiratoire

Ce soin relève des *compétences de l'IDE*, l'AS pourra y participer activement.
Surveiller un patient en assistance respiratoire, c'est surveiller une personne atteinte d'insuffisance respiratoire (chronique ou aiguë). Ce patient a une ventilation artificielle. La ventilation artificielle se fait par l'intermédiaire d'un respirateur (appareil à insufflation endotrachéale) et par la pose d'une sonde d'intubation ou d'une trachéotomie[1].

C La surveillance d'un patient sous oxygénothérapie

Ce soin relève de la *compétence et de la responsabilité de l'IDE.* L'AS peut participer à la préparation du matériel, à la mise en place de l'oxygénothérapie, à la surveillance du patient et à l'entretien du matériel. Le soin consiste à apporter de l'oxygène (O_2) à un patient qui a une difficulté respiratoire, afin de rétablir ou de maintenir un taux normal d'oxygène dans le sang.

D La surveillance d'un patient sous aspiration endotrachéale

L'aspiration pharyngée, trachéo-bronchique, est un soin qui relève uniquement de la *compétence de l'IDE.* L'AS pourra participer à la préparation du matériel et à son entretien, et aider l'IDE à pratiquer une aspiration en installant ou en maintenant le patient.

1. Voir le détail de la procédure dans le *Guide AS.*

L'aspiration endotrachéale est indiquée lors :

- d'encombrements bronchiques ;
- de ventilations assistées ou trachéotomie.

Elle a pour but de dégager les voies respiratoires et de prévenir l'infection. L'aspiration pharyngée, trachéo-bronchique, n'est pas un soin stérile mais un soin propre. Cependant, dans les services de réanimation, pour lutter contre les infections nosocomiales, le matériel utilisé est stérile et à usage unique.

E La surveillance d'un patient sous aérosolthérapie

L'AS peut préparer et poser un aérosol au patient lorsqu'il est non médicamenteux. Il est indiqué chez un patient trachéomisé ou sous oxygénothérapie.
L'aérosol permet de fluidifier les sécrétions bronchiques et de désobstruer les sinus.

Situation

La surveillance de Yann (patient avec traction)

Marion (AS) doit collaborer avec l'IDE à la surveillance de Yann (70 ans), en traction après un traitement chirurgical.
Il s'agit de prévenir les différents risques :

- un *trouble thromboembolique*, l'AS veillera à transmettre toute douleur au niveau du mollet et tout saignement au niveau de la peau, des gencives, des urines et des selles ;
- une *complication pulmonaire* (fièvre, toux...) ;
- une *infection urinaire*, si les urines deviennent rares et troubles.

L'AS veillera à mettre Yann en position demi-assise, à le mobiliser et le stimuler à tousser en cas de sécrétions bronchiques.

...

Remarque

COMMENT ASSURER LA SÉCURITÉ DU PATIENT ?

Surveiller l'installation du patient (sécurité)

Le patient doit être installé en respectant la rectitude des membres et du corps ; prévenir les attitudes vicieuses ; surveiller que l'installation soit confortable (coussins, arceau de lit...). Être à l'écoute de la moindre plainte par le patient.

Le membre en traction doit rester dans l'alignement du corps et de la traction. Les extrémités doivent rester rosées, chaudes, mobiles.

La broche : les pansements protégeant les points de sortie de la broche doivent rester propres pour prévenir l'infection ; vérifier l'absence d'écoulement.

Éviter les risques liés à l'immobilisation prolongée (sécurité)

L'immobilisation prolongée entraîne des effets néfastes ; elle ralentit la circulation sanguine, ce qui provoque des escarres.

34 LA PHARMACOLOGIE

1 Définitions

A Le médicament

C'est une substance possédant des propriétés curatives ou préventives à l'égard des maladies.

B La pharmacie (ou officine)

C'est le lieu où sont vendus les médicaments.

C Le principe actif

C'est une molécule d'origine végétale, animale ou synthétique qui confère au médicament ses propriétés thérapeutiques.

D L'excipient

C'est une substance destinée à faciliter la préparation, la conservation ou l'administration des principes médicamenteux qui lui sont incorporés. Citons les édulcorants (qui masquent le goût désagréable du médicament).

E La posologie

C'est l'étude des modalités d'administration d'une substance ou l'étude des doses en fonction de l'âge du malade.

F La forme galénique du médicament

Elle est déterminée par la voie d'administration (voir ci-après).

2 Notions

A Les voies d'administration des médicaments

Il y a différentes voies (ou formes d'administrations des médicaments, *cf.* tableau ci-après).

Voie d'administration	Formes médicamenteuses
La voie orale	- solutions buvables, goutte, sirops - capsules, gélules, cachets
La voie parentérale (ou injectable)	- solutés injectables - suspensions injectables, vaccins
La voie cutanée	- lotions, pommades - crèmes, gels, patchs
La voie transmucosale	- voie oculaire : collyre - voie respiratoire : gargarismes - voie génito-urinaire : ovules - voie rectale : suppositoires

B La classe médicamenteuse

La classe médicamenteuse d'un médicament est caractérisée par l'action recherchée de son principe actif. Voici quelques exemples :

- *les antalgiques* agissent contre la douleur ;
- *les antibiotiques* agissent contre les bactéries ;
- *les anticoagulants* fluidifient le sang ;
- *les antidépresseurs* restaurent une humeur positive et la stabilisent ;
- *les anti-inflammatoires* agissent contre l'inflammation ;
- *les antipyrétiques* agissent contre l'hyperthermie ;
- *les diurétiques* stimulent la sécrétion d'urine ;
- *les laxatifs* agissent contre la constipation.

C Les grandes catégories de médicaments

Il y a 5 catégories de médicaments.

Liste 1	Les substances de cette liste présentent des risques ou effets secondaires. Un *cadre rouge* figure sur l'emballage.
Liste 2	Les substances de cette liste présentent moins de risques. *Un cadre vert* figure sur l'emballage.
Stupéfiants	Il s'agit de substances qui provoquent une dépendance physique ou psychique.
Psychotropes	Il s'agit de médicaments ayant une action sur le psychisme. Ex. : les anxiolytiques (Lexomil, Témesta...). Un *double filet rouge* figure sur l'emballage.
Médicaments non inscrits sur une liste	Ce sont ceux qui ne présentent pas de risque majeur et qui sont en vente libre.

D Le devenir des médicaments dans l'organisme

On distingue quatre phases pour le devenir des médicaments (quelle que soit leur voie d'administration).

- **L'absorption** : pour exercer son action pharmacologique, le médicament doit atteindre son site d'action par l'intermédiaire de la circulation sanguine : c'est très rapide par voie injectable, plus lent par voie orale.
- **La distribution** : par la circulation sanguine, le médicament est distribué à tous les organes et tissus.
- **La métabolisation** : le médicament pénètre dans les tissus où il produit les effets thérapeutiques sur une durée limitée.
- **L'élimination** : l'élimination du médicament est sa phase terminale.

E Les effets secondaires du médicament

Il s'agit de l'ensemble des manifestations indésirables consécutives à l'administration d'un médicament. Voici quelques exemples :

- **les effets digestifs** (ex. : nausées, vomissements, diarrhée, constipation...) ;
- **les effets cutanés** (ex. : prurit, éruption, urticaire...) ;
- **les effets nerveux** (ex. : insomnie, céphalées...) ;
- **l'accoutumance** (ex. : sensation de manque) etc.

3 Observation-Réflexion (rôle de l'AS)

Le référentiel de formation des aides-soignants stipule que l'élève aide-soignant doit acquérir des notions de pharmacologie, connaître les classes et formes de médicaments non injectables, les modes d'administration des médicaments et les conséquences de leur prise sur l'organisme.

Le référentiel d'activités précise qu'un aide-soignant doit « aider à la prise de médicaments sous forme non injectable, faire prendre le médicament au patient et vérifier la prise ».

L'AS veillera à :

- installer correctement le patient avant de lui proposer le médicament ;
- l'aider à prendre ses médicaments (vérifier le respect des posologies) ;
- signaler à l'IDE (transmissions) tout dégoût, vomissement ou nausée ;
- signaler les effets secondaires des médicaments (vus ci-dessus).

Situation

Les rôles de Carlos (AS en gériatrie) et d'Anna (AS en médecine)

Dans le service de gériatrie où travaille Carlos (AS), l'infirmier a préparé les médicaments pour chacun des patients et les a disposés dans leur pilulier journalier. Monsieur A. est malvoyant, Carlos l'installe confortablement, lui met le comprimé dans la main et le verre dans l'autre, tout en s'assurant que le tout est entièrement avalé et qu'il ne reste rien au fond du verre.

Madame B. est hospitalisée pour une polyarthrite rhumatoïde, la moindre manipulation lui occasionne des douleurs et elle a des difficultés à déglutir (elle fait souvent des « fausses routes »). Après s'être informée auprès de l'IDE que cela ne modifiait en rien l'efficacité du principe actif, Anna (AS) réduit le comprimé en poudre pour l'incorporer à de l'eau gélifiée et le fait avaler à madame B. par petites quantités.

...

Ces 2 exemples démontrent le rôle de l'AS dans l'aide à la prise des médicaments. Son observation revêt une importance considérable du fait de sa proximité avec le patient.

Remarque

Qualité des soins = sécurité du patient

L'AS veillera à :

- prendre connaissance du traitement (savoir si le patient a un traitement, s'il le gère seul, s'il le garde près de lui ou si l'IDE le lui apporte au moment de la prise) ;
- voir, en cas de traitement oral, si le patient n'a pas de problème de déglutition, s'il peut avaler les comprimés entiers ou écrasés ;
- se renseigner auprès de l'IDE des modalités de la prise, par exemple :
  - s'il peut être écrasé (pour le faire avaler),
  - si les gélules peuvent être ouvertes pour faciliter la prise ;
- observer les effets secondaires ou indésirables des médicaments et transmettre.

Le recueil d'information au lit du patient permet à l'AS de :

- informer le patient sur la prise du traitement et l'éduquer quand cela est possible (dans la limite de ses compétences) ;
- proposer au patient de demander des explications à l'IDE (s'il a des interrogations, des doutes sur son traitement).

Partie 2

Gériatrie
La prise en charge du patient âgé et en fin de vie

35 LES CONSÉQUENCES DU VIEILLISSEMENT, LA PRISE EN CHARGE D'UNE PERSONNE ÂGÉE

1 Définition

Le vieillissement est un processus marqué par une **diminution des capacités fonctionnelles** de l'organisme à s'adapter aux situations d'agression (stress, maladie, infections, traumatisme…).

2 Notions

a. Les atteintes organiques les plus fréquentes

Le processus du vieillissement serait inscrit dans notre capital génétique. Il est très hétérogène : chaque individu ne vieillit pas au même rythme. Voyons ses diverses actions sur l'organisme résumées sur la figure 7, page suivante.

b. La prévention du vieillissement

La prévention a pour objectif d'atténuer les effets pervers du vieillissement (vus sur la figure 7). Elle peut être mise en œuvre à l'échelon collectif ou à l'échelon individuel.

La prévention à l'échelon collectif

L'OMS a défini, à l'échelon collectif, trois niveaux de prévention (voir ci-après). L'AS a un rôle à jouer à chaque niveau.

Les 3 niveaux de prévention et leurs objectifs	Rôle de l'AS
1) Prévention primaire Objectif : éliminer les facteurs de risque	Faire connaître aux personnes âgées les règles d'hygiène de vie, les vaccinations, etc.

Les 3 niveaux de prévention et leurs objectifs	Rôle de l'AS
2) Prévention secondaire Objectif : dépister précocement les pathologies.	Faire les bilans de santé et repérer les facteurs de risques.
3) Prévention tertiaire Objectif : traiter les pathologies et rééduquer la personne	Utiliser les services sanitaires et sociaux pour les soins. Exemples : soins à domicile, etc.

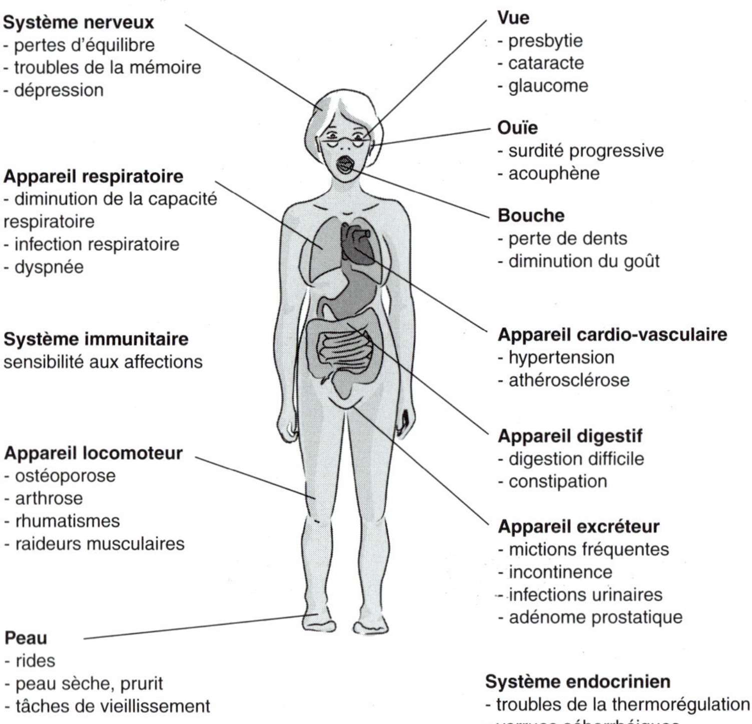

Figure 7 : Les conséquences du vieillissement (récapitulatif des atteintes organiques les plus fréquentes).

La prévention à l'échelon individuel

De nombreux conseils d'hygiène de vie peuvent être donnés aux personnes âgées. Citons les principaux :

L'hygiène alimentaire

Certains aliments doivent être limités et d'autres favorisés. L'AS saura apporter des conseils utiles.

Conseil alimentaire	Intérêt/Objectifs
1) Limiter - les sucres et le sel - les sauces et les fritures	- Éviter obésité, diabète et hypertension - Alléger le travail digestif - Éviter l'hypercholestérolémie
2) Favoriser - les fruits et les légumes - le poisson, le jambon, les œufs, la viande - le lait et les produits laitiers (source de calcium) - les boissons (eau, tisane...)	 - Apporter des vitamines - Augmenter l'apport en protéines (maintien musculaire) - Lutter contre l'ostéoporose (source de fractures) - Éviter la déshydratation et lutter contre la constipation

L'hygiène de vie et l'environnement

Il faut conseiller à la personne âgée de pratiquer des activités physiques et des activités sociales, à savoir : faire des courses, préparer ses repas, inviter des amis, voisins, organiser agréablement son environnement, etc. C'est excellent pour sa santé et son moral.

c. La prévention des complications du vieillissement

La prise en charge de la personne âgée peut se compliquer de deux grands syndromes.

Le syndrome d'immobilisation (décubitus prolongé)

Il s'agit d'une altération de l'autonomie pouvant être induite par des causes somatiques (et/ou physique) et qui évolue rapidement vers un alitement prolongé (décubitus prolongé). Le décubitus prolongé provoque diverses complications ayant une incidence morbide sur la personne. Des moyens de prévention doivent être mis en place.

Le syndrome de glissement

Il s'agit d'une décompensation générale de l'état de santé d'une personne âgée se manifestant par un refus de nourriture et une volonté de cesser toute activité, survenant fréquemment après une pathologie aiguë en voie de guérison. L'évolution peut être rapide vers un état de grabatisation et le décès.

3 Observation-Réflexion (rôle de l'AS)

Sous la responsabilité de l'IDE, l'AS doit :

- veiller au confort (installation correcte) de la personne et à sa sécurité ;
- signaler rapidement la douleur et l'évaluer ;
- assurer les soins liés aux fonctions d'entretien et de continuité de la vie ;
- proposer à la personne de participer à des activités répondant à ses capacités et à ses goûts ;
- stimuler la personne de façon souple et respectueuse ;
- favoriser les visites pour maintenir les liens familiaux et sociaux de la personne ;
- participer à la *prévention des complications*, par exemple :
  - mobiliser la personne autant que possible,
  - assurer les changements de position (pour éviter les chutes de TA),
  - surveiller les paramètres vitaux,
  - dépister la phlébite,
  - adapter la texture des aliments aux capacités de déglutition de la personne,
  - veiller au passage du kinésithérapeute,
  - proposer le bassin, l'urinal fréquemment,
  - assurer l'hygiène intime avec rigueur,
  - évaluer l'état de la peau lors des toilettes quotidiennes,
  - changer souvent les vêtements,
  - renouveler la literie,
  - assurer la prévention d'escarres,
- mettre en pratique les directives de la *Charte des droits et libertés de la personne âgée dépendante*[1].

1. Cf. les 14 articles de la charte dans le *Guide AS*.

Situation

COMMENT AMÉLIORER L'ENVIRONNEMENT DE JULIETTE ?

Les éléments environnementaux ont beaucoup d'influence sur la vie de la personne âgée. Marie (AS) s'occupe de Juliette (80 ans). Elle participe à une réunion de groupe. Aujourd'hui, le thème est l'organisation de l'environnement de la personne âgée. Voici l'affiche qui est exposée afin de donner des éléments de réflexion aux intervenants (cf. figure 8).

Remarque

Nous voyons sur cette affiche que l'environnement de la personne âgée peut être envisagé sous 3 aspects : physique, psychoaffectif et socioculturel. De nombreux paramètres y sont associés.

Environnement physique
- type d'habitat (urbain, rural)
- lieu de vie (appartement, maison)
- qualité de l'atmosphère (air…)
- environnement sonore
- aménagement de proximité (service, transports…)

Environnement socioculturel
- intégration sociale
- intégration culturelle et/ou religieuse

Environnement psychoaffectif
- relations familiales
- relations amicales
- relations sociales
- sentiment de sécurité

Figure 8 : Organisation de l'environnement pour la personne âgée.

36 LA PRISE EN CHARGE DU PATIENT EN FIN DE VIE

1 Définition

On appelle personne en fin de vie la personne qui est à l'**approche de la mort** ; les soignants prennent en charge ces personnes à l'hôpital ou en service de soins palliatifs.

2 Notions

A Les étapes psychologiques de la personne en fin de vie

E. Kübler-Ross[1] a décrit les différentes étapes psychologiques que traverse la personne en fin de vie.

a) 1re étape : le choc : c'est la prise de conscience de la mort inéluctable et proche (la maladie ne guérira pas !). Le patient est comme assommé (choqué).

b) 2e étape : le déni : c'est un mécanisme de refus de la situation. Il s'agit d'une protection involontaire, inconsciente et momentanée du patient qui se sait condamné.

c) 3e étape : la colère : c'est un mouvement de refus plus ou moins violent. Le patient devient agressif. Tout l'entourage est visé.

d) 4e étape : la tristesse : c'est une douleur morale (plus ou moins durable) caractérisée par une diminution du tonus et de l'énergie.

e) 5e étape : le marchandage : c'est un tremplin pour la vie, la tentative ultime de retarder l'issue fatale (le patient veut gagner du temps).

f) 6e étape : l'acceptation : c'est la reconnaissance d'une défaite. La fin de vie apparaît inéluctable.

g) 7e étape : la décontraction : c'est une expérience extrême (qui comporte sans doute des hallucinations).

1. Elisabeth Kübler-Ross, *La mort : dernière étape de la croissance*, éditions du Rocher.

B Les peurs fondamentales du mourant

Rosette Poletti classe les peurs fondamentales chez la personne mourante[1]. Citons :

- la peur de *la douleur* ;
- la peur de *ce qui va arriver aux siens après la mort* ;
- la peur de *la peur des autres* ;
- la peur de *l'isolement et de la solitude* ;
- la peur de *l'inconnu* (de l'au-delà…).

Des besoins spécifiques vont correspondre à ces différentes peurs et vont être exprimés différemment selon les sujets.

C Les besoins fondamentaux du mourant

Les principaux besoins mis en évidence sont :

- les besoins *physiologiques* (dormir, boire, manger…) ;
- le besoin *de sécurité* ;
- le besoin *d'appartenance* ;
- le besoin *de considération* ;
- le besoin *spirituel*.

Ajoutez à ces besoins celui de « traitement de la douleur » chez certains patients.

D Les formes de communication du mourant

Un patient en fin de vie utilise différentes formes de communication.

a. Le langage verbal

Le patient peut annoncer sa mort. Cela peut être :

- un *aveu* sous forme d'affirmation : « Je n'en ai plus pour longtemps », « Je vais rejoindre mon mari », « Je suis foutu », « Laissez-moi mourir » ;
- une *conclusion*, le patient peut dire : « De toute façon, il n'y a plus rien à faire ».

b. Le langage non-verbal

- *Le regard* qui est très évocateur de l'approche de la mort. Il est très difficile de soutenir ce regard qui semble dépasser les limites de la chambre et fixer l'horizon…

1. Rosette Poletti, *Sciences Humaines*, collection « Les cahiers de l'infirmière », éditions Masson.

- *Les postures* : par exemple, le patient peut tourner le dos, croiser les doigts, regarder le mur, etc.
- *Le langage symbolique* : l'enfant parle souvent par le dessin. Par exemple, un enfant en phase terminale d'une leucémie avait dessiné un petit garçon devant un tank. Après avoir parlé de la mort du petit garçon (écrasé par le tank), il avait ajouté, au-dessus du tank, un papillon jaune qui s'élevait vers le ciel…

3 Observation-Réflexion (rôle de l'AS)

L'AS veillera à :

- identifier les formes de communication à mettre en œuvre auprès de la personne en fin de vie ;
- identifier les besoins de la personne et les satisfaire ;
- être présente, discrète, à l'écoute ;
- assurer les soins avec respect et délicatesse ;
- lutter activement contre la douleur physique et la signaler rapidement ;
- s'efforcer de soulager la souffrance psychologique ;
- satisfaire la demande relevant des besoins spirituels (appeler l'aumônerie) ;
- respecter les proches, leur faciliter les visites et les associer aux soins ;
- considérer la souffrance des proches avec empathie ;
- respecter la religion, les rites et traditions de chacun.

Situation

La fin de vie de Clémentine

Clémentine n'a que 58 ans, mais elle a vécu les épreuves d'une longue maladie.

À l'annonce du mot *cancer*, Clémentine a reçu un *choc*, mais pendant quelques années elle s'est battue (comme beaucoup de patients dans la même situation), sachant qu'elle avait peut-être des chances de s'en sortir.

Lorsqu'elle a rechuté, Clémentine *refusait* d'associer les complications de sa maladie au cancer.

…

À la 2e rechute, c'est la *peur* et la *colère* qui dominaient. Elle était agressive avec son mari, ses enfants et même avec le personnel de l'hôpital qui la soignait.
Lorsqu'à l'occasion d'un repos forcé par des calmants, Clémentine entendit le médecin répondre à l'un de ses proches « elle n'en a plus pour très longtemps », elle n'a rien dit (*elle le savait*) et elle s'est *repliée* sur elle-même.
Par moment, elle essayait encore de *s'accrocher à un projet* (partir en vacances chez un ami qu'elle aimait beaucoup), mais elle savait qu'elle devrait *se résigner*, qu'elle ne partirait pas... Clémentine est décédée, paisible, le 6 mai au matin.

Remarque

Dans cette situation, nous retrouvons les *différentes étapes psychologiques* (qui caractérisent le fin de vie) *décrites par E. Kübler-Ross* : le choc, le déni, la colère, la tristesse, le marchandage, l'acceptation (ou résignation) et la décontraction[1].

1. Les mots en italique dans le texte reprennent les différentes étapes d'E. Kübler-Ross.

MODULE 4

Ergonomie

37 LES TMS ET LEUR PRÉVENTION

1 Définition

Les troubles musculo-squelettiques (TMS) sont des lésions de l'appareil locomoteur liées à l'exercice du travail quotidien. Ils provoquent des **inflammations** au niveau des muscles et des articulations, principalement dans la région lombaire et sont très **douloureux**. Ils doivent donc être prévenus.

2 Notions

Le corps humain peut effectuer jusqu'à 1 000 mouvements par jour au cours de ses activités. Toutefois, les plus fréquents sont les mouvements de flexion-extension et abduction que les personnels de santé pratiquent de nombreuses fois au cours des soins quotidiens.

Avant de commencer un soin, l'AS se questionnera :

- Que dois-je faire pour que mon travail *ne nuise pas à ma santé ?*
- Que dois-je faire pour que mon travail *ne nuise pas à la santé de l'autre ?*

Le respect des *règles d'ergonomie* va aider l'AS à assurer son activité tout en conservant sa santé.

A Les principaux TMS

Les troubles musculo-squelettiques ont un impact important sur la santé des soignants. Citons les principaux.

a. La lombalgie (ou lumbago)

Il s'agit d'une atteinte des muscles paravertébraux généralement située au niveau des vertèbres lombaires. Le poids du corps comprime le disque. Celui-ci déborde sur les ligaments qui sont alors étirés et provoque la douleur (cf. Fig. 9.a). La même pathologie peut toucher n'importe quel niveau de la colonne vertébrale par exemple, le torticolis est un lumbago des vertèbres cervicales.

b. La hernie discale

Le glissement vers le canal rachidien du noyau d'un disque intervertébral par rupture de ses anneaux fibreux va entraîner une compression des racines nerveuses

Module 4

situées à ce niveau. Elle peut être intermittente ou permanente et touche en majorité les lombaires. Il peut en résulter des lésions sensitives ou motrices liées à la compression du nerf (cf. Fig. 9.b).

c. Le tassement des disques

Porter un poids tasse les disques. Un temps de récupération est toujours nécessaire pour revenir à la position initiale. Si le poids est porté trop souvent et trop longtemps, les disques peuvent se tasser définitivement (cf. Fig. 9.c).

d. La sciatique

La déformation du disque intervertébral vient comprimer une branche du nerf sciatique et provoque une violente douleur irradiante dans la jambe, en suivant le trajet du nerf (cf. Fig. 9.d).

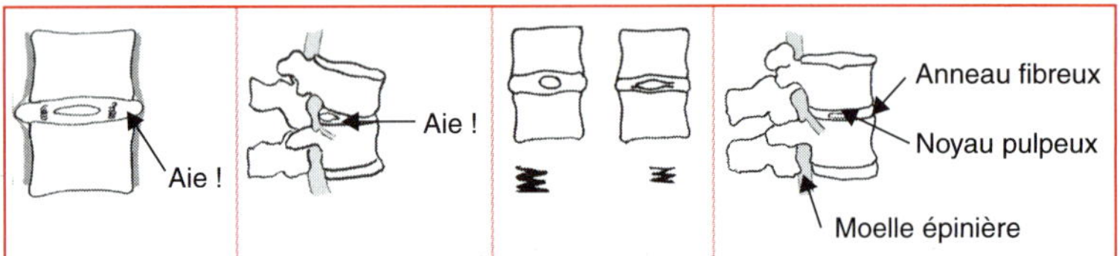

a) La lombalgie (disque comprimé)	b) La hernie discale (nerf comprimé)	c) Le tassement disquaire (disque tassé)	d) La sciatique (nerf sciatique comprimé)

Figure 9 : Les principaux TMS.

B Les facteurs de risque

Les principaux facteurs de risques sont :

a. Les facteurs liés au travail

- La nature du travail (ex. : port de charges, déplacement nombreux, position courbée, etc.).
- Le stress lié au travail (pressions psychologiques, manque de personnel…).
- L'hygiène des locaux et l'environnement (éclairage, bruits, température, etc.).
- La fatigue (cadence de travail importante, horaires).
- L'organisation du travail.

b. Les facteurs liés à la personne

- L'âge.
- Les antécédents médico-chirurgicaux (atteinte articulaire…).

- L'insuffisance d'évaluation de l'autonomie du patient.
- La méconnaissance des règles d'ergonomie.
- L'insuffisance de formation professionnelle.

C Les risques majeurs

Prenons deux exemples :

a. Le port de charges lourdes

C'est le facteur principal de tassement des disques. Les normes Afnor indiquent des maxima et permettent d'éviter les accidents. Exemples : pour un homme, environ 30 kg ; pour une femme, environ 15 kg.

b. Les faux mouvements

Les faux mouvements sont les mouvements brusques d'inclinaison latérale, dorsale ou de rotation, qui entraînent des accidents et risquent de bloquer les nerfs. Il faut les éviter à tout prix.

3 Observation-Réflexion (rôle de l'AS, la prévention)

Pour éviter les TMS, l'AS doit adopter les principes de l'ergonomie. Citons les 4 principaux :

a. Adopter la position universelle de sécurité (PUS) (cf. Fig. 10)

Pour soulever un objet, la PUS réduit les tensions dans les muscles paravertébraux d'environ 30 %. La position est la suivante :

- *les pieds* sont légèrement écartés à la largeur des épaules (ce qui assure une bonne stabilité) ;
- *les genoux* sont légèrement fléchis ;
- *les hanches* sont légèrement fléchies, *le bassin* est en arrière ;
- *le dos* est plat.

b. Équilibrer les charges (cf. Fig. 11)

Il faut équilibrer les charges de chaque côté du corps afin de préserver la symétrie de la colonne vertébrale et de réduire les accidents lombaires et les risques de scoliose. Il faut particulièrement surveiller la façon dont les enfants portent les sacs scolaires pour éviter les attitudes vicieuses !

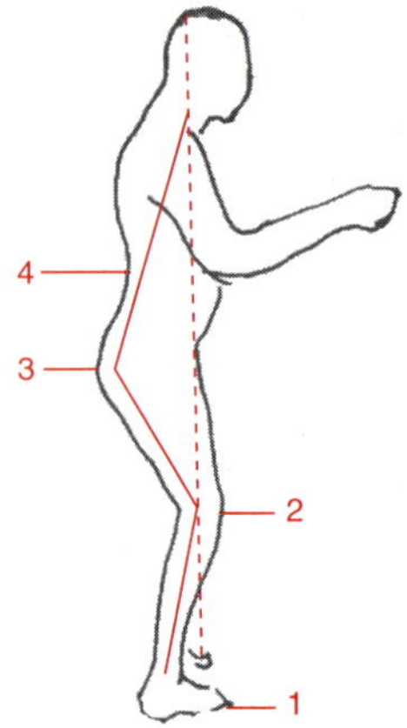

Figure 10 : La PUS.

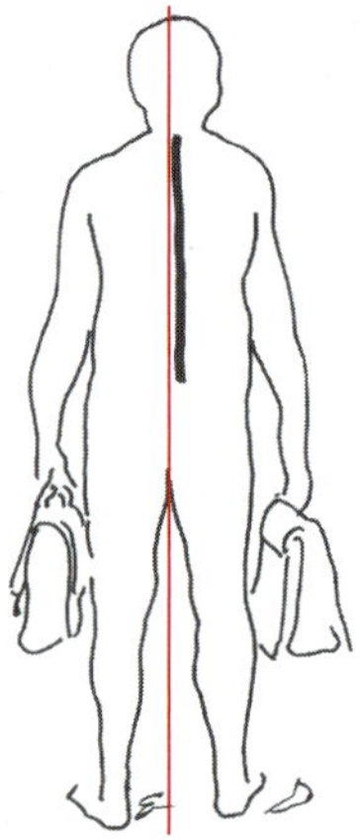

Figure 11 : Équilibrer les charges de chaque côté du corps.

c. Adopter la position d'équilibre (cf. Fig. 12)

Pour trouver la position d'équilibre, il faut :

- mettre les pieds parallèles écartés de la largeur des épaules environ ;
- répartir le poids du corps sur les deux pieds ;
- rentrer le ventre et serrer les fesses ;
- positionner le bassin et les genoux en légère flexion.

La position d'équilibre permet :

- de diminuer le travail musculaire ;
- d'assurer la souplesse des épaules et du rachis.

À partir de cette position de base correcte, toutes les autres positions sont envisageables.

d. Se préparer à l'effort

Il faut :

- prendre le temps de se préparer à l'effort. Les mouvements brusques diminuent la protection naturelle de la colonne vertébrale. En effet, les problèmes de lombalgie sont plus souvent liés à la rapidité et à la brutalité du mouvement qu'au poids déplacé ;
- prendre le temps de préparer l'environnement afin de limiter les efforts, les torsions, les déséquilibres ; informer le patient du matériel utilisé.

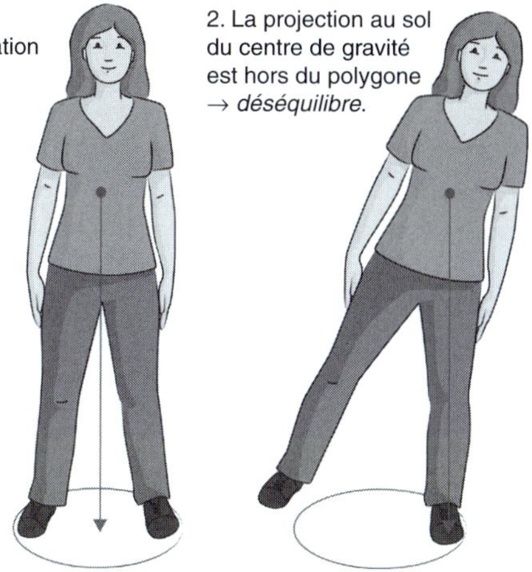

Figure 12 : La position d'équilibre.

Situation

Les journées « chargées » de Sophie (AS)

Sophie (40 ans) est AS dans un service d'hospitalisation de gériatrie, de 8 h à 16h30. Chaque jour, elle doit effectuer un long trajet de sa maison au travail ; 1h20 en métro puis en bus.

Comme elle effectue ce trajet généralement aux heures de pointe, elle voyage souvent debout. À l'hôpital, elle doit soulever des personnes parfois obèses et fait face à des situations tragiques de fin de vie. De plus, il lui faut souvent « courir » à cause du manque de personnel dans le service.

Sophie est une femme active, qui est en bonne santé apparente, mais qui traîne des antécédents de fractures et de scoliose.

Elle a aussi une vie de famille ; elle est divorcée et mère de 2 enfants de 12 et 16 ans, qu'elle élève seule.

...

Remarque

LES FACTEURS DE RISQUE

Les journées de Sophie sont donc très « chargées » (dans les deux sens du terme !).

Les facteurs de risque pour Sophie sont nombreux.

Citons :

- *les charges physiques et psychologiques* importantes (en service de gériatrie, fin de vie) ;
- *la fatigue des trajets quotidiens* ;
- *les antécédents médicaux* (qui la fragilisent) ;
- *les travaux domestiques* (qui s'ajoutent au reste et limite le repos).

Sophie devra donc être très vigilante pour maintenir son bon état de santé.

38 LES RÈGLES DE L'ERGONOMIE

1 Définition

- L'ergonomie a pour but de contribuer à réduire et, si possible, à **prévenir les effets nocifs des conditions de travail sur l'organisme**.
- **L'ergonomie de l'activité de travail** vise à améliorer les positions et les gestes effectués dans le cadre du travail, ainsi que l'organisation du travail.

2 Notions

A Les 10 règles de l'ergonomie

Il y a 10 règles essentielles concernant la manutention des personnes que le soignant veillera à respecter (cf. tableau ci-après).

Les 10 règles de l'ergonomie (méthodologie et technique).

Méthodologie	Techniques
L'AS veillera à : *1. Réfléchir avant d'agir*	Avant d'agir, le soignant devra se questionner sur les points suivants : Quelles seront les prises efficaces et non traumatisantes pour le patient ? Quels seront les gestes et déplacements à effectuer sans risque pour soi-même ?
2. Trouver la position d'équilibre	L'équilibre dépend de la *bonne position des pieds :* la verticale du centre de gravité doit se trouver dans le « polygone de sustentation ».
3. Garder le dos droit	Quel que soit le mouvement ou la posture, il est indispensable de *verrouiller* la région lombaire pour bien protéger le dos. Cette position est maintenue par la contraction des *muscles abdominaux* et le *fléchissement des jambes.*
4. Se rapprocher de la charge à délacer	Lorsque l'on doit soulever une personne, il faut travailler corps à corps, le plus près possible de *l'axe central de gravité*.

Les 10 règles de l'ergonomie (méthodologie et technique). (suite)

Méthodologie	Techniques
5. Utiliser les membres inférieurs	Il faut travailler avec les muscles fessiers et les muscles des cuisses qui sont les parties les plus puissantes de notre corps et éviter de charger les vertèbres lombaires.
6. Se faire aider	Avant de soulever un patient, le soignant devra *évaluer* ses forces et se faire aider par le patient ou par un collègue. Au moment de l'action, il faut synchroniser son effort avec l'effort de la personne[1].
7. Ménager ses efforts	Pour ménager ses efforts, il faut remplacer l'effort vertical *(soulever)* par un effort horizontal *(rouler, glisser, pivoter, déplier la personne)*. Autrement dit, il faut utiliser le contrepoids.
8. Travailler en souplesse	Lors des manipulations, les mouvements doivent être souples. Les mouvements brusques sont dangereux pour les vertèbres.
9. Entraîner son corps à l'effort	La pratique d'exercices physiques réguliers (gymnastique douce) permet d'améliorer le travail musculaire (10 min par jour sont suffisantes).
10. Veiller à se reposer après l'effort	Il est nécessaire de permettre à l'organisme de se reposer après des efforts physiques : le sommeil joue un rôle capital dans la récupération après l'effort.

B Le choix d'une bonne position

Souvent, les personnes ont tendance à prendre de mauvaises positions. La prévention est d'une importance majeure.

a. La position assise

Certaines positions assises peuvent présenter des risques pour la personne. Le centre de gravité se déplace en avant, ce qui augmente la tension dans le dos.
En position assise, l'AS doit vérifier que :

- *la position n'est pas fatigante* et que les jambes sont à bonne hauteur (angle droit avec le bassin, sinon surélever les pieds) ;
- *les pieds soient bien positionnés,* il faut vérifier que la pointe des pieds du patient est tournée légèrement vers l'extérieur (c'est la position naturelle). Toute autre

1. Le fait de compter « 1, 2, 3 » à haute voix permet une bonne synchronisation des efforts réciproques. Notons ici que l'aide apportée peut être humaine (patient ou collègue) ou technique (lève-personne électrique).

orientation devra être corrigée, car elle provoque une tension et des douleurs dans les genoux ;

- *la tête du patient ne risque pas de basculer* (il faut, si c'est le cas, effectuer un rehaussement de la personne par-devant ou par-derrière).

b. La position allongée

L'AS est souvent amené à aider une personne à se coucher. Il veillera particulièrement à respecter *l'axe central* du positionnement (*cf.* fig. 17), à savoir :

- décroiser et mettre les pieds de la personne dans l'axe ;
- glisser les épaules dans l'axe ;
- positionner la tête de la personne selon son goût ;
- faire glisser et/ou pivoter le bassin de la personne de façon à ce qu'il soit dans l'axe ;
- tirer les draps, les alèses, pyjama, pour ne pas avoir de plis.

L'AS veillera aussi à faire un pli d'aisance avec le drap et la couverture, au bout du lit, ce qui donne de l'espace et évite une malposition des pieds du patient.

C Le choix d'une prise manuelle

Il y a différentes techniques de la prise manuelle lors des soins.
Citons les principales.

a. La prise en barre de coudes ou de poignets

Cette prise est utilisée pour accompagner la marche. Elle assure une bonne stabilité.
Il est conseillé de soutenir le bras de la personne en positionnant votre main audessous (ce qui assure une meilleure stabilité).

b. La prise en barre d'épaules

Cette prise est utilisée pour le travail à deux, particulièrement pour le redressement de la personne dans le lit. Elle assure une bonne stabilité.

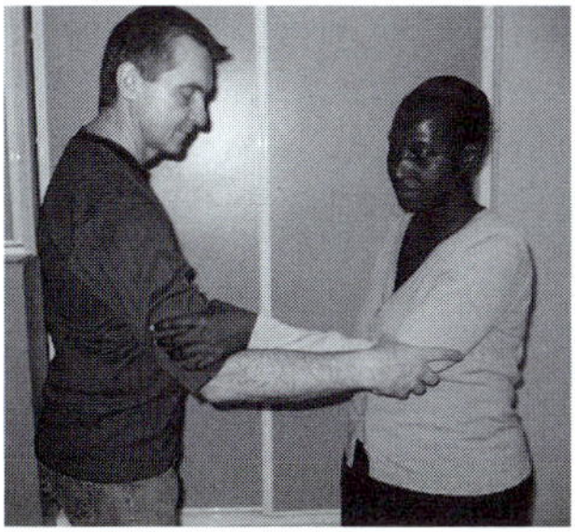

Figure 13 : Prise en barre de coudes.

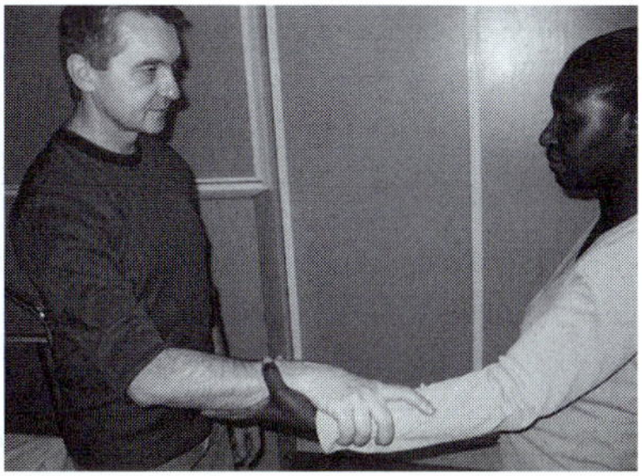

Figure 14 : Prise en barre de poignets.

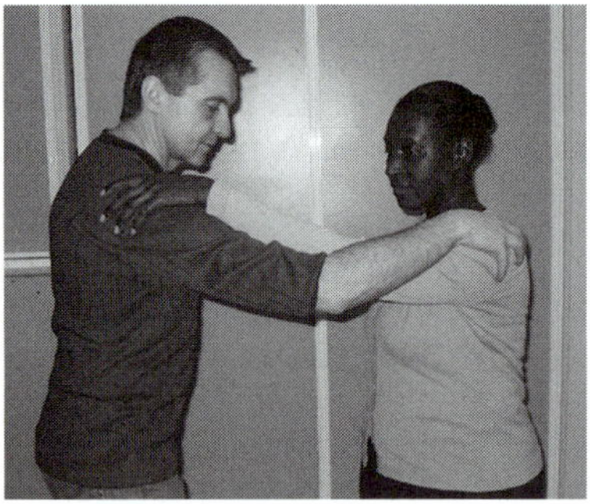

Figure 15 : Prise en barre d'épaule.

c. La prise en bretelles

C'est la prise utilisée pour le redressement dans le fauteuil par-derrière. L'aidant doit placer ses bras sous les bras de la personne puis croiser les bras de la personne sur le bas du ventre et accompagner le mouvement : glisser le bassin de la personne en arrière (l'effort est horizontal !). Au cours de cette prise, l'aidant doit garder la PUS.

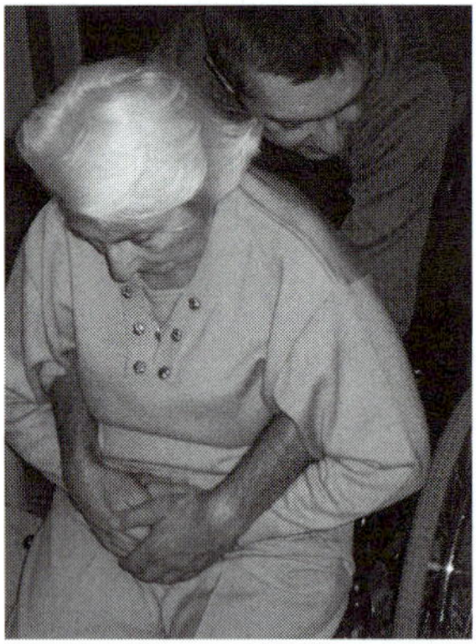

Figure 16 : Prise en bretelles.

3 Observation-Réflexion (rôle de l'AS)

L'AS, lors des gestes de manutention quotidienne, veillera à :

- avertir la personne avant la manœuvre manuelle et lui expliquer la nature de la prise ;
- évaluer son degré d'autonomie ;
- avoir des gestes doux et les mains chaudes ;
- choisir de préférence les endroits les plus appropriés (les aisselles, les épaules, le bas du dos et les hanches) ;
- ne pas tirer la personne par la tête ;
- ne pas tirer la personne par les vêtements ;
- protéger le bras hémiplégique (commencer l'habillage par celui-là) ;
- faire les transmissions.

Situation

3 PATIENTS, 3 POSITIONS

En service de gériatrie, Marie (AS) s'occupe plus particulièrement de 3 patients. Au cours de la matinée, elle va successivement rehausser monsieur A. dans son fauteuil, asseoir madame B. dans son lit pour effectuer sa toilette et recoucher madame C. qui est très fatiguée.

Monsieur A. a 78 ans, c'est un patient qui a une hémiplégie droite. Il est en fauteuil roulant, mais il appelle régulièrement Marie car il s'affaisse. Elle veille à le remettre dans une bonne *position assise* et à placer ses pieds correctement sur le repose-pieds du fauteuil (*cf.* fig. 18).

Madame B. a 80 ans, elle ne tient plus sur ses jambes. Marie lui propose pour sa toilette au lit la *position assise*. Elle veille à mettre des oreillers pour caler le dos de madame B. et lui assurer sécurité et confort pendant sa toilette.

Madame C. a 90 ans, elle est très malade et la *position allongée* est celle qui lui est conseillée. Marie veille à repositionner le corps de madame C. dans l'axe longitudinal afin de favoriser la détente et le confort (*cf.* fig. 17).

...

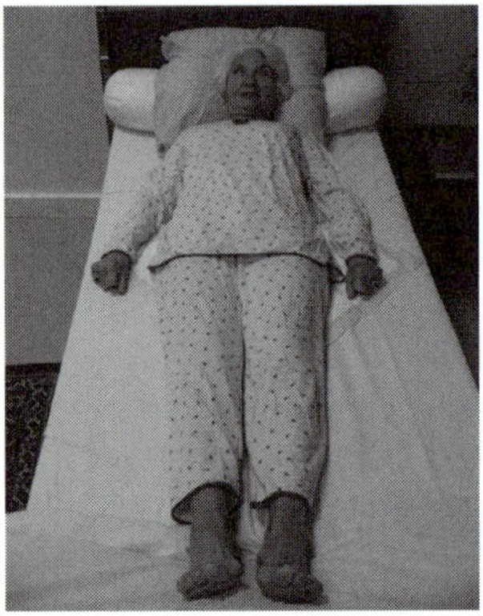

Figure 17 : Redressement de la personne dans l'axe.

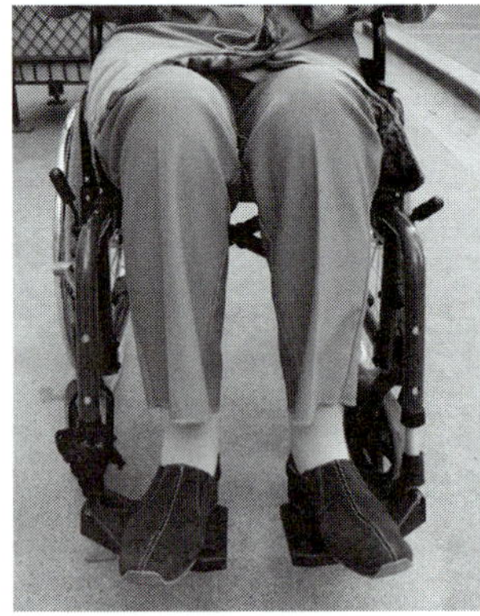

Figure 18 : La bonne position des pieds.

Remarque

L'AS doit assurer le confort et la sécurité du patient en toutes circonstances.

Il veillera à :

- observer et déceler les mauvaises positions de la personne ;
- expliquer le pourquoi et le comment de la correction proposée ;
- aider la personne à modifier elle-même (si possible) sa position ;
- s'assurer de l'état de confort et de sécurité de la personne.

39 LES AIDES AUX DÉPLACEMENTS (pour de très courtes distances)

1 Définition

Une personne malade, ou qui vient de subir une intervention, doit être **aidée** pour ses déplacements. L'AS devra adapter **son aide** à la personne et à ses besoins.

2 Notions

Citons les différentes formes d'aide aux déplacements.

A L'aide manuelle à la marche

Pour aider une personne qui a des difficultés de locomotion, l'aidant doit prendre certaines précautions. Il veillera préalablement à :

- s'assurer d'avoir une autorisation médicale ;
- s'assurer que la personne est prête psychologiquement et physiquement ;
- évaluer son degré d'autonomie.

Voyons quelques situations de mobilisation d'une personne.

a. L'aide au patient qui marche avec une canne

Pour aider la personne, l'aidant doit :

- se positionner du côté opposé à la canne ;
- faire une prise en support de hanche : cette prise doit assurer une bonne stabilité et préserver l'équilibre de la personne.

b. L'aide au patient qui marche avec un déambulateur

Pour aider la personne, l'aidant doit :

- se positionner derrière la personne en PUS, prêt à la soutenir ;
- observer et dégager les obstacles.

c. L'aide au patient faible ou fatigué

La personne risque d'avoir une faiblesse dans les jambes ou une perte d'équilibre. L'aidant devra accompagner sa marche. Il y a deux méthodes, selon la situation qui se présente :

- **pour les courtes distances** : il faudra accompagner la marche par-derrière ;

- **pour de très courtes distances** : il faudra accompagner la personne à la marche par-devant.

B L'aide technique

Pour les personnes présentant un handicap, il existe de nombreux appareillages favorisant la marche. Il s'agit d'une aide technique, citons :

a. Les cannes

Il existe différents types de cannes (la simple, l'anglaise, la tripode, *cf.* fig. 19). Elles doivent répondre chacune à une utilisation spécifique.

b. Les déambulateurs

Il existe trois modèles, chacun répond à des besoins particuliers (*cf.* fig. 19).

c. Les appareillages

Il existe plusieurs modèles : les releveurs, les orthèses et les prothèses.

d. Le fauteuil roulant

Quand la marche n'est plus possible ou devient très difficile, lors de certaines pathologies ou de certains handicaps, l'utilisation d'un fauteuil roulant permet le déplacement de la personne.

e. Les aides aux transferts

Le transfert consiste à passer une personne d'une position à une autre (ex. : le transfert du lit vers le fauteuil). Il existe un matériel très diversifié dont le soignant doit tirer profit (*cf.* fig. 22).

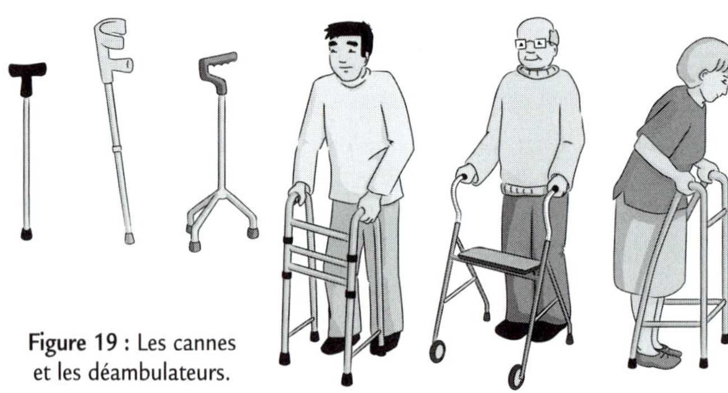

Figure 19 : Les cannes et les déambulateurs.

C L'aide à la mobilisation

Les personnes âgées ou handicapées sont très souvent victimes d'une déficience de la capacité de mobilisation (elles manquent de force, d'équilibre, de coordination). Il faut donc les mobiliser. La mobilisation peut prendre 3 formes différentes.

a. La mobilisation passive

Il s'agit de bouger la personne sans lui demander d'effort personnel. Par exemple, pour effectuer un changement de position au lit ou un passage du lit au fauteuil, etc.

L'AS devra réfléchir avant d'agir : plutôt que de soulever, on peut essayer de faire rouler, glisser, pivoter la personne, en utilisant tout son corps. Chaque fois que c'est possible, il faut utiliser les aides mécaniques (telles que le soulève-personne, *cf*, fig. 22).

b. La mobilisation active

Il s'agit de faire bouger la personne en lui demandant une participation adaptée à ses possibilités. Il faut donner des indications claires à la personne.

Précaution : après une longue immobilisation, la mobilisation active ne peut se faire que sur avis médical. Dans tous les cas, il faut toujours vérifier que l'on peut faire bouger un patient sans risque.

c. La mobilisation mixte

Il s'agit de procéder dans un 1er temps à une mobilisation active et, dans un 2e temps, de la compléter par une mobilisation passive. Le soignant doit :

- solliciter le patient pour le faire passer d'un *mode passif* à un *mode actif* lors de la mobilisation ;
- tenir compte du *degré d'autonomie* du patient, de sa pathologie, de son handicap, de sa douleur et de ses appareillages éventuels.

3 Observation-Réflexion (rôle AS)

La mobilisation du patient repose sur un principe essentiel : préserver à la fois la santé et la sécurité du soignant et celle du patient, car l'une et l'autre sont interdépendantes.

Une démarche de manutention est indispensable. Elle peut se décomposer en plusieurs étapes.

a. La démarche de manutention

1re étape : l'information-l'observation-la réflexion

Avant d'effectuer une démarche de manutention à un patient, le soignant doit observer le patient, collecter des informations et les analyser. Il doit utiliser la méthode du QQQOCP.

Q	**Qui** : à quel patient dois-je m'adresser ? Quelles sont ses capacités ?
Q	**Quoi** : quelle manœuvre de manutention dois-je réaliser pour « tel » patient ? Est-elle sans danger, sans risque (pour moi et le patient) ?
Q	**Quand** dois-je la réaliser ?
0	**Où** dois-je intervenir ? Le soignant se questionnera sur l'environnement immédiat du patient.
C	**Comment** réaliser cette manœuvre ? Dois-je la réaliser seul ?
P	**Pourquoi** réaliser cette manœuvre ? Quel est son objectif ?

2e étape : préparation de l'action

La préparation de la manœuvre de manutention sera de deux ordres :
- *matérielle* : le soignant doit regrouper tout le matériel utile à la manœuvre ;
- *humaine* : le soignant doit se préparer à l'action et cette préparation se fait au lit du patient.

L'AS doit :
- avertir le patient de la manutention qu'il va réaliser et le rassurer ;
- expliquer au patient les gestes qu'il va devoir faire, s'assurer qu'il a bien compris.

3e étape : l'action

Le soignant réalise la manœuvre de manutention selon une technique (ou protocole) précise, adaptée à la situation. Il veillera à :
- donner des consignes simples ;
- stimuler l'autonomie du patient ;
- accompagner le transfert ;
- tenir le dos droit ;
- regarder devant soi ;
- connaître les différentes prises et s'y exercer.

4e étape : la confirmation de la position (ou la correction)

Le soignant doit demander au patient si la position qui vient d'être choisie lui convient, si elle est confortable, non douloureuse. Sinon, il faut la corriger.

Situation

L'APPLICATION DE LA DÉMARCHE DE MANUTENTION POUR LA MISE AU FAUTEUIL

Madame A. (72 ans) est hospitalisée en service de chirurgie osseuse. Elle a été opérée il y a 10 jours. Aujourd'hui, Sami (AS) doit l'installer au fauteuil après sa toilette. Mince et active, madame A. dit à Sami qu'elle participera à son transfert du lit au fauteuil.

Remarque

COMMENT VA PROCÉDER SAMI (AS) POUR INSTALLER MADAME A. ?

◗ Étape 1 : information, observation, réfléxion

L'AS veillera à :
– *s'informer* : y a-t-il des consignes écrites ou orales pour madame A. ?
– *observer et réfléchir* : estimer les capacités de madame A. et réfléchir à la manœuvre à entreprendre.

◗ Étape 2 : préparation

L'AS explique à madame A. le déroulement de la manutention. Il doit :
- se positionner face à elle (épaules contre épaules) ;
- bloquer ses pieds et ses genoux ;
- fléchir la jambe la plus proche du fauteuil et tendre l'autre ;
- poser sa main au bas du dos de la patiente.

◗ Étape 3 : action

Consigne de l'AS à madame A. : il lui dit : « Je compte 1, 2, 3 ; au chiffre 3, tournez-vous vers moi, tirez avec vos mains et asseyez-vous lentement ».
L'AS doit :
- bloquer son dos à plat et tracter madame A. ;
- pivoter en même temps que madame A. (le mouvement est rapide : 5 secondes) ;
- basculer sur la jambe tendue en la fléchissant.

...

Module 4

Étape 4 : confirmation, correction

L'AS doit :

- après la manipulation, redresser madame A. ;
- demander à madame A. de confirmer si elle est confortablement installée, sinon corriger la position (respect) ;
- faire attention au blocage des genoux pour ne pas avoir mal et ne pas faire mal à madame A. (sécurité, respect).

40 L'ORGANISATION DU TRAVAIL

1 Définition

L'organisation du travail vise à adapter la tâche et le matériel à son utilisateur pour que le travail demandé soit réalisé dans les meilleures conditions. Il s'agit d'évaluer :

- les **conditions du travail** à effectuer ;
- la **sécurité du poste** de travail ;
- la **facilité d'utilisation** des appareils ;
- l'**adaptation** des équipements nécessaires.

2 Notions

A L'organisation du poste de travail (fig. 20)

L'aménagement du poste de travail revêt une importance particulière au niveau de la prévention car le maintien de la position debout ou assise présente des *risques* qu'il faut prévenir.

Le maintien de la posture debout sur des périodes prolongées et répétitives peut entraîner une fatigue au niveau de la région lombaire et un ralentissement de la circulation sanguine au niveau des jambes.

Pour favoriser la sécurité confort, il faut donc :

- *adapter la hauteur du plan de travail* selon la tâche à effectuer et la taille de l'usager (cf. fig. 20) ;
- *avoir un aménagement des pieds suffisant* ;
- *avoir un appui scellé* (appuyer, si possible, ses cuisses ou son bassin contre le plan de travail).

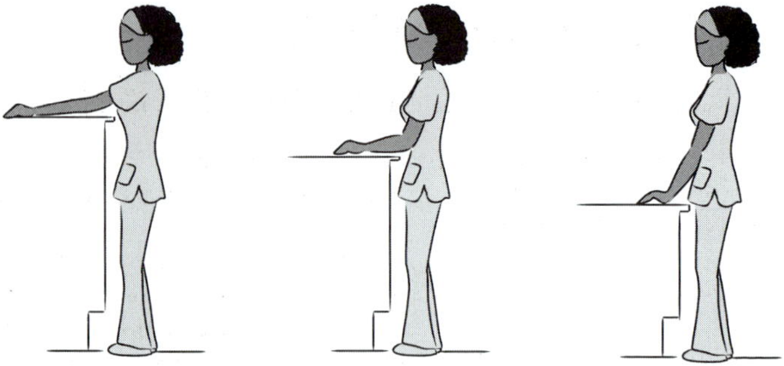

Figure 20 : Organisation du poste de travail pour la position debout.

B L'organisation de la zone de travail

Pour conserver une attitude correcte au poste de travail (que ce soit en position debout ou assise), il est nécessaire d'organiser sa zone de travail. Sur un plan de travail, on peut délimiter deux zones (*cf.* fig. 21) :

- **la zone de travail optimal** qui s'obtient en décrivant sur le plan de travail des arcs ayant pour rayon la longueur de l'avant-bras ;
- **la zone de préhension maximale** qui s'obtient en décrivant sur le plan de travail des arcs ayant pour rayon la longueur du bras tendu.

Pour organiser au mieux sa zone de travail, il faut :

- regrouper objets ou produits (éventuellement dans un plateau) ;
- mettre les objets ou produits à utiliser dans un 1er temps dans la zone la plus proche ;
- placer ensuite les objets ou produits à utiliser dans un 2e temps.

Ceci est valable pour une situation de soins, de biberonnerie ou de cuisine.

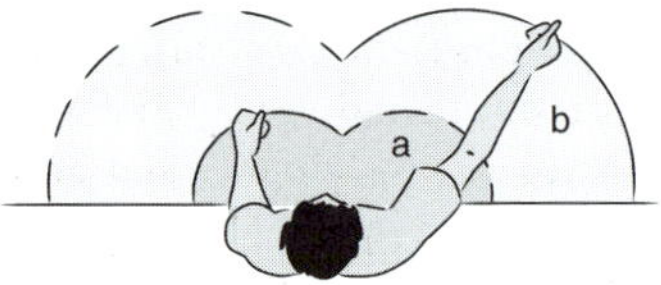

Figure 21 : Les zones de travail « optimal » (a) et de préhension « maximale » (b).

3 Observation-Réflexion (directives du code du travail)

Le Code du travail a prévu différentes directives et donné des orientations en matière d'ergonomie, afin de réduire les risques au travail et en particulier les risques de pathologies dorsolombaires.

Le Code du travail indique les obligations de l'employeur. Il recommande :

- *d'organiser le poste de travail* : l'employeur doit organiser le poste de travail de façon à éviter ou à réduire les risques, notamment dorsolombaires, en mettant en particulier à la disposition des travailleurs des *aides mécaniques*, ou (à défaut de pouvoir les mettre en œuvre) des moyens propres à rendre leur tâche plus sûre et moins pénible ;
- *d'informer et de former les travailleurs* :
  - *information* sur les risques qu'ils encourent lors d'activités inadaptées,
  - *formation* relative à l'exécution de ces opérations pour les réaliser en sécurité ;
- *d'avoir l'avis de la médecine du travail* : lorsque le recours à la manutention manuelle est inévitable, un travailleur ne peut être admis à porter d'une façon habituelle des charges supérieures à 55 kg qu'à condition d'y avoir été *reconnu apte* par un médecin du travail.

Module 4

Situation

Carlos, AS en formation organisée par la médecine du travail

Carlos (AS) a été détaché de son travail en milieu hospitalier (service de gériatrie) pour effectuer un stage de 24 h organisé par la médecine du travail. Un questionnaire est distribué à chacun des participants pour connaître leur charge de travail, leurs difficultés au travail et les moyens mis en place par la direction pour améliorer l'organisation du travail.

Carlos fait part de ses problèmes de fatigue récurrente liée aux charges importantes de son travail. Il suggérera l'*amélioration de l'ambiance* (mieux insonorisé, mieux éclairé, sans courant d'air et avec des postes de travail ergonomiques). Il suggérera aussi l'achat de nouvelles *aides techniques* pour soulever les patients.

...

Remarque

LES AIDES TECHNIQUES AUX TRANSFERTS

Les aides techniques facilitent considérablement la tâche des soignants et garantissent sécurité et confort aux patients lors des soins. Voyons ci-après plusieurs aides techniques.

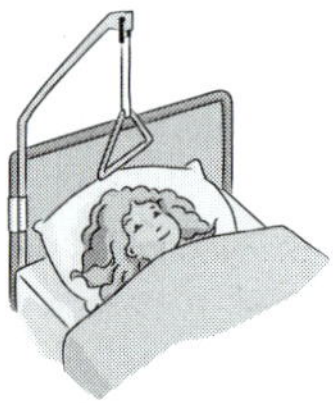

a. La potence (perroquet)

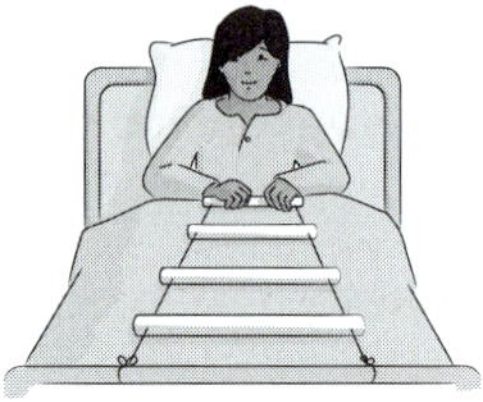

b. L'échelle de transfert

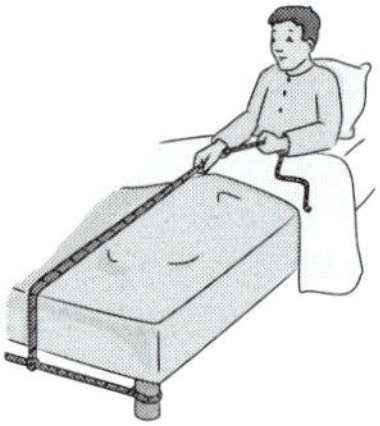

c. L'echelle de corde

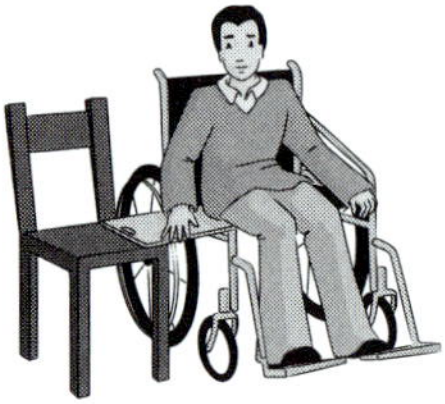

d. La planche de transfert

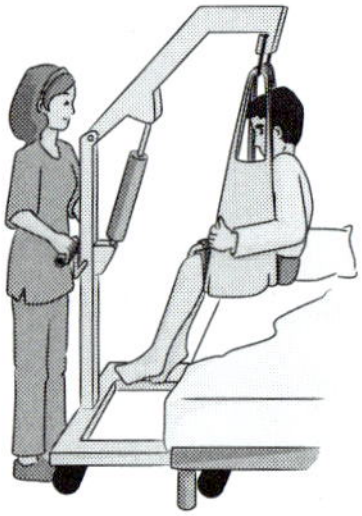

e. Le lève-personne

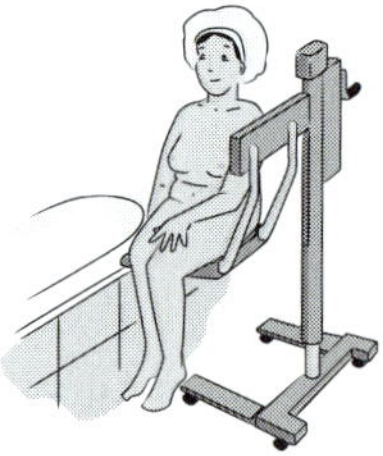

f. Ce lève-personne avec siège en plastique peut être plongé dans une baignoire

Figure 22 : Le matériel d'aide au transfert.

41 LA LÉGISLATION RELATIVE AUX CONTENTIONS

1 Définition

Dans son rapport sur l'évaluation des pratiques professionnelles dans les établissements de santé, l'ANAES (Agence nationale d'accréditation et d'évaluation de santé) définit la contention comme « **l'utilisation de tous moyens, méthodes, matériels ou vêtements, qui empêchent ou limitent la liberté de mouvement de tout ou partie du corps** ».

La liberté est un droit pour tous. Cependant, il arrive que des personnes soignées dans un établissement sanitaire doivent subir une restriction à cette liberté, pour des motifs sécuritaires. C'est le cas avec le choix de la contention[1]

2 Notions

A Les recommandations sur l'utilisation de la contention (ANES)[2]

La limitation des mouvements peut être partielle et momentanée. Elle ne pourra être réalisée que sur prescription médicale. Elle est prescrite dans *l'intérêt* du patient (ou de celui des autres patients) pour assurer sa *sécurité*. La pose de contention étant un acte de soins, à ce titre la décision doit être prise avec le consentement de la personne. L'information doit porter sur les éléments suivants :

- *l'objectif* de la contention ;
- *les moyens* utilisés pour la contention ;
- *la durée* prévisible de la contention ;
- *la surveillance* de la personne afin d'éviter une suragitation (si le patient est agité).

---

1. Il s'agit de contentions dites « passives » qui sont à différencier des contentions dites « actives » et prescrites à visée rééducative (pour corriger une attitude corporelle ou pour préparer une verticalisation).
2. *Limiter les risques de contention physique de la personne âgée*, rapport ANAES (Agence nationale d'accréditation et d'évaluation de santé), 2000.

B Les moyens de contention d'un patient

Le choix se fera en fonction du patient et de la situation, tout en cherchant à lui conserver la plus grande liberté de mouvement possible. De plus, le matériel choisi pour la contention doit présenter des garanties de sécurité et de confort. Citons pour exemples :

a. Les gilets et sangles thoraciques

Ils permettent une immobilisation efficace, mais leur utilisation n'est pas sans danger et le personnel doit être sensibilisé aux risques qu'il présente (comme la strangulation ou l'asphyxie chez certains patients agités).

b. Les attaches de poignets et de chevilles

Elles permettent une contention des deux ou quatre membres. Elles sont utilisées au lit ou au fauteuil.

- Dans le cas d'une *contention* au lit : les attaches doivent être fixées sur les parties fixes (comme le sommier ou le cadre du lit) et non au matelas.
- Dans le cas d'un *lit réglable*, les attaches sont fixées aux parties du lit qui bougent avec le patient.

c. Les sièges gériatriques

Ils permettent une contention de la personne âgée en position assise. Ils favorisent un certain confort et une sécurité.

C Les indications de la contention

Citons 3 indications relativement fréquentes.

a. Les troubles graves du comportement

Il s'agira de toute perturbation du comportement (qu'elle soit motrice, psychique ou relationnelle) mettant en danger le patient ou son entourage. Exemples :

- *agitation psychomotrice* (ex. : patient alcoolique ou confusionnel) ;
- *risque de passage à l'acte* (patient auto ou hétéroagressif).

Ces risques peuvent alors être liés à une pathologie psychiatrique ou neurologique ou bien à un état d'intoxication (drogue, alcool, médicament) ou de sevrage.

b. L'administration de soins vitaux

L'indication d'une contention peut être l'opposition du patient à la pose d'un appareillage (ex. : une canule, une sonde d'alimentation). Cela peut être aussi un refus de médicaments (sous forme d'injection ou de perfusion).

c. Les risques de chute chez les personnes âgées

La prévention des chutes est une des raisons les plus couramment avancées pour justifier une contention de personne âgée.

N.B. : Dans tous les cas de contention, le consentement du patient sera recherché et des informations claires et répétées sur les raisons et buts de cette mise en contention lui seront données.

3 Observation-Réflexion (rôle de l'AS)

La surveillance de la contention par le soignant est établie en fonction des besoins du patient. À ce titre, elle est individualisée. La surveillance sera physique et psychologique.

A La surveillance physique

Plusieurs besoins psychologiques peuvent être perturbés chez un patient du fait d'une mise en contention.

- *Le besoin de respirer, de boire et de manger.* L'AS veillera à surélever le dossier du lit pour éviter des troubles du type suffocation, nausées, vomissements... Suivant le mode de contention employé, le patient peut se retrouver dans l'impossibilité de boire de façon autonome. La déshydratation, surtout chez le sujet âgé.
- *Le besoin d'éliminer.* La perte d'autonomie qu'occasionne la contention peut provoquer, chez un patient âgé, une incontinence urinaire et fécale si elle se prolonge avec les risques qu'ils comportent. Afin d'éviter ces risques, bassin et urinal doivent être régulièrement proposés.
- *Le besoin de se mouvoir* : les risques d'ankylose et de rétraction sont prévalents chez le patient contenu. Le maintien d'un bon alignement corporel, une mobilisation active ou passive (suivant les possibilités du patient) doivent être régulièrement effectués dans la journée.
- *Le besoin d'être propre et de protéger ses téguments.* La toilette est un moment privilégié. L'AS veillera à cette occasion à :
  - l'absence de lésions cutanées au niveau des points d'attache (ex. : si ces dernières sont mal adaptées ou si le patient contenu tente violemment d'ôter ses attaches),
  - l'absence d'escarres aux points d'appui.

- *Le besoin d'éviter les dangers.* Des risques de décès par strangulation ou asphyxie ont été constatés. Ils ont pour cause (dans la plupart des cas) un mauvais usage d'un moyen de contention. D'où l'intérêt d'une grande vigilance.

B La surveillance psychologique

Il est nécessaire (pour éviter les risques d'un sentiment d'exclusion chez le patient) de lui proposer des activités compatibles avec son état de santé et de veiller à ce qu'il puisse disposer de ses objets personnels (qui le sécurisent). On a souvent constaté des sentiments d'angoisse ou bien de tristesse chez le patient avec contention, d'où l'importance d'établir avec lui une relation soignante privilégiée qui permettra d'évaluer le bien-fondé et la poursuite de la contention.

Situation

Un moyen de contention adapté à chaque situation

Service des urgences : 23 h. Monsieur A. est amené par les pompiers dans un état d'ivresse avancé. Il crie, il s'agite, il injurie. Il présente de nombreuses blessures aux membres et saigne abondamment au niveau de sa lèvre inférieure. Il refuse avec véhémence les soins qui doivent lui être prodigués en raison de son état. De ce fait, le médecin responsable du service demande instamment au personnel de soins une *contention physique* afin de pouvoir le calmer et le soigner (en particulier lui faire une injection sans risquer de le blesser). Le lendemain matin, monsieur A. sera apaisé et la contention enlevée.

Remarque

Le principal objectif de la contention est l'intérêt du patient.
Le choix se fera en fonction du patient et de la situation tout en cherchant à lui conserver la plus grande liberté de mouvement possible. La contention n'est prescrite que pour sa sécurité ou/et la sécurité de son entourage. Le matériel choisi pour la contention doit présenter des garanties de sécurité et de confort.

MODULE 5

Relation-Communication

42 LE DÉVELOPPEMENT PSYCHOSOCIAL DE LA PERSONNE

1 Définition

On appelle développement psychosocial l'évolution de la personne sur les plans **psychologique** et **social**. Ce développement débute à l'aube de notre vie. On devient un individu social grâce aux relations humaines avec les groupes qui nous entourent depuis notre naissance.
La communication est au cœur du développement social.

2 Notions

A Le développement psychosocial de l'enfant vers 2-3 ans

Pour connaître le développement psychosocial de l'enfant, il faut observer son comportement dans le groupe. La communication entre les enfants de 2-3 ans se fait souvent sur le mode non verbal. En observant les *modes relationnels* chez l'enfant de 2 à 3 ans dans le groupe, on peut dégager trois types de comportements psychosociaux[1] :

- *Le leader*[2] **:** c'est un enfant qui a une *personnalité attractive, c'est un meneur* (les autres enfants le suivent) ;
- *Le dominant agressif :* c'est un enfant qui a un comportement de menace : il a tendance à *mordre et à frapper* ses camarades ;
- *Le dominé :* c'est un enfant qui a un comportement passif, il évite la compétition et il imite les autres (parfois il peut les agresser, c'est un dominé agressif).

1. Hubert Montagner (éthologue), *L'enfant et la communication*, éditions Stock.
2. *Leader* est un terme anglais qui signifie diriger, mener, entraîner…

➤ **Remarque**[1] :

- Les mères des *leaders* manifestent peu de menaces. Elles sont à l'écoute de l'enfant.
- Les mères des enfants *dominés ou agressifs* sont généralement très exigeantes et peu à l'écoute de l'enfant.

B Le développement psychosocial de l'enfant vers 3-6 ans

Le développement de l'enfant dans la moyenne enfance (3-6 ans) se fait au sein du groupe social des « copains » (de classe ou voisins). L'enfant a besoin du groupe car :

- il aime *se mesurer* à autrui. Le petit copain va être :
  - un modèle (on veut l'imiter),
  - un moyen (on veut l'utiliser),
  - un obstacle (on veut l'éliminer) ;
- il devient *persévérant* dans les jeux ;
- il aime *se défouler* dans ses jeux ;
- il aime *se valoriser* (dépasser les autres, ex. : « j'ai gagné ! Je t'ai eu ! ») ;
- il aime les jeux collectifs avec *règles* (*les jeux de rôles*).

C Les modes relationnels dans la grande enfance (vers 6-12 ans)

Vers l'âge de 6 à 12 ans, le développement psychosocial de l'enfant est intense. À cet âge-là, l'acceptation par le groupe procure à l'enfant une satisfaction importante. Il va faire *l'apprentissage de la vie sociale par les jeux, le sport, les médias.*

a. Les jeux

Les jeux engendrent compétitions, rivalités, conflits… De nouveaux jeux apparaissent dans les cours d'école. Ils sont plus *collectifs* (les enfants jouent à plusieurs) ; ils sont aussi plus *violents* et souvent inspirés des émissions de TV. Notons aussi certains jeux dangereux relatés par la presse : les « jeux de l'extrême ». Ex. : le jeu du « halte-là » où un groupe de jeunes s'acharne sur leur victime à un jour donné à l'avance (parfois celui de son anniversaire), le jeu du foulard, où le jeune se provoque une apnée (étouffement). Notons aussi les « agressions » organisées et filmées avec les téléphones mobiles. Tous ces jeux révèlent l'état psychologique de certains enfants (ou jeunes) de cette tranche d'âge, qui incitent les adultes à redoubler de vigilance.

---

1. Les remarques sont attribuées à Hubert Montagner. Il faut toutefois éviter de faire des généralités dans ce domaine, mais le soignant peut en tirer des conclusions sur les bonnes attitudes à adopter auprès de l'enfant.

b. Le sport

L'enfant forme son caractère au contact de groupes sportifs (ex. : le football, le rugby). Les exercices codifiés fortifient le corps et l'esprit et développent l'*esprit d'équipe* (excellent moyen de *socialisation* du jeune).

c. Les médias, Internet (blogs), les mobiles...

Ce sont des moyens modernes de communication auxquels les jeunes sont très sensibles. Ils ont des aspects positifs ou négatifs sur la *socialisation* des jeunes.

D Les systèmes relationnels adultes-enfants

Notre système relationnel s'élabore à partir des relations humaines entretenues depuis notre petite enfance. Avant de devenir sociales et professionnelles, les relations sont avant tout familiales. Un manque d'épanouissement relationnel peut parfois s'expliquer par le fait d'avoir vécu dans un *système relationnel familial* (et souvent social) que l'on pourrait appeler le système **SAPE**, alors que l'épanouissement relationnel est favorisé par le système **MOTIVE**. Ces deux termes sont des moyens mnémotechniques qui permettent de mieux retenir les caractéristiques des deux systèmes relationnels.

a. Le système SAPE

L'adulte référent (qu'il s'agisse d'un parent ou parfois d'un professeur) a tendance à être :

- **S**ourd au langage verbal du jeune ;
- **A**veugle au langage non verbal (expression, attitudes) ;
- **P**artial (il est systématiquement dépréciatif dans ses jugements) ;
- **É**touffant (il tue toute motivation, toute initiative à la base).

b. Le système relationnel MOTIVE

L'adulte référent qui motive le jeune va :

- **M**obiliser son énergie ;
- **O**ptimiser les situations ;
- **T**olérer les faiblesses ;
- **I**nciter à entreprendre, à progresser... ;
- **V**erbaliser (ouvrir le dialogue...) ;
- **E**ncourager.

Le système relationnel MOTIVE va motiver le jeune en utilisant des mots porteurs d'une énergie stimulante.

Exemple : L'adulte dira : « Tu es capable de... » ; « Tu peux le faire... » ; « Je te fais confiance », « Je sais que tu y arriveras... » ; « Je suis fièr(e) de toi. ».

E L'insertion de l'individu dans la société

a. Les premiers apprentissages sociaux : le début de la socialisation

L'intégration au groupe social exige la socialisation de l'individu. Cette socialisation est faite de nombreux *apprentissages* qui commencent dès la petite enfance et qui ont pour but de lui apprendre le mode de vie en société (tout en lui gardant sa personnalité). Exemple : à l'école maternelle, l'enfant apprend à être poli, à arriver à l'heure, à respecter ses copains, sa maîtresse, à ranger ses dessins, ses affaires, à se mettre en rang, etc.

b. Les groupes sociaux de référence et d'appartenance

Généralement, l'individu est intégré au cours de sa vie dans trois groupes sociaux : le groupe *familial*, le groupe *socioculturel* (relations et amis) et le groupe *professionnel* (collègues du travail). On considère toutefois que, si l'individu ne choisit pas son premier groupe social, il peut ensuite choisir d'intégrer un ou plusieurs autres groupes sociaux. On peut donc dire qu'il y a deux types de groupes sociaux :

- *le groupe de référence* : c'est celui auquel l'individu appartient par sa naissance (l'enfant se réfère à sa famille). Il va adopter son mode de vie, sa langue, sa culture, ses traditions, etc. ;
- *le groupe d'appartenance* : c'est celui que l'individu choisit, dont il est membre (ex. : les groupes socioculturel et professionnel).

3 Observation-Réflexion (rôle de l'AS)

Pour favoriser le développement psychosocial de l'enfant, l'AS en structure d'accueil, doit :

- dialoguer avec l'enfant, lui apporter une écoute bienveillante ;
- favoriser son intégration au groupe d'enfants, lui donner des responsabilités valorisantes au sein du groupe ;
- proposer à l'enfant des jeux répondant à ses besoins. Il s'agit de jeux :
  - collectifs avec des règles (qui favorisent la *socialisation*),
  - artistiques, créatifs (qui favorisent *l'expression*),
  - utilitaires ou jeux travail (qui favorisent *la coopération*) ;

- déceler les problèmes de l'enfant dans le groupe (les jeux de rôle sont souvent révélateurs...) ;
- réduire les groupes d'enfants pour limiter les conflits, canaliser l'agressivité vers des activités sportives ;
- savoir lui imposer aussi des limites (l'enfant a besoin de repères pour se structurer) ;
- faire les transmissions à sa responsable et à l'équipe (signaler en particulier toutes les attitudes révélatrices de troubles).

Situation

Jules et ses copains à l'école maternelle

Jules (5 ans) est un petit garçon très actif. Il va chaque matin avec beaucoup d'enthousiasme à l'école maternelle car il sait qu'il va y retrouver ses copains. Il apprécie le moment des retrouvailles à 8h30 où chaque enfant retrouve ses marques.

À la récréation, Jules se réfugie vite auprès de Tony lorsque les « grands » le bousculent. « Ils ne me font pas peur ! dit-il, car j'ai mon ami Tony... Il est fort Tony. » Mais Jules est aussi très heureux de retrouver sa mère à la sortie de l'école. Il court vers elle et lorsqu'il l'embrasse elle lui demande aussitôt : « As-tu été sage ? » Jules comprend bien ce que signifie ce mot ! Oui, il a été sage car il n'a pas trop chahuté en classe, qu'il a été poli avec sa maîtresse, et qu'il ne s'est pas bagarré avec Pierre, Paul et les autres !

Remarque

Cette situation illustre la complémentarité des 2 groupes auxquels appartient l'enfant (le *groupe familial* et celui de ses *pairs*) et leur rôle dans sa *socialisation*.

43 LA QUALITÉ DES RELATIONS SOCIOPROFESSIONNELLES

1 Définition

Les relations sociales et professionnelles s'établissent sur la qualité des **liens sociaux**. On appelle « lien » ce qui attache à l'autre. Comme on le sait pour vivre en société de façon harmonieuse, il faut créer des **liens sociaux** ou **socio-professionnels**.

2 Notions

A Le quotient relationnel (QR)

Le quotient relationnel (QR) est l'ensemble des moyens dont dispose une personne pour créer des liens sociaux et entretenir ces liens dans la durée. On dit que la personne a :

- *un QR élevé* quand elle induit facilement des liens sociaux, que ceux-ci sont durables, stimulants et enrichissants ;
- *un QR moyen ou bas* quand elle induit difficilement des liens sociaux, que ces liens ne sont pas solides ou qu'elle à tendance à susciter la polémique ou le conflit.

B Les 4 niveaux relationnels (NR)

On peut classer les rapports humains selon 4 niveaux relationnels :

- *le niveau 1* : c'est le langage de « couloir ». Exemple : « Ça va ? » – « Très bien et toi ? »
- *le niveau 2* : c'est le langage du « quotidien ». Exemple « Ta mère va mieux ? » – « Oui, l'opération s'est bien passée, merci ! »
- *le niveau 3 :* c'est le langage « *intime* ». Exemple : « Tu m'as fait de la peine, car hier tu m'as dit que (...). »

- *le niveau 4* : c'est le langage « vrai ». Exemple : « Lorsque tu m'as dit (...), j'ai cru comprendre que tu souhaitais que (...). » C'est à ce niveau-là que la communication est vraie et que les personnes peuvent mieux se comprendre.

C La méthodologie pour créer des liens

Pour développer son quotient relationnel et réussir à **CRÉER** des liens, il est conseillé de suivre la démarche suivante (méthode mnémotechnique basée sur la signification de chaque lettre du mot « créer ») :

- **C :** *se* ***C****onnaître pour mieux connaître l'autre.* Se connaître, s'est apprendre à connaître ses propres défauts et ainsi à mieux tolérer ceux d'autrui ;
- **R :** ***R****ejeter les mécanismes de défense.* L'être humain a tendance à vouloir se défendre, c'est-à-dire se protéger de l'autre, or il faut être ouvert à autrui, ne pas avoir peur d'autrui (faire confiance) ;
- **E :** ***É****couter l'autre.* L'écoute active est une écoute qui prend du temps pour l'autre. Elle est essentielle dans les rapports sociaux et capitale dans les rapports soignant-patient ;
- **E :** ***Être*** *disponible à l'autre.* La disponibilité est indispensable pour créer des liens et elle est capitale dans les rapports soignant-patient ;
- **R :** ***R****ejeter les masques protecteurs,* c'est être authentique, vrai. Il faut savoir se montrer tel que l'on est, et ne pas jouer un rôle artificiel et faux (que l'autre découvrira un jour).

D Les principes à adopter, les obstacles à éliminer pour améliorer les liens sociaux

a. Éviter les préjugés : obstacle relationnel

Les opinions ne sont pas immuables. Notre jugement doit toujours être réévalué : il est conseillé au soignant de s'imposer une évaluation : *est-ce utile* ? *Est-ce bon* ? *Est-ce vrai* ? Cela nous force à se poser de vraies questions.

b. Éviter l'écoute subjective : obstacle affectif

Notre écoute a tendance à être très vite *subjective* (c'est-à-dire « aux ordres de l'intérêt »). Prendre conscience de cette mauvaise tendance nous aide à devenir plus objectifs, plus neutres dans l'écoute de l'autre.

c. Éviter l'écoute égocentrique : obstacle individuel

La personnalité égocentrique est centrée sur elle-même. Elle est incapable de se mettre à la place d'autrui. Or le soignant, plus que quiconque, doit pouvoir faire preuve *d'empathie.*

3 Observation-Réflexion (rôle de l'AS)

A Créer des relations de soins satisfaisantes

Différents types de relations peuvent se nouer entre le soignant et le patient. Il s'agit de relations sociales très spécifiques, appelées relations de soins. Nous allons étudier les caractéristiques de quatre d'entre elles.

a. Éviter la relation de dépendance (et/ou de maternage)

Chez le patient (du fait de sa maladie), un état de dépendance *physique* peut susciter une dépendance *psychique*, dans laquelle il peut se complaire et ainsi demander au soignant du *maternage*. L'AS veillera à ne pas engager le patient dans un comportement de *régression*, mais à toujours *stimuler son autonomie*. Il ne devra jamais maintenir l'infantilisation par des *mots inappropriés* (tels que « Mamie » ou « Papy ») ou *des familiarités* (tutoiement). Le soignant doit ***respecter*** le patient.

b. Privilégier la relation éducative

Cette relation éducative a pour but la transmission d'un savoir. Elle peut se retrouver dans la relation de soins, puisque, aux yeux du patient, le soignant est investi d'un savoir. L'AS a un *rôle éducatif* à jouer auprès des patients et plus particulièrement de ceux atteints de maladies chroniques (maladies cardio-vasculaires, diabète...), la démarche d'éducation entre dans sa mission.

c. Susciter la relation coopérative

Cette relation est fondée sur la *participation* (on coopère). Elle fait appel à l'entraide et à la solidarité des partenaires.

d. Choisir une relation thérapeutique saine

Cette relation est fondée sur des *échanges harmonieux* lors des soins (thérapies). Les soins relationnels favorisent le bon déroulement du traitement.

B Savoir gérer les conflits

L'AS fera face à deux types de conflits :

- **Les conflits patients-soignants**

La colère exprime généralement le désarroi de quelqu'un face à une situation qu'il ne connait pas ou qu'il ne peut pas contrôler. La maladie constitue une véritable *menace* qui engendre de l'agressivité.

- **Les conflits entre soignants**

Il s'agit le plus souvent de *rivalités* liées à la personnalité de certains soignants qui ont besoin de reconnaissance ou de *malentendus* liés aux obstacles socioculturels. De nombreux éléments peuvent être sources de difficultés relationnelles en milieu de soins. À l'origine des difficultés relationnelles, voire des conflits, on retrouve principalement des différences socioculturelles et éducatives, de la fatigue, du stress, etc.
L'AS doit savoir gérer les conflits. Pour cela, il doit :

a. Comprendre le mécanisme de défense de l'agresseur

En particulier *la peur* et *l'angoisse* (souvent liées à la maladie) qui sont les déclencheurs de l'agressivité. L'AS doit aider le patient à formuler son mal-être sans agressivité au travers de son langage quotidien.

b. Observer les signes précurseurs de l'agressivité

Certains signes sont révélateurs d'une montée de l'agressivité. Citons :
- une démarche vive, des bruits de talons ;
- un durcissement du ton de la voix, des jurons ;
- des gestes brusques, des claquements de portes, etc.

c. Gérer l'agressivité

Pour gérer l'agressivité, il faut principalement :
- *verbaliser* les sentiments : c'est-à-dire mettre des mots sur le ressenti de chacun. Cela apaise les tensions ;
- *rester calme et ferme* face à l'agresseur : le calme désamorce le conflit; la fermeté entretient le respect et l'ordre ;
- rester dans les *limites* de sa fonction et transmettre.

L'AS ne doit jamais entrer dans une situation de conflit, il doit immédiatement en référer au cadre infirmier et lui *transmettre* les éléments de la situation conflictuelle.

Situation

LE RELATIONNEL DE LÉO ET LÉA

Léo (AS) est une personne qui a une grande curiosité intellectuelle. Il développe ses connaissances par tous les moyens possibles (livres, revues, Internet...) et il aime transmettre dans le cadre de son travail. Il encadre parfaitement les stagiaires et il est très souvent désigné pour participer aux *démarches d'éducation* des patients qui vont quitter le service de soins. Mais il y a quelques jours, Léo a reçu des reproches du cadre supérieur, car il avait trop culpabilisé un patient cardiaque et hypertendu sur sa consommation de tabac.

Léa (AS) est une soignante qui semble être mise à l'écart par ses collègues. « C'est une solitaire » disent certains, « Elle n'a rien à nous dire et elle ne nous écoute pas » disent les autres. Il est vrai que Léa induit difficilement des *liens relationnels* avec ses collègues et qu'elle a parfois tendance à susciter des *polémiques* autour d'elle, voire des *conflits*. Alors, Léa se réfugie auprès des patients. Elle est très à l'aise avec les patients âgés. Certains d'entre eux disent que Léa « s'occupe d'eux comme une maman ! » Mais il y a quelques jours, Léa a reçu des reproches du cadre supérieur car elle appelait « Papy » le patient qu'elle coiffait.

Remarque

Nous voyons dans le cas de Léo une personne qui utilise mal la démarche éducative. Il est tellement sûr de ses connaissances qu'il en devient *dirigiste* et *culpabilisant* pour autrui.
Dans le cas de Léa, il s'agit d'une personne qui a un *QR assez bas*. Elle ne sait pas (ou elle ne veut pas) créer de liens avec ses collègues et, par ailleurs, elle pratique une relation de maternage très contestable avec les patients.

44 LA COMMUNICATION INTERPERSONNELLE

1 Définition

« **La communication consiste à mettre en commun une information** ». La communication est un acte, l'information est son contenu. La communication interpersonnelle est une communication entre deux personnes, à l'inverse de la communication de groupe (ou réunion) qui met en jeu plusieurs interlocuteurs.

2 Notions

A Les règles de la communication interpersonnelle

Dans une situation de communication interpersonnelle, il y a au moins deux partenaires : l'émetteur du message et le récepteur du message, qui doivent respecter quelques règles :

- *l'émetteur* devra utiliser un langage clair, adapté à son (ou ses) interlocuteur(s) et se montrer motivé par son sujet ;
- *le récepteur* doit être prêt à recevoir le message en étant attentif et motivé par le sujet.

Pour s'assurer de la bonne compréhension du message, on peut demander au récepteur de le reformuler (c'est la *rétroaction*).

B Les méthodes facilitant la communication interpersonnelle

Il existe deux méthodes qui facilitent la communication entre deux personnes, tout particulièrement en milieu de soins.

a. La redondance

Le soignant doit répéter une phrase sous la même forme ou sous une forme différente (il peut même y associer le geste). Répéter n'est pas alourdir le message, c'est le rendre plus compréhensible pour son destinataire.

b. Le *feed-back*

Le feed-back est un mot anglais qui signifie « l'information en retour ». Celui qui a adressé un message doit s'assurer qu'il a été bien réceptionné et compris par le destinataire (si ce n'est pas le cas, l'information doit être renouvelée). C'est une façon de vérifier l'efficacité de l'information.

C La méthode facilitant l'entretien

L'entretien est un support de communication orale qui permet un échange entre deux personnes. L'AS est largement associé aux entretiens avec le patient ou sa famille, ce qui conforte le relationnel au quotidien, ainsi qu'à d'autres entretiens professionnels au sein du service de soins.

a. Les différents types d'entretien

- *L'entretien d'information*

Cet entretien peut se réaliser lors du recueil de données à l'admission du patient ou des transmissions d'informations entre soignants

- *L'entretien de formation*

Cet entretien permet au soignant de transmettre des compétences à la personne qui est en formation (par exemple, lorsqu'un soignant encadre un stagiaire).

- *L'entretien d'évaluation*

Cet entretien permet au soignant d'évaluer des compétences à la suite d'une formation (la sienne ou celle d'un autre, par exemple un stagiaire).

- *L'entretien d'aide*

Cet entretien permet au soignant d'aider le patient à intégrer des conseils (ex. : à la sortie du service).

b. La méthode de préparation à l'entretien : le QQQOCP

Utiliser cette méthode, c'est être méthodique, donc organisé. C'est réfléchir avant d'agir. À ce titre, la méthode mnémotechnique du QQQOCP balaie toutes les questions qu'il est utile de se poser avant de commencer un entretien.
L'AS veillera à réfléchir au contenu de l'entretien et à le préparer avec l'IDE (ou selon ses consignes) en se questionnant : Qui ? Quoi ? Quand ? Comment ? Pourquoi ?

P	*Pourquoi ?* (Quel est l'objectif?) Que veut ou qu'attend le patient de cet entretien ?
Q	*Qui ?* Pour quel patient? (sa famille sera-t-elle présente ?) Avec qui ? (l'infirmier(ère) ?
Q	*Quoi ?* Quelle forme d'entretien prévoir ?
Q	*Quand ?* (l'organiser) Il faut rechercher le moment de disponibilité de chacun.
O	*Où ?* (l'organiser) Dans le bureau du cadre infirmier ? Dans la chambre du patient ?
C	*Comment ?* (Comment aborder le sujet ?) Le soignant doit préalablement réfléchir au sujet et au déroulement de l'entretien. Par exemple, pour la collecte de données, il peut utiliser une *grille* (avec des questions préétablies).

3 Observation-Réflexion (rôle de l'AS)

L'AS doit savoir déjouer les obstacles à la communication.

Deux obstacles majeurs sont à éviter. Le message ne doit pas être :

- *inadapté à l'interlocuteur* : le soignant ne doit pas utiliser des termes trop techniques ou professionnels ou des mots pouvant avoir un double sens ;
- *trop long* : il faut éviter les phrases trop longues qui font perdre le sens et l'objectif du message.

L'AS doit faciliter la communication interprofessionnelle. Il veillera à :

- évaluer les capacités de l'interlocuteur à *comprendre* le message ;
- adresser un message court, clair et précis ;
- respecter le *temps* de réception du message ;
- utiliser le *feed-back* pour vérifier la bonne réception du message et réajuster tout message incompris.

Lors d'un entretien avec une personne (patient, famille du patient, cadre), l'AS veillera à :

- *observer* sa présentation, son comportement, ses manifestations émotionnelles ;
- *l'écouter* avec bienveillance. L'écoute concerne ce qui est dit et, au-delà, ce qui n'a pas été exprimé verbalement mais dont une signification peut être trouvée (les non-dits, les silences, les mimiques) ;
- *transmettre*. L'AS doit transmettre la nature de l'entretien au cadre infirmier (s'il n'a pas participé à l'entretien) ;
- *respecter* le secret professionnel.

Module 5

Situation

L'entretien de Magguy (élève AS en fin de stage) avec le cadre de santé

Magguy (AS) doit participer à un entretien organisé par Daphné (cadre de santé) à la fin de son stage en chirurgie. À cette occasion, Magguy lui montrera le rapport de stage qu'elle a réalisé à la demande de son institut de formation. Elle s'y prépare la veille (un peu inquiète).

...

- *Quel est l'objectif de cet entretien ?* Comment s'est passé mon stage ?
- *Quels ont été les points positifs ?* Les savoirs acquis à différents niveaux ?
- *Quelles ont été les difficultés relationnelles* avec l'équipe ? Avec les patients ? Avec mes supérieurs ? (gestion des conflits, ambiance du travail, horaires, etc.)
- *Quand et où va se dérouler l'entretien ?* (bureau de la cadre ? salle de réunion ?)
- *Qui sera (ou seront) présent(s) ?* Serais-je en tête à tête avec Daphné ou ma référente sera-t-elle présente ?
- *Quelle sera la forme de l'entretien ?* Me posera-t-on des questions ? Me laissera-t-on diriger le débat et si oui quelle sera la façon dont va se dérouler mon exposé ?

Remarque

Cet entretien à caractère professionnel doit toujours se préparer à l'avance ; cela permet d'anticiper les questions, de réfléchir aux réponses à apporter, et ainsi de mieux maîtriser son exposé. L'objectif étant de donner une impression favorable à son interlocuteur.

45 LA COMMUNICATION PROFESSIONNELLE EN GROUPE (la réunion, l'animation)

1 Définitions

La communication professionnelle en groupe consiste à transmettre des informations à plusieurs personnes.

- **La réunion** consiste à regrouper plusieurs personnes intéressées par le même sujet.
- **L'animation** consiste à organiser et à diriger une activité pour un groupe de personnes.

2 Notions

A La réunion

a. Les différents types de réunion

- La réunion de *discussion* pour échanger des points de vue.
- La réunion *d'information*, pour transmettre des informations.
- La réunion de *décision* pour rechercher une solution.

b. Les critères de qualité de la communication en groupe

Différents critères favorisent la communication en groupe.

- *Le nombre de personnes en présence.* Dans un groupe de petite taille (6 à 12 personnes), il y a plus d'échanges.
- *Le contexte de moyens audiovisuels* mis à la disposition du groupe (tableaux, rétroprojecteurs…).
- *L'aménagement des tables et des sièges* disposés de façon à voir facilement l'orateur.

- Le *calme* de l'environnement.
- Le *temps* dont on dispose.

c. La méthodologie de l'orateur

Il est important pour l'orateur de :

- se présenter au groupe et d'annoncer l'objet de la réunion ;
- demander aux participants de se présenter (faire un tour de table) ;
- regarder chaque participant au cours de son exposé (et non une ou deux personnes en particulier).

d. Les différents groupes et les réseaux de communication

Il existe différents groupes en milieu hospitalier. Citons les groupes de paroles organisés dans les services de soins palliatifs. L'accompagnement des personnes en fin de vie exige des échanges entre les membres de l'équipe. Ils sont animés par un psychologue.

Un groupe de structure en réseaux en fonction de la position tenue par chacun de ses membres. Cette position varie en fonction de la personnalité de chaque membre. Citons 2 réseaux :

- Réseau en cercle 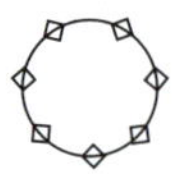
- Réseau en chaîne 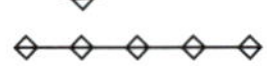

e. Les supports de la communication

Il existe trois formes de supports de communication.

- *Le support oral :* réunion ou entretien téléphonique ou entretien direct.
- *Le support écrit :* lettre, dépliant, tract, courriel (mail).
- *Le support visuel :* tableau, planning, graphique, affiche, affichette, vidéo, photographie.

B L'animation

L'AS peut être amené à participer à un projet d'animation, à le cogérer avec l'IDE ou l'animatrice.

a. Les caractéristiques de chaque mode d'animation

- Le mode d'animation *directif* : l'animateur *dirige* le projet, il le décide et le conduit à son terme.

- Le mode d'animation *semi-directif* : l'animateur est le *guide*, il tient compte des goûts des personnes pour choisir le projet et fait coopérer chacun.
- Le mode d'animation *non directif* : l'AS *assiste*, il fait choisir le projet au groupe de personnes et les laisse réaliser leur projet à leur guise.

b. La méthode de préparation d'un projet d'animation

La personne chargée du projet d'animation peut utiliser la méthode du QQQOCP. Elle va se questionner sur le Qui ? Quoi ? Quand ? Où ? Comment ? Pourquoi ? de l'activité (cf. tableau).

	Méthodologie	Contenu
P	**Pourquoi ?**	Quel est l'intérêt du projet d'animation ? Son objectif : se distraire ? entretenir ses facultés ? sortir ? etc.
Q	**Qui ?**	Les personnes (adultes, enfants) qui sont concernées : âge ? capacités ? handicaps ?
Q	**Quoi ?**	L'activité est-elle : individuelle ? collective ?
Q	**Quand ?**	Le moment : est-ce : l'après-midi ? après la sieste ? le matin (vers 10 h) ?
O	**Où ?**	Le lieu : est-ce : à l'intérieur ? à l'extérieur ?
C	**Comment ?**	Le matériel : est-ce avec du : gros matériel ? petit matériel ?

3 Observation-Réflexion (rôle de l'AS)

L'AS doit :
- être à l'écoute des besoins, des attentes des personnes ;
- solliciter leur participation à l'élaboration du projet ;
- les faire participer à la préparation du materiel ;
- stimuler les personnes à l'autonomie ;
- les valoriser dans leurs choix ;
- leur donner une impression de liberté.

Situation

Diego (AS) prépare un projet d'animation

Diego (stagiaire AS) est chargé de préparer une activité mémoire pour un groupe de personnes âgées dans la résidence où il effectue son stage de fin d'année. Concevoir une animation signifie la penser dans ses différentes étapes, depuis le début jusqu'à la fin. L'élève animateur va, dans un premier temps, réfléchir à ce qu'il doit faire. Pour cela, il doit se nourrir des connaissances théoriques et des informations collectées auprès du personnel. Puis il doit organiser sa réflexion afin de déboucher sur un plan d'action.

Observons la démarche de Diego : dès qu'il connaît le sujet de la situation professionnelle (l'activité mémoire), il précise le QQQOCP :

- **Quoi ?** (*Qu'est-ce qu'une activité mémoire ?*) Laquelle a été déjà pratiquée ici ?
- **Qui ?** (*Qui sont les participants ?*). Dans cette structure les usagers sont des personnes âgées, malentendantes, cinq usagers sont en fauteuils roulants.
- **Quand ?** (*Quel jour choisir dans la semaine ?*) Et surtout quel sera le créneau horaire le plus favorable pour la personne âgée ? (après la sieste, vers 15h ?)
- **Où ?** (*Où l'organiser ?*) Quel est l'endroit qui convient le mieux ? Quelle est la qualité de l'environnement dans la salle (insonorisée, chauffée ?) ?

...

- **Comment ?** (*Comment l'organiser ? avec quoi ? avec qui ?*). Diego cherche les moyens à mettre en œuvre pour réaliser l'activité, ce qui englobe le savoir-faire et le matériel mis à disposition. Il peut se servir d'une *fiche technique* sur les activités « mémoire » auprès des personnes âgées.
- **Pourquoi ?** (*Quels sont les intérêts et les objectifs de l'activité proposée ?*). Exemple : l'atelier « mémoire » permet de favoriser la communication entre adultes âgés malentendants, la fonction neurologique et la mémoire, la vie en groupe.

Remarque

La préparation écrite du plan d'action traduit une bonne organisation. La méthode du QQQOCP favorise une logique de pensée pour une logique de l'action.

Module 5

46 LES ASPECTS DE LA COMMUNICATION ET DE L'ÉCOUTE

1 Définition

Communiquer, c'est **entretenir des relations avec autrui** ; c'est lui transmettre quelque chose (une information, des sentiments, des impressions). La communication peut être verbale ou non verbale.[1]

2 Notions

A La communication verbale

Communiquer avec un patient ou son entourage nécessite un certain nombre de qualités.

Lors d'un entretien avec le patient, le soignant veillera à soigner particulièrement l'expression de sa voix :

- *sa puissance* : le soignant veillera à ne pas parler trop fort dans un langage de tête à tête avec un patient ;
- *le débit de la tonalité* : le soignant doit limiter le débit de paroles et moduler sa voix[2] ;
- *les pauses et les silences* : le soignant devra accepter les silences, utiles au dialogue.

Par ailleurs, pour être compris du patient, le soignant doit utiliser un vocabulaire simple (il doit éviter les abréviations médicales et les termes techniques).

---

1. Nous ne parlerons pas ici de la communication écrite qui n'est pas notre propos dans le cadre du relationnel avec le patient.
2. À cette occasion, le soignant se souviendra de la voix des hôtesses de l'air dans les aéroports. L'expression de la voix a été étudiée pour avoir un effet sécurisant (vivement recommandé en ce lieu).

B La communication non-verbale

Le soignant doit être attentif aux éléments de la communication non-verbale qui donnent beaucoup d'informations. Il observera le comportement du patient. La communication non verbale se traduit par plusieurs *signaux* significatifs :

- *les postures* : les positions du corps, la façon de se lever, de bouger la tête ;
- *les gestes* : les mouvements des bras, des doigts, du buste, des jambes ;
- *le regard* : il peut être émetteur d'encouragement, de désapprobation ou de satisfaction ;
- *les mimiques* : telles que les sourires, le froncement des sourcils, le pincement des lèvres ;
- *le changement de couleur* : de la peau comme la rougeur, la pâleur (dues à l'émotion) ;
- *le toucher* : comme le contact de la main (très apprécié par les patients privés de parole).

C Les sept attitudes d'écoute

Pour écouter l'autre, il faut pouvoir faire abstraction de son propre point de vue. Il existe 7 attitudes d'écoute[1] :

a. L'attitude d'aide ou de soutien

Cette attitude fait appel aux sentiments et vise à encourager l'autre.
➤ L'AS peut dire : « Ne parlez pas ainsi, je suis là pour vous aider, pour vous soutenir. »

b. L'attitude de décision

Cette attitude est basée sur les ordres et les conseils. Elle tend à faire évoluer rapidement la situation.
➤ L'AS peut dire : « Il faudrait participer aux séances d'animation. Cela change le moral…
Faites-vous inscrire, elles ont lieu les mardis et vendredis ! »

c. L'attitude d'évaluation

Cette attitude tend à prononcer un jugement (c'est bien ou c'est mal).
➤ L'AS peut dire : « Pas le moral, c'est très dommageable pour la santé, cela ne vous aidera pas à guérir. Il faut réagir ! »

d. L'attitude d'enquête

Cette attitude tend à poser des questions, à faire des investigations pour cerner toutes les données de la situation.

1. Selon le psychologue Porter.

➤ L'AS peut dire : « Avez-vous eu un problème avec une collègue pour vouloir changer de service ? », « En avez-vous déjà parlé à quelqu'un ? »

e. L'attitude d'interprétation

Cette attitude vise à chercher des explications, des causes, des motifs... En fait, elle les impose à son interlocuteur à partir d'hypothèses personnelles.
➤ L'AS peut dire : « Je pense que cette démotivation est liée à l'éloignement momentané de votre fils. Il est parti pour deux mois à cause de son travail. Dès son retour, cela vous passera. »

f. L'attitude de fuite

Cette attitude vise à s'abriter, à se protéger derrière des considérations générales pour mettre fin à l'écoute.
➤ L'AS peut dire : « Ne pas avoir le moral, on a tous connu cela à un moment de notre vie, soyez patient monsieur J., cela passera. »

g. L'attitude d'écoute active

L'écoute active est recommandée aux soignants car elle permet un véritable échange où le discours de l'autre est intégré : on lui donne le droit de penser différemment et on lui reconnaît la possibilité de changer, d'évoluer (voir la méthode dans le rôle de l'AS ci-après).

D La reformulation

Après l'avoir écouté (activement) en reformulant au patient le contenu de ses propos, le soignant l'aide à voir clair dans sa propre démarche, à approfondir son point de vue, à préciser sa demande. Voici différents types de reformulation.

- **La reformulation par écho :** le soignant répète simplement les mots que le patient vient de prononcer.
- **La reformulation reflet :** si le patient dit : « Je suis complètement épuisé », le soignant peut dire : « Vous vous sentez à bout ».
- **La reformulation-clarification :** à la question précédente, le soignant peut répondre : « Vous voulez dire que vraiment vos forces vous quittent ? »
- **La reformulation de synthèse :** après un monologue assez long du patient, le soignant peut répondre : « Si j'ai bien entendu, vous avez donc dit... » (et résumer les propos du patient).
- **La reformulation positive :** face aux interpellations du patient très négatives, le soignant doit positiver avec des phrases du type : « Il est important pour vous que je puisse vous faire confiance, croyez-moi, je le ferai. »

E La proxémie

C'est un élément à connaître et à prendre en compte lorsque l'on travaille auprès de malades. La proxémie, c'est la distance entre les personnes. Il y a 4 niveaux de distance :

- *la distance intime* : elle se situe de 40 cm à 45 cm environ ;
- *la distance quotidienne* : elle se situe de 45 cm à 1 m 20 environ ;
- *la distance sociale* : elle se situe de 1 m 20 à 4 m environ ;
- *la distance publique* : elle se situe au-delà de 4 m environ.

3 Observation-Réflexion (rôle de l'AS)

- L'AS, *lors des soins*, se place souvent très près du patient (à une distance intime). De ce fait, celui-ci peut ressentir sa présence comme une intrusion, d'où l'importance de créer une relation basée sur des valeurs de respect et de pudeur.

- L'AS, *lors des échanges avec le patient*, veillera à *rester neutre* : lorsque le soignant utilise la reformulation, il doit aussi pratiquer la neutralité. Rester neutre dans l'écoute signifie : ne pas apporter d'éléments personnels aux propos du patient.

Exemple : l'AS peut dire : « Vous avez parlé de mauvais moral madame A. Qu'est-ce que ça signifie pour vous ? En avez-vous déjà fait l'expérience ? »

- L'AS *saura être à l'écoute du patient*. Il pratiquera *l'écoute active* qui consiste à :
  - redire avec ses propres mots ce qu'il a pu comprendre des paroles du patient. Ainsi, celui-ci pourra préciser sa pensée ;
  - aider le patient à poursuivre le dialogue par des acquiescements verbaux, onomatopées, hochements de tête, etc.

Situation

ANNIE (AS) ET MADAME A., SERVICE DE CANCÉROLOGIE (8 H)

Annie (AS depuis plusieurs années en service de cancérologie) est la référente de madame A. (patiente de 58 ans) qui a été hospitalisée pour un cancer du côlon. Chaque jour, Annie lui accorde beaucoup de son temps, en particulier le matin, à son arrivée dans le service, vers 8 h.

...

Aujourd'hui, madame A. parait plus abattue que les autres jours, plus lente. Elle est repliée sur elle-même, la main posée sur le front. Elle regarde Annie fixement, les sourcils froncés. Elle est visiblement angoissée.
Annie va s'asseoir près d'elle, en silence et lui tenir la main. Cinq minutes après, madame A. se met à parler. Elle parle à voix basse, mais ses paroles sont très claires. Évidemment, « elle sait et elle a peur ».
Alors, Annie va lui offrir une *écoute active*, un *parler vrai* et une *présence sereine et calme* afin de l'aider. Annie a une voix douce naturellement, mais elle a travaillé le débit de ses paroles (plus lent) et elle ponctue ses phrases de *pauses* et de *silences* (qui facilitent beaucoup l'échange). Madame A. paraît apaisée au départ d'Annie. Elle va prendre son petit déjeuner.

Remarque

L'écoute active d'Annie ici, consiste à montrer à madame A. qu'elle a été attentive à ses paroles et qu'elle a retenu l'essentiel du message : « Vous me dites que vous êtes angoissée car vous savez que vous allez mourir ». *(reformulation par écho)* « Le médecin, effectivement, vous a dit que vous aviez un cancer », dit Annie qui « parle vrai » sans trahir le secret médical (puisqu'elle a été le témoin des paroles du médecin à la patiente[1].
« Mais, poursuit Annie, le médecin ne vous a jamais dit que c'était fatal. » Elle trouve des arguments logiques afin de lui donner envie de se battre et de se soigner.

1. Il est évident que l'AS ne pourrait pas parler de cancer (diagnostic médical) si elle n'avait pas été le témoin direct de ces propos. Dans ce cas (pour « parler vrai »), elle pourrait parler de *maladie grave*, respectant ainsi le devoir de réserve lié à sa mission.

47 LE RESPECT DES DROITS DU PATIENT ET DE LA CHARTE DU PATIENT HOSPITALISÉ

1 Définition

Respecter le patient, c'est le considérer comme quelqu'un de responsable. Le patient a des **droits**. Le soignant a le **devoir** de les respecter.
La loi du 4 mars 2002 souligne les droits du patient hospitalisé et met l'accent sur le droit à l'information.

2 Notions

A Le respect du droit à l'information du patient[1]

Le droit à l'information peut se concrétiser de différentes façons

a. Les réponses aux questions sur les traitements et les soins

L'information est délivrée au cours de l'hospitalisation par les professionnels de santé en réponse aux questions posées par le patient sur les traitements et les soins. Le patient peut demander leur utilité, leurs conséquences.

b. La demande d'accès au dossier médical

Le patient peut accéder directement aux informations contenues dans son dossier médical, soit par consultation sur place, soit par envoi de copies au médecin traitant. Citons quelques exemples d'informations du dossier :

- *les prescriptions médicales* ;
- *les examens biologiques et radiographiques* ;
- *le compte-rendu opératoire* ;
- *le dossier de soins infirmier*, etc.

N.B. : Notons ici que les correspondances entre médecins restent confidentielles.

1. Loi du 4 mars 2002.

Module 5

c. La demande de consentement aux soins

La loi de 2002 confirme la nécessité de recueillir le consentement (libre et éclairé) du patient ou de sa famille (dans certains cas)[1] pour tout acte médical ou chirurgical et tout traitement le concernant.

d. La remise du livret d'accueil d'admission

Il comporte 3 types d'informations :
- *les services proposés par l'établissement* ;
- *les informations obligatoires* :
  - l'accès au dossier médical,
  - les informations médicales, formalités à l'admission et à la sortie ;
- *le règlement intérieur du service.*

N.B. : La Charte du patient hospitalisé y est annexée. Ses trois pôles sont indiqués ci-après.

B Le respect de la Charte du patient hospitalisé

a. Les droits du patient hospitalisé

Le patient a droit au respect de :
- *sa vie privée* : son courrier, sa religion, son droit à l'anonymat, etc. ;
- *ses goûts :* exception faite pour tout ce qui peut nuire à sa santé (ex. : alcool, tabac) ;
- *sa dignité :* tous les moyens de contention sont interdits (sauf cas particulier) ;
- *sa responsabilité :* il doit être informé de son état de santé et peut donner son avis ou son consentement aux soins (cf. le droit à l'information, 1er paragraphe) ;
- *ses droits de fin de vie et sa demande de soulagement de la douleur :* le patient peut être amené à exprimer ses dernières volontés au personnel de santé. Celui-ci devra les prendre en compte et transmettre (ex. : demande d'un ministre de culte, souhait de don d'organes, etc.) ;
- *la désignation* d'une personne de confiance de son choix (cf. situation ci-après).

b. Les droits du mineur hospitalisé

L'enfant mineur (moins de 15 ans) hospitalisé fait l'objet d'une législation spéciale.
- Les parents doivent signer et dater une *autorisation écrite* pour tout ce qui concerne l'hospitalisation de leur enfant.
- Le mineur doit être ***informé*** par les médecins de son traitement dans un langage clair et adapté à son âge.

---

1. Pour un enfant ou pour un patient qui n'est pas en mesure d'exprimer son opinion.

- Le mineur doit être **protégé** ; en conséquence le personnel de santé devra :
  - surveiller sa présence dans le service, afin de prévenir les fugues éventuelles ou les rapts d'enfants (surtout en service de maternité),
  - signaler toute suspicion d'actes de maltraitance ou de sévices.

C Le respect du secret professionnel

Les textes officiels indiquent que :

- chaque professionnel a pour devoir de « ne pas révéler d'informations à caractère secret, dont il serait dépositaire par sa profession »[1] ;
- toute infraction au secret professionnel est passible de peines correctionnelles;
- le secret professionnel s'applique à de nombreuses informations.

3 Observation-Réflexion (rôle de l'AS)

L'AS devra :

- respecter le *droit* du patient à l'information ;
- remettre le *livret d'accueil avec la Charte du patient hospitalisé* et la commenter avec lui ;
- être à l'écoute des parents du mineur hospitalisé ;
- respecter le *secret professionnel* : seule dérogation professionnelle, le signalement de sévices et de maltraitance que le soignant devra impérativement signaler.

Situation

LES INFORMATIONS DONNÉES À MONSIEUR D. À L'ACCUEIL

Dona (AS) participe à l'accueil de monsieur D. dans le service de soins. Elle lui remet le livret d'accueil qui regroupe de très nombreuses informations sur l'hospitalisation et sur les services proposés au sein de la structure. À l'intérieur du livret d'accueil, il y a 2 petits fascicules qui attirent l'attention du patient. « La personne …

1. Code pénal (articles 226/13 et 14).

Module 5

de confiance » (qui est-elle ? quel est son rôle ?)[1] Et « La demande d'accès direct du patient à son dossier » (comment répondre aux usagers ?).

Remarque

Dona (AS) va fournir des explications à monsieur D. sur ces 2 points importants.

La personne de confiance[1] *:* le patient peut la choisir parmi ses proches (famille ou amis).

Il ne peut y avoir qu'une seule personne (donc il faut bien la choisir), mais ce choix n'est pas obligatoire. La personne de confiance est la personne en laquelle le patient a toute confiance pour l'accompagner. Elle sera un interlocuteur privilégié du médecin, dans le cas où le patient ne serait plus en état d'exprimer sa volonté (troubles cognitifs sévères, troubles de l'expression, certains états psycho pathologiques).

La désignation de la personne de confiance se fait généralement par écrit lors de l'admission du patient.

La demande d'accès direct du patient à son dossier : Dona explique à monsieur D. qu'il pourra (au cours de son séjour hospitalier) avoir accès à différentes informations le concernant, à savoir :

- les motifs d'hospitalisation, la recherche d'antécédents et de facteurs de risque ;
- le compte-rendu opératoire, la nature des soins dispensés et les prescriptions établies ;
- les informations relatives à la prise en charge en cours d'hospitalisation (état clinique, soins reçus, examens paracliniques), etc.[2]

1. Extrait du livret d'accueil de l'hôpital Sainte-Anne, Paris, mai 2009.
2. Par manque de place, nous ne donnons ici qu'une partie de la liste.

48 LA QUALITÉ DE L'ACCUEIL ET DE L'INFORMATION DONNÉE AU PATIENT

1 Définition

Accueillir quelqu'un, c'est le recevoir en manifestant une certaine attitude.
Trois lettres constituent la « **règle d'ORR** » de l'accueil : Orienter, Renseigner et Respecter. Nous allons différencier l'accueil de l'adulte et celui de l'enfant (représenté par ses parents) (cf. tableau 1).

2 Notions

A La règle d'ORR de l'accueil du patient (adulte et l'enfant) à l'hôpital

Tableau 1

O	**Orienter** Orienter le patient, c'est l'informer, c'est-à-dire se présenter (nom, fonction...) et lui présenter : - le personnel de soins (nom, fonction.) - les locaux, les voisins de chambre, de lit (voir détail paragraphe suivant)
R	**Renseigner** Renseigner le patient ou les parents (s'il s'agit d'un enfant) sur le fonctionnement du service, c'est : - se renseigner sur les habitudes de vie du patient pour mieux satisfaire ses besoins - se renseigner sur les habitudes de vie de l'enfant (ex. : rythme alimentaire, doudou, sommeil, etc.

Module 5

R	**Respecter** *Respecter le patient adulte, c'est* : - lui remettre le livret d'accueil - utiliser un langage clair, synthétique, s'assurer qu'il a bien compris et reformuler si nécessaire - être disponible, souriant, à l'écoute - respecter sa pudeur, sa dignité, éviter toute familiarité *Respecter l'enfant, c'est :* - lui remettre le « petit livret illustré » et le livret d'accueil et les commenter en présence des parents - ne pas le coucher systématiquement à l'arrivée - habiller l'enfant avec ses vêtements personnels - lui permettre de garder son jouet préféré - suggérer à l'un des parents de rester auprès de lui (possibilité de couchage) - être disponible, souriant, à l'écoute... - lui attribuer un référent parmi le personnel

B La nature de l'information donnée au patient

L'information donnée au patient et/ou à son entourage à l'accueil est très diverse. Le soignant doit :

- *se présenter,* indiquer son nom et sa fonction et exposer brièvement son rôle (« Je suis chargé(e) de... ») ;
- *présenter le service de soins,* par exemple, les heures des visites médicales, les heures des repas, des soins, des animations (le règlement du service peut être remis au patient à cette occasion) ;
- *signaler le passage de certains professionnels,* par exemple, une assistante sociale, un kinésithérapeute ;
- *informer le patient* (ou la famille de l'enfant) *du lieu de culte.* Il existe une chapelle (ou un lieu de prière) dans de nombreux hôpitaux ;
- *indiquer l'existence de « lieux d'agrément »,* par exemple, une cafétéria, un jardin, un kiosque à journaux, etc. ;
- *signaler les moyens de distraction disponibles,* par exemple, location de DVD, télévision, câble, Internet et autres outils de communication.

3 Observation-Réflexion (rôle de l'AS)

La qualité de l'accueil est liée aux capacités relationnelles de l'AS. Établir une relation d'accueil avec le patient (et sa famille), c'est pour le soignant, savoir :

- *écouter*

C'est une attitude qui permet de créer un lien de sympathie, *réconfortant* pour le patient ;

- *être positif*

C'est une attitude *tonique et dynamique* qui aide beaucoup le patient à faire face à la maladie ;

- *être disponible*

C'est une attitude qui se traduit par des *paroles chaleureuses* que l'on prononce dès l'accueil, et chaque jour ;

- *être « vrai » dans son comportement*

C'est une attitude *d'authenticité,* qui signifie que ce que nous exprimons à autrui correspond à ce que nous pensons, à ce que nous sommes ;

- *comprendre (avec empathie)*

C'est une capacité à comprendre l'autre en éprouvant ce qu'il peut ressentir (dans son cœur, dans son corps) ;

- *respecter*

C'est une attitude qui consiste à traiter la personne avec *considération, égard, prévenance* (dans le respect de ses goûts, de ses opinions, de sa religion) ;

- *accompagner*

C'est une attitude qui consiste à *valoriser les potentialités* de la personne.

Situation

LAURA (AS) ACCUEILLE ZOHRA À L'HÔPITAL

Zohra (6 ans) avait très peur avant son entrée en service de chirurgie. Sa maman raconte aujourd'hui au personnel de santé qu'elle lui posait de nombreuses questions qui traduisaient son inquiétude. À savoir : « Les dames en blanc de l'hôpital sont-elles gentilles ? » ; « Resteras-tu avec moi la nuit ? » ; « C'est comment l'hôpital ? C'est loin ? »
Sa maman tentait de lui répondre le plus précisément possible, mais les mots n'étaient pas très évocateurs pour l'enfant.

...

Module 5

Ce qui l'a mis tout de suite en confiance, *dès l'accueil*, c'est le *sourire* des auxiliaires de puériculture et les *mots* qu'elles ont su mettre sur l'angoisse de la fillette : « Tu as peur parce que tu ne nous connais pas, mais tu vas voir, on va faire connaissance, je m'appelle Laura... » Et tout ce qui a suivi (la visite du service, la présentation des copains et la lecture ensemble du petit « *livret d'accueil* ») a été très utile pour rassurer totalement la fillette.

Remarque

Le livret d'accueil est très évocateur, pour l'enfant, des situations qu'il va rencontrer (cf. extraits du livret d'accueil, ci-après).

Dans la salle d'opération, il y a de grandes lumières et un infirmier très gentil.

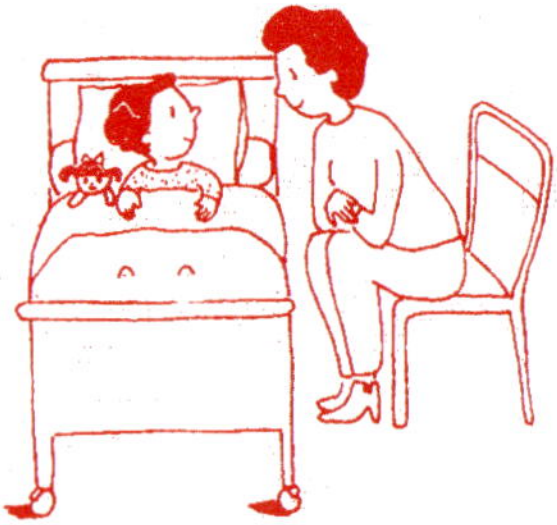

À mon réveil, maman écoute mon histoire.

Je repars dans l'ambulance. C'est une grande voiture blanche avec une croix de couleur.

Figure 23 : Présentation de l'hôpital à l'enfant et à sa famille. Fascicule remis à l'enfant (service de chirurgie). Extrait du *Guide AP*, J. Gassier, éditions Masson

49 LA DÉMARCHE ÉDUCATIVE ET L'ÉDUCATION À L'AUTONOMIE

1 Définition

La démarche éducative consiste à apporter au patient des conseils pour lui permettre de **maintenir, de restaurer, ou de promouvoir sa santé et de se réadapter à une vie familiale et sociale**. La démarche d'éducation prend tout son sens dans les services hospitaliers, avant la sortie du patient, mais elle peut être pratiquée au cours du séjour hospitalier pour répondre aux demandes des patients et de leurs familles.

2 Notions

Lors d'une démarche éducative, l'aide-soignant peut être amené à donner des informations spécifiques. Par exemple, des règles d'hygiène de vie pour une personne asthmatique ou cardiaque, ou des conseils sur l'alimentation pour une personne obèse, ou sur l'intérêt des vaccinations à une maman.

A La méthodologie de la démarche éducative

Le soignant qui entreprend une démarche éducative va se poser les mêmes questions que celui qui entreprend une démarche de soins (DDS). Il peut utiliser la méthode mnémotechnique du QQQOCP (cf. tableau 1).

Tableau 1

Méthodologie	Questions	Réponses (exemples)
P. Pourquoi ?	Quel est l'objectif de la démarche ?	Promouvoir la santé
Q. Qui ?	Quelle est la personne concernée ?	Monsieur A. (le patient)
Q. Quoi ?	Quel est le contenu de l'éducation ?	Conseils d'hygiène de vie (lesquels ?)

Méthodologie	Questions	Réponses (exemples)
Q. Quand ?	À quel moment engager l'éducation ?	À la sortie du patient ou quelques jours avant (respecter les consignes)
O. Où ?	À quel endroit pratiquer l'éducation ?	Dans la chambre du patient (respecter la confidentialité)
C. Comment ?	Avec quels outils ou moyens la mettre en œuvre ?	Entretien oral, parfois fascicule ou documents remis au patient[1]

B Les étapes de la démarche éducative

Le mécanisme de l'apprentissage peut se décomposer en plusieurs étapes. Nous les résumons à 4 essentielles (cf. tableau 2).

Tableau 2

Étapes de la démarche	Rôle du personnel de santé	Exemple
1re étape : l'analyse	Identifier et analyser le besoin de la personne	Madame D. est obèse
2e étape : la présentation	Faire une représentation de la situation ou du comportement à acquérir	Madame D. sait qu'elle a 12 kg de trop et que c'est préjudiciable à sa santé
3e étape : la stimulation	Stimuler l'attention, l'intérêt, la motivation du patient et faciliter les conditions de réussite (guidance, disponibilité)	Madame D. accepte le programme d'hygiène de vie qui lui est proposé et le met en pratique régulièrement (diététique, exercices physiques...)
4e étape : l'évaluation	Évaluer et réajuster la démarche éducative en fonction des besoins	Madame D. fait le point sur les résultats

Les divers facteurs, qui favorisent l'apprentissage, sont :

- la *motivation* de la personne ;
- le niveau intellectuel de la personne ;
- les qualités de communicant du soignant ;
- l'entourage familial de la personne.

1. Le centre d'éducation à la santé édite de nombreux documents qui peuvent être distribués aux patients (en matière d'hygiène de vie, d'hygiène alimentaire, de vaccinations, etc.).

C L'éducation à l'autonomie

Les causes de perte d'autonomie chez les personnes âgées sont nombreuses, mais on peut les classer en deux catégories : *le vieillissement naturel* et *les maladies (ou les accidents)*. Ils peuvent entraîner la *dépendance*. L'AS veillera à :

- *« aider à faire »* et non « faire à la place » de la personne ;
- *stimuler l'autonomie restante*, afin de pallier la dépendance ;
- laisser aux personnes le *temps d'agir* elles-mêmes ;
- Créer les *conditions favorables* pour que la personne agisse de façon autonome ;
- s'interdire les attitudes infantilisantes par bonnes intentions, etc.

3 Observation-Réflexion

A Le rôle de l'AS pour la démarche éducative

L'AS doit :

- *s'assurer que le patient a bien compris* les explications données par l'infirmier ou la puéricultrice, reformuler si besoin ;
- *se questionner :*
  - qu'a-t-il retenu d'important ? (le vérifier)
  - sa famille va-t-elle l'entourer, l'aider ?

L'AS peut également revoir avec le patient les fascicules (ou dépliants) sur l'hygiène qui lui ont été remis par l'infirmier et répondre à ses questions éventuelles.

B Le rôle de l'AS pour l'éducation à l'autonomie

Prenons l'exemple d'un soin (au cours de la toilette matinale). Afin de donner envie au patient d'être autonome au cours du soin, l'AS doit :

- *organiser les lieux et le matériel* de façon à ce qu'il prenne en charge la plus grande partie possible du soin ; par exemple l'encourager à se lever et à aller jusqu'à la salle de bain, plutôt que de lui faire sa toilette au lit ;
- *lui montrer l'importance de son image* dans ses relations avec sa famille (par exemple, lui dire : « Votre neveu a apprécié votre robe à fleurs, votre parfum...).

Situation

L'ÉDUCATION À L'AUTONOMIE DE MADAME G.

Fatiha (AS) doit s'occuper (en service de chirurgie osseuse) de *madame G. (80 ans)*, qui est hospitalisée pour une fracture du col fémoral.

...

Module 5

Son état osseux et musculaire n'est pas bon et elle souffre de pertes d'équilibre. L'équipe de soins évalue son degré d'autonomie sur une « cible » prévue à cet effet.
La rééducation réalisée par le kinésithérapeute va l'aider à marcher avec un déambulateur ; c'est une autonomie partielle (qui lui permet des actes de déplacements limités). Madame G. peut effectuer une partie de sa toilette seule. Fatiha l'aidera et à l'occasion de ce soin d'hygiène elle va stimuler son autonomie.

Remarque

Voici comment l'AS peut procéder.

- Elle organise la *toilette au lavabo* pour stimuler madame G. à se lever et à se déplacer.
- Elle lui propose d'aller à la penderie *choisir les vêtements* pour la journée (choix des couleurs, choix par rapport à la sortie prévue).
- *Elle la stimule* lors de l'habillement (« Vous êtes capable de..., » ; « Bravo, vos petits enfants apprécieront votre choix... »).
- Elle favorise ses *liens relationnels* (ex. : « Vous deviez appeler votre voisine, elle avait prévu de revenir vous voir »).

Rappelons que le choix d'un objectif et d'une stratégie pour l'éducation à l'autonomie est bien sur un choix d'équipe, mais l'AS prend une part active dans sa réalisation.

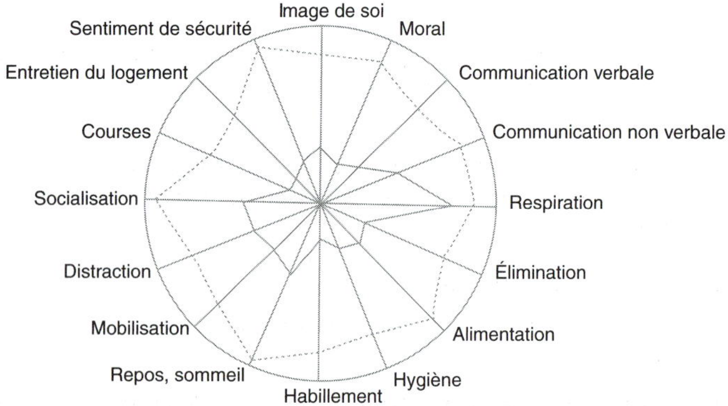

Figure 24 : Cible de l'évaluation du degré d'autonomie et de son évolution.

50 LA COMMUNICATION AVEC LE PATIENT EN FIN DE VIE

1 Définition

Communiquer, c'est **entretenir des relations avec autrui**, c'est lui transmettre quelque chose (information, impression, sentiments…). La communication avec le patient en fin de vie revêt une importance particulière. C'est son dernier lien à la vie.

2 Notions

La psychologie de la personne au cours des étapes vers la mort a été décrite par E. Kübler-Ross. Nous abordons ici la dernière étape sous l'angle de la communication avec la personne. Elle aura deux formes : verbale et non verbale.

A Le langage verbal

Le mourant « annonce » sa mort. C'est le mode d'expression le plus facile à comprendre pourvu qu'on sache l'entendre. Il peut s'agir de :

a. Une affirmation, un aveu

Exemple : « Je n'en ai plus pour longtemps », « Je vais rejoindre mon mari », « Je suis foutu », « De toute façon, il n'y a plus rien à faire ».

b. Une conclusion, une acceptation

Après des jours de réflexion et des nuits sans dormir, le patient aboutit à la conclusion qu'il va mourir, et il le dit avec des mots précis. Il semble que le mourant accepte la fatalité.

B Le langage non-verbal

Le langage non-verbal du patient s'exprime surtout par :

a. Le regard

Quiconque a déjà croisé le regard d'un mourant sait qu'il s'agit bien d'un mourant. Ce regard semble dépasser les limites de la chambre et fixer l'horizon…

b. Les postures

Selon l'évolution de leur psychologie, les patients pourront exprimer leurs sentiments en prenant des postures différentes (ex. : tourner le dos, regarder le mur...).

c. Les symboles

Comme il est difficile de parler de sa « fin », certaines personnes utilisent un *langage symbolique*. Elles s'expriment tout en se cachant par différents moyens : l'image symbolique (pour l'adulte) ou le dessin (pour l'enfant).

d. Les silences

Le silence aussi peut être porteur de messages. Il faut savoir *l'entendre...*

3 Observation-Réflexion (rôle de l'AS)

Dans l'accompagnement du mourant et de sa famille, l'AS veillera à :

A Accepter la relation triangulaire avec la famille

Il s'agit de vivre à plusieurs une relation qui est, d'emblée triangulaire : patient-soignant-famille. Conserver cette triangulation permet d'éviter les confusions de rôle qui sont des écueils, car :

- *le soignant reste le soignant,* il ne peut devenir le « parent » du patient (même si les rapports sont très chaleureux) ;
- *la famille reste la famille,* il ne faut pas lui demander de jouer le rôle du soignant.

L'accompagnement doit être guidé par *l'emphathie* et *la sympathie* (souffrir avec…).

B Comprendre l'autodéfense

Le refus, la colère et l'agressivité que manifeste parfois le mourant (ou sa famille) sont les signes d'une réaction violente devant l'approche de la mort (ressentie comme une agression insupportable). L'AS doit comprendre les mécanismes de défense et y répondre de manière rassurante.

C Respecter la religion et les traditions culturelles

L'AS doit s'informer sur tous les aspects de la culture et de la religion du patient et de sa famille.

Situation

L'ACCOMPAGNEMENT DE LOÏC

À leur arrivée dans le service, monsieur et madame D semblaient perdus et passablement effondrés. Ce couple très uni venait d'apprendre au téléphone que l'état de leur enfant (Loïc, 12 ans), s'était aggravé dans la nuit. À leur entrée dans la chambre, ils voulaient avant tout cacher leur inquiétude. Leur présence auprès de Loïc était d'autant plus importante que l'enfant manifestait un réel besoin de voir ses parents.

Au fond d'elle-même, la maman ne cessait de penser « Que dois-je lui dire s'il me pose la question ? ». Le père pensait la même chose et se disait que la meilleure réponse était de ne rien dire et de l'embrasser car, au fond, l'enfant comprenait tout et ne demandait pas à être faussement rassuré.

Mais aujourd'hui, Loïc n'était pas aussi calme que les jours précédents. Il manifestait un comportement agressif et revendicatif que ses parents interprétaient comme un reproche et un rejet et qui les mettait en grande souffrance.

À leur départ, l'infirmière et l'aide-soignante (référente de l'enfant) les ont entourés quelques instants ; le temps de les délivrer de la pesante culpabilité qui les accablait et de leur dire que la qualité de l'accompagnement qu'ils prodiguaient à leur enfant était pour lui d'un grand soutien, qu'ils lui offraient l'essentiel de ce dont il avait besoin : leur présence affective irremplaçable.

Remarque

Le soignant doit trouver la juste mesure entre un investissement excessif et une indifférence impossible. La bonne distance consiste à gérer cette relation *triangulaire* avec le patient et sa famille. L'accompagnement est une prise en charge globale de la personne. Il concerne tout à la fois le physique et le psychologique. L'objectif étant d'améliorer la qualité de vie de la personne malade et en fin de vie.

51 LE SIGNALEMENT DE LA MALTRAITANCE

1 Définition

- On appelle maltraitance l'acte de traiter avec **violence, dureté, sévérité, de faire subir de mauvais traitements**. La maltraitance revêt différentes formes. Elle peut être physique, psychologique ou matérielle. Elle concerne généralement les personnes fragilisées par l'âge (enfant, personnes âgées), la maladie ou le handicap.
- **Le signalement est le devoir de tous.**

2 Notions

A La maltraitance de la personne âgée, malade ou handicapée

a. Les manifestations de la maltraitance

Il existe 3 grands types de maltraitance.

- *La maltraitance physique*
  - Les abus physiques (ex. : les actes de violence).
  - Les négligences physiques (ex. : les manques de soins).
- *La maltraitance psychologique*
  - Les abus psychologiques (ex. : les menaces, les humiliations).
  - Les négligences psychologiques (ex. : les défauts d'assistance).
- *La maltraitance matérielle*
  - Les abus matériels (ex. : la privation de biens ou de ressources).
  - Les négligences matérielles (ex. : la non-utilisation des ressources pour l'entretien ou la santé de la personne).

b. Les causes de la maltraitance

Pour comprendre les causes, il faut observer les 3 acteurs de la maltraitance.

- *La victime et ses auteurs*

On trouve le plus souvent, parmi les personnes maltraitées, des personnes fragilisées : âgées, malades, seules, atteintes de handicaps, avec des problèmes financiers. La famille (involontairement ou non) est souvent maltraitante. Parfois, les institutions le sont aussi par manque de soins.

- *Le témoin*

Celui qui voit, qui repère la souffrance et qui ne la dénonce pas. Il se trouve encore trop souvent dans le voisinage, ou à l'intérieur même de la famille. Il est coupable de non-assistance à personne en danger. En tant que professionnel de santé, « sortir du silence est une obligation légale ». Tout acte de maltraitance est intolérable et doit être signalé.

B La maltraitance de l'enfant

Il y a différentes formes de maltraitance. On appelle :

- *enfant maltraité* : celui qui est victime de violences ;
- *enfant à risque :* celui qui connaît des conditions d'existence risquant de mettre en danger sa santé, sa sécurité, sa moralité, son éducation ou son entretien (mais qui n'est pas pour autant maltraité).

Sont des enfants en danger, l'ensemble des enfants maltraités et des enfants à risque. Ils nécessitent tous une prise en charge.

a. Les manifestations de la maltraitance

Les formes de maltraitance sur l'enfant ou l'adolescent sont :

- *la maltraitance physique* (ex. : le « syndrome du bébé secoué » : l'adulte énervé secoue violemment un enfant qui pleure et les secousses entraînent un écrasement du cerveau contre la boite crânienne) ;
- *la maltraitance psychologique* (ex. : insultes, humiliations...) ; les *abus sexuels* (ex. : attouchement, viol...) ;
- *la négligence grave* (ex. : privation de soins, de nourriture, non suivi médical).

b. Les causes de la maltraitance

Il existe différentes causes de la maltraitance, citons-en quelques-unes :

- *les circonstances de la naissance d'un enfant* (ex. : enfant non désiré, enfant prématuré, séparé de sa mère dès sa naissance) ;
- *la pathologie d'un parent* (ex. : maladie mentale, alcoolisme, perversion, toxicomanie...).

3 Observation-Réflexion (rôle de l'AS)

A Le signalement de la maltraitance

Tout acte de maltraitance doit être signalé dans les plus brefs délais par toute personne, quelle que soit sa fonction. On utilise la formule du QQQOCP pour comprendre le signalement.

Qui ? (signale) La personne maltraitée, les professionnels, les témoins.
Quoi ? Quel acte parait suspect ?
Quand ? 24 h/24 h.
Où ? Police (n° 17), pompiers (n° 18), n° vert 119 (anonymat conservé).
Comment ? Par téléphone, de vive voix, par écrit.
Pourquoi ? La vie d'un être humain est en danger !

B L'AS veillera tout particulièrement à :

- *recueillir l'information* : écouter et rassurer la personne (ex.: « Je vous crois », « Vous avez bien fait de m'en parler ») ;
- *assurer la traçabilité de ce recueil* : respecter le récit du patient (reproduire les mots qu'il a utilisés), écarter les interprétations et les jugements de valeur ;
- *transmettre à l'IDE* : en service hospitalier, tout constat ou déclaration de sévices doit être signalé au cadre de santé de l'unité, qui le signalera à la direction de l'établissement ;
- *réfléchir sur son comportement professionnel* : le soignant veillera à se remettre en question, un test de fatigue (le *burn out*) peut l'y aider ;
- *favoriser des actions de prévention* de la maltraitance grâce à :
  - la sensibilisation et l'information des familles par l'affichage au sein de la structure hospitalière de documents illustrés ;
  - des campagnes de sensibilisation ;
  - de la charte des droits de la personne remise dans le livret d'accueil du patient.

Situation

LES ACTES DE NÉGLIGENCE, OU D'INDIFFÉRENCE, OUVRENT LA VOIE À LA MALTRAITANCE

Camille (élève AS), à l'occasion d'un stage en maison de retraite, a été interpellée par l'attitude de certains personnels de la structure envers les personnes âgées.

– *Quand madame A.* demande le bassin, on la laisse attendre 30 minutes et on se désole ensuite que le lit soit mouillé.

– *Quand madame B.* dit que les épinards du menu ne lui donnent pas appétit, on lui répond : « Vous mangerez mieux ce soir » et on lui ôte aussitôt le plateau repas.

– *Quand madame C.* pleure dans la salle à manger, personne ne la console. Camille s'intéresse à elle et, après une mise en confiance, madame C. dit qu'elle est très mal à l'aise dans cette maison, que la relation humaine y est absente.

Remarque

Camille a vu au cours de son stage le versant négatif des relations avec les personnes âgées. On ne peut pas parler ici d'actes de violence proprement dits, mais plutôt de négligence, ou d'indifférence. Toutefois, ces actes ouvrent la voie de la maltraitance et c'est une remise en question urgente qui doit être pratiquée par les membres de ce personnel.

Camille *a signalé* ce qu'elle a vu *par écrit* à la responsable de la structure (elle a donné copie à sa formatrice). *Le signalement* est un acte *responsable* qui participe à la *prévention de la maltraitance.*

MODULE 6

Hygiène hospitalière

52 LE MÉCANISME DE L'INFECTION, LA PRÉVENTION DE L'INFECTION NOSOCOMIALE

1 Définitions

- **L'infection** est la réaction de l'organisme à la pénétration d'un agent infectieux sans que le système immunitaire n'ait eu le temps de l'éliminer. Une infection peut être *locale* avec apparition de signes d'inflammation (rougeur, douleur, chaleur) ou de fièvre élevée.
- **L'infection nosocomiale** est une infection associée aux soins (IAS).

Lorsqu'elle touche un patient, on fait la preuve que :
  - elle survient au décours de son hospitalisation ;
  - elle n'était pas présente au début de la prise en charge ;
  - elle apparaît au moins 48 h après l'admission.

Pour diminuer le risque infectieux, l'aide-soignant (ainsi que tout le personnel) doit appliquer des *règles d'hygiène hospitalière* strictes. Mais avant d'aborder l'infection nosocomiale, voyons le mécanisme général de l'infection.

2 Notions

A Le mécanisme de l'infection

a. Les modes de transmission

La transmission des micro-organismes peut être :
- *directe* : les micro-organismes sont transmis directement d'un sujet malade (ou porteur de germes) à un sujet saint ;
- *indirecte* : les micro-organismes sont transmis par l'intermédiaire de supports (ou vecteurs).

b. Les voies de pénétration microbienne

Les micro-organismes peuvent pénétrer dans notre corps par différentes voies :

- la voie *cutanéo-muqueuse* (ex. : bacilles des plaies) ;
- la voie *oropharyngée* (ex. : virus de la grippe) ;
- la voie *digestive* (ex. : bacilles des toxi-infections) ;
- la voie *sexuelle* (ex. : virus du Sida et des IST) ;
- la voie *urinaire* (ex. : bacilles des infections urinaires).

B Les moyens de défense de l'organisme

a. L'immunité naturelle

Lorsqu'il est attaqué par des virus (organismes pathogènes), l'organisme a la capacité de mettre en œuvre un mode de défense (appelé phénomène de l'immunité).

Le mode de défense peut évoluer en 3 stades, si nous considérons que le départ de l'infection se fait au niveau local (ex. : une infection déclenchée par une injection ou une ponction par un instrument infecté). Cf. tableau ci-après.

Stade 1 : Étape locale	Stade 2 : Étape lymphatique	Stade 3 : Étape sanguine
- Les microbes se développent localement. - Les granulocytes (globules blancs) luttent contre les microbes. Ils ont la propriété de les tuer par le phénomène de phagocytose.	- Les microbes suivent la voie lymphatique et sont arrêtés par les ganglions lymphatiques. - La lutte se poursuit avec les lymphocytes au sein des ganglions (qui deviennent durs et douloureux).	- Les microbes pénètrent dans le sang et franchissent les « barrières » formées par les ganglions. Ils sont arrêtés par le foie. En cas d'échec, c'est la septicémie (infection généralisée).

b. L'immunité acquise

Nous pouvons provoquer le phénomène de l'immunité par le moyen de la *vaccination.*

- La vaccination permet à l'organisme de fabriquer des *anticorps* contre une maladie infectieuse. Elle est vivement recommandée au personnel de soins.
- La vaccination provoque une *immunité tardive* (15 jours au moins après l'injection), mais *durable* (si les rappels sont effectués).

Toutefois, la vaccination ne protège pas de l'infection nosocomiale pour laquelle d'autres moyens de protection devront être mis en œuvre.

C Le mécanisme de l'infection nosocomiale (la chaîne infectante)

Plusieurs facteurs sont indispensables pour que se développe une infection nosocomiale (IN).

On appelle *chaîne infectante* ou chaîne épidémiologique le déroulement chronologique des événements qui aboutissent à une IN (cf. schéma ci-après).

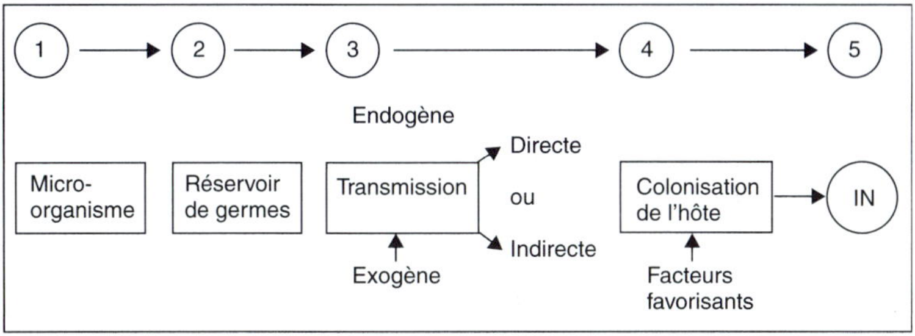

Figure 25 : La chaîne infectante de l'IN[1].

① ***Le micro-organisme :*** c'est le facteur causal (on retrouve des virus, des bactéries, des parasites...).

② ***Le réservoir :*** il peut être :

- *humain* : le malade, le personnel de soins ;
- *inerte* : le matériel, l'environnement.

③ ***La transmission*** qui peut être :

- *endogène*, le patient s'auto-infecte (flore commensale) ;
- *exogène*, la transmission peut être directe, par simple contact (ex. : mains mal lavées du soignant), ou indirecte, par le matériel (ex. : matériel mal décontaminé[2] ou par l'environnement (eau, air...).

④ ***La colonisation de l'hôte,*** récepteur, qui va ou non développer l'infection. Cela dépend des facteurs favorisants (son âge et l'état de ses défenses immunitaires).

⑤ ***La manifestation*** *de l'infection nosocomiale.*

1. Schéma : J. Gassier.
2. Les vecteurs sont les éléments mis en cause le plus souvent dans la transmission des micro-organismes. Citons : les tubes d'intubation, les cathéters, les sondes, les aiguilles destinées aux injections ou aux prélèvements, les endoscopes, etc.

3 Observation-Réflexion (rôle de l'AS)

Les IN ont un coût à 3 niveaux :

- *humain* : elles sont cause de préjudice physique et d'atteinte morale du patient ;
- *social* : elles sont cause d'une perte (plus ou moins importante) d'activité professionnelle et parfois d'invalidité ou de décès ;
- *économique* : elles sont cause d'hospitalisation prolongée, de traitements, elles coûtent plusieurs millions d'euros chaque année.

A La prévention des risques en milieu hospitalier

a. Le respect des règles et normes d'hygiène et de sécurité (H et S) par le personnel de soins

- *Le respect des règles d'H et S* doit se réaliser dans tous les actes au quotidien. Citons plus particulièrement les techniques de désinfection et de stérilisation (que nous étudierons dans ce chapitre).
- *La vérification des normes pour les produits et les matériels* : devant le nombre important de produits d'entretien du matériel mis sur le marché, les directeurs d'hôpitaux privilégient ceux qui garantissent la norme Afnor, synonyme de qualité.

b. Le rôle des instances de lutte contre les IN

Il y a plusieurs instances de lutte contre les IN qui aident le personnel de santé dans son rôle de prévention.

- **Le Clin :** c'est le *Comité de lutte contre les infections nosocomiales.* Il a pour rôle de mettre en œuvre des procédures visant à la qualité de l'environnement et à l'évaluation des pratiques. Il organise des stages de formation du personnel.
- **L'EOH :** c'est l'*Équipe opérationnelle d'hygiène.* Elle est le « bras armé » du Clin. Son rôle est de mettre en œuvre et d'évaluer le programme de lutte contre les IN.
- **Le CHSCT :** c'est le *Comité d'hygiène, de sécurité et des conditions de travail.* Cette instance étudie les moyens d'améliorer les conditions de travail. Elle a un rôle primordial en matière de prévention des risques professionnels.

Situation

Les manifestations de l'IN chez 2 patients

Thérésa est AS, en service de chirurgie. Elle est chargée de la *surveillance de monsieur A. (70 ans)* qui a été opéré d'une hernie et qui est porteur d'une sonde urinaire. Il semble se remettre facilement de son opération (l'appétit est revenu, le transit est normal), mais à J4 il a subitement une hyperthermie (38,5°) que Thérésa signale à l'IDE. Un examen cytobactériologique des urines permet de retrouver la présence d'une bactérie (*l'Escherichia coli ou colibacille*). Monsieur A. a une infection urinaire. Un traitement à base d'antibiotiques est mis en place.

Marina est AS en service de pédiatrie. Elle est chargée lundi matin de la *surveillance de Zoé (12 mois)* qui a eu une bronchiolite, et qui doit sortir aujourd'hui. Or, lors de la toilette, Marina remarque que Zoé a une selle liquide, qu'elle a le front chaud et qu'elle est grognon. Marina prend aussitôt sa température. L'enfant a 38,2°, elle est montrée immédiatement au médecin de service. Une coproculture est demandée. Elle permet de retrouver la présence d'une bactérie (*le staphylocoque x*). Zoé a une infection intestinale. Un traitement à base d'antibiotiques est mis en œuvre.

Remarque

La prévention des risques doit être la préoccupation permanente des personnels de soins. Ceux-ci doivent impérativement respecter des règles d'hygiène et de sécurité et connaître les *normes* afin d'utiliser des produits et des matériels de qualité, c'est-à-dire ceux qui garantissent la santé.

53 LES MÉTHODES D'ASEPSIE, D'ANTISEPSIE ET LES PRODUITS UTILISÉS

1 Définitions

- **L'asepsie** vise à empêcher tout apport des micro-organismes là où ils sont indésirables et toute pénétration de micro-organismes dans les tissus.
- **L'antisepsie** vie à tuer ou à inactiver les micro-organismes au niveau des tissus vivants (peau, muqueuse...). L'antisepsie prolonge l'asepsie.

2 Notions

A Les méthodes et moyens de l'asepsie

- L'asepsie est une *méthode préventive.* Elle est adoptée pour tous les soins effectués en milieu hospitalier ; tels que les *soins d'hygiène et de confort* et tous les *soins de base.*
- Pour réaliser l'asepsie, on utilise souvent des *produits antiseptiques,* toutefois *l'hygiène des mains,* à l'eau et au savon, en est le meilleur exemple. Elle est le premier moyen de lutte contre l'infection nosocomiale.

B Les méthodes et moyens de l'antisepsie

- L'antisepsie se réalise à titre *préventif* (ex. : l'hygiène des mains avec une solution hydro-alcoolique) ou *curatif* (ex. : nettoyer une plaie purulente avec un produit antiseptique).
- L'antisepsie : pour la réaliser, on utilise des *produits antiseptiques* qui permettent de lutter contre l'infection.

C Les caractéristiques des produits antiseptiques

a. Les propriétés

Les antiseptiques exercent leurs actions selon différents modes :

- **bactériostatique** : ils freinent le développement bactérien ;
- **bactéricide** : ils tuent les bactéries ;

- **fongicide** : ils tuent les champignons pathogènes ;
- **virucide** : ils tuent les virus ;
- **sporicide** : ils détruisent les spores bactériennes.

L'utilisateur doit bien connaître ces différents termes et lire la notice avant l'emploi du produit.

b. La classification

Les antiseptiques sont des produits plus souvent utilisés par voie externe. Exemples :

- les savons antiseptiques ;
- les lotions (pour les érythèmes, les petites plaies). Exemples : l'eau oxygénée, l'alcool et le Dakin Cooper stabilisé (voir ci-dessous).

<table>
<tr><th></th><th>Notice du produit</th></tr>
<tr><td>

Le Dakin Cooper stabilisé</td><td>Le Dakin Cooper stabilisé

Composition
- Hypochlorite de sodium

Utilisation
Ce médicament est un antiseptique local à usage externe. Il est utilisé pour :
- l'antisepsie de la peau et des plaies, des muqueuses ;
- en bains locaux (par exemple, les bains de doigts) ;
- en irrigation ;
- en compresses imbibées ou en pansements humides.</td></tr>
</table>

3 Observation-Réflexion (rôle de l'AS)

Avant d'utiliser un produit antiseptique, l'AS doit vérifier :

- la date limite d'utilisation (DLU) ;
- l'aspect du produit, ses propriétés ;
- la prescription médicale ou IDE ;
- le mode d'emploi et le mode de conservation du produit ;
- les conditions de stockage.

Situation

La prévention de l'infection manuportée (l'hygiène des mains)

Flora (AS) travaille en service de chirurgie. Chaque matin, elle effectue plusieurs toilettes au lit des patients. Aujourd'hui à 9 h, alors qu'elle s'occupe de madame A., elle est appelée dans une autre chambre par sa collègue, pour lever un patient.

Avant de la rejoindre, elle veille à ôter sa surblouse et à se laver méticuleusement les mains. Elle sait que la main est le *1er vecteur* de transmission des micro-organismes[1] et elle connaît les *règles de lavage des mains sur le bout des doigts !* De plus, elle utilise également la solution hydro-alcoolique (SHA), très recommandée aujourd'hui pour l'hygiène des mains.

Voyons ce que recouvrent la *flore de Flora* et les *5 règles du lavage des mains* (cf. Fig. 26 et 27 ci-après).

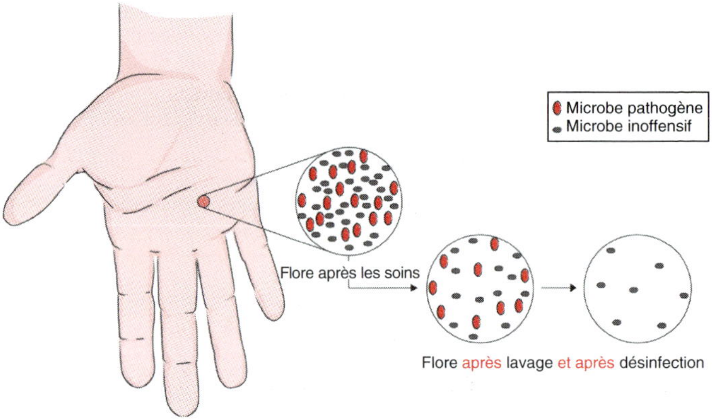

Figure 26 : La flore de Flora (AS) dans 2 situations.

...

1. On l'appelle « transmission manuportée ».

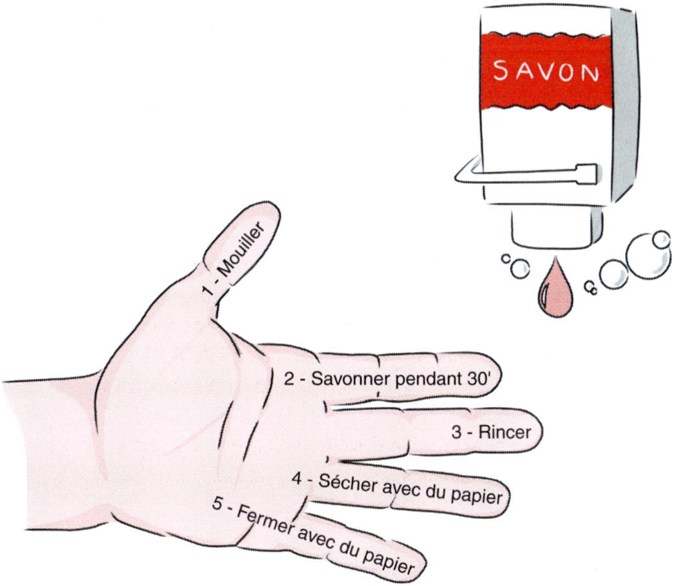

Figure 27 : Les 5 règles du lavage des mains (à connaître sur le « bout des doigts » !).

54 LES MÉTHODES DE NETTOYAGE, DE BIONETTOYAGE ET LES PRODUITS UTILISÉS

1 Définitions

A Le nettoyage

C'est une opération **d'élimination des salissures** qui regroupe plusieurs opérations :

- élimination préalable des déchets ou poussière avec une chiffonnette humide ;
- puis nettoyage à l'aide d'un produit nettoyant efficace et compatible avec le support nettoyé.

B Le bionettoyage

C'est le nettoyage associé à la désinfection. C'est-à-dire une action *mécanique* associée à une action *chimique*. Il est destiné à des zones à risque.

2 Notions

A Le dépoussiérage humide du mobilier

Le dépoussiérage humide vise à ôter les salissures sur le mobilier et à permettre le confort de la chambre des patients dans le respect de *l'hygiène*.

Pour le dépoussiérage humide manuel, on utilisera des gazes recyclables ou des lingettes imprégnées d'un produit nettoyant-désinfectant. Notons que le dépoussiérage à sec est totalement déconseillé, car il favorise le déplacement des poussières dans l'air.

Pour nettoyer ou dépoussiérer le mobilier, il faut imbiber une lavette d'un produit nettoyant-désinfectant et nettoyer dans l'ordre suivant :

- *du moins sale au plus sale* ;
- *de plus près au plus loin* (du patient) ;

- *du haut vers le bas* (du mobilier).

Le nettoyage humide comprend différentes étapes au cours desquelles certaines précautions sont à prendre[1].

B Le nettoyage humide du sol

Le nettoyage humide consiste à passer sur le sol une gaze humide qui retiendra les poussières.

Le matériel du balayage humide comprend :

- *le chariot de ménage* (cf. plus haut) qui permet de regrouper tout le matériel de ménage ;
- *les balais*, dont le balai trapèze, le plus utilisé avec les gazes.

Il existe deux grandes méthodes de nettoyage humide des sols :

- **la méthode à la « godille »** : elle permet de passer le balai sur une large surface. L'utilisateur travaille à reculons et tire le balai vers lui, en lui imprimant un mouvement en S (*cf.* fig. 28) ;
- **la méthode au « poussé »** : l'utilisateur déplace le balai en le poussant devant lui. Elle est surtout utilisée pour les couloirs et pour faire le détourage des pièces.

Figure 28 : La méthode de balayage à la godille.

---

1. Par souci de synthèse, les techniques ne sont pas développées dans ce Mémo. Pour cela, se reporter au livre de référence : le *Guide AS*.

Module 6

Une démarche méthodique doit précéder la tâche. Elle permet de déterminer la méthode de nettoyage pratiquée et le choix des produits. L'AS utilisera le QQQOCP (voir « rôle de l'AS » plus loin).

C Le bionettoyage

Le bionettoyage est un nettoyage associé à une désinfection. Il est pratiqué avec des méthodes différentes selon la *zone à risque* à laquelle il est destiné. Pour réaliser un bionettoyage, on va utiliser des produits nettoyants-désinfectants. Ils réalisent simultanément les deux actions.

a. Les zones à risques

- *Zone 1 : faible risque,* secteur n'accueillant pas de malades (pratique d'un nettoyage avec un détergent) ;
- *Zone 2 : risque moyen,* secteur accueillant des malades non infectieux (pratique d'un bionettoyage avec un détergent-désinfectant) ;
- *Zone 3 : haut risque,* secteur accueillant des malades infectieux et « fragiles » (pratique d'un bionettoyage en cinq temps, c'est-à-dire renouvelé cinq fois) ;
- *Zone 4 : très haut risque,* secteur accueillant des malades dont les défenses naturelles de l'organisme sont diminuées (pratique d'un bionettoyage en sept temps, c'est-à-dire renouvelé sept fois).

D Les modes d'action du nettoyage et du bionettoyage

Les opérations de nettoyage et bionettoyage allient **deux actions simultanées** :

- **l'action mécanique** qui consiste à frotter avec un nettoyant afin de décoller et enlever les souillures adhérentes ou incrustées ;
- **l'action chimique** du produit désinfectant.

E Les produits de nettoyage

a. Les abrasifs

Ces produits sont destinés à décoller les salissures. Ils se présentent sous forme de poudres ou de crèmes à récurer.

Précautions : il faut les utiliser *sans dilution* et éviter de les utiliser sur un revêtement en acier ou plastifié (ils peuvent rayer ces matériaux).

b. Les détartrants

Ces produits sont utilisés pour le détartrage sanitaire (WC, robinetterie des salles de bains). Ils enlèvent le tartre qui est le support de certains micro-organismes.

Précautions : il faut *éviter de les diluer.*

c. Les agglutinants

Ces produits ont le pouvoir d'agglutiner les poussières dans le but d'éviter qu'elles ne se dispersent dans l'air. Par exemple, le produit Pliz (dépoussiérant-nettoyant).
Précautions : il faut *éviter d'inhaler* ces produits.

d. Les détergents ou tensioactifs

Ces produits sont utilisés pour nettoyer divers supports (vaisselle, sols, tissus...).
Précautions : vérifier si le produit :
- est adapté aux salissures à éliminer et au support (linge ou sol) ;
- est inoffensif pour l'utilisateur ;
- n'altère pas le support (c'est-à-dire est compatible avec le support à nettoyer) ;
- se dissout facilement dans l'eau et se rince aisément (utiliser de l'eau chaude) ;
- est bien dosé (le dosage dans l'eau est indiqué sur l'emballage) ;
- est bien stocké après usage (de façon à garder ses propriétés).

Mise en garde pour tous les produits de nettoyage :
Il ne faut *jamais utiliser* les produits de nettoyage associés à l'eau de Javel, car il y a un risque de dégagement gazeux de chlore nocif pour l'appareil respiratoire.

3 Observation-Réflexion (rôle de l'AS)

Les précautions à prendre lors du nettoyage. L'AS doit :
- avertir le patient de l'heure du ménage (respect) ;
- porter des gants de ménage (prévention des allergies aux produits) ;
- nettoyer toujours avant de désinfecter (ou utiliser des produits à double fonction) ;
- bien lire la notice ; respecter le mode d'emploi ;
- respecter les précautions d'utilisation ;
- ne jamais faire entrer le chariot de ménage dans la chambre, mais le laisser dans le couloir ;
- respecter les règles de base du nettoyage :
  - du moins sale au plus sale,
  - du plus proche au plus éloigné (du patient),
  - du haut vers le bas (du mobilier) ;
- ne pas mélanger les produits ;
- utiliser des récipients de stockage spécifiques, identifiables et hors de portée du public.

Situation

L'ORGANISATION MÉTHODIQUE DU MÉNAGE

Fanny (28 ans) est stagiaire AS dans une maison de retraite. Elle est chargée par le cadre supérieur de l'établissement de remplacer sa collègue ASH qui est en congé maladie.
Fanny s'informe auprès du personnel technique et de l'IDE des protocoles utilisés par l'ASH, mais avant tout elle va réfléchir à sa tâche en utilisant la méthode du QQQOCP.

O - Où (nettoyer) ?
L'IDE lui a désigné 3 chambres et le couloir attenant aux chambres.

Q - Que (nettoyer) ?
Elle devra nettoyer le sol, ainsi que le mobilier des chambres et salles de bains (tables, chaises, adaptables, lavabos...).

Q - Avec quoi (nettoyer) ?
Elle réfléchit au matériel qu'elle doit regrouper sur le chariot de ménage (matériel et produits spécifiques pour le sol et matériel et produits pour le mobilier et accessoires des salles de bain[1]).

Q - Quand (nettoyer) ?
Elle doit réaliser le ménage à partir de 9 h... Elle veillera à ce que les patients aient terminé leur toilette et soient couverts (car elle doit ouvrir la fenêtre).

C - Comment (nettoyer) ?
Elle réfléchit aux 2 méthodes de nettoyage à mettre en œuvre : la « *méthode à la godille* » (pour les chambres) et la « *méthode au poussé* » (pour les couloirs).
Elle réfléchit aussi aux règles de base : nettoyer « *en allant du moins sale au plus sale* » et pour le mobilier « *du haut en bas* ».

P - Pourquoi (nettoyer) ?
Elle vérifie l'état de salissures des chambres et du couloir et prévoit des sacs plastiques pour évacuer certains déchets.

...

1. Elle liste tout le matériel et les produits indiqués, afin de ne rien oublier.

Remarque

D'autres précautions doivent être prises par l'AS après la tâche de nettoyage :

- le matériel de nettoyage doit être nettoyé, désinfecté, rincé, séché tous les jours et stocké dans un endroit propre, aéré et réservé à cet effet ;
- les flacons sont bouchés et rangés à la même place.

55 LES MÉTHODES DE DÉSINFECTION, DE STÉRILISATION ET LE MATÉRIEL UTILISÉ

1 Définitions

A La désinfection

C'est un procédé qui permet de **tuer les germes infectieux** ou d'**inactiver** leur développement. Elle prévient le risque infectieux et donc assure la sécurité du personnel de santé et des patients.

B Le désinfectant

C'est un produit qui va *éliminer ou tuer les micro-organismes* présents au moment du nettoyage. Il contient au moins un principe actif antimicrobien parmi les suivants :

- *fongicide* : il détruit les champignons ;
- *virucide* : il détruit les virus ;
- *bactéricide* : il détruit les bactéries ;
- *sporicide* : il détruit les spores.

Un nettoyage doit obligatoirement précéder toute application d'un désinfectant.

C La stérilisation

C'est un procédé qui permet de *détruire les micro-organismes* portés par les *supports inertes, solides ou liquides*. La stérilisation à la vapeur est la méthode qui présente la plus grande efficacité due à l'association température + temps.

Rappel : il est toujours nécessaire de procéder préalablement au nettoyage de l'objet à stériliser.

2 Notions

A L'utilisation des produits et des matériels

a. Les produits de désinfection (ex. : la Javel)

Ils sont très nombreux et sont classés en fonction des principes actifs qu'ils contiennent et des emplois auxquels ils sont destinés. Exemple : l'eau de Javel pour les surfaces (produit très utilisé en milieu domestique). Voyons ses caractéristiques ci-après.

- **Propriétés** : c'est *un désinfectant* (bactéricide, fongicide, virucide, sporicide…).
  - L'eau de Javel a aussi un effet *blanchissant et désodorisant.*
  - Elle est parfaitement adaptée à l'entretien des sanitaires, des sols, des surfaces et du matériel (bassin, bocaux, urinaux), ainsi qu'à la désinfection instantanée des surfaces après projection de liquide biologique.
- **Précautions**
  - Ne jamais l'utiliser concentrée mais diluée ;
  - ne jamais la mélanger à d'autres produits (ex. : le mélange eau de Javel avec un détartrant WC provoque l'émanation d'un gaz toxique) ;
  - respecter le temps de contact (15 minutes pour la vaisselle et le matériel) puis rincer soigneusement ;
  - conserver à l'abri de la lumière et de la chaleur (récipient fermé hermétiquement et opaque) ;
  - éviter tout transvasement du produit.

N.B : De nombreux produits de désinfection sont utilisés pour le matériel médico-chirurgical. Ils sont surtout utilisés dans les services de stérilisation centrale. À titre d'information, citons l'hexanios, le salvanios, l'alkazime, etc.

b. Les détergents-désinfectants

Ces produits présentent la *double propriété* de nettoyage et de désinfection. De plus, ils ne nécessitent pas de rinçage. Leur utilisation permet donc un gain de temps et simplifie le travail. Ils s'utilisent sur toutes les surfaces : sols, mobiliers, murs, objets. Les critères de choix et les précautions à prendre pour leur utilisation sont les mêmes que pour les détergents (voir fiche précédente).

c. Les matériels de la stérilisation

Il existe des matériels très variés, aussi bien au niveau de l'usage que de la taille.

- *Les gros matériels de stérilisation*

L'autoclave est le plus utilisé à l'hôpital, c'est un appareil destiné à la stérilisation du matériel thermostable par la vapeur sous pression (dite chaleur humide).

- *Matériel stérilisé à l'autoclave*
  – Le linge : draps, compresses, blouses, bottes en tissus ;
  – le caoutchouc : sondes, tétines, doigtiers, gants…

Conditions de stérilisation à l'autoclave : elles sont les mêmes pour tous les objets à stériliser, soit de 134°C durant 18 minutes.

- *Les petits matériels de stérilisation*
  – *Les sachets de stérilisation* utilisés en service hospitalier : ils sont destinés à emballer les matériels médicochirurgicaux en vue de la stérilisation.
  – *Les tests de stérilisation* : ils sont destinés à vérifier l'efficacité de la stérilisation (ex. : le test Bowie Dick pour la stérilisation à l'autoclave).

B Les règles de sécurité à respecter

Par mesure de sécurité :

- *l'emballage* d'un produit doit être étanche et inaltérable. Le personnel s'assurera de son intégrité avant d'emballer le matériel ;
- *l'étiquette* doit être apparente (bien en vue) et mentionner plusieurs informations pour l'utilisateur ;
- *le local* où sont stockés les produits doit être :
  – fermé à clé ; sec et frais,
  – équipé d'étagères assez larges et étiquetées ou compartimentées,
  – ventilé et nettoyé régulièrement, équipé d'un point d'eau ;
- *les produits stockés* doivent :
  – conserver leurs étiquettes d'origine (c'est une mesure indispensable de sécurité) ;
  – être rangés en hauteur, bien refermés et listés (une liste peut être affichée sur le local).

3 Observation-Réflexion (rôle de l'AS)

A Avant l'action

L'AS doit vérifier :

- *le type de produit* : nettoyant-désinfectant ou désinfectant ;
- *le mode d'action* (agit sur les bactéries : les tue ou les inactive, agît sur les virus, sur les champignons…) ;
- *les dangers* : risques pour la peau, les yeux ou l'appareil respiratoire (ex. : il est déconseillé de pulvériser un spray désinfectant de surface près d'un patient et encore moins d'un jeune enfant) ;

- *les conditions d'emploi* (à diluer ou non avec de l'eau, temps d'immersion, dosage…) ;
- *les domaines d'utilisation* (ex. : pour objets, instruments ou surfaces inertes…) ;
- *les précautions particulières* (ex. : port de gants, de masque…)

B Lors de l'action

L'AS veillera à :

- se protéger (masque, blouse, gants) ;
- manipuler les instruments ou le matériel avec soin ;
- respecter la concentration des produits et le temps d'immersion ;
- procéder au contrôle du bon fonctionnement des instruments ou du matériel ;
- retirer du circuit les instruments ou le matériel détérioré ;
- respecter les protocoles du service ;
- retenir une règle : on ne désinfecte et/ou ne stérilise bien que ce qui est propre.

C Après l'action

L'AS respectera les conditions de stockage. Il veillera à tenir les produits à l'abri de la lumière, de la chaleur et de l'humidité, dans leur conditionnement d'origine.

Situation

LE TRAVAIL D'AURÉLIE AU SERVICE DE STÉRILISATION

Aurélie (élève AS) effectue un stage au service de stérilisation de l'hôpital. Elle a été chargée, dès le début de la matinée, de procéder à l'emballage de plusieurs instruments de chirurgie, qui seront ensuite mis dans l'autoclave. Très méthodique, Aurélie réfléchit à la tâche demandée et regroupe son matériel.

Pour l'emballage des instruments, on lui remet des boîtes et des sachets dans lesquels elle doit regrouper les matériels en fonction de leurs catégories. Par mesure de sécurité, elle vérifie chaque emballage (étanchéité) et les étiquettes (qui doivent être très lisibles).

Ensuite, Aurélie remplit sa deuxième mission : *nettoyer-désinfecter les plans de travail.*

…

Module 6

Remarque

Aurélie s'enquiert auprès de sa responsable du produit à utiliser pour les plans de travail et lit immédiatement l'étiquette du produit. Il s'agit d'un produit nettoyant-désinfectant (voir fig. 29 ci-après).

ASSCLEAN
Produit nettoyant-désinfectant

- **Propriétés** Ce produit associe les fonctions de nettoyage et de désinfection.
- **Utilisation** Ce produit est destiné à l'entretien des surfaces inertes en services hospitaliers (plans de travail, mobiliers…)
- **Mode d'emploi**
  - Diluer une dose de 20 ml du produit dans 2 litres d'eau chaude du réseau.
  - Mélanger à l'aide de la spatule en bois (de la boîte).
  - Laisser reposer 5 min avant utilisation.
  - Nettoyer la surface à l'aide d'une chiffonnette à usage unique.
  - Éviter de rincer.
- **Mise en garde**
  - Ne pas utiliser le produit sur des surfaces destinées à la préparation de produits alimentaires.
  - Ne pas utiliser le produit sur des surfaces métalliques.
- **Précautions**
  - Utiliser des gants protecteurs.
  - Irritant pour les yeux et la peau (en cas de contact laver immédiatement et abondamment et consulter un médecin).
  - Conserver le produit à l'abri du gel et de la chaleur.

Laboratoire DIFENDIX 123456789012 **DLU :** 01/12/2016

Figure 29 : Étiquette d'un produit nettoyant-désinfectant.

56 LES PROCÉDURES D'ISOLEMENT ET LES RÈGLES DES CIRCUITS EN MILIEU HOSPITALIER

1 Définitions

- **L'isolement des patients** : cette opération consiste à prendre des précautions particulières destinées à prévenir la transmission des agents infectieux.
- **Les circuits** : ce sont des itinéraires prévus pour la circulation des personnes, des objets, des matériels et de l'alimentation, dans le but de garantir l'hygiène et la sécurité en milieu hospitalier.

2 Notions

A Les procédures d'isolement

Il existe deux grands types d'isolement : l'isolement septique et l'isolement protecteur (cf. tableau ci-après).

	a) L'isolement septique	b) L'isolement protecteur
Objectifs	Il s'agit d'empêcher la diffusion d'agents infectieux en provenance du patient et de son environnement (local, mobilier... selon les micro-organismes en cause).	Il s'agit d'empêcher l'entrée d'agents infectieux dans l'environnement du patient.
Indications	Il est indiqué pour des patients atteints d'une maladie contagieuse (ex. : tuberculose, hépatite, méningite...).	Il est indiqué pour des patients fragilisés (ex. : greffés, grands brûlés, immunodéprimés...).

B Les précautions d'isolement

On peut considérer deux formes de précautions :

- **les précautions standard**. On doit les appliquer quel que soit le type d'isolement. Il s'agit de précautions vis-à-vis des risques de transmission par les liquides biologiques et notamment le sang.
- **les précautions particulières**. On doit les appliquer en complément des précautions standard.

Les précautions correspondent à des règles précises que le personnel doit impérativement respecter.

a. Les précautions standard pour tous les isolements

Les soignants doivent :

- *se frictionner les mains* pour tous les soins et entre 2 patients avec une SHA (Solution hydro-alcoolique) ;
- se protéger avec des gants ou un masque (spécifique) lors de certains soins à risque de *projection de liquides biologiques* ;
- manipuler les objets piquants ou tranchants avec précaution et les déposer dans des *conteneurs spécifiques* ;
- respecter les différents circuits des déchets et du linge.

b. Les précautions particulières pour l'isolement septique

Elles varient en fonction des germes infectieux. Les 3 types de précautions sont :

- *les précautions « air »* (A) : transmission aéroportée par de fines particules (ex. : en cas de tuberculose, de rougeole) ;
- *les précautions « gouttelettes »* (G) : transmission par des gouttelettes de salive ou les sécrétions des voies aériennes supérieures (ex. : en cas de grippe, méningite…) ;
- *les précautions « contact »* (C) : transmission par contact (ex. : en cas de gale, abcès, diarrhée…).

Les soignants devront :

- revêtir des *protections systématiques* (masque spécifique, gants, surblouse…) dès l'entrée dans la chambre du patient ;
- demander au patient de porter un *masque* simple lors de ses déplacements et *limiter* les déplacements du patient ;
- attribuer une *chambre individuelle* au patient (garder la porte fermée, avec un « logo » de signalement) ;
- veiller au *bionettoyage* quotidien de la chambre ;
- utiliser au maximum du matériel à usage unique.

c. Les précautions particulières pour l'isolement protecteur

Cet isolement est destiné aux personnes très fragiles (ex. : patients immunodéprimés, brûlés, greffés…).
Les soignants devront, en plus des précautions vus précédemment (isolement septique), utiliser :
- du matériel ***stérile*** pour les grands brûlés ;
- du matériel ***à usage unique*** pour les autres patients.

C Les règles des circuits en milieu hospitalier

Il existe deux types de circuits en milieu hospitalier :
- *le circuit propre.* C'est un circuit où sont acheminés tous les matériels et objets propres ;
- *le circuit sale.* C'est un circuit où sont acheminés tous les produits sales.

Parmi les circuits du matériel et objets, citons tout particulièrement le circuit du linge et celui des déchets.

a. Le circuit du linge

Le linge est contaminé par de multiples micro-organismes (sueur, selles, urines). La manipulation de ce linge doit être précautionneuse (voir ci-après le rôle de l'AS).

b. Le circuit des déchets

Les *Déchets d'activités de soins* (DAS) sont des déchets issus des soins donnés aux patients. Parmi ces déchets, il y a les DASRI (*Déchets d'activités de soins à risques infectieux*) et les DAOM (*Déchets assimilables aux ordures ménagères*). Ils subissent un tri différent selon la catégorie à laquelle ils appartiennent. L'AS y participe activement (cf. plus loin le rôle de l'AS).
Les déchets sont éliminés de façon différente selon la catégorie à laquelle ils appartiennent. Les DASRI subissent une incinération autour de 1 200°C (cela peut atteindre jusqu'à 1 600°C dans certains cas) dans des usines spécifiques.

3 Observation-Réflexion (rôle de l'AS)

A Le rôle de l'AS dans le circuit du linge

Afin de faciliter le circuit du linge, l'AS doit respecter *les règles du pré-tri,* à savoir :
- dégager du linge les objets indésirables (lavettes, sparadraps, pinces, ciseaux…) ;

- dérouler les manches et bas de pantalons ;
- déplier les draps et alèses ;
- vérifier les étiquettes d'identification du linge ;
- vérifier l'hygiène du local où le linge est stocké (propreté, aération…).

Afin de respecter les règles d'hygiène et de sécurité, l'AS doit :

- mettre des gants ;
- ne jamais déposer au sol le linge sale ;
- ne jamais transporter contre soi le linge sale ;
- ne jamais secouer le linge sale ;
- respecter les couleurs des sacs ;
- bien fermer les sacs et ne pas les bourrer ;
- utiliser le système de *double emballage.*

B Le rôle de l'AS dans le circuit des déchets

L'AS doit :

- bien différencier les deux catégories de déchets : DASRI ou DAOM et connaître leurs modes d'élimination respectifs (sacs jaunes et noirs) ;
- s'informer des dispositifs de tri du service et de leurs modes de transports ;
- utiliser les containers pour les objets piquants-coupants-tranchants ;
- utiliser correctement les sacs collecteurs de déchets et s'informer sur la collecte des déchets recyclables ;
- veiller à l'hygiène et la sécurité du stockage des déchets ;
- lors de l'entretien du matériel, veiller à se laver les mains et mettre des gants à usage unique ;
- être en règle au niveau des vaccinations et avoir une hygiène personnelle.

Situation

LÉONIE RESPECTE LES RÈGLES DU CIRCUIT DU LINGE

Léonie (AS) travaille en service de gériatrie. Elle a en charge 3 patients dépendants auxquels elle fait la toilette chaque matin et pour lesquels elle doit renouveler systématiquement la literie. Après les toilettes, Léonie regroupe sur le *chariot à linge* (préalablement nettoyé-désinfecté) tous les draps nécessaires à la réfection des lits.

…

Après avoir mis des gants, elle déborde chaque lit et élimine le linge souillé. Elle le répartit dans des sacs de couleurs différentes. Ces sacs sont restés fixés *au chariot de pré-tri* à la porte de la chambre. Léonie veille à bien répartir les catégories de linge, tout en respectant les *règles d'hygiène et de sécurité* : ne pas porter le linge sale contre soi et ne pas déposer de linge au sol. Léonie sait qu'il ne faut remplir les sacs qu'au 3/4 (par mesure d'hygiène) et surtout bien les fermer avant de les entreposer dans le local de stockage du service (les sacs seront descendus vers 12 h à la blanchisserie).
Lorsque sa tâche est achevée, elle veille à nettoyer-désinfecter son chariot et également le porte-sac, puis elle se lave les mains.
À la fin de la matinée, Léonie aura une autre tâche à effectuer, elle devra réceptionner le linge propre (filmé) et le ranger dans un placard réservé à cet usage (elle le stockera derrière le linge encore présent).
Léonie aura ainsi respecté les *règles du « circuit du linge »*.

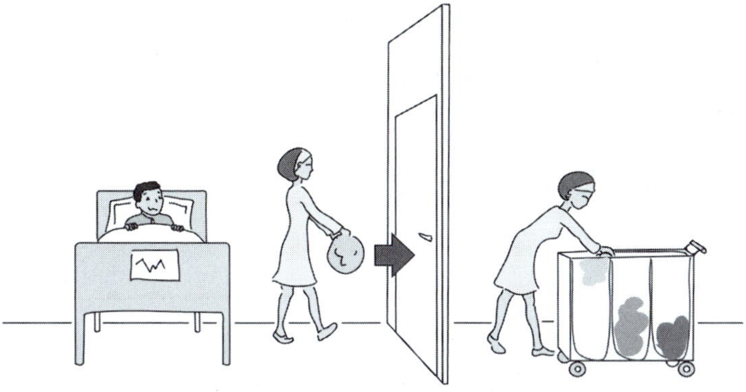

Figure 30 : La 1re étape du circuit du linge.

57 LA PROCÉDURE À SUIVRE POUR LES ACCIDENTS DE TRAVAIL ET LES MALADIES PROFESSIONNELLES

1 Définitions

Il faut différencier différents types d'accidents pouvant survenir en milieu professionnel.

- Est un **accident du travail**, l'accident, qui se produit sur le lieu de travail ou au cours de déplacements professionnels ou pendant le trajet allé et retour entre son domicile et le lieu de travail.
- Est une **maladie professionnelle**, la maladie contractée par le travailleur au cours de son activité salariée et elle est la conséquence de son exposition à un risque, qu'il soit chimique, biologique ou physique. Pour être avérée, une maladie professionnelle doit répondre à des critères précis il existe une liste établie par la Sécurité sociale.
- Un **accident d'exposition au sang** (AES) est une exposition accidentelle avec du sang ou un autre liquide biologique contaminé par du sang et comportant une effraction cutanée lors d'une piqûre ou d'une coupure.

2 Notions

A Les formalités administratives lors d'un accident

Des formalités doivent être accomplies à 3 niveaux : par la victime, par le médecin consulté et par l'employeur, dans des délais précis.

a. Le jour de l'accident : consulter un médecin

La victime doit consulter son médecin qui établira un certificat médical précis (décrivant l'état de la victime) et rédigera si nécessaire un arrêt de travail.
Le certificat médical est fait en 3 exemplaires : un est remis à la victime, un est remis à l'employeur, un est remis à la caisse d'assurance maladie.

b. Dans les 24 h à 48h : déclarer l'accident

- **La victime** doit informer son employeur de l'accident et remplir une déclaration d'accident (formulaire).
- **L'employeur** est chargé de prévenir par écrit la caisse d'assurance maladie dans les 48 h suivant l'accident de travail et il doit remettre au salarié une feuille d'accident de travail en plusieurs exemplaires afin qu'il puisse bénéficier de la gratuité de tous les soins.

c. À la fin des soins : consulter à nouveau le médecin

La victime doit consulter à nouveau son médecin afin que celui-ci établisse un certificat de guérison et une reprise du travail si nécessaire, ou, à l'inverse, le constat d'une incapacité (totale ou partielle) avec un arrêt de travail définitif.

B Les indemnités prévues

Il y a deux sortes de prestations prévues dans le cas d'un accident ou d'une maladie :

a. Les prestations en nature

Sont pris en charge à 100 % les frais de pharmacie, de soins médicaux, d'hospitalisation et de rééducation.

b. Les prestations en espèces

C'est le versement d'indemnités journalières et éventuellement d'une rente. Une rente peut être versée en cas de constat d'une incapacité totale ou partielle.
Les nouveaux arrivants, lors de leur prise de fonction, doivent être avertis de l'existence de toutes ces procédures et les soignants déjà en poste sont tenus de les informer.

C Les principaux risques et leur prévention

a. Les types d'accidents ou de maladies selon les risques

Risques chimiques	Risques microbiens	Risques physiques
Accidents de travail brûlures cutanées ; projections de produits chimiques.	**Accidents de travail** AES par piqûre, coupure ou projection de sang.	**Accidents de travail** lumbago ; sciatique, entorse, fracture...
Maladies professionnelles asthme ou autres affections respiratoires ; allergies, affections cutanées	**Maladies professionnelles** maladies infectieuses contractées lors des soins (type, hépatites A, B ou C). méningite	**Maladies professionnelles** lumbagos hernies discales, etc.

b. Les moyens de prévention selon les risques

Risques chimiques	Risques microbiens	Risques physiques
Matériel de sécurité (gants, masques pour la manipulation des produits) - Produits prêts à l'emploi (pour limiter les manipulations) - Commandes de produits non allergisants	- Vaccins obligatoires - Respect des règles d'hygiène et de sécurité et des protocoles - Usage de matériel de sécurité - Formations régulières du personnel par le Clin	- Respect des règles de manipulation - Usage de matériel ergonomique (améliorant les conditions de travail) - Formation du personnel à la manutention

D La procédure à suivre en cas d'AES (Accident d'exposition au sang)

a. Le risque

Le sang ou les liquides biologiques (tels que les urines) peuvent transmettre différents micro-organismes susceptibles de provoquer des infections.

Parmi les plus dangereux, citons :

- *le virus de l'immunodéficience humaine (sida, VIH) ;*
- *le virus de l'hépatite B (CHB) ;*
- *le virus de l'hépatite C (VHC).*

Malgré les mesures préventives, le risque d'accident du travail ou de maladie professionnelle est le plus souvent dû à une erreur humaine. Ce qui prouve que la sécurité reste l'objectif numéro 1 de l'inspection du travail.

b. La procédure

Le personnel de soins confronté à un AES, devra :

- **Faire des soins immédiats**

Il faut :

- nettoyer à l'eau et au savon (sans faire saigner) et bien rincer (afin de réduire le temps de contact avec le sang) ;
- réaliser une antisepsie (en utilisant un produit chloré) ;
- si projection dans les yeux, rincer à l'eau ou avec du sérum physiologique pendant 10 minutes.

- **Consulter dans l'heure un médecin**

Celui-ci devra évaluer le degré du risque infectieux et indiquer la marche à suivre pour freiner le processus infectieux.

- **Faire une déclaration d'accident dans les 24 h**

Elle est obligatoire. Il faut y noter :
  - la date et l'heure de l'accident ;
  - les circonstances précises.

- **Respecter le suivi médical et le traitement adapté au risque**

Entreprendre une prophylaxie et se faire suivre par la médecine du travail.

3 Observation-Réflexion (rôle de l'AS)

Afin de prévenir l'AES, le personnel et l'AS en particulier devra :
- respecter les protocoles de soins du service ;
- mettre en place les précautions générales, dites standards (quel que soit le statut infectieux) ;
- décontaminer les surfaces souillées de sang avec de l'eau de Javel ;
- respecter les emballages pour les linges souillés de sang ;
- ne pas pousser les aiguilles avec les doigts dans les conteneurs ;
- ne jamais recapuchonner ni plier les aiguilles après usage ;
- ne jamais dégager à la main les aiguilles des vacutainers mais utiliser les encoches des containers ;
- avoir les vaccinations en règle (dont celle contre l'hépatite).

Situation

MARINA (AS) SE BLESSE À L'HÔPITAL

Marina (AS) travaille dans un service de médecine à l'hôpital de sa commune. Elle doit chaque matin réaliser plusieurs toilettes auprès des patients. Elle est organisée, mais souvent stressée car la charge de travail est très lourde.

Ce matin, alors qu'elle voulait changer la lame de rasoir d'un des patients (monsieur D.), elle se blesse au doigt.

...

Victime d'un AES, Marina connaît la procédure et va la suivre.
Dans un premier temps, elle va immédiatement nettoyer et désinfecter la plaie et, dans un deuxième temps, elle se rend au service des urgences (où se trouve le docteur B., médecin référent des AES). Marina avertit madame L., cadre de santé (la responsable de son service), de l'accident. Cette dernière vérifiera la présence ou non dans le sang du patient des virus hépatites B ou C et du virus du Sida.
Le médecin fait les investigations nécessaires pour juger de la gravité de l'accident et des risques encourus (Marina est-elle vaccinée contre l'hépatite B ? Oui. Le patient (monsieur D.) est-il porteur de l'un des virus sus nommés ? : Non).
Dans le cas de Marina, le médecin ne jugera pas utile de lui prescrire un traitement préventif antirétroviral, toutefois un suivi est mis en place.
Marina fait une *déclaration d'accident de travail.*

Remarque

LA RESPONSABILITÉ PARTAGÉE

L'employeur a donc un rôle important en matière de prévention des accidents de travail, mais il ne faut pas oublier que chaque professionnel de santé prend ses propres responsabilités et qu'au cours de sa pratique quotidienne, il doit respecter :

- toutes les recommandations et les protocoles établis pour prévenir les risques ;
- utiliser le matériel de protection prévu par l'établissement.

Contrôle des connaissances

Cochez la (ou les) bonne(s) réponse(s).

1. L'infection nosocomiale est une infection qui :
   a. était présente avant l'admission en service de soins
   b. se manifeste 6 jours après l'admission
   c. se manifeste 48 h après l'admission
2. L'infection nosocomiale concerne :
   a. les personnels de soins
   b. les patients
   c. les visiteurs (familles, amis...)
3. Lors de la « transmission indirecte », les germes infectieux sont transmis :
   a. par l'intermédiaire de supports (vecteurs)
   b. du sujet malade au sujet sain
   c. du sujet porteur de germes à un sujet sain
4. Les voies de pénétration microbienne dans l'organisme sont multiples. Certains germes infectieux ont des spécificités. (Répondez par VRAI ou FAUX ci-après) :
   a. le virus de la grippe choisit la voie oropharyngée
   b. le virus du Sida choisit la voie urinaire
   c. le virus de l'herpès choisit la voie cutanéo-muqueuse
5. Le phénomène de l'immunité dite « naturelle » se déroule en 3 étapes. Remettez-les dans l'ordre chronologique :
   a. étape sanguine
   b. étape locale
   c. étape lymphatique
6. On appelle « immunité acquise », l'immunité obtenue grâce à :
   a. la lutte des granulocytes (phagocytose)
   b. la vaccination
   c. la diapédèse
7. La vaccination provoque une immunité :
   a. immédiate
   b. durable
   c. active

8. Le mécanisme de la chaîne infectante suit une progression chronologique. Remettez les étapes dans l'ordre :

a. transmission (directe ou indirecte) du germe infectieux 3
b. la personne développe l'infection 4
c. colonisation de l'hôte (en fonction de facteurs favorisants) 2
d. le germe est mis en réserve (réservoir matériel ou humain) 1

9. Les vecteurs de l'infection nosocomiale sont :

a. des objets (ex. : cathéters, endoscopes...) souillés
b. des germes infectieux

10. Il y a infection endogène lorsque :

a. le malade s'auto infecte
b. les germes sont apportés par des vecteurs extérieurs
c. le malade est porteur de germes

11. Le rôle du Clin est de :

a. prendre en charge les victimes d'infections nosocomiales
b. prévenir les risques d'IN par des formations du personnel de soins
c. organiser des vaccinations de masse

12. L'asepsie est une méthode qui vise à :

a. inactiver les micro-organismes au niveau des tissus vivants
b. désinfecter les surfaces en milieu hospitalier
c. empêcher l'apport de micro-organismes là où ils sont indésirables

13. L'antisepsie est une méthode qui vise à :

a. inactiver les micro-organismes au niveau des tissus vivants
b. désinfecter les surfaces en milieu hospitalier
c. empêcher l'apport de micro-organismes là où ils sont indésirables

14. Les antiseptiques exercent leurs actions selon différents modes. Attribuez à chaque mode sa définition :

a. bactéricide	**1.** tue les virus
b. fongicide	**2.** tue les champignons pathogènes
c. virucide	**3.** freine le développement bactérien
d. bactériostatique	**4.** tue les bactéries

15. Trois principes d'hygiène sont à respecter lors de l'entretien d'un local. (Répondez par VRAI ou FAUX).

a. nettoyer en allant du plus près au plus loin du patient V
b. nettoyer en allant du haut vers le bas V
c. nettoyer en allant du sale au propre F

16. La méthode de « nettoyage à la godille » est utilisée de préférence pour nettoyer :

a. les couloirs

b. les salles de bains

c. le sol de la chambre

17. Il y a 4 grandes zones à risque pour déterminer le choix ou non d'un bionettoyage. Attribuez à chacune leurs définitions :

a. zone 1	**1.** accueille malades très affaiblis (grands brûlés)
b. zone 2	**2.** accueille malades infectieux et fragiles
c. zone 3	**3.** accueille malades non contagieux
d. zone 4	**4.** n'accueille pas de personnes malades

18. Chaque produit de nettoyage a une action bien spécifique que tout professionnel doit connaître. Attribuez à chacun sa spécificité :

a. les abrasifs	**1.** évitent la dispersion des poussières
b. les détartrants	**2.** décollent les salissures
c. les agglutinants	**3.** nettoient divers supports
d. les détergents	**4.** ôtent les dépôts de tartre sur les sanitaires

19. Peuvent être stérilisés dans un autoclave :

a. les appareils médicaux (ex. : stéthoscopes...)

b. les tissus (ex. : draps, blouses, compresses...)

c. les caoutchoucs (ex. : tétines)

20. Le local où sont stockés les produits de nettoyage doit être :

a. humide et chaud

b. sec et frais

d. ventilé

21. Reliez chaque type d'isolement à ses objectifs et indications :

a. l'isolement septique	**1.** objectif : empêcher la diffusion de germes en provenance du patient
b. l'isolement protecteur	**2.** objectif : empêcher l'entrée de germes dans l'environnement du patient

22. Reliez chaque type de précautions à ses indications :

a. les précautions standards	**1.** s'appliquent à tous les types d'isolement
b. les précautions particulières	**2.** s'appliquent à l'isolement septique et protecteur uniquement

23. Entrent dans les précautions standard les mesures suivantes :

a. le lavage des mains

b. les protections lors de certains soins

c. la chambre individuelle
d. l'usage de matériel stérile

24. Entrent dans les précautions particulières les mesures suivantes :
a. les limitations aux déplacements
b. les protections (masques, lunettes...) systématiques
c. la chambre individuelle
d. l'usage de matériel à usage unique

25. La gestion du linge en milieu hospitalier impose certaines règles. Les affirmations suivantes sont-elles correctes ?
a. le « pré-tri » du linge se fait dans la chambre du patient
b. le linge sale ne doit pas être déposé au sol
c. le linge sale ne doit pas être porté contre soi

26. Les accidents et les maladies professionnelles peuvent être associés à des risques précis. Reliez-les entre eux :

a. brûlures cutanées, allergies	1. risques microbiens
b. lumbagos, fractures	2. risques physiques
c. hépatites, méningites, AES	3. risques chimiques

27. Les pathologies ci-après peuvent être associées à des accidents du travail ou à des maladies professionnelles. Reliez-les entre elles :

a. brûlures	
b. asthme	1. maladies du travail
c. AES	2. maladies professionnelles
d. fractures	

28. Pour chaque risque, la prévention a mis en place des mesures adaptées. Reliez-les entre elles :

a. protections (gants, masque)	1. risques microbiens
b. règles de manutention	2. risques physiques
c. vaccins	3. risques chimiques

29. En cas d'AES la procédure à suivre respecte un ordre chronologique précis. Remettez les étapes dans l'ordre :
a. consulter un médecin
b. faire une déclaration d'accident
c. respecter un suivi médical
d. faire des soins immédiats

30. Le sang ou les liquides biologiques peuvent transmettre différents germes infectieux. Les germes suivants sont ceux les plus redoutés lors d'un AES :
a. colibacilles

b. VHB, VHC
c. streptocoque
d. VIH

CORRIGÉ

1. c ; **2.** a, b, c ; **3.** a ; **4.** a, c = VRAI ; **5.** b, c, a ; **6.** b ; **7.** b, c ; **8.** d, a, c, b ; **9.** a ; **10.** a ; **11.** b ; **12.** c ; **13.** a ; **14.** a4, b2, c1, d3 ; **15.** a, b = VRAI ; **16.** c ; **17.** a4, b3, c2, d1 ; **18.** a2, b4, c1, d3 ; **19.** b, c ; **20.** b, c ; **21.** a1, b2 ; **22.** a1, b2 ; **23.** a, b ; **24.** a, b, c, d ; **25.** b, c ; **26.** a3, b2, c1 ; **27.** a1, b2, c1, d1 ; **28.** a1, 3, b2, c1 ; **29.** d, a, b, c ; **30.** b, d

MODULE 7

Transmission des informations

58 LE DOSSIER DE SOINS

1 Définition

Le dossier de soins est un document qui contient plusieurs **fiches relatives aux soins**. Il suit le parcours du patient et relate sa prise en charge par tous les professionnels de santé. Son contenu est réglementé par la loi[1]. Le patient peut y avoir accès.

2 Notions

A Le contenu du dossier de soins

De nombreuses fiches composent le dossier de soins.

a. La fiche d'accueil du patient

Cette fiche permet d'identifier le patient et comporte (entre autres) :

- l'état civil et la situation socio familiale du patient ;
- la date d'entrée dans le service, le motif de l'hospitalisation ;
- la personne à prévenir en cas d'urgence ou « la personne de confiance » désignée par le patient ;
- le problème linguistique éventuel, etc.

b. La fiche de recueil de données

Cette fiche donne des informations (entre autres) sur :

- l'aspect physique, l'état psychologique du patient ;
- l'habitat, l'entourage social, les habitudes de vie ;
- les besoins perturbés, la DDS, les feuilles de surveillance spécifique…

c. La fiche de prescriptions médicales

Cette fiche comporte :

- le nom du médecin prescripteur ;
- le nom des médicaments prescrits au patient (avec le nombre de prises et la voie d'administration et la durée du traitement).

1. Lois du 4 mars 2002 et du 29 avril 2002.

d. La fiche d'examens complémentaires

Cette fiche comporte :
- le nom du médecin prescripteur et sa signature ;
- la nature des examens et la date d'exécution prévue pour ceux-ci.

e. La fiche du projet de soins

Cette fiche comporte les problèmes de santé du patient, dont les diagnostics infirmiers et les actions de soins.

f. La fiche diagramme de soins et de surveillance

Cette fiche comporte les courbes (de température, de poids, de taille), les soins d'hygiène et de sécurité (toilette, change, etc.). Sur chaque fiche figurant la date et l'heure de soin et le nom et la signature de l'exécutant (IDE, AS ou AP).

g. La fiche des transmissions

Cette fiche signale les événements significatifs survenus chez le patient (cf. chapitre les transmissions ciblées).

h. La fiche synthèse et liaison

Cette fiche est établie en vue d'un transfert du patient dans un autre service (bloc opératoire, consultations...) et comprend la présentation du patient à l'accueil dans le service et l'évolution de son état au cours du séjour, etc.

B Le dossier de soins informatisé

De nombreuses activités de soins peuvent être informatisées. Citons, à titre d'exemples, les protocoles de soins et les recueils de données.

a. Les intérêts

Pour les services de soins, l'informatique permet de :
- *centraliser les informations* ;
- *accélérer les échanges* ;
- *établir des statistiques*.

b. La mise en garde

Le dossier de soins informatisé doit être conforme à la loi dite *informatique et libertés* qu'a mise en place le CNIL (Conseil national informatique et libertés). Cette dernière veille à ce que les informations relatives à la vie privée des personnes soient protégées. La loi garantit aussi le droit pour chaque personne d'accéder aux informations obtenues par les institutions et les professionnels. Chacun peut consulter les données le concernant.

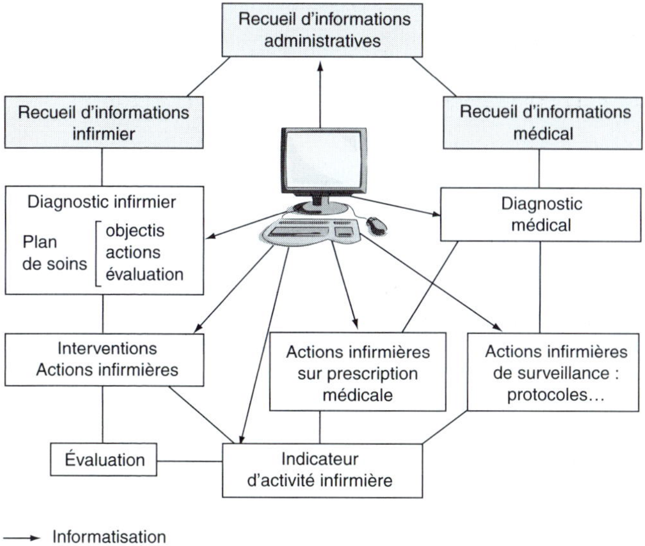

Figure 31 : Quelques activités de soins informatisées (liste non exhaustive).

3 Observation-Réflexion (rôle de l'AS)

La gestion des dossiers doit reposer sur une bonne organisation avec des responsabilités définies pour chaque soignant. En effet, les dysfonctionnements dans la gestion des dossiers de soins peuvent entraîner des conséquences allant de la simple perte de temps à des défauts majeurs de la prise en charge des patients.

L'AS veillera à :

- *être respectueuse du patient* dans ses écrits sur le dossier de soins. Elle devra ne marquer que les faits et éviter les jugements de valeur, les opinions qui seraient contestables car peu objectives. Chaque information notée par un soignant est susceptible d'être lue par le patient, mais aussi par toute l'équipe de soins (voire par les instances de justice, en cas de litige patient-service) ;

Module 7

- *connaître l'ensemble des documents* constituant le dossier de soins afin d'utiliser les bons documents ;
- *transmettre les informations selon ses compétences.* La gestion des dossiers doit reposer sur des responsabilités définies pour chaque soignant.

Situation

L'AVIS DE L'AS EN SERVICE DE CHIRURGIE SUR LA TRAÇABILITÉ INFORMATIQUE DU CIRCUIT DES INSTRUMENTS

« Depuis que je me suis familiarisée à la *pratique de l'informatique* lors de ma formation, je ne sais plus m'en passer », nous dit Célia (AS en chirurgie). « Dans le service où je travaille, j'ai accès rapidement à la *traçabilité* de tous les soins faits à un même patient et la qualité de mes transmissions s'en trouve améliorée ». Mais elle relate un autre aspect intéressant de l'informatique en milieu chirurgical : c'est la *traçabilité des instruments de chirurgie.* Pour chaque boite, le contenu est clairement identifié par la lecture d'une puce. On peut *connaître chaque étape du circuit* (de la désinfection, au lavage, au conditionnement, à la stérilisation, au stockage). Ainsi, (grâce au logiciel informatique) il est à présent possible d'identifier et de localiser une boite d'instruments par consultation de l'ordinateur. *La sécurité* est renforcée puisque chaque instrument est relié à un patient opéré (on sait *Qui* a fait *Quoi* et *Quand*). Toutefois, la manipulation informatique reste un *sujet sensible* pour beaucoup de soignants et des formations sont demandées pour un grand nombre d'entre eux à leur direction.

Remarque

Le décret, relatif aux actes professionnels et à l'exercice de la profession d'infirmier, précise que « les soins relevant du rôle propre de l'infirmier peuvent être dispensés avec la collaboration des aides-soignants et des auxiliaires de puériculture dans la limite de leur qualification et du fait de leur formation » (voir chapitre 8).
L'enseignement de l'informatique a été introduit dans la formation AS par l'arrêté du 22 octobre 2005.

59 LES TRANSMISSIONS CIBLÉES ET LE DIAGRAMME D'ACTIVITÉS DE SOINS

1 Définitions

- **La transmission** est l'acte par lequel on transmet, c'est-à-dire on fait circuler une information, un message, on met en œuvre des moyens de liaison dans un but précis. À l'hôpital, il y a 2 formes de transmissions : écrites et orales.
- **La transmission ciblée** est une méthode de transmissions écrite qui permet de comprendre rapidement la situation du patient et le processus de soins. *La cible* est ce qui est visé en priorité. Il s'agit d'une information concise sur un événement particulier représentatif de l'état du patient.

2 Notions

A Les caractéristiques des transmissions ciblées

Nous allons réfléchir à la méthode des transmissions ciblées selon la formule mnémotechnique du QQQOCP.

Q (Quoi ?) *Que regroupent les transmissions ciblées ?*

Elles regroupent deux documents complémentaires :

- la cible (et parfois la macro cible) ;
- le diagramme de soins et de surveillance du patient.

Q (Qui ?) *Qui rédige les transmissions ciblées ?*

Ce sont les soignants au sens large (IDE, PDE, AS ou AP…) qui rédigent les transmissions ciblées.

Q (Quand ?) *Quand sont rédigées les transmissions ciblées ?*

Les transmissions ciblées sont rédigées par les soignants au cours de leur service et sont lues par les différentes équipes de soins lors des relèves (3 à 4 par 24 h).

C (Comment ?) *Comment se présentent les 2 documents ?*
Ils se présentent ensemble puisqu'ils se complètent.
O (Où ?) *Où sont conservés les documents ?*
Les documents sont conservés dans le dossier de soins du patient. Aucun document ne doit être laissé dans la chambre du patient.
P (Pourquoi ?) *Quels sont les intérêts généraux des transmissions ciblées ?*
Les transmissions ciblées permettent de :
- avoir une vision globale de l'état de santé du patient ;
- connaître les problèmes prioritaires du patient au jour donné (ex. : anxiété, douleur) ;
- faciliter l'organisation des soins par l'équipe et responsabiliser les soignants (ils signent leurs écrits) ;
- constituer un document légal (en cas de problème juridique).

Objectif global

Les transmissions ciblées doivent répondre aux exigences de qualité de soins, qui sont :
- la *lisibilité*, la *traçabilité*, la *continuité* des soins ;
- le *respect* et la *sécurité* du patient.

B La signification de la cible

La cible peut avoir plusieurs significations pour le personnel de soins. Elle peut indiquer :
- une *modification* de l'état de santé du patient (ex. : une hyperthermie) ;
- un *problème*, une préoccupation particulière (ex. : une douleur, une agitation) ;
- une *réaction* au traitement ou à l'alitement (ex. : une éruption allergique) ;
- un *événement* lié à l'hospitalisation (ex. : retour du bloc ou 1er lever après l'opération) ;
- une *intervention* d'autres professionnels de santé (ex. : la rééducation par le kinésithérapeute, la consultation avec le psychologue, l'ophtalmologiste, etc.) ;
- un *diagnostic infirmier* (ex. : une escarre ou un érythème).

La cible ne doit pas :
- retranscrire des soins infirmiers ou aide-soignant (c'est le rôle du diagramme de soins) ;
- faire état d'un diagnostic médical. Par exemple, le soignant peut écrire : le patient se plaint de sensations de « brûlure en urinant ou à la miction » et non « problème urinaire » (mot trop imprécis) ou « infection urinaire » (diagnostic médical).

C La signification du DAR

Toute cible renvoie au DAR. Il s'agit d'une information classée selon trois rubriques : Données, Actions et Résultat (DAR).

a. Les Données

Ce sont des informations ou des observations émises par les soignants. Elles peuvent être objectives ou subjectives. Elles valident la cible.

b. Les Actions

Ce sont les soins réalisés (ou à réaliser) par les soignants à partir de l'analyse de la situation du patient. Les actions doivent répondre au problème défini par la cible. Elles sont centrées à la fois sur :

- *le patient.* Il s'agit de soins réalisés par les IDE et les AS ou les puéricultrices et les AP en collaboration. Par exemple les soins d'hygiène et de confort : toilette, change... ;
- *la maladie.* Il s'agit de soins réalisés par l'infirmier(e) (ou la puéricultrice) selon son rôle propre.

c. Le Résultat

C'est la conséquence des actions, réalisées sur le patient. On peut observer une amélioration de son état, pas d'amélioration ou une aggravation.
En fonction des résultats, une nouvelle cible peut être ouverte.

d. Exemple de transmissions ciblées (extraits)[1]

Date/heure	Cible		Transmissions	Nom et signature
8 mai				Madame A. (IDE)
9 h	Hyperthermie	D	39° et frissons à 9 h	
		A	- Interne appelé à 9h15 - Traitement : Aspégic 1 000 xg Antibiotique xg	
13 h		R	- 38,1°, pas de frissons	Madame B.(AS)

D Les caractéristiques du diagramme d'activité de soin

Le diagramme de soins est élaboré par les soignants. Les soignants listent les soins en fonction des pathologies des malades.

1. Par souci de concision, nous ne pouvons reproduire l'intégralité du document. Pour plus de détails, nous invitons le lecteur à se reporter au livre de référence (le *Guide AS*).

Ces soins sont classés en différentes catégories. Exemples : soins de base (hygiène, confort…) ; soins techniques ; soins relationnels et éducatifs.

a. Lecture

La lecture *verticale* des activités de soins donne une photographie de la personne avec son niveau de dépendance.
La lecture *horizontale* renvoie à l'évolution des soins.

b. Validation

Tout soignant doit valider les soins (IDE, Puéricultrice, AS ou AP, stagiaires, etc.) en indiquant son nom et sa fonction. Ainsi, chacun est responsabilisé.

c. Exemple de diagramme de soins (extrait)[1]

Nom du patient										
Catégories de soins	**Soins**	**7 mai**			**8 mai**			**9 mai**		
		M	AM	N	M	AM	N	M	AM	N
Hygiène **Confort**	- bain, douche - habillage									
Sécurité	- barrières de sécurité - matelas anti-escarre									

3 Observation-Réflexion (rôle de l'AS)

L'aide-soignant, dans un temps bien défini : lit les transmissions de l'équipe dès son entrée en service. Il prend connaissance de :

- *l'état clinique du patient* (ex. : paramètres vitaux, sommeil, appétit, besoins perturbés…) ;
- *ses capacités, son autonomie, son état psychologique.*

Nanti de toutes ces informations, l'AS comprend l'objectif de soins qu'il doit réaliser pour tel ou tel patient. Prenons un exemple : s'il s'agit d'une aide au repas, l'aide-soignant s'informe du régime alimentaire du patient ; de l'existence d'un

1. Par souci de concision, nous ne pouvons reproduire l'intégralité d'un diagramme d'activité de soins. Pour plus de détails, nous invitons le lecteur à se reporter au livre de référence (le *Guide AS*).

risque de fausse route, ou du degré d'autonomie du patient et il en tirera les conséquences pour *adapter son action* auprès du patient (c'est *la personnalisation des soins*).
L'AS *complète le diagramme d'activités de soins* et fait ses *transmissions* après les soins. Il veille à compléter la cible et le diagramme de soins du patient dont il a la charge et à mettre à jour les différents éléments du dossier de soins : *courbes, graphiques, signes, échelles.* Il respectera impérativement les directives de l'IDE et les codes du service.

Situation

De l'information à l'action, le rôle de Clémence en neurologie

Clémence (AS) commence son travail à 7 h en service de neurologie. Elle doit prendre en charge monsieur A. (75 ans) atteint d'une hémiplégie droite à la suite d'un AVC.
Elle lit dès son arrivée la *planification* des soins et le *cahier de transmission avec les données suivantes :*

- *les paramètres vitaux :* tension 14/7, température 37,5° ;
- *la nature du sommeil :* monsieur A. a pris un Témesta à 22 h (nuit calme) ;
- *l'appétit :* monsieur A. a peu d'appétit (n'a pris qu'un potage au dîner d'hier soir à 19 h) ;
- *l'état psychologique :* monsieur A. se replie sur lui, parle peu, est triste (il demande sa fille, pleure) ;
- *le degré d'autonomie :* monsieur A. a besoin d'une aide totale pour tous les soins (toilette au lit, aide au repas).

Nantie de toutes ces données, Clémence va faire la *toilette* de monsieur A. sous l'angle d'un *soin relationnel.* Elle veillera tout d'abord à l'aider à prendre son petit déjeuner et à le stimuler à manger (puisqu'il n'a pris qu'un potage la veille au soir). Clémence, lors de l'aide au repas, veillera à *stimuler* au maximum *l'autonomie restante* du patient et elle aura le souci de le questionner et de l'écouter pour tenter de comprendre son problème relationnel. Après quoi Clémence rédigera ses *transmissions* et cochera les cases du *diagramme d'activités de soins* (toilette, repas, réfection du lit...).

...

Remarque

L'AS RÉFLÉCHIT À L'AMÉLIORATION DE LA QUALITÉ DES SOINS

L'AS veille, lors des transmissions écrites, à être à la fois *clair, précis et concis* :

- *est clair* ce qui se comprend *immédiatement,* ce qui est lisible ;
- *est précis* ce qui cerne le plus *important* de l'information ;
- *est concis* ce qui dit *l'essentiel* en peu de mots.

L'AS veille à ce que les transmissions ciblées (avec le principe des cases à cocher) n'enferment pas les soins dans des grilles standards. En conséquence, il doit en permanence se questionner pour améliorer la qualité des soins au patient. Il est évident que dans la situation précédente le *problème psychologique du patient* doit être bien ciblé par écrit, et même complété par la transmission orale, afin d'être solutionné au mieux.

60 LES TRANSMISSIONS ORALES ET L'EXPOSÉ ORAL

1 Définition

- **Les transmissions orales** sont les échanges d'informations entre deux équipes de soins. Elles fournissent des informations précises sur les soins. Cependant, malgré leur intérêt, elles ont besoin d'être complétées par les transmissions écrites (vues précédemment).
- **L'exposé oral** est une intervention d'une durée variable qui s'adresse à un groupe plus ou moins important de personnes. Il s'apparente à une mini-conférence.

2 Notions

A Les transmissions orales

La transmission orale est un temps d'échange qui favorise la concentration, le dialogue entre soignants et permet une prise de décision concertée.

a. L'organisation

Il est essentiel que tous les professionnels de l'équipe soient présents à certains moments-clés de la journée, notamment lors de la relève. Il y a au moins deux relèves par 24 h, voire trois :

- relève de l'équipe du matin à l'équipe de l'après-midi ;
- relève de l'équipe de l'après-midi à l'équipe du soir ;
- relève de l'équipe du soir à l'équipe du matin.

La réunion de transmission permet à tous les professionnels de participer (chacun à leur niveau) à la mise en route du projet de soins personnalisé pour chaque patient. Généralement, cette réunion se fait avec le dossier de soins lors du changement d'équipe. Elle est programmée pour ne pas être interrompue sans arrêt, mais les transmissions orales se font aussi à tout moment de la journée entre partenaires de soins, dans l'intérêt du patient.

b. Le déroulement

Lors d'une réunion, l'infirmier et l'aide-soignant qui transmettent les informations se mettent côte à côte (comme ceux qui reçoivent la transmission), de préférence autour d'une table.

1er temps (présentation)

- L'infirmier situe l'hospitalisation du patient dans le temps (ex. : « aujourd'hui, on est à J+3 de l'appendicectomie de A. Il a pris son petit déjeuner, il est calme… »
- L'infirmier ouvre ensuite le dossier de soins à la page du diagramme d'activités de soins.

2e temps (discussion)

- L'aide-soignant prend la parole et expose les soins et la surveillance qu'il a effectués auprès de ce patient.
- Les autres soignants (ou autres partenaires de soins) peuvent également intervenir à propos de ce patient.

3e temps (analyse)

L'évolution de l'état clinique du patient est analysée ; les cibles sont réactualisées et précisées.

4e temps (mise au point)

Les deux équipes réajustent les objectifs de soins, les actions à mener et l'évaluation des résultats sont programmées. C'est un temps de réadaptation des transmissions écrites. Les équipes font le point.
Ainsi, *un projet de soins* commun est établi pour un même patient. La *continuité des soins* est assurée par la relève.

c. Les intérêts des transmissions orales

Les transmissions orales permettent de :

- donner des *informations* sur les soins donnés au patient, son comportement, ses besoins, etc. ;
- assurer la continuité des soins ;
- mettre en place des objectifs de soins, les évaluer, les actualiser, les réajuster, etc. ;
- débattre sur certaines *situations « à problème »* avec les partenaires de soins.

d. Les risques des transmissions orales

Comparées aux transmissions écrites, les transmissions orales présentent des risques de :

- *perte* de l'information ;
- *déformations* : approximations, erreurs, oublis… ;
- *limitation de la coopération* : l'échange est *interpersonnel* (généralement une seule personne est informée et non l'équipe).

L'information orale doit donc être complétée par l'information écrite.

B L'exposé oral

Faire un exposé, c'est présenter oralement un sujet. Celui qui fait l'exposé veillera à bien connaître le groupe de personnes auquel il doit s'adresser afin de préciser les *objectifs* à atteindre en fonction des *attentes* et des *besoins*. L'AS peut être amené, lors de sa carrière, à se trouver en position d'orateur.

a. La méthodologie de la préparation d'un exposé

L'orateur prépare l'exposé en s'aidant de la méthode du QQQOCP (il veillera ici à placer le « pourquoi » au début de sa réflexion).

P	**Pourquoi ?**	Quels sont les objectifs ?	- S'interroger : cet exposé a pour but de former ? d'informer ? d'échanger des savoirs ?
Q	**Quoi ?**	Quel est le thème de la réunion ?	- Faire un plan très structuré de son exposé en fonction du sujet
Q	**Qui ?**	Quel est le public concerné ? (collègues de travail, stagiaires)	- S'informer du type d'auditeurs afin d'adapter le contenu et la forme de l'exposé
Q	**Quand ?**	Quel jour ? Quelle heure ?	- S'assurer du jour et de l'heure auprès du responsable et de la durée prévue pour l'exposé
C	**Comment ?**	Quels moyens utiliser ?	- Prévoir des documents (graphiques, photos, diagrammes, courbes de poids, de taille...) - Consulter des personnes ressources (cadres, IDE, PDE)
O	**Où ?**	Dans quelle salle ?	- S'assurer de l'aménagement de la salle (présence ou non de tableaux, de micros, d'outils de projection. En vérifier le fonctionnement, se familiariser avec leur maniement si nécessaire)

b. Le rôle de l'orateur

L'orateur veillera à être compris, écouté et entendu.

Être compris

Il doit :

- soigner l'expression verbale ;
- segmenter l'exposé ;

– utiliser des phrases simples et courtes ;
– employer un vocabulaire commun (termes connus du groupe), varier le débit ;
– varier les supports de communication (vidéo, polycopier, tableau) ;
– être attentif aux réactions de l'auditoire. Exemples : une mimique de désapprobation, des manifestations d'ennui ou d'intérêt…
– susciter immédiatement l'attention sur le thème abordé ;
– s'assurer que l'auditeur a bien compris le message ou relancer le débat.

Être écouté

Il doit :
– accepter les silences ;
– laisser aux gens le temps d'intégrer les propos entendus ;
– regarder l'auditeur, pour l'assurer qu'on parle pour lui, donc c'est solliciter son attention, faciliter sa prise de parole, le mettre en confiance.

Être entendu

Il doit :
– préparer la salle, les chaises, les éclairages dans le but d'installer correctement les auditeurs ;
– parler avec un volume suffisant, mais pas trop fort ;
– questionner le public sur le niveau sonore (satisfaisant ? insuffisant ?).

3 Observation-Réflexion (rôle de l'AS)

L'AS participe activement à la réunion pluridisciplinaire d'informations, car elle lui permet de :
- entretenir le sentiment d'appartenance à une équipe ;
- exprimer les difficultés rencontrées au cours des soins ;
- trouver des solutions pertinentes (par des échanges d'idées) dans l'intérêt du patient ;
- organiser les soins avec efficacité (en comprenant leurs objectifs) ;
- utiliser correctement les outils de transmissions ;
- harmoniser son travail avec celui des autres membres de l'équipe ;
- s'enrichir des idées partagées avec l'équipe.

Situation

La participation de Yann (AS) à la réunion de transmission pluridisciplinaire

Le temps des transmissions est un temps d'échanges relationnels que Yann (AS), en service de chirurgie, apprécie pour plusieurs motifs. Il nous dit :
« Lors de la réunion de transmission à laquelle je suis convié par le cadre de santé chaque matin avec les autres professionnels, je vois que je vais *être utile au service*. Les informations que je vais donner vont participer à l'amélioration des soins aux patients. C'est *valorisant* et *responsabilisant* pour moi ». Voici comment s'est déroulée la réunion de ce jour :
Tony (l'IDE) a situé l'hospitalisation de la patiente (madame A.) dès le début de la réunion : « Aujourd'hui, on est à J+2 de l'hystérectomie de madame A. Le 1er lever a été réalisé hier sans problème. » Tony ouvre ensuite le dossier à la page *du diagramme d'activités de soins*. Yann prend alors la parole pour commenter les soins qu'il a réalisés à madame A. Puis c'est le tour des autres participants de s'exprimer sur la patiente. Ainsi, l'évolution de son état est évoquée, les *cibles* permettent d'analyser et d'actualiser les soins, de réajuster les objectifs et les actions à mener. L'équipe fait le point sur les problèmes particuliers, les préoccupations médicales, les examens prévus et leur préparation (pour certains d'entre eux).
Yann dit qu'il apprécie d'avoir la possibilité d'échanger avec les autres *acteurs de santé* sur son *vécu auprès des patients*. Les transmissions favorisent le *climat de communication* nécessaire au bon fonctionnement d'une équipe de soins autour d'un projet commun.

Remarque

À l'inverse de l'expression écrite, l'expression orale est pratiquée avec plus d'aisance car la profession du soignant est une profession de tradition orale. L'expression orale est plus :
- *simple* (le vocabulaire est familier) ;
- *libre* (l'expression est spontanée...) ;
- *discrète* (l'orateur sait qu'il s'expose moins) ;
- *rapide* (elle nécessite un temps de réflexion moins long).

Notons qu'elle est aussi plus *subjective* (le soignant peut exposer ses sentiments personnels).

61 LA RÉUNION PROFESSIONNELLE

1 Définitions

- **La réunion professionnelle** consiste à réunir des personnes du même service afin d'échanger des idées et des points de vue. À l'hôpital, la réunion est souvent pluridisciplinaire.
- **La pluridisciplinarité** est la mise en commun d'informations émises par différents professionnels (ex. : AS, AP, IDE, PDE, médecins, psychologues, etc.). Elle pousse les soignants à sortir de leurs propres spécialités et à s'ouvrir aux autres.

2 Notions

A Les différents types de réunions

Il existe plusieurs types de réunions auxquelles les soignants peuvent être amenés à participer ; chacune a des objectifs précis. Exemples :

- **la réunion d'information** : elle permet de *transmettre* des informations ;
- **la réunion de discussion** : elle permet d'*échanger* des informations, des opinions, des questions ;
- **la réunion de décision** : elle permet de *résoudre* des problèmes et de rechercher des solutions.

B Le comportement en réunion

Le soignant doit comprendre tout l'intérêt pour lui de participer activement aux réunions du service ; il doit chercher à « se former tout en s'informant ». Toutefois, lorsque l'on participe à une réunion il y a certaines attitudes plus professionnelles que d'autres.

a. Les attitudes positives

Pour qu'un groupe soit productif, il faut :

- être coopératif ;
- écouter ;

- ne pas couper la parole ;
- être concis, bref ;
- parler en son nom ;
- éviter la critique, la mise en cause des personnes, les jugements de valeur ;
- atténuer les tensions dès qu'elles apparaissent.

b. Les attitudes négatives

On entend par attitudes négatives le comportement inverse de celui décrit précédemment. Les attitudes négatives existent du fait de personnalités opposées, de rivalités et elles engendrent des conflits qui ne doivent pas perdurer. Le groupe doit savoir évoluer. Un climat trop conflictuel peut mettre en jeu la cohésion du groupe et nuire à sa production.
Un participant peut jouer le rôle de *leader*. Il veillera à la cohésion du groupe et à stimuler les échanges. Il peut être institutionnel par son statut (ex. : cadre supérieur infirmier).
Certains participants ont des difficultés à prendre la parole dans un groupe :

- *ils n'ont rien à dire* parce qu'ils sont d'accord ou parce qu'ils ne sont pas concernés… ;
- *ils ne peuvent pas parler* parce qu'ils ne savent pas ou croient ne pas savoir.
  Le *leader* peut les aider pour les mettre en confiance.

Figure 32

3 Observation-Réflexion (rôle de l'AS)

L'AS veillera à :

- Se *motiver* (même si l'orateur n'est pas passionnant). L'AS doit savoir dire ce qu'il écoute lui permettra d'améliorer ses compétences dans tel domaine ;
- Se *discipliner*. Nous avons vu toutes les attitudes positives à adopter en groupe de travail. Il faudra donc lutter contre toutes les tendances au bavardage, à la mise en cause des personnes. Respecter celui qui parle, c'est ainsi ne pas lui couper la parole.
- Se *concentrer* lorsqu'il écoute quelqu'un :
  - décider de parler moins et d'écouter plus,
  - veiller à ce que son écoute ne soit pas forcée (l'ennui se lit sur le visage) mais avoir une écoute active,
  - bien s'installer (apprendre à oublier son corps, choisir une position droite, diriger le regard vers l'interlocuteur ou l'orateur),
  - intervenir de temps en temps, pour une remarque appropriée et respecter l'autre, même si les avis sont opposés.

Situation

Marion va en réunion...

« À l'heure d'Internet, l'usage du papier diminue, mais l'usage de la parole se porte bien ! » dit une représentante du personnel de l'hôpital X, qui est très souvent convoquée pour des réunions de travail. Souvent, elle doit se *motiver* pour y participer, car elle a tendance à penser spontanément qu'il y a dans les réunions une *perte de temps*. Temps qu'elle préfère accorder à ses patients (puisqu'elle est AS). Afin de se motiver en partant aujourd'hui vers la salle de réunion (où le cadre supérieur doit ouvrir le débat sur la sécurité à l'hopital...), Marion se répète cette phrase : *« lorsque l'on se concentre pour écouter celui qui parle, on découvre que l'on a gravi un échelon dans la connaissance »*. Alors, Marion a donc décidé de *« se concentrer et de se discipliner »*. Elle est représentante du personnel et cela lui donne une responsabilité.

...

Aujourd'hui, en réunion, elle aura une *écoute active*. Marion sait que l'orateur apprécie toujours les questions qu'on lui pose, les remarques que l'on fait à ses propos et aussi tous les petits *signaux du langage non verbal* (cela permet de s'introduire dans le débat et de le faire évoluer).
Marion décide également de *se mettre en situation de réceptivité*. Elle s'installe confortablement afin d'oublier son corps pendant le temps que durera la réunion.
Tout est donc mis en œuvre pour en *tirer profit*.

Remarque

Les mots en italiques favorisent la réflexion sur des éléments importants du comportement en réunion. Par ailleurs l'observation de l'illustration ci-après en dit long sur la personnalité des participants à une réunion de travail.

MODULE 8

Organisation du travail

62 LE RÔLE ET LES MISSIONS DES PROFESSIONNELS DE SANTÉ ET DE LEURS PARTENAIRES SOCIAUX

1 Définitions

Les professionnels de santé sont les personnes qui interviennent dans l'administration de soins ou de services liés au maintien, à l'amélioration ou à la restauration de la santé de l'individu, en fonction de compétences définies par le Code de la santé :

- **le livre 1**[1] reprend l'ensemble des textes réglementant la profession médicale (profession de médecin, de chirurgien dentiste, de sage-femme) ;
- **le livre 2** concerne les professionnels de la pharmacie ;
- **le livre 3** intéresse l'ensemble des auxiliaires médicaux.

Les partenaires sociaux sont les personnes qui émanent des formations sociales ou médico-sociales et qui travaillent en étroite collaboration avec les professionnels de santé (AMP, ASS, AVS, etc.).

2 Notions

A Le rôle et la mission des auxiliaires médicaux

Parmi les auxiliaires médicaux, citons plus particulièrement :

a. Le corps des aides-soignants et des auxiliaires de puériculture

Les compétences de ces professionnels sont orientées autour de plusieurs grands axes : ils collaborent à la dispensation des soins infirmiers[2], en particulier aux soins d'hygiène et de confort et à la surveillance de l'état de santé du patient.

1. Livre du Code de la Santé publique.
2. Cf. La circulaire du 19 janvier 1996 relative au rôle et aux missions des aides-soignants et des auxiliaires de puériculture dans les établissements hospitaliers (DGS/n° 96-31).

b. La profession d'infirmier(e) ou de puéricultrice

L'exercice de la profession d'infirmier(ère) ou puéricultrice, comporte l'analyse, l'organisation, la réalisation de soins infirmiers et leur évaluation, la contribution au recueil de données cliniques et épidémiologiques et la participation à des actions de prévention, de dépistage, de formation d'encadrement et d'éducation à la santé.

B Le rôle et la mission des professionnels de la rééducation

Tous ces professionnels agissent sur prescription médicale. Parmi les professionnels que l'AS sera amené à côtoyer en service de soins, citons plus particulièrement[1] :

a. Le masseur-kinésithérapeute

Il prévient l'altération des capacités fonctionnelles, concourt à leur maintien et à leur rétablissement lorsqu'elles sont altérées.

b. L'ergothérapeute

Il contribue à la prise en charge thérapeutique des dysfonctionnements ou handicaps de nature somatique ou psychique.

c. Le psychomotricien

Il assure le traitement des troubles corporels et moteurs d'origine psychologique.

d. L'orthophoniste

Il assure la rééducation des troubles du langage.

e. L'orthoptiste

Il assure la rééducation des troubles de la vision.

C Le rôle et la mission des professionnels de l'appareillage

Tous les professionnels agissent sur prescription médicale. Citons plus particulièrement[1] :

a. Le prothésiste dentaire

Il répare et fabrique des prothèses dentaires fixes ou mobiles, selon des indications, et moulages fournis par le chirurgien-dentiste.

---

1. Par souci de concision, nous ne pouvons nommer tous les professionnels, ni détailler l'ensemble de leurs missions. Pour plus de détails, les élèves se reporteront à l'ouvrage de référence (le *Guide AS*).

b. L'audioprothésiste

Il choisit, contrôle et adapte l'appareillage auditif destiné aux personnes malentendantes ou sourdes.

c. L'orthoprothésiste

Il réalise des prothèses et orthèses afin de redonner une autonomie à des patients porteurs d'un handicap moteur.

d. Le podo-orthésiste

Il conçoit, adapte les différents appareillages du pied (semelles, chaussures).

D Le rôle et la mission des partenaires sociaux

Les professions sociales regroupent un ensemble important de personnes ; autant de professionnels riches de leurs spécificités, dont les missions sont complémentaires et qui, le plus souvent, travaillent en étroite collaboration.
Citons plus particulièrement :

a. L'aide médico-psychologique (AMP)

Il participe à l'accompagnement des personnes handicapées (enfants, adolescents et adultes) ou des personnes âgées dépendantes.

b. L'assistant de service social (ASS)

Il agit avec les personnes pour :
- améliorer leurs conditions de vie sur le plan social, sanitaire, familial, économique, culturel et professionnel ;
- développer leurs capacités à maintenir ou restaurer leur autonomie.

c. L'auxiliaire de vie sociale (AVS)

- Il exerce au domicile des personnes fragiles, dépendantes ou en difficultés sociales. Il intervient auprès de types de publics très variés : familles, enfants, personnes âgées, personnes malades ou personnes handicapées.
- Par son action, il rend possible leur maintien à domicile, contribue à la préservation, la restauration et la stimulation de leur autonomie.

d. L'éducateur de jeune enfant (EJE)

Il exerce une fonction d'accueil et d'accompagnement des jeunes enfants et de leur famille. À cette époque-clé de la petite enfance, il s'attache à favoriser le développement global et harmonieux des enfants, en stimulant leurs potentialités.

e. L'éducateur spécialisé (ES)

Il concourt à l'éducation d'enfants et d'adolescents ou au soutien d'adultes présentant des déficiences physiques, psychiques ou des troubles du comportement ou qui ont des difficultés d'insertion.

f. Le moniteur-éducateur (ME)

Il veille à réadapter socialement des enfants ou adolescents en difficulté par l'action éducative et l'animation.

3 Observation-Réflexion : la collaboration de l'AS aux soins et à la surveillance du patient

L'aide-soignant collabore à la dispensation des soins infirmiers. Sa collaboration est orientée autour de plusieurs grands axes[1] :

- ***collaboration dans les soins d'hygiène*** et de confort auprès de l'enfant ou de l'adulte ;
- ***collaboration dans la surveillance*** de la personne reposant sur des observations permettant d'identifier les modifications de l'état de santé et du comportement et de les transmettre à l'infirmier(ère) en vue d'une action de soins adaptée (à laquelle il pourra collaborer) ;
- ***collaboration dans l'aide apportée aux personnes ayant perdu leur autonomie de façon temporaire,*** définitive ou ne l'ayant pas encore acquise pour l'accomplissement des activités de la vie quotidienne ;
- ***collaboration dans l'hygiène de l'environnement*** de la personne hospitalisée pendant son séjour et après son départ.

1. Décret n° 2004-802 du 29 juillet 2004.

Situation

Eliette (AS) connaît la définition de son métier et les objectifs de sa formation

Eliette connaît la définition de son métier[1] et les objectifs de sa formation. Ses formateurs lui ont longuement expliqué ce que recouvrent tous les termes du référentiel : rôle, savoir-faire, compétences, savoirs associés, objectifs de formation, niveau d'exigence, etc.

- Sous la responsabilité de l'infirmier[2], l'aide-soignant réalise des soins liés aux *fonctions d'entretien et de continuité de la vie* visant à compenser partiellement ou totalement un manque ou une diminution de l'autonomie de la personne ou d'un groupe de personnes.
- Le rôle de l'aide-soignant s'inscrit dans une approche globale de la personne soignée et prend en compte la *dimension relationnelle des soins*.
- Il *accompagne* cette personne dans les activités de sa vie quotidienne, il contribue à son bien-être et à lui faire recouvrer (dans la mesure du possible) son autonomie.

Remarque

Le référentiel comprend huit modules d'enseignement en institut de formation et des stages cliniques, dont le contenu est défini à partir des huit unités de compétences du diplôme professionnel.

Chaque *compétence* est constituée d'un ensemble *de savoir-faire* et de *connaissances* mobilisées pour réaliser des activités et comporte un *niveau d'exigence* identifié.

Le référentiel de formation précise, pour chaque chapitre, les *objectifs de formation*, les *savoirs associés* (théoriques, procéduraux et pratiques) et leurs *modalités d'acquisition* en institut de formation et en stage, *les critères* et les modalités *d'évaluation et de validation*.

1. Extraits de l'annexe I du *Référentiel de formation des AS* (nous avons mis les mots-clés en italique).
2. Rôle de l'infirmier. Cf. articles R4311 (3 et 5) du Code de la Santé publique.

63 LE FONCTIONNEMENT DE L'ÉQUIPE DE SOINS

1 Définitions

- **L'équipe** est définie comme étant « un groupe de personnes unies dans une tâche commune ».
- **L'équipe de soins** est l'ensemble des personnes ayant des qualifications et des compétences complémentaires pour collaborer à la réalisation des soins. C'est donc une équipe pluridisciplinaire. Cela sous-entend un esprit de concertation et de dialogue entre les différents membres.

2 Notions

A Les critères de fonctionnement de l'équipe de soins

C'est grâce à l'activité de tous, que le patient peut prétendre à une qualité de soins. Cela sous-entend qu'il y a une organisation fonctionnelle.

a. La compétence, le statut professionnel

L'équipe est un groupe de personnes possédant chacune des qualités qui interfèrent dans le fonctionnement de l'équipe ; citons en particulier :

- *la compétence professionnelle de la personne.* Elle garantit, par un diplôme d'état, l'obligation d'améliorer et de maintenir ses compétences tout au long de son exercice professionnel ;
- *le statut de la personne* qui représente son positionnement hiérarchique dans le service de soins.

b. Les règles de fonctionnement de l'équipe

Le respect de nombreuses règles est nécessaire au fonctionnement de l'équipe. Il doit y avoir :

- adhésion et participation à un projet commun ;
- compétences de chacun des membres reconnues ;
- respect de chacun (collègues et hiérarchie) ;

- valeurs connues et partagées par tous (déontologie professionnelle) ;
- responsabilités assumées.

B La collaboration et responsabilité des acteurs

L'esprit d'équipe et le sens des responsabilités des différents partenaires de soins sont des gages de l'efficacité des soins.

a. La collaboration

Ce terme peut être défini comme *la volonté de travailler ensemble.* La collaboration de l'aide-soignant (AS) ou de l'auxiliaire de puériculture (AP) et de l'infirmier(ère) ou de la puéricultrice, signifie une association dans la réalisation d'actes de soins et dans la mise en œuvre de services pour répondre aux besoins de la personne soignée.

La collaboration nécessite donc que chaque professionnel connaisse :

- le champ de ses compétences, sa délimitation exacte et celui de ses collaborateurs ;
- l'utilité des soins dispensés par chaque acteur de soin pour la santé du patient.

b. La responsabilité

L'infirmier(ère) ou la puéricultrice ne pourra confier à l'aide-soignant(e) ou à l'auxiliaire de puériculture que les soins relevant de son *rôle propre* et pour lesquels l'AS ou l'AP aura reçu une formation. L'infirmier ou la puéricultrice doit s'assurer de leur exécution et veiller à leur évaluation (en regard des normes de qualité entendue). Mais cette responsabilité de l'infirmier(ère) ou de la puéricultrice, ne retire en rien la responsabilité de l'AS ou de l'AP dans la façon dont il doit réaliser le soin qui lui a été confié.

3 Observation-Réflexion : la participation de l'AS à la qualité des soins

La responsabilité professionnelle de l'AS requiert l'application des normes de la qualité des soins. Le respect des normes est visé dès la prise en charge de la personne, lors de son séjour, et à sa sortie.

- *Dès l'arrivée* de la personne, *l'accueil* est le *premier soin relationnel* à assurer. Il doit être personnalisé, favorisant l'adaptation de la personne au lieu de soins.

- *Lors du séjour* de la personne soignée, les actes de soins sont réalisés dans le respect de la dignité et de la liberté de l'être humain.
- *Lors de la sortie* de la personne, la continuité des soins doit être organisée avec les différents professionnels de santé. Elle doit être personnalisée pour permettre la promotion de la santé du patient.

Situation

MAXIME (AS) CONNAÎT LE CHAMP DE SES COMPÉTENCES

Maxime (AS) connaît bien son champ de compétences, définies aussi dans le *référentiel de sa formation*. Il peut[1] :

- *organiser sa propre activité au sein de l'équipe* en tenant compte de la *planification* de l'ensemble des activités du service et dans le respect des règles d'hygiène ;
- identifier son propre champ d'intervention en regard des compétences infirmières ;
- exercer son activité *sous la responsabilité* de l'infirmier, dans le cadre du rôle propre dévolu à celui-ci[2]. En effet, l'AS travaillant le plus souvent dans une *équipe pluriprofessionnelle,* participe aux *soins infirmiers préventifs, curatifs ou palliatifs* dans la mesure de ses compétences.

Remarque

L'AS doit savoir qu'une *collaboration* efficace suppose une reconnaissance mutuelle des compétences respectives et une volonté individuelle et collective de travailler ensemble. Il sait que sa collaboration sera optimale si *l'organisation du travail* lui confie des tâches lui permettant de développer ses *capacités d'initiative*. Cela s'entend dans la réalisation des soins mais également dans *sa participation à l'élaboration de projets de soins, de projets de service, etc.*

N.B. : Nous avons souligné en italiques quelques mots-clés qui sont des éléments de réflexion sur le champ des compétences de l'AS et ses limites.

1. Extraits du référentiel de formation (annexe I).
2. Articles R4311 (3-5).

64 L'ORGANISATION DES SERVICES DE SOINS ET DES SOINS

1 Définitions

- **L'organisation** est la préparation ordonnée d'une action, c'est le fait de la mettre en ordre de façon à ce qu'elle fonctionne. L'organisation des services de soins est indispensable à la qualité et à l'efficacité des soins.
- **La planification** est une méthode de travail permettant de déterminer des objectifs à atteindre dans un délai déterminé et de mettre en œuvre des moyens adaptés pour les atteindre. Elle renforce l'organisation des soins.

2 Notions

A Le personnel de soins et ses différents partenaires

a. Le personnel de soins infirmiers[1]

- **Le cadre supérieur de santé** assure un encadrement au niveau d'un secteur d'activité et de pôle regroupant plusieurs services ;
- **Le cadre de santé** assure l'encadrement de l'équipe de soins, l'organisation du travail des agents, les relations avec les réseaux de soins intra ou extra hospitaliers. Il est responsable de la qualité des soins ;
- **L'infirmier(ère) (IDE) ou la puéricultrice (PDE)** organise et dispense les soins en collaboration avec les aides-soignants ou les auxiliaires de puériculture ;
- **L'aide-soignant (l'AS)** collabore avec l'infirmier(ère) à la prise en charge globale du patient ;
- **L'auxiliaire de puériculture (l'AP)** collabore avec la puéricultrice à la prise en charge globale de l'enfant et de sa famille.

1. Cités dans l'ordre hiérarchique.

b. Les partenaires de soins infirmiers

Exemples : les médecins, les psychologues, les diététiciens, les kinésithérapeutes, etc.

c. Les partenaires administratifs et sociaux

Exemples :
- les secrétaires médicales (qui assurent la traçabilité médicale et l'enregistrement des données administratives) ;
- les agents de service hospitaliers (ASH) (qui assurent l'entretien des locaux) ;
- les assistants sociaux, etc.

B L'organisation de l'unité de soins

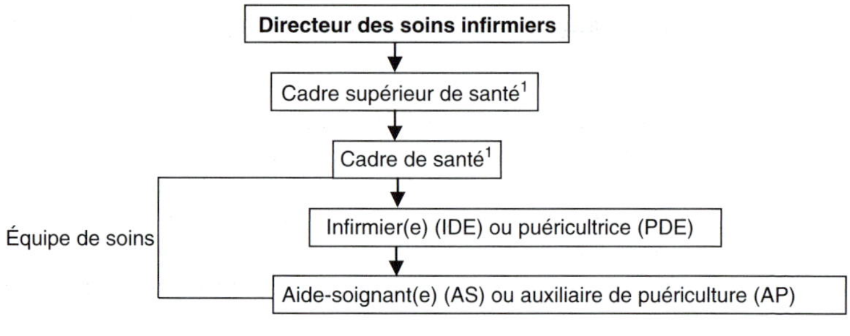

C L'organisation des soins

a. La sectorisation

C'est une méthode de soins centrée sur la personne soignée. Elle permet une continuité des soins et tend vers la qualité. C'est également la possibilité de planifier des actions répondant avec pertinence au projet de soins et du service, en lien avec le projet d'établissement (voir ci-après la planification des soins).

b. La mutualisation des moyens

Mutualiser les *moyens humains et matériels* c'est impliquer l'ensemble des professionnels dans la réforme de santé, c'est développer :
- la *formation professionnelle* pour accroître la compétence des professionnels et tendre vers la qualité des soins ;
- l'élaboration de procédures et protocoles de soins pour assurer *l'efficacité des soins, dont la sécurité des patients.*

---

1. Le cadre de santé ou cadre du pôle d'activité peut être de formation IDE ou PDE.

D La planification des soins

La planification permet d'ordonner et de répartir l'ensemble des soins, afin de faciliter leur gestion selon les compétences de chaque professionnel de santé.

a. Les outils de la planification

Les outils de planification des soins facilitent l'organisation des soins. Ainsi, dans une organisation sectorisée, centrée sur la personne soignée, les outils utilisables sont le dossier de soins et une planification murale (avec un système de fiches en T) ou une présentation en fiches nominatives individuelles. Le support peut être varié, mais il *doit être lisible* par l'équipe pluridisciplinaire. *Il est réactualisé* en équipe et permet ainsi de réajuster le projet de soins de la personne.
On retrouve sur la planification *la liste des soins* requis pour une personne et une *codification* pour identifier la catégorie professionnelle concernée par la réalisation du soin.

b. Les avantages de la planification

La planification présente de nombreux intérêts. Elle permet de :
- connaître *l'attribution* des soins de chaque soignant, selon sa fonction et ses compétences ;
- avoir une vision globale de l'activité de soins, ce qui facilite leur *prévision* et donc leur *organisation* sur 24 h ;
- obtenir une *continuité, une harmonisation et un ajustement* des soins, ce qui tend vers la qualité des soins pour le patient.

c. Les limites de la planification murale

La planification, souvent murale, est lisible par les acteurs de soins mais également par des personnes n'appartenant pas au corps médical. En regard du secret professionnel, ne doivent donc pas apparaître :
- le diagnostic médical ;
- la raison d'hospitalisation.

Les actes de soin relevant du rôle prescrit à l'IDE, ou à la PDE, doivent être inscrits de façon générale.

d. Le contenu d'une planification (exemple)

Citons quelques inscriptions lues sur un tableau de planification :
- le nom du patient et la date du jour ;
- les différents soins et actes à réaliser pour le patient. À titre d'exemples :
  - *soins d'hygiène* (toilette au lavabo ou au lit, aide à la toilette, soins d'escarres, pédiluve, shampooing…),
  - *soins de confort* (installation au lit, au fauteuil…),

– *surveillance des paramètres* (TA, température, pesée...),
– *prescriptions* (médicaments, soins de bouche, contention...),
– *actes de la vie courante* (petit déjeuner, déjeuner, collations...),
– *activités de loisirs* (animations, sorties, visites de la famille, bénévoles...),
– *actes des partenaires de soins* (radiologie, kinésithérapie, consultation externe, assistante sociale, pédicure, psychologue...),
– *actes spécifiques* (précautions particulières lors d'un isolement, démarche éducative à la sortie d'un patient...).

3 Observation-Réflexion (Rôle de l'AS)

Dans le cadre de la planification ci-dessus, l'AS :

- collabore activement aux soins d'hygiène et de confort, à la surveillance des paramètres, aux actes de la vie courante, à la démarche éducative et éventuellement aux activités de loisirs ;
- préparera le patient aux visites des partenaires sociaux (elle pourra accompagner le patient lors de certains examens) ;
- prendra une part active à la mise en œuvre de mesures spécifiques dans le service de soins (telles les mesures d'hygiène strictes lors d'un isolement protecteur).

Situation

L'ORGANISATION DE SAMIA (ÉLÈVE AS)

Samia (élève AS) arrive à 7 h 30 ce matin dans le service de médecine où elle effectue son stage de fin d'année. Elle prend connaissance aussitôt de la *planification* du jour.
Samia doit effectuer les soins de *madame A.* (chambre 12), *monsieur B.* (chambre 14), *madame C.* (chambre 18). Après avoir lu le planning, Samia réfléchit pour organiser sa tâche dans le temps afin de répondre au mieux aux besoins particuliers des patients.
Samia fera d'abord la toilette de *madame C.*, car la patiente a eu ce matin une prise de sang et a eu son petit déjeuner à 7 h ;

...

Elle prendra ensuite en charge *madame A.* pour qu'elle soit prête à 9h30 lors du passage du kinésithérapeute ;
Puis elle s'occupera de *monsieur B.*, qui se réveille toujours assez tard, et l'accompagnera au service de radiologie en fin de matinée.

Remarque

L'organisation des soins est une préparation ordonnée des soins à réaliser. Elle doit donc être *réfléchie*. Il y a des *objectifs* à déterminer, des *actions* à réaliser dans des délais précis, et avec des *moyens adaptés* aux besoins.
L'organisation et la planification des soins permettent une *personnalisation* des soins qui exige des *compétences professionnelles* avérées du personnel de soins.

65 LA FORMATION DES PAIRS ET L'ÉVALUATION

1 Définitions

- **La formation** est l'ensemble des moyens mis en œuvre pour préparer quelqu'un à une profession. C'est un processus entraînant l'apparition de quelque chose qui n'existait pas antérieurement.
- **Former** quelqu'un, c'est lui donner un enseignement lui permettant d'acquérir certains gestes professionnels, certains savoirs, certaines aptitudes, certains réflexes adaptés à une tâche.

2 Notions

A La méthodologie de la formation

L'aide-soignant ou l'auxiliaire de puériculture diplômé peut, avec l'expérience, être amené à devenir tuteur d'un élève en stage qui accomplit le même parcours professionnel que lui (un PAIR).
Pour comprendre l'importance de la formation, on peut utiliser la méthode du QQQOCP (Qui ? Quoi ? Quand ? Où ? Comment ? Pourquoi ?).

a. Pourquoi former ? Avec quel objectif ?

En se posant cette question, le tuteur s'informera des *objectifs pédagogiques* de l'institut de formation auquel appartient l'élève, des *modalités* de l'encadrement et des critères d'évaluation. Il fera le point avec le stagiaire dès l'accueil dans le service de soins.

b. Qui former ? Qui est l'élève ? Quelle représentation ai-je de lui ?

Selon les définitions du dictionnaire, un élève est celui :
- qui *apprend* (c'est un apprenant) ;
- qui est *formé* (par les conseils, l'exemple, l'apprentissage), souvent dans le but de réussir un examen et d'obtenir un diplôme.

Selon l'étymologie, on trouve dans *élève* le mot : « *élever* », c'est-à-dire : « porter plus haut, mettre à un niveau supérieur, se hausser… ». L'élève est donc celui qui doit avoir une *curiosité intellectuelle*. Il doit, en conséquence, *poser des questions* pour tirer un bénéfice de sa formation. S'il ne le fait pas, cela doit interpeller le tuteur. Il peut y avoir plusieurs raisons qu'il faut décrypter, dans l'intérêt du stagiaire.

c. Quoi ? C'est quoi enseigner ? Former ? Encadrer un élève ?

Afin d'assurer une bonne formation, un bon encadrement, il faut à la fois comprendre la représentation que l'on se fait de l'élève et comprendre le processus de l'apprentissage. Nous allons développer ces deux aspects.

◗ Comprendre la représentation que l'on se fait d'un élève

Pour éviter que cette image (cette représentation) ne soit un frein à l'apprentissage, il faut se questionner :

- Ma représentation de l'élève a-t-elle un lien avec mon vécu lorsque j'étais moi-même élève ?
- M'a-t-on permis de prendre la parole, de dire quand je n'étais pas d'accord ou si je ne savais pas ?

L'exemple présenté ci-contre nous permet de comprendre quelles sont les représentations que l'on se fait des situations et des élèves.

> **Exemple : la méfiance de Marie (professionnelle AS)**
> Marie ne demandait jamais aux stagiaires de faire la toilette des patients handicapés (elle se réservait cette tâche). Elle expliqua au cadre de santé qui lui en faisait le reproche qu'elle avait eu beaucoup de difficultés elle-même à comprendre comment toucher ces patients et qu'elle pensait mettre les élèves en difficulté en leur demandant cela.

La représentation que l'on se fait d'une situation est donc liée à notre vécu, nos habitudes, nos façons de fonctionner. Il faut donc se remettre en question.

◗ Comprendre l'apprentissage. Quel est son processus ? Quelles sont ses étapes ?

Selon la définition[1] « l'apprentissage est un processus qui permet d'acquérir les connaissances et les comportements préparant à l'exercice d'une profession ». Il suppose donc une immersion de l'élève dans le milieu professionnel, au cours de laquelle il va mobiliser un savoir et analyser des informations.

L'apprentissage s'effectue peu à peu en adaptant la complexité des situations à la progression de l'élève. Cette progression passe par différentes étapes (qui correspondent à des niveaux d'acquisition) :

- *1er niveau : la reproduction des gestes professionnels (application)* ;

1. *Dictionnaire des soins infirmiers*, R. Magnon, Amiec, Lyon, 2000.

– 2e niveau : *l'intégration de ces gestes* ;
– 3e niveau : *la spontanéité professionnelle personnalisée* ;
– 4e niveau : *l'aptitude à transmettre son savoir.*

d. Quand former ? À quel moment ?

La formation du stagiaire est quasi permanente et doit être un suivi au *quotidien*. On ne peut encadrer partiellement un élève, il faut que celui-ci sente une *disponibilité* totale à son égard. Cette attitude du tuteur préviendra les réserves de certains stagiaires, qui peuvent être préjudiciables à la qualité des soins.

Exemple : la réserve de Céline (élève AS)
Céline est une élève AS qui effectue un stage en gériatrie. Nadia (la cadre de santé) constate qu'elle fait en sorte d'éviter la toilette de monsieur B., porteur de sonde. Elle émet déjà un avis négatif à l'égard de la stagiaire lorsqu'elle apprend, par l'une de ses collègues, que Céline aimerait beaucoup faire cette toilette mais qu'elle n'ose le demander à Nadia car elle la voit trop occupée et a l'impression de l'importuner lorsqu'elle lui parle !

Il est évident que cette professionnelle doit remettre en question son attitude auprès des stagiaires. Il faut savoir que ceux-ci ont souvent des appréhensions et n'osent pas parler (de peur de paraître bête !), d'où l'intérêt pour le tuteur de se montrer à proximité (facile à atteindre). Les questions sont nécessaires et elles doivent être posées au bon moment (*avant il est trop tôt, après il est trop tard !*).

e. Comment former, encadrer ? Quels sont les grands principes à méditer ?

Le tuteur doit savoir que pour bien former un élève, il faut :

- **se décentrer de soi** (de ses propres représentations et idées préconçues) et se centrer sur l'objectif à atteindre. Pour cela il faut :
  - interroger ses représentations, c'est interroger sa pratique dans une démarche d'encadrement. C'est lutter contre les évidences, ce qui va de soi : « Pourtant, je lui ai dit ce qu'il devait faire, il devrait avoir compris ! »,
  - expliquer à l'élève les *besoins* du patient et donc l'importance de son rôle. Faire confiance à l'élève, à ses capacités potentielles, c'est le motiver, le stimuler à bien faire, à se surpasser ;
- **proposer une prise en charge globale du patient pour une meilleure compréhension de son rôle.** Exemple : les soins d'hygiène et de confort à un patient doivent associer toilette et réfection du lit ;

- **être très disponible et savoir se mettre au niveau de l'élève.** C'est faire comprendre à l'élève l'esprit d'équipe et le sens de la collaboration et ouvrir un dialogue permanent pour se comprendre.

f. Où ? Quel est le rôle du lieu de stage ? De cet environnement socioprofessionnel ?

La première fonction du stage est de permettre à l'apprenant une confrontation avec le réel professionnel. Le stagiaire va être confronté à une institution nouvelle sur les plans :
- *technique* (des soins qui font appel à une technologie de pointe) ;
- *humain* (des personnalités différentes) ;
- *organisationnel* (une organisation spécifique, un vocabulaire professionnel...).

L'apprentissage sur le lieu de stage permet au stagiaire :
- **d'acquérir et (ou) de développer** :
  - des connaissances théoriques,
  - des gestes et comportements professionnels,
  - le sens des responsabilités ;
- **de mémoriser les cours théoriques** (dispensés à l'institut de formation) en confrontant sur le terrain la théorie et la pratique.

B Le rôle du tuteur

L'élève sera formé par un personnel diplômé, qui l'accompagnera, le guidera tout au long de son stage.

Afin d'assurer pleinement la fonction pédagogique du stage, un *projet de tutorat* doit être établi entre la structure d'accueil et l'institut de formation précisant les objectifs pédagogiques, les modalités d'encadrement et les critères d'évaluation.

Le tuteur veillera en particulier à :
- accueillir le stagiaire, présenter l'institution, le service, les modalités de fonctionnement, l'équipe, etc. ;
- recueillir les objectifs de l'élève et lui faire part des objectifs du service ;
- permettre à l'élève d'accéder aux activités et techniques de soins pouvant l'aider dans l'atteinte de ses objectifs ;
- faire régulièrement des bilans de stage avec l'élève pour apprécier son évolution au cours du stage ;
- évaluer l'élève en fin de stage (cf. ci-après).

C L'évaluation du stagiaire

a. Les critères d'évaluation

Les *critères d'évaluation* sont définis en fonction des objectifs pédagogiques et des compétences à atteindre. À l'issue de chaque stage, l'élève sera évalué sur son niveau d'acquisition de la compétence. Les personnes ayant participé à l'encadrement de l'apprenti et son tuteur élaborent la *grille d'évaluation.*
L'évaluation clinique est une évaluation de compétences acquises selon une progression déterminée par le programme de formation et qui répond à des critères précis. L'élève peut également être évalué au cours du stage par une *mise en situation professionnelle* (MSP) destinée à apprécier les acquisitions professionnelles en situation de soins. Le jury est composé d'un formateur de l'institut de formation, d'un professionnel de service et d'un pair.

b. Le principe de la notation

Pour évaluer les compétences dans chaque ligne de critère à évaluer, il faut mettre une croix dans la colonne appropriée :

- si le stagiaire *n'a pas acquis les connaissances* suffisantes pour réaliser une action, on coche la colonne 0 ;
- si le critère *est en cours d'acquisition,* on coche la colonne 1 ;
- si le critère *est acquis,* on coche la colonne 2 ;
- si le critère *est maîtrisé,* on coche la colonne 3.

Il est très important de ne pas mettre une croix entre deux colonnes.

Chaque compétence est notée sur la base du nombre de critères évaluables multiplié par 3, exemples :

- la compétence **1** comprend 10 critères : $10 \times 3 = 30$ points ;
- les compétences **2, 3 et 5** comprennent 6 critères : $6 \times 3 = 18$ points ;
- les compétences **4, 7 et 8** comprennent 4 critères : $4 \times 3 = 12$ points ;
- la compétence **6** comprend 3 critères : $3 \times 3 = 9$ points.

3 Observation-Réflexion

Les modalités d'évaluation des compétences de l'AS
(document extrait du référentiel de compétences, ici compétence 1).

DIPLÔME PROFESSIONNEL D'AIDE-SOIGNANT
ÉVALUATION DES COMPÉTENCES

Nom et adresse de l'IFAS :	Hôpital / Structure d'accueil :
Nom et signature :	Discipline :
Prénoms :	Date :
	Durée (heures) :
	Durée des absences (heures) :

Compétence 1 : Accompagner une personne dans les actes essentiels de la vie quotidienne en tenant compte de ses besoins et de son degré d'autonomie

I - Identification des besoins d'une personne	**0**	**1**	**2**	**3**
· Le recueil des informations liées à la situation de la personne est pertinent. · Les besoins essentiels sont identifiés avec fiabilité et exhaustivité. · La culture, les habitudes de vie et les choix de la personne sont pris en compte. · L'autonomie et les capacités de la personne sont repérées. · Des actions visant à maintenir l'autonomie de la personne sont proposées.				

II - Mise en œuvre des activités d'aide	**0**	**1**	**2**	**3**
· Les activités mises en œuvre prennent en compte les capacités d'autonomie de la personne. · L'aide à la personne est efficace. · Les règles d'hygiène et de sécurité sont appliquées. · Le confort et la pudeur sont respectés. · La personne est stimulée.				
Total	-/-			

Situation

L'ÉVALUATION DE MARINA (LA COMPÉTENCE 6)

Marina vient d'effectuer un stage en service de gériatrie. Le sujet de la MSP était : « *Toilette au lit de la patiente (madame A.) et entretien de l'environnement* ».

Marina a su faire la démonstration de ses compétences à plusieurs niveaux (celui du soin, de la réfection du lit, de la gestion du linge et de l'entretien de l'environnement de la patiente).

Marina a eu 5 sur 9 pour l'évaluation de la compétence 6 (voir ci-après).

Remarque

LES 3 CRITÈRES D'ÉVALUATION DE LA COMPÉTENCE 6

La compétence 6 comprend trois critères. Elle est donc notée sur 9 (3 × 3). Dans l'exemple présenté ci-dessous, l'élève obtient la note de 5 sur 9.

Compétence 6				
Utiliser les techniques d'entretien des locaux et du matériel spécifiques aux établissements sanitaires, sociaux et médico-sociaux	**0**	**1**	**2**	**3**
- Les techniques de nettoyage ou désinfection ou stérilisation sont appliquées correctement.			X	
- Les matériels et produits de nettoyage sont correctement utilisés.				X
- Les circuits (linge, matériels et déchets) sont respectés.	X			
Total	5/9			

On additionne les points obtenus pour chaque compétence : 2 points pour le premier critère et 3 pour le second.

9 est la note maximale que l'élève aurait pu obtenir pour cette compétence.

66 LA LÉGISLATION DU TRAVAIL

1 Définitions

La législation du travail regroupe l'ensemble des **lois** et des **règlements** relatifs au travail.
Nous allons voir ici la législation du travail concernant plus particulièrement les **professionnels de santé**[1].

2 Notions

A Le contrat de travail

Un contrat de travail est une convention écrite par laquelle, le salarié, s'engage à effectuer un travail pour le compte d'un employeur, moyennant une rémunération. Il existe deux sortes de contrat de travail :

- *le contrat de travail à durée déterminée (CDD).* Il est conclu pour une durée limitée ;
- *le contrat de travail à durée indéterminée* (CDI). Il est proposé pour chaque emploi à durée définitive.

B La durée du travail

- *La durée hebdomadaire du travail est fixée à 35 h* dans les établissements publics sanitaires et sociaux relevant de la fonction publique hospitalière. Lorsque la durée de travail effective est supérieure à 35 h par semaine, *des jours supplémentaires de repos* sont accordés, selon différents cas de figure (ex. : 18 jours ouvrés pour 38 h, 3 jours pour 35h30…).

---

1. Décret du 4 janvier 2002 (règles spécifiques sur le temps de travail dans les établissements hospitaliers).

Marlène ND.

- *La durée quotidienne de travail* ne peut, sauf contraintes particulières, excéder 9 h pour les équipes de jour et 10 h pour les équipes de nuit en travail continu. En cas de travail discontinu, la journée de travail ne peut dépasser 10h30.
- *Une pause* d'une durée minimale de 20 min est accordée lorsque la durée quotidienne est supérieure à 6 h.
- *Le travail de nuit* correspond à la période de travail comprise entre 21 h et 6 h. Il peut aussi comprendre toute période de 9 h consécutives de travail entre 21 h et 7 h.

C Les congés

Tout agent en activité a droit, pour une année de service accompli, du 1er janvier au 31 décembre, à un congé annuel rémunéré :
- qu'il soit fonctionnaire titulaire, stagiaire ou agent non titulaire ;
- qu'il travaille à plein temps ou à temps partiel.

Cette durée est appréciée en nombre de *jours ouvrés.*
- *Par jour ouvré,* il faut entendre les jours effectivement travaillés, en général 5 par semaine pour un agent à temps plein.
- *Par jour ouvrable,* il faut entendre tous les jours de la semaine, du lundi au samedi, à l'exception du dimanche (ou du jour de repos hebdomadaire qui le remplace dans la semaine) et des jours fériés chômés.

Lorsqu'une semaine de congé est posée, il faut décompter six jours ouvrables du lundi au samedi inclus, sauf si dans l'établissement le décompte se fait en jours ouvrés (dans ce cas 5 jours sont posés).

D Les représentants du personnel

a. Le comité d'entreprise (CE)

Le CE est informé et consulté sur les questions concernant l'organisation du travail et la formation du personnel. Il propose aussi des activités sociales et culturelles.

b. Le comité d'hygiène et de sécurité et des conditions de travail (CHSCT)

Il contribue à la protection de la santé, à l'amélioration de la sécurité et des conditions de travail des salariés travaillant dans l'établissement.

c. Les syndicats professionnels

Ils ont exclusivement pour objet l'étude et la défense des droits et des intérêts matériels et moraux des salariés.

3 Observation-Réflexion (rôle AS) : le droit individuel à la formation professionnelle (Dif)[1]

Le Dif concerne tous les salariés en CDI ayant 1 an d'ancienneté. C'est le salarié qui fait la démarche écrite à son employeur pour disposer d'une formation en précisant le descriptif de la formation qu'il souhaite suivre. L'employeur a 1 mois pour répondre favorablement ou défavorablement à la demande.

Le salarié dispose d'un capital annuel d'heures de formation :
- 20 h par an dans le secteur privé et dans le secteur public ;
- des heures cumulables sur 6 ans (120 h).

Le plan de formation proposé par le Dif vise à favoriser :
- l'adaptation du salarié au poste de travail ;
- l'évolution et le maintient de l'emploi ;
- le développement des compétences avec la réussite de l'expérience acquise.

Cela permet l'accès à d'autres professions.

Situation

MADEMOISELLE A. EXAMINE SON BULLETIN DE PAIE

Mademoiselle A. travaille depuis quelques semaines. Elle reçoit aujourd'hui son 1er bulletin de paie qu'elle va examiner avec attention (voir ci-après).

...

1. Lois du 4 mai 2004 et du 2 février 2007.

N° SIRET :
N° URSSAF :
Lieu de paiement :
N° APE :

BULLETIN DE PAIE
Mois OCTOBRE 2009
Emis le 25/10/09

Identifiant :	N° CNRACL :
N° de sécurité sociale :	
Métier : Aide-soignant	
Grade : AIDE SOIG CLS ECH5	Ech : 07
Qualité statutaire : P TITULAIRE (P)	

Nom usuel :
Prénom :
Etablissement :
Pôle :
Unité de gestion :

Indice brut : **0364** Indice majoré : **0338** Taux d'activité : **100 %**

Etab.	Date	Libellé		Nombre ou taux	Montant unitaire ou base	A payer	A déduire	Cotisations Patronales Taux en %	Cotisations Patronales Montant en %
		REMUNERATION BRUTE						Pour information	
		BTO	TR. MENS. REEL			1557,25			
		BRO	IND. DE RESIDENCE			46,72			
		~~CS0~~	~~S.F.T. PERCU~~			~~72,73~~			
		IS1	IND. SPEC.SUJETION			131,69			
		LP5	PRIME AIDE-SOIGN.			15,24			
		LT1	PRIME A.S /A.PUER.			155,73			
		IC3	IND. EXCEPTIONNEL.			56,38			
	01/09/09	JD1	TRAV. DANG. CAT. 1	21,000	1,545	32,45			
			REMUNERATION TOTALE BRUTE →			**2068,19**			
		COTISATIONS							
		RAF	RETRAITE ADD.TITU.	5,000	311,450		15,57	5,0000	15,5
		RCA	CNRACL SPECIF. LT1	1,500	155,730		2,34	3,5000	5,4
		RCN	CNRACL RETRAITE	7,850	1712,980		134,47	27,3000	467,6
		UCB	C.S.G. ET R.D.S.	2,900	2006,150		58,18		
		UCX	CSG MALADIE TITUL.	5,100	2006,150		102,31		
		TCH	CONTRIB SOLIDARITE	1,000	1915,810		19,16		
		ULC	SURCOT. FNAL. LOG.		1557,250			0,4000	6,2
		UMT	MALADIE S.S. TITUL		1557,250			11,8000	183,7
		RAL	ALLOCATION TEMPOR.		1557,250			0,5000	7,7
		SHL	F.E.H. PRIME A.S.		155,730			1,0000	1,5
		SHT	CONTRIB. AU F.E.H.		1557,250			1,0000	15,5
		UFT	COTIS. FAMIL.TITUL		1557,250			5,4000	84,6
		ULT	COT. F.N.A.L. TIT.		1557,250			0,1000	1,5
		UT5	TRANSPORT (75-92)		1557,250			2,6000	40,4
		US1	TAXE SUR SALAIRE		2068,190			4,2500	87,9
		US2	TAXE SALAIRE TR. 1		620,000			4,2500	26,3
		US3	TAXE SALAIRE TR. 2		826,440			9,3500	77,2
		US4	REDUC TAXE SALAIRE		191,520			1,0000	-1,9
	ELT VAR	VMN	MUTUELLE M.N.H.				158,83		
		TOTAL COTISATIONS					**490,86**		
			~~**REMUNERATION TOTALE NETTE →**~~			~~**1577,33**~~			
		AUTRES ELEMENTS							
		VPR	PREFON				55,68		
		TOTAL AUTRES ELEMENTS					**55,68**		
		Rémunération Nette			**1521,65**	**euros**			1019,31

Cumul imposable	Cumul avantages en nature	Mensuel imposable	coût total employeur
EX09: 17069,65		1633,92	3087,50
NBRE D'HEURES PAYEES : 151,67			DERNIER FEUILLET SUR 1

	DROIT	PRIS	SOLDE C.E.T	PERIODE DU 01/10/09 AU 31/10/09
CONGES ANNUEL :	25,00	25,00	17,00	
COMPTEUR R.T.T :	19,00	9,00	D.I.F	Paiement en Euro

Figure 30 : Extrait d'un bulletin de paie d'une AS

Une fiche (ou bulletin) de paye comporte 3 parties :
- le *haut du bulletin* contient des éléments d'identification ;
- le *corps du bulletin* détaille la rémunération versée ;
- le *pied du bulletin* précise les différents cumuls annuels.